中华传世藏书

【图文珍藏版】

谚语歇后语大全

大全

赵然⊙主编

第六册

线装书局

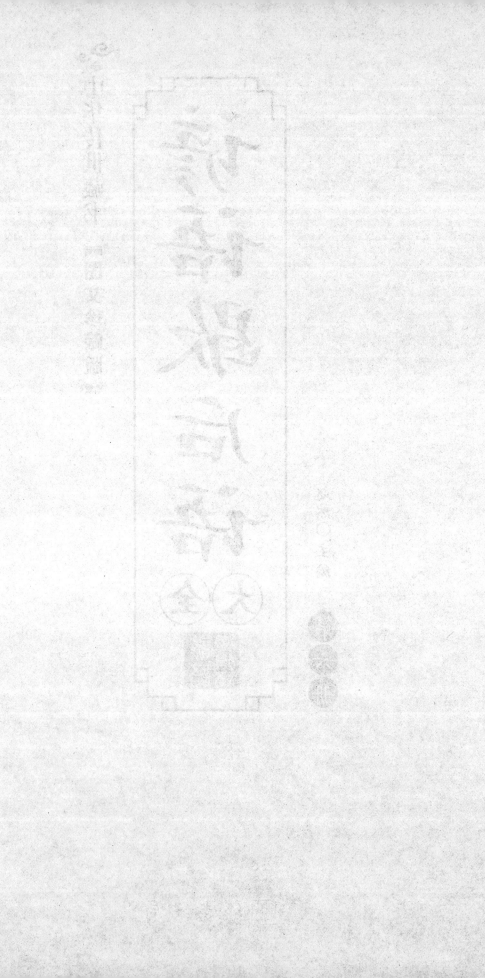

第十二章　常用歇后语释例

一、学习类歇后语

学问无大小——能者为师

释义　指不管总的文化水平是高是低，只要是在某一方面或某一领域有能力的，我们就可以向他学习。

例句　如今的社会并不缺少有知识的人，关键是看他有没有胜任某项工作的能力，正所谓"学问无大小——能者为师"。

讲课又是老一套——屡教不改

释义　屡：多次。形容有的人犯错误以后，经过多次教育仍不改正。

例句　这个犯罪分子已经进监狱三次了，可他还是"讲课又是老一套——屡教不改"，看来得想想其他办法了。

孔夫子搬家——尽是输（书）

释义　孔夫子就是孔子，他是儒家学派的创始人。他读书很多，学问很大。因为家里书多，所以他搬家的时候家当大部分都是书。这里比喻总是输，没有赢的时候。

例句　小明的乒乓球技术没有小丁好，可是今天两人连打几局，小丁都是"孔夫子搬家——尽是输（书）"，也不知道他到底是怎么了。

孔夫子拜师——不耻下问

释义　不以向比自己学识差或地位低的人请教为耻辱。形容虚心求教。

例句　北京大学的王教授虽然身为博士生导师，但仍然保持了"孔夫子拜师——不耻下问"的谦虚品格。

孔夫子的褡裢——书呆（袋）子

释义　褡裢：长方形的口袋，中央开口，两端各成一个袋子，装钱物用，多搭在肩上。袋：与"呆"谐音。讥讽人一心读书、做学问，不知联系实际。

例句　他是"孔夫子的褡裢——书呆（袋）子"，不明白事理。

老鼠钻书箱——咬文嚼字

释义　本指老鼠咬书，现在专指人说话过分斟酌字句。

例句 "写信,虽不求衔华佩实,但总不能信笔涂鸦吧?事情总要有个起因结果。"石必生连连摆手:"罢!罢!你别'老鼠钻书箱——咬文嚼字了'。"

圣人门前卖文章——自不量力

释义 圣人:这里指有学问的人。指在有学问的人家门前卖弄学问,自己不能正确估计自己的力量。形容人过高地估计自己的能力。

例句 这个国家的队员想在乒乓球项目上打败中国队,我看他们有些"圣人门前卖文章——自不量力"。

大肚汉子写文章——肚里有货

释义 指人有学问。也作:大肚子写文章——肚里有货。

例句 你可千万别小瞧小王,他虽然年纪轻轻,但却是"大肚汉子写文章——肚里有货"。

小学生看书——念念不忘

释义 本指反复朗读书上的内容就不会轻易忘记,现在专指对于某人或某事印象深刻,不能忘记。

例句 她已经去世三年了,可我对她还是"小学生看书——念念不忘",每当看到她的照片,就想起她生前的音容笑貌。

闭着眼睛进学堂——不认输(书)

释义 指在某件事或某项工作中遭遇挫折以后,不承认自己失败。

例句 老郑就是凭着那股"闭着眼睛进学堂——不认输(书)"的干劲,取得了今天的成就。

课本掉进水缸里——失(湿)业(页)

释义 本指书页被打湿了,现专指失去了工作。

例句 我问老王为什么一副无精打采的样子,他无奈地说:"唉!还不是'课本掉进水缸里——失(湿)业(页)'了。"

课堂上打瞌睡——心不在焉

释义 焉:于此。形容做事思想不集中。

例句 瞧他那副"课堂上打瞌睡——心不在焉"的样子,也不知道他在胡思乱想什么。

村里先生放学——一伙子都跑了

释义 指一伙人都飞快地散开了。

例句 一听说要选代表去完成这次任务,大家就像"村里先生放学——一伙子都跑了"。

课堂上玩弹弓——人在心不在

释义 比喻心不在焉,或思想不集中。

例句 爸爸跟他说话他都没听见,看来他是"课堂上玩弹弓——人在心不在"。

没复习上考场——听天由命

释义 指不做主观努力,任由事态自然发展变化,用来比喻做事碰机会、撞运气。

例句 我问他这次失业后有什么打算,他随便说了一句:"'没复习上考场——听天由命'吧!"

在飞机上做习题——高空作业

释义 作业:双关语,本指教师给学生布置的功课,转指部队或生产单位布置的活动。指一种工作种类。也可讽刺人做事高调。

例句 电线杆上的架线工作那可都是"在飞机上做习题——高空作业"呀,有很高的危险性呢。

猴子掰苞谷——掰一个丢一个

释义 指学习或者做事找到了新的,就抛弃了原有的。

例句 他的学习方式就像"猴子掰苞谷——掰一个丢一个",刚学了新的东西,就忘了之前学的。

骑兵逛公园——走马看花

释义 走:跑。骑在马上奔跑着看花。比喻匆忙、粗略地观察了解。

例句 复习功课不能是"骑兵逛公园——走马看花",要钻研、思索,这样才能把知识掌握得扎实、全面。

一本经书看到老——食古不化

释义 学了古代知识未曾消化。比喻不能按现代情况理解和运用古代的文化知识。

例句 这都什么年代了,总不能还要求女人三从四德吧?要跟上时代发展的脚步,不能"一本经书看到老——食古不化"。

仓颉造字——马虎不得

释义 比喻做事时不能持敷衍了事、疏忽大意的态度。

例句 这件事是"仓颉造字——马虎不得",一个环节没有处理好,就会造成不可估量的损失,大家不要掉以轻心。

汽锤打夯——扎扎实实

释义 夯:砸实地基用的工具或机械。指把地基夯实。形容(工作、学问等)实在、踏实。

例句 学习要一步一个脚印,不能急于求成,要做到"汽锤打夯——扎扎实实"。夯实基础,才能取得更大的进步。

拿着铜尺买鞋穿——死搬硬套

释义 指不顾实际情况,机械地搬用别人的办法、经验。也作:拿着铜尺买鞋样——死搬硬套。

例句 学习最重要的是举一反三,切忌"拿着铜尺买鞋穿——死搬硬套"。

竹筒沉水——自满自足

释义 指对已有的一切或已取得的成绩感到满足。

例句 你不要因为这次考试成绩好就"竹筒沉水——自满自足",一定要戒骄戒躁、奋发努力、再创佳绩呀!

没秤锤的秤——到哪里都翘尾巴

释义 翘尾巴:双关语,既指秤杆的尾部往上翘,又指人骄傲自满。比喻人不论到什么地方都骄傲自满。也作:没砣的秤——到哪儿都要翘尾巴、没有砣的秤杆子——到哪里都翘尾巴。

例句 小丽上学时得过全国书法比赛的一等奖,现在到哪里都对别人的字指指点点,我看她有点儿像"没秤锤的秤——到哪里都翘尾巴"。

扯着胡子打秋千——谦虚(牵须)

释义 牵须:与"谦虚"谐音。指虚心,不自满,肯接受批评。

例句 老伯当年曾夺得全国青年散打比赛的第一名,但他从来不在别人面前提及此事,别人问起,他也只说是运气好罢了。他可真是"扯着胡子打秋千——谦虚(牵须)"啊!

拉着下巴过河——假谦虚(牵须)

释义 牵须:与"谦虚"谐音。比喻故意装作谦虚的样子。

例句 平时他就骄傲得很,所以大家不听都知道这次他是"拉着下巴过河——假谦虚(牵须)"。

头顶上长眼睛——目空一切

释义 形容极其骄傲自大,什么都不放在眼里。也作:头顶上长眼睛——目中无人。

例句 做学问的人年轻时容易"头顶上长眼睛——目空一切",年长后则变得越来越谦虚,这是由于一个人知道得越多,就越明白他的知识是有限的。

头顶生目,脚下长手——眼高手低

释义 形容要求的标准高,可工作能力低,实际上做不到。

例句 这名导演真是"头顶生目,脚下长手——眼高手低",影片构思得很好,拍出来的效果却不尽如人意。

画蛇添足——自作聪明

释义 比喻做了多余的事,非但无益,反而不合适。也指过高地估计自己的实力,凭自己主观意愿办事。

例句 小李把散开的文案收到一起,没想到是经理正在分类,他这是"画蛇添足——自作聪明",做了一件多余的事。

扁担吹火——一窍不通

释义 比喻一点儿也不懂。

例句 下象棋的话,我还行,至于下围棋嘛,我可是"扁担吹火——一窍不通"。

囫囵吞枣——不知味

释义 告诉人们,读书如果囫囵吞枣,就会什么也体会不到。

例句 吃东西应该细嚼慢咽,仔细品味。学习也是一样,要细心认真,否则便像"囫囵吞枣——不知味"。

属窗户纸的——一点就透

释义 指稍加指点就懂了。

例句 这孩子真聪明,理解能力很强,简直就是"属窗户纸的——一点就透"。

黄连木头做图章——刻苦

释义 刻苦:双关语,本指在苦黄连上刻图,转指学习、工作都非常努力、勤奋。

例句 小李每天五点半起床练习英语发音,真是"黄连木头做图章——刻苦"。

属耗子的——放下爪儿就忘

释义 比喻容易忘记吃过的苦,不接受以前的教训。

例句 上次闯红灯已经出过事故了,这次你还闯,我看你就是"属耗子的——放下爪儿就忘"。

瞎子移秤——不在心(星)上

释义 星:秤杆上标记斤、两、钱的小点子,与"心"谐音。形容没有放在心上或是心不在焉。

例句 我们对待学习要认真,要细致,不能"瞎子移秤——不在心(星)上"。

属孔明的——见识不少

释义 比喻知识丰富,见识高明。

例句 小明平时注意积累各种知识,在同学中那是小有名气,大家都说他是"属孔明的——见识不少"。

十年寒窗中状元——先苦后甜

释义 状元:泛指古代科举考试中获得第一名的人。指只有经过艰苦努力,才能获得事业上的成功。

例句 以前他家穷得叮当响,但通过一家老小的辛勤劳动,现在家里要什么有什么,真是"十年寒窗中状元——先苦后甜"啊!

被窝里洒香水——能文(闻)能武(捂)

释义 闻:与"文"谐音。捂:与"武"谐音。比喻文才与武略兼备。

例句 我们班的语文老师是个"被窝里洒香水——能文(闻)能武(捂)"的人,不光语文教得好,在体育老师生病时,还给我们上体育课。

鹅卵石下油锅——扎实(炸石)

释义 鹅卵石:久经流水冲刷、沙石打磨而成的卵形石块。炸石:与"扎实"谐音。形容基础牢固。

例句 在数学方面,小樊的功底可算得上是"鹅卵石下油锅——扎实(炸石)"。

八股文的格式——千篇一律

释义 本指诗文公式化,现泛指事物只有一种形式,毫无新意,毫无变化。

例句 我把这座城市的各个公园都转遍了,觉得它们的布局有点儿"八股文的格式——千篇一律"。

脸上写字——表面文章

释义 本指文字写在面部,现专指只注重表面形式,实际并非如此。

例句 你别看她刚才那么热情,其实是"脸上写字——表面文章",做样子给别人看呢!

白开水画画——轻(清)描淡写

释义 清:与"轻"谐音。写:描摹。白开水没有颜色,因此画在纸上也看不出来。比喻对某事不重视,只是一笔带过。

例句 这么重大的交通事故,责任人汇报时说得好像"白开水画画——轻(清)描淡写",自然引起了民众的愤怒。

手心里写字——明摆着给你瞧

释义 指事情摆在明处,让人看得清清楚楚。

例句 他到底有什么经历,我们可以翻开他的档案看一看,到时候不是"手心里写字——明摆着给你瞧"吗?

潜水艇远航——深入浅出

释义 形容讲话或文章的内容深刻,语言文字却浅显易懂。

例句 这本心理学的著作可以说是"潜水艇远航——深入浅出",利用浅显易懂的语言,把很多心理学理论讲得清楚明白,深受读者欢迎。

千个师傅千个法——各有各的法

释义 比喻每个人解决问题的方式都不同。也作:千个师傅万个法——各有门道。

例句 我们每个人学习英语的方法各有不同,可以说是"千个师傅千个法——各有各的法",一定要找到最适合自己的方法,才能事半功倍地学好英语。

老师傅传手艺——现身说法

释义 现身说法:本是佛教用语,指佛力广大,能现出种种人形,向人说法。比喻以自己的经历遭遇为例证,对人进行讲解或劝导。

例句 他年轻时经历过不少风浪,现在很多人请教他时他就喜欢"老师傅传手艺——现身说法",这样人家更好懂,也更容易接受。

理发的带徒弟——从头学起

释义 头:双关语,本指头顶,专指事情的基础。指从最基础的开始,或重新开始。

例句 我对弹钢琴一窍不通,因此只好"理发的带徒弟——从头学起"。

象棋盘里斗胜负——纸上谈兵

释义 比喻只凭书本知识夸夸其谈,没有实际解决问题的能力。

例句 他不过是"象棋盘里斗胜负——纸上谈兵",你真让他接手这个项目,他一定不行。

二、生活类歇后语

老太太啃核桃——吃不开了

释义 本指老太太牙不好,咬不开核桃。后指行不通,不受欢迎。

例句 现在的情况变了,你这一套已经是"老太太啃核桃——吃不开了"。

打翻的五味瓶——酸甜苦辣咸样样俱全

释义 比喻人的心情很复杂,难以平静。

例句 他看着老伴儿的遗像,想起几十年的风风雨雨,心里就像是"打翻的五味瓶——酸甜苦辣咸样样俱全"。

醋瓶子打飞机——酸气冲天

释义 讽刺人言行拘于陈旧,不适应新时代的发展。

例句 现在都什么年代了,你还说这样的话,真是"醋瓶子打飞机——酸气冲天"。

炒菜的勺子——尝尽了酸甜苦辣

释义 本指勺子接触过各种味道。现指经历的事情多,尝尽了人间冷暖。

例句 王爷爷对孩子们说:"我活了这么大,真是'炒菜的勺子——尝尽了酸甜苦辣',比起我小时候来,你们真是太幸福了。"

拿草帽当锅盖——乱扣帽子

释义 比喻不负责任地强行给人安上坏名誉。

例句 李大魁,你可别冤枉好人,我什么时候去过赌场?你可别"拿草帽当锅盖——乱扣帽子"。

厨房里的蒸笼——经常受气(汽)

释义 比喻人经常被别人欺压。

例句 做人也不能太软弱了,不然在这里就会像"厨房里的蒸笼——经常受气(汽)"。

铁勺子捞面条——汤水不漏

释义 形容人做事周全、谨慎。

例句 他这人很稳当,办事情来真是"铁勺子捞面条——汤水不漏。"

吃包子光盯褶儿——不知里头包的是啥馅儿

释义 比喻只能看到表面现象,不了解内部的实际情况。

例句 这家公司看起来生意红火，就是"吃包子光盯褶儿——不知里头包的是啥馅儿"，不知道利润到底大不大。

一根筷子吃藕——净挑眼

释义 挑：本指用细长的东西拨，现指挑剔。本指一根筷子吃藕不能夹，只能挑。现指人爱挑小毛病，或多心。

例句 小田调皮地问道："大老王，你对包公的历史那么熟，你说说，包公长啥样？""你这孩子，'一根筷子吃藕——净挑眼'。"王启新笑着说。（丁秋生《源泉》）

吃饱饭闲磕牙——没事找事

释义 闲磕牙：即漫无目的地讲闲话。指故意找茬。

例句 跑到店里来不买东西，还一个劲儿地叫这里的商品不好，我看你真是"吃饱饭闲磕牙——没事找事"。

吃冰棍烤炉火——表面热乎心里凉

释义 比喻人外表热情但内心冷漠。

例句 王阿姨看起来待人热情，其实是"吃冰棍烤炉火——表面热乎心里凉"，她从来不会去真心帮助别人。

吃大鱼大肉——肚里一点儿没数（素）

释义 素：与"数"谐音。比喻对事情的状况不清楚，心里没有计划。

例句 其实我对这事是"吃大鱼大肉——肚里一点儿没数（素）"，刚才我说的话都只是猜测而已。

吃糖瓜就咸菜——不对味

释义 指不对劲，不对路。

例句 听了他的这番话，我总觉得就像"吃糖瓜就咸菜——不对味"。

吃咸菜长大的——爱管闲（咸）事

释义 咸：与"闲"谐音。指喜欢为和自己没有关系的事情操心。

例句 陈阿姨是个"吃咸菜长大的——爱管闲（咸）事"，有的人夸她热心，有的人则很讨厌她。

吃咸鱼蘸酱油——多此一举

释义 指做多余或本来没必要做的事情。

例句 现在地面已经够干净了，你还来扫一遍，这是"吃咸鱼蘸酱油——多此一举"。

吃着菠萝问酸甜——明知故问

释义 指明明知道却还要故意发问。

例句 小张知道小明因昨天家里出了事情而心情不好，却还当着大家的面问他到底怎么了，真是"吃着菠萝问酸甜——明知故问"。

吃着碗里看着锅里——贪得无厌

释义 指追求财物没有满足的时候。

例句 刘阿姨刚给女儿买了新衣服,可女儿又嚷嚷着要买新鞋子,刘阿姨说:"你真是'吃着碗里看着锅里——贪得无厌'。"

吃着油条唱歌——油腔滑调

释义 形容人说话轻浮油滑或行文浮华不实。

例句 他总是"吃着油条唱歌——油腔滑调"的,谁也不知道他说的是不是自己的心里话。

吃着黄连唱歌——以苦为乐

释义 指不认为艰难的生活是苦难,用快乐的心情去体验。也作:吃着黄连唱歌曲——苦中作乐。

例句 解放军有着"吃着黄连唱歌——以苦为乐"的精神,再大的困难面前,都能保持顽强的斗志和乐观的精神。

吃芝麻用调羹——不用快(筷)

释义 调羹:勺子。筷:与"快"谐音。比喻不用着急,可以放慢速度进行。

例句 这份工作要求的是细心和毅力,所以大家就"吃芝麻用调羹——不用快(筷)",要耐心地提高自己的技能。

吃了抄手吃馄饨——一码事

释义 抄手:馄饨。意思是一回事。

例句 他欠你的钱你就要嘛!干吗让别人去要?这不是"吃了抄手吃馄饨——一码事"嘛!你为什么把事情搞得那么复杂?

吃竹笋剥皮——一层层来

释义 竹笋:指竹子的嫩芽,外面裹着几层皮。比喻做事一步步来。也作:吃笋子剥皮——一层层来。

例句 不要急,咱们还是"吃竹笋剥皮——一层层来",先从最基本的东西讲起。

喝了蜜——嘴甜

释义 本指喝了蜂蜜嘴上有甜味,现指人总能把话说到别人心坎里,让人高兴。

例句 我们走,他是"喝了蜜——嘴甜",做起事来却蛮不讲理。我们惹不起,还躲不起他吗?

井里放糖——甜头大家尝

释义 本指大家都能喝到糖水,现指有好处大家共同分享。

例句 过去咱们两队都穷,今年你们队富起来了,快给咱介绍介绍你们是咋富的,"井里放糖——甜头大家尝"嘛,可别忘了你们的穷朋友!

胡椒拌黄瓜——又辣又脆

释义 本指胡椒辣,黄瓜脆。后指人说话做事既辛辣刺激又利落爽快。

例句 "你能不能帮我找些资料?"小王的答话如"胡椒拌黄瓜——又辣又脆":"没有一点儿问题!"

花椒掉进大米里——麻烦(饭)

释义 指费事或不受欢迎。

例句 如果患者的病情没能得到控制,那可真是"花椒掉进大米里——麻烦(饭)"了。

一根老牛筋——蒸不熟煮不烂

释义 比喻人固执,性格难以改变。

例句 她母亲的工作还好做些,她父亲那边却困难得多,他简直就是"一根老牛筋——蒸不熟煮不烂"。

石头蛋腌咸菜——一言(盐)难尽(进)

释义 石头蛋:鹅卵石。腌:把肉、菜、果品等加上盐、糖、酱、酒等,放置一段时间使入味。指有好多难言之隐,一时说不清楚。

例句 他不停地摇着手说:"那件事太丢人了,真是'石头蛋腌咸菜——一言(盐)难尽(进)',你们还是不知道为好。"

破包子——露了馅

释义 比喻不愿意让人知道的事暴露出来。

例句 王老厚一听这个"破包子——露了馅",就一阵呵呵冷笑说:"王村长,如果要花钱或者还有别的说法的话,人家张老本说啦,'瞎子发眼——豁出来啦',爱怎么办就怎么办……"(臧伯平《破晓风云》)。

豆腐渣捏的——不经打

释义 豆腐渣:制豆浆剩下的渣滓,质地松散。比喻人脆弱,经不住挫折和打击。

例句 "这么点儿困难就把你吓倒了,你真是'豆腐渣捏的——不经打'啊。"父亲斥责小明道。

麻绳拴豆腐——没法提

释义 本指用麻绳拴豆腐提不起来,后指不要提及或谈起某事。

例句 老五那人,也没个媳妇管着,成天除了喝酒抽烟,就是打麻将,真是"麻绳拴豆腐——没法提"。

豆浆里的油条——软了

释义 本指油条变软,后指人不坚强。

例句 最关键的证据已落到了警察手里,听到这个消息,疑犯如"豆浆里的油条——软了"。

稀饭拌糨糊——糊里糊涂

释义 责怪人对事情真相认识得不够深刻。

例句 你这一番话把我说得如"稀饭拌糨糊——糊里糊涂",到底发生什么事了?

白酒混在冷水里——谁也搞不清

释义 本指白酒和水都是无色透明的,混在一起不好分辨。现指事物难以分辨,或弄不清楚。

例句 他心里到底是怎么想的,真是"白酒混在冷水里——谁也搞不清"。

馒头出笼——热气腾腾

释义 形容气氛热烈,情绪高涨。

例句 放学后,学生们陆续回家了,但学校东边正开讨论会的两间教室有如"馒头出笼——热气腾腾"的。

冰糖拌黄瓜——干(甘)脆得很

释义 形容人说话做事直爽、不拖拉。

例句 小张这个人性子有些直,办起事来也是"冰糖拌黄瓜——干(甘)脆得很"呢!

胸口烙饼——热心肠

释义 形容人心地善良,待人和善热情。

例句 大家都知道街道王主任是个"胸口烙饼——热心肠"的老太太,这件事她一定会帮忙的。

墙上画的烙饼——能看不能吃

释义 指某人或某事物看起来很好,但实际并非如此;或指表面看起来好,却没有实用价值。

例句 他在对外讲话时,表示支持抗日、参加抗日,可是从他采取的一系列措施来看,他的话就是"墙上画的烙饼——能看不能吃"。

热锅里的汤圆——不断地翻滚

释义 形容心情激动,或指场面热闹非凡。

例句 面对地上放着的油、米、面,五保户王大爷的心里就像"热锅里的汤圆——不断地翻滚",嘴里还不停地说:"还是共产党好!还是共产党好啊!"

三、季节类歇后语

正月里卖门神——过时货

释义 正月:农历每年的第一个月。门神:旧时过年时贴在大门上的神像,人们认为门神能驱鬼避邪。指东西陈旧不合时宜,或指思想保守的人。

例句 你怎么买了这款样式的衣服?这已经是"正月里卖门神——过时货"了,你真没眼光!

三月里扇扇子——满面春风

释义 本指春风吹在脸上,现指愉快和蔼的面容。

例句 最近王老汉家翻修了房子,又添了个孙子,难怪这两天在街上见到他,他总是"三月里扇扇子——满面春风"的。

三月栽薯四月挖——急于求成

释义 薯:红薯、马铃薯等农作物的统称。比喻做事想尽快得到结果。

例句 学习不是一件简单的事,千万不要"三月栽薯四月挖——急于求成",我们要循序渐进,一步一步地来。

五月的石榴——越来越红

释义 本指石榴进入夏季开出红色的花,现指人或物一天比一天受欢迎。

例句 他如"五月的石榴——越来越红"了,他心里一定乐开了花。

六月天戴棉帽——不识时务

释义 农历六月天热,没有人戴棉帽。指人做事看不清时机。

例句 这个小偷真是"六月天戴棉帽——不识时务",警察已经给了他自首的机会,可他还是我行我素,不知悔改。

七月的河水——后浪推前浪

释义 本指农历七月进入雨季,河水汹涌。现指人流涌动,也指人一代更比一代强。

例句 现代社会人才竞争十分激烈,真可谓"七月的河水——后浪推前浪"。

八月桂花开——到处飘香

释义 既指香气散开,也指好名声广为流传。

例句 他可是个热心人,只要能做到的,他总是尽力帮助别人。一提起他的大名,那可是"八月桂花开——到处飘香"啊!

九月菊花逢细雨——点点入心

释义 本指细雨滋润花心。现指说话、做事细致入微,深入人心。

例句 他的话有如"九月菊花逢细雨——点点入心",听得我们大家热泪盈眶。

十月的桑叶——没人睬(采)

释义 农历十月,蚕已结茧,无人采摘桑叶。指某人或某物没人理会。

例句 他生性孤僻,平常从不跟别人来往,有时还装疯卖傻的。所以,他如"十月的桑叶——没人睬(采)"。

春天的杨柳——分外亲(青)

释义 分外:特别。指格外亲切、热情。

例句 海外游子重归故里,看到家乡的一草一木都觉得像"春天的杨柳——分外亲(青)"。

一年四季百花开——长年都是春

释义 比喻处处都是生机。也用来指一个人心情愉快,精神面貌很好。

例句 海南岛是典型的热带气候,那里阳光明媚、气候宜人,真是"一年四季百花开——长年都是春"哪。

惊蛰后的青竹蛇——一个比一个凶

释义 惊蛰:二十四节气之一。青竹蛇:一种毒蛇。惊蛰后,气温渐渐转暖,青竹蛇

从冬眠中醒来,对人和动物构成危害。现指一个比一个凶猛、厉害。

例句 这两人吵起来就是"惊蛰后的青竹蛇——一个比一个凶",谁也不让谁。

夏天的温度表——直线上升

释义 指升高或提高的速度非常快。

例句 经过三个月的奋力拼搏,李丽这学期的成绩真是"夏天的温度表——直线上升"。

夏天的头阵雨——下过地皮干

释义 指雨水很少。比喻做事只图表面,不能深入实际。

例句 你这种武断地处理事情的方式就是"夏天的头阵雨——下过地皮干"。

立秋的石榴——满脑袋点子

释义 立秋:在8月7日、8日或9日,我国以立秋为秋季的开始。本指秋季成熟的石榴果实里尽是籽儿,现指人办法多。

例句 你别看他平时不说话,他可是"立秋的石榴——满脑袋点子",这事还是请他给拿主意吧。

秋后的蚊子——横飞不了几天啦

释义 比喻恶势力已接近灭亡。

例句 特警们已经擒获了贩毒集团的首领,这个造成了无数家庭家破人亡的罪恶集团终于像"秋后的蚊子——横飞不了几天啦"!

秋后的石榴——一肚子红点子

释义 红点子:双关语,本指石榴籽,转指好主意。比喻人有很多好主意、好方法。

例句 同学们在为元旦晚会出谋划策,小刚一会儿想起个有趣的游戏,一会儿又有了个小品的构思,真是"秋后的石榴——一肚子红点子"。

过了霜降割豆子——误了三秋

释义 指失去了做某事的最好时机。

例句 比赛结束了才开始训练,这真是"过了霜降割豆子——误了三秋"啊!

冬天穿袄,夏天吃瓜——什么时候说什么话

释义 比喻人说话做事敏锐机智。

例句 最后,他干脆说:"嫂子,'冬天穿袄,夏天吃瓜——什么时候说什么话',你千不想万不想也得想想三个孩子,犯不着为了旁人连累自己。"

冬天吃冰棒——一直凉到心

释义 凉:双关语,本指冷,转指灰心或失望。指灰心失望到了极点。

例句 听到她说出这番假话来,老伯一下子就像"冬天吃冰棒——一直凉到心"了。

冬天吃葡萄——寒酸

释义 形容简陋或过于俭朴而显得不体面。

例句　直到来到小明的家里，同学们才意识到小明家的生活过得就像"冬天吃葡萄——寒酸"，大家决定要尽量帮助他。

冬天吃沙子——寒碜

释义　本指沙子硌牙。比喻穿着装扮或举止言语有失体面，让人讥笑。

例句　过节了他还是穿身旧棉袄，也不收拾收拾，真是"冬天吃沙子——寒碜"。

端午节包粽子——有棱有角

释义　形容人有个性，也指才华外现。

例句　刚刚步入社会，我们个个都是"端午节包粽子——有棱有角"的，可是经过一段时间的磨炼，我们就变得成熟多了。

腊月里打赤膊——心火太重

释义　比喻很着急，心里有火。

例句　本来就遇到了大堵车，又下了中雨，他这时候可是"腊月里打赤膊——心火太重"。

春天的萝卜——心里虚

释义　指内心空虚，或是做了见不得人的事情怕别人知道。

例句　他看起来一副大言不惭的样子，其实是"春天的萝卜——心里虚"啊！

四、历史文化类歇后语

盘古王耍板斧——开天辟地

释义　盘古王：中国神话中的人物。辟：开辟。古代神话传说中，盘古氏在天地混沌中出世，开天辟地，才有了世界。比喻前所未有，历史上第一次。也比喻空前宏伟的事业。也作：盘古耍板斧——开天辟地。

例句　新中国的成立，在中国的历史上可以说是"盘古王耍板斧——开天辟地"的一件事。

大禹治水——不顾家

释义　指人忙于事业，不关心家庭。

例句　他每天都在忙公司里的事，家中的事全落在妻子肩上，妻子总抱怨他是"大禹治水——不顾家"。

萧何月下追韩信——连夜干(赶)

释义　赶：与"干"谐音。形容连着几夜做某事。也作：萧何追韩信——连夜地干(赶)。

例句　要想堵住口子，在洪峰到来之前把大堤修好，只有"萧何月下追韩信——连夜干(赶)"了。

扁鹊开药方——手到病除

释义 扁鹊：战国时代名医。形容医术高明。也比喻解决问题迅速。

例句 王医生医术十分高明，一下子就把老奶奶的病治好了。大家都夸他是"扁鹊开药方——手到病除"。

南郭先生吹竽——滥竽充数

释义 比喻没有真才实学的人混在行家里充数或比喻以次充好。

例句 刚练了两天就被拉着来参加运动会的开幕式，其实我知道自己在方队里就是"南郭先生吹竽——滥竽充数"。

霸王敬酒——干也得干，不干也得干

释义 干：双关语，本指干杯，后指工作。比喻人处于被动状态，不得不听从别人的指挥。

例句 老板把本月的工资扣住不发，称加几天班才会发工资，职员们都感到苦不堪言，真是"霸王敬酒——干也得干，不干也得干"。

庞涓斗孙膑——败定

释义 庞涓：战国时的魏将。孙膑：战国时军事家，孙武的后代，齐国阿（今山东阳谷东北）一带人。比喻没有胜算，败局已定。也作：庞涓斗孙膑——败定了。

例句 临近终场的时候，我们还落后对手 10 分，看来这场球赛我们是"庞涓斗孙膑——败定"。

唐伯虎的字画儿——名作

释义 唐伯虎：即唐寅，明代画家，伯虎是他的字。指有价值的作品。

例句 这幅挂在墙上的画作看起来不起眼，但却是"唐伯虎的字画儿——名作"，是已故著名画家的真迹。

秦桧杀岳飞——不得人心

释义 指所作所为违反民众的意愿，得不到别人的拥护和支持。

例句 下周就要期末考试了，可是足球队的教练却要我们每天多练习一个小时，自然是"秦桧杀岳飞——不得人心"，大家纷纷表示反对。

慈禧太后听政——独断独行

释义 指行事喜欢自作主张，只按自己的想法办，不考虑别人的意见。

例句 虽然同学们都反对这一计划，可班长还是一意孤行地坚持执行下去，这真是"慈禧太后听政——独断独行"。

高力士给李白脱靴——万般无奈

释义 高力士：唐朝宦官，受唐玄宗宠信，封渤海郡公，权势很大。一次，唐玄宗召李白进宫作诗，李白酒醉，让高力士给自己脱靴子，高力士恨透了李白，但因为是皇帝的圣旨，无可奈何，只得为其脱靴。形容极其无奈，没有办法。

例句 在对方的威逼之下，小张感觉自己是"高力士给李白脱靴——万般无奈"，只

好答应了他们的要求。

王羲之写字——入木三分

释义 分:长度单位,10分为1寸。相传王羲之在木板上写字,刻字的人发现墨汁透入木板有3分深。形容书法极有力度,也比喻见解、议论深刻。

例句 我们的魏老师在古诗词方面造诣很深,就连著名教授也称赞他的一些见解好比"王羲之写字——入木三分"哪!

齐白石的《虾》——中看不中吃

释义 齐白石:现代画家,擅长画虾。指看着很好,却不能吃。也指表面上很好,实际上却一团糟。

例句 这样的饼干你可不能买,这可是"齐白石的《虾》——中看不中吃"啊!相信我,没错!

梅兰芳唱《霸王别姬》——拿手好戏

释义 梅兰芳:著名京剧表演艺术家,《霸王别姬》是他的代表剧目。比喻在某方面有特长。

例句 弹钢琴对他来说,那可是"梅兰芳唱《霸王别姬》——拿手好戏",他曾获全国钢琴比赛第一名。

鱼戏莲叶间——自由自在

释义 鱼戏莲叶间:见汉朝乐府诗《江南》。戏:玩耍,游戏。形容完全不受管制,来去自由。

例句 每个人都想过"鱼戏莲叶间——自由自在"的生活,可现实是不允许我们这样安逸的。

百川东到海——大势所趋

释义 百川东到海:见汉朝乐府诗《长歌行》。川:河流。本指中国的河流大多是向东流入大海的,专指整个形势的动向。

例句 对此你千万别过分伤心,这是"百川东到海——大势所趋",谁也改变不了的事实。

桃花潭水深千尺——无与伦比

释义 桃花潭水深千尺:见唐朝李白诗《赠汪伦》,后面一句为"不及汪伦送我情"。伦:本指汪伦,现指同类。形容特别出色,没有办法与之相比。

例句 我和盖瑞春是最要好的朋友,大家都说我们之间的友谊是"桃花潭水深千尺——无与伦比"的。

春蚕到死丝方尽——满腹经纶

释义 指一肚子学问和才能。形容人学问大,本事高。

例句 小王才二十出头,却是个"春蚕到死丝方尽——满腹经纶"的人,连老师都对他的学识感到震惊。

夜半钟声到客船——名(鸣)声远扬

释义 夜半钟声到客船:见唐代张继的诗《枫桥夜泊》。扬:传播出去。指很有名气。

例句 他是个孝子,在这附近早已是"夜半钟声到客船——名(鸣)声远扬"了。

九曲黄河万里沙——转弯抹角

释义 九曲黄河万里沙:见唐朝刘禹锡诗《浪淘沙》。抹:紧挨着绕过。本指黄河变道很多,现专指路弯弯曲曲,也比喻说话含蓄,不爽快。

例句 老王就是那么一个人,说话总是"九曲黄河万里沙——转弯抹角"的,真令人反感!

犹抱琵琶半遮面——害羞

释义 犹抱琵琶半遮面:见唐朝白居易诗《琵琶行》。形容有不安的情绪或难为情。

例句 看她那"犹抱琵琶半遮面——害羞"的样子,真是可爱极了!

大珠小珠落玉盘——响当当

释义 大珠小珠落玉盘:见唐朝白居易诗《琵琶行》。本指珠子碰击玉盘发出的声音响亮、清脆,现指人因优秀而名声远扬。

例句 你可别门缝里看人,把他看扁了,他可是我们市里"大珠小珠落玉盘——响当当"的人物。

五、地理类歇后语

黄河里的水——难晴(清)

释义 清:与"晴"谐音。本指黄河泥沙淤积,河水浑浊不清。喻指天气很少晴朗。

例句 每年五六月份,江南一带的天气就像"黄河里的水——难晴(清)"。

戈壁滩上找泉水——困难得很

释义 戈壁滩:指地面几乎被粗沙、砾石所覆盖,植物稀少的荒漠地区。指困难程度非同一般。

例句 想精通一门外语,真是"戈壁滩上找泉水——困难得很"啊!

泰山顶上观日出——风光看不够

释义 泰山:在山东中部,又称"东岳"。指美丽的景色让人百看不厌。

例句 蒋玲一到那儿,便大声嚷道:"快来看哪,眼前的景色好美,真是'泰山顶上观日出——风光看不够'啊!"

长白山的野人参——得之不易

释义 长白山:在我国东北部,产人参。指某事物不容易到手。也指某些事不常发生,或不容易办到。

例句 这颗珍珠是姥姥从国外带回来的,这可是"长白山的野人参——得之不易"

啊,怎能不好好珍藏呢?

世界地图吞肚里——胸怀全球

释义 指目光远大,心里装着全世界。也指人心胸宽广,不拘小节。

例句 他真是个好同志,"世界地图吞肚里——胸怀全球",为了大局能忍辱负重这么多年。

山东出响马——有贤也有愚

释义 指有好人,也有坏人。或有聪明的,也有蠢笨的。

例句 这么一大群人来报名,"山东出响马——有贤也有愚",必须得测试过了才能知道哪些人符合咱们的要求。

从河南到湖南——难(南)上加难(南)

释义 南:与"难"谐音。指事情越来越难处理。

例句 本来这座山就很高、很陡,现在由于下了点儿小雨山路又变得泥泞起来,要登上山顶就像"从河南到湖南——难(南)上加难(南)"。

河南到河北——两省

释义 省:双关语,本指行政区域,转指节约。形容两方都省下了钱或物等。

例句 你上午听力考试时,我把录音机借给你,我下午考笔试你把尺子借了我,我们这是"河南到河北——两省"。

春到成都——锦上添花

释义 锦:双关语,成都又称锦官城、锦城,简称锦,又指有彩色花纹的纺织品。在美丽的锦上又增加了花。比喻美上加美,好上加好。

例句 今天姨妈传出消息说,前天刚结婚的表哥被提拔为项目经理,这真是"春到成都——锦上添花"。

武汉的汤包——四季美

释义 "四季美"是武汉卖汤包的一个老字号。指一年四季的景色都非常美。

例句 云南的气候是四季如春,那西双版纳的风景更是"武汉的汤包——四季美"呀!

卢沟桥上的石狮子——数不清

释义 卢沟桥:在北京西南永定河上,桥栏杆的每个石柱上都刻有狮子,有的大狮子抱着小狮子,有的背上、脖颈上、或肚子底下伏着小狮子,整个桥上到底有多少个石狮子,很难数得清。比喻人或事物数量太多,难以计算。

例句 雷锋叔叔一生做过的好事就像"卢沟桥上的石狮子——数不清"。

景德镇的瓷器——词(瓷)好

释义 景德镇:江西的一个城市,以出产优质瓷器闻名。瓷:与"词"谐音。比喻说得动听。

例句 很多辅导班都是"景德镇的瓷器——词(瓷)好",其实在孩子成绩提升和兴趣培养上并未发挥多大作用。

景德镇停业——没词(瓷)了

释义 瓷:与"词"谐音。景德镇为瓷都,它停业后,自然不再产陶瓷。比喻没有什么可以应对的话了。

例句 猛然被对方这么一问,他一下子就"景德镇停业——没词(瓷)了"。

黔驴技穷——就这一踢蹬

释义 黔:古指贵州一带,今为贵州省别称。指所具有的技能不过如此。

例句 这个排球队完全依靠主攻手的扣球得分,其他队员没有得分能力,对手很快发现了他们不过是"黔驴技穷——就这一踢蹬",一举击败了他们。

无锡泥人——经不起风吹雨打

释义 无锡因盛产泥人而远近闻名。泥人遇雨则化为泥。比喻意志薄弱,经受不起恶劣环境的考验。

例句 你们不能这样溺爱娇惯孩子,需要让他们经受磨炼与挫折,否则,以后他们就会是"无锡泥人——经不起风吹雨打"的!

天津的萝卜——心里美

释义 指人心地善良。

例句 这位老人生活贫寒,几十年来却坚持为素不相识的孩子捐赠学费,真是"天津的萝卜——心里美",太让人感动了。

西湖边搭草棚——煞风景

释义 比喻在美好的场合,出现使人扫兴的事。也作:西湖边搭草棚——大煞风景。

例句 一张破画张贴在这高雅的厅堂,和周围色彩很不协调,真有点儿"西湖边搭草棚——煞风景"。

长江黄河流入海——殊途同归

释义 指以不同的途径到达相同的地方。比喻用不同的方法达到相同的目的。

例句 这两种方法有很大不同,用在这道数学题上,却都解出正确答案,这真是"长江黄河流入海——殊途同归"。

香山的卧佛——大手大脚

释义 形容对财物毫不吝惜,没有节制地随便花费。也指行动鲁莽。

例句 这人真有钱,一进商场,花起钱来就是"香山的卧佛——大手大脚"。

杏花村的酒——后劲儿大

释义 杏花村:特指出产汾酒和竹叶青等名酒的山西省汾阳市杏花村。本义指喝了杏花村产的酒后,酒力慢慢儿地显露出来。喻指人越到后来,实力越强。

例句 小明自从上了初中后,成绩一次比一次进步,真是"杏花村的酒——后劲儿大"。

草原上的天气——变化多端

释义 形容事物千变万化。

例句 老章的脾气就像"草原上的天气——变化多端",越是和他熟悉的人,越是感到他很难相处。

大海退潮——水落石出

释义 退潮:潮水下降。本指水降下去,水底的石头就露出来。现指事情的真实情况被弄清。

例句 你可别胡乱猜测,事情总会有"大海退潮——水落石出"的一天,你一旦冤枉了他怎么办?

太平洋里一滴水——微不足道

释义 形容事情微小,不值一提。

例句 他开始觉得这简直是"太平洋里一滴水——微不足道"的战斗,没想到却惨败。真是大江大海过得不少,今天竟在这小小的河沟里翻了船。

钱塘江涨大潮——后浪推前浪

释义 后面的波浪推动前面的波浪不断前进。比喻新事物代替旧事物,永不停息地向前发展。

例句 随着科技的发展,各种数码产品的更新换代越来越快,真是"钱塘江涨大潮——后浪推前浪"。

黄河的水——难请(清)

释义 黄河中下游的水里混有大量泥沙,很混浊。比喻某人难得空闲,十分不好邀请过来。

例句 妈妈对表姐说:"你是稀客,'黄河的水——难请(清)',一定要在这儿多住几天哪。"

洞庭湖的麻雀——见过大风浪

释义 洞庭湖:我国第二大淡水湖,在湖南省北部,长江南岸。比喻人见过大场面。

例句 我们可是"洞庭湖的麻雀——见过大风浪"的,生意场上的一次失败算不了什么。

峨眉山上的猴子——机灵得很

释义 峨眉山:在四川省,山上猴子很多。形容人头脑灵活,精明强干。

例句 你可别看他人小,那可是"峨眉山上的猴子——机灵得很",上次他骗了好多敌人呢!

到了黄山又想去峨眉——这山望着那山高

释义 比喻不满意自己的环境、工作,老觉得别的环境、别的工作好。

例句 他刚辞去了一份工作,来到这家企业上班,没到一个月又想换工作,这真是"到了黄山又想去峨眉——这山望着那山高"。

泰山顶观日出——冤枉(远望)

释义 远望:与"冤枉"谐音。指受到不公平的待遇,被冠以不应有的罪名。也作:泰山顶上观日出——冤枉(远望)。

例句 教室的多媒体教学设备被损坏的时候,我正在操场上踢球呢,同学们怎么能说是我损坏的呢? 我真是"泰山顶观日出——冤枉(远望)"啊。

梦中游苏杭——好景不长

释义 苏杭:指苏州、杭州,在传统中被认为是人间最美丽的地方。指美好的光景不能永远存在。也作:梦中游苏杭——好景不会长。

例句 曹雪芹年少时过着富足的生活,可是"梦中游苏杭——好景不长",自从他父亲被治罪后,他家的家境就没落了。

江阴人舞龙灯——节节火(活)

释义 江阴:这里指长江的南面。龙灯:民间舞蹈用具,用布或纸做成的龙形的灯,灯架由许多环节构成,每节下面有一根棍子,众人同时舞动,用锣鼓伴奏。活:与"火"谐音。指日子或形势越来越好。

例句 自从政府鼓励发展养殖业以来,这个村子发展了多个项目,村民们的生活也是"江阴人舞龙灯——节节火(活)"。

长江里漂木头——付(浮)之东流

释义 浮:与"付"谐音。木头浮在水面上向东流去。比喻希望落空,一切努力都白费了。

例句 随着这三次试验的失败,小王之前所有的努力都像"长江里漂木头——付(浮)之东流"了。

隔黄河赶牛——鞭长莫及

释义 比喻因力量有限,不能达到某种目标。

例句 虽然我也很希望改变现状,但我实在是"隔黄河赶牛——鞭长莫及",本事不够高强,想不出什么改变的方法。

屈死鬼跳黄河——想洗洗不净

释义 屈死鬼:受冤屈而死的人。黄河水十分浑浊,不宜洗涤用。比喻被人误会,名誉受损,无法澄清。

例句 小张通过认真刻苦的准备考上了公务员,但是很多人都说他走后门、托关系,不是凭借自己的实力,他现在是"屈死鬼跳黄河——想洗洗不净"啊。

赶着羊群过火焰山——往死里逼

释义 火焰山:在新疆吐鲁番盆地,夏天时山体呈红色,因此叫火焰山。指把人逼得走投无路。

例句 在工程进展的关键时刻,投资方突然撤资,这对于我们来说,无疑是"赶着羊群过火焰山——往死里逼"。

西天出太阳——反常

释义　本指应从东方升起的太阳却从西边升起,现指事情跟正常情况不同。

例句　你今天起这么早,真是"西天出太阳——反常"啊!

月光下散步——形影不离

释义　本指影子随时跟着人。现指彼此关系密切,难舍难分。

例句　骄傲和失败像一对亲密的朋友,有如"月光下散步——形影不离",因此即使成功在即,我们依然要保持谦虚谨慎的作风。

南极到北极——相差十万八千里

释义　南极:南半球的顶点。北极:北半球的顶点。本指相距很远,现指差别程度很大。

例句　你们之间的距离真是"南极到北极——相差十万八千里",怎么可能走到一起呢?

北极的冰川——顽固不化

释义　冰川:极地和高山地区沿地面倾斜方向移动的巨大冰体,由大量积雪经巨大压力形成,也叫冰河。化:本指融化,现指变化。指思想跟不上形势的发展,不愿接受新事物。

例句　如果他当初好好干,也不至于今天还是个工人。他这个人就是"北极的冰川——顽固不化",谁都拿他没办法。

六、植物类歇后语

草原上的苇子——靠不住

释义　草原:这里指长满野草的低湿地。苇子:芦苇,茎中空。比喻不可靠,不值得信任。

例句　他说的话是"草原上的苇子——靠不住"的,你别轻易相信他。

蒺藜拌草——不是好料

释义　蒺藜:这里指草本植物蒺藜的果实,果皮上有尖刺。本指掺有蒺藜的草料要刺伤家畜,不是好饲料。现指不是好材料,或指人不做好事,不是好人。

例句　许老用急得尖起脆嗓门说:"你看,'当泥鳅的不怕迷眼',再丑的事,他也干得出来。你没见他老婆,'蒺藜拌草——不是好料'。"(杨朔《望南山》)

墙头上的草——哪边风硬哪边倒

释义　比喻人没有骨气,哪边势力大就投靠哪边。也指人没有自己的见解,任由他人摆布。

例句　小张这人我算是看透了,那是"墙头上的草——哪边风硬哪边倒",当初你就不该指望他的。

石头后面的芽芽——见太阳迟

释义 比喻得到关照晚。也指人思想守旧,不思进取。

例句 现在的年轻人和我们那时相比,就好比"大田里的苗苗——得雨露早",我们好比"石头后面的芽芽——见太阳迟"。

带刺的鲜花——好看却扎手

释义 扎手:双关语,既指刺手,又指难对付,难办。比喻某事看起来好处多,然而做起来却非常棘手。也指姑娘长得虽漂亮,但脾气很大,不易接近。也作:带刺的鲜花——好看可又扎手|带刺的鲜花——好看是好看,有点儿扎手|带刺的鲜花——好看是好看,有点儿扎手。

例句 她长得很美,但却是"带刺的鲜花——好看却扎手",脾气极坏。

胸窝里栽牡丹——心花怒放

释义 怒放:盛开。心里乐开花。形容异常兴奋和喜悦。也作:胸窝里栽牡丹——心中乐开花。

例句 当我得知这次作文比赛我获得一等奖的时候,我真是"胸窝里栽牡丹——心花怒放"。

没根的浮萍——无依无靠

释义 浮萍:一种草本植物,浮在水面生长,须根垂直在水中。比喻人孤独,没有人帮助。

例句 老奶奶的亲人都去世了,如今只剩下她一个人,她成了"没根的浮萍——无依无靠"。

半夜收玉米——瞎掰

释义 瞎掰:双关语,本指在黑暗中胡乱地掰(玉米),后指不负责任地乱说一气。

例句 这个电影虽然拍得很精彩,但它的故事情节实在是"半夜收玉米——瞎掰"。人的手脚怎么可能快过子弹呢?

不搭棚的葡萄——没有架子

释义 指人虽身居高位但不自高自大,不装腔作势。

例句 周总理是"不搭棚的葡萄——没有架子"的人,对人态度非常亲切。

蚕豆儿开花——黑心

释义 黑:双关语,既指像墨的颜色,又指人心肠歹毒。蚕豆花本是白色的。但花心有紫斑,远看像黑色。形容人心肠狠毒。

例句 这家工厂专门生产假冒伪劣产品,它的老板真是"蚕豆儿开花——黑心"。

陈年谷子烂芝麻——不新鲜

释义 陈年:旧年,积年。比喻都是陈旧之物,没有新鲜感。

例句 他讲的这些事都已是"陈年谷子烂芝麻——不新鲜"了,可他还是津津乐道。

长白山的人参——越老越红

释义　指年龄越大越受到人们的尊重和追捧。

例句　孙爷爷技能扎实,经验丰富,虽然退休了,却有更多企业邀请他去为工人做指导,邻居们都感慨他是"长白山的人参——越老越红"。

三月里的桃花——红不了多久

释义　本指桃花开不久,现指人走红不了多久,或好名声持续不了多久。

例句　你不用怕,像他这种仗势欺人的家伙,那是"三月里的桃花——红不了多久"的。

水仙不开花——装蒜

释义　本指没开花时的水仙像蒜,现专指人装腔作势。

例句　瞧你那样,斗大的字不识一个,还给人家讲道理,别在那"水仙不开花——装蒜"啦!

芝麻开花——节节高

释义　芝麻:草本植物,茎直立,每长一节就开一层花。比喻生活一天比一天好。

例句　这些年来,农民们的收入提高了,生活是"芝麻开花——节节高",一天更比一天好。

大白菜倒了秧——打根上坏了

释义　倒了秧:植物幼苗枯萎。打:从。本指大白菜的幼苗枯萎了,借指人心地不善良。

例句　原本以为通过说服教育能使这小子变好点儿,没想到他更变本加厉了,我看他是"大白菜倒了秧——打根上坏了"。

晒干的萝卜——蔫了

释义　本指萝卜失去水分而萎缩,现指人无精打采的样子。

例句　自从高考落榜后,他就像"晒干的萝卜——蔫了",整天闷闷不乐的。

萝卜青菜——各有所爱

释义　指每个人的爱好都不一样。

例句　他们是孪生兄弟,哥哥爱好文学,弟弟爱好天文,真可谓是"萝卜青菜——各有所爱"。

倒瓤儿的冬瓜——一肚子坏水

释义　倒瓤儿:瓜果等从里面变质、腐烂。本指烂冬瓜内部全是腐臭的水。现指人心里没有好主意,坏透了。

例句　你跟他商量个啥劲儿,他是"倒瓤儿的冬瓜———肚子坏水",小心让他把你哄了。

成熟的芭蕉——黄了

释义　黄了:双关语,本指芭蕉成熟后颜色变黄,转指事情没有成功的希望了。也

作：成熟的芒果——黄了 | 成熟的柚子——黄了。

例句 尽管经过了长达七天的谈判，但出于种种原因，这笔交易最终还是像"成熟的芭蕉——黄了"。

西瓜落地——滚瓜烂熟

释义 烂熟：熟透。熟透了的西瓜从瓜藤上滚落下来。比喻背诵得非常熟练。

例句 你只有把书读得像"西瓜落地——滚瓜烂熟"了，才能把知识融会贯通，否则在考场里难以很好地发挥。

打横切莲藕——多心

释义 本指藕的孔多，现指人疑心重，或用过多的心思。

例句 你这丫头，就是"打横切莲藕——多心"！刚才你姐姐说的是她自己，根本没你什么事儿。

麻袋里的菱角——喜欢冒尖儿

释义 本指菱角容易从麻袋里露出，现指人喜欢炫耀自己。

例句 他是"麻袋里的菱角——喜欢冒尖儿"，可得常给他提醒着点儿。

出土的甘蔗——节节甜

释义 比喻生活越来越好。

例句 刘老汉幸福地说："自从实行了包产到户的政策，咱农民的日子就如那'出土的甘蔗——节节甜'哪！"

花生剥了壳——好歹算个人（仁）

释义 仁：果核、果壳里较柔软的部分。指怎么说也算是个有用的人。

例句 她呀，虽然没有你那么能干，但也是"花生剥了壳——好歹算个人（仁）"哪，你不能这样贬低她。

花生的壳，大葱的皮——一层管一层

释义 指行政隶属关系明确，下级受上级制约。

例句 公司的制度是下级必须服从上级的安排，这叫"花生的壳，大葱的皮——一层管一层"。

春笋破土——节节高

释义 笋：竹的嫩芽，可以做菜，也叫笋子、竹笋。本指春天的竹笋长得快，现指人有进取心，不断进步。

例句 这孩子的学习成绩可谓是"春笋破土——节节高"，看来考上大学没什么问题。

老葫芦爬秧子——越扯越长

释义 喻指离开正题，牵出越来越多的其他事情。

例句 他平时说话都没个重心的，说着说着就跳到别的事上了，就这么一直跳来跳去能说很久，真的是"老葫芦爬秧子——越扯越长"。

九月的石榴——一肚子疙瘩点子

释义 指人很聪明,有一肚子的主意。

例句 小赵真是"九月的石榴——一肚子疙瘩点子",不一会儿就想出了一个让大家惊叹的好方案。

大风吹倒梧桐树——有的说长,有的说短

释义 指背地里说人家闲话。也作:大风吹倒梧桐树——自有别人说长短|大风吹倒梧桐树——自有旁人话短长|大风刮倒梧桐树——自有旁人话短长。

例句 他毕业后天天宅在家里,对此街坊邻居们那是"大风吹倒梧桐树——有的说长,有的说短"。

山上的松柏——四季常青

释义 比喻一年四季都是绿的。

例句 革命烈士的奉献精神像"山上的松柏——四季常青",永远鼓舞着我们向前进。

柳树开花——不结果

释义 指事情过程精彩,但没有结果。

例句 这次会议只讨论了一个问题,争论到最后,还是"柳树开花——不结果"。

棕树一生——任人千刀万剁

释义 棕树有褐色棕毛包在树干外面,棕毛可剥下来制绳、刷子等物品。比喻人软弱,任人宰割。

例句 旧社会的农民头顶着三座大山,深受压迫,就像"棕树一生——任人千刀万剁"。

七、动物类歇后语

小鱼穿在柳枝上——难解难分

释义 指感情很深,难以分开,或指比赛很激烈,难以分出胜负。

例句 在这次围棋比赛上,小张和小李两个人真是"小鱼穿在柳枝上——难解难分"。

蛟龙得云雨——终非池中之物

释义 蛟龙:传说中能兴云降雨的神异动物,统领水族。比喻人有不同寻常的才能,一定能成就大事。

例句 他在这个小公司工作可能有迫不得已的原因吧!正所谓"蛟龙得云雨——终非池中之物",他迟早会离开这里,向 IT 行业迈进的。

螃蟹过河——七手八脚

释义　本指螃蟹足多,现指人多手杂,动作杂乱无章。

例句　这部机器太复杂了,很难修理,幸亏你们及时指点。如果没有你们,我们可是"螃蟹过河——七手八脚",不晓得会乱成什么样子呢!

王八咬手指头——死不松嘴

释义　指嘴皮子很硬,无论怎样都不承认自己做过的事。

例句　同学们都看到是小周把图书角的宣传画撕坏了,可是他就是"王八手羊指头——死不松嘴",硬说不是他撕的。

乌龟吃萤火虫——肚里明白

释义　萤火虫:腹部末端会发光的小昆虫。明:双关语,原指明亮,借指明白。本指乌龟吞了萤火虫,肚里就有了亮光,能看得明明白白。比喻对某件事一清二楚,只是不言语而已。

例句　好好学习才能取得好成绩,这么简单的道理你还用跟他讲?他是"乌龟吃萤火虫——肚里明白",就是贪玩懒得学罢了。

乌龟过门槛——全看这一番(翻)了

释义　翻:与"番"谐音。比喻到了最关键的时候,成败在此一举。

例句　明天就要决赛了,你能不能夺冠,就是"乌龟过门槛——全看这一番(翻)"了。

挨打的乌龟——缩了脖子

释义　本指乌龟受惊缩头,现指人胆子小,畏畏缩缩,不敢出面负责任。

例句　别看他平时张牙舞爪的,一到关键时刻他就像个"挨打的乌龟——缩了脖子"。

黄鳝泥鳅——差不离儿

释义　形容大致差不多。

例句　他们俩一个是惯盗,一个是小偷儿,"黄鳝泥鳅——差不离儿",都不是好人。

井底之蛙——没见过大天

释义　本指井底的青蛙只能看到井口大的天,没见过更大的天,现指人见识浅薄。

例句　李俪笑着说:"你简直就是"井底之蛙——没见过大天",连这东西也没见过!"

癞蛤蟆打哈欠——好大的口气

释义　口气:本指嘴呼出的气,引申为说话的气势。讽刺人说话口气大,自以为了不起。

例句　小刘又吹牛说:"我不吃饭,能一口气把河水喝干……"王大妈讽刺道:"哟,有这么大能耐?我看你是'癞蛤蟆打哈欠——好大的口气'呀。"

蛤蟆、蝎子、屎壳郎——各人觉得各人强

释义　讽刺人都自认为本领比别人强。

例句　他们几个呀,"蛤蟆、蝎子、屎壳郎——各人觉得各人强",都认为自己本事大,我看还是碰的钉子少。

清水河里捞鱼儿——看得一清二楚

释义　指了解得清清楚楚。

例句　你不要认为我整天不吭声,就什么也不知道,我告诉你,对你干的那些偷鸡摸狗的事情,我是"清水河里捞鱼儿——看得一清二楚"。

蜗牛赛跑——慢

释义　蜗牛:一种软体动物,有壳,行动缓慢。与快相对,形容速度低。

例句　他是所有人中做事最细致的一个,但是速度实在是"蜗牛赛跑——慢"啊!

鳄鱼的眼泪——假得很

释义　鳄鱼:一种爬行动物,善游泳,性凶恶,传说鳄鱼进食猎物时都要流泪表示同情。指虚伪做作,没有真实性。

例句　这个犯罪嫌疑人,在人证物证面前,不肯认罪伏法,而且还装出一副可怜巴巴的样子,真是"鳄鱼的眼泪——假得很"!

老鼠碰上猫——在劫难逃

释义　形容灾难不可避免。

例句　岳飞在接到皇上的圣旨后就知道自己是"老鼠碰上猫——在劫难逃"了。

蛇钻到竹筒里——只好走这条道

释义　指没有其他的办法,只能做这样的选择。

例句　洪水很快就要到来了,"蛇钻到竹筒里——只好走这条道",必须开闸放水淹掉下面的几个村子,这样才能保住武汉长江大堤的安全。

打了兔子喂鹰——好处给了恶人

释义　指好处让坏人得了。

例句　厂长这样做,完全是"打了兔子喂鹰——好处给了恶人":对本厂没什么好处,反而让其他的厂子占尽先机。

打猫吓唬狗——虚张声势

释义　指故意张扬声势以迷惑对方。

例句　他这样说,完全是"打猫吓唬狗——虚张声势",其实他心里对这一切并没有底。

打死老鼠喂猫——好一个,恼一个

释义　指为了讨好一个人,却得罪了另一个人。

例句　小张夸小明说:"只有你是最棒的!"旁边小王听了,马上变得不高兴起来。这真是"打死老鼠喂猫——好一个,恼一个"呀!

打蚊子喂象——无济于事

释义　指对事情没什么助益。

例句　议案已经通过，你再怎么反对也是"打蚊子喂象——无济于事"。

刺猬的脑袋——不是好剃的头

释义　比喻难对付的人或事情。

例句　"刺猬的脑袋——不是好剃的头。"这伙强盗非常狡猾，要对付他们可不容易。

肉包子打狗——有去无回

释义　本指狗咬走了肉包子，现专指人一去再不回来，或指东西被拿出去后再也收不回来。

例句　小刘说到这里，把双手一推，"你猜怎么样？'肉包子打狗——有去无回。'一个长期留在后方疗养，一个转地方工作。"（林江、烈岩《不屈的昆仑山》）

促织不吃癞蛤蟆肉——都是一锹土上人

释义　促织：蟋蟀。癞蛤蟆：蟾蜍的通称。癞蛤蟆和蟋蟀都要藏在土里过冬。比喻彼此都是同一类人，不会互相伤害。

例句　贪官和奸商总会互相包庇，因为他们是"促织不吃癞蛤蟆肉——都是一锹土上人"。

马散笼头——自由自在

释义　笼头：用皮条或绳子做成，套在骡、马等头上，用来系缰绳。形容轻松随便，不受约束。

例句　不管怎么说，他辞了这份工作，可算是"马散笼头——自由自在"了。

鸡抱鸭蛋——一场空

释义　抱：孵。形容做事白忙活，劳而无功，什么也没有得到。

例句　他心里念道："完了，完了，想不到忙了大半天，却落个'鸡抱鸭蛋——一场空'。"

热锅上的蚂蚁——团团转

释义　比喻人遇到十分难办的事情或陷入绝境，而又找不到解决的办法或出路。

例句　火车马上就要开了，哥哥在站台上等着弟弟一起上车，可是弟弟不知怎么搞的，一直不见踪影，哥哥急得像"热锅上的蚂蚁——团团转"。

才出壳的小鸡儿——嫩得很

释义　指初生的小鸡儿很娇嫩。比喻人阅历浅，不老练。

例句　别看他口出狂言，说要解决这个世界性难题，实际上他是"才出壳的小鸡儿——嫩得很"，学问和经验都极其欠缺。

耗子给猫捋胡子——溜须不顾命

释义　捋：用手指顺着抹过去，使物体顺溜或干净。溜须：本指捋胡须，现指溜须拍马。讽刺人不顾一切地献殷勤。

例句　他为了巴结上司，什么事情都可以干出来，所以同事都瞧不起他。有人说，他是那种"耗子给猫捋胡子——溜须不顾命"的人。

小巴儿狗撵兔子——要腿没腿,要嘴没嘴

释义 比喻什么本事也没有。

例句 你是"小巴儿狗撵兔子——要腿没腿,要嘴没嘴",你如何能胜任这项工作!

馋狗等骨头——急不可待

释义 形容心情非常急迫或形势紧迫。

例句 一听到奶奶说给他买了新玩具,小明就一副"馋狗等骨头——急不可待"的样子,嚷着要奶奶把玩具拿给他看。

馋猫挨着锅台转——别有用心

释义 指人另有不可告人的企图。

例句 他叫你明天过去,分明是"馋猫挨着锅台转——别有用心"。你千万别上他的当。

老牛拉破车——慢慢吞吞

释义 形容行动缓慢,速度不快。

例句 大家都加把劲吧!总是这么"老牛拉破车——慢慢吞吞"的,什么时候才能完成生产指标哇?

小鸡啄簸箕——罢罢罢(叭叭叭)

释义 叭:拟声词,形容小鸡啄簸箕的声音,与"罢"谐音。指到此为止,坚决不干了。

例句 他同父母商量说:"再给我一年时间,让我尝试自主创业吧,如果真的失败,我就"小鸡啄簸箕——罢罢罢(叭叭叭)"了。"

小毛驴拉火车皮——白费劲

释义 指白白浪费力气而没有作用。

例句 他这个人爱胡搅蛮缠,跟他讲道理就如同"小毛驴拉火车皮——白费劲",他不会明白的。

羊羔子跪乳——懂点儿人性

释义 形容有人情味,懂得人情世故。

例句 老师病了,你知道回来看看,还算你"羊羔子跪乳——懂点儿人性"。

狗咬老鼠——多管闲事

释义 本指捉耗子是猫的事而不是狗的事,现专指人做了分外的事或管了不该管的事。

例句 "你真是'狗咬老鼠——多管闲事',你又不是我的上司,我去不去上班关你什么事?"气头上的小红朝着老李怒吼。

狗咬太阳——不晓得天高地厚

释义 比喻不知做事的艰辛与困苦。也指不懂道理,愚昧无知。也作:狗咬月亮——不知天高地厚|狗吃太阳——不晓得天高地厚|狗要吃太阳——不知天有多高。

例句 小康做事没分寸,求人帮忙态度还这么傲慢,真是"狗咬太阳——不晓得天高地厚"。

野狗钻篱笆——两面受夹

释义 指两头或两方面都受到攻击,处境极为不利。也作:野猫钻篱笆——两头受夹。

例句 现在本行业销售市场竞争激烈,我们产品的价格几乎降到最低;而原材料市场却涨价迅猛,成本一度增高。现在我们是"野狗钻篱笆——两面受夹",处境很不利呀!

野马斗獐子——专挑没角的整

释义 獐子:哺乳动物,外形像鹿,较小,没有角。没角:双关语,本指没有角,转指软弱。比喻专欺负好人或软弱的人。

例句 他这个人就是欺软怕硬,整天没事就欺负小胡这个老实人,真是"野马斗獐子——专挑没角的整"。

野猪拱窝儿——全靠一张嘴

释义 比喻完全依靠一张能说会道的嘴办事。也比喻只会吹牛,做不成实事。也作:野猪拱红薯——全靠一张嘴。

例句 他这个人办事就是"野猪拱窝儿——全靠一张嘴",可不能相信他。

兔子的尾巴——长不了

释义 本指兔子的尾巴短,现指时间不会维持太久。

例句 人们都来到永定门外的便道上,怀着惊慌而又沉痛的心情去观看日军入城式。有人低声说:"别看这些人现在耀武扬威,都是'兔子的尾巴——长不了'!"

野猪

小猴吃小象——亏它敢下口

释义 形容敢做自己能力之外的事,或吹嘘自己能办成别人做不到的事情。也作:小猴想吃大象——亏它敢下口。

例句 小杰平时成绩不太好,这次期末考试竟然说要考第一名,真是"小猴吃小象——亏它敢下口"。

蛇逮老鼠——要独吞

释义 本指蛇把老鼠整个吞下,现专指想独自拥有。

例句 这次的胜利可是大伙的功劳,不是你一个人的!你想"蛇逮老鼠——要独吞",没门!

虎入羊群——无一敢当

释义 当:阻挡,抵挡。形容来势凶猛,没人敢站出来反抗。

例句 面对仓皇逃窜的敌人,我军战士如"虎入羊群——无一敢当",没过多长时间,就把敌人全都俘虏了。

长颈鹿的脑袋——高人一头

释义 本指长颈鹿高,现指人水平或地位比别人高。

例句 在这次评选的论文当中,这篇论文是最优秀的,如同"长颈鹿的脑袋——高人一头"。

斑马的脑袋——头头是道

释义 本指斑马头上布满条纹,现指说话做事有分寸,条理清晰。

例句 别看他是个小孩,说起话来却是"斑马的脑袋——头头是道"。

熊瞎子打立正——一手遮天

释义 指倚仗权势,玩弄骗人手法,蒙蔽众人耳目。

例句 像这样的重大事件,组长是不能"熊瞎子打立正——一手遮天"的。

老虎屁股——摸不得

释义 比喻不能做,不敢惹。

例句 大家早就跟你说过,这个老板是"老虎屁股——摸不得",一碰就有麻烦,可你偏不听,这回惹祸了吧?

不见兔子不撒鹰——做事稳当

释义 撒:放开。不看见兔子不放出猎鹰,指做事稳重,不急不躁。

例句 把事情交给他,我很放心,他这个人是"不见兔子不撒鹰——做事稳当"得很。

狗长犄角——出洋(羊)相

释义 犄角:牛、羊等头上长的角。讥讽人处境尴尬,闹出笑话来。

例句 这次上台表演,他不但穿着不得体,而且一直跳错舞步,真是"狗长犄角——出洋(羊)相"了。

小猪抢食——吃里爬外

释义 指受着某方面的好处,暗地里却为另一方面办事出力。

例句 我们做人要有原则,不能"小猪抢食——吃里爬外"。

懒驴上磨——不赶不会上道

释义 本指懒驴要赶才会上磨道,现指懒人有压力或在别人的催促下才去做事。

例句 这孩子,我看你是"懒驴上磨——不赶不会上道",不看着你,你就不知道学习!

猴子的屁股——坐不住

释义 猴子生性好动坐不住,指人心情忐忑,难以安静下来。

例句 他是"猴子的屁股——坐不住",你想让他整天看书可不那么容易。

蝎子的屁股——独(毒)门儿

释义 毒:与"独"谐音。比喻特有的、唯一的、别人不会的技能或秘诀。

例句 这家餐馆的菜十分有特色,受到广大顾客的好评,大家都称厨师的手艺是"蝎子的屁股——独(毒)门儿"。

蚂蚁尿书本——识(湿)不了两个字

释义 指认识的字不多。

例句 你少在这里指手画脚的,"蚂蚁尿书本——识(湿)不了两个字",小学都没毕业,你懂个啥?

长虫吃了烟袋油——浑身哆嗦

释义 烟袋油:旱烟袋里残留的烟油,内含有毒素。蛇吃了烟袋油后因极度不适而浑身哆嗦。形容人因惊恐害怕等而全身颤抖。

例句 即使是现在,一想起被歹徒挟持的情景,小穆还是像"长虫吃了烟袋油——浑身哆嗦"。

长虫过篱笆——有空就钻

释义 篱笆:用竹子、芦苇或树枝等编成的环绕房屋或场地的隔墙。比喻善于利用一切可利用的机会。

例句 这伙人做起生意来就像"长虫过篱笆——有空就钻",根本不管有没有触犯法律。

长虫过门槛——点头哈腰

释义 形容恭顺或过分客气的样子。现也用以指虚伪的客气。

例句 他见到领导就像"长虫过门槛——点头哈腰"的。

雄鹰的翅膀——全靠练

释义 指真功夫、硬本领全靠艰苦磨炼而成。

例句 大家都夸爷爷太极打得好,问他有什么秘诀,爷爷说:"这是'雄鹰的翅膀——全靠练'。"

喜鹊登枝——呱呱乱叫

释义 指人盲目叫嚷。

例句 早晨,小田一觉醒来就天南海北地侃起来,一旁睡懒觉的小张说:"你不要'喜鹊登枝——呱呱乱叫',还有人没起床呢!"

未出窝的麻雀嘴朝外——挨着了就吃

释义 还不会飞的小麻雀张嘴等着母雀喂食。比喻人一有机会就占便宜。

例句 每次社区发放物品他都要趁机多拿一份,可真是"未出窝的麻雀嘴朝外——挨着了就吃"。

鹦鹉学舌——人云亦云

释义 鹦鹉:鸟,头部圆,上嘴大,呈钩状,能模仿人说话。指像鹦鹉一样学人说话,人家怎么说,自己也跟着怎么说。形容人没有主见。

例句 作为部门领导,你必须有主见,你这样"鹦鹉学舌——人云亦云"的,让我们对你很失望。

啄木鸟啄树——劲儿全使在嘴上

释义 本指啄木鸟靠嘴啄木取虫吃,专指人爱说好话,也指说话厉害。

例句 他这个人能说会道,"啄木鸟啄树——劲儿全使在嘴上",要是叫他亲自动手去干,他比谁都差劲儿。

乌鸦与喜鹊同巢——吉凶事全然未卜

释义 指前途未卜,究竟是好事还是坏事,尚不能确定。

例句 科长下午突然要找我谈话,这可是"乌鸦与喜鹊同巢——吉凶事全然未卜"哇,我的心里是真没底。

乌鸦占了凤凰枝——高攀

释义 高攀:双关语,既指往高枝儿攀登,又指跟地位、权势等比自己高的人结交或结亲。

例句 跟您这大局长做朋友,我这平头老百姓可是"乌鸦占了凤凰枝——高攀"了呀!

飞出笼子的雀儿——爱怎么飞就怎么飞

释义 比喻人得到了自由,不再受他人控制。

例句 我如今就像"飞出笼子的雀儿——爱怎么飞就怎么飞",谁也管不着。

鸭子凫水——上面静,底下动

释义 凫:在水里游。本指鸭子凫水时,脚掌在水下划动。现指不露声色,私下里鼓劲儿。

例句 你呀,别光看小孙老实。这家伙简直就是"鸭子凫水——上面静,底下动",狡猾着呢!

鸭子不吃瘪谷——肚里有货

释义 本指肚子里有油水,比喻心里有数或有知识、有能力。也作:鸭子不吃瘪稻——肚里有食。

例句 你别看小王平时少言少语的,不起眼,他可是咱们公司的专业技术骨干,他是"鸭子不吃瘪谷——肚里有货"。

公鸡头上一块肉——大小是个官(冠)

释义 冠:鸡冠,与"官"谐音。指不管职位高低,总算是个官。

例句 刚当上组长,就自以为了不起。说来也是,"公鸡头上一块肉——大小是个官(冠)"嘛。

南来的燕子北去的鸟——早晚都要飞的

释义 本指候鸟会随季节迁徙,现指人迟早要离去。

例句 我们这个镇子太小,工资又低,你们这些高才生是"南来的燕子北去的鸟——早晚都要飞的"。

家雀儿学老鹰——想得高了

释义 指人自不量力,想法不切实际。

例句 白杨林的农业简直是个阿斗,扶得起来吗?策勇啊,你是"家雀儿学老鹰——想得高了"。

蜻蜓点水——不深入

释义 雌蜻蜓贴水飞行,尾巴在水面点击,把卵产在水里。比喻人看事情过于表面化,没有看到实质。

例句 "做学问和做人一样,要踏踏实实,别像那'蜻蜓点水——不深入',到头来真正害的还是自己。"王老师语重心长地对学生说。

知了落在粘竿上——自投罗网

释义 粘竿:用来粘捕昆虫等的竿子。罗网:捕鸟、鱼等的网子。比喻把自己推向死路。

例句 刑警队的肖队长说:"如果那小子敢到咱这一片来捣乱,那可就是'知了落在粘竿上——自投罗网'了。"

八、名著类歇后语

关云长卦会——单刀直入

释义 据传,东吴为讨回荆州,请关羽赴宴,企图在宴会上杀害关羽。关羽毫不畏惧,只带一把大刀前往,席间谈笑自如,宴后安然返回。指说话、做事不转弯抹角。

例句 经理说了几句开场白便"关云长赴会——单刀直入",直奔会议主题去了。

刘备对孔明——言听计从

释义 指完全按照某人说的去做。

例句 你对他如同"刘备对孔明——言听计从"。

看《三国》掉眼泪——替古人担忧

释义 《三国》:指长篇历史小说《三国演义》,元末明初罗贯中著。指为无关紧要、无所谓的事情而忧心忡忡。

例句 你的宝贝儿子就够你管教的了,我女儿怎么样你就别劳神了,你还"看《三国》掉眼泪——替古人担忧"呢?少来这一套吧!

诸葛亮摆八卦阵——内有奇门

释义 奇:据《三国演义》记载,诸葛亮曾布下石阵,名叫八卦阵,阵门神奇,让敌军能进难出。指表面看起来普通平凡,里面却高深莫测。

例句 刚学会小魔术的刘小乐晃了晃脑袋,得意地对他的朋友说:"嘻嘻!我的魔术是'诸葛亮摆八卦阵——内有奇门'啊!不信,我给你们露两手。"

张飞绣花——粗中有细

释义 张飞:蜀汉大将。本指张飞鲁莽,却能做精细的绣花活。现指做事粗心大意的人也有细心的时候。

例句 老葛是个有名的马大哈,这回出门,他关了煤气阀,拔了电视插头,这分明是"张飞绣花——粗中有细"嘛!

阿斗当太子——扶不起来

释义 形容人没有能力,即使有人帮助也办不成事。

例句 补习班上了那么多,成绩还是没提上来,气得老爸直骂他是"阿斗当太子——扶不起来"。

周郎妙计安天下——赔了夫人又折兵

释义 《三国演义》中东吴都督周瑜设计,假意把孙权妹妹嫁给刘备,骗刘备到东吴迎亲,想乘机扣留刘备以讨回荆州。结果弄假成真,刘备带着孙权的妹妹安全逃离东吴。吴兵追赶,又被诸葛亮的伏兵打败。比喻想占便宜,反而受到双重损失。

例句 你偏要贪小便宜,把电脑送去街边小店那儿修,结果钱没少出,电脑却没修好。现在,厂家也不给修了,看你怎么办!你真是"周郎妙计安天下——赔了夫人又折兵"啊!

徐庶进曹营——一言不发

释义 据《三国演义》记载,徐庶本为刘备的谋士,后被迫归附曹操,他发誓不为曹操出谋献计。指什么话都不说。

例句 老王平时极善言谈,可是今天好像有什么心事,到这儿之后是"徐庶进曹营——一言不发"。

司马昭之心——路人皆知

释义 路人:路上的行人。据《三国演义》记载,司马昭为魏国权臣,企图夺取帝位。指非分的想法很容易被人看出来。

例句 他玩的那点儿小把戏是"司马昭之心——路人皆知",他还以为别人都蒙在鼓里呢。

三国归司马——完了

释义 完:结束。魏、蜀、吴均被司马家族打败,群雄割据的时代结束了。指事情结束了。也指失败了,垮掉了。

例句 终场哨响起的那一刻,队员们都知道他们本赛季已经是"三国归司马——完了"。

好汉上梁山——逼出来的

释义 梁山:即梁山泊,在今山东省。据《水浒传》记载,众好汉由于各种原因被逼到这里造反。指不是自己情愿做的事,而是被逼无奈才去做的。

例句 巧生在一个深夜从家里跑了出来,因为当地军阀总是强征壮丁,他这样做是"好汉上梁山——逼出来的"。

梁山泊的军师——无(吴)用

释义 吴用:《水浒传》中的梁山军师。指没有用武之地。

例句 我看我还是先回去吧!在这儿我也是"梁山泊的军师——无(吴)用",帮不上什么忙。

宋江的绰号——及时雨

释义 宋江:《水浒传》中的梁山首领,绰号"及时雨"。绰号:外号。比喻在别人最需要帮助的时候,及时伸出援助之手。

例句 刚好这台机器坏了,你的到来真是"宋江的绰号——及时雨"啊,麻烦你帮忙修一下吧!

杨志卖刀——忍痛割爱

释义 指忍受痛苦放弃心爱的东西。

例句 既然老领导喜欢上了我这把珍藏的宝剑,我也就只能"杨志卖刀——忍痛割爱"了。

林冲到了野猪林——绝处逢生

释义 秋据《水浒传》记载,高俅在陷害并发配林冲后,让人在野猪林结束他的性命,但林冲被赶来的鲁智深所救。指在最危急、最绝望的时候有了生的希望。

例句 敌人在他后面紧追,眼前却横着一条大江,在这紧急关头,一个渔民从芦苇丛里划出一只小船,帮了他的大忙,这可真是"林冲到了野猪林——绝处逢生"啊。

武大郎卖烧饼——迟出早归

释义 《水浒传》中说,武松知道潘金莲作风不正以后,临外出时嘱咐他哥哥武大郎少做一些烧饼,每天迟出早归,不要喝酒,以免惹是生非。比喻人懒惰,出工晚,收工早。

例句 你这出摊位做买卖总是"武大郎卖烧饼——迟出早归"的,怎么挣得到钱哪?

武松打虎——气概不凡

释义 据《水浒传》记载,好汉武松过景阳冈时,曾打死过猛虎。形容某人有超凡、勇猛的气质。

例句 庄绍见萧吴轩如"武松打虎——气概不凡",不同流俗,也就特别亲近他。

孙二娘开店——谋财害命

释义 孙二娘:《水浒传》中的人物,曾开黑店谋害过路客商。谋:图谋。指设计谋害别人并夺取其钱财。

例句　"孙二娘开店——谋财害命"式的不法行为必须严厉处罚,这样才能维护社会的长治久安。

柴进散家产——仗义疏财

释义　指为人耿直,讲道义,对钱财不在乎。

例句　他是"柴进散家产——仗义疏财"的人,作为朋友,绝对靠得住。

黑旋风的本名——理亏(李逵)

释义　李逵:与"理亏"谐音。形容理由不足,行为不合道理。

例句　晓峰自觉是"黑旋风的本名——理亏(李逵)",只好主动道了歉。

孙猴子回花果山——一个跟头栽到了家

释义　孙猴子:即孙悟空,《西游记》中说他住花果山,会腾云驾雾,翻一个跟头就是十万八千里。本指孙悟空驾筋斗云回到了花果山,现指糟糕透顶,难以振作。

例句　这一回,我算是真的出了气了,而他则是"孙猴子回花果山——一个跟头栽到了家"啦!

孙悟空碰着如来佛——毫无办法

释义　据《西游记》记载,孙悟空无论怎样,也跳不出如来佛的手掌心。指摆脱不了现实或身处的某种状况。

例句　你说的比唱的还好听,对于你这样的油嘴滑舌之人,我是"孙悟空碰着如来佛——毫无办法"呀!

猪八戒吃人参果——哪里品得出啥滋味来

释义　据《西游记》记载,猪八戒偷吃人参果时,将其整个吞下,不知果子是什么味道。比喻完全不了解事物的奥妙和意境。

例句　儿子不满地对爸爸说:"我才刚上初中,你就让我读这么难的文章,那就像'猪八戒吃人参果——哪里品得出啥滋味来'啊?"

白骨精说人话——妖言惑众

释义　白骨精:《西游记》中的妖怪。惑:迷惑。指用迷惑人的邪说来欺骗百姓。

例句　你可别"白骨精说人话——妖言惑众",这可是人命关天的大事呀。

唐僧念经——一本正(真)经

释义　真:与"正"谐音。形容人很正派、规矩、庄重。也作:唐僧念佛经——一本正(真)经。

例句　班长小小年纪,就一副"唐僧念经——一本正(真)经"的样子,做事周到、公正,在班里威信很高,深受同学们的拥护。

王母娘娘请客——聚精会神

释义　精:妖精。神:指各路神仙。妖精和神仙都是王母娘娘宴请的重要客人。形容精神高度集中,全神贯注。也作:王母娘娘开蟠桃会——聚精会神|王母娘娘开蟠桃宴——聚精会神。

例句 罗教授讲课非常精彩,底下听课的学生,一个个都是"王母娘娘请客——聚精会神"哪!

贾宝玉看林妹妹——一见如故

释义 据《红楼梦》记载,贾宝玉与林黛玉第一次见面时都觉得彼此似曾相识。指第一次见面就觉得曾经是老朋友。

例句 不知为什么,第一次见到他我就有"贾宝玉看林妹妹——一见如故"的感觉,这或许就是所谓的缘分吧!

林黛玉葬花——自叹命薄

释义 指感叹自己命运不好。

例句 他从前总是"林黛玉葬花——自叹命薄",现在终于改变了这种观点,决定振奋精神,拼搏一把了。

刘姥姥进了大观园——什么都新鲜

释义 《红楼梦》里讲,农妇刘姥姥去贾府,头一次进大观园,每到一处都感到新鲜有趣。比喻对什么都感到新奇。

例句 小亮第一次来到海滨,感觉自己就像"刘姥姥进了大观园——什么都新鲜"。

宝玉湘云哭贾母——各有各的伤心处

释义 指人各有各的烦恼。

例句 工厂破产了,工人们拿不到欠发的工资,老板追不回投入的资产,他们真是"宝玉湘云哭贾母——各有各的伤心处"。

范进中举——高兴得疯了

释义 形容高兴到了极点。

例句 听到儿子考上大学这个好消息,老康一时就像"范进中举——高兴得疯了"。

姜太公的坐骑——四不像

释义 坐骑:供人骑的马,也泛指供人乘坐的动物。四不像:中国特有的动物麋鹿,由于它的角像鹿,尾像驴,脸像马,颈像骆驼,但整个来看哪种动物都不像,所以人称"四不像"。传说姜太公的坐骑就是这种动物。比喻不伦不类的人或事物。也作:姜子牙的坐骑——四不像。

例句 他发明的这样东西真是"姜太公的坐骑——四不像",刚见到它的人都不明白它有什么用途。

薛仁贵的行头——白跑(袍)

释义 薛仁贵:名礼,山西绛州龙门(今山西河津)人,唐朝时的大将,因身穿白袍,又叫白袍将。行头:泛指服装。袍:与"跑"谐音。指花费了时间但没干成事儿。也作:薛仁贵不叫薛仁贵——叫白跑(袍)。

例句 最近我哥哥在跑村路修复的项目,结果最终也没能申请下来,真是"薛仁贵的行头——白跑(袍)"。

九、数字类歇后语

一个巴掌拍不响——孤掌难鸣

释义 本指一个巴掌拍不出声,专指势力弱,难以成事。

例句 无论他说什么你都别开口,他一个人说还不是"一个巴掌拍不响——孤掌难鸣"。

一个槽里的两头叫驴——拴不到一起

释义 比喻两个都不能容忍对方的人合不到一块儿,或无法共事。

例句 他们两个一见面就拌嘴,谁看谁也不顺眼,真是"一个槽里的两头叫驴——拴不到一起"。

一个驴屎蛋十两银——难受

释义 指一个驴屎蛋卖十两银子,让人难以接受。比喻身体或心里不舒服。

例句 这感冒闹了好几天,头疼、咳嗽、浑身无力,真是让我感觉"一个驴屎蛋十两银——难受"哇!

二三四五六七八九——缺衣(一)少食(十)

释义 一:与"衣"谐音。十:与"食"谐音。指穷苦人连吃穿都发愁。形容特别穷困。

例句 即使在现在,也还有许多偏远地区的中国人过着"二三四五六七八九——缺衣(一)少食(十)"的生活。

二尺长的吹火筒——只有一个心眼

释义 吹火筒:生火时用来吹气鼓风的短管,一般是竹制的。比喻人呆板、愚钝,想得不全面。

例句 他可不像你所说的那么油腔滑调,其实,他是"二尺长的吹火筒——只有一个心眼"。

二不愣打枣——乱拨捞

释义 二不愣:指莽撞的人。打枣:用竹竿敲打树枝,成熟的枣就会自动落下。拨捞:方言,拨拉,划拉。形容随心所欲,胡乱做事。

例句 他做事从不听人劝告,只喜欢"二不愣打枣——乱拨捞",按自己的意思胡来。

二斤肉换个虾米——不值得

释义 指没有价值或意义。

例句 费了这么大劲才搞这么一件小发明,真是"二斤肉换个虾米——不值得"。

二郎神出战——尽是天兵天将

释义 比喻都是本领高强、神通广大的人。

例句 小郑初到这个班,感觉班里是"二郎神出战——尽是天兵天将",高手众多。

三个半人抓螃蟹——七手八脚

释义 指人多手杂,动作忙乱。也形容头绪多,不知所措。

例句 由于排队的人太多,发礼品的时候秩序有点儿混乱,我们几个人忙得好像"三个半人抓螃蟹——七手八脚"。

三个鼻窟窿眼儿——多出这口气

释义 讥讽人多管闲事。也指人自以为不可缺少,实际上是多余的一个。也作:三个鼻子眼——多出你这口气。

例句 项目经理已经对对方的失误表示了谅解,你还不依不饶的,真有点儿"三个鼻窟窿眼儿——多出这口气"。

三个厨子杀六只鸡——手忙脚乱

释义 形容做事慌张,没有条理。

例句 团体操表演的时候,各位同学一定要镇静,千万不要"三个厨子杀六只鸡——手忙脚乱"。

三个指头捡田螺——不费吹灰之力

释义 形容事情做起来非常容易,不费力气。

例句 这次考试的题目都是之前练习时出现过的,做起来那真是"三个指头捡田螺——不费吹灰之力"。

三个铜板摆两边——一是一,二是二

释义 铜板:古代铜制钱币,圆形中有方孔。三个铜板分放两边,一边一个,另一边两个。形容说话或做事有原则、讲信用。也作:三个铜钱摆两边——一是一,二是二,三个铜钱放两处——一是一,二是二,仨大钱摆两摆——一是一,二是二。

例句 社会主义市场经济条件下,经商讲的"信誉"二字,简单来说就是"三个铜板摆两边——一是一,二是二"。

三下子少了一下子——还有两下子

释义 表扬人有本事。

例句 真没看出来,平时他不显山、不露水,到了关键时刻,真是"三下子少了一下子——还有两下子"。

无三的弟弟——无事(四)

释义 四:与"事"谐音。指游手好闲,无所事事。

例句 小牛都二十岁了还不学无术、不参加劳动,每天就是"无三的弟弟——无事(四)",到处闲逛,就靠父母养活。

四两棉花八张弓——细谈(弹)细谈(弹)

释义 弓:弹棉花时用的工具。指详细地交谈。

例句 这几天我们俩都不太忙,咱们可以静静地坐下来"四两棉花八张弓——细谈(弹)细谈(弹)"了。

五更天唱曲子——高兴得太早了

释义 五更天:天快亮的时候,旧时一夜分为五更,每更约两个小时。指做事没有长远打算,只顾眼前,盲目乐观。

例句 这件事没你想得那么简单,你别"五更天唱曲子——高兴得太早了"。

五个和尚化缘——三心二意

释义 指心里想这样又想那样,形容犹豫不决或意志不坚定。

例句 你总是不专心,学习起来是"五个和尚化缘——三心二意"的,这样下去,你的学习成绩什么时候才能提高哇?

五个老倌两根胡子——稀(须)少

释义 老倌:方言,老年男子。须:胡子,与"稀"谐音。指稀奇古怪,很难见到。

例句 他家刚出生的双胞胎是背靠背长在一起的连体儿,这样的事情可真是"五个老倌两根胡子——稀(须)少"哇。

五个指头——一把手

释义 原指五个指头正好是一只手。喻指在某一领域或行业占据最重要位置的人。

例句 王哥现在可是我们公司销售部的"五个指头——一把手",大家都得听他的。

六片加一片——欺骗(七片)

释义 七片:与"欺骗"谐音。指用虚假的语言或行动来掩盖事实真相,使人上当。

例句 这个人卖的是假冒伪劣产品,他刚才分明在"六片加一片——欺骗(七片)"顾客。

六指儿抓痒——多一道子

释义 道子:手指抓痒时留下的痕迹。比喻多余的动作或多余的人。也作:六指儿搔痒——多这一道子、六个指头搔痒——多来一道、六个指头搔痒——多那么一道子、六个指头挠痒痒——多出一道子、六指儿搔痒——额外多一道子、六个指头搔痒——多来了一道、六个指头搔痒——多一条道道。

例句 你的舞跳得很好,缺点就是最后有点儿像"六指儿抓痒——多一道子",有一个动作是多余的。

七被二除——不三不四

释义 指不像这,也不像那。多用以形容行为不端,作风不正派。

例句 这个年轻人曾因为偷盗入狱两年,是个"七被二除——不三不四"的人,你怎么跟他打起了交道?

七斤面粉三斤浆——糊里糊涂

释义 浆:较浓的液体。本指用糊状物涂抹,专指人不明事理,对事物的认识模糊或混乱。

例句 我们面临的情况相当复杂,一定要保持清醒的头脑,不能"七斤面粉三斤浆——糊里糊涂"的。

七个矮人睡一头——低三下四

释义 指地位、身份等很卑下，低人一等。也指恭顺卑屈。

例句 他刑满出狱后，始终觉得自己是个"七个矮人睡一头——低三下四"的人，会被人看不起。

七个馍馍顶一斤——不够头

释义 指人不够成熟或做某事不够资格。

例句 他虽然是我们篮球队的主力，但是要选他担任队长，我觉得他是"七个馍馍顶一斤——不够头"。

七个婆婆拉家常——说三道四

释义 指任意乱讲，随意批评指责他人。

例句 一些人在网络上不负责任地攻击别人，这种"七个婆婆拉家常——说三道四"的做法，给很多人造成了伤害。

七个人睡两头——颠三倒四

释义 指错乱、没有秩序。形容思路、言语等条理不清，颠倒混乱，毫无次序。

例句 班会上，小明的发言真是"七个人睡两头——颠三倒四"，听得老师和同学们一头雾水。

八仙桌打掌子——四平八稳

八仙桌

释义 八仙桌：旧时的大方桌，每边可坐两人。掌子：这里指钉在马、驴、骡子蹄下的铁制品，可使蹄子耐磨，从而使行动平稳。指言行稳重，或做事只求不出差错，却没有创意。

例句 你应该把这件事交给小王办，他向来遇事不乱，如"八仙桌打掌子——四平八稳"。

八尺水沟六尺跳板——搭不上

释义 跳板：多指供人上下船用的长板。搭不上：双关语，本指木板的长度不够，现比喻因为事物之间没有联系而难以扯到一起。

例句 这两件事情完全是"八尺水沟六尺跳板——搭不上"。

八个歪脖坐一桌——谁也不正眼看谁

释义 指对立双方彼此轻视，谁都不把谁放在眼里。

例句 他们两个人闹矛盾很久了，一直到现在还是"八个歪脖坐一桌——谁也不正眼看谁"。

八斤半的王八中状元——规（龟）矩（举）不小

释义 龟：指王八，与"规"谐音。举：指中举，与"矩"谐音。比喻规矩太多。

例句 写一个演讲稿还讲究这么多,看来这个单位是"八斤半的王八中状元——规(龟)矩(举)不小"。

八个歪头站一排——各有各的姿态

释义 比喻每个人都有自己的性格特点,都有自己的独特之处。

例句 他们几个小伙伴是"八个歪头站一排——各有各的姿态",不过他们虽然性格各有不同,但都勤奋好学,乐于助人。

八百斤鸡毛捆在旗杆上——好大的胆(掸)子

释义 掸子:指用鸡毛绑成的除去灰尘的用具。掸与"胆"谐音。比喻人的胆子太大了。常含贬义。

例句 他不遵守学校纪律,上课还公然顶撞老师,真是"八百斤鸡毛捆在旗杆上——好大的胆(掸)子"。

九毛加一毛——时髦(十毛)

释义 指人的衣着、行为时尚前卫,赶潮流。

例句 看你这一身打扮,哪里像是农村姑娘啊,真是"九毛加一毛——时髦(十毛)"。

九个鸡蛋掉地上——四分五裂

释义 形容事物不完整或不团结。

例句 没想到刚成立才两个月,这个组织就因内部矛盾变得像"九个鸡蛋掉地上——四分五裂"了。

九牛一毛——微不足道

释义 微:小。足:值得。道:说。指意义、价值等小得不值得一提。

例句 当时大家都认为这是个"九牛一毛——微不足道"的小毛病,谁也没想到它这么难处理。

十里高山望平原——往远处看

释义 本指远望,现专指做事目光长远,考虑周全。

例句 作为公司领导,必须具备"十里高山望平原——往远处看"的素质,才能带领员工在激烈的市场竞争中立于不败之地。

三十里骂知县——无用

释义 知县:封建时代的官名。不敢当面骂官,相隔三十里骂。比喻人无能。也指做事不起作用。

例句 醉酒驾车被抓了才说下次一定注意,这真是"三十里骂知县——无用",照罚不误。

三十六丈的绳子提水够不着底——真深

释义 本指井深,形容人的学识非常渊博。也作:三十六丈的绳子够不着底——真深。

例句 这次演讲的嘉宾从明清历史讲到文化产业发展,可见他的学识那是"三十六丈的绳子提水够不着底——真深"。

百货大楼卖西装——一套一套的

释义 本指西装成套卖,现指人做事有条不紊,或形容人会说话。

例句 你可别看他人小,他说起话来可是"百货大楼卖西装——一套一套的"。

五百罗汉斗观音——兴师动众

释义 兴、动:发动。本指为了战争动员百姓,大规模出兵,现多指动用大量人力。

例句 这次美国国务卿访华,我们不得不"五百罗汉斗观音——兴师动众"一番,出动大量警力维持社会治安。

五百年前的老槐树——盘根错节

释义 形容纵横交错。比喻事物关系错综复杂,难以处理。也比喻某种势力根深蒂固,不易消除。

例句 这个案子牵涉人员众多,案情更是"五百年前的老槐树——盘根错节",侦破起来困难重重。

千军万马捉老鼠——兴师动众

释义 比喻发动很多人去做某件事,带有不必要的意味。

例句 为了应对下午的全校卫生大检查,全班同学在班长的带领下把教室彻底打扫了一遍,却耽误了两节课,这不是"千军万马捉老鼠——兴师动众"吗?

千人大合唱——异口同声

释义 指大家的说法一样。

例句 对于他的讲话,与会的人员越说越难听,最后竟"千人大合唱——异口同声"地发出藐视的嘲笑声。

担百斤行千里——任重道远

释义 比喻做事艰难,责任重大。

例句 现在项目才刚开始,要完成它是"担百斤行千里——任重道远"。

布机上的棉线——千头万绪

释义 布机:即织布机。比喻事情的头绪非常复杂纷乱。

例句 听了父亲的这番话,儿子的脑海里不禁像"布机上的棉线——千头万绪",他很后悔自己当初误解了父亲。

单根青丝拴扇磨——千钧一发

释义 青丝:黑发,多指女子的头发。意思是危险得好像千钧重量的东西吊在一根头发上。比喻情况万分危急。

例句 眼看落水儿童就快被汹涌的洪水冲走了,在这"单根青丝拴扇磨——千钧一发"的时刻,王老伯挺身而出救了落水儿童。

十、语言文字类歇后语

"万"字比"方"字——差了一点儿

释义 形容能力等稍稍逊色。

例句 跟小张比起来,小高的阅读水平还是"'万'字比'方'字——差了一点儿"。

两横加一竖——干

释义 干:做。指埋头做事,不讲空话。

例句 其实,发家致富没有什么捷径可走,就是靠"两横加一竖——干"呗!

"七"字两点——抖(斗)出弯来了

释义 "七"字左上角加两点,就成了"斗"字下面加个弯钩。斗:与"抖"谐音。讥讽人因境遇好而得意扬扬,不知道怎么显示才好。也作:"七"字两眯——抖(斗)出弯来了。

例句 他炒股赚了很多钱,便迫不及待地向我们这些老同学炫耀他新买的豪宅和跑车,真是"'七'字两点——抖(斗)出弯来了"。

林大哥——木木的

释义 木:不灵敏。"林"字由两个"木"字组成。指人脑筋不灵活、愚钝。

例句 你看他每天也不爱说话,目光呆滞地瞅着前方,简直就是"林大哥——木木的"。

"人"字双着写——不从也得从

释义 两个"人"字构成"从"字。指迫于形势或外来压力,不得不顺从。

例句 我叫你过来,你就快点儿,磨蹭也无用,今天这事是"人"字双着写——不从也得从。

自大一点——念个"臭"

释义 "自""大"两字再加上一点就构成"臭"字。通常指人行为笨拙,或办事不高明。

例句 他并不认为自己设计的那个方案棒极了,他觉得自己其实是"自大一点——念个'臭'"。

"者"字旁边安只眼——有目共睹

释义 "目"字和"者"字构成"睹"字。指人人都可以极为明显地看见。

例句 别总认为自己要点儿小聪明就很高明,事实上,是非曲直都是"'者'字旁边安只眼——有目共睹"的。

"心"字头上一把刀——忍

释义 "心"上加"刃"构成"忍"字,刃指刀上锋利的部分,这里以刃代刀。指忍受,忍耐。

例句 她是爱唠叨,可她也是为你好,你就"'心'字头上一把刀——忍"一点儿嘛!

兔子掉尾巴——免了

释义 "兔"字去掉一点就成了"免"字。指去掉,免除。

例句 农业税收给农民生活带来了负担,真没想到从去年开始,"兔子掉尾巴——免了"!这下可乐坏了老百姓。

"师"字头上去了横——真帅

释义 "师"字去了右边的一横,就成了"帅"字。形容男人英俊、潇洒、风流倜傥。

例句 哇!你看那边走过来的那个小伙子,实在是"'师'字头上去了横——真帅"啊!

"王"字少一横——有点儿土

释义 "王"字去掉上面一横就成了"土"字。指人不时髦、不前卫。

例句 他刚从老家来到城里,言行举止、衣着打扮都与城里人格格不入,真是"'王'字少一横——有点儿土"。

和尚的住处——妙(庙)

释义 形容非常优秀。

例句 他把孙老师写的对联张贴起来,称赞说:"你们看,这上面的字可真是'和尚的住处——妙(庙)'啊!"

打柴人回山庄——两头担心(薪)

释义 薪:柴草,与"心"谐音。比喻心悬两处,焦虑不安。

例句 在外打拼多年,他常常是"打柴人回山庄——两头担心(薪)",既害怕厂里业绩不好,又害怕远在家乡的儿子缺少照顾。

打渔船上吃饭——绰绰有余(鱼)

释义 鱼:与"余"谐音。形容物力、财力等很宽裕,用不完。

例句 凭我的本事,赢得这个比赛实在是"打渔船上吃饭——绰绰有余(鱼)"。

大海当中打落剑——唠叨(捞刀)

释义 捞刀:与"唠叨"谐音。指说起话来没完没了。

例句 秦阿姨平时总是说话说个没完,大家都说她是"大海当中打落剑——唠叨(捞刀)"。

小姑娘梳头——自便(辫)

释义 指不勉强,按照自己的意愿去做。

例句 到这儿之后,就跟在自己家一样,千万别客气,想吃什么、用什么,你就"小姑娘梳头——自便(辫)"吧!

没嘴的茶壶——道(倒)不出来

释义 比喻人不善言谈,有学问或心里有话却说不出来。

例句　他心里有数，只是如同"没嘴的茶壶——道(倒)不出来"。

数九天不戴帽——动动(冻冻)脑子

释义　数九天：指一年中最冷的时候。指做事要开动脑筋，三思而后行。

例句　你也真是的，"数九天不戴帽——动动(冻冻)脑子"嘛，不要光靠别人想办法。

光头打伞——无法(发)无天

释义　指人做事不考虑后果，鲁莽行事。

例句　你竟然敢这样对父亲说话，我看你真是"光头打伞——无法(发)无天"了！

碗底的豆子——历历(粒粒)在目

释义　历历：一个一个清清楚楚的。比喻看得很清楚。

例句　去年我们一起去朝阳公园玩，现在想起来那情景仍旧是"碗底的豆子——历历(粒粒)在目"。

阿公吃黄连——苦也(爷)

释义　黄连：多年生草本植物，根状茎味苦，可入药。爷：与"也"谐音。指遭罪或身上的担子很重，压力很大。

例句　他好意提醒别人，却被人误认为是图谋不轨，他心里头是"阿公吃黄连——苦也(爷)"。

斗笠丢了——冒(帽)失

释义　斗笠：一种遮阳挡雨的帽子。指做事鲁莽，轻率。

例句　也许我说这话是"斗笠丢了——冒(帽)失"，但我是真心实意地想帮你。

小碗吃饭——靠天(添)

释义　指事情不是自己所能控制、掌握的，只能听天由命。

例句　要想改变咱们村的贫穷面貌，不能"小碗吃饭——靠天(添)"，而是要靠科学种田。

矮子过河——安(淹)了心

释义　淹：与"安"谐音。形容人事先就已怀着某种主意、打算、念头等(多为不良的)，或在某事上已拿定了主意。也比喻做事下定决心，决不动摇。

例句　他做出这种事，是"矮子过河——安(淹)了心"的。

十一、服饰类歇后语

戴斗笠坐席子——独霸一方

释义　本指斗笠帽檐很宽，戴着它坐在席子上，别人无法再坐。现指人在某个领域或某方面称霸。

例句　当年，他是这一带有名的地主，可谓是"戴斗笠坐席子——独霸一方"啊！

戴起草帽打扬尘——没望

释义 指某事没希望。

例句 又一次遭到了用人单位的拒绝,林小强觉得自己是"戴起草帽打扬尘——没望"了。

冬瓜皮当帽子——霉上了顶

释义 本指冬瓜皮上的白粉沾到了头顶上,现指倒霉到了极点。

例句 前几天刚下岗的他,如今又得了重病,真是"冬瓜皮当帽子——霉上了顶"。

肩上戴帽子——矮了一头

释义 指个子比别人低。也指在某方面比别人差。

例句 他过分自卑,加上又没什么本事,和别人在一起时,他总觉得自己是"肩上戴帽子——矮了一头"。

下雪天摘帽子——动(冻)脑子

释义 冻:与"动"谐音。指开动脑筋分析问题。

例句 在领导面前讲话,要"下雪天摘帽子——动(冻)脑子",哪些话该说,哪些话不该说,你心里没有数?

卫生口罩——嘴上一套

释义 本指把口罩戴在嘴上。后指人言行不一,嘴上说一套,做的是另一套。

例句 小五那人向来是"卫生口罩——嘴上一套",他的话是靠不住的。

单臂穿坎肩——留一手

释义 指没有把本事全部施展出来。

例句 你们之所以能下成平局,完全是因为他在下棋中"单臂穿坎肩——留一手"。

六月间做棉袄——早做准备

释义 形容事先有所准备。

例句 这场比赛对我们来说非常重要,我们必须"六月间做棉袄——早做准备"。

拿着棒槌缝衣服——什么都当真(针)

释义 棒槌:捶打用的木棒。指对别人说的话全部信以为真。

例句 傻孩子,我跟你开玩笑呢,你怎么"拿着棒槌缝衣服——什么都当真(针)"哪!

卖了衣裳买酒喝——顾嘴不顾身

释义 讥讽人喝酒成瘾,其他都不顾。指人为图口舌之快而招来祸殃。也作:卖衣服买酒喝——顾嘴不顾身。

例句 聊到兴起,他们开始大肆批判领导,结果正好被领导发现,我看他们有点儿"卖了衣裳买酒喝——顾嘴不顾身"。

一层布做的夹袄——反正都是理(里)

释义 里:与"理"谐音。指不论在怎样的情况下都有道理。

例句　你就是脑子灵活,嘴皮子好使,不管说你什么,你都是"一层布做的夹袄——反正都是理(里)"。

两样布做夹袄——表里不一

释义　表:外表。里:内心。形容人的言论、行动和思想不一致。

例句　他是个"两样布做夹袄——表里不一"的人,外表看起来亲切和善,实际上一肚子坏水,不知道在打什么主意。

反穿皮袄——装佯(羊)

释义　佯:假装。指人故意装出某种姿态。

例句　别在那儿"反穿皮袄——装佯(羊)"了,你一定早就知道事情的真相了。

十五块布头儿做衣服——七拼八凑

释义　布头儿:裁剪后剩下的零碎布块儿。指勉强地把零散的东西拼凑在一起。

例句　学费对于某些贫困家庭还是比较大的负担,有些孩子的学费是父母"十五块布头儿做衣服——七拼八凑"来的。

丈二宽的大褂——大摇(腰)大摆

释义　形容人走路神气、旁若无人的样子。

例句　员工们正在办公室里开会,老张连门都没敲,就"丈二宽的大褂——大摇(腰)大摆"地闯了进去。

大年初一借袍子——不识时务

释义　旧时过年时男子要穿长袍。指人没有主见,跟不上潮流。也指人不知好歹。

例句　家人都在责怪他"大年初一借袍子——不识时务",居然拒绝了外商的高薪聘请。

夹裤改单裤——没理(里)儿

释义　指做事没有理由、依据。

例句　这事不是他的错,是我"夹裤改单裤——没理(里)儿",一切后果由我一人承担。

长袍改马褂——用不了的料

释义　马褂:旧时男子长袍外面罩着的对襟短褂。讥讽人毫无用处。

例句　你在这儿碍手碍脚的,净帮倒忙了,我看你真是"长袍改马褂——用不了的料"!

长袍马褂瓜皮帽——老一套

释义　过去男子的服饰很少,一般就是长袍、马褂和瓜皮帽这一整套。指还是原来的方式方法,没有变化。也作:长衫马褂瓜皮帽——老一套。

例句　多年不见,老马的生活方式和说话方式还是"长袍马褂瓜皮帽——老一套",没有什么变化。

纸扎人穿衣服——端起架子来了

释义　纸扎人:用纸和高粱秆等扎的,常在办丧事时用的人形殉葬品。架子:双关语,本指人形支架,转指气势、派头。故意做出某种模样给人看,比喻只顾表面好看,不注重内容或实际效果。

例句　平时都是他找咱们帮忙,今天难得有点儿事找他帮一把吧,他倒"纸扎人穿衣服——端起架子"来了。

三九天穿单褂——抖起来

释义　抖:双关语,本指冷得哆嗦、发抖,转指摆威风、显神气。讥讽人因有了地位或发了财而扬扬得意或耍起威风的样子。也作:三九天穿单褂——威风起来。

例句　他最近做生意发了点儿小财,便"三九天穿单褂——抖起来"。

三九天穿裙子——美丽又动(冻)人

释义　冻:与"动"谐音。形容人长得漂亮,能打动人。

例句　米兰时装周的时候,模特争奇斗艳,一位位真是"三九天穿裙子——美丽又动(冻)人"。

土地菩萨穿衣服——有前无后

释义　神像都是靠墙塑的,所以像的前面往往彩绘装饰得十分精致,而后面就顾不到了。比喻做事有头无尾或顾前不顾后。

例句　小明做事是"土地菩萨穿衣服——有前无后",刚学了几天钢琴,就坚持不下去,改学围棋去了。

穿皮袜子戴皮手套——毛手毛脚

释义　本指手、脚上穿戴的都是毛皮制品。现指做事手忙脚乱,不稳重。

例句　这点儿小事对你来说不是小菜一碟吗? 怎么做起来还是"穿皮袜子戴皮手套——毛手毛脚"的?

穿西装戴小帽——不中不西

释义　比喻事物不伦不类,形式不统一。

例句　这部电影拍得像"穿西装戴小帽——不中不西",将各种中外元素没头没脑地杂糅在一起。

穿蓑衣打火——惹火上身

释义　蓑衣:一种披在身上的防雨用具,用草或棕毛制成。指引火到自己身上,烧了自己。比喻自招灾祸,自讨苦吃或自取灭亡。也作:穿蓑衣救火——引火烧身。

例句　在这个节骨眼上去采访他们,简直是"穿蓑衣打火——惹火上身"。

穿新鞋走老路——因循守旧

释义　指思想保守,墨守成规,缺乏创新精神。

例句　社长是个"穿新鞋走老路——因循守旧"的人,他不可能批准你的建议。

脱了裤子放屁——多此一举

释义 指做了多余的事情。也作：脱了裤子放屁——多费一道手续、脱了裤子放屁——费两道手。

例句 你喝汤用勺就够了，还去拿筷子，不是"脱了裤子放屁——多此一举"吗？

裤头上吊钥匙——所（锁）挂哪一门

释义 锁：与"所"谐音。指不知道应该怎样选择才好。

例句 暑假是去参加夏令营呢，还是在家休息？我现在真是"裤头上吊钥匙——所（锁）挂哪一门"。

裤子没有腿——凉了半截

释义 凉：双关语，本指冷，转指灰心。比喻因发生了某种情况而使希望破灭，产生了灰心或失望的情绪。也作：裤子没腿——凉了半截。

例句 一听到这个坏消息，我的心里就像"裤子没有腿——凉了半截"。

抬头只看帽檐，低头只看鞋尖——目光近

释义 形容一个人见识有限，眼界不开阔。

例句 主教练如果继续这样"抬头只看帽檐，低头只看鞋尖——目光近"，完全依靠这些即将退役的主力队员，不抓住机会锻炼新队员的话，对球队的发展是不利的。

穿背心戴棉帽——不相称

释义 指不合适，不相配。也作：穿草鞋戴礼帽——不相称、穿汗衫戴棉帽——不相称。

例句 小王本领高强，却被安排在很低的位置上，这真是"穿背心戴棉帽——不相称"。

穿草鞋游西湖——忘了自己的身份

释义 西湖：在浙江省杭州市，为全国重点风景名胜区。讥讽人高估自己的能力。

例句 我看你是"穿草鞋游西湖——忘了自己的身份"，刚学会唱歌就想开演唱会。

穿大衫戴礼帽——仪（衣）貌（帽）堂堂

释义 衣：与"仪"谐音。帽：与"貌"谐音。多指男子的长相英俊，外表出众。

例句 晓峰长得是"穿大衫戴礼帽——仪（衣）貌（帽）堂堂"，非常帅气，走到哪里都是人们关注的焦点。

穿钉鞋走泥路——步步落实

释义 指做事踏实、牢靠。

例句 计划再好，也需要"穿钉鞋走泥路——步步落实"。

先穿鞋子后穿袜——乱套

释义 比喻乱了次序，或是事情混乱，理不清头绪。

例句 你没有做好学习规划，各科作业一起写，结果错得一塌糊涂，岂不是"先穿鞋

子后穿袜——乱套"?

脱了旧鞋换新鞋——改邪(鞋)归正

释义 鞋:与"邪"谐音。指不再干坏事。

例句 在几年的监狱生活中,他接受了彻底的改造,出狱后,他完全是"脱了旧鞋换新鞋——改邪(鞋)归正"了,勤勤恳恳地做起了小生意。

脱了鞋跑步——脚踏实地

释义 比喻做事认真踏实,实事求是,不浮夸。

例句 学习知识不能贪多急躁,要"脱了鞋跑步——脚踏实地",才能把知识掌握得扎扎实实。

玻璃袜子玻璃鞋——名角(明脚)

释义 指人有名气。

例句 你可别看他是享誉世界的"玻璃袜子玻璃鞋——名角(明脚)",人家一点儿名人架子都没有。

鞋头上刺花——前程似锦

释义 形容前途美好。

例句 邻居张哥哥在清华大学毕业后,又被保送出国学习,他可真是"鞋头上刺花——前程似锦"啊!

鞋帮儿改帽檐儿——高升

释义 鞋帮儿从低处一下子升到头顶部。讥讽人的职务突然得到大幅度提升。也作:鞋帮做帽檐——高升。

例句 他之前只不过是个小小的部门经理,可因为娶了董事长的女儿,就突然被任命为总经理了,这真是"鞋帮儿改帽檐儿——高升"啊!

小毛驴戴耳环——累赘

释义 指(事物)多余、麻烦,或是(文字)不简洁。也指使人感到多余厌烦。

例句 小刚要出门,爸爸让他带把伞,他说:"大晴天的,带伞是'小毛驴戴耳环——累赘'。不会下雨的。"

十二、器具类歇后语

板上钉钉——没跑

释义 比喻事情已有了着落和把握。

例句 既然校长都同意让你贷款上学了,那就是"板上钉钉——没跑"的事了,你还有什么不放心的呢?

铁钉铆在钢板上——扎扎实实

释义 本指铁钉穿过眼固定钢板。现指人守规矩,稳重踏实,做事可靠。

例句 他是个非常认真的人,干起工作来有如"铁钉铆在钢板上——扎扎实实",从不敷衍了事。

铁丝儿裹脚——没这么馋(缠)的

释义 缠:与"馋"谐音。指人嘴馋,光想着吃好的。

例句 去去去,"铁丝儿裹脚——没这么馋(缠)的"。每次看到吃的,比谁动手都快。

钢锤砸铁砧——硬碰硬

释义 指双方态度都很强硬。也指人不畏惧严峻的考验。

例句 今年村里大旱,刚上任的村长小李性格刚烈,老队长幽默地说:"今年的年景碰上小李村长真是'钢锤砸铁砧——硬碰硬'啊!"

铁人戴铜帽——保险

释义 指稳妥,可靠。

例句 胖子工头望着伪装好的工地,笑得合不拢嘴,抢着说:"高级,高级,这下啊,真是'铁人戴铜帽——保险'啦!"

金刚钻穿透钢板——过硬

释义 本指金刚钻很硬,能穿过硬钢板。现指有一定的才能,经得起考验。

例句 别看我们入伍才半年多,可知识水平和技术都是"金刚钻穿透钢板——过硬"的。

电烙铁——一头热

释义 本指烙铁一端热一端冷。现指一方热情,而另一方冷淡。

例句 我看我哥是"电烙铁——一头热",人家姑娘对他总是爱理不理的,光他热情有啥用?

胸口挂秤砣——心里沉重

释义 秤砣:称物品时,用来使秤平衡的金属锤。指心情复杂,思想压力大。

例句 他高考落榜了,现在一定是"胸口挂秤砣——心里沉重",我们一定要好好地劝劝他。

扁担上睡觉——想得宽

释义 本指扁担很窄,在上面睡觉,希望扁担宽一些。现指人心胸开阔,或讽刺人想美事。

例句 就你那万把块钱,还想做这宗大买卖,我看你是"扁担上睡觉——想得宽"。

打烂的暖水瓶——丧了胆

释义 指吓破了胆,没有胆量。也作:打烂的暖水瓶——丧胆。

例句 我军冲锋令一响,敌人就像"打烂的暖水瓶——丧了胆",纷纷逃命。

打了的鱼缸——四分五裂

释义　形容分散、不完整,或不集中、不团结。

例句　经历了金融危机之后,公司就变得像"打了的鱼缸——四分五裂"了。

洗脸盆里练游泳——亮不开架子

释义　洗脸盆狭小,不能练游泳。指因条件限制不能施展才能。

例句　小张说:"真没有想到你的散打如此厉害,在这小地方是"洗脸盆里练游泳——亮不开架子"。走,到外边给大家表演一下。"

绣花针沉海底——无影无踪

释义　指一点儿影子、踪迹都没有了。形容人或事物消失得干干净净,谁都不知其去向。

例句　自从这家公司被曝光后,公司的领导就像"绣花针沉海底——无影无踪"了。

荷叶包钉子——个个都出头了

释义　本指钉子刺破荷叶露出来,后指每个人都出面了,或每个人都从逆境中走出来了。

例句　王大妈的四个儿子真可谓是"荷叶包钉子——个个都出头了",他们是我们大家学习的榜样。

香炉子喝茶——有点儿灰气

释义　灰气:双关语,本义指灰烬,借指灰心丧气。比喻有点儿灰心丧气。

例句　手气真背,真是让人"香炉子喝茶——有点儿灰气",连抓了五次阄儿都没有抓中。

三尺长的梯子——搭不上言(檐)

释义　指什么话也说不上。

例句　他们俩讨论得很激烈,我在一旁则是"三尺长的梯子——搭不上言(檐)",只有听的份儿。

铜铃打鼓——另有音

释义　指话中有话,另有其他的意思。

例句　老赵听出她说的话是"铜铃打鼓——另有音",但也预料不到下面还有什么文章,因此,不敢掉以轻心。

木匠的折尺——能屈能伸

释义　折尺:一种可折叠的尺子。本指折尺能弯曲和伸展。现指人失意时能忍耐,得意时能施展才干、抱负。

例句　大丈夫要如"木匠的折尺——能屈能伸",你怎么能为这么一点儿小事和自己过不去呢?

木匠的刨子——抱(刨)打不平

释义　本指刨子用来刨平木材,现指人看到不公平的事就出面处理。

例句 我这人没有别的本事，就是"木匠的刨子——抱(刨)打不平"有两下子，路见不平，就要管一管。

雨伞抽了柄——没了主心骨

释义 雨伞靠以柄为支架的骨子支撑，将柄抽出去，伞就失去了作用。比喻没了主意，或失去了可以依靠的重要人物。也作：雨伞抽了把儿——没有主心骨。

例句 当厂长转而表态说支持这项企业制度改革提案时，原本以厂长为首的反对改革派一下子"雨伞抽了柄——没了主心骨"。

扳手紧螺帽儿——丝丝入扣

释义 形容人说话或做文章逻辑严密，语言准确。

例句 这篇议论文写的是"扳手紧螺帽儿——丝丝入扣"，论据非常充分，论述非常严谨。

烟囱脾气——憋不住一点儿气

释义 比喻人缺乏耐性，很容易发脾气。

例句 你教孩子写作业时，可别"烟囱脾气——憋不住一点儿气"啊，这样不利于培养孩子提问的积极性。

烟袋杆子——黑心肠

释义 比喻人阴险毒辣或做事为达到目的而不择手段。

例句 你怎么连爸妈的养老金都骗啊，真是"烟袋杆子——黑心肠"。

烟袋锅里蒸包子——汽不大烟不小

释义 比喻成效不大，动静和声势却不小。有反讽意味。

例句 你们商场这促销的活动搞得这么隆重热闹，怎么没几个人买东西呢？真是"烟袋锅里蒸包子——汽不大烟不小"哇。

错把毛笔当刷子——不识货

释义 指分辨不出东西的好坏。

例句 这可是世界上少有的水晶，你竟然认为它不值钱，真是"错把毛笔当刷子——不识货"呀！

书上的笔筒——粗中有细

释义 本指粗笔筒中插着细的笔，现指粗心大意的人有时候也很注重细节。

例句 你别看他平时大大咧咧的，一旦遇上重要的事，那可是"书桌上的笔筒——粗中有细"。

笔杆子吹火——小气

释义 本指把笔杆当吹火筒用，气流小。

笔筒

现指人过分爱惜自己的财物,或指人气量小,心胸狭窄。

例句 什么?你说我"笔杆子吹火——小气"?我够大方了,你怎么能这么说呢?

铅笔擦子——知错就改

释义 指人知道自己做错了就及时改正。

例句 在生活中,我们难免会犯一些错误,只要我们大家做到"铅笔擦子——知错就改",我相信没有解决不了的问题。

火钳子修手表——没处下手

释义 本指火钳太大,无法用来修表。现指事情复杂,无从入手,不知道该怎么做。

例句 他把这活做了一半就扔下不管了,现在让我接着做,真是"火钳子修手表——没处下手"。

拨好的闹钟——不到时候不打点

释义 比喻时机成熟才肯行动。

例句 谁说我抓不住机会,我这叫"拨好的闹钟——不到时候不打点"。走着瞧吧!好戏还在后头呢!

闹钟打哈哈——自鸣得意

释义 打哈哈:开玩笑,这里指闹钟响铃。比喻人自以为了不起。

例句 赛程已经过半,冠军非他莫属,于是他便显出一副"闹钟打哈哈——自鸣得意"的样子。

六点钟的分时针——顶天立地

释义 本指六点钟时,钟表上的分针和时针竖直呈一条线;现指人形象高大,气概雄伟豪迈。

例句 真正的男子汉应该是"六点钟的分时针——顶天立地"。

脱了毛的刷子——有板有眼

释义 指人说话、做事有条有理。

例句 他说的谎话如"脱了毛的刷子——有板有眼",大家都信以为真了。

竹筒倒豌豆——一干二净

释义 本指竹筒里的豆子一下就倒光了,现形容一点儿都不剩。

例句 经过一天的豪赌,他兜里带的钱早已是"竹筒倒豌豆——一干二净"了。

夜壶镶金边——什么神气(器)

释义 镶:将物体嵌入另一物体内或围在另一物体的边缘。器:与"气"谐音。比喻没什么值得炫耀的。有反讽意味。

例句 他这个科长也是靠关系花钱买来的,自己什么本事也没有,真是"夜壶镶金边——什么神气(器)"!

一杆没星的秤——掂不出轻重

释义 指同等重要,分不出谁轻谁重。也形容人做事不知分寸。

例句　让你立刻去验刚进的货,你却要先打扫办公室,你真是"一杆没星的秤——掂不出轻重"啊!

一个墨斗弹出两条线——思(丝)路不对

释义　墨斗:木工用来打直线的工具,里面装有用丝或棉制成的墨线。丝:与"思"谐音。指想问题的方法不对。

例句　这道题你用辨析法来解就好比"一个墨斗弹出两条线——思(丝)路不对",你可以试试用反证法,应该就可以解决了。

一个模子刻出来的——一路货色

释义　模子:模型。一个模子里刻出来的都是一个样子。指都是同样的东西,同一类事物。含贬义。

例句　他就会投机倒把,你整天坑蒙拐骗,我看你俩就是"一个模子刻出来的——一路货色"。

一根拨火棒——由人摆弄

释义　拨火棒:用来拨火以控制火势的棍子。比喻控制不了局面,处于被动状态之中。

例句　既然省里领导插手管这件事了,我们还能怎么办?只能"一根拨火棒——由人摆弄"了。

一只铅桶救火——压不住火

释义　用铅桶压的办法去救火是行不通的。多指解决困难的方法不可取,无济于事。也指遇事易发脾气。

例句　你用借高利贷的方法来缓解公司的资金压力,虽可解一时之急,但是这样是"一只铅桶救火——压不住火",恐怕还会使我们越陷越深。

银锤打到金摆上——一声更比一声高

释义　用银锤调皮金摆,发出的声音清脆、响亮。多指新事物较之旧事物有明显的优势。

例句　咱们公司这次开发的新产品在市场上又是一炮打响,销售量比上一批产品几乎翻了一番,这个新产品现在可是"银锤打到金摆上——一声更比一声高"哇。

用放大镜看书——显而易见

释义　用放大镜看书,看得很清楚。比喻非常明显,很容易就能被看出来。

例句　这笔生意能成功,你的功劳是"用放大镜看书——显而易见"的,我们不会亏待你的。

用显微镜看人——谁都没他大

释义　比喻人自以为是,过于看重自己。

例句　他平时不是"用显微镜看人——谁都没他大"吗?怎么今天低三下四地跑来求我呢?

用斧头劈水——白费力气

释义　用斧头劈水，斧头抽出来水就又合拢到一起了。比喻付出劳动没有收获，徒然耗费精力。

例句　他们已经决定了下一届学生会主席的人选，你再怎么努力也是"用斧头劈水——白费力气"。

用葫芦盛药——内情不清楚

释义　药装在葫芦里，从外面无法看到。比喻不知道真相或详细情况。也比喻人沉默寡言，不外露情感或情绪。

例句　虽然大家都支持你做年级大队长，可是老师却让小孙做了。我们对此事是"用葫芦盛药——内情不清楚"哇！

油锅滴水——噼噼啪啪炸响了

释义　指水滴入油中，油锅里发出连续爆裂的声音。形容场面或气氛突然热闹起来。

例句　当省委书记到达我们会场时，原本静悄悄的会场一下子如"油锅滴水——噼噼啪啪炸响了"。

十三、交通类歇后语

盘山公路上开车——绕弯弯

释义　本指车在盘山公路上不断转弯。现指人说话不爽快，转弯抹角。

例句　有话就直说吧！别"盘山公路上开车——绕弯弯"了。

火车头没灯——前途无量(亮)

释义　指人前程远大，不可估量。

例句　张师傅拍着小孙的肩，笑眯眯地说："小伙子，好好干！你是'火车头没灯——前途无量(亮)'啊！"

到了站的火车——叫得响，走得慢

释义　讽刺人只会说话不会做事。也作：到站的火车——叫得响，走得慢。

例句　他是"到了站的火车——叫得响，走得慢"，总喜欢不停地夸耀自己的本事如何好，却很少动手。

火车离轨——寸步难行

释义　指走不了路，也指人身处困境。

例句　做这项物理实验如果少了任何一样，哪怕是很微小的实验仪器或者药品，那么整项实验就会"火车离轨——寸步难行"了。

九曲桥上散步——尽走弯路

释义 九曲桥:弯弯曲曲的桥。本指在弯曲的桥面上行走,走的都是弯曲的路。现指工作、学习因方法不当,而白白浪费时间。

例句 因为没有经验,刚开始工作的时候,我总是"九曲桥上散步——尽走弯路"。

属车轱辘的——推一推,转一转

释义 形容做事不主动,缺乏自觉性,要靠别人督促才去做某事。也作:属车轮的——推一推,转一转。

例句 整个项目组一片懒散,员工都是"属车轱辘的——推一推,转一转",没人主动工作,这样持续下去怎么行。

堂屋里推车——进退两难

释义 形容处境十分困难。也作:堂屋里推车——难进退、堂屋里推车子——进退两难。

例句 他在歌手大赛中进入了前十名,这时他却发现这场比赛并不公平,想要退出,却又顾忌观众对自己的看法,真是"堂屋里推车——进退两难"啊。

骑马上山——步步登高

释义 一步一步地向高处攀登。比喻不断上升。也形容官运亨通,连续得到提升。也作:骑马上天山——步步登高。

例句 小张刚来单位几年,就因为能力强接连升职,成为最年轻的副局长,真是"骑马上山——步步登高"。

骑毛驴观山景——走着瞧新鲜的

释义 指人喜欢看热闹。

例句 前方出了一场车祸,很多人"骑毛驴观山景——走着瞧新鲜的",把事故现场围得里三层外三层。

走道捡喇叭——有吹的了

释义 吹:双关语,本指吹奏,转指吹嘘。讥讽人有了吹嘘或夸耀的资本。

例句 这次你走运,拿到了省级竞技大赛的冠军,看来以后你可是"走道捡喇叭——有吹的了"。

走上步看下步——瞻前顾后

释义 瞻:向前望。顾:回头看。比喻做事谨慎周密。也比喻做事顾虑很多,犹豫不决。

例句 要是你再这样"走上步看下步——瞻前顾后"的话,我们可就失去了这次将他逮捕归案的好机会了。

走夜路吹口哨——虚张声势

释义 张:张扬。声势:声威气势。指故意大造声势,借以吓人。

例句 我们知道屋里就你一个人,你没必要在那里"走夜路吹口哨——虚张声势",

只要你出来缴械投降,我们保证不开枪。

走一百里不换肩——能抬杠

释义 指人喜欢作无谓的争论。

例句 明显你的理论已经站不住脚了,你怎么还这样"走一百里不换肩——能抬杠"呢,真是不可理喻。

走着路吃甘蔗——学(削)一段是一段

释义 削:与"学"谐音。比喻做事一步步来。也讽刺人得过且过。

例句 他就是这样一个"走着路吃甘蔗——学(削)一段是一段"的人,不求上进,不考虑以后。

独木桥上见仇人——冤家路窄

释义 比喻仇人或不愿意相见的人偏偏相逢,无法回避。也作:独木桥上遇仇人——冤家路窄。

例句 你没想到这对仇家竟然到同一个公司的同一个部门面试,这真是"独木桥上见仇人——冤家路窄"。

牵牛上独木桥——难过

释义 难过:双关语,本指难以通过,转指心里不好受,事情不容易做,或日子不好过。

例句 因为自己的失误,对方球队在终场前获得了点球的机会。看到队友们失望的表情,他感到"牵牛上独木桥——难过"啊。

牵瘸驴上窟窿桥——左右为难

释义 指无论怎么办都有难处,都不尽如人意。比喻陷于两难困境中,不易做出决定。

例句 下周举行的国际舞蹈大赛是小丽一直期盼参加的,但是期末考试也在下周举行,她现在是"牵瘸驴上窟窿桥——左右为难"。

玻璃上跑车——没辙

释义 辙:双关语,本指车轮印,转指办法。比喻束手无策,找不到解决的办法。

例句 小韩虽然是个技术工人,但这台国外进口的精密机器出故障时,他也是"玻璃上跑车——没辙",无法修好。

马拉独轮车——说翻就翻

释义 翻:双关语,本指翻车,借指翻脸或变卦。比喻动不动就翻脸或轻易就变卦。

例句 他的话你怎么能信?他做人不讲信用,向来都是"马拉独轮车——说翻就翻"。

车走车路,马走马路——谁也不跟谁相干

释义 比喻各人有各人的方式方法,相互不干扰。

例句 他们三个人原本关系挺好,后来却因为一点儿小事闹了别扭,最终变成"车走

车路,马走马路——谁也不跟谁相干"。

大路上的电线杆——靠边站

释义 比喻被冷落一旁,得不到重用。

例句 自从小李来到我们单位,原先颇受器重的小王就像"大路上的电线杆——靠边站"了。

大路上的砖头——绊脚石

释义 比喻阻碍前进的人或事物。

例句 这种陈旧的观念就是"大路上的砖头——绊脚石",我们非与它先做一番斗争不可。

揪着马尾巴赛跑——悬

释义 形容很危险或不可靠。

例句 他年纪轻轻,经验不足,就想解决这样一个大难题,这事我看就像"揪着马尾巴赛跑——悬"。

胡同里逮猪——两头儿被堵

释义 指进退的路都被卡住,陷入了绝境。也作:胡同捉猪——两头堵、胡同里逮驴——两头截。

例句 这件事我既不好说出去,憋在心里又很痛苦,真是"胡同里逮猪——两头儿被堵"啊!

胡同里边跑马——回头难

释义 指做错事后想改正太难了。

例句 已经造成了严重后果,现在就算想悔改也已经是"胡同里边跑马——回头难"了。

墙头儿上跑马——有去路无回路

释义 土墙很窄,马只能往前跑,没法儿调头跑。比喻事情不可逆转。也作:墙头上跑马——有去路,无回路。

例句 现在考试已经结束,你考得不理想的事实是"墙头儿上跑马——有去路无回路",但不要灰心,只要努力,你一定会赶上来的。

森林里跑马——施展不开

释义 指森林里树木多,马不能驰骋。比喻不能充分发挥其才能。

例句 由于分管经济的领导比较保守,我的很多策略都停留在纸面上,我真有点儿"森林里跑马——施展不开"的感觉。

南辕北辙——背道而驰

释义 指朝着相反的方向使劲赶马跑。比喻方向、目标完全相反。

例句 你们的提议和政府的政策根本就是"南辕北辙——背道而驰",是肯定不会得到政府的采纳的。

打着手电筒走夜路——前途光明

释义 前途光明:双关语,本指前方道路明亮,转指将来的光景非常美好。

例句 有了这样一位名师来指导,小张感觉自己是"打着手电筒走夜路——前途光明"。

嫩牛拉车——不打不跑

释义 比喻不施加压力就不肯努力奋进,形容人工作不积极。

例句 新来的几名工人干活爱偷懒,典型的"嫩牛拉车——不打不跑"。

汽车跑到人行道上——不走正路

释义 本指汽车不该在人行道上行驶。现指人走上不正当的生活道路,或指人做不正当的事情。

例句 都活了大半辈子的人了,怎么还"汽车跑到人行道上——不走正路"呢?这让你的后代颜面何在啊?

自行车拔了气门芯——松了一口气

释义 本指车胎放了气。现指压力得以缓解,心情轻松愉快。

例句 听到这个好消息,我终于像"自行车拔了气门芯——松了一口气"。

自行车下坡——不睬(踩)人

释义 指不理会,没放在心上。

例句 今天的事是他做得不对,可你也不能"自行车下坡——不睬(踩)人"啊,好歹他也是你请来的!

起航赶上了顺船风——机不可失

释义 机:时机。指好的时机绝不可放过,失掉了不会再来。比喻机会难得,应充分利用有利的时机。

例句 学校要选拔三名年轻教师去国外深造,这对于我来说,是"起航赶上了顺船风——机不可失",我一定要积极准备,争取被选上。

轮船上装橹——摆设而已

释义 橹:使船前进的工具,安在船尾或船旁,用人摇。轮船利用机器推进,不需要橹。比喻徒有其表,而没有实用价值。

例句 他在公司什么也不做,不过是"轮船上装橹——摆设而已"。

沙窝子想撑船——好事想绝了

释义 沙窝子:沙漠。讽刺人想美事,不符合实际。

例句 你可真是"沙窝子想撑船——好事想绝了",哪有这么容易就能办成的事?

井底里划船——没有出路

释义 比喻做事处处受妨碍,无路可走。

例句 没有知识,没有文化,在现在的社会里,是"井底里划船——没有出路"的。

大海里行船——乘风破浪

释义　比喻人不怕困难,奋勇前进。

例句　不管遇到什么困难,我们都应当像"大海里行船——乘风破浪",继续前进。

搁浅的船——进退两难

释义　搁浅:船只进入水浅的地方,不能行驶。比喻处境尴尬,无法前进,也没有办法后退。

例句　他们现在是"搁浅的船——进退两难":继续施工,没有资金;停工不干,又太可惜了。

航空公司开业——有机可乘

释义　本指有飞机乘坐,现指利用漏洞进行对自己有利的活动。

例句　这次公开招标,一定要把条件订得严一些,细一些,不能让那些人觉得我们是"航空公司开业——有机可乘",而趁机钻空子。

飞机上挂暖壶——水平(瓶)高

释义　指人对学识、技艺、业务等掌握得很好。

例句　你的学术报告太精彩了,到底是专家,真是"飞机上挂暖壶——水平(瓶)高"哇!

飞机上摆手——高招

释义　本指在高处招手。现指人在处理某事上有诀窍,有好办法。

例句　"太好了。真是'飞机上摆手——高招',咱们村有救了!"老村长兴奋地大叫起来。

飞机上聊天——空谈

释义　本指在高空中交谈。现指说话不切合实际,而且只说不做。

例句　这些构想倒不错,但若总是"飞机上聊天——空谈",恐怕永远也不会有收获。

飞机上吊邮筒——高兴(信)极了

释义　邮筒:邮寄信件的箱子。形容人心情愉快。

例句　妈妈要从老家来看我了,我真是"飞机上吊邮筒——高兴(信)极了"。

坐飞机打堂锣——想(响)得倒高

释义　响:与"想"谐音。指人的想法脱离实际,无法实现,或指想法高超,非同凡响。

例句　就你这个英文字母一个都不认识的主儿还想去外企工作? 你这是"坐飞机打堂锣——想(响)得倒高"。

坐在飞机上唱歌——尽唱高调

释义　讥讽人尽说大话和漂亮话。

例句　他就知道"坐在飞机上唱歌——尽唱高调",咱们现在工作量这么大,他也不说伸把手帮帮咱们。

坐飞机吹喇叭——越吹越高

释义 比喻事情的形势或人的状态越来越好。

例句 这段时间,咱们公司新产品的销售量是"坐飞机吹喇叭——越吹越高",现在是供不应求,咱们必须增加生产量以满足市场更大的需求哇!

坐船出国做生意——出口伤(商)人

释义 商:与"伤"谐音。指人说话刻薄,总是伤害别人。

例句 只不过走路不小心碰了你一下,你怎么就"坐船出国做生意——出口伤(商)人"呢?

坐火箭上月球——远走高飞

释义 比喻到很远的地方去。也比喻摆脱困境,寻找光明的前途。

例句 等我把这笔生意做完了,挣了钱,咱们就"坐火箭上月球——远走高飞",去过美好的生活。

坐轿摔跟头——不识抬举

释义 抬举:指看重某人而加以称赞或提拔。责骂人不知好歹,不懂得接受别人的好意。

例句 你在他们公司也就是个小职员,请你来我们公司做经理你还不来,真是"坐轿摔跟头——不识抬举"。

坐汽车看风景——走着瞧

释义 指等着看事情的发展变化或事情的结局如何。

例句 你们才胜了一局就这么趾高气扬的,咱们就"坐汽车看风景——走着瞧",看看后面几局。

十四、经济类歇后语

三个铜钱放两处——一是一,二是二

释义 本指一边放一个铜钱,另一边放两个铜钱。现指做事一丝不苟。

例句 他说话可是"三个铜钱放两处——一是一,二是二",你可别奢望他反悔。

铜钱做眼睛——认钱不认人

释义 讽刺人只看重金钱、地位,不讲究人情。

例句 他没有朋友,最主要的原因在于他是"铜钱做眼睛——认钱不认人"。

借一角还十分——分文不差

释义 指一点儿也不差。

例句 "阿姨,这是找您的钱,'借一角还十分——分文不差',您数数吧。"小丽亲切地说。

秀才见官——不贵(跪)

释义 跪:与"贵"谐音。旧时秀才是有功名的人,见了官可以不像平民一样下跪。指价格不贵。

例句 当妈妈看到我花一百多块钱买书时说:"这真是'秀才见官——不贵(跪)'。"

二分钱开当铺——周转不开

释义 比喻经济紧张,资金周转不灵。

例句 晓东最近的日子过得是紧巴巴的,总感觉手头缺钱,真是"二分钱开当铺——周转不开"啊。

踩着银桥上金桥——越走光景越好

释义 比喻前途光明,日子越过越红火。

例句 这些年,我们家的日子越过越好,爷爷高兴地说自己是"踩着银桥上金桥——越走光景越好"。

眼睛瞪着孔方兄——见钱眼开

释义 孔方兄:钱,旧时的铜钱有方形的孔。见到钱财就眉开眼笑。形容人贪爱钱财。

例句 找站长帮忙你得送礼,他就是"眼睛瞪着孔方兄——见钱眼开",只有送够了钱财,他才肯帮忙的。

结清了的账单——一笔勾销

释义 指把账一笔抹去,或指不计前嫌,一切从现在开始。

例句 我们的恩恩怨怨从此像"结清了的账单——一笔勾销",谁也不欠谁的。

叫花子拨算盘——穷有穷的打算

释义 指穷人也为未来作计划。

例句 长松兴奋地抽了口烟说:"婶子,这是我对你说的,我倾家荡产买这块地,是'叫花子拨算盘——穷有穷的打算',好地咱买不起,只能买下这种一葫芦打两瓢的砂礓(今作砂姜)坡。可咱有力气,不怕吃苦。"(李準《黄河东流去》第七章)

抱着金砖跳海——人财两空

释义 空:里面,没有东西或没有内容。指人和财物都遭受了损失。也作:抱着金砖跳海——人财两丢、抱着金砖跳海——人财两去。

例句 他原本想借这个机会大赚一笔的,结果钱没挣着,妻子也跟他离婚了,这真是"抱着金砖跳海——人财两空"。

带着秤杆买小菜——斤斤计较

释义 斤斤:双关语,既指斤两,又指过分计较。指对一些细小的无关紧要的事物过分计较。也作:带着秤买小菜——斤斤计较。

例句 老曾这人真是"带着秤杆买小菜——斤斤计较",向他借的东西擦破点儿皮他

也要别人赔。

没本钱的买卖——赚得起赔不起

释义 指买卖只能赚不能赔，或指事情只能成功不能失败。

例句 （老武）又怕这些小伙子们偷偷出去闯乱子，于是说道："……咱们做的是'没本钱的买卖——赚得起赔不起'，大家伙出个主意，想个计策才好！"（马烽等《吕梁英雄传》）

名牌货便宜卖——物美价廉

释义 便宜：价钱低。廉：便宜。指货物质量好，价钱便宜。

例句 为什么你每次都能买到"名牌货便宜卖——物美价廉"的商品呢？我怎么就遇不到这样的好事啊？

大风天里卖炒面——吹了

释义 指交情或事情破裂，没有达到预期的效果。

例句 由于资金短缺，他这次投资办厂的事又"大风天里卖炒面——吹了"。

拾麦打烧饼——纯赚

释义 赚：获得利润。指没有本钱，净得利润或好处。

例句 你只要跟着我一起干就行了，不让你担任何风险的，到了年底，你是"拾麦打烧饼——纯赚"。

抱着元宝跳井——舍命不舍财

释义 讽刺人把钱看得比命还重要。

例句 挣钱是挺重要，但是身体也很重要，千万不能"抱着元宝跳井——舍命不舍财"啊！

一枪打死个苍蝇——不够火药钱

释义 一枪打死一个苍蝇，还不够火药钱。比喻付出的没有收到的多，十分不值得。也作：一枪打死个跳蚤——不够火药钱。

例句 收购这个快要倒闭的企业，我们不但要承担他们的债务、补发他们拖欠员工的巨额工资，还要重新投资更新他们的设备，真是"一枪打死个苍蝇——不够火药钱"，我看还是算了吧。

用铜板当眼镜——满眼都是钱

释义 铜板：又叫铜圆，从清代末年到抗日战争前通用的铜质辅币，圆形。多用来形容人唯利是图。

例句 方老板这个人就是"用铜板当眼镜——满眼都是钱"，找他合作不给他大利润，他是肯定不会答应的。

一壶醋的赏钱——小恩小惠

释义 比喻为了笼络他人而给人微不足道的小利益。有反讽意味。

例句 他这是"一壶醋的赏钱——小恩小惠"，你不要被此蒙住了眼睛，犯下错误。

猪笼落水——孔孔都是入口

释义 比喻财源广进,处处赚钱。

例句 咱们公司今年真是好运哪,投资什么生意什么生意就赚钱,真是"猪笼落水——孔孔都是入口"哇。

赵公明的儿子——认钱不认人

释义 赵公明:民间指财神。讽刺人过分看重钱财,为了钱财可以不顾情面。

例句 你爸爸都病成那样了,你家财万贯,都不肯拿出钱来给他医治,你真是"赵公明的儿子——认钱不认人"哪!

赵国的和氏璧——价值连城

释义 形容物品极珍贵,价值极高。

例句 这是世间仅存的夜明珠,还是宋太祖年间的呢,真是"赵国的和氏璧——价值连城"啊!

珍珠掺着绿豆卖——一样价钱也抱屈

释义 绿色的珍珠远远地看上去与绿豆相似。常用来比喻有能力的人与无能的人混在一起,难免有委屈之感。

例句 与这样的人一起工作,他不但帮不上忙,还总是拖大家后腿,我们可真是"珍珠掺着绿豆卖——一样价钱也抱屈"呀。

猪肉青菜一个锅炒——难免要给别人沾油

释义 指避免不了别人沾点儿光。也作:猪肉青菜一锅炒——难免要给别人揩掉油水、猪肉青菜一锅炒——难免要给别人沾掉油水。

例句 大家合伙做生意,这钱也不可能都让你赚了去,这是"猪肉青菜一个锅炒——难免要给别人沾油"的嘛。

打油钱不买醋——专款专用

释义 指专项资金只能用于专门的项目。

例句 "打油钱不买醋——专款专用",这笔钱是用来购买新设备的,绝不能用于领导吃喝应酬。

看病先生开棺材铺——死活都要钱

释义 指人极其贪财,不管怎样都要把钱拿到手。

例句 他是个"看病先生开棺材铺——死活都要钱"的人,借给别人把雨伞都想收费。

买个麻花不吃——为的看这股劲儿

释义 指要看看别人有多大劲头。

例句 高厂长说:"我买这些东西回来,不是为了看的,而是为了刺激你们的头脑,这叫'买个麻花不吃——为的看这股劲儿'。"

买个帽子放进怀里——不对头

释义 帽子应该戴在头上,放在怀里不是地方。比喻情况不正常、不合适。也比喻合不来或不正确。

例句 这是六一儿童节晚会,你却唱了一首歌颂劳动者的歌曲,这有点儿"买个帽子放进怀里——不对头"。

买罐子打了鼻——往后别提了

释义 提:双关语,本指提起(某物),转指提到(某事)。本指罐子把摔了没有办法提,转喻不要再提某件事了。也作:买个罐子打了把——甭提了。

例句 这次的事情我知道错了,以后一定尽力改正,恳请各位同学"买罐子打了鼻——往后别提了"。

买了肝肺来不上碗——用心

释义 上碗:做成菜盛到碗里。心:双关语,本指做菜上碗的心,转指心思,心力。指小心谨慎或用心力去做事。

例句 要想搞好思想道德建设,除了积极组织学习,还要保证学习效果,这需要我们"买了肝肺来不上碗——用心"。

买四两棉花——访(纺)一访(纺)

释义 纺:与"访"谐音。指访问调查一下。

例句 小华最近学习成绩下滑得厉害,作为班主任老师,你是不是得"买四两棉花——访(纺)一访(纺)"?

卖门神掉江里——人财两空

释义 指人和钱财都丧失了,什么也没得到。

例句 由于人贩子在中间使了手脚,冯公子既花了银两,又没娶到英莲,最后落了个"卖门神掉江里——人财两空"。

卖糖的敲锅——豁出老底啦

释义 过去的糖是用锅熬出来的,敲破了锅便不能再熬了。指把所能牺牲的都牺牲了,希望获取某些东西或某种胜利。比喻为了某种目的而不惜付出任何代价。也作:卖糖的砸锅——豁出老本来了。

例句 为了能让儿子考上好的艺术学校,这夫妻俩辞职全力陪同,真是"卖糖的敲锅——豁出老底啦"。

卖水的过河——眼下尽是钱

释义 河里是水,水能卖钱,所以卖水的人眼睛看见的全是钱。比喻人非常贪财。

例句 葛朗台的一辈子,眼里没有亲人,他的所作所为表明他是"卖水的过河——眼下尽是钱"。

卖糖人儿和捏洋号的——能吹

释义 糖人儿:用糖稀吹的人或鸟兽等。捏洋号的:指吹奏西式喇叭的人。吹:双关语,本指吹气、吹奏,转指吹嘘。讥讽或责骂人就会说大话。

例句 你别看他答应得挺快,其实他根本办不了这事,他是"卖糖人儿和捏洋号的——能吹"。

卖油的不打盐——不管闲(咸)事

释义 咸:与"闲"谐音。比喻不管与自己无关的事。

例句 这次出去旅游,希望各位注意安全,尽量"卖油的不打盐——不管闲(咸)事"。

卖油的敲锅盖——好大的牌子

释义 牌子:双关语,本指招牌,转喻人的架势。讽刺人神气十足、盛气凌人的样子。也作:卖油的敲锅盖——为的是显大牌子。

例句 她从小娇生惯养,经常目中无人,典型的"卖油的敲锅盖——好大的牌子"。

十五、百业类歇后语

小炉匠补碗——修辞(瓷)

释义 瓷:与"辞"谐音。指修饰文字词句,运用各种表现方式,使语言表达得准确、鲜明而生动有力。

例句 老师说:"大家要想让自己的作文形象、生动,就要学会'小炉匠补碗——修辞(瓷)'。"

裁缝的尺子——量人不量己

释义 比喻只是一味地严格要求别人,却看不到自己的缺点。也作:裁缝的尺子——量人不量自己。

例句 他平时总喜欢说别人的缺点,同时又自高自大,这真是"裁缝的尺子——量人不量己"。

茶馆不要的伙计——哪壶不开提哪壶

释义 提:双关语,既指拿起壶,又指提出某件事。本指伙计被老板辞退是因为他给顾客冲茶拿的是不开的水,得罪了顾客。比喻别人越是不想提哪件事,他越是要提出来。也作:茶馆里不要了的伙计——哪一壶不开你偏要提哪一壶、茶馆里不要了的伙计——哪一壶不开偏要提哪一壶。

例句 王老师最讨厌的就是这一类问题,你却当着大家的面问他,你这真是"茶馆不要的伙计——哪壶不开提哪壶"。

草药店里的甘草——少不了他(它)

释义 它:与"他"谐音。指某人不可缺少。

例句 小赵是个足智多谋的人,公司里每次做决议,都是"草药店里的甘草——少不了他(它)"。

城外头开钱庄——外行

释义 钱庄：旧时由私人经营的以存款、放款、汇兑为主要业务的金融信用组织，多开在城里繁华地段。指对某事物或技术不了解、不具有专业素质的人。

例句 在投资方面，我也只是"城外头开钱庄——外行"，不敢说自己有什么独到见解。

炊事员的围裙——有优(油)点

释义 油：与"优"谐音。指有值得赞扬的地方。

例句 你说这幅画不好，可我觉得它就像"炊事员的围裙——有优(油)点"。

厨子炒菜——添油加醋

释义 本指厨师炒菜时放作料。现指叙述事情或转述别人的话时，添枝加叶，无中生有。

例句 郑阿姨对这件事只听说了点儿皮毛，但她一回到小区里，就"厨子炒菜——添油加醋"地四处说起来。

吹鼓手的肚子——气鼓鼓的

释义 形容人非常生气。

例句 听到对方骂他，他一下子变得像"吹鼓手的肚子——气鼓鼓的"。

吹糖人儿的改行——不想做人了

释义 不想做人：双关语，本指不再做糖人了，借指由于某种缘故不想再维持以前好人的形象。

吹糖人

例句 我感觉每天一个人做好事打扫卫生挺累的，我现在是"吹糖人儿的改行——不想做人了"，只想轻松轻松。

瓷器店里翻跟斗——少不了磕磕碰碰

释义 指人与人之间难免发生矛盾和冲突。

例句 老两口这些年来虽然是"瓷器店里翻跟斗——少不了磕磕碰碰"的，但总体上相处得非常好。

瓷窑上的瓦盆——一套一套的

释义 瓷窑:烧瓷器的窑。一套:双关语,本指瓷窑里烧制成的瓦盆大小、色样配成套,转指人说话做事完整、成系统。

例句 这位市长讲起大道理来,是"瓷窑上的瓦盆——一套一套的",但最终却被证实是一个大贪官。

货郎的担子——两头祸(货)

释义 货郎的担子两头都有货物。指灾祸不断。

例句 那时候他家是"货郎的担子——两头祸(货)",丢了车,又死了牛,如今总算是稍稍平静了一些。

打铁的拆炉——散伙(火)

释义 散:由聚集而分离,指解散。

例句 我们公司目前的状况是既缺资金又缺技术,怎么能发展下去呢? 不如来个"打铁的拆炉——散伙(火)"吧! 这样硬撑着也不是长久之计。

穷木匠干活——只有一句(锯)

释义 指没有其他的话说,只有一句话。

例句 王老汉这人生性木讷,不大会说话,见了熟人也是"穷木匠干活——只有一句(锯)"。

剃头带掏耳——里外干净

释义 指内外都干净,也比喻人品纯洁。

例句 厨师把这鱼弄得是"剃头带掏耳——里外干净",你就放心吃吧。

屠夫送礼——提心吊胆

释义 形容非常担心、害怕。

例句 老张晚饭后突然发起了低烧,他担心自己得了重病,一晚上都是"屠夫送礼——提心吊胆"的,天一亮,就去医院检查身体了。

名医开处方——对症下药

释义 症:病症。下药:用药。医生针对病人的病情开方用药。指针对具体情况,采取具体有效的措施。

例句 小明最近成绩下滑是由于参加军乐队训练耽误了学习的时间,找到了原因,咱们才好"名医开处方——对症下药"。

剧院门口说大书——唱对台戏

释义 说大书:说书,包括评书、评话、弹词等的一种曲艺形式。比喻双方在同一件事情上态度截然相反,极为对立。

例句 小张和小李两个人平时总是"剧院门口说大书——唱对台戏",你一派我一派地争论着各种问题。

单口相声——一个人说了算

释义 指某事由一个人做主。

例句 对于部门里的事务,主任向来是"单口相声——一个人说了算",从来不与下属商量。

当铺掌柜卖杂割——不是老行伍出身

释义 杂割:指牛羊等的内脏。指不是某方面的内行。

例句 在这方面我是"当铺掌柜卖杂割——不是老行伍出身",所以也谈不上有什么建议。

雕塑匠不给神像叩头——知道老底

释义 指了解某人的底细。

例句 对于他是如何发迹的,我可是"雕塑匠不给神像叩头——知道老底"。

警察罚他爹——公事公办

释义 指公事按国家规定来办,不徇私情,不讲情面。也作:警察打他爹——公事公办。

例句 王局长是一个作风正派的人,向来坚持"警察罚他爹——公事公办"的原则。

笨贼偷法官——自投罗网

释义 比喻自己送死。

例句 敌人原本想从这里绕道进村的,没想到我军早已在此设下埋伏。敌人这回真是"笨贼偷法官——自投罗网"!

厨师回家——不跟你吵(炒)了

释义 指不和别人发生争执。

例句 好了,好了,人家都"厨师回家——不跟你吵(炒)了",你还嚷嚷什么呀?

卖肉的切豆腐——不在话下

释义 指做事很容易,轻而易举就能完成。

例句 老王指着勤娃说:"这点儿小事对他来说是'卖肉的切豆腐——不在话下'。论这木匠手艺,方圆几百里也没人比得上他。"

船老大带徒弟——从何(河)说起

释义 船老大:船上负责管理工作的船员。指不知该怎么说才好。

例句 这件事真是"船老大带徒弟——从何(河)说起"啊!总之,你慢慢会明白的。

弹花匠进宫——有功(弓)之臣

释义 弹花匠:弹棉花的工匠,用一种弓形工具弹棉花。宫:皇宫。指对某事有功劳的人,常用于讥讽或开玩笑。

例句 大家都知道你是"弹花匠进宫——有功(弓)之臣",所以应该奖赏你,这块玉你就收下吧!别推辞了。

造屋找箍桶匠——找错人

释义 箍桶匠:旧时修制木桶、木盆的工匠。指弄错对象。

例句 老孟说:"找我品评茶叶,你可是'造屋找箍桶匠——找错人'啦!我是不懂茶的,隔壁张家个个是评茶的行家。"

铜匠担子——挑到哪里响到哪里

释义 铜匠:修制铜器的工匠。本指担子里的铜器相互碰击,一路上发出声响。现指人爱说话,走到哪里说到哪里。

例句 王嫂性格开朗,人又热心,特别是那个大嗓门,就像"铜匠担子——挑到哪里响到哪里"。

作家的皮包——里面大有文章

释义 本指作家的皮包里装有文学作品,现指有更深层次的意思。

例句 让我看,这事是"作家的皮包——里面大有文章"哩!怎么可能像他说的这么简单,还是不要掉以轻心。

铁路警察——各管一段

释义 本指铁路警察分路段管辖。现指人各做各的事,谁也不干涉谁。

例句 在生产啤酒的过程中,每个工人都是"铁路警察——各管一段",哪一段出现问题都有人负责。

染布师傅——拿不出手

释义 染布师傅手上染满颜色,不好意思给人看。指对自己的东西不满意,不愿拿出来给大家看。

例句 这次厨艺大赛还是你代表大家参加吧,我的技术太差劲儿,实在是"染布师傅——拿不出手"。

剃头的挎小篮儿——没挑儿

释义 指人或事物非常好,无可挑剔。

例句 这个小女孩不仅成绩优异,而且能歌善舞,刚刚还在市演讲比赛中获得了第一名,真是"剃头的挎小篮儿——没挑儿"了。

理发师带徒弟——从头教起

释义 头:本指头上,现指开头。指从最基础的开始传授。

例句 "上节课我不是把这个问题讲过了吗?现在怎么全忘了?看来我还是'理发师带徒弟——从头教起'吧!"赵老师耐心地说。

铁匠铺开门——动手就打

释义 本指铁匠动手打铁,现指动手打人。

例句 你怎么"铁匠铺开门——动手就打"啊?这样做是上策吗?

小偷摆花瓶——贼能整景

释义 贼:双关语,本指小偷,转指特别。指特别能摆弄。

例句 小蒋文化水平不高,却"小偷摆花瓶——贼能整景",墙壁上全是书,每一本的内容他也都能说得很详细。

钳工配钥匙——不成问题

释义　问题：需要研究讨论并加以解决的矛盾。指不能成为麻烦，很容易解决。

例句　这道数学题对于我来说就是"钳工配钥匙——不成问题"，我马上算出来，然后告诉你怎么做。

叫花子背米——自讨的

释义　本指叫花子背的米是靠自己乞讨得来的，现指自找麻烦。

例句　你这是"叫花子背米——自讨的"，这事你又不熟悉，却非要插一脚，现在把事搞砸了吧？

邮递员去送信——原封不动

释义　原封：指没有开封的。泛指保持原来的样子，一点儿不加变动。

例句　这是你走的时候寄放在我这里的箱子，现在你回来了，我就"邮递员去送信——原封不动"地给你送回来了。

飞行员跳伞——一落千丈

释义　本指飞行员跳伞降落得很快，现指地位、景况、声誉等下降得很快。

例句　上学期你的成绩还名列前茅呢！这学期怎么就"飞行员跳伞——一落千丈"了呀？

木偶戏表演——装腔作势

释义　木偶戏：由人在幕后操纵木偶表演的戏剧。指故意装出一种腔调，做出一种姿态。形容做作。

例句　改革开放初期，好多内地歌手登台表演时，满嘴的港台腔，真有点儿"木偶戏表演——装腔作势"。

第十三章　歇后语故事

A

阿斗当皇帝——软弱无能

三国后期,蜀国后主阿斗执政后,不但整日沉溺于酒色,寻欢作乐,还爱听信谗言,朝政日见荒疏,日趋腐败。由于阿斗昏庸无能,先主创下的伟业逐渐衰落。公元 263 年,魏国见有机可乘,派大将钟会和邓艾分别统兵攻打蜀国,当魏国兵临蜀国都城——成都时,阿斗吓得六神无主,只好听信光禄大夫谯周的话,向魏国投降了。他带着文武大臣,把每个人的双手捆在背后,走出宫廷,向魏军举行投降仪式。

阿斗放弃自尊,放弃国家尊严,最终导致蜀国的毁灭。人们都嘲笑他这个软弱无能的皇帝。从这个故事引出"阿斗当皇帝——软弱无能"的歇后语。

艾窝窝打钱眼——蔫有准儿

艾窝窝:用江米制成的一种食品,北京传统风味小吃。

旧时,艾窝窝上市正值京都各大庙庙会之期。诸庙僧人、道士,特别是白云观中的道士,在庙前桥下悬挂直径约为一尺的一枚大铜钱,招来善男信女及游人用硬币向钱眼内投掷,据传凡投中者新年顺利,一年到头财源茂盛。此举,在京都称为"打钱眼儿"。

用大而软的艾窝窝投打钱眼,当然命中率要比用小小的硬币多些。艾窝窝属于黏食,黏与蔫同音,便借引过来,形成了"艾窝窝打钱眼——蔫有准儿"这一歇后语。

矮子看戏——随声附和

旧时农村演出"草台戏",都是在露天搭台,戏台不高,人们都挤在一起站着看。一天,有个矮子也去看戏,可是他前面的人个子高,挡住了他的视线,尽管矮子踮起了脚尖,伸长了脖子,瞪大了眼睛,仍是一点也看不见。听到人们喝彩,前面的人鼓掌说演得好,矮子也跟着大声叫好。其实他根本就没有看见,更不知道好在什么地方,只不过是随声附和而已。所以明朝李贽在《续焚书》中说:"我小时候听人家说:孔子是圣人,是值得尊敬的。因此我也尊敬孔夫子,至于他为什么是圣人,哪些地方值得尊敬,却一点也不懂,不过是:'矮人看戏,随人说'而已。"于是形成了"矮子看戏——随声附和"这一歇后语。

安禄山造反——不得人心

安禄山:原名轧荦山,后改姓安,更名禄山。营州(今辽宁朝阳)人。唐朝叛将。

安禄山30岁那年步入军旅，在不到4年的时间就做到平卢将军。唐天宝元年(公元741年)正月初一，安禄山40岁时，一跃成为藩镇朝阳古城的最高军事统帅——平卢军节度使。在此后的十几年中，在唐朝严格按照任职年限资格任官的体制下，安禄山创造了和平年代边疆军帅升迁的神话。天宝十年二月，安禄山49岁的时候，已是身兼三镇节度使。从40岁到49岁，安禄山从一方节帅到身兼三镇，荣耀君宠达到顶峰。天宝十四年，狡黠奸诈、骁勇善战的安禄山，以清君侧为由发动叛乱，使强大的大唐帝国开始走下坡路。安禄山叛乱后称帝，后被其子杀害。

B

八哥学舌——人云亦云

传说，常常与人类生活在一起的八哥对人类的语言产生了浓厚的兴趣。于是，自觉不自觉地，八哥开始学习人类说话。于是，它早也叫，晚也叫，但总是那么简单的几句，"你好"，"对不起"，"谢谢"，没有一点新意。会说人类的语言，八哥感觉自己非常了不起，常常在自己的动物朋友面前卖弄。

有一天，蝉在院子里认真地练习鸣叫，八哥听见了，随口就嘲笑起蝉来了："你的叫声怎么这么难听啊，让你听听我的！"然后，它就自我陶醉地学起人类说话，然而无非还是那么几句。蝉并没有生气，而是心平气和地对它说："你能学人类说话，非常好听，我们都很羡慕你；可你说的都不是自己的话，实际上什么内容也没有；我的叫声虽然没有你的话语动听，但那都是我自己要表达的意思啊！"八哥听着听着，羞愧地低下了头。

八王寺的井水——甜着呢

八王寺：沈阳著名古刹，原名大法寺，创建于明永乐十三年(公元1415年)，相传清崇德三年(公元1638年)，努尔哈赤第十二子阿济格重修庙宇。

相传，很早以前，八王寺一带缺水，住在这里的人喝的水又苦又涩，日子过得十分贫困。

清朝初年，在八王寺附近住着一位年轻的姑娘名叫莲花。莲花心地善良，待人和气，天生一副菩萨心肠。有一年，在这八王寺一带来了一位乞讨的老人。老人来到莲花家门口，莲花总是送给她吃，送给她穿。可老人

八王寺

却从不向莲花说声好，道声谢。有一天，老人又来了。莲花还像往常一样招待她。老人吃完饭，对莲花说道："明天我要离开这里，再不回来了。感谢你对我的照顾，有什么为难

的事只管对我说,我会帮助你的。"莲花说:"我什么也不要,只想能在这块地方打个甜水井,让大伙都能喝上甜水,我就心满意足了。"

老人听后来到八王寺的殿堂佛像前,站在那里,在她的两只胳膊上点起了十根长明不灭的大蜡烛。她不吃不喝,日日夜夜地站在那里,一连站了七七四十九天。八王寺的老和尚,见这位老人不像凡人,就向老人询问。老人告诉老和尚说:"你在山门前打眼井,到一百天那井打成,井里就会喷出甜水来。"老和尚马上找来工匠,就在庙前开工了。等到一百天,井里果然冒出了清亮亮的甘泉水。庙里的和尚以及周围百姓,都来品尝这甘甜的水,大家都高兴得合不拢嘴。

从此,"八王寺的井水——甜着呢"这句歇后语便流传开了。

八仙过海——各显神通

八仙:传说中的铁拐李、汉钟离、吕洞宾、张果老、曹国舅、韩湘子、蓝采和、何仙姑八位神仙。

相传,八仙自王母蟠桃大会醉别而归,途经东海,吕洞宾提议八仙各自施展本领渡过大海。

吕洞宾第一个施展法术,他将宝剑投入海中,宝剑变成了一块银色的木板,吕洞宾跳到上面疾驰而去;铁拐李也不甘落后,他摘下葫芦,口中念念有词,那葫芦片刻变成了一艘船,铁拐李坐在上面用铁拐作桨划船前行;何仙姑则把花篮里的荷花变成一艘漂亮的小船,自己站在上面紧随吕洞宾和铁拐李;汉钟离则敲响了渔鼓,鱼儿们听到后纷纷聚集到他脚下形成了一座鱼桥,汉钟离笑眯眯地从鱼桥上过海;韩湘子将五色牡丹扔到海里,牡丹变成了凤凰,韩湘子骑着凤凰,吹着洞箫飘然过海;张果老把褡裢里的纸驴拿出来一抖,纸驴变成了真驴,张果老倒骑驴前行;曹国舅用避水宝带一挥,大海中间突然现出一条路来,曹国舅大步向前走去。蓝采和解下腰间的一对白如意踩在脚下,只见如意变成一双有翅膀的鞋子,他穿着这双"鞋"很快追上了其他道友,还和着韩湘子的箫声唱歌。

八仙各自施展法术渡海,构成了一幅美妙的画面,"八仙过海——各显神通"的故事及歇后语也在民间流传开来。

拔苗助长——适得其反

春秋时期,宋国有一个人,在春天播种时种了一片庄稼。可是,宋人嫌自己的庄稼长得慢,就将禾苗一棵棵拔高。他疲惫不堪地回到家里,对家人说:"今天累坏了,我帮助庄稼长高了!"他的儿子赶忙到田地里去看,发现禾苗全都枯死了!

霸王别姬——无可奈何

霸王:项羽,名籍,字羽,下相(今江苏宿迁)人。秦末农民起义军领袖。中国古代杰出军事家及著名政治人物,中国军事思想"勇战"派人物;姬:虞姬,项羽宠妃。

秦末楚汉相争,西楚霸王项羽被刘邦几十万大军围困在垓下(今安徽灵璧县东南),刘邦的士兵愈来愈多,围了一层又一层。而项羽的士兵不断逃亡,此时的项羽,才真正感到日暮途穷,万念俱灰。"力拔山兮气盖世,时不利兮骓不逝;骓不逝兮可奈何,虞兮虞兮奈若何。"项羽唱罢《垓下歌》,虞姬自刎而亡,项羽则率精锐突围,但仍被逼困在乌江,留下"纵江东父兄怜而王我,我何面目见之"一语后也自刎身亡。

后人根据这个故事引出"霸王别姬——无可奈何""霸王被困——四面楚歌"等歇后语。

白骨精骗唐僧——一计不成又生一计

白骨精是《西游记》中唐僧西天取经途中遇见的众多女妖精之一,先变成年轻漂亮的女子,再变成年迈的老婆婆,后变成白发老公公。但三次都被神通广大的孙悟空识破,最后一次在山神土地以及其他各位神仙的帮助下,孙悟空将白骨精打回原形。

白素贞斗法海——精打光

白娘子白素贞端午节喝了雄黄酒,现了原形,吓散了许仙的魂魄。她醒来后去蓬莱仙岛盗灵芝草,几经波折,终于救活了许仙。为解除许仙的疑虑,又施法让许仙误以为是看到了苍龙。但许仙仍半信半疑。终于在法海不断的挑唆下,许仙跟他上了金山寺。一对恩爱的夫妻就这么被拆散。

白素贞知道后,又气又恨:气的是许仙耳朵根子软,轻信人言;恨的是法海无事生非,挑拨离间。

她越想越气,便带着丫鬟小青直奔金山寺。到了金山寺,白素贞先是对法海讲了许多好话,想用她与许仙的真爱打动他,求他把许仙放出来。但法海是铁石心肠,无动于衷,并吹嘘自己有青龙禅杖,能镇妖魔,威吓白素贞。

白素贞无论如何不愿舍下许仙,独自离去。法海不由大怒,他将青龙禅杖祭起,化作一条青龙,恶狠狠地向白素贞扑来。白素贞无奈,将手中拂尘向空中一抛,顿时变成一把银光闪闪的宝剑,只听"咔嚓"一声宝剑将青龙拦腰斩断。那青龙仍化作两半截禅杖,落在山门前。

法海见白素贞破了自己的法宝,大惊失色,又急忙念起咒语,召来护法神将,擒拿白素贞。白素贞决心破釜沉舟,与法海决一死战。她忙取出令旗,交给小青。小青将令旗摆了几摆,江水顿时涨了三尺。只见水面上"咕嘟嘟"像开了锅,冒出了无数朵大浪花,虾兵蟹将、鲤鱼仙子等众水族纷纷涌出水面。白素贞向兄弟姐妹诉说了委屈,众水族义愤填膺,一个个摩拳擦掌,发誓要活捉法海,为白素贞报仇。众水族纷纷展开手段,浪头越掀越高,顷刻间涨了数丈,眼看要淹没金山寺。

众神将与众水族厮杀得不可开交。白素贞和小青越战越勇,杀得神将节节败退。正在决定胜负的关键时刻,白素贞腹内一阵绞痛,无法坚持下去。小青见势不妙,忙掩护着白素贞边战边退,冲出了重围。

后来,根据这段故事,便有了歇后语"白素贞斗法海——精打光","精"指蛇精白素贞,"光"指秃头和尚法海,用"精""光"两个字"赤裸、没有"的意思,形容一无所有,一点儿不剩。

白娘子哭断桥——旧情难却

传说,白素贞和许仙本来过着平凡幸福的生活。由于法海向许仙说破根由,端阳佳节,许仙强劝白素贞饮雄黄酒。白素贞勉强饮下雄黄酒,顿时化为蛇身,吓死了许仙。白

素贞连夜飞奔昆仑山上,盗回灵芝仙草,救活了许仙。孰料,许仙病愈后到金山还愿被法海囚禁。白素贞悲愤交加,水漫金山。双方搬请天兵天将和虾兵蟹将,两军对阵,斗争激烈。白素贞因已怀胎七月,终被法海战败。白素贞在小青的舍命保护下,败退来到断桥,触景伤情。这时,恰巧许仙挣脱枷锁,徘徊于断桥畔。三人在断桥重逢。小青认为许仙背信弃义,拔剑要杀许仙。白素贞难于断情,不忍伤害许仙。她一边以好言劝慰小青,一边哭骂许仙听信谗言,无情无义。许仙追悔莫及,发誓绝无二心。夫妻误会尽释,言归于好。

百尺竿头——更进一步

相传,宋朝时长沙有座著名的禅寺——招贤寺。寺中有位精通佛法的高僧,名叫景岑,人们都称他为招贤大师。由于招贤大师佛学造诣高深,所以经常有很多寺庙请他去讲道传经,他讲经的时候能将深奥的佛法做深入浅出的介绍,因此听讲经的人很多,他的名气也越来越大。

有一天,招贤大师又被请到一座寺庙讲经,其中一名对佛法也深有体悟的人向他发问说:"像您这样精通佛法的大师,是不是已经修行到了最高境界?"

招贤大师说:"如果道行的修养到了百尺竿头那样的境地就不再前进,那么这还不是纯真,即使修到百尺竿头的顶端,仍然不能松劲,绝对不能自满,也绝对不能后退,继续用心去做,仔细去做,才会取得更大的进步。"

百里奚妻子唱歌认夫——全家团聚

传说,春秋时百里奚的妻子杜氏,自从丈夫被晋国俘去后,靠着自己的双手过着艰难的生活。后来又碰上灾荒,日子更是难过,杜氏只好带着儿子外出逃荒,受尽了磨难,最后到了秦国。有一天,杜氏听路人说,国君用五张羊皮换米了一个叫百里奚的老头儿做相国。她就去"五羊皮"相府洗衣裳。这一天,正赶上百里奚在家举办宴会,请了乐工弹唱助兴。杜氏也参加在乐队里,她对着相国和宾客弹唱起来:"百里奚,五羊皮,可记得——熬白菜,煮小米,灶下没柴火,劈了门闩炖母鸡?今天富贵了,扔了儿子忘了妻!"百里奚听后不由得愣住了,他把杜氏叫过来一问,果然是自己的妻子。百里奚不顾满堂宾客,抱住妻子对哭起来。

班超弃文——投笔从戎

东汉明帝永平五年(公元62年),班超的哥哥班固到洛阳做官,班超和母亲也跟随而去。由于家里经济困难,班超只好到官府做抄写工作,用来维持生计。有一天,班超正在抄写文书,突然把笔向地上一掷,长叹一口气说:"大丈夫纵然没有其他大志,也应当学习张骞和傅介子,为国家建功立业,怎么能这样长久地耍笔杆子呢!"随后,他就投笔从军去了。班超投军以后,屡建奇功。他奉命出使西域,对促进民族融合,做出了巨大贡献。

班门弄斧——不知高低

班:鲁班,春秋时期鲁国人,著名木匠。

古时许多人都去诗仙李白的墓前凭吊他,却有无数自命为才子的人,在墓前题了不少诗句。到了明朝有一位诗人,叫梅之涣,他见到题诗的人都太不自量力了,于是他也在

别人的诗句后题了一首绝句,讽刺他们道:

　　采石江边一堆土,李白之名高千古。

　　来来往往一首诗,鲁班门前弄大斧。

　　这首诗的意思是说:"采石矶江边的一个坟墓啊!那里躺着的是空前奇才,名垂千古的大诗人李白啊!来来往往的人们都在这里题上一首诗,真的等同在鲁班门前卖弄大斧呢!"

班门弄斧——假充内行

　　相传有一天,一个年轻的木匠走在大街上,举着自己手中的斧子对周围的人说:"我这把斧子,别看它不起眼。不管是什么木料,只要到了我的手里,用我的斧头这么一搞,就会做出巧夺天工的东西来。"旁边的人听了,都觉得这个年轻人太狂妄了。他们身后恰有一座红漆大门的房子。于是,就有人指着身后的大红门对他说:"小师傅,那你能做出比这扇门还好的门吗?"年轻的木匠一瞅身后的大门,傲慢地说:"不是我吹牛,我告诉你们,我当年可是'匠师之祖'鲁班的学生,难道连这样一扇简单的大门都做不出来吗?简直是笑话!"众人听了都忍不住大笑起来。人群中有人说:"小师傅,这就是鲁班的家,这扇门就是他自己亲手做。你真的能做出比这扇门还好的门吗?"年轻的木匠闻言,满脸通红,不好意思地跑掉了。

班昭上书皇帝——力不从心

　　东汉初年,班超受明帝派遣,率众出使西域,屡建奇功。然而,班超在古西域经过了27个年头,年事已高,身体衰弱,思家心切,于是就写了封信,叫他的儿子捎至汉朝,请求和帝刘肇把他调回。此信未见反应。他的妹妹班昭又上书皇帝,申明哥哥的意思。信中写道:"班超在与他同去西域的人中,年龄最大,现在已过花甲之年,体弱多病,头发已白,两手不遂,耳朵不灵,眼睛不亮,扶着手杖才能走路……如果有猝不及防的暴乱事件发生,班超的气力,不能顺从心里的意愿了,这样,对上会损害国家的长治之功,对下会毁坏忠臣好不容易取得的成果,实在令人痛心呀!"和帝刘肇看到奏折后,被深深地感动了,马上传旨调班超回来。班超回到洛阳不到一个月,就因胸病加重而去世,终年71岁。

半斤对八两——彼此彼此

　　传说,有个宰相的孙子,好吃懒做,把祖业都败光了,连饭也吃不上,常常向别人借米度日。有一次,他借到一袋米,半路上背不动了,只好在路边歇着。这时候,迎面走来一个人,穿着破烂的衣服。他便叫那人帮他背米,并讲好了工钱。可是,没走多少路,那人也气喘吁吁,走不动了。宰相的孙子便埋怨他说:"我是宰相的孙子,手不能提,肩不能挑,这还情有可原。可你是一个穷人,为什么也这样不中用?"没想到,那人却翻翻眼,说:"你怎么能怪我?我也是尚书的孙子呢!"后来,有人评价说,这个宰相的孙子和那个尚书的孙子,一个是半斤,一个是八两,两人没有什么区别。

包公断案——铁面无私

　　传说,有一年开封发大水,惠民河河道被阻塞,人民的财产受到损失。包拯一调查:原来是因为有些权贵在河道上修筑花园、亭台,侵占了河道,才使得河道阻塞。包拯立刻

下令，要这些园主把河道上的建筑全部拆掉。有个权贵不肯拆除，开封府派人去催促，那人还强词夺理，拿出一张地契，硬说那块地是他的产业。包拯详细一查，发现地契是那个权贵自己伪造的。包拯十分生气，勒令那人拆掉花园，还写了一份奏章向宋仁宗揭发。那人怕仁宗追究起来，只好乖乖地把花园拆了。一些权贵听到包拯执法严明，也都吓得不敢为非作歹了。

包拯对亲戚朋友也十分严格。有一次，他的舅舅犯了法，他也派人把舅舅抓到官府，依法用鞭子抽打了一顿。日子一久，亲戚朋友知道包拯的脾气，也不敢再为私人的事情去找他了。

后来，人们根据包拯一桩桩秉公断案的故事，编成了"包公断案——铁面无私""包公断案——认理不认人"等歇后语。

包公斩包勉——正人先正己

传说，宋朝时，包拯奉旨前往陈州放粮，首相王延龄、司马赵斌同至长亭钱行。包拯的侄子包勉私下告诉赵斌自己当县令受贿之事，赵斌告诉了包拯。包拯按律准备铡包勉，包勉求赵斌替己求情，许其三千金。赵斌替包勉求情，包拯不同意。包勉又向王延龄求情，王延龄替包勉求情，包拯终免包勉罪行。而后赵斌向包勉索谢金，包勉不给，赵斌立即把事情告诉了包拯。包拯听后大怒，立即铡了包勉，并当众怒斥赵斌。

杯弓蛇影——自己吓自己

晋朝有个叫乐广的人，他有个好朋友。有一天，这个朋友来看望乐广，乐广就拿出酒来招待他。这个朋友回到家，顿时生起病来。乐广得知这个消息，立刻赶到朋友家里探视，问他生病的原因。朋友吞吞吐吐地说："那天在你家喝酒的时候，我仿佛看见酒杯里有条小蛇在游动，我喝了那酒，回来就病倒了。"乐广想了一想，劝慰他说："请你再到我家去喝几杯，病包管就好！"朋友勉强应允，起身一同到乐广家去。两人仍坐原位，酒杯也仍放原处。乐广给朋友斟上了酒，笑着问："今天的酒杯里有没有小蛇？"朋友看着酒杯，叫道："有！好像还有蛇影在晃动呢！"乐广不慌不忙，把墙上挂着的一张弓取了下来，再问道："现在，蛇影还有吗？"原来酒杯里并没有什么小蛇，也不是什么蛇影，却是弓影！朋友恍然大悟，疑惧尽消，病也就完全好了。

背水一战——置之死地而后生

汉高祖三年（公元前204年）十月，大将韩信率军攻赵，穿出井陉口，命令将士背靠大河摆开阵势，与敌人决战。韩信用前临大敌，后无退路的处境来坚定将士拼死求胜的决心，结果大破赵军。

逼上梁山——横竖一拼

豹子头林冲，是北宋京都汴梁（今河南开封）八十万禁军枪棒教头。一天，林冲带着妻子去岳庙进香。林妻在路上被歹徒拦截。林冲去岳庙追赶歹徒，抓住歹徒举拳要打时，发现此人原来是太尉高俅的儿子高衙内。林冲忍下了这口恶气。

高衙内逃走以后仍不死心，还想霸占林妻。他与父亲高俅一起设计，以看刀为由将林冲骗进高府，诬陷林冲持刀闯入白虎节堂。高俅将林冲下狱拷打，后将林冲发配沧州充军，并买通差人，密谋在路经野猪林时杀害林冲。鲁智深暗中保护林冲，大闹野猪林，高俅的阴谋未能得逞。

到沧州后，林冲被分配看管大军草料场。高俅父子又派心腹之人前往沧州，放火烧草料场。这样即使林冲不被烧死，也会因草料场失火而被处死。当草料场起火燃烧时，林冲听到高俅的心腹谈论暗害自己的计谋，再也按捺不住心头的怒火，将仇人杀掉。以后，林冲毅然上了梁山，走上了反抗宋朝的道路。

比干宰相——无心

传说狐狸精苏妲己依靠妖术迷惑了商纣王，获取了商纣王的宠信，商纣王终日荒淫无度，又劳民伤财地修建鹿台。鹿台修建完成后，纣王听信妲己妖言，想要见一见仙姬、仙子。妲己于是让众妖狐变成仙子、仙姬来鹿台赴宴，享受天子九龙宴席。宴席上，狐狸骚臭难闻，功夫浅薄的妖狐甚至露出了尾巴。宴席上的宰相比干看得十分真切，宴席后将这个情况告知武成王黄飞虎。二人追查发现众妖狐都是轩辕坟内的狐狸精，便领兵堵塞妖狐洞穴，放火将狐狸全部烧死，并用尚未烧焦的狐狸皮制了一件袍子献给商纣王。比干想以此来教训妲己，让她不要再肆意妄为；同时也想提醒纣王，苏妲己是狐狸精，不要再迷恋她。妲己见到狐狸皮袍全是用她子孙的皮毛制作的，顿时心如刀绞，恨透了比干，暗暗骂道："比干老贼！你烧死我的子孙还不罢休，还做成袍子来欺辱我。我不把你的心剜出来，就没脸当王后！"于是，她伙同野鸡精胡喜媚，暗施毒计。

这一天，纣王左拥妲己、右抱胡喜媚正在饮酒作乐，妲己突然大叫一声，跌倒在地，口喷血水，不省人事。胡喜媚连忙说，苏妲己是得了心痛病，只有用一片玲珑心煎汤吃下去才能治好，并说朝中只有比干宰相是七窍玲珑之心。荒唐透顶的纣王二话没说，连忙召比干前来。

比干听说之后，既怒又惊。之前姜子牙离开朝歌时，曾去相府辞行，见比干气色晦暗，知其日后必有大难，便送比干一张神符，叮嘱在危急时化灰冲服，可保平安无事。比干入朝前知道自己必然难逃大难，便服饮下姜子牙所留的符水。比干来到鹿台下候旨。纣王对比干说："朕的爱妃苏妲己得了心痛病，只有玲珑心可以医治。听说皇叔有玲珑心，希望可以借一片作汤。如果能治好，朕一定重重地赏赐皇叔。"比干听后，愤怒地指责昏君听信妖言，陷害无辜忠良。纣王执迷不悟，不但不听劝谏，还传令武士把比干的心剜下来。比干怒不可遏，接过利剑，自己将胸膛剖开，掏出心来，往地上一掷，转身跑出午门，上马往北门去了。

大约走了几里路，见路旁有个妇女手提筐篮，叫卖"空心菜"。比干勒住马，问她："菜无心可活，人若是无心，会怎么样？"妇女答道："人若无心，就会死掉。"比干听她这么一说，大叫一声，跌下马来，一腔热血溅在地上，当即死去了。

后来根据这个故事便有了歇后语"比干宰相——无心"，形容做某件事情出于无意，不是故意如此。

扁鹊医太子——起死回生

扁鹊行医到了虢国，听到了虢太子病死的传言。扁鹊来到宫廷门前，打听到一些情况，知道太子死去才一两个时辰，便向宫廷门人自报家门，称自己能够让太子复活。门人

一听，感到十分惊奇，说："该不是先生哄我？可以使太子起死回生？"扁鹊说："你不妨去试诊一下太子，会了解到他的耳朵有鸣响声，而且鼻翼在扇动，大腿及至阴部还有温热之感。"虢君听了门人的禀报，大为惊讶，马上下令，大开中门迎接。扁鹊在检查了太子的身体后，说："是由于阳气下陷入阴，脉络被阻塞，身体上部脉络的阳气已经断绝，下部枢纽的阴气受到破坏，所以，人会像死去一样，其实太子并没有真死。"说罢，扁鹊用针刺百会穴，一会儿太子就苏醒了。进而用药调理，适阴阳气血，太子二十几天后康复了。这一消息，天下人很快就知道了，都说扁鹊"起死回生"有术。而扁鹊则说："是虢太子本人有活过来的生机，我只不过是促使他恢复起来罢了。"

卞和献宝——给错了人

春秋时期，楚国有个叫卞和的人，在荆山发现一块玉璞。卞和抱着玉璞来到王宫，献给楚厉王。楚厉王认为这是一块石头，给卞和定下欺君的罪名，命武士砍掉卞和的左脚。卞和非常伤心。厉王死后，武王即位，卞和以为武王一定会识得宝物，便又带着玉璞献给武王，结果，和上次一样，武王又下令砍掉卞和的右脚。卞和大呼冤屈。武王死后，文王即位。卞和也不再去王宫，他抱着玉璞在荆山下痛哭。他一直哭了三天三夜，泪水都哭干了，流出血来。文王知道后派人去调查这件事。卞和说："我不是为自己痛哭，我悲伤的是，明明是天下无双的玉璧，却认为是石头，白白地埋没了；明明是诚实的人，却被认为犯了欺君之罪。太不公正了！"卞和的话传给文王后，文王立刻召他进宫，命令雕玉技师剔除玉璞外面的石质。经过技师的雕琢，文王终于得到一块玉璧，果然世间稀有，价值连城。文王把这块玉璧当作国宝，称为"和氏璧"。

卞庄子刺虎——一举两得

有两只老虎为了争夺一头牛而打斗，卞庄子准备去刺杀老虎。同行的朋友阻止他，说："你看这两只老虎正在搏斗，它们一大一小，斗到最后，肯定是一死一伤：大的会受伤，小的会被咬死。到那个时候，你再刺杀伤虎，岂不是轻而易举了吗？而且根本不用花费很大力气就能同时猎得两只老虎！"卞庄子觉得很有道理，于是静静地躲在大树后面看两虎搏斗。刚开始的时候，它们都奋力厮杀，可是时间一长，小一点的老虎便渐渐败下阵来了，最后趴在地上一动也不动了；大一点的老虎，也是遍体伤痕，卧在草丛里大口大口地喘着粗气。卞庄子一看时机到了，马上抽出利剑，刺向大虎，果然不费吹灰之力，他们就得到了两只老虎。

伯乐儿子相马——按图索骥

春秋时期的伯乐擅长相马，晚年时他将自己相马的经验教训写下来，定名为《相马经》。他在书中详细介绍了相马的技巧，并结合图像列举了好马和劣马的特征。

伯乐有个儿子，下定决心要学习相马术，于是他认真研读《相马经》，把其中的内容背得滚瓜烂熟，然后就辞别父亲，带着《相马经》去寻找千里马。

伯乐的儿子按照书上所绘的图形去找，一无所获，正当他感到沮丧时，凑巧看见一条小溪边的一只癞蛤蟆，他拿出《相马经》一对照，发现和书上描述的千里马的长相十分吻合，这个发现让他欣喜若狂，他小心翼翼地用布把癞蛤蟆包起来，兴冲冲地回家了。回到家里,他高兴地对伯乐说:"爹爹,孩儿这次出门找到了一匹千里马。"他满心以为伯乐会夸奖他,没想到伯乐一看儿子所谓的"千里马",失望地说:"你连马长什么样子都搞不清楚,还找什么千里马?书本只能用来参考,但不能代替实践啊!"

伯牙破琴——知音难觅

相传,伯牙善弹七弦琴。伯牙心往高山,弦音就昂扬激越,气势恢宏,伯牙神游大江,琴声犹如波涛滚滚,一泻千里。而一旁的钟子期能听得出伯牙琴声中表现出的巍峨高山和浩荡江河。伯牙弹琴的时候无论琴声表达什么,钟子期都能准确无误地听出来。从此,两人结下了深厚的情意。后来,钟子期病故,伯牙破琴绝弦,终身不再弹琴,他觉得唯一的知音已不在人世,世上再也没有人能听懂他的琴声了。二人的友谊千百年来被传为佳话。

不入虎穴——焉得虎子

东汉时,汉明帝派班超出使西域。班超带领一队人马,千里跋涉,刚到鄯善国,鄯善国王起初款待得十分周到,后来却忽然改变了态度。班超感到奇怪,猜想这一定是匈奴派来了使臣从中作梗,鄯善王不知所从的缘故。班超召集大家商量对策,班超认为只有除掉匈奴使者才能消灭鄯善国王的疑虑,于是说:"不入虎穴,不得虎子。眼下也只有趁夜火攻匈奴使者的大营,使他们不知我们究竟有多少人马,然后趁乱消灭他们。"最终,班超和他的部下一起胜利完成了这次出使任务,与鄯善国和盟而返。

C

蔡京的俸钱——走后门

蔡京在朝时,拼命排斥和贬谪元祐(北宋哲宗年号)旧吏,还规定其子女不得出仕和入京,甚至连其诗文也不准流传,因此引起人们的强烈不满。在一次宴会上,演出一场讽刺剧。剧情是一个大官据案而坐,传判各事。有个和尚要求离寺出游,因其戒牒是元祐年间,即逼还俗;一个道士遗失度牒要求补发,一问又是元祐年间出家的,即命剥下道袍复为百姓。总之,凡涉"元祐"的事,一概排斥。这时,一个属官上前低声说:"今国库发下的俸钱一千贯,皆为元祐钱文,该如何处置?"这位大官略做沉思,悄悄说:"那就走后门,从后门搬进来吧!"

蔡邕荐边让——牛鼎烹鸡

东汉末年,在陈留有位名士叫边让,大将军何进听说后将他招来,命他做令史官。议郎蔡邕听说后,心想:"边让这个人才学不凡,应该做更大一些的官。"便亲自到何进家里去,劝说他把边让推荐出去,让他担任再大些的官。蔡邕说:"我看边让这个人,真是才能超群呀,他聪明贤智,心通性达,非礼不动,非法不言,实在是难得的奇才呵。俗语说,用煮牛的大锅来煮一只小鸡,水放多了,味道没了,就不好吃了;水放少了,则煮不熟,更不能吃了。这说的是大器小用,所以是不相宜的。我现在忧虑的是,这个煮牛的大锅没有用来煮牛,希望将军仔细考虑一下,给边让一个施展才能的机会。"

蔡文姬回曹营——去留两难

蔡文姬从小博学多才,精通音律,很受人们称赞。最初她嫁给河东卫仲道,后来丈夫不幸病故,被匈奴掳去嫁给了匈奴左贤王。蔡文姬在匈奴生活了十二年,生下两个孩子。曹操做丞相后,得知老友女儿蔡文姬的下落,便千方百计派使者用重金将她赎回。蔡文姬从匈奴回到家乡后,心情十分复杂,写了一首《悲愤诗》,记叙她流落在外十多年的悲惨遭遇,凄苦生活和归国别子的母子离情。她为此还写了一篇曲词,叫"胡笳十八拍"。其中一段这样写道:"春天啊,送来了温暖的东风,这是汉朝天子布下了恩泽;羌人、胡人跳舞又唱歌,汉朝与匈奴终于罢了兵戈。忽然听说汉使带来了天子的诏书,用千金代价赎我回国,能够活着回去见圣君我狂喜万分。可是丢下心爱的孩子又让我痛断肝肠,这离情别绪我怎么诉说? 唉! 这别子之痛与归乡之乐实在相差不多,还说什么欣喜,快乐? 回国呢,还是住下,两种心情刺伤我的心哪,我实在难以陈说。"

根据这一故事,所以后来才有"蔡文姬回曹营——去留两难"这一歇后语。

仓颉造字——马虎不得

传说,仓颉在黄帝手下当官时,专门管理圈里的牲口数目、仓里食物的多少。后来由于牲口、食物逐渐增加,完全靠记忆不行了。有一天,他参加集体狩猎,发现一些老猎人用野兽的脚印来辨别方向。他开始创造各种符号来表示各种事物。仓颉造字,名声越来越大。他有些骄傲了,造的字也马虎起来。

一次仓颉教各个部落的人识字,一位老人说:"你造的'马'字,'驴'字,都有四条腿,牛也有四条腿,如今为何只剩下一条尾巴了呢? 相反,'鱼'只有一条尾巴,没有四条腿,如今多了四条腿,尾巴没了,这岂不是笑话吗?"仓颉一听慌了,都怪自己马虎,竟然把"牛""鱼"二字造颠倒了。

从此以后,仓颉造字时个个都要反复推敲,一点也不敢马虎。所以后来便有了"仓颉造字——马虎不得"这一歇后语。

沧海一粟——小没了

苏轼被贬黄州期间。两次游览赤壁,留下了著名的《前赤壁赋》和《后赤壁赋》。《前赤壁赋》形象地写出了月下泛舟的场景,并写出苏轼与朋友谈话的内容。苏轼的朋友说:"当年曹操领着大军,攻陷了荆州,打下了江陵,顺着长江向东吴进发,战舰连接了千里,旗帜遮蔽了天空,凭着船栏吃酒,横着长矛作诗,真是不可一世的英雄,而现在到哪里去了呢? 我和你二人,在江渚捕鱼砍柴,和鱼虾麋鹿做伴,坐着一只小船,在这里举杯喝酒,生命短促得像蜉蝣一样寄生在天地间,身体渺小得和沧海里的一粒粟一样。我们的一生实在太短暂! 哪里能像长江一样的无穷无尽呢?"但苏轼认为,人的一生虽然短暂,但可以创造价值,死而无憾。

曹操败走华容道——不出所料

曹操率军在赤壁与蜀吴联军激战,诸葛亮用计火烧曹营,曹军伤亡惨重。兵败后,曹操带领一些残兵败将突围出来。曹操率领残部,逃了一程,有两条路都通往南郡:大路平坦,远五十里;小路经过华容道,窄狭难行,却近五十里。根据探子报告:小路山边有数处烟起,大路并无动静。曹操想了想,说:"走小路。"众将都迷惑不解,问:"烽烟起处,必有军马,何故反而走这条路呢?"曹操说:"你们哪里懂得?兵书上'虚则实之,实则虚之'。这是孔明的圈套,我会上当吗?"于是传令:走华容道! 走了半天,路渐渐平坦。曹操哈哈大笑起来,说:"假设这里埋伏几百人,我们就只好束手就擒了。"这时一声炮响,两边五百名校刀手摆开,中间冲出一员大将,截住去路。原来是关羽奉孔明之命,率兵在此埋伏,并在华容小道高山的地方,堆积柴草,放起火烟,引诱曹操飞蛾扑火——自投罗网。可是关羽念及曹操对自己有恩,便把曹操给放了。

曹操率兵进入无水荒原——望梅止渴

东汉末年,曹操率兵攻打张绣,行军途中没有水,带的水也早已喝完了。曹操急中生智,传令下去说前边有一梅林,时下正是产梅子的季节可以用梅子解渴,士兵听后士气大振快速前进。

曹操听从郭嘉的计策——兵贵神速

曹操打败了袁绍,袁绍的儿子袁尚、袁熙逃走投奔辽河流域的乌丸族首领蹋顿单于。蹋顿乘机侵扰汉朝边境,破坏边境地区人民的正常生产和生活。曹操有心征讨袁尚及蹋顿,但有些官员担心远征之后,刘表会乘机派刘备来袭击曹操的后方。

郭嘉分析了当时的形势,对曹操说:"你现在威震天下,但乌丸仗着地处在边远地区,必然不会防备。进行突然袭击,一定能消灭他们。如果贻误时机,让袁尚、袁熙重新纠集残部,乌丸各族响应,蹋顿有了野心,只怕冀州、青州又要不属于我们了。刘表是个空谈家,知道自己才能不及刘备,不会重用刘备,刘备不受重用,也不肯多为刘表出力。所以你只管放心远征乌丸,不会有后顾之忧的。"

曹操于是率领军队出征。到达易县后,郭嘉又对曹操说:"用兵贵在神速。现在到千里之外的地方作战,军用物资多,行军速度就慢,如果乌丸人知道我军的情况,就会有所准备。不如留下笨重的军械物资,部队轻装,以加倍的速度前进,乘敌人没有防备发起进攻,那就能大获全胜。"曹操采纳了郭嘉的计策,部队快速行军,直达蹋顿单于驻地。乌丸人惊慌失措地应战,结果一败涂地。蹋顿被杀,袁尚、袁熙逃往辽东后被太守孙康所杀。

曹操献刀——随机应变

董卓趁乱统率大军进驻洛阳,废了少帝,立了献帝,自封为相国。董卓欺主弄权,残暴凶狠,曹操暗中早有杀董卓之心,他经常出入相国府,渐渐取得了董卓的信任。一日,曹操从司徒王允处借来宝刀一口,藏刀来到相府,见董卓坐在床上,其义子吕布侍立于一侧。董卓问:"孟德今天为何来得这么晚?"曹操说:"我的马走不快,所以迟了。"董卓听后,命吕布选一匹西凉好马送给曹操,吕布领命出去了。曹操想刺杀董卓,又怕董卓力大,没敢妄动,只好站在一旁等待机会。董卓身体肥胖,不能久坐,不一会儿,即侧身而卧。曹操见他躺下,急抽刀欲刺,董卓从铜镜内看见曹操抽刀,转身急问:"孟德你要干什么?"这时吕布也牵马回来了,曹操急忙说:"我得了一口宝刀,想要献给相国。"董卓接刀一看,长足盈尺,锋利无比,果然是一口宝刀。董卓引曹操出阁看马,曹操谢道:"愿借马一试。"于是牵马出相府，飞奔出东门，逃得无影无踪。

曹操诸葛亮——脾气不一样

曹操和诸葛亮都是我国历史上著名的政治家、军事家，但两人之间的差异很大。曹操是一个两面性的人物，一方面他性格残暴，"宁教我负天下人，休叫天下人负我"；另一方面又机智通达，具有雄才大略。而诸葛亮却充满传奇色彩，成为忠贞和智慧的化身。他不仅足智多谋，英敏善辩，而且忠心谨慎，不避艰险，待人诚挚，执法严明。曹操和诸葛亮，分别属于魏、蜀两个集团的政治家，两人的脾气确实是不一样的。

曹刿论战——一鼓作气

春秋时代，齐国派兵攻打鲁国。鲁庄公和曹刿带着部队到长勺（今山东莱芜北）抵抗齐军。当两国军队摆开阵势的时候，鲁庄公打算擂鼓，命令部队冲锋。曹刿制止说："不行，要等一等，听我安排，咱们必然可以大获全胜。"于是鲁国军队按兵不动，一直等到齐军擂过第三遍鼓，曹刿才命令擂鼓冲锋。果然鲁国军队一举把齐军打得大败。

这时，鲁庄公打算追击敌军。曹刿又制止说："不行。"说着，自己跳下战车，低着头看看路上留下的齐军走过的车辙，然后又登上战车远眺奔逃中的齐军，这才点头说："可以追赶了。"这一仗鲁国军队大获全胜。

事后，鲁庄公问曹刿为什么要这样指挥作战，曹刿回答说："打仗这回事，完全仗着勇气。擂第一次鼓的时候，士兵的勇气正旺盛（原话是"一鼓作气"）；等到擂第二遍鼓，勇气已经衰退；第三遍鼓，勇气就没有了。敌人擂过第三遍鼓，我才擂第一遍鼓，恰好是敌人的勇气已经没有了，而我们的勇气正旺盛。以勇气旺盛的部队冲击已经丧失勇气的敌人，自然能把敌人打得大败。齐国是一个大国，我恐怕他们假装败退，留有伏兵，因此等到看见前面路上留下的车辙错乱不整，而登高远眺发现齐军旗帜也倒伏混乱，断定齐军是真的败退了，才指挥兵士追上去。"

鲁庄公听曹刿说出这番道理，很佩服他作战的智慧和经验。

根据这个故事，后来便有了歇后语"曹刿论战——一鼓作气"，用来比喻在劲头正盛时，一下子把事情完成。

长袍马褂瓜皮帽——老一套

长袍马褂瓜皮帽，是清代最为常见的男性便装。民国后，传统的长袍、马褂被许多新品种、新款式所取代，人们基本上都不穿了。但是还有一些守旧的人，思想上仍然遵从清朝的那一套，身上也仍然穿着长袍、马褂。

长孙晟射鸟——一箭双雕

长孙晟聪敏且具有军事学识和本领，尤其能骑善射。有一次，长孙晟跟随突厥国王摄图出猎，期间看到两只大雕，在空中争抢一块肉。摄图王为了试一试长孙晟的箭法，交给他两支箭，叫他把两只雕射下来。长孙晟说："一支就够了。"说完催马上前，挽弓搭箭，只听"嗖"的一声，一发而双贯，两只雕应声落地。

常建作诗——抛砖引玉

唐代的赵嘏，诗写得很好，曾因为"长笛一声人倚楼"这一句诗，得到"赵倚楼"的称号。

同时代人的常建也是一个诗人，一向仰慕赵嘏的诗才。当赵嘏去苏州的时候，常建想赵嘏一定会去灵岩寺游览，为了得到赵嘏的诗句，常建就先在寺里墙上题了两句诗。后来赵嘏果真到灵岩寺去游览，看见寺里墙上只有两句诗，于是顺手接着写了两句，续成了完整的一首诗。常建达到了得到赵嘏的诗的目的。

陈胜扯旗——揭竿而起

秦末，陈胜和其他九百多名贫苦壮丁被官吏押解着前往渔阳（今北京密云）戍边。在他们途经大泽乡（今安徽宿州东南）时，赶上连日大雨，道路被冲毁，一行人被迫停止了赶路。而按照秦朝的法律，延误到达的期限是要被处死的。

陈胜与吴广商议："这里距离渔阳还有数千里的路程，我们肯定是赶不上了，误期就要被杀头，难道我们还要去送死吗？"吴广建议说："我们不如逃跑吧。"陈胜摇了摇头，说："逃跑了还是会被抓回来的，到时仍然是死。既然横竖都是死，我们不如起义吧，说不定能闯出一片天下呢！"吴广当即表示同意。之后，陈胜和吴广杀死了押解的官吏，发动起义，史称"大泽乡起义"。他们设立祭坛，做了一面大旗，上面写着"大楚"两个字，并命令所有人都脱去右袖，露出右臂，作为参加起义的标志。

在这支起义军的带动下，各地百姓纷纷响应起义，风暴席卷了大半个中国。陈胜、吴广揭竿起义，是我国历史上首次大规模的农民起义。

陈世美不认秦香莲——喜新厌旧

陈世美与妻子秦香莲恩爱和谐，后陈世美考中状元，被招为驸马。秦香莲久无陈世美的音讯，携子上京寻夫，但陈世美不肯与其相认，并派人半夜追杀。杀手不忍下手，自尽求义。秦香莲将陈世美告至包拯处，包拯找到人证物证，欲定陈世美之罪，公主与太后皆赶至阻挡，但包拯终不止步，将陈世美送上了龙头铡。

成也萧何败也萧何——做好做坏都是他

韩信经萧何举荐被刘邦任为大将军，为汉朝的建立立下汗马功劳。晚年的刘邦怕自己百年之后，政权旁落他人，为了刘姓政权的长治久安，必须铲除隐患。他认为在诸位将领中，功劳最大、才能最强、威望最高的功臣，就是最危险的敌人，韩信首当其冲。

汉高祖十年（公元前196年），陈豨举兵反叛。刘邦亲自带兵平叛，长安空虚。韩信准备在长安举事，不幸走漏了消息，有人向吕后告发韩信准备谋反。吕后想把韩信召进宫来，又怕他不肯就范，就同萧何商议。最后，由萧何出面，假称北方传回捷报：叛军已败，陈豨已死，邀请韩信进宫向吕后贺喜。韩信哪里想到极力举荐自己而且一向过从甚密的萧何会是杀害自己的主谋。结果韩信刚入宫门，就被事先埋伏好的武士一拥而上，捆绑起来。吕后将这一代名将带至长乐宫钟室，韩信被杀害了。

程咬金做皇帝——不耐烦

据《说唐》描述，程咬金大反山东后，用三板斧取下瓦岗寨，被众将尊崇为"皇帝"。但是，他仍然改不掉原先江湖上流浪汉的习气，结果做了三年的皇帝，便感到不耐烦，自己提出不当了。

这一天临朝,程咬金对众人说:"我这皇帝做得辛苦,一早要起来,夜深还不睡,何苦这样呢!我如今不想做皇帝了!"说着,他摘掉头上的金冠,脱掉身上的龙袍,走下龙椅来叫嚷:"哪个愿做皇帝的上去,我让给他!"众将说:"主公何故如此?"程咬金说:"我真的不做了!"徐茂公暗想:"程咬金命中注定只能做三年皇帝,如今三年的帝王龙运已满了,是不应该继续当这个皇帝了。但军中不能一日无主,如何是好?"便屈指一算,叫声:"列位将军,有个真主到了。"徐茂公所指的真主,就是魏国公李密。

程咬金

原来李密因误杀越国公杨素,正被押解朝廷,问罪处斩。程咬金得此消息,提斧上马,带领众将下山劫持路过瓦岗寨的李密。他一马当先,杀散众人,打开囚车,取过金冠龙袍,便请李密穿着,上辇回寨,众将也都更换朝服,拜请李密升殿。众文武百官参贺完毕,降旨改天年、立国号。李密自立为西魏王,改瓦岗寨为金镛城。接着封官赏爵,程咬金被封为螭虎将军,把家眷移出府外,另居别处。

人们根据这个故事,编成了歇后语"程咬金做皇帝——不耐烦",形容厌烦、不能忍耐。

程咬金拜大旗——运气好

传说,程咬金等众好汉攻取瓦岗寨后,正在聚宴欢庆。突然听见"轰隆"一声巨响,教场中演武厅被震开一个大地穴,洞深莫测,无人敢下去探索。程咬金抽到"去"字签,坐大筐进入地穴,后在地穴发现玄圭和一张字条。程咬金不识字,就往怀里一揣出了地穴。

徐茂公看字条上写着:"程咬金举义集兵,为三年混世魔王,扰乱天下。"程咬金大喜说:"这个自然,我做皇帝。"徐茂公恐怕众将不服,说:"如今可将旗杆上的帅字旗放下来,我们大家个个拜过去,若哪一个拜得旗起的,便推他为主。"众人齐说:"有理。"接着一个个拜完,都没能拜得起。程咬金上前一拜,"呼"的一声响,那面旗拽将起来。徐茂公吩咐把帅府改作皇殿,择吉日请程咬金升殿。众人朝贺完毕,徐茂公请改年号,立国号。程咬金说:"我在这里做皇帝,不过混混而已,如今可称长久元年,混世魔王便了。"接着,封徐茂公为左丞相、护国军师,魏征为右丞相,秦琼为大元帅,其余一概都是将军。

程咬金的三斧头——虎头蛇尾

传说,程咬金在江湖上结识了一位名叫尤俊达的朋友。尤俊达亲自教程咬金武艺。可是程咬金总是记不住,学一路忘一路。晚上,程咬金梦见一位老人教他骑马使斧。这位老人骑一匹战马,一路耍弄起来,教了他八八六十四路斧法。程咬金拜谢老人后就醒了,觉得还记得梦中学到的武艺,就想把斧法练习一遍。他把一条板凳当作马骑,舞弄起斧来。程咬金练斧发出的声音很大,惊醒了尤俊达。尤俊达从门缝中向大厅内张望,看见程咬金借着月光正在厅内练习武艺。只见他骑着板凳，舞弄斧头，斧法非常精妙。尤俊达很高兴，鼓掌大声喝彩。程咬金正练习到兴奋处，被这喝彩声打断，忘记了后面的斧法，只学会了三招。正因为这样，程咬金在后来的战争中虽然非常勇猛，但他只是头三下厉害，到后面就没有新的路数了。

吃枣子不吐核——囫囵吞枣

有一个医生喜欢向人介绍水果的吃法。有一次，他向人们介绍梨和枣子时说，吃梨对人的牙齿有好处，但是对人的脾脏却有害；吃枣则恰恰相反，对人的脾脏有好处，但对人的牙齿有坏处。这时，旁边有个人自作聪明地说："我有一个好办法，可以解决这个矛盾。"

人们听后都非常吃惊，询问他的方法，他得意扬扬地说："吃梨时，只用牙齿咀嚼，不吞下去，这样不但可以使生梨对牙齿起到保护作用，而且又能避免对脾脏的损伤；吃枣时不用牙齿咬，囫囵地吞下去就是了，这样既可以使枣对脾脏有好处又不会伤害牙齿。"医生听了反问道："把枣儿囫囵吞下去能消化吗？对人的脾脏有好处吗？"这个自以为是的人听了以后无话可说。

崇祯上吊——走投无路

明崇祯十七年（公元1644年），明王朝面临灭顶之灾。明军在与农民起义军和清军的两线战斗中，屡战屡败，已完全丧失战斗力。三月十七日，农民起义军围攻京城。十八日晚，朱由检与贴身太监王承恩登上煤山（也称万寿山，今景山），远望着城外和彰义门一带的连天烽火，只是哀声长叹。朱由检回宫后写下诏书，命成国公朱纯臣统领诸军并辅助太子朱慈良。又命周皇后、袁贵妃和3个儿子入宫，他哭着对周皇后说："你是国母，理应殉国。"周皇后解带自缢而亡。朱由检转身对袁贵妃说："你也随皇后去吧！"袁贵妃哭着拜别，也自缢。朱由检忙又招来15岁的长公主，流着泪说："你为什么要降生到帝王家来啊！"说完左袖遮脸，右手拔出刀来砍中了她的左臂，接着又砍断她的右肩。

十九日，天刚破晓，太监王相尧以宣威门投降，大顺军将领刘宗敏的军队浩浩荡荡开入城中，守卫正阳门的兵部尚书张缙彦、朝阳门的朱纯臣也先后开门迎降，北京内城被攻陷。崇祯帝得知这个消息，亲自在前殿鸣钟召集百官，可是钟声再响也没招来一人。于是，他与太监王承恩登上了煤山寿皇亭，与王承恩相对而缢。

楚河汉界——一清二楚

公元前205年夏，项羽在彭城大败汉军，刘邦退到荥阳，楚军乘胜追击，在荥阳一带互相攻伐长达两年之久。公元前205年，刘邦兵分两路，一路仍在荥阳同项羽相持，一面派大将韩信抄楚军后路，占领河北、山东一带。从此汉军有了更为巩固的后方，关中的萧何更是源源不断地运来兵员、粮饷。而此时项羽则补给困难，危机四伏，形势发生了逆转，楚军渐弱，汉军日盛。公元前202年秋，楚军粮尽，无奈之下与汉军讲和，双方约定以鸿沟为界"中分天下"，以西为汉，以东为楚。这即历史上著名的"楚汉相争，鸿沟为界"故事的由来。

楚囚南冠——怀恋故土

春秋时，郑国在晋国的帮助下打败了楚国，俘获楚国乐官钟仪。有一次，晋侯到军府视察，看见钟仪，问："那个戴着南方人帽子的囚徒是什么人？"一个官吏回答说，此人叫钟仪，是郑国人献给晋国的楚国俘虏。晋侯下令将钟仪释放，并召见了他。晋侯问钟仪的身世，钟仪说世代都是乐官。晋侯又问他是否会奏乐，钟仪说："这是我家祖传的职业，我不敢做其他事，只会奏乐。"晋侯命人拿来琴，让钟仪演奏。钟仪弹起了楚国的民间乐曲，其声伤感。后来，晋侯将见到钟仪的事告诉了范文子，文子感动地对晋侯说："这个楚国人说起祖业来如此恭敬，不敢违背。让他奏乐，他奏的是本国音乐，不忘故国。君侯何不放了他，让他回去为晋国和楚国的友好出力呢？"晋侯果然放了钟仪，并备了厚礼让他带回国，谋求两国的和平。

楚人夸矛又夸盾——自相矛盾

楚国有个既卖矛又卖盾的人，他赞美自己的盾，说："我的盾很坚固，任何武器都无法刺破。"接着又夸起自己的矛，说："我的矛很锐利，没有穿不透的东西。"有人问他："如果拿你的矛去刺你的盾，会怎么样？"那人答不上来了。刺不破的盾和什么都刺得破的矛，是不可能同时存在的。

楚王打猎——贪多

一次，楚王外出打猎。进入狩猎场后，楚王看到右边的树林里跑出来一只鹿，左边窜出几只麇。他正要开弓射箭，又发现一只天鹅从他头顶的大旗上掠过，两只挥动的翅膀好像垂在天空的白云。楚王眼花缭乱，箭搭在弦上，却不知该射哪一个。楚王犹豫了片刻，鹿、麇都不见了，天鹅也飞走了，最终楚王什么也没有猎到。

楚王戏晏子——自讨没趣

晏子出使到楚国。楚王有意当着晏子的面，侮辱齐国。

楚王知道晏子身材矮小，特地在大门旁边另外开了一个小门。当晏子去拜见楚王的时候，门口的侍卫不让他走大门，叫他从小门进去。晏子不肯走小门，对他们说："出使狗国的人，才从狗洞中进去。今天，我是出使到楚国来的，不应该从这小门进去。"侍卫听了，就只好让他从大门进去。晏子见了楚王。楚王说："齐国没有人了！"晏子接着说："在齐国的首都临淄，居民就有七八千户。街头上的人们肩并肩，脚跟脚，数也数不清。只要他们挥挥袖子，就能把太阳遮住；甩甩汗水，就会像下雨一样，怎么能说我们齐国没有人呢？"楚王说："既然有这么多的人，他们为什么要派你这样的人来出使楚国？"晏子说："我们齐国派遣大使，有一个原则：对方是怎样一个国家，就派怎样的人去。有好国王的国家，就派好人去；如果对方的国王是个没有才干的，我们就派没有才干的人去。我是最不中用的人，所以才被派到楚国来的！"

一天，楚王安排酒席招待晏子。宴会时，有两个小吏绑着一个犯人来见楚王。楚王故意问道："这人犯了什么罪？"小吏回答说："这人犯了盗窃罪，是齐国人！"楚王听了，问晏子："齐国的百姓，本来就善于偷盗吗？"晏子站起来回答说："大王，我曾听人说过：'橘树生在淮南的时候是橘树，如果把它移植到淮北去，就会变成枳。'橘和枳的叶子是一样的，但它们果实的味道却完全不同。是因为水土不同所致。我们齐国的百姓从来不做强盗，一到了楚国，便做起强盗来，我看一定是楚国的水土使老百姓成了强盗。"

楚王无理挑衅,想戏弄晏子,结果是自讨没趣。

楚庄王讨伐郑国——唯命是从

公元前597年,楚庄王率大军讨伐郑国,攻破郑国都城。郑襄公裸露上身跪迎楚庄王,说楚国可以占领郑国,让郑国人做奴仆,或者给他一个朝贡的机会,他都唯命是从。楚庄王认为郑襄公很可怜,就答应退兵,允许郑国求和,并订立盟约。

楚庄王葬马——知错即改

楚庄王酷爱养马,并为那些心爱的马披上五颜六色的绸缎。一天,有一匹马病死了。楚庄王下令全体大臣致哀,并配备棺材装殓,按大夫的规格举行仪式。大臣都劝谏他不要这样做,楚庄王不仅不听,反而下了一道命令:"谁敢对葬马的事提出异议,就是犯了死罪。"优孟听后,决定冒死一试。他匆匆赶赴王宫,一进宫就号啕大哭,楚庄王惊讶地问他:"为什么哭得这样伤心?"优孟回答说:"这匹马,大王非常心爱。楚国这么大,有什么做不到的?仅仅按葬大夫的礼节去葬这匹马,实在太菲薄了!应该使用国君之礼啊!"楚庄王听后,醒悟过来,知道自己错了,改变了原来的决定。

触龙说赵太后——能言善辩

春秋时赵国国王新立,由赵太后掌权。一次,秦国攻打赵国,赵国向齐国求援。齐国提出的条件是:赵太后的儿子长安君要到齐国当人质,齐国才肯出兵。赵太后不同意,驳回了大臣们的进谏,并愤怒地宣称:谁来相劝就要唾其面。触龙劝说赵太后,说:"从现在算起,推溯到三代以前,赵王的子孙封侯的,他们的继承人现在还有吗?"太后回答说:"没有了。"触龙问:"除了赵国没有外,其他各国诸侯的后代还有做侯位继承人的吗?"太后回答说:"我不清楚。"

触龙说:"离得近的,自身就受到祸害,隔得远的,他们的子孙也受到灾祸。难道说,继承了侯位的王侯之子都不好吗?原因是,他们地位尊贵却没有功劳,俸禄优厚却没有贡献,并且占有大量珍宝。现在太后您给长安君如此显赫的地位,并且赐给他富饶的土地及珍宝,却不让他及早为国立功,这是很危险的。一旦您百年之后,长安君凭什么在赵国立足呢?我认为您对长安君未来前途的安排太短了。"太后说:"你说得有道理,长安君的事就听从你的安排吧。"于是太后送长安君到齐国做人质,齐国方才出兵。

淳于棼享富贵——南柯一梦

相传唐代有个姓淳于名棼的人,嗜酒成性,不拘小节。一天适逢生日,他在门前大槐树下摆宴和朋友饮酒作乐。淳于棼烂醉如泥,被友人扶到廊下小睡,迷迷糊糊仿佛有两个紫衣使者请他上车,马车朝大槐树下一个树洞驰去。但见洞中晴天日丽,另有世界。车行数十里,行人不绝于途,景色繁华,前方朱门悬着金匾,上书"大槐安国",有丞相出门相迎,告称国君愿将公主许配,招他为驸马。淳于棼十分惶恐,不觉已成婚礼,与金枝公主结亲,并被委任"南柯郡太守"。淳于棼到任后勤政爱民,把南柯郡治理得井井有条,前后20年,上获君王器重,下得百姓拥戴。这时他已有五子二女,官位显赫,家庭美满,万分得意。

不料檀萝国突然入侵,淳于棼率兵拒敌,屡战屡败;金枝公主又不幸病故。淳于棼连遭不测,辞去太守职务,扶柩回京,从此失去国君宠信。他心中悒悒不乐,君王准他回故里探亲,仍由两名紫衣使者送行。车出洞穴,家乡山川依旧。淳于棼返回家中,只见自己身子睡在廊下,不由吓了一跳,惊醒过来,落日余晖还留在墙上,而梦中经历好像已经整整过了一辈子。淳于棼把梦境告诉众人,大家感到十分惊奇,一齐寻到大槐树下,果然掘出个很大的蚂蚁洞,旁有孔道通向南枝,另有小蚁穴一个。梦中"南柯郡""槐安国",原来如此。

慈禧做寿——讲排场

慈禧做寿极讲究排场,一般都要在半年前就开始准备。慈禧每次过生日所耗费的银两数目都是惊人的。所以人们给她编了个歇后语,叫作"慈禧做寿——讲排场"。

从小偷根线——长大牵头牛

传说,古代有一个农妇,非常疼爱自己的儿子,托在手心里怕飞了,噙在嘴里怕化了。有一天,儿子从卖鸡蛋的李老头那偷了个鸡蛋拿回家。母亲不但没有责怪他、教育他,反而觉得儿子聪明。从此,儿子不断地往家里偷一些地瓜、青菜。后来,他的胆子越来越大了。有一次,他偷一头牛的时候,被牛主人发现,他用棍子把牛主人打死了,他也被抓了起来。处斩的日子到了,儿子要求再见母亲一面。母子相见,母亲哭得死去活来。儿子却哈哈大笑,说:"母亲,儿子是吃你的奶长大的,临死之前,再让我吃口奶吧。"母亲泪流满面,解开上衣,他张开大嘴,一下子把它咬了下来。在场的人们气愤不已,纷纷指责这个不孝子。他却恨恨地说:"不是她惯着我,我怎么能到今天这种地步呢?"

这就是人们常说的"从小偷根线——长大牵头牛"的故事,这是对孩子娇生惯养、无度放纵的后果。

崔莺莺送郎——难舍难离

书生张珙在普救寺里偶遇已故崔相国之女崔莺莺,对她一见倾心。叛将孙飞虎听说莺莺美貌,率军围困普救寺,要强娶莺莺为妻。崔夫人无计可施,允诺如有人能退兵,便将莺莺嫁给他。张生喜出望外,修书请朋友白马将军杜确率兵前来解困。杜确解困之后,不料崔夫人却食言赖婚。在红娘的帮助之下,莺莺冲破礼教束缚,与张生结合。崔夫人以门第观念为由,要求张生上京考试。张生被迫上朝应取,一对情人又作生离死别。就在一个暮秋的日子里,崔莺莺在十里长亭,安排筵席,愁送张生赴京。

D

大观园里哭贾母——各有各的伤心处

《红楼梦》中贾府依仗着皇亲国戚的权势,对平民百姓进行压榨剥削,过着骄奢淫逸的生活,还勾结官府,包揽诉讼,草菅人命,做了很多坏事。然而,好景不长,由于被检举告发,皇上派人查抄了贾府,从此风光一时的贾府日益萧条,每况愈下。面对此情此景,贾母忧伤成疾,终于在八十三岁那年去世了。

贾母死后，全家老小乃至丫鬟无不哭泣。然而同样是哭，不同的人却大有不同，有真哭贾母的，有哀叹自己命运的，也有心不在焉的。

比如贾母最疼爱的宝玉吧。他见宝琴等都是淡素装饰，楚楚动人，便思念起死去的黛玉来。又见宝钗浑身挂孝，那么雅致，就想：这时候若有林妹妹，也是这样打扮，更不知怎样的风韵呢！想到这里，他不觉心酸起来，那泪珠儿便一直往下流，趁着为贾母办丧事，于是放声大哭。

再如史湘云，贾母死时，史湘云的丈夫正在生病，没能及时赶来。直到就要送殡，才在前一天过来守一夜灵。史湘云想起贾母平时如何疼自己，又想到自己命运苦厄，刚配了一个才貌双全的女婿，性情也好，却偏偏得了痨病，说不定哪天就会死去，于是更加悲痛，直哭了半夜。鸳鸯等再三劝慰，仍大哭不止。她表面上好像是在哭贾母，其实是在哭自己命苦。

丫鬟鸳鸯哭贾母倒是真情。贾母死后，她哭得泪人一般，一把拉住凤姐，央求她好好为贾母办丧事，并说："我生是跟老太太的人，老太太死了，我也是跟老太太的！若是瞧不见老太太的事怎么办，将来怎么见老太太呢？"她大哭一场之后，又想到"自己跟着老太太一辈子，身后也没有着落"，即使活下去，以后也没有好日子过。这么一想，她便上吊死了。

后来，人们根据各种人哭贾母的不同感情，编成了"大观园里哭贾母——各有各的伤心处""宝玉、湘云哭贾母——各有各的眼泪"等歇后语，形容表面上是因为一件事情难过，其实每个人各自有各自的原因。

大海捞着针——不可能的事

清康熙年间，秀才陈春英曾两度落第。陈春英灰心失意之下，到莲花山佛烟庙拜佛预卜前程，得到的箓语是"大海捞着针，功名方能成"。陈春英从此更加一蹶不振，越发自暴自弃。秀才之妻是个贤惠的人，她婉言劝慰丈夫："胜虽可喜，败也欣然。还须继续苦读，下科再试吧！"而陈春英却根本听不进去，他口口声声说失败是佛祖的预示，认为不论如何用功，也是大海捞针，枉费工夫！

秀才妻不愿丈夫如此颓丧下去，千方百计规劝他。一次，她要缝衣服，故意叫丈夫把针找来。陈春英遍寻不到。妻子说："会不会昨天婆婆做针线活之后，顺手把针别在什么地方了，你细心再找。"陈春英气馁地说："那真是大海捞针了，这么大的房子，要到哪里找针？"妻子说："就显眼处先找吧。"陈春英决心再找，刚出房门，一根穿着白线的银针正别在红门联的两个大字中间，非常醒目。他把针拔出，突然触发感悟，高兴得一跳三尺高，猛呼着："大海捞着针了，大海捞着针了！"因为针正好插在门联上联"福如东海大"的"海大"两字之间。秀才妻凑上前来笑着说："真是大海捞着针了呀！"这一来，陈春英便满怀信心，勤奋攻读，下科一举考中解元，后又上京中了进士。

这"大海"别针让夫"捞"，是秀才妻苦心孤诣用的妙计善策，至今仍被传为佳话。

大水冲了龙王庙——一家人不认识一家人

传说，在很久以前，东海岸边有座龙王庙。离龙王庙几里远的地方有块菜地，菜地紧挨着一座庙。庙里的老和尚和种菜的老头是好朋友，这天，他俩闲聊时，老头神秘地对老

和尚说："有件奇事儿，我跟您说说。原先我那两亩菜园子都是我自己打水浇，可自从昨天开始，等我去浇园子时，菜园子已都浇过了，也没看见是谁给浇的。你说怪不怪？"老和尚听了也觉得奇怪，决定去看看，弄个水落石出。

当晚，老和尚早早地来到菜园，在离水井不远处藏了起来。整整盯了一夜，天快亮了，忽听"咔嚓"一声，从井内射出一道白光，飞出一只像鹅似的怪物。只见它两只大翅膀呼扇了几下，井水就溢出了老高。眨眼间，那只怪物又飞回了井内。老和尚赶紧来到井边察看，此时菜已全部浇好了。一连三个夜晚，都是如此。第四天夜里，老和尚带了把宝剑，等那只怪物刚一飞出井口时，一个箭步上去猛刺了几下。只见怪物翅膀一斜，一头栽入井中。顿时，"轰隆"一声巨响，井裂开大口子，大水翻滚。眨眼间，连几里以外的龙王庙前也是一片汪洋了。龙王大怒，带领水兵前来与怪物交战。战了三天三夜，怪物因寡不敌众，现了原形。原来它是龙王的三太子，因犯了天条，被贬出了东海，在此受罪三年。三太子为了立功，想在凡间做些好事。不想被老和尚刺了一剑，一怒之下，掀开海眼，淹了龙王庙。在与龙王交战时又不敢泄露天机，造成了一场误会。

后来，人们在议论此事时，都说"大水冲了龙王庙——一家人不认一家人"。

大禹治水——三过家门而不入

传说，上古尧的时候，天下洪水滔滔，淹没了山川大地，老百姓流离失所。尧非常焦急，便命令鲧负责治理洪水。可是九年过去了，鲧并没有治服洪水，整个大地依然是水患成灾。舜命令鲧的儿子禹继续治水。禹从冀州开始，踏遍九州进行实地考察，决定采用因势疏导洪水的办法。为了治好水，他在外居住了十三年，曾三次经过家门都不敢进入。由于禹治水的方法正确，又处处以身作则，最后终于获得了成功。

戴侍中讲解经书——头头是道

东汉时的戴凭，从小刻苦学习儒家经书。十六岁时，当地官府推荐戴凭到京城洛阳应考，他考上了博士，并担任郎中的官职。有一次，汉光武帝召集文武官员，举行盛大宴会。群臣都按照自己的职位，坐了下来，只有戴凭一人独自站立在一旁。光武帝问："你为什么站着不坐？"戴凭回答："那些博士讲解经书，都赶不上我，但是他们都抢着坐在我的上首，所以我没有席位坐下。"

光武帝马上把戴凭召到殿上，命他和其他博士一起讲解儒家的经书，戴凭的讲解果然比别人详细深刻。光武帝非常满意，立刻任命戴凭为侍中。

有一年正月初一，百官都聚集在朝堂庆贺。光武帝令群臣中能解释儒家经典的人都坐在朝堂上进行辩论。光武帝还下了一道命令，谁对经书的意思没有讲通，就夺去他的席位，把这席位给讲通的人坐。这一来，很多官员都出了丑，被夺去了席位。当时，凡是别人没有讲通的地方，戴凭都讲得头头是道。他一会儿坐到这个人席位上，一会儿又坐到那个人的席位上，一连夺了五十多个席位。大家对戴凭佩服极了，都称赞他说："戴侍中解经，讲得头头是道，可真有本事啊！"

当断不断——反受其乱

"战国四公子"之一的春申君，辅助楚顷襄王、考烈王，声名动天下。考烈王无子，赵人李园欲将其妹献给考烈王而未成,遂献于春申君。此事知之者甚少。不久,李园的妹妹怀孕了,李园兄妹与春申君瞒天过海,李园的妹妹又被献给了考烈王。之后,李园的妹妹生了一个儿子,被立为太子。李园担心这件事情暴露,于是密谋置春申君于死地。春申君的幕僚朱英多次提醒春申君提防李园,可是春申君不以为然。结果考烈王死了以后,李园果然派人去刺杀春申君。春申君就这样被自己最信任的人所杀害,其实在谋士劝说春申君的时候,他也曾担心李园会谋害自己,可是一直犹豫不决。后来史学家司马迁评价春申君说:"当断不断,反受其乱。"

刀劈毛竹——迎刃而解

三国后期,晋武帝司马炎灭掉蜀国,夺取魏国政权以后,准备出兵攻打东吴,实现统一全国的愿望。他召集文武大臣们商量灭吴大计。多数人认为,吴国还有一定实力,一举消灭它恐怕不易,不如有了足够的准备再说。大将杜预不同意多数人的看法,他认为,必须趁目前吴国衰弱灭掉它,不然等它有了实力就很难打败它了。司马炎看了杜预的奏章后,找自己最信任的大臣张华征求意见。张华同意杜预的分析,也劝司马炎尽快攻打吴国,以免留下后患。于是司马炎下定决心,任命杜预做征南大将军。杜预调兵遣将,十天就占领了长江流域的大片土地。当时有人建议杜预待来年春天再战。杜预认为要乘胜追击,士气高涨时,声势就像用快刀劈竹子一样,劈过几节后竹子就迎刃破裂,一举攻击吴国不会再费多大力气了。晋国大军在杜预率领下,直冲向吴都,不久就一举攻占吴国。

道人弹琴——真人不露相

指得道的人不以原形相见于人前。借喻不在人前露脸或暴露身份。

春秋战国时期,有一位富家公子名叫温如春,他从小就非常喜好琴艺,长大以后自觉琴艺不错,所以经常在人前卖弄。有一次,他到山西游玩,来到一座寺庙前,看见一个闭目打坐的道人。道人旁有一个布袋,袋口有些张开,稍微露出一点古琴的角儿。温如春非常好奇,于是就上前去问:"请问道长可会弹琴?"道人微睁双目,语气十分谦恭地回答说:"略知一二,正想寻找高人拜师学艺。"温如春一听,于是毫不客气地说:"那就让我来弹弹吧。"道人把琴拿出来,温如春立即盘腿席地而弹,先是随随便便地弹了一首,道人微微一笑,一句话也没说。温如春看道人没有夸赞自己,有些不高兴。于是便使出生平所学又弹了一首,道人仍默然。温如春恼火了,生气地说:"你怎么不吭声,是我弹得不好吗?"道人说:"还可以吧,但不是我想拜的师傅。"温如春沉不住气了,说:"哦,这么说你会弹琴了? 你弹一首让我见识一下。"道人还是一副温和的表情,只拿过琴来,轻抚几下,开始弹奏。那琴声如流水淙淙,又如晚风轻拂,温如春听得如痴如醉,连寺庙旁的大树都停满了鸟儿。一首曲子弹完了许久,温如春方如梦初醒,心想今天是遇到高人了。于是,立即向道人行起了大礼,拜他为师。

道同办案——敢碰硬的

道同:明直隶河间(今属河北)人,先辈为蒙古族,事母至孝。明洪武三年(公元1370年)因为才干被推荐为太常寺赞礼郎,后为番禺(今属广东)知县。

形容意志坚强,知难而上,不被困难所吓倒。

明洪武初年,道同被推荐任命为太常司赞礼郎,后调任番禺知县。不久,永嘉侯朱亮祖被派往广东,朱亮祖多次用权势想左右道同,道同没有被动摇。

有钱有势的恶霸压低价格购买集市上的珍宝,他们稍不如意,总是用各种罪名诬陷人。道同给他们加上脚镣和手铐,恶霸的家人争着贿赂朱亮祖求他给免罪脱身。朱亮祖设酒席招来道同,语气和缓地说这件事情。道同声音严厉地说:"您是大臣,怎么受小人的役使呢!"朱亮祖很生气,派人打破那些恶霸的脚镣和手铐把他们放走了,他还借用别的事情用板子打了道同。一个姓罗的土豪,把女儿嫁给朱亮祖,于是依仗权势做坏事。道同又追究惩处了他们,朱亮祖又把他们抢回去了。道同郁积不平之气,分条陈述朱亮祖的坏事上奏朝廷。道同的奏章没到,朱亮祖揭发道同傲慢无理的奏章先到了。朱元璋不知其中的原因,于是派使臣诛杀道同。后来朱元璋看到道同的奏折后方知事情真相,下令夺取朱亮祖兵权并押解进京,对其依法治罪。人们怀念道同,说"道同办案——敢碰硬的"。

得陇望蜀——贪心不足

比喻贪得无厌。

东汉时期,刘秀手下有一位大将,名叫岑彭。岑彭不仅作战勇敢,而且会用计谋。建武八年(公元32年),岑彭领兵攻打天水。当时隗嚣占据着西城,公孙述占据着四川。岑彭军队将隗嚣包围了,公孙述派兵帮助隗嚣把守上鄞。这时,刘秀给岑彭下了一道诏书说:"两城攻下之后,你可派兵去攻打四川。人是不知足的,既然平定了陇地,还想得到蜀地。"岑彭得到刘秀的诏书,就用灌水的方法攻打西城。可是,水深还没有达到一丈,救兵就来了,把隗嚣救走了。岑彭看看自己的粮草已经不足,也就只好领兵回去。

狄仁杰的门生——桃李满天下

比喻培养出众多优秀人才。

狄仁杰,善断各种疑难案件,一年之中办完大量积案,涉及17000余人。他为国家推荐人才,先后推荐了张柬之、姚崇等数十人,这些人后来多成为名臣。有一次,武则天让狄仁杰再推荐一个尚书郎(在皇帝身边处理政务的官员),狄仁杰不避嫌疑,立即提出自己的儿子狄光嗣可以胜任。武则天同意了。事实证明狄光嗣非常称职,受到百姓的好评。狄仁杰荐贤举能,人们都看在眼里,记在心上。一次,有人对他说:"你真是爱才的人啊,朝廷里的文武大臣,大都是你推荐的。你的学生,你的门人都得到了重用,真乃桃李满天下。"狄仁杰回答说:"我是为国家推荐有才能的人,并不是为了我自己的私利。"

狄仁杰劝谏唐高宗——旁征博引

《资治通鉴·唐纪·武后久视元年》。

唐高宗:李治,字为善,唐太宗李世民第九子。

指说话、写文章时,引用大量的资料进行论证。

唐朝时,唐高宗下令处死不小心砍伐了唐太宗昭陵柏树的武卫大将军权善才。狄仁杰认为权善才罪不至死,举了张释之劝汉文帝放偷汉高祖庙里玉环的小偷,辛毗拉魏文帝的衣服看迁民布告等例证明贤明君主必须依法治国,终于救了权善才。

东边日出西边雨——道是无情(晴)却有情(晴)

比喻彼此终究有情意。

夏天的午后一边出太阳一边下雨的奇妙天气,俗称"太阳雨"。正是一场太阳雨后,杨柳被淋浴得更加翠绿。江水高涨,平如镜面。突然从江上传来一阵歌声,岸边的姑娘听出是自己喜欢的小伙子所唱。姑娘好久都没有他的音讯了,以为他已忘记了自己,听到歌声,才知道他就像夏日晴雨不定的天气,以为没情,原来却是有情的。

东郭先生救狼——不分善恶

有一只狼被猎人射中负伤逃跑,猎人在后面紧紧追赶。这时,东郭先生骑着毛驴,正要到中山国去谋职。这只负伤的狼蹿到东郭先生面前,苦苦哀求说:"先生,快救救我吧!猎人要抓我,让我在你的书袋子里躲一躲。我将永远不忘你的大恩大德。"东郭先生心软了,他把这只狼藏进书袋子里,狼躲过了猎人的追赶。

猎人走后,狼从书袋子里出来了。它伸伸腰,舔舔嘴,马上露出凶相,张开大口,对东郭先生说:"你既然救了我,就救到底吧。我现在饿了,让我吃了你吧!"说着,就向东郭先生扑去。东郭先生大吃一惊,绕着毛驴躲避。这时,有个老农夫路过这里。东郭先生赶快请他评评理。中山狼也抢着说:"他刚才把我捆着,塞进书袋里,上面还压了好多书。这分明是想闷死我,哪里是救我?"老农夫听了后,想了想说:"你们讲的,我不相信。这书袋子怎么能装得下狼呢?我得看一看狼是怎样装进去的。"于是,中山狼又躺在地上,蜷作一团,东郭先生像刚才那样把它装进了书袋里。老农夫立即把袋子扎紧,对东郭先生说:"这种吃人的野兽,是绝不会改变本性的。对狼讲仁慈,那真是太危险了!"说罢,举起锄头,把狼打死了。

东施效颦——愚蠢可笑

春秋时期,越国有一位美女名叫西施。西施略施淡妆,衣着朴素,走到哪里,哪里就有很多人向她行"注目礼",没有人不惊叹她的美貌。西施患有心口疼的毛病。有一天,她的病又犯了,只见她手捂胸口,双眉皱起,流露出一种娇媚柔弱的美。当她从乡间走过的时候,乡里人无不睁大眼睛注视。

乡下有一个丑女子,名叫东施,她平时动作粗俗,说话大声大气,却一天到晚做着当美女的梦。今天穿这样的衣服,明天梳那样的发式,却仍然没有一个人说她漂亮。这一天,她看到西施捂着胸口、皱着双眉的样子竟博得这么多人的喜爱。回去以后,她也学着西施的样子,手捂胸口,紧皱眉头,在村里走来走去。哪知东施的矫揉造作使她样子更难看了。结果,乡里人见到东施都远远地躲开了。

东吴杀关公——害人反害己

关羽大意失荆州,被孙权擒杀。就在东吴上下沉浸在胜利的喜悦中时,唯独谋士张昭很担忧,他找到孙权,忧心忡忡地说:"我们恐怕高兴得太早了,虽然荆州已经收了回来,可是我们杀了关羽父子,您也知道刘、关、张是同甘苦、共患难的结义兄弟,刘备有诸葛亮为他出谋划策,又有一批大将,万一举兵来为关羽报仇的话,我们该怎么办呢?"

孙权这才觉得杀关羽是件很不明智的事情,但事到如今后悔也没用,于是赶紧向张昭请教应对之计。张昭胸有成竹地说:"当今之计只有嫁祸于曹操,才能保证我们的安全。"他进一步分析说,"刘备手下虽然人才济济,但他的实力并不强大,不过,万一他与曹操联合起来,那我们东吴就有亡国之忧了。依我之见,我们不如把关羽的首级送给曹操,反正他也有杀关羽之心,这样一来,就可以让刘备以为是曹操杀了关羽,那我们的危险就解除了。如果刘备报仇心切,与曹操抗衡的话,我们就可以趁机浑水摸鱼,图谋蜀地了。"

孙权一听,立即转忧为喜,并派人快马加鞭将关羽的首级送往曹营。曹操识破了东吴的诡计,他用了一个两全其美的办法,既可以避免和刘备交恶,又可以报复孙权。他把关羽的首级配上香木刻成的身躯,然后以大臣之礼隆重安葬。刘备听到曹操厚葬关羽的消息后,对曹操的敌意少了几分,对东吴的仇恨却更深了。可笑东吴嫁祸不成,反而搬起石头砸了自己的脚,不仅和刘备结了仇,还得罪了曹操这个劲敌。

对牛弹琴——白费劲

春秋时代,鲁国有个著名的音乐家,名叫公明仪。他的古琴弹得十分出色。有一天,公明仪看见一头牛在低头吃草,他兴致勃勃,为牛弹了一曲高深古雅的清角调琴曲。但是,那头牛无动于衷,仍然自顾吃草。公明仪仔细地观察了牛的神态,明白牛不是没有听见琴声,而是它根本听不懂这种高雅的曲调。公明仪弄清楚原因后,改变了弦法,重新弹琴,模仿着蚊子、牛蝇的嗡嗡叫声和小牛犊寻找母牛的悲鸣声。说也奇怪,那头牛立刻停止了吃草,摇着尾巴,竖起耳朵,踏着碎步,走来走去,好像很认真地听着琴声。

人们根据这个故事,编成了歇后语"对牛弹琴——白费劲",比喻对不懂道理的人讲道理是白费口舌;也常用来讥讽说话不看对象的人。

东吴招亲——弄假成真

刘备借东吴的荆州后,没有归还之意,周瑜便定下美人计,企图乘刘备过江之计,把刘备扣下做人质,换取荆州。诸葛亮早已识破周瑜的诡计,并且想好了对策。他叫赵云保护刘备去东吴办喜事,赵云按照计策命五百名军士披红挂彩,买办商品,把刘备要和孙权妹妹结亲的事,随口传扬,使城中百姓都知道。孙老夫人听说后才知道是周瑜用计,大骂周瑜。孙老夫人想了想,对孙权说:"我不认得刘备,明天约他在甘露寺相见。看中了,把女儿嫁他;如不中意,任你们行事。"孙权进退两难,只好应承。

第二天,孙老夫人在甘露寺见到了刘备,她以前只是听说过刘备,今天还是头一次与刘备相见。她见刘备气宇轩昂、谈吐不俗,觉得招他做女婿也不委屈自己的女儿,于是就同意了这门亲事。过了几天刘备就和孙尚香成了亲,为了保护刘备,孙老夫人让他们夫妇住在自己的府上,使周瑜没有机会加害刘备。就这样,刘备不仅顺利地娶了孙权的妹妹,而且毫发无伤。孙权见事情弄假成真,尽管心里十分郁闷,却也无计可施。

董卓进京——不怀好意

东汉中平六年(公元 189 年)汉灵帝死,汉少帝刘辩继位,外戚何进辅政。何进和袁绍合谋诛诸宦官,不顾朝臣反对私召凉州军阀董卓入京。董卓率军进入洛阳,据兵擅政,废黜少帝,立陈留王刘协为汉献帝,董卓迁太尉封郿侯,进位相国,独揽军政大权。

董卓放纵士兵在洛阳城中大肆剽房财物,淫掠妇女,又虐刑滥罚,以致人心恐慌。初平元年(公元190年)冀州牧韩馥与袁绍、孙坚等人联合关东各州郡兴兵声讨董卓。黄巾余部也陆续起兵关东。董卓挟持献帝迁都长安,临行把洛阳的金珠宝器、文物图书强行劫走,并焚烧宫庙、官府和民居,并胁迫洛阳几百万居民一起西行,致使洛阳周围化为灰烬。

董卓燃脐——拍手称快

东汉末年,董卓一到洛阳,就大权独揽,废掉少帝,改立献帝。祸乱朝野,致使上下离心,人人自危。司徒王允串通吕布,乘董卓上朝时将其杀死。董卓死后,他的尸体被暴露于街道。当时天气正热,董卓身体肥胖,体内油脂流出。到了夜里,守尸官吏就拿火把插在董卓尸体的肚脐中,利用他的油脂点燃做灯,一直烧到第二天早晨。看到的人个个都拍手称快。

洞庭庙里的柳毅——黑脸的

传说,由于柳毅传书,救了东海龙王三公主,龙王便委派柳毅做了洞庭湖王爷,管理洞庭湖。柳毅刚到洞庭龙宫的时候,因为他长了一张白脸,那些鱼鳖虾蟹都不服他管。东海龙王想来想去,送给柳毅一副黑脸假面具,并告诉他说:"这副黑面具只能在夜里出巡的时候戴,鸡鸣之前一定要摘下来,要不然就会长在脸上的,千万要记住。"

柳毅戴上了黑脸面具,果然那些虾兵蟹将都服服帖帖地听他的话了。有一次,柳毅因为公事太忙,忘记摘掉假面具。突然,听到一阵鸡叫,柳毅这才想起了老龙王的话,连忙用手去抓脸上的假面具。可是已经晚了,假面具长在脸上了。打这以后,洞庭湖边洞庭庙里的柳毅像有些就塑成了黑脸。

窦尔敦盗马——嫁祸于人

公元1713年,窦尔敦率部劫了大名府(今河北境内)运往京城的十万两官银。官府大为震惊,大臣彭朋被革职。彭朋手下护卫黄三太为捉拿窦尔敦,以比武之名约窦尔敦较量。比试时,黄三太违背"不用暗器"之约,暗发金镖伤了窦尔敦的左膀。窦尔敦复伤逃脱。后来窦尔敦进入燕山山脉,在一个名为连环套的地方安营筑寨,同清廷抗争。有一次,清太尉梁九公乘御赐马至围场行猎,窦尔敦得知后,只身下山,盗走御马,并嫁祸给黄三太。

窦武上奏章——重蹈覆辙

外戚与宦官交互把持大权,胡作非为,又互相残杀是东汉的一大特点,也是其败亡的一个主要原因。这主要是由于东汉的皇帝多数短寿,小皇帝即位,太后专权,自然要靠外戚,于是外戚权力膨胀;小皇帝大了,为了把握实权,只好靠身边的人——宦官,争夺权力,可惜又短寿,因而恶性循环不已,以致愈演愈烈,桓、灵二帝时最为明显。外戚中的主要祸害是大将军梁冀。汉质帝刘缵只说了一句"此跋扈将军也",就被梁冀用毒酒药死,后重选宗族刘志为帝(桓帝)。桓帝继位后依靠身边的五个宦官除掉梁氏,夺大将军印,大快人心。

可是没"大快"几天,又生大害。桓帝把五个有功的宦官都封了侯,他们更加贪婪专横，百姓们说是"一将军死，五将军出"。桓帝永康元年（公元167年）春，大将军窦武上疏，力劝桓帝吸取教训，他说："想当初，西汉末年，放纵王氏家族佞臣王莽执政，终于丧失天下。现在，如果不把这些前事当作教训，继续沿着翻过车的道路走，恐怕秦朝的悲剧必将重演，赵高逼死秦二世那样的巨变，早晨不发生，晚上也要发生。"可惜，没几个月，桓帝死了，新皇帝灵帝刘宏懦弱，听任宦官害死了窦武、陈藩，又出现了"十常侍"专权的局面。

丁鸿上书——防微杜渐

东汉和帝即位后，窦太后专权，她的哥哥官居大将军，窦太后任用窦氏兄弟为官。看到这种现象，许多大臣很心急，丁鸿就是其中一个。丁鸿很有学问，对经书极有研究，对窦太后的专权他十分气愤，决心为国除掉这一祸根。后来，发生月食，丁鸿就借这个当时被认为是不祥的征兆，上书和帝，指出窦家专权对于国家的危害，建议迅速改变这种状况。和帝听从丁鸿的建议，迅速撤了窦宪的官，削弱窦家势力。

丁公凿井——以讹传讹

春秋时，宋国有个姓丁的人，因为年龄大，人们都称其为丁公。丁公家没有井，浇地时要到别人家井中汲水，然后一担担挑到自己地中泼浇。这样过了好几年，丁公觉得自己家中没有井十分不便。在别人家井中汲水，既要派一个人专门挑水浇地，庄稼又比别人家晚熟几天，因此收成也没人家好。于是，丁公在自己田头凿了口井。从此以后，丁公用不着派专人到别人家井中汲水浇地了。丁公便说："我家凿了口井，等于挖到了一个人。"有的人没听清楚，把丁公的话传成："丁公家凿井挖到了一个人！"这话一传十，十传百，传遍了整个宋国。有人还把这件事禀报给宋国国君。国君听说后感到十分惊奇，便派官员前去询问。丁公回答说："我说的是我家凿了一口井，等于家中多了一个能劳动的人，而不是在井中挖到了一个人。"官员回去把丁公的话向国君如实禀报。国君笑着说："我想，井中怎么可能挖出人来呢？原来是这么回事。"

杜牧作《阿房宫赋》——敢怒而不敢言

唐敬宗李湛十六岁继位，善于击球，喜手搏，往往深夜捕狐，与宦官嬉戏终日，贪好声色，大兴土木，游宴无度，不视朝政，求访异人，希望获得不死灵药。敬宗曾有在洛阳兴修宫殿的庞大计划。后因平卢、成德节度使借口"以兵匠助修东都"想趁机夺取洛阳，才作罢。杜牧预感到唐王朝的危险局势与黑暗现实，写下《阿房宫赋》，表面上写秦因修建阿房宫，挥霍无度，劳民伤财，终至亡国，实则是借秦之故事讽唐之今事，规劝唐朝的当政者，要以古为鉴，不能哀而不鉴，最终只能落得"后人复哀后人也"的结局。

杜十娘的百宝箱——全部家当都在里头

杜十娘是明神宗万历年间北京教坊院的妓女，长得非常漂亮，又能歌善舞。她十二三岁时被狠心的爹娘卖到妓院。七年的妓院生活，使她受尽了欺凌和折磨。她非常想离开这个水深火热的地方，找到个可以托付终身的伴侣。为此，她一边悄悄积蓄金钱，买成易于隐藏的珠宝，一边暗中选择对象。

后来，她与李甲相遇。李甲是浙江布政使（相当于现在的省长）老爷的大公子，又是国子监的太学生，青春年少，一表人才。他们相处一段时间后，情投意合。从此，杜十娘不再接客,只同李甲朝欢暮乐,终日相随,如夫妻一般。

一年之后,李甲的钱用光了,院娘几次三番要轰他出去,并恶言恶语奚落他。杜十娘舍不得他走,拿出自己的钱支援他。院娘无可奈何,只好成天骂杜十娘不肯接客赚钱。杜十娘忍不住,就与院娘辩驳。院娘气愤地说:"有本事出几百两银子给我,你跟他去!"杜十娘一听,马上追问:"这话是真是假?要多少钱?"院娘说:"老娘从不说谎,三日内穷汉交银三百两。你们就可以走。"杜十娘要求延长时日,最后院娘答应限十天时间。院娘认为,哪怕限他一百天也拿不出三百两银子。

杜十娘自己拿出一百五十两银子给李甲。李甲又在好朋友柳遇春的支援下,凑够了银两,如期交给院娘。院娘无奈,只好放行。

杜十娘到谢月朗(十娘的同行姊妹)家换过衣服,又与李甲到柳遇春处表示谢意,随后便积极整顿行装。临行时,谢月朗赠送十娘一个描金彩绘的小箱说:"内有薄礼,略助川资。"杜十娘作谢,洒泪而别。

在离京去家路上,船到瓜州时,遇到了孙富。在孙富的挑拨下,李甲为金钱利诱和个人利害左右,竟把十娘卖给了孙富。

杜十娘知道后,心如刀割油煎,恨死了忘恩负义的李甲,恨死了淫荡之徒孙富。她左思右想,无路可走,下决心投江而死。

第二天清早,杜十娘打扮得非常漂亮。当孙、李二人把交易手续办完之后,她讽刺地对李甲说:"巧得很,你在北京花了一千两银子,把我卖给孙富也是一千两银子,你正好收回了本钱!"接着,又理直气壮地把李甲数落一顿,随后指着怀里的描金小箱对李甲说:"你知道这小箱中装的是什么东西?"李甲说:"不知道。"杜十娘叫李甲打开,抽出第一格,她取出约值数百两银子的珠宝,投入江中;又叫李甲抽出第二格,她取出约值数千两银子的金玉古玩,也投入江中;抽出最后一格,里面有夜明珠、猫儿眼、祖母绿之类的稀世珍宝,又要抛入江中。李甲慌忙按住她的手,羞愧满面地跪在杜十娘面前恸哭求饶,孙富也来劝解。杜十娘愤恨地把孙富大骂一通,又转身对李甲说:"这箱中珠宝是我七年的血汗积攒。前日离开北京时,假托是姊妹相赠。箱中有百宝,价值不下万金。本想与你一同回家,白头偕老过一辈子,想不到你竟被孙富一派胡言迷惑,中途将我抛弃,像猪羊一样把我卖与别人,辜负了我一片真心。今天你看到了,那区区千金又算得了什么呢?"杜十娘越说越伤心,最后纵身一跃,跳入江中……

后来,便有了歇后语"杜十娘的百宝箱——全部家当都在里头",形容所有有价值的东西都在其中。

E

恶鬼碰上了张天师——有鬼无法使

相传,太上老君要张天师去制伏蜀地作恶的鬼怪,并赠给他真经九百三十卷,炼丹秘诀七十二卷,雌雄剑两把。张天师按照真经进行修炼,果然得了道行,可以神出鬼没,呼

风唤雨。当时蜀地鬼怪横行,有的行瘟病,有的播痢疾,有的行风湿病,有的放五毒。张天师在青城山布下了神兵,与鬼怪作战。鬼帅先让鬼兵大兴飞沙走石,张天师手一指,化出一朵莲花,挡住了沙石;众鬼兵又举起千支火把来烧,张天师又用手一指,火反向鬼兵扑去,烧得它们鬼哭狼嚎。鬼帅见无计可施,只得溃逃。

儿女敬老人——入情入理

清代的陆陇其,非常孝顺父母,他的孝心让人非常感动。陆陇其在府衙任职的时候,有一天,一个老妇人状告自己的儿子不孝。陆陇其将她的儿子传上堂一看,不过是一个没有成年的孩子。于是他把那个老妇人劝回家,而把她的儿子留在了自己身边。每天一大早,陆陇其就站在母亲门前等待着侍奉母亲。等到母亲起床后,他马上照顾母亲洗漱,然后将早饭送到母亲面前。中午饭和晚饭都是先将好吃的端到母亲面前,等母亲吃过之后他才去吃。在堂上办完公事之后,他就马上回到母亲的房间陪母亲聊天逗母亲开心。母亲的身体偶然间有不舒服的地方,他又拿药送水,晚上也睡不安稳,一点儿也不厌烦。陆陇其的孝心感动了那个孩子,使他也成了一个孝子。

二郎神斗孙悟空——以变应变

传说,玉帝知道孙悟空偷吃了蟠桃和太上老君的金丹之后回到花果山,非常生气,派托塔李天王带领天兵天将去捉孙悟空。天兵天将围住了花果山,但是被孙悟空打败了。玉帝请来观音菩萨,让她出主意,观音菩萨推荐二郎神去对付孙悟空。

二郎神与孙悟空展开了激战。打了很长时间之后,孙悟空不想再打了,于是变成一只麻雀,在一棵树上休息。二郎神看出那只麻雀是孙悟空变的,自己变成凶猛的老鹰,朝麻雀扑过去。这时,孙悟空又变成水里的一条鱼,二郎神也跟着变成鱼鹰去啄鱼。看到这种情形,孙悟空接着变成草丛里的一条蛇,二郎神也紧跟着变成了捉蛇的仙鹤。后来,孙悟空变成了一座庙,但是又被二郎神认出来了。孙悟空没办法,恢复原形和二郎神继续交战。太上老君趁机投下了金刚圈,把孙悟空打晕了。几个神仙合力把孙悟空押回天庭。

F

发动群众提倡议——集思广益

三国时期,刘禅继位后,蜀汉的大小政事都由诸葛亮处理决定,诸葛亮实际上成了蜀汉政权的主持者。但尽管如此,诸葛亮并不居功自傲,经常注意听取部下的意见。丞相府里有一个办理文书事务的主簿官杨颙,对诸葛亮什么事都要亲自过问的工作作风提出意见。他对诸葛亮说,处理国家军政大事,上下之间应有不同的分工,劝诸葛亮不必亲自处理一切文书,不要管琐碎小事,应着重抓军政大事。

诸葛亮很感谢杨颙的劝告和关心。但他总觉得重任在身,许多事情不得不亲自处理。后来杨颙病死,诸葛亮非常难过,痛哭了好几天。为了鼓励下属参与政事,诸葛亮写了一篇《教与军师长史参军掾属》的文告,号召大家主动发表政见。文告中的一段话大意是:"丞相府里让大家都来参与议论国家大事,是为了集中众人的智慧和意见,广泛地听取各方面有益的建议,从而取得更好的效果。"

反秦军不打秦军——作壁上观

秦朝末年,项羽与叔父率兵起义反秦,推举楚怀王之孙为楚王,军威大震。已被秦朝灭亡的赵、魏、燕、韩诸国,也伺机复国,与楚王结盟反秦。项梁率军接连取胜,秦二世胡亥急遣大将章邯统领大军镇压。定陶一战,楚军大败,项梁战死。章邯遂挥师攻赵,围困赵王于巨鹿。赵王向楚王紧急求救。楚王以宋义为主将,项羽为副将,率军队支援赵国。宋义力图避开秦军锋芒,保存实力。楚军开抵安阳,竟一驻四十六天,只待秦赵厮杀两败俱伤,才挥戈出击。急煞了副将项羽,他几番催促宋义渡河作战,都被拒绝。宋义甚至说:"冲锋陷阵,我不如你;筹谋划策,则你不如我。"项羽一怒之下,杀了宋义,并号令全军,同时报告楚王。楚王命项羽为主将。

项羽亲率全军渡过漳水,旋即"破釜沉舟",每人只发三天干粮,与秦军决一死战。此时,集结在前线的已有十几支各地援赵部队。各路援军见秦军势力强大,都固守营寨,不敢轻易出战。楚军一到,立即发动猛攻。一场恶战,杀声震天。楚军将士似出山猛虎,以一当十,直杀得秦军落花流水,溃不成军。各路援军在自己营垒上看到了这一壮观场面。楚军大捷,项羽从此成为各路反秦部队的领袖。

范宁称赞王忱——后起之秀

东晋时期,有个叫王忱的人,非常有才华,他在少年时代就显露出才气,很受亲友的推崇。他的舅父范宁,是当时著名的经学家,其对王忱也很器重,有著名文士拜访,范宁总让王忱到场接待。

有一次,王忱去看望范宁,遇到了比他早出名的张玄。范宁要他俩交谈。张玄早就听说王忱志趣不凡,很想与他谈谈。张玄年龄比王忱要大,自然希望王忱先和自己打招呼,就端正地坐着等候。不料,王忱见张玄这等模样,看不上眼也默默坐着,一言不发。张玄见他这样,自己又放不下架子,对坐了一会儿,便不高兴地离去了。事后,范宁责备王忱说:"张玄是吴中的优秀人才,你为什么不好好与他谈谈?"王忱傲慢地回答说:"他要是真心想和我来往,完全可以来找我谈谈嘛。"范宁听了这话,反倒称赞起外甥来了:"你这样风流俊逸,真是后来的优秀人才。"王忱笑着回答说:"没有您这样的舅舅,哪来我这样的外甥?"

范滂诀母——为正义献身

东汉末年,政治黑暗,宦官专权,宦官诬陷当时的一些有品行、有知识的人为"党人"(意为结党营私),大肆抓捕,加以禁锢。

范滂因触怒宦官也被放归乡里。一天,郡里的司法官吴导接到朝廷命令,立即逮捕范滂!吴导不敢相信这是真的,只好伏在床上痛哭。范滂很快知道了这件事,他说:"一定是因为我,他不愿捉我,但又无法交差,所以痛哭。"于是范滂和母亲一起来到县里的监狱。县令见了范滂和母亲大吃一惊,说:"天下这么大,逃到哪里不行呢? 我们一起逃

吧!"说完,县令解下大印,扔在一旁。范滂制止县令说:"我死了,祸事也就完,何必连累你和我母亲呢?"说着,他转过身和母亲告别说:"母亲,孩儿去了!弟弟很孝顺,足以供养您;我呢,与父亲一起去黄泉走一遭,虽然生死不一,但各有所依靠,事情到此也无可奈何,不要太悲伤了!"母亲抚摸着范滂,强忍悲痛说:"你为正义而死,自然会青史留名,我有什么遗憾呢?"范滂连忙跪在母亲面前叩头。母亲又说:"即使是我让你做坏事,你也不会做;但我让你多做好事,这不就是我们的造化吗?"过路的人听见了,都感动地流下了眼泪。

范雎入秦——青云直上

战国时期,魏国的范雎才华出众,但苦于家境贫寒,只得先在中大夫须贾手下当差。一次,须贾奉魏王之命出使齐国,让范雎也一同前往。齐襄王十分赏识范雎的口才,便命人赏赐黄金和美酒给他。须贾以为范雎做了有害于魏国的事情,便将此事禀告了相国魏齐。魏齐大怒,将范雎痛打了一顿。最后范雎装死才逃到秦国,并改名张禄。范雎依靠自己出众的才华,很快得到秦昭王的赏识,并被提拔为秦国的相国。

这时魏国听说秦国打算进攻韩国和魏国,便派须贾出使秦国去求和。范雎得知后,决定报复须贾。他穿了一身破旧的衣服去见须贾。须贾可怜他,就招待了他,还送给他一件袍子。范雎故意说带须贾去见当时秦国权重一时的相国张禄。到了相国府,须贾才知道原来张相国就是范雎。须贾连忙磕头自称"死罪",并说:"我想不到您能升迁得这么快。从此以后,我不敢再谈论天下的才学,也不敢再过问政治。我犯了死罪,请您处罚我。"范雎历数了他的三条罪状,但念他送给自己袍子,有情有义,最终饶恕了须贾。

范蠡泛五湖——急流勇退

公元前475年,越国出兵吴国。经过两年多的鏖战,吴王夫差无路可逃,只得自杀。吴国灭亡后,越国成为诸侯中的霸主。勾践凯旋,在吴王宫殿中举行庆功会。群臣都笑逐颜开,而勾践却面无喜色。范蠡了解勾践的为人,知道与越王勾践只可共患难,不可共安乐,大事成功后,勾践必定要怀疑功臣。范蠡打定主意,决心终老于江湖。

第二天,范蠡就向勾践辞行。勾践依依不舍地,说:"寡人靠着你的计谋,才会有今天。我正要报答你们的恩情,你怎么忍心走呢?"范蠡说:"国仇已报,大王和臣的愿望都已经实现。臣愿意终老于江湖,请大王恩准。"于是范蠡与西施一起泛舟齐国,变姓名为鸱夷子皮,带领儿子和门徒在海边结庐而居,同时垦荒耕作,兼营副业并经商。

范蠡给文种的信——鸟尽弓藏

越王勾践卧薪尝胆,任用范蠡、文种整顿国政,十年生聚、十年教训,使国家转弱为强,击败吴国,洗雪国耻。吴王夫差兵败出逃,连续七次向越国求和。范、文两人都不答应,夫差无奈,写一封信系在箭上,射入越军军营。范、文两人拆信一看,见上面写着:"野兔被捕杀尽了,猎狗也要被主人煮熟吃掉。敌国灭亡了,谋臣也要被杀掉,你们两位为何不留着吴国,以给自己留下余地呢?"二人拒绝议合,夫差只好拔剑自刎。

越王勾践灭了吴国,在吴宫欢宴群臣后,文种发觉范蠡不知去向。过了不久,有人给文种送来一封信,上面写着:"飞鸟打尽了,弹弓就被收藏起来,野兔捉光了,猎狗就被杀了煮来吃了，敌国灭掉了，谋臣就被废弃或受迫害。越王为人只可和他共患难，不宜与他同安乐。大夫至今不离他而去，不久难免有杀身之祸。"文种此时方知范蠡隐居起来。他虽然不尽相信信中所说的话，但从此常常告病不去上朝，日久引起勾践疑忌。一天，勾践登门探望文种，临别留下佩剑一把，正是当年吴王夫差逼良臣伍子胥自杀的那把剑。文种明白了勾践的用意，悔不该不听范蠡的劝告，只得拔剑自尽。

樊哙张良劝刘邦——忠言逆耳

公元前 207 年，刘邦率大军攻占咸阳，进入秦宫，见美女如云，珍宝无数，他打算住在秦宫享受。樊哙劝他以天下为重，刘邦对樊哙的劝谏不以为然，还是准备住在宫中。张良知道这件事后，对刘邦说："秦王无道，百姓造反，打败了秦军，沛公才能来到这里。您为天下除掉害民的暴君，理应克勤克俭。如今刚入秦地，就想享乐。俗语说：'忠诚正直的劝告往往不顺耳，但有利于行为；治病的药吃的时候很苦，但有利于疾病。'望沛公听樊哙的忠告。"刘邦听了，终于醒悟过来，马上下令将府库封起来，关掉宫门，随即率军返回霸上。

范蠡

房玄龄夫人喝"毒酒"——吃醋

传说，房玄龄为建立唐朝统治立下了汗马功劳。唐太宗封他为梁公，还想送他几名美女为妾。房玄龄想到自己的夫人一定反对，就婉言谢绝了。唐太宗问清原因，让皇后去房府劝说，可是房夫人依然不同意。唐太宗派人带去一壶"酒"向房夫人传话：如果不同意的话，请喝"毒酒"自杀。房夫人听罢毫无惧色，端过"毒酒"一饮而尽。可是她并没有死，因为壶里装的并不是毒酒而是浓醋。唐太宗知道后说："我见了都害怕，何况房玄龄。"

飞蛾赴火——自取灭亡

南朝梁时有一个大臣，名到溉，他富有才学，为人厚道，很受梁武帝萧衍的赏识和信任。虽然如此，到溉仍然十分谨慎、谦虚，因此更得梁武帝的欢心。到溉有个孙子名叫到荩，也深受梁武帝的喜爱。

有一次，梁武帝叫到荩赋诗，到荩接受诏令后，立刻赋诗一首。梁武帝阅后，十分赞赏，并把这首诗拿给到溉看，对他说："到荩无疑是一个才子。不过，我反而产生了一个念头：你的文章写得那么出色，恐怕是到荩替你写的吧！"开了这个玩笑之后，梁武帝信手题诗一首，赐给到溉。这首诗写道：

研磨墨以腾文，笔飞毫以书信。

如飞蛾之赴火，岂焚身之可吝。

必毫年其已及，可假之于少荩。

这首诗仍然是在开到溉的玩笑。大意是说：你研磨着墨汁写文章，奋笔疾书写书信。就像飞蛾扑向火堆，不怕焚毁自己，也要把文章做出来。可是，人总是要老的，你已经年事高迈了，无奈力不从心，写不出文章来。那么，可以捉刀代笔，叫年少的到芟替自己写。

"飞蛾赴火——自取灭亡"就是从这个故事演变来的。

焚鼠毁庐——得不偿失

在越西这个地方有个单身汉，他结扎芦苇茅草做屋盖，建起了一座简陋的房子。他努力耕作，打下粮食过日子；久而久之，所有粮食、盐醋调料，都不再依靠别人了。可是，他家老鼠成灾。那些老鼠大白天成群结队地在屋里乱窜，夜里叽叽喳喳地乱咬东西，一直闹到大天亮。这个单身汉聚积了满腔怒火。

一天，他喝醉了回家，刚躺到枕头上睡觉，老鼠就要出各种花样使他烦恼异常。他大怒，便拿起火把四处烧杀它们，老鼠果然被烧死了，可他的茅庐也被焚毁了。第二天酒醒过来，四顾茫然不知所措，找不到一个安身的地方了。

他说："人不可积愤呀！我开始只是愤恨老鼠，但光看见老鼠而忘掉自己的房屋了，不想竟遭到了这样一场灾祸。"

冯婉贞劈华莱斯——罪有应得

清朝末年，京西谢庄有个猎户叫冯三保，他在年轻的时候曾当过镖头，有着一身的好武艺。他有个女儿叫冯婉贞，婉贞自幼聪明伶俐，常跟父亲舞枪弄棒，十四岁时就擒过猛虎。

这年，英法联军攻进北京城，火烧了圆明园。冯三保为此忧愤交加，病倒在床。有一天，冯三保家突然来了两个外国人，还带来个翻译。这两个人，一个叫郎杰尔，是有名的武士；一个叫华莱斯，是击剑能手。他们进屋就要和冯三保比武，冯三保卧床不起怎好较量，可是这两个外国人说什么也不肯。正在这时，冯婉贞给爹爹抓药回来，见此情景说："这有何难，我替爹爹和你们较量就是了。"两个外国人哪里把十六岁的小婉贞放在眼里，郎杰尔当即和冯婉贞交了手。谁知几个回合郎杰尔就被冯婉贞一脚踢死在地。华莱斯一看伙伴被踢死，抽出长剑就向冯婉贞头部刺去。冯婉贞见华莱斯动了兵器，一闪身忙从兵器架上抽出祖传的七星剑。二人杀了几个回合，不分上下。冯婉贞越杀越猛，瞅准机会一剑奔华莱斯肩部劈去，华莱斯躲闪不及，只听"呀"的一声惨叫，栽倒在地死去了。众乡亲知道后，拍手称快，都说"冯婉贞劈华莱斯——罪有应得！"

冯谖为孟尝君出力——狡兔三窟

战国时期，孟尝君非常喜欢收养门客。在这些人当中，有位叫冯谖的人，他常常一住就是很长一段时间，但是却什么事都不做，孟尝君虽然觉得很奇怪，但是好客的他还是热情招待冯谖。

有一次，冯谖替孟尝君到薛地讨债，但是他不但没跟当地百姓要债，反而还把债券全烧了，薛地人民都以为这是孟尝君的恩德，对孟尝君充满感激。直到后来，孟尝君被齐王解除相国的职位，前往薛地定居，受到薛地人热烈的欢迎，孟尝君才知道冯谖的才能。一直到这时候，不多话的冯谖才对孟尝君说："通常聪明的兔子都有三个洞穴，才能在紧急的时候逃过猎人的追捕,而免除一死。但是你却只有一个藏身之处,所以你还不能把枕头垫得高高地睡觉,我愿意再为你安排另外两个可以安心的藏身之处。"

于是,冯谖去见梁惠王,他告诉梁惠王说,如果梁惠王能请到孟尝君帮他治理国家,那么梁国一定能够变得更强盛。于是梁惠王派人邀请孟尝君到梁国,准备让孟尝君担任治理国家的重要官职。可是,梁国的使者一连来了三次,冯谖都叫孟尝君不要答应。梁国派人请孟尝君去治理梁国的消息传到齐王那里,齐王一急,就赶紧派人请孟尝君回齐国当相国。冯谖要孟尝君向齐王提出希望能够拥有齐国祖传祭器的要求,并且将它们放在薛地,同时兴建一座祠庙,以确保薛地的安全。祠庙建好后,冯谖对孟尝君说:"现在属于你的三个安身之地都建造好了,从此以后你就可以垫高枕头,安心地睡觉了。"

佛印吃醋——令人捧腹

一次苏东坡等几位文友约佛印去西湖游湖饮酒。事先约定,饮酒要行酒令,规定以一件落地无声之物为首句,中间嵌两个古人名,结尾合乎情理。行不出得付酒钱。苏东坡开口便说:"笔花落地无声,抬头见管仲,管仲问鲍叔,如何不种竹,鲍叔曰:只需三二竿,清风自然足。"秦少游接着说:"雪花落地无声,抬头见白起,白起问廉颇,如何不养鹅,廉颇曰:白毛浮绿水,红掌拨清波。"黄山谷也接着说:"蛙屑落地无声,抬头见孔子,孔子问颜回,如何不种梅,颜回曰:前村深雪里,昨夜一枝开。"最后轮到佛印,他说:"上天落尘无声,抬头见观音,观音问达摩,僧行近如何,达摩曰:遇客头如鳖,逢斋颈如鹅。"结果不分上下,各自支付酒钱。苏东坡一心要捉弄佛印,船至湖心时,菜肴不多,苏东坡灵机一动,行个数字令,他说:"二八一十六,先吃一片肉。"说完便不客气地夹去了一片肉。黄鲁直一看,马上接口道:"二九一十八,两面一起夹。"随即也把两片肉送到嘴里了。佛印眼看盘里空空,无奈皱着眉头拿起一碟醋一饮而尽,说:"贫僧不识数,且吃一碟醋。"众人捧腹大笑。

苻坚逃到八公山——草木皆兵

东晋时代,北方氐族建立了秦国,控制了北部中国。公元383年,秦王苻坚率领步兵、骑兵八十余万,攻打江南的东晋。晋朝的大将谢石、谢玄领兵八万前去抵抗。苻坚听说晋朝的军队很少,自认为兵力强大,就狂妄地夸口说:"我有这么多的军队,只要把马鞭子扔进江里,就可以阻断江水,晋朝能有什么办法阻挡我前进!"于是就想以多胜少,抓住机会,迅速出击,想一下子把晋军消灭。谁料,苻坚的二十五万先锋部队在寿春一带被晋军出奇兵击败,前锋大将梁成被杀,士兵死伤万余,损失惨重。秦军的锐气大挫,军心动摇,士兵惊恐万状,纷纷逃跑。

出师不利给苻坚心头蒙上了不祥的阴影,苻坚在寿春城上望见晋军队伍严整,士气高昂,再北望八公山,只见山上一草一木都像晋军的士兵一样。苻坚回过头对弟弟说:"这是多么强大的敌人啊!怎么能说晋军兵力不足呢?"他后悔自己过于轻敌了。

他令部队靠淝水北岸布阵,企图凭借地理优势扭转战局。这时晋军将领谢玄提出要求,要秦军稍往后退,让出一点地方,以便渡河作战。苻坚暗笑晋军将领不懂作战常识,想利用晋军忙于渡河难于作战之机,给它来个突然袭击,于是欣然接受了晋军的请求。谁知,后退的军令一下,秦军如潮水一般溃不成军,而晋军则趁势渡河追击,把秦军杀得丢盔弃甲,尸横遍野。苻坚中箭而逃。这就是历史上以少胜多的著名战役——淝水之战。

后来,便形成了歇后语"苻坚逃到八公山——草木皆兵",形容人在惊慌时疑神疑鬼。

范进中举——喜疯了

范进是吴敬梓《儒林外史》中的一个读书人,他热衷功名,可参加二十余次科举考试都一无所获,后来主考官可怜他,才让他中了个秀才。范进没有别的本事,所以家里非常穷,平时只能靠岳父胡屠夫偶尔的接济度日,胡屠夫也十分看不起他。后来,他又去考举人,想不到竟然考中了。出榜这天,报喜的人接二连三地挤了一屋子。这时,范进正为早饭无米下锅而在集市上卖母鸡,专门来找他的邻居告诉他,他中了举人,已经习惯失败的范进根本不相信自己能考中,只是以为邻居拿他取笑,不肯跟邻居回家。那邻居无奈,只好一把夺过母鸡,摔在地上,这才把他拉回家来。

范进进家门一看,喜报已经升挂起来。他看了一遍,又念一遍,把两手拍了一下,笑了一声,说:"噫!好了!我中了!"说着,往后一仰,跌倒在地上,牙齿咬得紧紧的,不省人事了。他母亲顿时慌了,忙给他灌了几口水。他爬起来,又拍着手大笑道:"噫,好!我中了!"笑着,不由分说,就往门外飞跑,把报喜的人和邻居们都吓了一跳。走出大门不多远,一脚踹在塘里,挣扎起来后,头发都跌散了,两手黄泥,淋淋漓漓一身水。众人拉不住他,他拍着手笑着,一直奔到集市上。

范进中举后,喜疯了,怎么办?有个来报喜的人出了个主意,让他平时最怕的人打他一个嘴巴。于是便找到了他的岳父胡屠夫。

胡屠夫来到集市上,见范进正在一个庙门口站着,散着头发,满脸污泥,鞋都跑掉了一只,只管拍着巴掌,口里叫着:"中了!中了!"胡屠夫凶神似的走到他跟前,嚷道:"该死的畜生!你中了什么?"一个嘴巴打将过去。范进被这一打,昏倒在地上。邻居们一起上前,替他抹胸口,捶背心,弄了半天,他才渐渐醒来。

人们根据这个故事,编成了歇后语"范进中举——喜疯了",形容人们遇到了特别高兴的喜事以至于失去常态的样子。

G

盖勋不记冤仇——乘人之危

趁别人失利或有危难的时候去要挟、侵害对方。

东汉时,盖勋因为人正直,具有才干,被举荐为孝廉,当上了郡太守的主要属官——长史。盖勋所在的郡属凉州刺史梁鹄管辖,而梁鹄又是盖勋的朋友。当时,受凉州刺史管辖的武威太守横行霸道,干尽了坏事,老百姓对他恨之入骨,又敢怒不敢言。但是,梁鹄的属官苏正和却不畏强霸,敢于碰硬,依法查办武威太守的罪行。不料,梁鹄生怕追查武威太守的罪行会涉及高层权贵,连累自己,焦虑不安。他甚至想杀了苏正和灭口,但又不确定这样做是否妥当,于是打算去找好友盖勋商量究竟该怎么办。也正巧,盖勋与苏正和是一对冤家。有人向他透露刺史要和他商量如何处置苏正和，并且建议他乘此机会，劝刺史杀了苏正和，来个公报私仇。盖勋听了断然拒绝说："为个人的私事杀害良臣，是不忠的表现；趁别人危难的时候去害人家，是不仁的行为。"之后，梁鹄果然来与他商议处置苏正和的事情。盖勋打比方规劝梁鹄说："喂养鹰鸢，要使它凶猛，这样才能为您捕获猎物。如今它已经很凶猛了，您却想把它杀掉。既然如此，养它又有什么用呢？"

高渐离击筑，荆轲和而歌——旁若无人

荆轲在平时，一言一行、一举一动都与常人不一样。他喜欢击剑，整天和朋友一起练剑习武，切磋武艺。每天早晨，天刚亮，他就起身去练剑，直练到汗水淋漓，才收剑休息。但他同时又十分喜欢读书，饱读诗书，好学不倦，成为战国时期著名的侠士。荆轲到了燕国以后，和隐居卖狗肉的高渐离成了知己。每天，两个人一起在燕市上喝酒，一直要到喝醉后才肯罢休。高渐离也是一名勇士。不仅如此，他还善于演奏一种名叫"筑"的古乐器。他们还常趁着酒兴，到闹市上引吭高歌。

一次，荆轲和高渐离两人在闹市上喝酒。当酒喝到八九成时，他们俩来到了闹市中央。高渐离击筑、荆轲和着乐声放声高歌。两人越唱越高兴，歌声也越来越激昂。高昂的歌声引来了许多围观的人，而且越聚越多。二人对于人们的指点和围观熟视无睹，一点也不在乎。当唱到悲切慷慨处，二人还相对放声痛哭，泪如雨下，旁若无人，仿佛这个世界上只有他俩存在一样。正是由于这种豪迈和旁若无人的气概，荆轲后来受到了燕太子丹的赏识，引为上宾，委以重任。

高力士给李白脱靴——万般无奈

唐朝宦官高力士，是个很有权势的大太监，唐玄宗十分信任他，并封他为渤海郡公。朝廷中没有人敢得罪大名鼎鼎的高力士，可是李白却不怕他，不但不怕他，还敢得罪他。有一次，唐玄宗让高力士给李白脱靴子。李白带着几分醉意把脚伸了出去，可是，高力士却怎么也脱不掉李白脚上的靴子。累得高力士满头大汗，翻过来调过去，不知怎的就是脱不下。因为这是皇上的命令，高力士万般无奈，恼在心里，不敢发作。原来李白故意在脚上用了劲儿，靴子就一时脱不掉。李白见高力士在众人面前丢了丑，这才松了松脚力，高力士费了九牛二虎之力才算把靴子脱下来，乖乖地弯下腰把靴子放到李白的身边。高力士对此事耿耿于怀，千方百计寻找机会，报脱靴之仇。

高俅当太尉——一步登天

宋朝东京开封破落户高俅出狱后，找以前的几个主顾想谋个差事，可是这些人都嫌高俅爱惹是生非，又坐过牢，所以都不愿意雇用他。最后有人推荐他到王晋卿那里，王晋卿收留了高俅，还让他做了自己的近侍。王晋卿听说哲宗将来很有可能传位于端王（后来的宋徽宗），于是极力巴结端王，他派高俅去给端王送两件非常珍贵的玉器。高俅带着这两件宝物来到端王府中，正赶上端王和一些随从在蹴鞠，他们踢得十分投入，并没有注意到场边的高俅。高俅虽然也很想踢，可是又不敢放肆，只好眼巴巴地看他们踢。就在这时，鞠被踢到端王这边，端王还没反应过来，眼看就要接不住了，高俅再也顾不得那么多，一个箭步冲入场内将鞠接住并传给了端王。端王见场上突然冒出来一个陌生人，便

问他是什么人,高俅如实禀报后,端王并没有看那两件玉器,倒是对高俅的球技很感兴趣,让他也上场踢,高俅上场后,着实表现了一番。

几天后,端王就亲自到王晋卿府中把高俅要了过去,从此,高俅几乎天天陪着端王蹴鞠。两个月后,哲宗得病不治而亡,哲宗并无子嗣可以继承王位,于是端王便顺理成章地做了皇帝。半年后,徽宗封高俅为太尉,与当年落魄的时候比,真可谓是一步登天。

高僧转世——三生有幸

传说,唐代有位高僧名为圆泽,他有个好友叫李源善。二人一起在外游玩之时,突然见到一个妇人正在河边打水,圆泽停住脚步对李源善说:"没办法了,我一直想避开这个女人,现在避不开了。我见到她后,自己就要死了。"李源善看了看那个妇人,是个怀孕的女子,没什么特别,为什么看到她之后,圆泽和尚就要圆寂呢?圆泽接着说:"你三日之后去她处看望我就是了,她的新生儿子如果对你一笑,那就是我圆泽了。你记住再过十三年的中秋夜,你到杭州天竺寺去找我,我们可以再次见面。"说完,圆泽坐化。

过了三日,李源善去拜访那天在河边见到的妇人,他半信半疑地想,这就是好友圆泽大师的母亲吗?李源善真的见到了她刚刚生下的孩子,又见那初生婴儿竟真的对自己笑了一下之后,他相信了。十三年后的中秋夜,李源善再去杭州天竺寺,刚到庙门就听到一个十多岁的牧童唱歌"三生石上旧精魂,赏月吟风不要论,惭愧情人远相访,此身虽异性常存"。他深信不疑这真是三生的缘分。

高邮鸭蛋——双簧(黄)

在清末,有个唱单弦的艺人,名叫黄辅臣,他所唱的滑稽戏很受慈禧太后的喜爱。一次,慈禧传黄辅臣进宫表演。恰逢黄辅臣嗓子生病,不能表演,但是不敢违抗命令,于是他带着儿子一起进宫。上场时,老黄弹弦子做面,小黄藏在椅子后面演唱做里。不料被慈禧看穿了,黄辅臣父子吓得不敢抬头,慈禧见他父子二人配合得天衣无缝,不但没有怪罪,反而开玩笑道:"你俩这叫双黄啊!"从此,"双簧(双黄)"就成了一门独立的曲艺形式。

各扫自家门前雪——休管他人瓦上霜

清代时出了一件冤案,一个名叫翟夏中的人,早晨起来打扫自家院子门前的积雪,见邻居郑仪家瓦片上雪霜覆盖很多,便好心帮其扫落。不料正在打扫的时候,突然看见郑仪一动不动地躺在血泊之中,翟夏中惊慌失措,吓得跑回家中。随后,郑仪的尸体被发现,报到县衙。知县勘查现场后发现可疑的脚印,经确认为翟夏中所留,不由分说将其屈打成招,打入死牢。翟夏中的妻子知道自己的丈夫是清白的,便到州衙喊冤。州官分析案情,觉得疑点重重,责令知县重新查案。知县无奈仔细调查,终于将真凶捉拿归案。

原来,郑仪的堂弟郑荣是一个市井无赖,郑仪曾对他多次良言相劝,想让他弃恶从善,可是郑荣却一直怀恨在心。一天,郑荣与郑仪发生争执,失手将郑仪杀死,然后仓皇逃跑。当天,夜里下大雪将郑荣脚印覆盖,而翟夏中早晨帮邻居扫雪留下了自己的脚印。真相大白,翟夏中被释放,可是知县为了挽回自己原先错判的面子,对翟夏中说:"如果不是本官明察秋毫,你的小命早就呜呼了,以后你不要管别人家的闲事,扫你自己家门前的雪就行了，别管别人瓦上的霜了。"

隔岸观火——幸灾乐祸

春秋的时候，晋国发生动乱。晋献公的儿子夷吾逃到秦国，秦穆公热情地照顾他，夷吾发誓登基后要割地感谢秦国。秦国帮助夷吾回到晋国，夷吾登基成为晋惠公，但是他却不给秦国割地。后来，晋国发生饥荒，秦国一点儿也不记仇，给了晋国许多粮食。转年冬天，秦国闹了灾荒，晋国却粮食丰收。秦国想买晋国的粮食，晋国却不同意。晋国有一位名叫庆郑的大夫，对晋惠公说："别人对自己有恩惠，但是自己却不按诺言进行报答，同时还对别人幸灾乐祸，不去救济有灾难的人，这种行为是不仁不义的，会让自己的国家产生祸患。"但是晋惠公不听庆郑的劝说。秦国被晋国激怒了，第二年就率军攻打晋国，晋惠公也成了俘虏。

割肉相啖——得不偿失

齐国有两个勇士：一个住在城东，一个住在城西。有一天，他们在街上偶然遇见了。两人异口同声地说："今天我们见面很难得，去喝几杯吧。"喝了几杯之后，其中一个说："买点肉来下酒，好吗？"另一个说："你身上和我身上，有的是肉，还用得着出钱去买吗？还是省几个钱吧。"前一个人非常赞同，说："我们吃下去，还会补上的。"于是，这两个勇士，都从腰间抽出刀来，各自一块一块地把身上的肉割了下来，蘸着酱油，大嚼起来。结果，这两个勇士，因为流血过多，都死了。

给县太爷沏茶——哪壶不开提哪壶

早年，有父子俩开了间小茶馆，虽说门面不大，可是由于店主热情和气、诚恳实在，加上水沸杯净，开门早、收摊晚，小茶馆越办越兴旺。知县白老爷是个贪财好利的官儿，整天大鱼大肉吃足了，便到小茶馆来喝茶。他一个人占一张桌子，骂骂咧咧不说，还得来点儿花生米、豆腐干什么的就嘴儿。茶喝够了就扬长而去，一分钱也不给。白老爷天天来白喝，这父子俩可怎么受得了啊？却又惹不起他，只好忍气吞声。

不久，小茶馆的老掌柜病倒了，便让儿子掌壶应付生意。这几天，白老爷一端起茶杯，就龇牙皱眉吧嗒嘴，说："这水也没开，茶也没味儿。"小掌柜说："老爷，茶，还是天天为您准备的上等龙井；水，还是咕嘟咕嘟冒泡的开水，怎么能没味儿呢？"过了几天，白老爷来得少了；又过了几天，白老爷渐渐不来了。老掌柜病愈后，便问儿子："白老爷为什么不来了？"儿子机灵地一笑，说："我给他沏茶，是哪壶不开提哪壶！"

从那时候起，这个故事就跟这句话一样，四下传开了，越传越远。后来形成了"给县太爷沏茶——哪壶不开提哪壶"这句歇后语。

弓和箭——谁也离不开谁

有个人自夸他的弓说："我的弓嘛，最好也没有了，用不着什么箭的！"又有一个人自夸他的箭说："我的箭嘛，最好也没有了，用不着什么弓！"这时恰好有一个会射箭的人，从他们身边走过，听到他们讲的话，就告诉他们说："你们两个人的话，都是不对的。没有弓，发不出箭；没有箭，怎么能射中目标？"那个会射箭的人，教他们把弓和箭都拿出来，然后教他们射箭。他们这才知道弓不能离箭，箭也是离不开弓的。

宫之奇向虞公进谏——唇亡齿寒

春秋时候，晋献公想要扩充自己的实力和地盘，就找借口说邻近的虢国经常侵犯晋国的边境，要派兵灭了虢国。可是在晋国和虢国之间隔着一个虞国，讨伐虢国必须经过虞地。"怎样才能顺利通过虞国呢？"晋献公问大臣。大夫荀息说："虞国国君是个目光短浅、贪图小利的人，只要我们送他价值连城的美玉和宝马，他不会不答应借道的。"晋献公采纳了荀息的计策。

虞国国君见到珍宝，顿时心花怒放，听到荀息说要借道虞国之事时，当时就满口答应下来。虞国大夫宫之奇听说后，赶快阻止说："不行，不行，虞国和虢国是唇齿相依的近邻，我们两个小国相互依存，有事可以互相帮助，万一虢国灭了，我们虞国也就难保了。俗话说：'唇亡齿寒'，没有嘴唇，牙齿也保不住啊！借道给晋国万万使不得。"虞公说："人家晋国是大国，现在特意送来美玉、宝马和咱们交朋友，难道咱们借条道路让他们走走都不行吗？"宫之奇连声叹气，知道虞国离灭亡的日子不远了，于是就带着一家老小离开了虞国。

果然，晋国军队借道虞国，消灭了虢国，随后又把亲自迎接晋军的虞公抓住，灭了虞国。

龚自珍写诗——不拘一格降人才

龚自珍曾在清道光年间中进士，担任礼部主事。当林则徐赴广东查禁鸦片时，龚自珍就预见到英国可能会发动侵略战争，建议加强战备。后来，龚自珍被迫辞官归隐，离京返乡。途经镇江时，恰好赶上庙会，参加这次庙会的有数万人，十分热闹。有位道士请求龚自珍代自己写一篇"青词"。青词是人对神的祈求，写在青色的纸上，供奉在神像面前。

忧国忧民的龚自珍很希望有英雄人物降世，打破这万马齐喑的可悲景象。于是，他挥笔在青纸上写道：

九州生气恃风雷，万马齐喑究可哀。

我劝天公重抖擞，不拘一格降人才。

诗的大意说，中国要有生气，要凭借疾风迅雷般的社会变革，现在人们都不敢说话，沉闷得令人可悲。我奉劝天公重新振作起来，不要拘泥于常规，把有用的人才降到人间来吧。

狗舔猫鼻子——存心不良

传说，有一次过年，主人在灶王的画像前敬了六块火腿肉，可不到一夜工夫就丢了一块。这可把灶王气坏了。黄狗问："现在还剩几块？"灶王说："五块！"黄狗说："我来为你看管，并且一定帮你抓住那个偷肉的贼！"灶王同意了。

黄狗吃掉了剩下的五块火腿肉，就去对花猫说："我新近学会了治病，诊病很准，只要用舌头舔一舔对方的鼻子，就知道它有病没病！"花猫说："那你帮我看看！"黄狗上去舔了舔花猫鼻子，一下把它抓住了："你得的是馋病，灶王的火腿肉是你偷的！不信，让人闻闻你的鼻子！"黄狗把花猫拉到灶王面前说："火腿肉是花猫偷的，由你处治！"灶王说："我怎么处治它呢？为了找到偷一块火腿肉的贼，我又搭上了五块肉，贼虽然捉住了，可我一块火腿肉都没有了。"

狗咬吕洞宾——不识好人心

传说,吕洞宾在成仙之前,有个同乡好友叫苟杳。吕洞宾的朋友见苟杳一表人才,读书用功,希望把自己的妹妹嫁给苟杳。吕洞宾怕耽误了苟杳的前程,连忙推托,但苟杳动心了,表示同意这门亲事。吕洞宾却说,成亲之后要先陪新娘子住三宿。苟杳一听不禁一愣,但思前想后,还是咬牙答应了。苟杳成亲这天,吕洞宾喜气洋洋,而苟杳却无脸面见人,干脆躲到一边不见面。晚上,洞房里新娘子头盖红纱,倚床而坐。这时,吕洞宾闯进屋来,也不说话,只管坐到桌前灯下,一连三夜都是这样。苟杳好不容易熬过了三天,夫妻见面,才知是吕洞宾用此法激励自己读书。

几年后,苟杳果然金榜题名做了官,夫妻俩与吕洞宾一家洒泪而别,赴任去了。一晃八年过去了,这年夏天,吕家不慎失了大火,吕洞宾只好用破瓦烂砖搭了一间屋,一家人商量,决定去找苟杳帮忙。吕洞宾一路上历尽千辛万苦,终于找到了苟杳府上,苟杳热情地招待了他,可就是不提帮忙的事情。一连住了一个多月,一分钱苟杳也没有给吕洞宾,吕洞宾一气之下回了家。吕洞宾回家一看,原来家里盖了新房。他刚要迈进家门,却见大门两旁贴着白纸,知道家中死了人,他大吃一惊,慌忙走进屋内,见屋内放着一口棺材,家人披麻戴孝。原来,吕洞宾走后不久,就有一帮人来帮他盖房子,盖完房子就走了。后来又有一大帮人抬着一口棺材进来了,他们说吕洞宾在苟杳家病死了。吕洞宾一听,知道是苟杳玩的把戏。他走近棺材,把棺材劈开两半,只见里面全是金银珠宝,上面还有一封信,写道:"苟杳不是负心郎,路送金银家盖房。"从此,吕苟两家倍加亲热,这就是俗话常说的"苟杳吕洞宾,不识好人心",因为"苟杳"和"狗咬"同音,传来传去便成了"狗咬吕洞宾,不识好人心"了。

勾践给夫差喂马——卧薪尝胆

春秋时期,吴王夫差凭借强大国力,领兵攻打越国。越国战败,越王勾践被抓到了吴国。夫差为了羞辱勾践,派他做看墓与喂马的工作。勾践心里虽然很不服气,但仍然极力装出忠心顺从的样子。夫差出门时,他走在前面牵着马;夫差生病时,他在床前尽力照顾。夫差看勾践这样尽心侍候自己,觉得他对自己非常忠心,最后就允许勾践返回越国。

勾践回国后,决心洗刷自己在吴国当囚徒的耻辱。为了告诫自己不要忘记复仇,他每天睡在坚硬的木柴上,还在门口吊一颗苦胆,吃饭和睡觉前都要品尝一下,为的就是要让自己记住教训。除此之外,他还经常到民间视察民情,替百姓解决困难,让人民安居乐业,同时加强军队的训练。经过十年的艰苦奋斗,越国变得国富兵强,于是勾践亲自率领军队进攻吴国,取得胜利,夫差羞愧地在战败后自杀。后来,越国又趁胜进军中原,成为春秋末期的一大强国。

孤老人光棍儿子——相依为命

晋朝时,有个叫李密的人很有才华,晋武帝司马炎数次召见他,并要封他官位,但都被李密拒绝了。李密的理由是祖母年纪大了,需要有人奉养,并且为了说明详细情况,还写了一篇《陈情表》上书晋武帝,表明自己的决心。

他说："我父母去世很早，是祖母含辛茹苦把我养大并培养成材。现在她年岁大了，身体非常不好，身边没别的亲人，只有我能照顾她的生活。我离开她不可能长大成人，她离开我也不可能安度晚年，我们俩过的是相依为命的生活，谁也离不开谁。祖母年龄很大了，剩下的日子已经不多了，而我才四十多岁，以后还有很多时间能为皇上效力，因此我请求您先让我孝敬祖母，以后再为您效劳吧！"晋武帝被李密的一片孝心所感动，于是批准了他的请求，不再强求他做官。

谷永向汉成帝上书——捕风捉影

汉成帝二十岁做皇帝，到四十多岁还没有孩子。他听信方士的话，热衷于祭祀鬼神。许多向汉成帝上书谈论祭祀鬼神或谈论仙道的人，都轻而易举地得到高官厚禄。成帝听信他们的话，在长安郊外的上林苑大搞祭祀，祈求上天赐福，花了很多的钱财，但并没有什么效果。

谷永向汉成帝上书说："我听说对于明了天地本性的人，不可能用神怪去迷惑他；懂得世上万物之理的人，不可能受行为不正的人蒙蔽。现在有些人大谈神仙鬼怪，宣扬祭祀的方法，还说什么世上有仙人，服不死的药，寿高得像南山一样。听他们的说话，满耳都是美好的景象，好像马上就能遇见神仙一样；可是，你要寻找它，却虚无缥缈，好像要缚住风、捉住影子一样不可能得到。所以古代贤明的君王不听这些话，圣人绝对不说这种话。"

谷永又举例说："周代史官苌弘想要用祭祀鬼神的办法帮助周灵王，让天下诸侯来朝会，可是周王室更加衰败，诸侯反叛的更多；楚怀王隆重祭祀鬼神，求神灵保佑打退秦国军队，结果仗打败了，土地被秦占领，自己做了俘虏；秦始皇统一天下后，派徐福率童男童女下海求仙采药，结果一去不回，遭到天下人的怨恨。"最后，他又说："从古到今，帝王们凭着尊贵的地位、众多的财物，寻遍天下去求神灵、仙人，经过了多少岁月，却没有丝毫应验。希望您不要再让那些行为不正的人干预朝廷的事。"

汉成帝认为谷永说得很有道理，便听从了他的意见。

顾恺之吃甘蔗——渐入佳境

有一次，顾恺之随大司马桓温乘船到江陵去视察部队。到江陵的第二天，江陵的官员前来拜见，并送来很多捆当地的特产甘蔗。桓温见了十分高兴，吩咐大家一起品尝。于是大家都拿起甘蔗吃了起来，纷纷称赞甘蔗很甜。这时，顾恺之正独自欣赏江景，没有去拿甘蔗。桓温见了，故意挑一根长长的甘蔗，走到顾恺之面前，把甘蔗末梢的一段塞到他手里。顾恺之看也不看，拿起甘蔗啃了起来。桓温故意问顾恺之甘蔗甜不甜，旁边的人也一起嬉笑着问他。顾恺之回过神来，才看到自己正啃甘蔗的末梢，便知道大家为什么嬉笑。他灵机一动说："你们笑什么？吃甘蔗，就应该从末梢吃起，这样，越吃越甜，叫作'渐入佳境'。"大家听了，一起哈哈大笑起来。

挂牛头卖马肉——表里不一

春秋时期的齐灵公有一怪癖：爱看女子穿男子的服装，打扮成男子的样子。为此，全国各地的妇女纷纷穿上了男子的服装。女穿男装，男女不辨，是很不正常的现象。这种风气一度盛行以后,齐灵公又感觉有失风化,便让官吏们去禁止,为使禁令能够顺利得到执行,还特地下了一道命令:"今后女子穿男子衣服的,一经发现,就撕破她的衣服,扯断她的衣带。"齐灵公认为,采取这样严厉的措施,一定能制止女子穿男子的衣服。但是,这种现象并没有被完全制止住。

有一次齐灵公见到晏子,就问他:"我已经下了命令,禁止女子穿男子的衣服。一经发现,就撕破她们的衣服,扯断她们的衣带。可即便这样,仍然制止不了,这是为什么呢?"晏子说:"大王让宫中的女子都穿男子的服装,却禁止百姓家的女子穿男子的服装。这好比铺外悬挂着牛头,而铺内卖的却是马肉一样,怎么能让人信服呢? 如果您首先在宫中禁止女扮男装,那么外面的人自然就不敢违抗了。"齐灵公采纳了晏子的建议。过了一段时间,京城的街上再也看不到女扮男装的人了。

关云长放曹操——念旧情

赤壁之战后,曹操败走华容道,遇到事先埋伏好的关羽。曹操希望关羽念旧情,放其过华容道。关云长是个义气如山的人,想起昔日曹操许多恩义,和后来五关斩将的事,怎么能不动心呢? 又见曹军害怕得要哭的样子,心中更加不忍。于是勒回马头,对众军说:"四散摆开。"这分明是放曹操的意思,曹操看见关云长回马,便和众将一起冲了过去。关云长回身时,曹操已经和众将过去了。关云长大喝一声,曹军众将都掉下马来,在地上哭泣。关云长更加可怜他们,正在犹豫之间,张辽骑马跑来。关云长看见了,又想起过去的友情,长叹一声,把他们都放走了。

关云长赴会——单刀直入

刘备借荆州长期不还,孙权很不高兴。鲁肃献计,约关羽过江详谈。关云长为了荆州之事只身过江,与鲁肃会面。酒过三巡,菜过五味,鲁肃迫不及待地直奔主题,索还荆州。关云长开始时以饮酒莫谈国事为由将话题岔开,哪料鲁肃步步紧逼;关云长乃以刘备继承汉室土地为由,且使刀铃铮铮直响。周仓插话:"天下土地,唯有德者居之,岂独是汝东吴当有耶?"关云长于是变色而起,从周仓手中夺过大刀,假装怒叱道:"这是国家大事,休得多嘴,快快给我退出!"明叱周仓,实在鲁肃! 接着,关云长推醉,右手提刀,左手挽住鲁肃手,亲热之中又带有几分杀气:"今天饮酒,我已经醉了,莫要再提荆州之事,担心我这刀伤了故旧之情。改日再请到荆州赴会,再作商议。"鲁肃被他一提,挣脱不得,暗藏的刀斧手也只好望洋兴叹。到了船边,关云长才放了鲁肃,拱手道谢而别。鲁肃半晌才缓过气来。

关公走麦城——大难临头

东汉建安二十四年(公元 219 年),关羽进攻樊城,水淹于禁七军,军威大振,曹操曾议迁都以避其锋芒。建安二十四年十月,江东大将吕蒙乘关羽与樊城守将曹仁对峙之时偷袭荆州,攻占了关羽的大本营江陵。关羽两面受敌,急忙从樊城撤兵西还,驻扎在麦城。吕蒙采取分化瓦解的策略,使关羽的将士无心恋战,逐渐离散。关羽孤立无援,坚守麦城。孙权派人诱降关羽,关羽伪称降,在城头立幡旗,假做军士,十数骑逃走。孙权派朱然、潘璋断了关羽各路,在临沮捉获关羽和其子关平,随即将其处死。

关羽出曹营——过五关,斩六将

刘备被曹操击败,刘、关、张失散,其中关羽被曹操军包围。曹操非常欣赏关羽,希望招降关羽,关羽出于对兄长刘备的结拜誓言,以及保护兄嫂不被侵犯和与张辽的情谊,同意暂时归降曹操,但提出了几点要求:一是降汉不降曹;二是要确保兄嫂安全;三是如有刘备消息要立即离去,曹操不能阻拦。曹操爱才心切,只得同意,但是仍旧希望通过自己的努力影响关羽真心归降。在关羽"归降"曹操的日子里,关羽受到了极高的待遇,被封为汉寿亭侯,上马金,下马银,赐予"赤兔马"。关羽也非毫无报答,斩颜良诛文丑,立下大功。

后来,关羽得到了刘备的消息,立即向曹操请辞,但曹操避而不见,最后关羽只能不辞而别。由于没有得到曹操的手谕,因此一路之上关羽遭到了层层拦阻,但关羽凭借一己之力,过了五个关隘,立斩曹操六员大将:过东岭关时杀孔秀;过洛阳城时杀韩福、孟坦;过汜水关时杀卞喜;过荥阳时杀太守王植;过黄河渡口时杀秦琪。"过五关斩六将"因此得名。

关羽失荆州——大意

三国时期,诸葛亮派关羽镇守荆州。关羽出兵攻打曹操,孙权趁机袭击荆州,导致荆州沦陷。荆州拥有重要的地理优势,"北据汉沔,利尽南海,东连吴全,西通巴蜀",对蜀吴两方都有非常重要的意义。而关羽一时大意,不只失去这一军事重地,也败走麦城。

关公降曹操——人在曹营心在汉

曹操与刘备谈论天下大事,把刘备与自己并称为当世英雄,刘备怕曹操害他,便借口征讨袁术,领兵离开许都,占领了徐州。从此,刘备开始对抗曹操。曹操一直把刘备视为劲敌,想趁他羽翼未丰之际除掉他,于是出兵攻打徐州,刘备无力抵抗,节节败退,只得去投奔袁绍。曹操占领徐州后,又决定去攻打在下邳(今江苏省睢宁)守护着刘备家眷的关羽。曹操为了能得到武艺出众的关羽,便用计将关羽引出下邳,迫使他在孤立无援的情况下向曹操投降。

关羽到了曹营,第二天曹操即下令班师回许昌。关羽请两位嫂嫂(即刘备的家眷)上了车,自己护车而行。晚上歇宿,曹操故意只安排一间房子给关羽,让他和两个嫂嫂同住。于是关羽请两位嫂嫂进屋休息,自己却站在门外守护到天亮。到了许昌,曹操拨了一处房子给关羽居住。关羽便把两个嫂嫂安置在内室,自己住在外室,时时守护着嫂嫂。关羽之所以这样,是因为他与刘备的情意深重。

关羽身在曹营,吃曹操的饭,却只是时时守护着刘备的家眷,无心为曹操干事。但曹操一心想收服关羽,于是采取一系列措施。除给他安置了舒适的住所外,又领他来见皇帝,并封他为偏将军,拜为汉寿亭侯。之后,又大摆筵席,请众谋臣、武将和关羽相见,并当着大家的面称颂关羽的美德。宴后,曹操又叫人捧出好多绫罗绸缎、珍贵器皿送给他。过了几天,曹操又挑选了十几个美女送给关羽。曹操见关羽平日穿的一件绿锦战袍已经旧了,就给他做了一件新的。然而,关羽穿上新战袍,仍把旧的罩在外面。曹操以为他舍不得新衣,笑他太节省。关羽却解释道:"旧袍是兄长所赐,见了旧袍就如同见了他的面。"曹操又赠给他吕布骑过的赤兔马,可关羽还是要走,一心想回到刘备那里去。

后来,人们根据这段故事,编成了歇后语"关公降曹操——人在曹营心在汉",形容人虽然在对立的一方,但心里想着自己原来所在的一方,比喻坚持节操,忠贞不贰。现在也用来比喻在这里工作、任职,心却想念别处。比喻人工作不安心,向往别的单位、部门,带有贬义。

关公战秦琼——乱了朝代

据说,山东大军阀韩复榘的父亲一次过生日时,找来了很多名演员唱堂会,准备连唱三天戏。

开演头一天,台上正唱着戏,韩复榘的父亲突然站起来大喊:"别唱啦,把管事的叫来!"他问管事的:"你们唱的什么戏?""是关公千里走单骑,过五关斩六将。"韩复榘的父亲问:"关公是哪里人?"管事的答:"山西人。""山西人,山西人就是阎锡山的部队,他为啥到俺山东来打仗?有俺的命令吗?"他很不满地说:"为啥不唱俺山东的英雄?俺山东有好汉秦琼!他俩谁本事大?叫他俩比试比试!"

啊!一个在汉朝,一个在唐朝,哪能搁在一块儿呢?管事的只好满脸赔笑地讲:"这出戏我们不会唱。""不会?那别唱了!全不能走,饿你们三天,不管饭,看你们会不会!"管事的一听害怕了;连忙到后台跟大伙儿商量。老板一想:来二百多人,三天不管饭,怎么办?给他唱!没词,上台现编。演关公的,有现成的;演刘备的,改扮成秦琼就是了。两人上台一见面,秦琼问:"来将通名。""汉将关羽。你是何人?""唐将秦琼。""为何前来打仗?"我知道为什么!演员心里一生气,"唉"的一声叹了口气。这一"唉",坏啦!按戏台上的规矩,这算"叫板"。后台的乐队一听,还有唱的,便敲起锣鼓,拉起胡琴。唱什么?只好现编。秦琼唱:"我在唐朝你在汉,咱俩打仗为哪般?""叫你打来你就打,你要不打——"扮关公的指着韩复榘的父亲,"他不管饭!"

这个故事荒唐可笑,后来也就有了相关的歇后语"关公战秦琼——乱了朝代",用于讽刺那些不切合时间、实际来做比较的人。

管鲍之交——各为其主

管仲和鲍叔牙都是春秋时齐国的大臣,他们在入朝做官前就是好朋友。刚开始两人合伙经商,由于管仲家境较差,没有太多的本钱,而鲍叔牙不仅不嫌弃,还跟他对半分利,鲍叔牙觉得管仲家里困难,就应该多分点利;后来他们又一起参军打仗,和敌人作战时,管仲一个劲儿往后躲,可是等到撤退时却跑在最前面,人人都说管仲是个贪生怕死的胆小鬼,唯独鲍叔牙说管仲是为了活着回去奉养母亲才这么做的。管仲十分感激鲍叔牙,觉得世上只有鲍叔牙最了解自己。

后来两人都入朝做官,管仲为国卿,鲍叔牙为大夫。没过多久,齐国发生内乱,管、鲍二人分别跟随公子纠和小白去鲁国和莒国避难。他们虽然身在他乡,却时刻注意着齐国的动向,当得知齐襄公被杀的消息后,他们立刻动身回国。因为公子纠为长,所以齐国的大臣们想立他为国君,于是派人到鲁国去接他回齐。而此时公子小白也不甘落后,他日夜兼程地往回赶,想抢先回到齐国做国君。管仲将公子纠托付给可靠之人送回齐国,自己却率领一帮人马去阻截公子小白。鲍叔牙对管仲说:"虽然我们是好朋友,但现在各为其主,你不要多管闲事!"管仲听了鲍叔牙的话,心里很不好受,但也没办法。他一咬牙,趁众人不注意,一箭射向公子小白。可是管仲怎么也没想到,他那一箭并没有射死公子小白,后来小白提前赶回齐国做了国君,他本来想处死管仲,在鲍叔牙的劝说下,才饶恕了管仲,并拜管仲为宰相。而管仲辅佐公子小白,使齐国成为诸侯的盟主。

管亥困孔融——危在旦夕

东汉末年农民纷纷起义。一天,孔融在都昌被黄巾起义军的管亥部队围困住,形势很危急。有一个家住东莱的青年壮士,名叫太史慈。因为孔融过去曾经接济过他的母亲,他想去搭救孔融,以报往日的恩情。

太史慈在一天夜里,偷偷越过包围的队伍,秘密进入都昌城,他见到孔融,说:"请给我一支兵马,我替你杀出一条路,救你出去!"孔融见太史慈说得十分恳切,只好答应了。第二天,太史慈披挂上马,带了两名骑手,城门敞开,策马扬鞭冲杀出去。他越过重围,朝大路奔驰而去。太史慈见到平原相刘备,递上书信说:"北海相孔融大人被管亥围困数日,危在旦夕,情况十分严重,请平原相马上发兵解救。"刘备立即派三千精兵跟随太史慈去援救孔融。太史慈领兵来到都昌城下,管亥的围军见势不妙,退走了。孔融得救,他兴奋地拉住太史慈,感慨地说:"卿真是我年少的挚友啊!"后来,太史慈离开都昌,回到家乡,他的母亲说:"好孩子,你终于替我报答了孔融的往日之恩哪!"

管宁割席——断交

三国时期的管宁和华歆,他们一起寒窗苦读多年,刚开始是很要好的朋友,可是后来却分道扬镳了。原因是他们的志趣截然不同:管宁生活俭朴,把金钱和功名等看得很淡,可华歆正好相反,他醉心于功名利禄,贪图荣华富贵。

管宁和华歆有一次到园子里锄草,锄了半天突然锄出一块金子来。管宁视而不见,继续锄草,然而华歆一见到金子就两眼放光,再也迈不动步子了,他捡起金子,高兴得心花怒放,想把金子据为己有,可是看到管宁对金子无动于衷,又想到书中不要贪财的教导,只好依依不舍地把金子扔了。可是后来华歆一直对那块金子念念不忘,管宁看到华歆如此贪婪,心里十分厌恶,但是他什么也没说。

后来又发生了一件事,促使管宁下定决心要跟华歆断交。这天,两人像往常一样跪在一张席子上读书,这时外面锣鼓喧天,好不热闹,管宁仿佛没听见似的接着读书,而华歆哪里坐得住,他扔下书本就跑出去看热闹。原来有个大官从他们门前经过,华歆看到那位大官坐在八抬大轿中,前呼后拥,风光极了,他羡慕得不得了,一直看到那队伍走出很远才回去。回去后,他把刚才的排场跟管宁形容了一通,脸上流露出无限神往的样子。以前管宁一直忍着不说,他期盼着华歆能通过读书改掉恶习,可是他的愿望并没有实现,而今天华歆的样子,更让他忍无可忍。管宁二话不说从腰间抽出随身佩带的小刀把他们膝下的席子割为两半,对华歆说:"我们道不同,不相为谋。从今以后,再也不是朋友,你好自为之吧!"就这样,两人从此成为陌路人。

管中窥豹——只见一斑

东晋著名书法家王羲之的儿子王献之,小的时候很聪明,长大后也成了一位著名的书法家,与父亲并称"二王"。但王献之对樗蒲(古代的一种游戏)却不精通。一次,他看到几个人正在玩樗蒲,就在一旁指手画脚地说:"你要输了。"那个人不高兴地看了他一眼说:"这个小孩就像从管子里看豹,只看见豹身上的一块花斑,看不到全豹。"王献之听到他们这样说自己,不禁大愤,说道:"远惭荀奉倩,近愧刘真长。"说完甩开袖子走了。

光武帝把隗公两人撇一边——置之度外

西汉末年,刘秀起兵打败了王莽的新朝,又镇压和收编了河北、山东一带的农民起义军,在洛阳建立东汉王朝,即位称帝(汉光武帝)。

在东汉建立之初,国内尚未统一,许多地方势力占据某些州郡和东汉抗争。有的虽然表示臣服东汉,实际上仍旧保留地盘,并不甘心臣服,而部分比较强大的农民军也相当活跃。刘秀花了五年多时间,才打下了一个基本统一的局面,只剩甘肃的隗嚣和四川的公孙述两大军阀。这时,隗嚣表面上已向刘秀称臣,并且把儿子送到洛阳任官,表示归顺。公孙述自称蜀王,拥兵数十万,盘踞四川山区。因交通极为不便,刘秀对这两个人,暂且不攻打,希望把连续苦战多年的部队好好整顿和休养一下。当时刘秀曾对将领们说:"且置此两子于度外耳!"(姑且把这两人丢在一边,暂不考虑吧!)后来,刘秀终于发兵,先消灭了隗嚣,接着又把公孙述的独立王国攻破。

龟兹国王学中原——非驴非马

汉时,西域有一个龟兹国国王名叫绛宾,在汉宣帝时多次访问汉朝,并受到汉朝的款待。这位龟兹国王,很喜欢汉朝的宫廷生活。因此,回国后他也仿效着修造起汉式宫殿来,宫中的器物陈设、嫔妃侍从的衣服装饰,以及一切日常制度,也都竭力模仿汉式。每天也举行朝会,撞钟击鼓,传呼朝拜,同汉朝的仪式相仿。西域各国,见龟兹国行这一套规矩,都觉得好笑,说是:"驴非驴,马非马,倒像一头骡!"

郭常行医——不贪财

唐代江西有个著名的医生名叫郭常,在饶州一带行医。他很善于针灸,给穷人看病从不计报酬,深受百姓的欢迎。

有一天,郭常家里抬进了一个病危的病人。经了解才知道是福建的商人,前些日子从福建泉州运来一批货物到饶州去贩卖,挣了一大笔钱。不料,正当他要起程回家时,却身染重病,卧床不起。几个月来,请遍了名医,也无济于事。眼看病情一天比一天严重,这时有人介绍说郭常从外县行医回来了,便立刻把病人抬到郭常家医治。郭常见这病人奄奄一息,便不顾旅途劳累,立即动手检查病情。他一边细心地给病人诊脉,一边观察病人的气色,双眉紧皱,一个劲儿地摇头。商人知道情况不妙,心里更加慌乱,忙恳求说:"只要您能救活我,一定重金相酬!"郭常说:"你想错了,我只管治病,不计报酬。"说罢,拿起笔来开了一个处方,请人去取药煎煮。之后,他又取出几根银针分别扎在病人的穴位上,又点着艾条在病人身上灸烫。

商人在郭常精心治疗下,不到一个月病就完全康复了,临行之时,抬来五十万铜钱,对郭常万分感激地说:"先生妙手回春,救我一命。这五十万铜钱请先生收下。"郭常微微一笑说:"治病救人,乃医生的天职,我只能收一点药费。"商人激动万分,诚恳地说:"这五十万铜钱是我当日亲口许下的,先生要不收,说我失信,岂不被天下人耻笑。"郭常说:"你等经商致富,讲究信用,我等行医治病,讲的是仁义,非分之财,毫厘不取。"说罢取走一千文,转身替别人看病去了。

郭璞讨笔——江郎才尽

江淹幼年家境清寒,读起书来非常用功,诗文也做得非常好。由于他早期生活在社会的下层,能够接触到社会的真实生活,所以写出来的文章能够深刻地抒发忧谗畏讥和郁郁不乐的情怀,道出了许多知识分子郁郁不得志的思想感情,所以他的作品能引起许多失意者的共鸣,从而成为当时负有盛名的作家,人们称之为"江郎"。后来,他的文才大不如前。有人传说,有一次江淹在凉亭中睡午觉,梦见一个自称郭璞的人向他索笔,并对他说:"文通兄,我的一支笔在你那儿已经很久了,现在应该可以还给我了吧。"江淹听了,就顺手从怀里取出一支五色笔来还他。从此之后,江淹就文思枯竭,再也写不出好的文章了。

郭象说话——口若悬河

郭象在年轻的时候,就已经是一个很有学问的人。尤其,他对于日常生活中所接触的一些现象,都能留心观察,然后再冷静地去思考其中的道理。因此,他的知识十分渊博,对于事情也常常能有独到的见解。

后来,郭象又潜心研究老子和庄子的学说,并且对他们的学说有了深刻的理解。过了几年,朝廷一再派人来请他。他实在推辞不掉,只得答应了,到朝中做了黄门侍郎。到了京城,由于郭象的知识很丰富,所以无论对什么事情都能说得头头是道,再加上他的口才很好,又非常喜欢发表自己的见解,因此每当人们听他谈论时,都觉得津津有味。当时有一位太尉王衍,十分欣赏郭象的口才,他常常在别人面前赞扬郭象说:"听郭象说话,就好像一条倒悬起来的河流,滔滔不绝地往下灌注,永远没有枯竭的时候。"郭象的辩才,由此可知。

郭橐驼种树——因地制宜

从前,有个姓郭的人,得过佝偻病,走起路来弯腰驼背,好像骆驼,所以人家给他起了个外号叫郭橐驼。

郭橐驼住在长安西边的丰乐乡,擅长种植树木。那时,一些想靠树上结果子卖钱的,或是为了培植林木欣赏游玩的,都争着请郭橐驼到家里来培植树木。凡是郭橐驼种的或者移栽的树,没有不成活的;而且这些树长得高大茂盛,结果子既早又多。有人虽然偷偷地观察模仿,可就是没有人能赶得上他。

有人问郭橐驼种树的秘诀,他回答说:"道理只有一条,就是因地制宜。"他详细做了介绍:"种植树木,要顺着树木的生长规律让它尽情地生长。栽种的方法:树根要伸开,根部培土要平整,树坑里要填进旧土,捣土要密实,过后,就不要再去乱动它。栽种树苗,要像照顾子女那样,栽种好了,就不必乱动它。这样,树木的天性才能保全,树木的生机才能得到。树木要开花、结果,千万不要去遏制、损伤它,否则不能早日结果,结了也不多。有的人种树不是因地制宜,顺理成章。他们使树根弯曲并且换掉了旧土,培土又过多,表面上看,爱树爱得太深了,担心得太多了,早上去看,晚上去摸。更有甚者,剥开树皮,摇动树干,使树木的生机一天一天减少。这样做,虽然说是关心、爱护树木,其实是损害、仇恨它!"

提问的人又说:"把你种树的方法,移到做官治理政事上去,能行吗?"郭橐驼回答:"我只知道种树,治理政事不是我的职业。不过,我住在乡下,看见当官的喜欢发布命令,从早到晚喊叫:官府命令——催促你们耕田,鼓励你们种植,督促你们收获;早早缲你们的丝,早早纺你们的线;教育好你们的孩子,喂好你的鸡、鸭和小猪崽。这样,好像爱护百姓,结果造成灾难,搞得大家困苦疲劳。我们这些百姓放下饭碗去慰劳官吏尚且没有空闲时间,怎么能够增加生产和安定生活呢!我想,这些治民的官吏,同我那些种树的同行,大概也有类似的地方吧。"

问话的人听了郭橐驼的这番议论,得到了启发,赞叹地说:"讲得太好啦!我问的是怎样种植树木,却得到了治理政事的办法。"

后来,人们根据这个故事,编成了歇后语"郭橐驼种树——因地制宜",形容根据当地的具体情况,制定或采取适当的措施来处理事情。

H

海瑞上疏——生死不顾

明世宗嘉靖四十五年(公元1566年),海瑞单独上疏劝谏嘉靖。海瑞上疏,说嘉靖迷信道教,妄想长生,多年不上朝办事;又自以为是,拒绝批评,弄得君道不正,臣职不明,吏贪国弱,政治腐败;还说嘉靖重用奸臣,疏远贤臣。奏折的语气很尖锐。

嘉靖看后,气得面色铁青,他把信扔在地下,又捡起来看,看着看着又把信撕掉,嘉靖对左右大臣说:"赶快把海瑞抓起来,不要让他跑掉。"宦官黄锦在一旁说:"启奏皇上,海瑞这个人一向以固执、憨直出名。听说他上疏时,预料自己会触怒皇上,被处以极刑,所以特地买了一口棺材。并已同妻室儿女诀别,在朝廷等候治罪。他家里的侍童、仆人都跑散了,没有一人留下。海瑞是不会逃跑的。"听了黄锦这番话,嘉靖沉默不语,后下令将海瑞入狱。

海瑞上金銮殿——为民请命

明嘉靖时,海瑞调到北京做官。在金銮殿上,在皇帝面前,海瑞不怕丢官,不怕杀头,不怕得罪大官僚,经常抨击官场上的贪污腐败,为受剥削受压迫的百姓说话,使百姓得到了好处,使百姓的田租和徭役的负担减轻许多。海瑞后来被嘉靖打入狱中,直到72岁才被起用,但他始终以为民请命为己任。

汉光武帝赞耿弇——有志者事竟成

东汉初年,刘秀派耿弇去攻打占据山东青州十二郡的豪强张步。张步兵强马壮,是耿弇的劲敌。张步听说耿弇率兵来攻,就派大将军费邑等分兵把守历下、祝阿、临淄,准备迎击。耿弇先攻下祝阿，以后用计相继攻下历下和临淄。张步着急起来，亲自带兵反攻临淄，两军在临淄城外进行了一场生死搏斗的大血战。

在战斗中，耿弇大腿中了一箭，可是他勇敢地用佩刀砍断箭杆，仍带伤坚持战斗。刘秀闻讯，亲自带兵前来支援。在援兵还未到达的时候，部将陈俊认为张步兵力强大，建议暂时休战，等到援兵来后再发动进攻。可是耿弇却认为不能把困难留给别人，经过一场激烈的战斗，耿弇终于把张步打得大败。几天后，刘秀来到临淄，慰劳军队。他在众将官面前夸奖耿弇说："过去韩信破历下开创基业，现在将军攻克祝阿，连战连捷，两功相仿，从前你在南阳曾建议请求平定张步，我当时以为你口气太大，恐怕难以成功，如今才知道，有志者事竟成啊！"

汉宣帝亲临朝政——励精图治

公元前74年，汉昭帝刘弗陵去世，刘弗陵没有儿子，于是手握朝政大权的大司马大将军霍光立武帝的曾孙刘询为帝，这就是汉宣帝。公元前68年，霍光病死。御史大夫魏相根据历史教训和霍氏家族的专权胡为，建议宣帝采取措施，削弱霍氏权力。霍氏对魏相极度怨恨和恐惧，便假借太后命令，准备先杀魏相，然后废掉宣帝。宣帝得知此事后，先发制人，采取行动，将霍氏满门抄斩。

从此以后，宣帝亲自处理朝政，振作精神，力图把国家治理得繁荣富强。他直接听取群臣意见，严格考查和要求各级官员；降低盐价，提倡节约，鼓励发展农业生产。宣帝在魏相的配合下，采取了一系列有利于发展生产，减轻人民负担的有效措施，终于使国家兴旺发达起来。宣帝在位二十五年使已经衰落的西汉王朝出现了中兴的局面。

汉武帝托孤——选对了人

霍光十几岁时，被武帝任命为郎官，慢慢地升为侍中。霍去病死后，霍光做了奉车都尉兼光禄大夫，武帝出行时侍奉车驾，回宫后就在身边侍奉，出入宫廷二十多年，小心谨慎，从没出过错，深得武帝的信任。

武帝征和二年（公元前91年），武帝悉心培养的太子刘据因巫蛊之祸被逼自杀，争储斗争就更趋于表面化。武帝为了避免他死后政局发生变乱，抑制其子刘旦、刘胥的势力，将幼子弗陵立为太子，随即将其母钩弋夫人处死，以绝母后专权之患。不久，便命画工画了一幅周公背负周成王的图赐予霍光，嘱托霍光像当年周公辅佐年幼的周成王一样辅佐刘弗陵。

武帝后元二年（公元前89年）春，汉武帝病死，霍光正式接受武帝遗诏，成为昭帝刘弗陵的辅命大臣，与车骑将军金日磾、左将军上官桀、御史大夫桑弘羊等人共同辅佐朝政。从此，霍光掌握了汉朝政府的最高权力。

寒号鸟搭窝——得过且过

传说，五台山有一种奇特的小鸟，它长着四只脚，两只翅膀，但是不会飞行。它一到冬季就哀号不已，因此人们叫它寒号鸟。

盛夏，是寒号鸟最快乐的日子，它全身长满绚丽丰满的羽毛，鲜艳夺目，百鸟十分惊羡。寒号鸟得意扬扬，整天走来走去，到处找别的鸟比美。一边走一边唱："凤凰不如我！

凤凰不如我!"夏去秋来,怕冷的鸟飞向遥远的南方,到那里去过冬;留下的鸟整天辛勤忙碌,积粮造窝,准备过冬。只有寒号鸟还游游逛逛,到处炫耀它那身五光十色的羽毛。

寒冬来了,北风呼啸,雪花飘舞。别的鸟在秋季时就已做好了过冬的准备,全换上了一身又厚又密的羽毛。而寒号鸟漂亮的羽毛全都掉光,一根也没剩下。夜晚,全身光秃秃的寒号鸟,只得躲藏在石缝里,凛冽的寒风不断袭来,冻得它浑身直打哆嗦。它就不断地咕噜道:"好冷啊,好冷啊,明天就做窝,明天就做窝。"可是,当寒夜过去,太阳从东方升起,温暖的阳光照在它身上时,寒号鸟却忘记了昨夜的寒冷和要做窝的决心,它说道:"得过且过! 得过且过!"寒号鸟始终也没有做窝,就这样一天天地混日子,最后,它终于被冻死在岩石缝里了。

韩安国被囚释放——死灰复燃

西汉景帝时期,韩安国在景帝之弟梁孝王刘武手下当差,很得梁王信任。后来韩安国因事被捕,关押在蒙地监狱中,梁王多方设法,一时未能使他获释。狱吏田甲以为韩安国失势,常常借故凌辱他。韩安国怒道:"你把我看成熄了火头的灰烬。难道死灰就不会复燃?"田甲嘿嘿一笑,说道:"倘若死灰复燃,我就撒尿浇灭它!"韩安国气得说不出话来。不久,韩安国入狱的事引起窦太后关注。原来韩安国曾出力调解过景帝和梁王之间的矛盾,使失和的兄弟重归于好,窦太后为此十分看重韩安国,亲自下诏要梁王起用韩安国。韩安国被释放,做了梁王的内史。狱吏田甲怕韩安国报复,连夜逃走。韩安国听说田甲逃亡,故意扬言说,田甲如不快回来,就杀死他一家老小。田甲只好回来向韩安国请罪。韩安国讽刺他道:"现在死灰复燃,你可以撒尿了。"田甲吓得面如土色,连连磕头求饶。然而韩安国却说:"起来吧。像你这样的人,才不值得报复!"田甲大感意外,更加觉得无地自容。

韩湘子吹箫——不同凡响

传说,韩湘子年轻时,即弃家跟从吕洞宾学道。成仙后,他曾用空樽造酒、聚土开花的法术,想点化叔父韩愈。

一天韩愈正在家庆寿宴客,韩湘子突然进来。他取来一只泥盆,喷了一口水,泥土忽然发芽长枝,生叶吐蕊,顷刻之间,一朵碗大的绿色牡丹在枝头上绽开,花瓣上还写有两行金字:

云横秦岭家何在,雪拥蓝关马不前。

正在大家惊异时,韩湘子却拱手而去,不知去向。

事隔多年,韩愈因向皇帝直言进谏被朝廷贬到潮州去,韩愈骑马独行,往潮州赴任。当他爬过一座高山,来到一处关卡附近时,忽然下起大雪来,使他无法继续前行。这时,路边忽然传来阵阵箫声,原来韩湘子正吹着玉箫在等候着他。两人宿于蓝关驿舍,回忆花上联句,韩愈悲喜交加地说:"你原先之言应验了!"于是,他写成全诗赠给韩湘子:

一封朝奏九重天,夕贬潮阳路八千。

欲为圣朝除弊事,肯将衰朽惜残年。

云横秦岭家何在? 雪拥蓝关马不前。

知汝远来应有意,好收吾骨瘴江边。

原来,韩湘子同情叔父的不幸遭遇,前来搭救。他取出火印,在马的四脚打上火印,那马即刻获得了冒雪奔驰的本领,载着韩愈赶程上任。韩愈急忙回头与侄儿告别,想不到韩湘子已踩着彩云,升到空中,在云端上向叔父作揖拜别了。

韩湘子出家——一去不回来

传说,韩愈的一个同族的嫂子,十月怀胎,一朝分娩,生下一个肉球,人们拿刀一砍,竟蹦出一个小男孩,小男孩被取名为韩湘子。韩湘子父母双亡后,由韩愈夫妇抚养。

有一年,吕洞宾路过韩愈家,他见到韩湘子,于是想度韩湘子。因此,吕洞宾自荐到韩愈府上,说自己是"宫无上"(即"吕")先生,经史子集无所不通。韩愈觉得"宫无上"先生博学,于是就把他留下来教韩湘子读书。吕洞宾白天给韩湘子讲解经学,夜间就偷偷地传授他道家修炼的法术。从此以后,韩湘子就潜心学习道家的法术,时间一长,被韩愈知道了,他一气之下赶走了"宫无上"先生,还把韩湘子斥责了一顿。可是韩湘子已经迷上了修炼之术,到了夜晚,他趁家人不注意,留下一封信悄悄地离家出走。吕洞宾临走时曾告诉韩湘子他住在终南山碧云峰,于是韩湘子就前往终南山找他。在经受住了各种考验后,韩湘子终于找到了吕洞宾,吕洞宾表明了自己的真实身份,韩湘子就拜吕洞宾为师,最后也成为"八仙"之一。

韩信打赵国——背水一战

汉高祖三年(公元前208年)十月,韩信率数万新招募的汉军越过太行山,向东攻打项羽的附属国赵国。赵王和大将陈余集中二十万兵力,占据了太行山以东的咽喉要地井陉口,准备迎战。井陉口以西,有一条长约百里的狭道,两边是山,道路狭窄,是韩信的必经之地。赵军谋士李左车献计:正面死守不战,派兵绕到后面切断韩信的粮道,把韩信困死在井陉狭道中。陈余不听,说:"韩信只有几千人,千里袭远,如果我们避而不击,岂不让诸侯看笑话?"

韩湘子

韩信探知消息后,迅速率领汉军进入井陉狭道,在离井陉口三十里的地方扎下营来。半夜,韩信派两千轻骑,每人带一面汉军旗帜,从小道迂回到赵军大营的后方埋伏,韩信告诫说:"交战时,赵军见我军败逃,一定会倾巢出动追赶我军,你们火速冲进赵军的营垒,拔掉赵军的旗帜,竖起汉军的红旗。"然后令其余汉军马上向井陉口进发。到了井陉口,汉军背水列下阵势,高处的赵军远远见了,都笑话韩信。

天亮后,韩信设置起大将的旗帜和仪仗,率众开出井陉口。陈余率轻骑精锐蜂拥而出,要生擒韩信。韩信假装抛旗弃鼓,逃回河边的阵地。陈余下令赵军全营出击,直逼汉军阵地。汉军因无路可退,个个奋勇争先。双方厮杀半日,赵军无法获胜。这时赵军想要退回营垒，却发现自己大营里全是汉军旗帜，队伍立时大乱。韩信趁势反击，赵军大败，陈余战死，赵王被俘。

战后，有人问："兵法上说，要背山、面水列阵，这次我们背水而战，居然打胜了，这是为什么呢？"韩信说："兵法上不是也说'陷之死地而后生，置之亡地而后存'吗？只是你们没有注意到罢了。"

韩信的战术——声东击西

在楚汉战争中，刘邦任命韩信为左丞相，派他领兵攻打项羽手下的大将魏王豹。魏王豹得知汉军进攻的消息后，就任命柏直为大将，带领兵马扼守黄河东岸的蒲坂，封锁黄河渡口临晋，阻止汉军渡河。韩信带领汉军来到前线，看到蒲坂地势险要，柏直又派重兵把守，知道硬攻难以获胜。经过反复考虑，他想出了一个"声东击西"的战术。

韩信在蒲坂对岸安营扎寨，在军营四周插上军旗，白天让士兵操练，夜里调兵遣将，装出要强渡黄河的架势。暗地里把汉军主力向北转移到夏阳。魏王豹看到汉军在黄河对岸调动频繁，杀声震天，以为韩信真要从蒲坂渡河，非常高兴，于是他放松了警惕。汉军到夏阳后，韩信命士兵制作木筏，偷渡到对岸。魏王豹的军队在此没有防守，汉军因此顺利地渡过黄河，把魏王豹的军队打得惨败，攻陷了项羽的后方要地安邑。

韩信点兵——多多益善

韩信先在项羽部下做一个叫执戟郎中的小官，因不得信任，就离开项羽，投靠了刘邦。经过萧何的极力推荐，刘邦封他为大将。从此以后，他帮助刘邦打了不少胜仗，取得了天下。刘邦称帝后，韩信被封为楚王。

不过不久之后，刘邦听信谗言，说韩信接纳了项羽的旧部钟离昧，准备谋反。于是，刘邦采用谋士陈平的计策，假称自己准备巡游云梦泽，要诸侯前往陈地相会，趁机捉拿韩信。韩信知道后，杀了钟离昧来到陈地见刘邦。刘邦下令将韩信逮捕，押回洛阳。

回到洛阳后，刘邦知道韩信并没有谋反的事，又想起他过去的战功，便把他贬为淮阴侯。韩信心中十分不满，但也无可奈何。

刘邦知道韩信的心思，有一天把韩信召进宫中闲谈。刘邦与韩信讨论各位将领才能的大小、能力的高低。刘邦问道："像我这样的能统帅多少士兵？"韩信说："陛下您只不过能统帅十万人。"刘邦说："那对你来说你能统帅多少呢？"韩信回答道："我统帅的士兵越多越好。"刘邦笑道："你统帅士兵越多越好，那为什么被我所控制？"韩信说："陛下不能统帅士兵，但善于带领将领，这就是韩信我之所以被陛下你所控制的原因了。并且陛下的能力是天生的，不是人们努力后所能达到的。"

后来，根据这个故事，便有了歇后语"韩信点兵——多多益善"，形容一样东西或人等越多越好。

韩信向刘邦献计——秋毫无犯

韩信具体地分析了项羽的特点，以及项羽的致命弱点，证明项羽名义上虽然称霸天下，实际上却不得人心，没有老百姓的支持。最后，韩信提出了进兵计划："现在大王如能采取和项羽相反的办法，任用天下有才能的人，有什么地方不能讨平呢？把天下的城池

分封给有功的部属，有什么人会不动心呢？我们的军事行动符合将士们要求打到东方去的愿望，有什么敌人打不败呢？再说，大王入关的时候，纪律严明，对老百姓秋毫无犯，还取消了秦朝苛刻的法令，可他们约定的只不过是不许杀人、伤人和盗窃这三条法律罢了。关中老百姓没有不希望大王在那里做王的。现在大王如果带兵东进，关中地区只要发一道布告，就可以收复了！"

刘邦听了韩信这番话非常高兴，只恨相遇太晚。刘邦立即采纳了韩信的计策，议定各路将领进攻的目标。最后，终于把项羽打败了。

韩信赞李左车——不可多得

背水一战时，赵军不听李左车计策，结果大败。赵亡后，韩信悬赏千金捉拿李左车。不久，即有人将李左车绑送到韩信帐前。韩信立刻为他松绑，让他面朝东而坐，以师礼相待，并向他请教攻灭齐、燕方略。李左车认为，现在汉军士卒疲惫，战斗力大减，如果和齐、燕军队硬拼，胜负很难预料。不如按甲休兵，镇赵安民，派人以兵威说降，齐燕可定。韩信采用李左车计，燕果然不伐而降。

韩信钻裤裆——能屈能伸

《史记·淮阴侯列传》。

指人在失意时能忍耐，在得志时能大干一番。

韩信年轻时，淮阴有一个年轻的屠夫侮辱他，说道："你的个子比我高大，又喜欢带剑，但内心却是懦弱的。"并依靠人多势众，侮辱韩信说："假如你不怕死，那就刺死我；不然，就从我的胯下爬过去。"韩信注视了他一会，俯下身子从对方的胯下爬过去。集市上的人都讥笑韩信，以为韩信的胆子太小。后来经过种种磨难，韩信得到刘邦的重用，帮助刘邦攻打项羽，统一天下。韩信曾对同僚说："当那个人侮辱我时，我难道真的不敢杀他吗？杀了他又能怎样，我忍辱才能取得今天的成就。"

韩宣子问叔向——有名无实

一天，晋国的大夫叔向去拜访老朋友韩宣子。韩宣子是当时晋国的六卿之一，职位很高。韩宣子见了叔向，不住地唉声叹气，说自己很穷。不料叔向听韩宣子这样说，起身拱手向他祝贺。韩宣子不解地问："我是有卿的名，而没有卿的实际，无法跟大夫们相比。我正为此犯愁。你为什么要祝贺我呢？"

叔向正色说："我就是因为你贫穷才来道贺的呀！穷，不一定是坏事；你只要回忆一下弈武子三代的遭遇，就可以知道了！"叔向知道韩宣子很清楚奕武子三代的不同遭遇，所以特地提起了这件事。最后他又说："我看你像弈武子一样贫困，就想到你已经有了他那样的德行，所以才表示祝贺。不然，我只会担心，哪会再向你表示祝贺呢？"韩宣子听了叔向的话，顿时愁云消散，向叔向行礼说："多谢你的指教，要不我连自己将走向灭亡也不知道呢。"

阚泽下降书——兵不厌诈

三国时赤壁之战吴蜀联军获胜的关键是放火的船只可以靠近魏军的船只，而只有黄盖的诈降取得曹操的信任，才有可能做到这一点。阚泽只身自荐前往曹营献诈降书，为苦肉计的完成铺路。

曹操南下赤壁时，一路大胜，统一中原指日可待，一般投降献媚的话，他是听不进去的。所以阚泽一开口，就给曹操来个激将法与贬低，又指出了所来目的："人言曹丞相求贤若渴，今观此问，甚不相合。黄公覆，汝又错寻思了也！"阚泽的诈降书被曹操识破后，仍面不改色，哈哈大笑，妙言让曹操相信了诈降书，为东吴在赤壁之战火攻之计，献上了关键的一步。

和合二仙——形影不离

传说在唐朝，有二位僧人，一位叫寒山，另一位叫拾德。寒山是个诗僧、怪僧，曾隐居在天台山寒岩，因名寒山。寒山的诗写得很美，但脾性十分古怪，常常跑到各寺庙中望空噪骂，和尚们都说他疯了，他便傻笑而去。寒山在国清寺曾当过厨僧，与寺中的拾德和尚相见如故，情同手足。拾德是个苦命人，刚出世便被父母们遗弃，抛弃在荒郊，幸亏天台山的高僧丰干和尚化缘路过，把拾德带至寺中抚养成人。拾德在天台山国清寺受戒后，被派至厨房干杂活。当时寒山还没到国清寺，但拾德常将一些余羹剩菜送给未入寺的寒山吃。国清寺的丰干和尚见他俩如此要好，便让寒山进寺和拾德一起当国清寺的厨僧，自此后，他俩朝夕相处，更加亲密无间。寒山和拾德在佛学、文学上的造诣都很深，他俩常一起吟诗作对，后人曾将他们的诗汇编成《寒山子集》三卷。这两位继丰干以后的唐代高僧，于唐代贞观年间由天台山至苏州妙利普明塔院任住持，此院遂改名为闻名中外的苏州寒山寺。我国民间珍视他俩情同手足的情意，把他俩推崇为和睦友爱的民间爱神。清代雍正皇帝正式封寒山为"和圣"，拾德为"合圣"，和合二仙从此名扬天下。

姑苏城外寒山寺是和合二仙"终成正果"之处，其间的寒拾殿中至今供奉着寒山拾德精美的木雕金身雕像。寒山寺大雄宝殿的后壁嵌有"扬州八怪"之一的大画家罗聘所绘的寒山拾德写意画像石刻。

河伯见海若——望洋兴叹

秋季到来的时候，雨水特别大，千百条小河的水都流进大河里。大河的水涨得满满的，河面顿时变得十分开阔。不用说两岸之间距离很远了，即使从河心沙洲到岸边，看起来也分不清哪个是牛、哪个是马。这时候，河伯得意极了，也高兴极了，认为天下壮美的景色，完全在自己这里了。河伯顺流而下，向东游去，一直到达北海边。他抬头向东一望，只见天连水，水连天，浩瀚的大海没有边际。

此时此刻，河伯才转过脸来，面对海洋，感慨地对北海若（北海之神）说："俗语中有这样的说法：'多懂了一些道理，便以为天下没有赶得上自己的人了。'我就是这样的人啊。我曾经听说，有的人很骄傲，以为孔子的见闻比他还少，甚至连德行清高的伯夷也不如自己。当初我还不相信世上会有如此妄自尊大、不知天高地厚的人。今天我亲眼看到你的浩瀚无际，才认识到自己的愚昧可笑。如果不到你这里来看一看，我会永远被那些有学识有修养的人耻笑的。"

河伯娶妻——坑害民女

战国时，魏国邺县有一个风俗——每年为黄河之神河伯娶妻。要到娶妻的时候，女

巫便挨家挨户去巡视,见到中意的姑娘就说她该做河伯的妻子。到了举行仪式的那一天,人们就把这可怜的姑娘打扮起来,然后把她放在一张铺着篾席的花床上,让花床顺流而下。可怜的姑娘从此永远回不了家了。凡是家里有好姑娘的人家,都害怕做河伯的新娘子,便带着姑娘远远地逃遁,一城人都快走空了。人们的生活也因为要为这一风俗贡献银钱而愈加艰难困苦。人们想要反对这种害人的风俗,但又怕河伯真的发起怒来,兴风作浪发洪水使人们遭灾,所以只得无可奈何地顺从着。

这时候,西门豹到邺县做县令,他了解到百姓的痛苦,就下决心要废除这种丑恶的风俗。于是他找来三老和官绅说:"再给河伯娶妻的时候,一定要通知我,我也要来送一送新娘子。"到了那天,西门豹果然来了。替河伯做媒的是个老女巫,年纪已经七十多岁了,身后跟随着十来个年轻的弟子。西门豹说:"叫河伯的新娘子过来,我要看看长得好不好看。"女巫把一个哭泣得像泪人儿似的姑娘,带到西门豹面前。西门豹看了看,摇头说:"这姑娘长得不好看。麻烦你去告诉河伯,改天另选个漂亮姑娘再送给他吧。"说着便抓起女巫投进了河里。过了一会儿,西门豹又皱着眉头说:"女巫去了这半天还不回来,叫个弟子去看看。"又把个年轻的女巫投进了河里。后来接连着又投进去三四个年轻的女巫。过了一会儿西门豹又说:"女巫弟子,都是些妇女,恐怕说话不清楚,还要烦请三老去说一说。"说着又把三老投下河去了。两岸的人们都看呆了。西门豹扔完这些人后,恭恭敬敬地弯着腰站在河边上等候着。地方上的乡绅官吏都呆若木鸡,站在西门豹的身后直瞪着眼睛,不知道下回又该轮到哪个。西门豹说:"既然你们都不想去见河伯,那么就停止这个会,都回家去吧。"从此之后,再也没有人敢提为河伯娶亲的事了。

涸泽之鱼——远水解不了近渴

庄周家里很穷。有一天,他到监河侯那里去借粟米。监河侯说:"好的,等我收到老百姓的租税,就借给你三百两银子,行吗?"

庄周听了很气愤,便说:"我昨天到这儿来,在路上听到叫喊的声音,四处张望,发现在干涸的车辙里躺着一条鲫鱼。我就问它:'鲫鱼,你为什么到这儿来的?'鲫鱼答道:'我从东海来,快干死了,请你给我一升或一斗的水救救命吧!'我说:'好的,我就去游说吴、越两国国王,引西江的水来迎接你,行吗?'鲫鱼气愤地说:'我因为离开了水里正常的生活,孤零零地躺在这里,只要你给我一升半斗的水也就活命了。你说引西江的水来迎接我,谢谢你的好意,不如早些到卖干鱼的摊子上去找我吧!'"

鹤立鸡群——非同一般

嵇绍是魏晋之际"竹林七贤"之一嵇康的儿子,他体态魁梧,聪明英俊,在同伴中非常突出。晋惠帝时,嵇绍宫官侍中。当时皇族争权夺利,互相攻击,史称为"八王之乱"。嵇绍对皇帝始终非常忠诚。有一次都城发生变乱,形势严峻,嵇绍奋不顾身奔进宫。守卫宫门的侍卫张弓搭箭,准备射他。侍卫官望见嵇绍正气凛然,连忙阻止侍卫,并把弓上的箭抢了下来。不久京城又发生变乱,嵇绍跟随晋惠帝,出兵迎战于荡阴(今河南汤阴县),不幸战败,将士死伤逃亡无数,只有嵇绍始终保护着惠帝,不离左右。敌方的飞箭,像雨点般射过来,嵇绍身中数箭,鲜血直流,滴在惠帝的御袍上。嵇绍就这样阵亡了。事后惠帝的侍从要洗去御袍上的血迹,惠帝说"别洗别洗,这是嵇侍中的血啊!"嵇绍在世时,有一次有人对王戎说,昨天在众人中见到嵇绍,气宇轩昂如同野鹤立鸡群之中。后来就用"鹤立鸡群"比喻一个人的仪表或才能在周围一群人里显得很突出。

猴子帮忙——净玩虚的

黄牛在田里耕种,猴子跑去对它说:"我来帮你耕种吧!"猴子起劲地动了两下犁耙,忽然好像想起了什么似的,对黄牛说:"真抱歉!我还有一件重要事没做,不得不离开一下。你知道我多么想帮你,因为种地是一件非常有意义的工作。可是现在我不能帮你了。"猴子拍掉自己身上沾的泥土,急急地走了。

老鹰在树上筑巢,猴子看见,便上树对它说:"我来帮你筑吧!你知道我是多么喜欢筑巢这工作,因为这是一门非常有价值的科学。"猴子帮老鹰热心地搭了几根树枝,又忽然好像想起了什么似的,对老鹰说:"十分抱歉,我还有一件非常紧要的工作没做,不得不离开一下,请原谅!"猴子煞有介事地跳下树很快地走了。

猴子遇见兔子在山边打地洞,便跑过去对它说:"噢,打洞是一件了不起的工作,我来帮助你打吧!"猴子用力地挥了几下锄头,又像前面一样,忽然想起什么,用拳敲着自己的脑袋说:"哎呀,我真忙昏了!还有一件非常重要的事情,非我去一下不可,只得先告辞了,抱歉!抱歉!"猴子拍拍自己的屁股,匆匆忙忙地走了。

到了秋天,谷子成熟了。大家都称赞:"这谷子长得真不错!"猴子说:"这是我和黄牛一同耕种的!"树上的巢造好了,大家见了都说:"这个巢造得又牢固,又漂亮!一定是出于名建筑师之手。"猴子谦逊地说:"不敢,不敢!这是我和老鹰一起造的!"兔子的地洞打好了,大家看了都一致称赞:"这件工程真伟大啊!"猴子说:"哪里,哪里!这不过是我和兔子一点小小的劳动成绩,不足挂齿!"听了猴子的话,大家都会意地笑着,因为心里都明白:猴子帮忙净玩虚的,不过是沽名钓誉罢了。

猴子盖房——等明天吧

一天,天下起了大雨,兔子、麻雀、燕子都急忙回窝,猴子没有窝,只好躲在一棵大树底下,抱怨寒冷的天气。兔子、燕子都劝猴子赶快盖一间房子。猴子被淋成了落汤鸡,冻得浑身发抖。猴子心里想,如果明天天晴了,一定去砍树,用树枝和树皮盖一个暖和的房子。

第二天一早,红彤彤的太阳露出了笑脸,大地被晒得暖洋洋的。猴子在树顶上尽情地享受着太阳的温暖。兔子、麻雀、燕子忙碌着修补被雨淋破的窝。它们又劝猴子赶紧盖房。一只趴在荷叶上晒太阳的癞蛤蟆却不以为然地对猴子说:"多好的天气呀!为什么不尽情地享受,却自找麻烦呢?它们真是大傻瓜。""当然了,房子可以明天再盖!"猴子也爽快地同意了。他们为温暖的阳光整整高兴了一天。

傍晚,又下起雨来。癞蛤蟆不怕雨,它躲在一片荷叶底下。猴子可就惨了,只能躲在树下,不停地抱怨这倒霉的天气。猴子再一次下决心,明天一早去砍树,盖一个暖和的房子。可是,第二天一早,火红的太阳又从东方升起,大地洒满了阳光。猴子高兴极了,忘掉了晚上的寒冷,赶紧爬到树顶上享受太阳的温暖。这样的故事,每天都重复一遍。一直到今天,猴子还是住在树上,下起雨来,就躲在树枝下,它们还在计划着明天再盖房子呢。

猴子游泳——不是本行

猴子在河边玩，它看见鱼在水里游得那样欢畅，心里很羡慕。后来，它又看见虾、蟹也都游得很好。猴子觉得游泳不是什么难事，也想跳下水去试试。这时，一只青蛙"扑通"一声跳到水里，快活地游起来。"哈，原来游泳这么简单，不学也会。"猴子信心十足，也"扑通"一下跳到河里去了。结果呢？谁都知道，假使没有伙伴去救它，猴子恐怕就要淹死了。因为游泳不是猴子的本行，爬树才是它的长项。

猴子搏矢——聪明反被聪明误

吴王坐船在长江游玩，登上一座猴山。很多猴子看见了，都害怕地跑掉，逃进深深的荆棘丛中去。唯独有一只猴子，从容不迫地跳来跳去，在吴王面前表现它的灵巧。吴王拿起弓箭射它，它敏捷地接住了箭。吴王命令弓箭手一齐追射，那只猴子就被围住射死了。

吴王回头对他的朋友颜不疑说："这只猴子啊，夸耀它的灵巧，仗恃它的敏捷，来对我表示骄傲，以至于这样死去了。应该警惕啊！唉！不要拿你的神气对人骄傲啊！"

侯蒙困考场——妄想上天

侯蒙从很小的时候，就参加了科举考试，但每次都是名落孙山，岁岁失意，直到三十一岁，才得了一个乡贡。加上他其貌不扬，因此，人们颇看不起他，对他也极不尊重，常常讥笑他。这年时值春季，正是放风筝的好时候。这时就有几个年轻人，做了一个大风筝，在风筝上画了侯蒙的画像，拉上线，就将风筝乘风放到半空中去了，讽刺侯蒙妄想上天。人们认为，侯蒙见了非大发脾气不可。哪知侯蒙见了却哈哈大笑，不禁诗兴大发，要在风筝上题词。侯蒙提笔在风筝上写道：

未遇行藏谁肯信？如今方表名踪。无端良匠画形容，当风轻借力，一举入高空。才得吹嘘身渐稳，只疑远赴蟾宫。雨余时候夕阳红，几人平地上，看我碧霄中。

原来是侯蒙将计就计，反其意而用之，借以表达自己的抱负。他说，自己以前时机不到，现在被画在风筝上，人家才认识我。画工将我画在风筝上，那么我正好借着风力，乘风直上。在半空中，风慢慢吹来，我觉得身体渐渐平稳了，只觉得要飘到月宫去了。此时正是雨后，夕阳西下之时，又有多少人身在平地，羡慕我登上了碧霄之中啊！词以升入高空借喻自己科考得中，得以进入仕途，得以高升。

狐狸跟着老虎走——狐假虎威

楚宣王问群臣，说："我听说北方诸侯都害怕楚令尹昭奚恤，果真是这样的吗？"群臣无人回答，江一回答说："老虎捕捉各种野兽来吃，有一天捉到一只狐狸。狐狸（对老虎）说：'您不敢吃我，上天派我做群兽的领袖，如果您吃掉我，就违背了上天的命令。您如果不相信我的话，我在前面跑，您跟在我的后面，看看群兽见了我，有哪一个敢不逃跑的呢？'老虎信以为真，就和狐狸同行。群兽见了它们，都纷纷逃跑。老虎不知道群兽是害怕自己才逃跑的，以为是害怕狐狸。现在大王的国土方圆五千里，精兵百万都由昭奚恤统辖。所以，北方诸侯害怕昭奚恤，其实是害怕大王您的雄厚实力和精兵罢了，这就像群兽害怕老虎一样啊。"

花果山的孙大圣——无法无天

传说孙悟空被玉帝召上天宫，封了"弼马温"，自此，他昼夜辛勤，那些天马都被他养得肉膘肥满。一天，众监官宴请悟空。欢饮之间，悟空忽然停杯发问："我这个'弼马温'是个什么官衔，属于几品？"众人告诉他，这是末品之流，是最低最小给玉帝看马的官。悟空听了，心头火起，咬牙大怒："俺老孙在花果山称王称祖，怎么哄我来替他养马！不干了，俺老孙走也！"说着，踢翻酒席，推倒公案，取出金箍棒，一路打出御马监，奔南天门而去。

眨眼之间，悟空回到了花果山。众猴子见了，一齐上前为他接风。酒席之间，悟空讲述了玉帝轻贤、哄他喂马的经过。众猴子听了，愤愤不平，大家推他做"齐天大圣"。悟空十分高兴，连声说："好，好！我就做'齐天大圣'！"当即传令猴臣置起"齐天大圣"的大旗，立竿张挂在花果山上。于是，悟空自称孙大圣，过着无拘无束的日子。玉帝得知悟空反下天庭，降旨遣兵擒拿。悟空披挂出阵，天兵天将被打得落花流水。玉帝闻奏，心中无措。这时候，太白金星进谏说："兴师征剿，一时难以取胜，不如就封他做个'齐天大圣'，有官无禄、有名无实的，把他养在天上，收其邪念，也使乾坤安宁，免得劳师动众。"玉帝无奈，只好准奏，命金星再次前往花果山，邀请悟空重上天庭。于是，玉帝封悟空为"齐天大圣"，并在蟠桃园右边造起一座"齐天大圣府"，让悟空居住了下来。

花果山的孙猴——称王称霸

传说，东海边的花果山上有一块仙石。一天，仙石突然裂开，蹦出来一只石猴。石猴和山上的猴子打赌，谁钻进大瀑布里谁就是猴王。结果石猴钻进瀑布，发现了水帘洞，成为"美猴王"。有一天，美猴王听了一只老猴的话，离开花果山去拜师学艺。很多年后，他终于拜菩提老祖为师，菩提老祖给他取名为孙悟空，悟空学了许多高超的本领。

后来，悟空回到花果山，教猴子们练武功。为了找到合适的武器，他去了东海龙宫，拿走了东海的镇海神针——如意金箍棒，又强迫龙王给了他一套盔甲。悟空回到花果山，一天却被小鬼带到了阎王殿。阎王告诉悟空他应该死了，悟空很生气，大闹阎王殿，还在生死簿上抹掉了自己和所有猴子的姓名，然后回了花果山。龙王和阎王都非常生气，在玉帝面前告了悟空一状。玉帝知道后勃然大怒，但还是听从了太白金星的话，封悟空做了饲养天马的弼马温。后来，悟空知道自己的官职最小，生气地回到花果山，挂起一面写着"齐天大圣"的大旗，在花果山上称王称霸。

花木瓜儿——外表好看

宋朝有两个太学生王黼和汪藻。王黼长得很漂亮，却没什么学问，汪藻瞧不起他，给他取个外号叫"花木瓜"。花木瓜是一种中看不中吃的瓜，当时的谚语"花木瓜儿外好看"，就是比喻一个人外表不错，却不中用。这个外号传开了，王黼对汪藻怀恨在心。王黼学问虽然不行，却善于逢迎拍马，不久他竟当上宰相，而汪藻却仅仅当了个"符宝郎"。王黼当上宰相后便立即撤了汪藻的职，把他贬为宣州的地方官，并对他说："宣州是盛产花木瓜的地方，你去种花木瓜吧。"王黼后来因与蔡京勾结，贪赃枉法，被流放边关，在途中被老百姓打死了。

花木兰从军——冒名顶替

相传，花木兰是北魏人。花木兰的父亲以前是一位军人，从小就把木兰当男孩来培养。木兰十来岁时，父亲就常带她到村外小河边，练武、骑马、射箭、舞刀、使棒。空余时间，木兰还喜欢看父亲的旧兵书。

北魏迁都洛阳之后，经过孝文帝的改革，社会经济得到了发展，人民生活较为安定。但是，当时北方游牧民族不断南下骚扰，孝文帝规定每家出一名男子上前线。木兰的父亲年纪大了，没办法上战场，家里的弟弟年纪又小，所以，木兰决定替父从军，从此开始了她长达多年的军旅生活。去边关打仗，对于很多男人来说都是艰苦的事情，更不要说木兰又要隐瞒身份，又要与伙伴们一起杀敌。但是木兰最后完成了自己的使命，在十数年后凯旋。孝文帝因为木兰的功劳大，认为她有能力为朝廷效力，赐她官职。不过，木兰拒绝了，她请求皇帝能让自己回家，去补偿和孝敬父母。

华佗的"紫舒"——解毒

东汉末年，名医华佗在一家酒店巧遇一群年轻人正在比赛吃螃蟹，空的蟹壳堆了一大堆。华佗便上前劝说他们："吃多了会闹肚子。"但年轻人不但不听他的劝告，还讥笑他。

当天，年轻人和华佗都投宿在这家酒店里。半夜，吃螃蟹的年轻人大喊肚子痛。当时还没有治疗这种病的良药，华佗非常着急。忽然，华佗想起一次他在采药时，见到一只小水獭吞吃了一条鱼，肚子撑得像鼓一样。后来，它爬到岸上，吃了些紫色的草叶，不久便没事了。华佗想，那种紫色的草叶能解鱼毒，一定也能解蟹毒。于是出去采了那种紫色的草，煎汤给年轻人服下。过了一会儿，他们的肚子果然不痛了。

华佗给这种草药取了个"紫舒"的名字，意思是服后能使腹部舒服。传来传去，后人就把它称作"紫苏"了。

华佗开药方——手到病除

华佗诊治的病人不计其数，无论什么样的疑难杂症都难不倒他。有一个病人嗓子不舒服，吃饭喝水都很困难，而且还老是肚子疼，看了很多医生，吃了很多药也不管用。这天，这个病人又犯病了，一整天半粒米未进，连呼吸都很困难，家人见此状况赶快用车子推着他去看病。碰巧在半路上遇见了华佗，华佗上前诊断了一会儿，就对病人家属说："其实他得的并不是什么大病，你们不要担心，再往前走几步就有一个小饭铺，你们去要点葱姜蒜，就着醋给病人灌下去就可以了。"说完就走了。

这家人并不认识华佗，对他的话也半信半疑，但看到病人痛苦的样子，于是决定试一试。他们果然在前面找到了家饭铺，要了点葱姜蒜，按照华佗的嘱咐和着醋给病人喝了下去。说也奇怪，病人以前吃了那么多药都没治好病，可是吃了华佗开的"药"还不到一顿饭的工夫就吐出来一条虫子，然后嗓子也不难受了，病也好了。原来病人生病是蛔虫作怪，现在蛔虫死了，病自然也就好了。

华佗行医——对症下药

华佗精通内、外、妇、儿、针灸各科，医术高明，诊断准确，在我国医学史上享有很高的声誉。

华佗给病人诊疗时，能够根据不同的情况，开出不同的处方。有一次，州官倪寻和李延一同到华佗那儿看病，两人诉说的病症相同：头痛发热。华佗分别给两人诊了脉后，给倪寻开了泻药，给李延开了发汗的药。两人看了药方，感到非常奇怪，问："我们两人的症状相同，病情一样，为什么吃的药却不一样呢？"

华佗解释说："你俩相同的，只是病症的表象，倪寻的病是由内部伤食引起的，而李延的病却是由于外感风寒，着了凉引起的。两人的病因不同，我当然得对症下药，给你们用不同的药治疗了。"倪寻和李延服药后，没过多久，病就全好了。

画饼充饥——空欢喜

卢毓为人正直，能够秉公推荐人才。魏文帝曹丕登基后，卢毓被任做黄门侍郎，不久又出任济阴相，梁、谯二郡太守。他体察民情，同情百姓疾苦，坚持为民办好事，深受百姓的拥护。后因政绩突出，又被任为安平、广平太守。

有一次，魏文帝对卢毓说："能不能选中人才，关键在你了。选拔人才不要看其是否有名气，名气这个东西，如同画在地上的饼，是不能吃的。"卢毓对文帝说："诚然，根据名气不一定选得到具有非凡才能的人，但可以选到通常被认为较有才能的人。这些人平常仰慕善行，并身体力行，才出了名。您不应当厌恶他们。问题是，如今朝廷废除了考绩之法，仅凭好恶任用官吏，造成了真伪不辨、鱼龙混杂的现象。所以，我建议通过考核选择官吏。"魏文帝采纳了他的建议。

皇甫讷扮伍子胥——蒙混过关

公元前522年，楚国国君楚平王听信谗言，怀疑太子建想要勾结外国，谋朝篡位，于是要把太子建废掉。楚平王怕太子建的老师伍奢不同意，便先把伍奢召来关进监狱。楚平王一面派人去杀太子建，一面又逼伍奢写信给他的两个儿子伍尚和伍子胥，叫他们快来，以便一起除掉。伍尚一到，就跟父亲一起被楚平王杀害了。而伍子胥带着太子建的儿子公子胜一路逃亡。

这时，楚平王下令悬赏捉拿伍子胥，一路派兵追杀，并叫人画了伍子胥的像，挂在楚国各地的城门口，嘱咐各地官吏盘查。

伍子胥带着公子胜，白天躲藏，晚上赶路，辗转到了离昭关六十里路的一座小山下，从这里出了吴楚两国交接的昭关，便是大河，就能直通吴国的水路了。然而，昭关被楚兵把守，盘查得非常紧，很难过关。

扁鹊的弟子东皋公住在昭关附近的山中，他根据悬赏令认出了伍子胥，他同情伍子胥的遭遇，决定帮助他，便把伍子胥和公子胜带到自己的住处，一连七日，好心招待，却就是不谈过关的事。伍子胥实在熬不住了，急切地对东皋公说："我有大仇要报，度日如年，这几天耽搁在此，就好像死去一样，先生有什么办法呢？"东皋公说："我已经为你们筹划了过关的计策，只是要等一个人来才行。"伍子胥只好继续等下去。当晚伍子胥夜不能寐，心想：我有心不辞而别，可又怕过不了关，反而给恩人惹祸；可是如果不走，不知还要等多久？就这么思前想后、翻来覆去，不知不觉已经天亮。早晨，东皋公一见伍子胥，大惊道："你怎么一夜之间，头发全白了？"伍子胥一照镜子，果然全白了头，不由暗暗叫苦。

东皋公反而大笑道:"我的计策成了!几日前,我已派人请我的朋友皇甫讷来,他跟你长得很像,我想让他假扮成你,而你趁机蒙混过关。你今天头发全白了,不用化妆,别人也认不出你来,就更容易出关了。"

当天,皇甫讷如期到达。皋公把皇甫讷扮成伍子胥的模样,而伍子胥和公子胜装扮成仆人,四人一路前往昭关。守关吏远远看见皇甫讷,以为是伍子胥来了,传令所有官兵全力缉拿。待官兵最后追拿到皇甫讷时,才发现抓错了,而伍子胥二人已趁乱过了昭关。

伍子胥到了吴国,为吴国建立霸业出了很大力。他发兵进攻楚国后,刨了楚平王的坟,把楚平王的尸首挖出来狠狠鞭打了一顿,替父兄报了仇。

人们根据这个故事,编写了歇后语"皇甫讷扮伍子胥——蒙混过关",形容用欺骗的手段逃过关口。

画瓶添花——弄巧成拙

北宋时期,有位擅长人物画的画家,名叫孙知微。一次,孙知微受成都寿宁寺的委托,画一幅《九耀星君图》。孙知微用心将图用笔勾好,人物栩栩如生,衣带飘飘,宛若仙姿,只剩下着色最后一道工序。恰好此时有朋友请孙知微饮酒,他放下笔,将画仔细看了好一会儿,觉得还算满意,便对弟子说:"这幅画的线条我已全部画好,只剩下着色,你们须小心些,不要看错了颜色,我去朋友家有事,回来时,希望你们画好。"

孙知微走后,弟子们围住画,反复观看老师用笔的技巧和总体构图的高妙,互相交流心得。有人说:"你看那水暖星君的神态多么逼真,长髯飘洒,不怒而威。"还有人说:"菩萨脚下祥云紫绕,真正是神姿仙态,让人肃然起敬。"其中有一个叫童仁益的弟子,平时专门卖弄小聪明,喜欢哗众取宠,只有他一个人装模作样地一言不发。有人问他:"你为什么不说话,莫非这幅画有什么缺憾?"童仁益故作高深地说:"水暖星君身边的童子画得很传神,只是他手中的水晶瓶好像少了点东西。"众弟子说:"没发现少什么呀。"童仁益说:"老师每次画瓶子,总要在瓶中画一枝鲜花,可这次却没有。也许是急于出门,来不及画好,我们还是画好了再着色吧。"童仁益说着,用心在瓶口画了一枝艳丽的红莲花。

孙知微从朋友家回来,发现童子手中的瓶子生出一朵莲花,又气又笑地说:"这是谁干的蠢事,这简直是弄巧成拙嘛。童子手中的瓶子,是水暖星君用来降服水怪的镇妖瓶,你们给添上莲花,把宝瓶变成了普通装花的瓶,岂不成了天大笑话。"说着,把画撕个粉碎。众弟子看着童仁益,默默低头不语。

画蛇添足——多此一举

战国时期的楚国,有一个掌管祭祀的人在一次祭祀后赏给下人们一壶酒。那几个下人一看,只有一小壶,不够大家一起喝,于是就聚在一起商量到底怎么分这壶酒。有人提议说:"不如这样吧,我们大家每人在地上画一条蛇,看谁画得又快又好,那么这壶酒就归谁!"其他人想不出更好的办法,于是就同意了。

于是大家都开始在地上画起蛇来。其中一个人画得很快,一转眼的工夫就把蛇画完了。按理说,这壶酒应该归他喝了。他环顾了一下四周,看看别人都还在地上画,便乐滋滋地用左手把酒壶拿过来,右手拿着树枝子说:"你们画得太慢了,我还能给蛇添上脚呢!"说着,他就给蛇添起脚来。可是就在他给蛇画脚的时候,另一个人也已经把蛇画完了。这个人走过去一下子把酒壶抢到自己的手中，大声地说："蛇本来没有脚，你画上脚还算得什么蛇？第一个画好蛇的人应该是我！"他一边说着一边就把那壶酒喝进了自己的肚子里。给蛇添足的那个人无奈，也只好忍着气没有说什么。

皇帝的新装——一无所有

许多年以前，有一位皇帝，他非常喜欢好看的新衣服。有一天来了两个人，自称是织工，说能够织出人类所能想到的最美丽的布。这种布不仅色彩和图案都分外的美观，而且缝出来的衣服还有一种奇怪的特性：任何不称职的或者愚蠢得不可救药的人，都看不见这衣服。

"那真是理想的衣服！"皇帝心里想，"我穿了这样的衣服，就可以看出在我的王国里哪些人与自己的职位不相称；我就可以辨别出哪些是聪明的人，哪些是愚蠢的人。"于是他付了许多钱给这两个人。他们摆出两架织布机，装作是在工作的样子，可是他们的织布机上连一点东西的影子也没有。他们急迫地请求发给他们一些最细的生丝和最好的金子。他们把这些东西都装进自己的腰包，只在那两架空织布机上忙忙碌碌。皇帝先后派了两个大臣去视察织工的工作，这两个大臣在织布机上看不到任何东西，可是怕自己被认为是愚蠢的人，反而向皇帝夸耀织工的技艺。

皇帝听后非常高兴，决定穿着新衣参加游行大典。庆典开始了，站在街上的人都说："哎呀！皇上的新衣服真是漂亮！他上衣下面的后裙是多么美丽！这件衣服真合他的身材！"谁也不想让人知道自己什么也看不见，因为这样会显出自己不称职，或是太愚蠢。皇帝所有的衣服从来没有获得过这样的称赞。"可是皇帝什么衣服也没有穿呀！"一个小孩子最后叫了出来。

黄帝与放马男孩对话——害群之马

相传，有一次黄帝去具茨山会见大隗，途中迷失了方向。刚好有一个牧童从对面走过来。黄帝上前问路说："小童，你知道具茨山吗？"童子立即回答："我知道！"黄帝接着问："那么，大隗住在哪里你知道吗？"童子也立即答："我知道！"黄帝很高兴地表扬他说："小童子，你很聪明，不仅知道具茨山，而且还知道大隗的住所。那么，我再请问，你知道如何治理天下吗？"童子回答说："您以为治理天下是什么复杂的事情，还需要什么特别的本事，或者要做一些什么与众不同的事情吗？"黄帝说："我觉得应该是这样，不然怎么会使天下太平，百姓安居乐业呢！"童子听了黄帝的话，便对他说："我自幼年起便喜欢漫游江河湖海，特别是喜欢走访名山大川。但那时我的身体很不如意，一出去便要闹些小病。为此，我向有年纪的人请教，他们告诉我说：'你要时刻注意让自己的行动与自己的身体条件相适应，不论走到哪里，都要做到太阳升起时游览，太阳一落山便去休息。这样既不会感到身体劳累不适，又能够饱览天下美景，问题就十分圆满地解决了。'听了老人的话，我便完全按照他们的教导去实行。这样我可以游览更多的地方。我想，您问的治理天下大约和我游览天下的道理差不多。除此之外，还有什么更多的道理可说吗？"

黄帝听了童子的话，觉得不得要领，便对童子说："我向你请教的是治理天下的具体办法，而你刚才说得太笼统，一时摸不着头脑。"童子听了黄帝的话，有些不耐烦，说："先生，在我看来，治理天下与我放马没有什么太大的差别，只要我们将捣乱的马赶出去就是了(夫为天下者,亦奚以异乎牧马者哉! 亦去其害马而已)。"黄帝听了童子的回答,不禁恍然大悟,于是对童子口称"天师",一揖到地,随后便告辞上路了。

黄河边的包子铺——吃不了兜着走

比喻惹出了事或造成了不良后果必须承受。

很久以前,黄河边上有个潘老汉,他开了一个包子铺,由于做包子的手艺精湛,包子的味道鲜美,大家都爱来他这里吃包子。路过这里的人吃过以后,觉得非常好吃就想带走几个,潘老汉便到集市上买了一些白布,做成小布袋,这样既为客人提供了方便,又能多卖一些包子。

过了一些年头,包子铺的生意越来越火,家里的日子也越来越富裕。可就在这时潘老汉去世了,他的儿子接过了包子铺。由于以前家里的日子过得比较富裕,潘老汉的儿子一直是养尊处优,做包子的手艺也没学到家。他接手包子铺以后,不思进取,包子的质量一天不如一天,吃包子的人自然一天比一天少了。可是潘老汉的儿子并没有反思自己,反而一有客人来吃包子,就让人家买很多。客人哪里吃得了这么多包子,就对他说:"我吃不了啊!"他说:"吃不了,没关系,我们这儿有布袋,你可以兜着走嘛!"结果,人们都被吓怕了,以后再也不来这里吃包子了,包子铺也只能关张了。

从此,"黄河边的包子铺——吃不了兜着走"这句歇后语便流传开来。

黄鹤楼上看翻船——幸灾乐祸

话说清代某日,有一锦衣富豪登上黄鹤楼游玩。富豪感觉无聊,看到江上有一些打鱼的小船,心生一念,就叫下人把金元宝打成叶片一般的金箔,带到楼上来。富豪抓了一把金箔洒到楼下,金叶在空中飞舞,反射着夕阳的霞彩与波光粼粼的江面相互辉映,煞是好看。小船上的人们看到天上降金叶,争相划过来抢接。船碰船,在江面上颠簸,有的小船被撞翻,船上的人瞬间被滔滔江水吞没,江边一片混乱。富豪在楼上如看戏一般,拍手大笑,又向楼下洒金叶。旁边一游人劝告他:"你不要站在黄鹤楼上看翻船,见死不救啊。"富豪说:"这些人死有余辜,谁让他们这么贪财呢。"说罢,拂袖而去。

黄龙寺的古树——砍不倒

传说有一天,明朝的神宗皇帝来到黄龙寺游玩,见有三棵参天古树,荫盖数亩,根盘十丈,主干笔直,高十余丈,几个人挽手方能合抱。神宗感到很有趣,忙问一大臣:"这是什么树,为何如此雄伟?"大臣说:"万岁,据说这是晋朝的名僧从西域带回来的树苗,亲手栽种于此。其中有两株是柳杉,一株是银杏,俗称白果树,又因它生长缓慢,祖宗种树,孙子吃果,所以又叫公孙树。"神宗决定在黄龙寺设行宫,想把三棵古树锯掉,用树桩做桌子。

圣旨一下,谁敢违抗。于是调集了一百个木匠,手持斧锯一齐动手,拉的拉,砍的砍。可那三棵古树砍开了的口子马上又合起来,锯开了的口子当即又闭上。一连砍了几天,连树皮也没砍掉一块,在场的人都感到万分惊奇。

神宗闻知,勃然大怒,说:"大胆的三棵古树,竟敢违抗圣命! 朕要这一百个木匠在三天内把树全部砍掉,如若耽误了御宴,统统杀头!"众木匠只得围着古树大哭。古树被木匠感动,于是教木匠如何砍自己。木匠们感动极了,他们全都跪倒在古树下,放声大哭,说:"神树啊! 你既有情,我们又怎能无义,我们宁愿掉脑袋,也不能干这种灭子绝孙的事呀!"说罢,他们放下斧锯,坐在树下等死。消息传到行宫,神宗大惊,这三棵古树竟如此有义,木匠们如此有情,着实可敬。当即收回砍树的圣命,嘉奖了这些木匠,并下了一道禁令:庐山黄龙寺前三棵树,乃三棵神树,任何人不准砍伐,违者处以极刑。

从此,"黄龙寺的古树——砍不倒"这一歇后语就传开了。

黄雀衔环——知恩报德

汉代有一个人叫杨宝。传说他九岁那年,一次从华阴山北面经过,看见一只猫头鹰追赶一只黄雀,黄雀被猫头鹰抓伤,掉在树下。杨宝过去一看,可怜的黄雀浑身伤痕累累,而且有大群的蚂蚁将它团团围住。黄雀动弹不得,十分痛苦,看见杨宝,它的眼睛里满是乞怜的神色。杨宝很同情黄雀,小心地用手将它捧起,带回了家中。回到家后,杨宝将黄雀安置在一只小箱子里,每天精心地照料它,用洁净的水和新鲜的黄花喂养它。慢慢地,黄雀身上的伤口愈合了,吃的东西也多了起来。大约一百天以后,黄雀的伤完全好了,它终于又能在天上高高地飞翔了。但黄雀舍不得离开杨宝,它每日白天飞到外面玩耍觅食,晚上又飞回杨宝身边。几天之后,黄雀终于飞走了再没有回来。

一天夜里,杨宝读书到了三更时分。忽然从门外走进一个穿黄衣服的童子,向他跪拜行礼。杨宝惊讶地问他是谁,来干什么。童子再次下拜,毕恭毕敬地对他说:"我就是你救出的那只黄雀,我本是西王母的使者。那天我奉王母之命出使蓬莱,途中不慎被猫头鹰伤害。若不是你以仁爱之心将我救起,我早已死于非命。即使千言万语,也难以表达我对你的感激之情。"说完,他取出四个白色的玉环赠给杨宝,并对他说:"祝你的子孙如这玉环般洁白,位居三公。"说罢倏然不见。果然,后来杨宝的后代都做了大官。

黄忠出阵——人老志不老

黄忠打仗时,常常身先士卒,蜀军攻取益州后,黄忠被任为讨虏将军。他随刘备攻取汉中,在力战葭萌关后,又乘胜斩了曹操大将夏侯渊,攻占定军山,迁为征西大将军。黄忠英勇善战,从不服老。

一次,魏将张郃被张飞打败,弃瓦口关而逃。曹洪令张郃来取葭萌关,将功抵罪。黄忠闻知自告奋勇,要抵御张郃。孔明微微一笑,对黄忠说:"将军虽勇,怎奈年老,恐怕不是张郃的对手。"黄忠听了这话,气得白须倒竖,大声说:"我浑身还有千斤之力,两臂开得三石之弓,怎说不是张郃的对手!"孔明看在眼里,想在心里,索性再用话激他:"将军年近七十,如何不算老呢?"黄忠愈加气愤,更不答话,从兵器架上取下大刀,挥舞如飞;又取壁上硬弓,使劲地拉,一连拽折了两张弓。刘备和众人都看呆了。孔明这才依允黄忠前去迎敌,并问他要不要带副将同行。黄忠心里还有些气愤,于是干脆荐举了另一位老将严颜。两人一同领兵到了葭萌关上抗敌。两军对阵,张郃出马,见对手是黄忠,便笑道:"这么大年纪,还不安分,为何要来阵上送死?"黄忠大怒,高叫:"你欺我年老,我的宝刀可不老!"说着拍马向前,挥刀直取张郃。两马相交,战了二十余回合,忽然张郃阵后喊声大起。原来严颜已从小路抄到敌人背后,两军夹攻,张郃大败。魏兵一直退了八九十里。黄忠还与严颜用计,夺了魏军屯粮的天荡山。接着,他又乘胜斩了魏将夏侯渊,攻占定军山,从而威震中原。

黄忠射箭——百发百中

黄忠在投靠刘备之前是长沙太守韩玄的手下,刘备派关羽去攻打长沙,黄忠奉命迎战,二人打得难解难分,不分胜负。突然战马受惊,黄忠掉下马来,此时关羽要取黄忠性命可以说是易如反掌,可是关羽觉得乘人之危不是好汉所为,于是他放了黄忠一马。

韩玄对黄忠输给关羽感到十分不满,命令他下次与关羽交锋时要用箭射死关羽。黄忠虽然表面上答应了,可是内心却很矛盾,他想到要不是关羽手下留情,自己早就没命了,如今不但不能报答关羽的救命之恩还要用箭射死他,这让自己感到很为难。黄忠绞尽脑汁终于想了一个万全之策,才放心睡去。

第二天一大早,两人再次交锋,三十个回合后,黄忠假装战败逃走,关羽求胜心切,没有多想就在后面紧追不舍。黄忠看关羽追来,就依着韩玄的命令,拿出弓箭对着关羽虚放了两箭。关羽正在后悔自己轻敌上当,可是他发现只听到弓响,但没有箭射来,于是忍不住在心里嘲笑黄忠徒有虚名,然后就放心大胆地继续追赶。黄忠见关羽没有停止的意思,只好对着关羽的帽缨放了一箭,关羽听到弓响,急忙勒住马,抬手一摸,帽缨掉了下来,而自己安然无事,这才明白黄忠的箭法名不虚传,刚才是黄忠手下留情,于是赶紧打马回营。

黄忠的一举一动并没有逃过韩玄的眼睛,韩玄准备以通敌罪名处死黄忠,结果反被手下另一员大将魏延所杀。黄忠魏延献出长沙,投靠刘备,成为刘备手下得力大将。

霍谞上书救舅舅——饮鸩止渴

东汉时期,担任过廷尉的霍谞,从小勤奋好学,少年时代就读了大量儒家经书。霍谞有个舅舅名叫宋光,在郡里当官。由于宋光秉公执法,得罪了一些权贵,被他们诬告篡改诏书,从而押到京都洛阳,关进监狱。

宋光下狱后,霍谞的心情一直不平静。当时霍谞虽然只有十五岁,但各方面都已经比较成熟。他从小常和宋光在一起,对舅舅的为人非常清楚,知道舅舅不可能做这种弄虚作假的事。霍谞日思夜想怎样为舅舅申冤,最后决定给大将军梁商写一封信,为舅舅辩白。信中有这样一段话:"宋光作为州郡的长官,一向奉公守法,以便得到朝廷的任用。怎么会冒触犯死罪的险去篡改诏书呢?这正好比为了充饥而去吃附子,为了解渴而去饮鸩。如果这样的话,还没有进入肠胃,到了咽喉处就已经断气了。他怎么可能这样做呢?"梁商读了信,觉得很有道理,对霍谞的才学和胆识也很赏识,便请求顺帝宽恕宋光。不久,宋光被免罪释放,霍谞的名声也很快传遍了洛阳。

歇后语"霍谞上书救舅舅——饮鸩止渴"就是由此演变而来的。

J

击鼓骂曹——当场指责

三国时,曹操召见祢衡,却不坐赐。祢衡仰天长叹道:"天地虽阔,怎么没有一个人

呢?"曹操问:"我手下有数十人,都是当世英雄,怎么说没有人?"祢衡说:"你手下这些人,我都认识,不是要命将军,就是要钱太守,都像衣架、饭囊、酒桶、肉袋之辈!"曹操听后大怒,叫他当打鼓手,早晚朝贺和宴会,都叫他打鼓助乐,想用这个办法侮辱祢衡。

一天,曹操在大厅上宴请宾客,叫祢衡出来打鼓。按规矩,打鼓手要更换新衣服,可是祢衡仍然穿着破旧衣服出来打鼓。曹操左右的人问:"为什么不换新衣服?"祢衡并不搭腔,当场脱下衣服,裸身而立,在众宾客面前大出曹操的丑! 曹操气得大骂:"大庭广众下这样做,真是太无礼了!"祢衡回答:"欺君罔上,才是无礼。我露父母之形,以显出清白的身体!"曹操问:"你清白,谁污浊?"祢衡慢条斯理地告诉他:"你不识贤愚,是眼浊;不读诗书,是口浊;不纳忠言,是耳浊;不通古今,是身浊;不容诸侯,是腹浊;常怀篡逆,是心浊!"祢衡袒露着身体,当着众人面前,一边击鼓,一边历数曹操的罪恶行径。曹操当场被骂得火冒三丈,立即令人将他遣送给荆州刘表。曹操借刀杀人,被刘表识破,祢衡又被转送给江夏太守黄祖。后来,祢衡被黄祖杀害。

后来,人们根据这个故事,编成了歇后语"击鼓骂曹——当场指责"。

季子投师——痴迷不悟

古时,有一个叫季子的人特别爱好道学,他带着很多盘缠,游学四方,只要碰上戴黄帽子的道士就施礼求教。一个狡诈的骗子,企图谋取季子的旅资,就骗他说:"我是一个得了真道的道士,只要你跟我云游,我就传授给你。"

季子便诚心诚意地跟着骗子走了,可骗子一直没有得到下手的机会,而季子又不时催促他传道。一天,两人来到江边,骗子一见有机可乘,就骗他说:"道就在这儿!"季子忙问:"在哪儿?"骗子说:"就在这条船的桅杆顶端,你爬上去就得到了。"季子把钱袋放在桅杆下,急忙抓住杆往上爬。季子爬到顶端,无法再上,恍然大悟,抱着桅杆高兴地欢呼:"得道了! 得道了!"骗子乘机拿着钱袋跑走了。季子下来后,依然欢跃不止。旁观的人说:"嗨! 傻瓜,那是个骗子,早把你的钱拿走了!"季子说:"那是我师傅,这也是他在教我啊!"

季札不接受王位——秋风过耳

季札:又称公子札,春秋时吴国贵族,吴王诸樊弟。多次推让君位,封于延陵(今江苏常州),称延陵季子。后又封于州来(今安徽凤台),称州来季子。

犹如秋风从耳边吹过一样。比喻与自己无关,毫不在意。

春秋时,吴王寿梦有四个儿子:长子诸樊,二子余祭,三子余昧,四子季札。其中尤其以季札品德浑厚,深受吴王的喜欢。

吴王得了重病,把季札叫来,要把王位传给他。季札不受,说:"按理是长子即位,父王请不要对我有什么偏爱!"吴王就将王位传了长子诸樊,要他好好照顾季札。诸樊当了吴王后,和两个弟弟商量:王位以后兄弟依次相袭,最后让季札为王。三个兄弟相继当了吴王。季札都忠诚地辅佐他们,因此贤名远播。后来余昧临终前要将王位传给季札,季札坚决推辞,说:"我早就说过不要王位。做人只求为人正派,品德高尚。至于荣华富贵,不过像耳边吹过的秋风,我是不关心的。"说完就离开了京城,直到僚被立为吴王才回来,之后继续辅佐僚治理国家。

季札挂剑——守诺重信

春秋时期,吴国公子季札是个讲信义、重友情的人。一次,季札出使晋国,路上经过徐国,他便去拜见徐君。两人闲谈时,徐君很喜欢季札所佩的宝剑,拿着把玩许久。徐君虽然没有开口向季札索要,但从神色看出是很希望得到宝剑的。季札明白徐君的心思,但因为出使晋国,必须带上佩剑,所以没有把宝剑送给徐君。

季札完成使命归国时,又经过徐国,但此时徐君已经去世。于是,季札将宝剑赠送给徐君的继承人。跟随季札的人劝阻他说:"这是吴国的宝贝,不该用来送人,何况人都死了,何必一定要送呢?"季札说:"上次徐君看上了我的剑,我因为出使需要,没有送给他。但是,当时我心里是下了决心,要将宝剑送与徐君。如今他死了我便不赠剑,是违背本心,是廉洁的人不允许做的。"他坚持取下佩剑送给徐国嗣君。但嗣君说:"先君没有遗命,我不敢接受您的剑。"季札见嗣君坚辞不受,便将宝剑挂在徐君墓前的树上,方才离徐回国。徐国人作歌称赞他道:"延陵季子啊不忘故旧,千金之剑啊挂于陵墓。"

急时抱佛脚——来不及

据说,很久以前在云南边境有一个小国,那里的人都信仰佛教。有一天,小国的一个年轻人犯了大错,按照国家的法律应当被处死,公差就在后面追捕他。这个年轻人见无路可逃,就匆忙跑进山上的一座寺庙里,拼命抱住殿上大佛像的脚,喃喃自语,表示悔改,并愿立刻剃发为僧,以赎前罪。追捕的官差见他诚心悔过,便不再抓捕他,而让他入寺剃发当了和尚。其他的百姓听说了此事,便悄悄流传开这样一句话:平时不烧香,急来抱佛脚。

关于"急来抱佛脚"这句话,在宋朝还有这样一个有趣的故事:

有一次,王安石和一位朋友饮酒作对。王安石先出上联:老欲依僧。朋友很快对出下联:急时抱佛。王安石接着说:"我这个上联,只要在前面加一个'投'字,便成了一句古诗——'投老欲依僧'。"朋友微微一笑道:"我这个下联,只要在句尾加上一个字'脚'字,便成了'急时抱佛脚'。"说到这里,二人都忍不住哈哈大笑起来。

于是,后人便根据这两则小故事编成了"急时抱佛脚——来不及"这句歇后语。

纪昌学箭——循序渐进

古时候,飞卫射得一手好箭,纪昌就跑去请教他,跟他学射箭。纪昌开始练习的时候,飞卫对他说:"你要学好箭,先要下功夫练好眼睛。要牢牢地盯住一个目标,不能眨一下眼!"纪昌回家之后,就开始练习起来。当他的妻子织布的时候,他就躺在织布机底下,睁大眼睛,注视着梭子的来来去去。这样过了两年,纪昌的功夫练得相当到家了——就是有人用针刺他的眼皮,他还是圆圆的睁着眼,一眨也不眨。

纪昌对自己的成绩也很满意,以为学得差不多了,他就去看飞卫,把练习的经过和成绩告诉他。飞卫听了,说:"你要回去多多练习眼力,要把极小的东西,看成为一件大的东西,等到那时候,你再来见我。"纪昌记住师父的话,回到家里,又开始练习起来。他用一根长头发,缚了一只虱子,吊在窗口,每天站在那里,专心致志地注视着那只虱子。练到后来,那只缚在头发上的小虱子,在他的眼中,一天天长大起来,大得像车轮一般。纪昌

再跑去见飞卫,把练习的经过情形告诉了他。飞卫听了高兴地拍拍他的肩头说:"你已经成功了!"于是,飞卫再教他怎样开弓,怎样放箭。后来,纪昌就成为百发百中的神箭手。

姬发进攻纣王——恶贯满盈

商朝末期,纣王暴虐荒淫,不理朝政,更加不顾百姓死活,激起百姓极大的愤慨。当时有一个诸侯名叫姬昌,他主张实施仁政,反对纣王的暴政,纣王便叫人把他抓了起来。后来姬昌的儿子姬发即位,便联合诸侯起兵讨伐商纣,大军渡过黄河,向商都进发,在牧野这个地方与纣王的军队交战,打了一场大仗。由于姬发所率的是仁义之师,深得百姓的欢迎,百姓因而给予了极大的支持,而百姓对纣王的军队却是深恶痛绝的,结果纣王打了大败仗,最后自焚而死,商朝也灭亡了。

姬发领兵进攻纣王之前,曾对全军发表誓言,列举了商纣的种种罪行,说商纣所做的坏事已经到头了,他罪大恶极,应该受到惩罚。号召大家齐心协力,为民除害。

姬奭夷向武王进谏——功亏一篑

商朝末年,周武王灭掉商朝,建都镐京,国号为周,这就是我国历史上的西周。当时,人们对新生政权的建立无不欢欣鼓舞,感到由衷的高兴,都携带着贵重礼品及自己属国的土特产品赶去朝贺。

在朝中担任太保的姬奭,对周武王说:"现在天下初定,四海臣服,远远近近,大大小小的国家或者送来奇珍异宝,或者带来土特名产,这当然是天子您的圣德。但以臣之愚见,玩赏之物是不能用贵贱来区分的,重要的是人的品德。德高,物才显得珍贵;无德,物也变得低贱。一个开明的君主,无论何时都不应该沉湎于声色享乐之中。"

接着姬奭又说:"对国君来说,最值得重视的是人才,国家如果没有贤人治理,迟早都会垮掉。有作为的君主应该是群臣的表率,每时每刻都要留心自己的一言一行,看它是否有违德性,尤其不可忽视细小的行为。我们都知道,大德是小德积蓄而成的,这如同筑起百尺高的土山,土要一筐一筐地堆上去,哪怕仅仅差一筐土,也还是没有达到百尺的高度,岂不是太可惜了吗!您是周朝的开国圣明君主,不能犯功亏一篑的错误,否则可是追悔莫及呀!"

周武王听了姬奭的这番话,打心中感激姬奭一片赤诚,感激他为国家社稷着想的一片苦心。周武王立即接受了姬奭的意见,将各国送来的奇禽异兽都放归大自然,将那众多的珠宝特产分赠给诸侯们。诸侯感到周天子真心诚意地对待他们,也都非常尊崇周天子。

祭遵的一生——克己奉公

东汉时,祭遵投奔刘秀后,被收为门吏。后随军转战河北,任军中的执法官,负责军营的法令。任职中,祭遵执法严明,不徇私情,为大家所称道。

有一次,刘秀身边的一个小侍从犯了罪,祭遵查明真相后,依法把这个侍从处以死刑。刘秀知道后,十分生气,不想祭遵竟敢处罚自己身边的人,欲降罪于祭遵。但马上有人来劝谏刘秀说:"严明军令,本来就是大王的要求。如今祭遵坚守法令,上下一致,做得很对。只有像他这样言行一致,号令三军才有威信啊。"刘秀听了觉得有理。后来,非但没有治罪于祭遵,还封他为征虏将军、颍阳侯。祭遵为人廉洁,为官清正,处事谨慎,克己奉公,常受到刘秀的赏赐,但他都将这些赏赐拿出来分给手下的人。他生活十分俭朴,家中也没有多少私人财产,即使在安排后事时,他仍嘱咐手下的人,不许铺张浪费,只要用牛车载自己的尸体和棺木,拉到洛阳草草下葬就可以了。

贾宝玉的通灵玉——命根子

在《红楼梦》中,贾宝玉出生时口里含着一块玉,这块玉叫通灵玉。通灵玉的正面写着"莫失莫忘,仙寿恒昌";反面写着"一除邪祟,二疗冤疾,三知祸福"。通灵玉是件稀世罕宝,而且伴随着贾宝玉出世,无疑成了贾宝玉的护身符,因此,贾府上上下下都把这块通灵玉视为贾宝玉的命根子。

有一回,贾宝玉那块通灵玉不知怎得失了灵,接着宝玉、凤姐叔嫂两人突然中了邪,不省人事,经多方医治也无效,两人性命危在旦夕。这时幸亏一僧一道从天而降,将那通灵玉摩弄了一番,那块失灵的通灵玉才恢复了灵效。不久,宝玉、凤姐的病也就不治而愈了。

后来,贾宝玉的通灵玉不小心丢失了,贾府举家不安,怕宝玉再出什么祸端。贾宝玉的侍女个个吓得魂飞魄散。袭人哭着对其他侍女说:"谁不知道这玉是性命般的东西呢?真要丢了这块通灵玉,比丢了宝二爷还要厉害呢,我们这些人可就要粉身碎骨了。"贾府上下四下里清查,遍发寻物启事:"如有人拾到送来,情愿送银一万两;如有知人拾得,送信找得者,送银五千两。"但通灵玉仍是杳无踪迹。贾宝玉从此神魂颠倒,精神失常。贾母叹息道:"通灵玉是宝玉的命根子,因丢了,所以他才这么丧魂失魄的!"

后来人们就用歇后语"贾宝玉的通灵玉——命根子"来形容那些十分珍贵的东西。

贾宝玉结婚——不是心上人

贾宝玉生来地位特殊,而且长得清秀可爱,真可谓是荣国府的宝贝。他因长期生活在众姐妹等女儿群中,形成了独特而古怪的性格。自从林黛玉进了贾府,贾宝玉便把对女性的爱移到了黛玉一个人身上。他初见黛玉,就感觉是久别重逢,可以说是一见钟情。后来,他和黛玉同住在贾母房中的暖阁里,朝夕相处,再加上两人都淡泊名利,讨厌官场上那些道貌岸然的伪君子,在相互接触和长期交流中产生了爱情。

然而,封建家庭的专制者们却都看中了善于应酬也懂得讨贾母欢心的薛宝钗,并一厢情愿地认为薛宝钗才是"宝二奶奶"的最佳人选。为了瞒住贾宝玉促成贾薛二人的婚姻,王熙凤费尽心机,巧设"掉包计",明说娶黛玉,却把宝钗送入洞房。对这一切,宝玉蒙在鼓里。等到揭了盖头,宝玉悲恸欲绝,指着宝钗说:"我是在哪里呢?这不是做梦吗?"于是又发疯似的口口声声叫着要去找林妹妹。宝钗听了心如刀割。与此同时,病弱不堪的林黛玉情断气绝。

人们根据这段故事,编成了歇后语"贾宝玉结婚——不是心上人"。

贾岛的诗——反复推敲

唐朝时,有一次,贾岛骑驴横过长安大街,时适秋风正劲,落叶遍地,贾岛诗兴大作,即景吟"落叶满长安"。贾岛更思属联,杳不可得。忽然,他想到"秋风吹渭水",喜不自胜。正在他得意忘形之时，京兆尹刘栖楚"驾到"，贾岛闪避不及，唐突了京兆尹的仪仗队，结果被抓去关了一晚。

又有一次，贾岛骑驴访李凝，于驴背上得诗句"闲居少邻并，草径入荒园。鸟宿池中树，僧推月下门。过桥分野色，移石动云根。暂去还来此，幽期不负言"。但又觉得"僧敲月下门"似乎比"僧推月下门"更能衬托环境的幽静。贾岛一时拿不定主意，便在驴背上边吟诗边举手作推敲之状，反复品味，结果又无意中唐突了京兆尹韩愈的仪仗队。贾岛便被众卫士拥至韩愈面前，贾岛具实禀报事情原委后，韩愈不但不怪罪，反而建议他改"僧推月下门"为"僧敲月下门"。于是二人又并辔而行，共论诗道，结为布衣之交，后来韩愈又劝贾岛还俗应举，并赠诗"孟郊死葬北邙山，日月风云顿觉闲，天恐文章浑断绝，再生贾岛在人间"。贾岛因此名声大噪。

贾人渡河——不讲信用

传说，从前在济水的南面有一个商人。有一回，他搭船过济水。船行到河中，不幸翻了船，他掉进河里，商人一边挣扎，一边高喊救命。这时有位打鱼的老翁路过。老翁听见喊声急忙过来搭救。商人看见老渔翁的船划过来了，就急不可耐地朝他喊："我是本县的富翁，你把我救上去，我给你一百两银子，快过来吧！"老渔翁没有说什么，忙着把商人救起来，又将他送到对岸。商人上了岸，换好衣服，从怀中掏出十两银子，给了老渔翁。老渔翁提醒他说："方才你不是说要给一百两吗？"没等老渔翁把话说完，商人很不耐烦地说："你这个人毫不知足，你一天打鱼能挣几个钱？现在一下子捞到十两，还不满足？！"老渔翁长叹一声，默默地将渔船摇走了。

事情也巧，没过几天那个商人又乘船渡河，船底意外地触到河中礁石上，船舱进了水，眼看要沉没。商人在船上急得狂呼乱叫。这时，从前救过他性命的老渔翁，正在河边捕鱼。岸上的人招呼他说："陕去救人哪！"老渔翁却头也不回地说："我不会去救一个不讲信义的人！"那个不讲信义的商人，终于沉没在河中了。

贾曾直谏——上行下效

贾曾的父亲贾言忠，在高宗李治朝任侍御史、吏部员外郎，官阶很高。贾曾年少时，受父母的影响，好读书，尚气节，工文辞，颇有名气。睿宗李旦立李隆基为太子后，选派贾曾为太子舍人。李隆基即位后，任命贾曾为谏议大夫、知制诰（相职），朝令文告多出其手。

贾曾之所以受到李隆基器重，是因为他敢于直言进谏。李隆基做太子时，经常命手下人四处访求美貌的女子，教她们学习音乐，供自己玩乐。贾曾直言进谏说："从前鲁国重用孔子，几乎称霸于世。齐国惧怕鲁国，就向鲁君进献美貌的女伎，以迷惑鲁君。鲁君接受了，孔子就离开了鲁国。西戎重用由余治理国家，兵强国富。秦人施行反间计，送上女伎蛊惑戎王，由余就逃离戎地。这都是圣贤名士所忌讳的。经常寻欢作乐的王孙们，就会丧失志气，不务正业。上边这么做，下边也就仿效去做，这样淫风恶习就将形成。希望殿下能够下令摈除乐伎，敦正教化，倾听德音，使雅、颂之乐发扬光大，不要再令臣下访求女乐了。这样一来，朝野内外的人都知道殿下您远离声色佞臣，就会忠心拥戴您。"李隆基听了他的忠告，便禁绝了女乐。

贾雨村审案子——虚张声势

《红楼梦》中，贾雨村授了应天府，一到任就遇到一个人命案子。这件案子的凶手是薛家的公子薛蟠，而薛家又是金陵一霸，因而就给贾雨村断案带来了麻烦。贾雨村正要发签差公人将凶犯捉来拷问的时候，只见案旁一个门子给他使了一个眼色，叫他不要发签。

贾雨村心中狐疑，退至密室与门子交谈。谈话中贾雨村方知这个门子是他的故人——葫芦庙里的葫芦僧，贾雨村笑嘻嘻地拉着葫芦僧的手要葫芦僧为他了结此案出谋划策。葫芦僧把这个案子各方面的关系告诉了贾雨村，并为他想了一个两全其美的断案办法。葫芦僧说："老爷明日上堂，只管虚张声势，动文书，发签拿人——凶犯自然是拿不来的，原告若是不依，只用将薛家佣人及奴仆拿几个来拷问，小的暗中调停，令他们报个'暴病身亡'……"贾雨村理解其中奥妙，便照此办理，第二天就把案子断了。贾雨村把案子了结之后，便急忙写信给贾政和京营节度使王子滕，说："令甥之事已完，不必过虑。"贾雨村也因此得到上司的赏识。

贾谊上书——忧国忧民

西汉时，贾谊有着强烈的现实意识，对当时的政治形势有着深刻而敏锐的认识，对当时统治者不图长远、得过且过的态度感到痛心疾首。贾谊认为，汉初看似和平稳定的表象后面，潜伏着深刻的政治和军事危机。刘邦分封的各诸侯王，经过几十年的积累，各王国的势力一天天地膨胀起来，野心也一天天地膨胀起来，犯上作乱已如箭在弦上，不可避免。国家的财富虽然有一定的增加，但豪强的势力得到空前发展，贫富悬殊加剧。天下风气日下，经商易致富，天下人都弃农从商，背本趋末，国家积蓄空虚，一点应急的能力也没有。而且浪费、奢靡的风气愈演愈烈。此外，北方匈奴频频犯边，随时准备南下。但当时统治者自以为居太平盛世，无所事事。贾谊痛心疾首，屡次上书，言辞激切，说："臣观察时势，可以为之痛哭的有一条，可以为之流涕的有二条，可以为之长叹的有六条，其他不合情理的举不胜举。"接着，贾谊详细列举他所忧虑的各个方面。但贾谊终究未被重用，反而被流放到当时的蛮荒之地长沙，郁郁而不得志。最后，年仅三十三岁就离开了人世。

兼听则明——偏信则暗

东汉有一个人叫王符，他性情耿直，不肯随波逐流，因此仕途坎坷，郁郁不得志。于是，他隐居著书，评论时政得失。王符在著书立说的时候，起个笔名叫潜夫，他把自己的这部著作名之为《潜夫论》。

王符在《潜夫论·明暗》中说："作为君主，之所以能够耳聪目明，明辨是非得失，是因为能多方面听取意见；有的君主，之所以昏聩糊涂，做出错误的判断，是因为只听单方面的意见，就信以为真。所以，人君只要广泛听取各方面的意见，就会通晓事理，变得越来越聪明、睿智；如果只听取单方面的平庸、浅薄的意见，就会越来越愚昧。"

《资治通鉴·唐太宗贞观二年》中记载：有一次，唐太宗（李世民）问魏征说："当皇帝的，怎样才能聪慧、有明断，又怎样才会导致糊涂、犯错误呢？"魏征回答说："广泛听取多方面的意见，就能明辨是非得失；只听一方面的意见，就信以为真，往往要做出错误的判断。"

"兼听则明——偏信则暗"就是从上述两个故事来的。

鉴真和尚东渡——传经送宝

鉴真十四岁出家，二十二岁受具足戒。寻游洛阳、长安等地，遍研三藏，尤精律藏。后住扬州大明寺，专弘戒律。唐天宝元年应日僧普照等邀请东渡，几经挫折，且双目失明。至天宝十二载，与比丘法进、昙静、义静、思托等第六次航行成功，终于到达日本九州。翌年在奈良车大寺建筑戒坛，传授戒法，为日本佛教徒登坛受戒之始。公元759年建唐招提寺，传播律宗。并将中国的建筑、雕塑、医药学等介绍到日本，为中日两国文化交流做出了卓越贡献。

姜太公钓鱼——愿者上钩

传说，姜子牙在没有受到文主重用的时候，隐居在渭水河畔。姜子牙常常独自一人静静地坐在河边，用无饵的直钩在离水面三尺以上的地方钓鱼，口中说道："负命者上钩来！"有个打柴的人从旁经过，见此情景，便笑他太傻，"无饵的直钩怎么能钓上来鱼呢？"姜子牙却不理会打柴人的嘲笑，念念有词地说"短杆长线守蟠溪，这个机关哪个知。只钓当今君与臣，何尝意在水中鱼！"就这样，一天又一天，一年又一年，时光很快过去了。渐渐地，姜子牙须发斑白，身体也衰老了，可是他仍旧天天坐在渭水河边钓鱼，痴心地等着他的"大鱼"上钩。姜子牙心里拯救万民的抱负，丝毫没有改变，他相信自己终有一天可以遇到开明的君主。

到了八十岁时，姜子牙的大鱼终于"上钩"了。周文王从渭河边经过，听了姜子牙对国家大事的见解和对天下形势的分析，大有相见恨晚的感觉，就恳切地请姜子牙去做丞相，辅佐自己。姜子牙也激动地说："吾太公望子久矣。"后来，周文王去世了，他的儿子武王继位，尊称姜子牙为"师尚父"。在伐纣灭殷的过程中，姜子牙出谋划策，立下了很大功劳。

姜子牙的太极图——包罗万象

《封神演义》中，殷洪听信申公豹的挑唆，决定倒戈伐周。因他有阴阳镜，姜子牙也对他奈何不得。正在作难，慈航道人建议姜子牙用太极图降住殷洪。

殷洪上了太极图，一时就觉得心神不定，百事都来到心中。心里想什么事，那事就来了。殷洪就像在梦里一样，心里想："莫不是有伏兵？"果然就有伏兵杀来，大杀一阵，就不见了。心里想抓姜子牙，霎时姜子牙就到了，两人又杀一阵。忽地又到馨庆宫，又见杨娘娘站立，殷洪口称："姨母。"杨娘娘不答应。此就是太极四象变化无穷之法：心想何物，何物便见；心虑百事，百事即至。只见殷洪左舞右舞，在太极图中如梦如痴。殷洪走到了路尽头，又见他生身母亲姜娘娘大叫说："殷洪，你看我是谁？"殷洪抬头一看，啊？原来是母亲姜娘娘！殷洪不觉失声道："母亲！孩儿莫不是与你梦中相会？"姜娘娘说："你不遵师父之言，要保无道而伐有道，又发誓言，说：'若背师命便四肢化作飞灰。'你今日上了太极图，眼下就要化成灰烬了！"殷洪听说，急叫："母亲救我！"忽然不见了姜娘娘，殷洪慌成一堆。这时只见慈航道人在半空中叫道："天命如此，岂敢有违。不要误了他进封神台的时辰！"

赤精子将太极图一抖，卷在一起，拎了半天，又一抖，太极图开了，一阵风，殷洪连人带马化作了灰尘。

姜子牙封神——自己没有份

传说，姜子牙帮助周武王推翻了商纣王的残暴统治，建立了周朝。

有一天，姜子牙准备去昆仑山拜见师父元始天尊，请示封神大事。姜子牙向师父报告了近来的事情，然后说："那些在征战中死去的人和仙，魂魄没有依托。他们都盼望封神后，有个地方安身。我今天上山，就是请师父发放玉符、金册，宣读封神榜。"元始天尊听了后说："我已经知道了。你先回去吧，我过几天就派人把玉符、金册送去。"姜子牙拜谢了师父的恩情，回到西岐。

姜子牙雕像

姜子牙日夜操劳，终于建好封神台。过了几天，元始天尊派白鹤童子和黄巾力士送来了玉符、金册。姜子牙换上甲衣，左手拿着杏黄旗，右手拿着打神鞭，站立在神坛中间，开始举行封神仪式。最后一共封了三百六十五位神仙，却没有姜子牙自己。但是，元始天尊把打神鞭留给了姜子牙。这样，以后凡是作恶的神仙都由他惩治。

姜子牙火烧琵琶精——现了原形

传说，在朝歌城南门外轩辕坟中，有个玉石琵琶精，常往城里看望狐狸精姐己，夜间在宫中吃宫女。这天，琵琶精出宫欲回巢穴，经过南门。只见得人来人往，热闹非凡，妖精一看原来是"姜子牙开算命馆——买卖兴隆"。妖精想："待我让他算算命，看他怎么说。"随即变做一个身穿重孝的妇女，走进算命馆，不曾想被姜子牙识破，被捉住了。

琵琶精见势不妙，摆脱不掉，故意大声叫嚷："先生既不算命，又不讲话。我是女人，你怎么老是抓住我的手呢？快放手！别人看着成何体统？"周围的人不知道内中奥妙，齐声大呼："你年纪老大，怎么干这样的事！"姜子牙暗思："若放了她，妖精一去，青白难分。我既然如此，当除妖精，显我姓名。"他一手抓起石砚，照着妖精头顶上一下打去，打得脑浆喷出，血染衣襟；另一手紧紧按住脉门毫不放松，使妖精不能变化。周围人见状，大喊大叫："算命的打死人了！不要放他走了！"

刚好，商朝宰相比干路过这里，问明了事情经过，便把姜子牙带到午门见纣王。姜子牙始终拖着妖精不放手。纣王问："你怎么说她是妖？我看她是女人！"姜子牙说："陛下若不相信，可以烧炼妖精，让她现出原形。"纣王传旨："搬运柴薪，放在摘星楼下。"姜子牙用符印将妖精的原形和四肢钉住，拖在柴堆上放火烧起来，可是火烧了两个多时辰，妖精浑身上下还不曾烧枯。姜子牙又用三昧真火烧这妖精，只见霹雳交加，一声响亮，火灭烟消，妖精现了原形，原来是一只玉石琵琶。

姜子牙娶媳妇——老来喜

传说姜子牙在昆仑山拜元始天尊为师,学了四十年的仙道,直到七十二岁都没有成功。元始天尊知道他只能过人间的生活,便派他下山等待时机,为天下除恶扬善。姜子牙下了昆仑山后,却不知道该去哪儿,他没有亲人,也没有住的地方。他正在发愁,忽然想起朝歌城里有一个叫宋异人的结义兄弟,家境富有,决定去投奔他。

几个月之后,姜子牙到了朝歌城,他抬眼一看,这里一片繁华的景象,非常热闹。姜子牙很快找到了宋异人的家。宋异人见到分别很久的姜子牙,十分惊喜,两人高兴地交谈起来,于是,姜子牙就住了下来,每天受到宋异人的热情款待,过着自在的生活。宋异人见姜子牙还没有妻子,便到马家庄的马员外家为姜子牙说媒。马员外家有一个六十八岁的女儿马氏,一直没有出嫁。宋异人向马员外夸赞姜子牙的才学和品德,马员外满意地答应下来。宋异人回到家把说媒的事告诉了姜子牙,姜子牙非常高兴。又过了几天,他们选了一个吉日,办了酒席,请来许多亲朋好友,热热闹闹地办了喜事。于是,六十八岁的马氏和七十二岁的姜子牙从此结成了夫妻。

姜子牙妻子想复婚——覆水难收

传说,姜子牙曾在商朝当过官。因为不满纣王的残暴统治,弃官而走,隐居在陕西渭水河边一个比较偏僻的地方。他经常在小河边用不挂鱼饵的直钩钓鱼。姜子牙整天钓鱼,家里的生计发生了问题,他的妻子马氏嫌他穷,没有出息,不愿再和他共同生活,要离开他。姜子牙一再劝说她别这样做,并说有朝一日他定会得到富贵。但马氏认为姜子牙在说空话骗她,无论如何不相信。姜子牙无可奈何,只好让她离去。

后来,姜子牙终于取得周文王的信任和重用,又帮助周武王联合各诸侯攻灭商朝,建立西周王朝。马氏见姜子牙又富贵又有地位,懊悔当初离开了他,便找到姜子牙请求与他恢复夫妻关系。姜子牙已看透了马氏的为人,不想和她恢复夫妻关系,便把一壶水倒在地上,叫马氏把水收起来。马氏赶紧趴在地上取水,但只能收到一些泥浆。于是姜子牙冷冷地对她说:"你已离我而去,就不能再合在一块儿。这好比倒在地上的水,难以再收回来了!"

姜子牙算命——好准啊

姜子牙未遇明主的时候,寄居宋家庄,挑担、开店做生意都不成功。他善风水,又识阴阳,就在朝歌南门闹市开了一间算命馆。

有一天,打柴的刘乾挑着一担柴往南门而来。他对姜子牙说:"先生口出大言,既然能知过去未来,必定算命极准的了。你给我算一算。如果算得准,给你二十文钱;如果不准,打你几个拳头,还不许你在这里开馆。"姜子牙便在一张卦帖上写了四句话,交给刘乾。刘乾接过一看,上面写着:"一直往南走,柳荫一老叟。青蚨一百二十文,四个点心两碗酒。"他看完说:"这卦不准。我卖柴二十余年,哪个拿点心和酒给我吃过?"姜子牙说:"你去,包你准。"

刘乾将信将疑,挑着柴,往南走。果然见到柳树下站立一个老人,叫声:"卖柴的过来!"刘乾暗想:"好准哪!"老人问:"这柴要卖多少钱?"刘乾心想少卖二十文钱吧,就说要卖一百文钱。老人看了看,说:"好柴,大捆,又干,值得一百文钱。劳你替我搬进门来。"刘乾把柴搬进屋里,还把落在地上的草叶子收拾得干干净净。老人见到很高兴,拿出两封钱,先递给一百文钱,说这是柴钱,再递给二十文钱,说:"今天是我小儿子的喜辰,这二十文钱给你做喜钱,买酒喝。"他又叫一个孩童捧出四个点心、一壶酒,请刘乾吃,这一壶酒恰好满斟两碗。刘乾惊叹万分,说:"姜子牙算命——好准啊!"

姜子牙做生意——样样赔本

传说,姜子牙听从妻子马氏的劝告,编笊篱挑到朝歌城里去卖,结果早上一担出去,傍晚仍是一担回来。

姜子牙挑了一担面粉去卖,走遍了东南西北四个城门,一斤面粉也没有卖出去。正要想回去,有人要买面粉,姜子牙放下担子,低头撮面粉。就在这时,一匹惊马脱缰奔跑过来,担子的绳索套在了马脚上,把两箩面粉拖出五六丈远,面粉都撒在地上。又有一阵狂风吹来,地上的面粉被刮得干干净净。

姜子牙在京城南门开酒店,地处繁华地段,道路四通八达,人烟密集,很是热闹。厨子宰了猪羊,蒸了点心,收拾好酒饭,只等客人上门。可是从早晨到中午,无人上门。中午时,又下起了倾盆大雨,下午天气又热起来。这些猪羊肉菜,被这阵暑气一蒸,登时就臭了,点心也馊了,酒也酸了。

姜子牙贩卖牲畜,赶着牲畜到京城去卖,又赶上京城半年没有下雨,天子百姓祈雨,官方贴出告示禁止屠杀牲畜,姜子牙不知道,只管把牲畜往城里赶。守城门的兵士看见喊道:"违禁犯法,拿下!"所有牲畜都被充了公。

蒋干盗书——上当受骗

三国时,曹操带领八十余万大军,沿江东下,原想一举平定江东,不料初次交锋,便被周瑜打败。蒋干献策说:"我和周瑜是同学,一向很有交情,包管说动周瑜前来投降。"曹操听了大喜,就派蒋干前去东吴当说客。

周瑜听说蒋干过江求见,心里暗笑:"曹操的说客到了,我得将计就计。"他低声吩咐众将一番,然后将蒋干迎入帐中,设宴款待,传令文武官员都来相见,称"群英会"。周瑜对众将说:"子翼是我的同窗好友,今日宴会,只叙友情,不谈军事。"说着,他将佩剑交给太史慈监酒,"要是谁谈论军事,就斩谁!"蒋干暗暗吃惊,不敢多说。酒一直饮到深夜。周瑜大醉,拉着蒋干一起回到帐内,和衣倒在榻上,很快就睡得鼻息如雷。蒋干心中有事,哪里睡得着。三更时分,他悄悄起床,翻看桌上的公文,发现一封曹营水军都督蔡瑁、张允暗中勾结东吴的密信。蒋干偷出密信,趁着天未大亮,溜出帐外,急急上船回到曹营。

蒋干把盗来的密信呈给曹操。曹操一看,勃然大怒,立刻下令将蔡瑁、张允二人推出斩了。其实,这一切都是周瑜定下的反间计,意欲除去精通水战的蔡、张二人。等事后曹操省悟过来,已经晚了。赤壁一战,曹军一败涂地。

叫林黛玉抡板斧——强人所难

林黛玉出身官宦家庭。母亲死后,寄寓外祖母家(贾府);后来父亲也亡故,便长期在贾府中过着寄人篱下的生活。林黛玉自小体弱多病,聪慧敏感,憎恶周围的丑恶事物,蔑视权势利禄,内心积蓄着反抗的情绪,与封建传统思想的若干方面产生尖锐矛盾,形成了孤高自许、目无下尘而又自伤无力的性格特点。林黛玉与贾宝玉思想一致,彼此相爱,但在封建势力的压迫下无法结合,于贾宝玉被骗与薛宝钗成婚的晚上,焚去诗稿,呕血而死。林黛玉作为四体不勤的大家闺秀干不了重活,不可能抢板斧。

结清了账单——一笔勾销

北宋仁宗年间,宋仁宗任命范仲淹做参政知事。范仲淹为官清廉,他上任后决定对当朝吏制进行一番大刀阔斧的改革。他首先拿来朝廷全部官员的花名册一个个进行审查,凡是认为不称职的和在任期间无所作为的官员,他就用笔将此人的名字一笔勾掉,然后想方设法罢免这些不称职的官员。范仲淹就这样罢免了一大批不称职的官吏。一些人对他说:"你的做法会让那些丢官的人全家都非常伤心。"而范仲淹却说:"假如我不把这些不称职的官员的姓名一笔勾销,那么他负责管理的人民就会十分伤心。"

婕妤当熊——临危不惧

西汉建昭年间,汉元帝带了一大群妃子,去观看斗兽。斗兽的人在宫殿下面树立木栅,围成一个大圈,让熊、虎等猛兽在圈内搏斗。汉元帝和妃子们就坐在宫殿上观看。大家看得津津有味,忽然有一头大黑熊爬过木栅,攀住宫殿的栏杆,想爬到殿上来。妃子们都惊慌失措,四散逃奔,乱成一团。汉元帝也吓得呆住了,面色发白,一动不动。冯婕妤挺身而出,跑到黑熊前面,当熊而立,不让它走近汉元帝的座位。这时,宫中的侍卫一齐拥上前去,把黑熊当场打死。

汉元帝问冯婕妤:"大家都惊慌万分,你为什么敢走到前面,拦住黑熊呢?"冯婕妤回答说:"猛兽抓到一个人,就不会再去抓别人了。我恐怕黑熊跑到陛下坐的地方,危害陛下,所以用自己的身体挡住它。"汉元帝听了,非常感动,把她夸奖了一番。其他妃子都低着头,自愧不如。

金玉其外——败絮其中

杭州有个卖水果的人,很会贮藏柑子,柑子经历一年也不腐烂。拿出它来,依然光泽鲜亮,玉石般的质地,黄金似的颜色。放到市场上,售价高出十倍,人们争相购买。刘基买了一个,把它剖开,像有股烟尘扑向口鼻,看它的里面,干枯得像破棉絮一样。刘基质问卖柑子的人。

卖柑子的人笑着说:"我从事这种职业,已有好多年了。我靠它养活自己。我卖它,别人买它,还没听见有说什么的,却唯独不能满足您的需要吗?世上干骗人勾当的人不少,难道就我一个吗?您是没有想过这个问题啊。当今那些佩带兵符、坐虎皮椅子的人,一副威风凛凛的样子,好像是捍卫国家的人才,他们真的拥有孙武、吴起的韬略吗?那些高高地戴着官帽,腰上拖着长长带子的人,一副神气活现的样子,好像是朝廷的重臣,他们真的能够建立伊尹、皋陶的功业吗?盗贼兴起却不知道抵挡,百姓贫困却不知道解救,官吏狡诈却不知道禁止,法度败坏却不知道整顿,白白地耗费国家仓库里的粮食却不知道羞耻。看看那些坐在宽敞的厅堂上,骑着高头大马,喝足美酒,吃足鱼肉的人,哪一个不是威严显赫、可供效法呢？可是无论到哪里，又何尝不是外表像金玉、内里像破絮呢？现在您对这些不去分析明辨，却来查究我的柑子！"刘基听后无言答对。

晋国袭击卫国——按兵不动

春秋末期，晋国东南的卫国是个弱小的诸侯国，名义上是晋国的盟国，实际上完全听命于晋国，后来任国君的卫灵公不愿长久处于屈辱的地位，便与齐景公缔结盟约，从而与晋国断绝了关系。

晋国执政的赵鞅（又称赵简子）立即调集军队，打算攻打卫国。在出发前，他先派大夫史默到卫国去暗中了解情况，并要求史默在一个月内赶回晋国。不料，一个月过去了，史默没有按时回国。又过了半年，史默终于回来了。赵鞅问史默为何在卫国待了这么长时间，史默回答说："要想得到利益，却很可能适得其反，您恐怕还没有觉察出来吧！现在，卫国已任命受到过陷害的贤臣蘧伯为相国，这就使卫灵公在国内赢得了民心。并且他愤慨地表示要和来犯的晋国军队奋战到底，宁死不屈。孔子也已去卫国，他的弟子子贡也给卫灵公出谋划策。卫国现在的贤臣很多，国君非常重视贤臣的意见，并采纳他们的计谋。时下我们想用武力来使卫国屈服，恐怕没有胜算，即便是有，也会付出很大的代价，还希望您三思。"

赵鞅听了史默介绍的情况后，认为进攻卫国的时机尚不成熟，于是下令军队暂时不要盲目行动，等待时机成熟后再作计较。

晋景公请医生号脉——病入膏肓

晋景公生了重病，经过许多医生医治，都不见好转。后来，他听说秦国有个名医的医术非常高明，于是便派人日夜兼程去请名医。在医生还没有到来之前，晋景公做了一个梦，梦见有两个小孩子站在他身边说话。一个说："你知道吗？秦国要来个名医，恐怕要伤害我们。"另一个满不在乎地说："怕什么！我们居肓之上、膏之下，他是没法对付咱们的。"不久，名医到达晋国，立刻给晋景公诊病，医生对晋景公说："您的病非常危险，疾病在肓之上、膏之下，用灸法攻治不下，扎针又达不到，吃汤药也无济于事。"

晋景公想起自己做过的梦，便点了点头说："你的医术真高明啊！"说罢，让人送给医生一份厚礼，让他回秦国去了。

晋文公退避三舍——报恩

春秋时候，晋献公听信谗言，杀了太子申生，又派人捉拿申生的异母兄长重耳。重耳闻讯，逃出了晋国，在外流亡十九年。到了楚国，楚成王设宴款待重耳，并问道："如果公子返回晋国，拿什么来报答我呢？"重耳回答说："男女仆人、宝玉丝绸，您都有了；鸟羽、兽毛、象牙和皮革，都是贵国的特产。那些遍及到晋国的，都是您剩下的。我拿什么来报答您呢？"楚成王说："即使这样，总得拿什么来报答我吧？"重耳回答说："如果托您的福，我能返回晋国，一旦晋国和楚国交战，双方军队在中原碰上了，我就让晋军退避九十里地。如果得不到您退兵的命令，我就只好左手拿着马鞭和弓梢，右边挂着箭袋和弓套奉陪您较量一番。"楚国大夫子玉请求成王杀掉公子重耳。楚成王没有同意，派人把重耳送去了秦国。

第二年,重耳终于在秦国帮助下,回到晋国做了国君,史称晋文公。他一心一意治理国家,晋国逐渐强大起来。后来晋楚两国果然在中原打仗。晋、楚两军相遇后,晋文公下令晋军后退九十里,以实现自己的诺言。不久,晋、楚两军在城濮会战,晋军最终取得胜利。

进了闻太师的十绝阵——死定了

在《封神演义》故事中,纣王命闻仲率兵伐周。闻仲遭姜子牙率玉虚宫各门徒助周抵抗,并被姜子牙用打神鞭打伤,闻仲恩师截教创始人"通天教主"所赐的蛟龙双鞭中的雌鞭也被打断,大挫锐气,闻仲率残兵败将后退逃命七十余里。申公豹访四海名山,路过金鳌岛,遇到师出同门的金鳌岛十仙:秦完、赵江、董全、袁角、金光圣母、孙良、白礼、姚宾、王变、张绍。申公豹得知十仙修的"天绝阵""地烈阵""风吼阵""寒冰阵""金光阵""化血阵""烈焰阵""落魂阵""红水阵""红砂阵"十绝阵,变幻莫测,甚是神通,便说服十仙出山,助闻仲征讨大周。

近水楼台——先得月

北宋时,范仲淹在镇守杭州期间,对手下的官员都有所举荐,不少人得到了提拔或晋升。这时候,有一个叫苏麟的官员,因担任巡检一职常常在外,却一直没有得到提拔。当他见到自己周围的同事,无论职位比自己高的、低的一个个都得到了升迁,而自己却没人理睬,心里很不是滋味。苏麟担心自己一定是被范仲淹遗忘了,怎么办呢? 直接去找范仲淹吧,是去争官位,又不便说。不说吧,心里又很不平衡。为此,苏麟内心非常沉重。一天,他终于想出了一个委婉的办法来,那就是写首诗去向范仲淹请教,实际上是提醒他:千万别忘了自己! 想到这里,苏麟高兴起来,他赶忙拿出纸笔认真地写了首诗,并将诗句呈给了范仲淹,很虚心地请范仲淹赐教。

苏麟写道:"近水楼台先得月,向阳花木易为春。"意思是,靠近水边的楼台因为没有树木的遮挡,能先看到月亮的投影;而迎着阳光的花木,光照自然好得多,所以发芽就早,最容易形成春天的景象。这两句诗写得很含蓄,它借自然景色来比喻因靠近某种事物而获得优先的机会。范仲淹读了苏麟的诗,很快就会意地笑了,自然明白了苏麟的心思。很快,苏麟也得到了提拔。

这两句诗后来就流传开了,经过压缩也形成了"近水楼台——先得月"。

荆轲献地图——暗藏杀机

战国时期,秦王嬴政灭掉魏国和韩国后,准备大举进犯燕国。燕国比较弱小,无力与秦抗衡。于是,燕太子丹就暗地里派荆轲去刺杀秦王。荆轲带着秦国逃将樊於期的头和督亢(今河北易县、固安一带)的地图,作为献给秦王的礼物,来到秦国。很快,秦王便择定佳日,在大殿上接见荆轲。

这一天,荆轲手捧着装有樊於期头颅的匣子昂首挺胸地走在前面。他的随从秦舞阳捧着燕国献给秦国的督亢地图慢慢地跟在后面。秦舞阳虽说胆子很大,但从未见过这种盛大而庄严的场面,他刚踏上台阶,两手便开始发抖,腿也微微发颤,脸色都吓白了。秦舞阳的异常变化,引起秦朝一些官员的注意。荆轲却装作没事的样子,回头朝秦舞阳笑了笑,给他壮胆。然后荆轲不慌不忙地登上台阶,跪下来向秦王说道:"我们都是小国家的人,从来没有见过大世面,所以会在大王您的面前显得紧张害怕。若有失礼之处,还望大王宽恕。"秦王并未在意。

荆轲转身从秦舞阳手里接过地图,捧到秦王面前,缓缓打开。当地图快展到尽头的时候,突然露出一把匕首,这是燕太子丹和荆轲事先暗藏在地图中的。荆轲一步冲上前去,用左手抓住秦王的衣袖,右手举起匕首就向秦王猛力刺去。但是,没有刺中。荆轲追着秦王要杀他,秦王只好围着柱子左躲右闪。最后,秦王用剑砍断了荆轲的左腿。荆轲全然不顾,还拼尽全力将手中的匕首投向秦王。但不幸,仍旧没有投中。这时,殿外的武士一拥而上,将荆轲杀死了。

井里的蛤蟆——没见过大世面

在道家经典《庄子》一书中,记述了下面的故事。

有只蛤蟆从小生长在一口废井里。

一天,一只海鳖来到井边,蛤蟆对它夸口说:

"你看,我住在这里,多么快乐!高兴时,就在井边跳一跳;厌倦了,就回到井里歇一歇;想洗澡,就跳下水游一游;要散步,便在泥地上遛一遛。井里四周的小虫,有哪个能比得上我呀!"蛤蟆自吹自擂,还说:

"你怎么不进来观赏呢?"

海鳖听它说得这么好,也想进去瞧一瞧,可是左脚才踏进去,右脚就被井栏绊住了,只好摇摇头,为难地退了出来,蛤蟆见了,显得很不高兴。海鳖就问它:

"你见过大海吗?"

蛤蟆摇摇头。

海鳖告诉它:

"海可真大!几千里不能形容它的广阔,几千丈也不能形容它的深度。在古代夏禹时,十年中九年有水灾,但是大海里的水看不出有一点儿增加;在商汤时,八年中有七年大旱,但是大海里的水也不见有一点儿减少。不管时间长短,无论雨水多少,大海总是无边无际,波浪滔滔。住在那样的大海里,才是真正的快乐呢!"

蛤蟆听了海鳖的这番话,惊得目瞪口呆,再也没有什么话可说了。

后来,人们根据这个故事,编成了"井里的蛤蟆——没见过大世面""井底的蛤蟆——没有多少见识"等歇后语。

九方皋相马——看本质

伯乐是古时候相马的高手,秦穆公非常重用他。可是,伯乐慢慢老去,秦穆公担心再也没有人能像伯乐那样能相出好马,他对伯乐说:"您年纪大了,您的家族中还有其他人能够寻找好马吗?"伯乐回答说:"一般的好马可以从形体、外貌、筋络、骨架上看出来,而称得上天下绝伦好马的,那是若隐若现、若有若无的;这样的马奔驰起来,都是足不扬尘、过不见迹的。我的儿子们都只是些下等的人才,他们能够说出什么是好马,但却说不出什么是天下绝伦之马。我有个担物打柴的朋友叫九方皋,他相马的能力不在我之下。请让我把他推荐给您。"

秦穆公非常高兴,他马上召见了九方皋,派他出去寻找天下绝伦之马。三个月后,九方皋回来了,报告说:"好马已经找到了,就在沙丘那里!"秦穆公问:"是什么样的马呢?"九方皋简单地回答说:"是匹黄色的母马。"秦穆公急忙命人取马。马被牵回来了,却是匹黑色的公马。秦穆公很生气,招来伯乐,责怪他说:"这是怎么回事?您推荐的相马人,连颜色雌雄都分不清楚,怎么能够相马呢?"伯乐听了,哈哈大笑说:"没想到他竟然达到了这种地步了!这正是他高出我的地方啊!九方皋所看到的,都是天机啊!他只看见精而忽视了粗,只看见本质而忽视了外表,只看见了他所需要看的而忽视了他所不需要看的,只观察到他所需要观察的而遗漏了他所不需要观察的。九方皋这样相出的马,一定是比一般的良马更珍贵的好马啊!"

秦穆公似乎还不相信,但是找了好几个懂马的人去骑试,大家都对那匹马赞不绝口。秦穆公最后心服口服了,九方皋也成为继伯乐之后秦国专职的相马人。

君子之交——淡如水

相传唐贞观年间,薛仁贵尚未得志之前,与妻子住在一个破窑洞里,衣食无着落,全靠王茂生夫妇接济过日子。

后来,薛仁贵参军,跟随唐太宗李世民东征,因薛仁贵平辽功劳大,被封为"平辽王"。薛仁贵一登龙门,身价百倍,前来王府送礼祝贺的文武大臣络绎不绝,可都被薛仁贵婉言谢绝。他唯一收下的是普通老百姓王茂生送来的"美酒"两坛。一打开酒坛,负责启封的执事官吓得面如土色,因为坛中装的不是美酒而是清水!岂料薛仁贵知道了,不但没有生气,反而命令执事官取来大碗,当众饮下三大碗王茂生送来的清水。

在场的文武百官不解其意,薛仁贵喝完三大碗清水之后说:"我过去落难时,全靠王兄夫妇经常资助,没有他们就没有我今天的荣华富贵。如今我美酒不沾,好礼不收,却偏偏要收下王兄送来的清水,因为我知道王兄贫寒,送清水也是王兄的一番美意,这就叫君子之交淡如水。"此时,文武百官无不点头称颂。"君子之交淡如水"的佳话也就流传了下来。

狙公用计——朝三暮四

战国时宋国有一个老人,十分喜欢猕猴,还专门喂养了一群猕猴来玩赏。老人和猕猴相处的时间长了,这种富有灵性的动物能从老人的表情、话音和动作中领会老人的意图,老人也能从猕猴的一举一动中看出它们的喜怒哀乐。

老人养的猕猴越来越多,每天要消耗掉大量的粮食,时间一久,老人有些力不从心了。有一天,老人发现家里存的粮食已经难以维持到新粮入库的时候,才意识到要控制猕猴的食物量。猕猴就像一群顽童,如果它们的粮食供应下降,它们就会到处乱翻,搞出一些恶作剧。为了不让猕猴肆意捣乱,老人只好想尽办法来安抚它们。

一天,老人指着院子里高大茂密的大树对猕猴说:"家里的粮食不够吃了,今后的橡栗每天早上吃三颗,晚上吃四颗,怎么样?"猕猴只弄懂老人前面说的一个"三"字,个个立起身子,对着老人大叫,它们嫌老人给的橡栗太少。老人见猕猴不肯驯服,就换了一个说法,说:"那么就早晨给你们吃四颗,晚上吃三颗,这样总可以了吧?"猕猴见老人把"三"改成了"四",觉得比刚才说得多了,便高兴得上蹿下跳,不亦乐乎。这就是"朝三暮四"

的来源。

K

开门揖盗——自招其祸

开门请强盗进来,比喻引进坏人,招致祸患。

三国时期,东吴的孙策遇袭,重伤而死,遗命把吴国的领导权交给弟弟孙权。孙权这时只有18岁,他为哥哥去世伤心,日夜啼哭不止,众臣劝也劝不住。大臣张昭正色地说:"主公,现在不是您哭泣的时候。四周强敌环伺,国内人心浮动,有多少事等着您来办,您却只顾伤心,百事不问。谚语说:'开门揖盗,自取其祸',您这不等于把国门打开,毫不防御,让敌人进来吗?"孙权是个明智的人,一听这话,立即收泪,振作起来,整顿防务,奖励生产,团结全国上下,不久便把吴国治理得比孙策时期更强盛了。

看"三国"掉眼泪——替古人担忧

东汉末年,国势衰微,外戚专权,宦官秉政,政治腐败,天灾不断。灵帝中平元年,黄巾起义爆发,东汉王朝瓦解,黄巾起义失败后,军阀豪强为了争夺政权,展开疯狂的混战,形成了魏、蜀、吴三国分立的局面。从黄巾军起义至晋灭吴,全国又归统一,历时近百年。三国时代波澜壮阔,充满生机,常引起后人追思。

唐宋诗词中有大量三国内容,元明清时期三国事迹成为戏剧和民间艺术文学常见话题。晋代陈寿所著《三国志》,颇有参考价值。明代罗贯中以三国历史为蓝本,编撰《三国演义》,《三国演义》以其丰富多彩的历史内涵流传世界各地。

《三国演义》通过演述魏、蜀、吴三国的兴亡,生动地描写了统治阶级内部各集团之间的尖锐复杂的矛盾和斗争。通过书中所演述的历史故事,人们可以看出封建统治阶级凶残奸诈、贪得无厌、损人利己的阶级本质,以及人民群众在军阀混战下过着颠沛流离、惨遭杀戮的痛苦生活。书中也表现了三国故事在流传过程中,特别是宋元时代人民群众反对分裂、要求国家统一的愿望。作者善于把各个重大的历史事件,通过艺术形象生动地表现出来。书中对各个集团之间矛盾、冲突的描写,提供了不少政治斗争和军事斗争的策略和经验。中国战争史中,因为主观指导的正确,后发制人,以弱胜强的著名战例,如"袁曹官渡之战""魏蜀吴赤壁之战""吴蜀彝陵之战",在《三国演义》中都有完整而通俗的描写。因此,这部作品在长期流传过程中,不但能帮助人民群众认识封建统治阶级的丑恶本质,在普及历史知识、丰富人民斗争经验方面,也起了一定的作用。同时它在艺术上也有可供借鉴之处。

看《三国演义》时,掉下同情的眼泪,是替古人担忧。

康尔泰打拳——当众出丑

辛亥革命前夕,清朝封建政府极端腐朽没落,国力不强而崇洋媚外。一些外国人常常仗势欺人,视中国人为"东亚病夫",在中国横行霸道,就是在北京城内,他们也肆无忌

惮,更不把中国武术放在眼里。

1918 年秋天,俄国的康尔泰来北京城献艺,自称能"力举一万四千磅(约五吨)的大铁球",自吹是"天下无敌手"的大力士。当时,在北京的中国武林高手很多,他们主持正义,反对暴政,身怀绝技,藏而不露。康尔泰演武之时,自吹自擂,目中无人,激怒了看表演的中国人,当场就有中国武术家要求同他较量。但康尔泰以"地方狭小,未经俄国使馆同意"为借口,不肯当场较量。后来,双方约定 9 月 14 日在中山公园比武,论个高低。

14 日晚,中国武士会会长张占魁等,率领保定师范学校武术教员王俊臣、清华学校武术教员李剑秋和时云斋、韩慕侠等四人到场比武。但是当时的北京警察局却以"事关国际"等理由进行拦阻,原定的比武改为了双方表演武术,中国的武术家表演的"空手夺刀"等精彩节目博得了观众极其热烈的掌声。轮到康尔泰表演"力举一万四千磅大铁球"时,观众已看出破绽,这时,有数名中国青年学生跳上舞台,把康尔泰尚未落地的大铁球接过来"举而舞之"。其中有一个青年还把几个较小的铁球并在一起,扛在肩上大喊"这里面是空的!"这下子可惊动了全场。又有人跳上舞台把康尔泰的"千斤铁链"折成数段,有人把康尔泰的千斤大铁球劈开一看,里边原来是木头的,只不过百斤。康尔泰傻了眼,当众出尽了丑,只好灰溜溜地跑掉了。从此,北京城内传开佳话,还落下了"康尔泰打拳——当众出丑"这一条歇后语。以后凡嘲讽那些自不量力、自吹自擂的人,人们常常爱说这是"康尔泰打拳"。

康熙察"皇城"——真相大白

传说,清朝时陈廷敬在北京做了大官,可是他母亲却一直住在山西老家。有一次,陈廷敬回乡探亲,母亲提出要跟儿子到京逛一逛皇城。陈廷敬为难了,去北京要骑毛驴,坐牛车,行走数十天,老人家怎能受得了。再说,皇城也不是谁都可去游的啊。于是他对母亲说:"娘,你身体不好,这么远的路程你去怕是吃不消的,不如我给你照北京的样式修个黄城吧!"母亲听了很高兴。于是,陈廷敬拿出自己多年的积蓄,又借了些银两,雇了些工匠就开始动工了。

不知怎的,这事儿传到北京城。有人向康熙皇帝上奏,说:"陈廷敬要造反,用公家的钱在家修了九间朝王殿,排场可大了!"康熙听了不相信,便来到陈廷敬的工地察看。康熙问道:"老爱卿,听说你修了皇城,可是真的?"陈廷敬忙说道:"万岁,我是修了黄城,不过,是'黄色'的'黄',老母不识字,把她老人家哄过去就是了。"于是,陈廷敬把详情向康熙叙说了一遍。康熙笑着说:"修个院套,安慰老人家,让老人家享点福,应该!有人告你修皇城,我就不相信,这回真相大白了吗!来,我为你写几个字。"说罢,大笔一挥。写了"午亭山庄"四个字。这午亭正是陈廷敬的别号。

打这以后,"康熙察'皇城'——真相大白"这一歇后语便传开了。

康熙除鳌拜——大快人心

公元 1661 年清顺治皇帝驾崩,年仅八岁的玄烨(即康熙)即位,顺治遗诏,由索尼、遏必隆、苏克萨哈、鳌拜四大臣辅政。当时鳌拜在四辅政大臣中地位最低,但因索尼年老多病,遏必隆生性庸懦,苏克萨哈因曾是摄政王多尔衮旧属,为其他辅政大臣所恶,因此鳌拜才得以擅权。

鳌拜结党营私,日益骄横,竟发展到不顾康熙的意旨,先后杀死户部尚书苏纳海、直隶总督朱昌祚、巡抚王登临与辅政大臣苏克萨哈等政敌,引起朝野惊恐,康熙震怒。最后康熙设计由一群少年在宫内练习"布库"(即摔跤,满族的一种角力游戏),鳌拜以为是小孩子的游戏,不以为意,康熙八年(公元 1669 年)五月,这群少年将鳌拜擒获。康熙宣布鳌拜三十条罪状,廷议当斩,康熙念鳌拜历事三朝,效力有年,仅革其职,籍没拘禁。

刻舟求剑——心眼太死

战国时,有个楚国人乘船过江,船到了江心,一个浪头打过来,船身猛地摇晃了一下,这人身子也摇晃了一下,佩剑掉进了江中。周围的船客都为他可惜,可那个楚国人却不慌不忙地掏出小刀,在船身上刻了一个记号。他边刻边对大家说:"我的剑是从这里掉下去的,做个记号方便寻找。"船靠岸后,那个人看准自己做的记号,跳进江里去找剑。他找了大半天,仍旧什么也没找到。

船已经走动了,可是剑沉到了江底,它绝不会跟着船走,像他这样找剑,真是愚蠢可笑。

孔融四岁让梨——从小就懂事

孔融小时候聪明好学,才思敏捷,巧言妙答,大家都夸他是神童。四岁时,孔融已能背诵许多诗赋,并且懂得礼节,父母非常喜爱他。

一日,孔融的父亲买了一些梨子,特地选了一个最大的梨子给孔融,孔融摇摇头,却另选了一个最小的梨子,说:"我年纪最小,应该吃小的梨,大的梨就给哥哥吧。"父亲听后十分惊喜。孔融让梨的故事,很快传遍了曲阜,并且一直流传下来,成了许多父母教育子女的好例子。

孔子拜师——不耻下问

春秋时代的孔子是我国伟大的思想家、政治家、教育家,儒家学派的创始人。人们都尊奉他为圣人。然而孔子认为,无论什么人,包括他自己,都不是生下来就有学问的。

有一次,孔子去太庙参加鲁国国君的祭祖典礼。他一进太庙,就向人询问祭祖典礼的事,几乎把每个细节都问到了。当时有人讥笑他说:"谁说'邹人之子'(孔子的父亲做过邹县的县官,所以当时有人把孔子称为'邹人之子',即邹县县官的儿子。)懂得礼仪?来到太庙什么事都要问!"孔子听了那人的讥讽,回答道:"我对于自己不明白的事,必定向别人请教,这恰恰是我要求知礼的表现啊!如果明明不知道却假装知道,而耻于向别人请教,我就永远不会懂得礼仪。"

卫国有个名叫孔圉的大夫,他死后谥号为"文",因此人称"孔文子"。孔子的弟子子贡问孔子:"孔圉为什么被称为'文'呢?"孔子回答说:"他敏而好学,不耻下问,所以就用'文'字来作为他的谥号。"从这句话中,我们也可以看出孔子对"不耻下问"的学习态度的推崇,而他自己也确实做到了这一点。

"孔子拜师——不耻下问"这个歇后语就是从这里引来的,

孔子搬家——尽是输(书)

传说,有一次鲁国大夫季孙氏招待读书人,年轻时的孔子也想参加。季孙氏的家臣不让孔子参加,还骂说:"我们请的都是知名人士,你来干什么?"孔子听后,格外刻苦用功,专攻礼、乐、射、御、书、数六艺,决心做个有学问、有道德修养的人。

孔子到三十岁左右,名声渐盛,就办了私塾,招收学生。据说孔子的学生有三千,其中得意门徒有七十二人。公元前501年,孔子五十一岁,在鲁国做了中都宰,之后又升为大司寇,摄得相事。公元前497年,孔子离开鲁国,周游列国。几年后,又回到鲁国,晚年致力于教育和编书。孔子死后,他的门徒继续传授他的学说,形成了一个儒家学派。孔子便是儒家学派的创始人。

孔子出门——三思而行

春秋的时候,鲁国的大夫季文子做事谨慎,非常稳重,处理每件事情都很稳妥。由于这个原因,鲁国宣公、成公和襄公在位时,都十分器重季文子,让他担任重要的职务,季文子就成了"三朝元老",得到了人们的拥护。鲁襄公五年,季文子由于患病去世,朝廷上下都很悲痛,纷纷称颂他办事时能够三思而行。著名教育家孔子也倡导人们学习他的处事作风,做事时要经过慎重考虑再去做。

孔子读书——废寝忘食

孔子在六十四岁那年,周游到了楚国的叶邑(今河南叶县附近)讲学,叶县大夫沈诸梁热情接待了孔子。沈诸梁虽然听说过孔子的学识和成就,但是对孔子本人并不十分了解,于是他向孔子的学生子路打听孔子的为人。子路虽然跟随孔子多年,但是却不知道怎么回答合适,就没有作声。孔子知道了这件事后,就对子路说:"你可以这样回答他:孔子努力学习而不厌倦,甚至于忘记了吃饭,津津乐道于授业传道,而从不担忧受贫受苦;自强不息,甚至忘记了自己的年纪……"孔子的话并不是自夸,而是实事求是地表现了自己崇高的理想和追求。

孔子教弟子——宁渴不饮盗泉

春秋时,在山东泗水县的东北,有一潭碧泓清冽的泉水,附近的百姓常到潭中挑水饮用,游泳嬉耍。后来,有一伙强盗占据了这个地方,他们在潭畔安营扎寨,打劫过往的客商和行人,百姓们对强盗们恨之入骨。过了些时候,鲁国国君派兵赶走了强盗,人们便把这个无名的水潭称为盗泉。

有一年夏天,骄阳似火。孔子带着子路等学生,外出办事路过盗泉。子路从盗泉取水饮用。孔子见泉水清冽异常,不由问道:"这样清冽的泉水是很少见的,你问过住在这里的人家,知道这潭泉水叫什么名字吗?"子路笑着回答说:"我刚才问过一个老人,他告诉我这泉水的名字叫'盗泉'。水这么清,不知道为什么要叫这样一个坏名字!"孔子听了,立即把钵中的水往地上一泼,又叫子路把打来的水全部倒掉。孔子说:"盗泉,那就是说,这是强盗的泉水,它的名声肯定坏透了。我们怎能因为口渴而去喝坏透了名声的东西呢?我们宁愿渴死也绝不喝它!"孔子说完,吩咐车夫继续赶路,往前驶去。

孔子看子羽和宰予——以貌取人

孔子有许多弟子,其中有一个名叫宰予的,能说会道,能言善辩。宰予开始给孔子的印象不错,但后来渐渐地露出了本相:既无仁德又十分懒惰;大白天不读书听讲,躺在床上睡大觉。为此，孔子骂他是"朽木不可雕"。

孔子的另一个弟子，叫子羽，子羽的体态和相貌都很丑陋，孔子开始认为他资质低下，不会成才。但子羽从师学习后，回去就致力于修身实践，处事光明正大，不走邪路；不是为了公事，从不去会见公卿大夫。后来，子羽游历到长江，跟随他的弟子有三百人，子羽声誉很高，各诸侯国都传诵他的名字。孔子听说了这件事，感慨地说："我只凭言辞判断人品质能力的好坏，结果对宰予的判断就错了；我只凭相貌判断人品质能力的好坏，结果对子羽的判断又错了。"

孔子论弟子——一分为二

有一天，孔子的学生子夏问："老师，您认为颜回的为人怎么样呢？"孔子回答说："颜回的仁义比我强。"子夏又问："那么，您认为子贡的为人又怎样呢？"孔子回答说："子贡的口快善辩是我所不及的。"子夏接着又问："您认为子路的为人怎样呢？"孔子说："子路十分勇敢，我在这方面不如他。"子夏再问："子张的为人又怎样呢？"孔子回答说："子张的庄重超过了我。"

子夏听了老师的回答大惑不解。于是，他离席问孔子："既然他们都比您强，为什么都愿意拜您为师，向您学习呢？"孔子不慌不忙地说："子夏，你坐下来，让我细细给你说。颜回虽然讲仁义，但他不懂得变通；子贡虽然口才好又善辩，但他不够谦虚，听不进别人的反面意见；子路十分勇敢，但他有勇无谋，不懂得退让；子张虽然庄重，但他却与别人合不来。他们四人各有所长，也各有所短，这就是他们都愿意拜我为师，都愿意跟着我学习的缘故。"正是由于孔子看人，能够做到一分为二，优点和缺点都能看到，在此基础上"因材施教"，才使他成为一位影响深远的大教育家。人们也根据这个故事编成了歇后语"孔子论弟子——一分为二"。

孔子叹纣王——一窍不通

比干是商朝纣王的叔父，先辅帝乙治殷，后为纣朝少师，又称亚相，对帝乙、纣王皆忠贞。纣王晚年荒淫无道，百姓缄口，众臣叛离。比干心急如焚，见箕子因谏而为奴，比干深为悲愤，表示"君有过而不以死谏，则百姓何辜！"于是到摘星楼劝纣王，纣王不听，他不惜以死相争，纣王大怒，比干大声吼道："吾闻圣人之心有七窍，信有之乎？"遂在摘星楼剖开肚子，让纣王视其心。

春秋时，孔子感叹地说："纣王心窍不通，如果通一窍，比干就不会死了。"

孔子谈《易》——韦编三绝

春秋时期的书，主要是以竹子为材料制造，把竹子破成一根根竹签，称为"竹简"，然后用火烘干后在上面写字。一部书要用许多竹简，这些竹简必须用牢固的绳子之类的东西编起来才能阅读。孔子为了深入研究《易》，又为了给弟子讲解，他不知翻阅了多少遍。这样读来读去，把串联竹简的牛皮带子也给磨断了几次，不得不多次换上新的再使用。孔子为读《易》而翻断了多次牛皮带子的故事，后人用"韦编三绝"来加以概括。

孔子与下大夫说话——侃侃而谈

在周朝的等级制度中，大夫是诸侯下面的一个等级。其中又分为两等，最高一级称为卿,即上大夫,其余称为下大夫。

孔子大力宣传"仁"的学说,并提出"仁"的执行要以"礼"为规范,极力维护贵族等级秩序,所以他一举一动、一言一行都力求合乎周礼。在家乡,在朝廷上,和上大夫说话,和下大夫说话,他都有不同的举止和言语。平时,在家乡与乡亲们谈话,他显得温和恭顺,好像不善辞令的样子;但在祭祀和朝见的场合,他却十分善言,只是比较谨慎罢了。在朝廷上,当国君不在场时,与下大夫说话,他言谈毫无顾忌,侃侃而谈,显得从容不迫;但和上大夫说话,他和颜悦色,十分谦恭;如果国君临朝,在国君面前,他一切都按礼仪去做,小心谨慎。

孔子指点子夏——欲速则不达

子夏是孔子非常喜爱的一个学生。有一年,子夏被派到莒父(现在的山东省莒县境内)去做地方官。临走之前,他专门去拜望孔子,向孔子请教说:"请问,怎样才能治理好一个地方呢?"孔子对子夏说:"治理地方,是一件十分复杂的事情。可是,只要抓住了根本,也就很简单了。"孔子向子夏交代了应注意的一些事后,又再三嘱咐说:"无欲速,无见小利。欲速,则不达;见小利,则大事不成。"这段话的意思是:做事不要单纯追求速度,不要贪图小利。单纯追求速度,不讲效果,反而达不到目的;只顾眼前小利,不讲长远利益,那就什么大事也做不成。子夏表示一定会按照老师的教导去做,就告别孔子上任去了。

孔子

后来,"欲速则不达"流传下来,被人们用来说明过于性急图快,反而适得其反,不能达到目的。

口袋里的锥子——脱颖而出

战国时,秦国要攻打赵国,赵国平原君奉命到楚国求援。当他选出十九个门客后,就再也没有合适的人选了。这时,一个名叫毛遂的人主动请求说他可以和平原君一起去。可是平原君根本就不知道这个人,就对他说:"有才能的人就像锥子在口袋里,很快锥尖就能被发现,可是你在我这里三年,我一点都不知道你呀!"毛遂说:"假如您早一点把我放进口袋,就会连锥子上面的环也露出了,岂止露出尖儿。"

平原君带上毛遂一同赴楚。来到楚国后,平原君和楚王谈了近一天也没有结果。毛遂坐不住了,他提着剑对楚王说秦国攻打赵国会对楚国造成的影响,要求楚王立刻答应共同抗击秦国。楚王被毛遂说服,签了盟约。从这之后,平原君重用毛遂。

寇准罢宴——不忘母训

相传,宋淳化年间,青年时代的寇准,得到宋太宗的支持和信任,被提升为参知政事。

不久，宋太宗又为寇准主婚，让皇姨宋娥与他成亲。寇准新婚期间，日日酒宴，夜夜歌舞。

一天，寇准与宋娥正在欢宴，忽听门官来报有家乡人非要见寇准。不一会，门官领来一个老汉，衣着破烂，脸上布满皱纹。寇准一看，原来是舅舅，便忙拉宋娥一起上前拜见。老汉大哭："我进了这相府，见你这么荣华富贵，又听你手下人说，你每日每夜都是这样，叫我不由得想起我那可怜的老姐了。她一辈子受苦受难，没过一天好日子！你娘受过的苦难，你早忘光了吗？"寇准听舅舅说起母亲，慌忙跪倒，说："都是甥儿不好，得意忘形，忘了母亲的教导。"说罢，忙和宋娥劝舅舅入席用饭。老汉看着宴席上的山珍海味，指着宴席说："这一桌饭，够咱家乡一家人过几个月！你在京城里吃的这么好，可知家乡今年大旱，颗粒不收，现在还没过年，已闹起了饥荒，到明年春天，不知要饿死多少人呢！想到这，我怎么能吃下这样好的饭呢？"

寇准也听说家乡有旱情，可是从地方官的奏折里，却看不出灾情的严重程度。听舅舅这一说，顿感自己失职，愧对乡里。他安排舅舅住下，急忙吩咐撤了宴席，并以此为戒，永不夜宴。第二天早朝，寇准将故里旱情如实奏给宋太宗，并请旨回陕西督赈和询察民情。

寇准被诬陷——孤注一掷

北宋初年，辽国萧太后亲率大军南下侵宋。宰相寇准坚持抗战，并请宋真宗到澶州督战。宋军士气高昂，连连获胜，逼迫辽军讲和。真宗也因此待寇准很是优厚。大臣王钦若十分忌妒寇准。一天上朝，寇准先退下，真宗目送寇准走。王钦若于是进言："陛下敬重寇准，是因为他有社稷功劳吗？"真宗说："是。"王钦若说："澶渊那场战役，陛下不以它为耻辱，而认为寇准有社稷功劳，为什么呢？"真宗惊讶地说："什么原因？"王钦若说："城下的盟约，《春秋》认为是耻辱。澶渊的举动，也是城下的盟约。以您的尊贵而换得城下之盟，还有什么比它更羞耻的！"真宗听后感到不高兴，脸色也变了。王钦若说："陛下听说过赌博吗？赌博的人输钱快要完了，就倾其所有赌最后一把，叫作孤注一掷。陛下是寇准的孤注一掷的赌物，也很危险啊。"从此真宗冷落寇准。第二年，真宗罢免寇准宰相官职，降为刑部尚书，陕州知府，起用王旦为宰相。

寇准勘问潘仁美——全靠计谋

相传，宋太宗看完杨六郎上疏奏潘仁美陷害杨家父子奏疏，大怒骂道："欺君奸贼，反奏杨家父子反了。"便把潘仁美押进皈依寺，并派寇准勘问潘仁美。

寇、潘二人饮酒，潘仁美问寇准："听说杨六郎说我害死他父兄，确有此事没有？"寇准说："确有其事，是后来幸亏潘娘娘保奏太师，皇上才免你一死在此安置。我保奏太师，八王爷就弹劾我与恶人勾结，皇上准了他的奏疏，就把我贬到这里来了。我听说杨令公，被太师算计得很准，现在这里没有别人，你说给我听听。"

潘仁美没防备寇准在套他口词，又喝得有些醉了，就把如何公报私仇，致使杨业父子惨死的过程详说了。寺院住持则在一旁悄悄记下了潘仁美的口供。在铁证面前，潘仁美只得低头不语。

夸父追日——自不量力

传说在上古时代，有一个神人名叫夸父，他有一个伟大的志向，追上太阳。一天，太阳刚刚从地平线上露出半边脸,夸父便甩开两条长腿,由东向西奔走。一天内,他不吃不喝,只是拼命地追逐着日影,与它竞走。到了下午,夸父追赶着太阳到了它将要落下的隅谷之处。但此时,夸父感到极其口渴,必须马上喝下大量的水。于是,夸父跑到黄河边上喝水。他一口气将黄河的水喝得精光,使黄河显出了河床。但他还是很渴,又跑去喝渭水,渭水也让他喝干了。然而,夸父仍然没有止住渴,胸间如有火焚烧,非常难受。这时,他想起北方的雁门山下有一个大湖,纵横千里,极为宽阔。他又迈开步伐,向北而去。夸父艰难地走了一阵,还没等赶到大湖,便因过度饥渴而倒在地上死去了。

夸父倒地时,扔下了他的手杖。他死之后,手杖化作了一大片桃林,绵延数千里。

匡衡凿壁——借光

匡衡出身贫穷,但是他热爱读书,由于没有钱读书,他十分苦恼。匡衡听说附近有户人家藏有许多书,就特意来到这户人家当佣工。匡衡每天起早贪黑地干活,十分勤快,主人见了非常高兴,就想给他多发些工钱,然而匡衡执意不要。主人感到很奇怪,就问他怎么回事。匡衡诚恳地说:"我没有什么别的要求,只要允许我读你家的藏书,我就心满意足了。"主人被匡衡的好学精神所打动,就把家里的书借给他读。

匡衡每天干完活就读书,但只有晚上才有时间,可是晚上看书要点灯,而他没有钱买油,因此他很焦虑。有一天,他偶然发现只有一墙之隔的邻屋家里点着蜡烛,他灵机一动,就在自家的墙壁上悄悄地凿了一个小孔,蜡烛微弱的烛光就透过洞口照在书上。就这样,匡衡常常在洞口旁看书到深夜。后来邻居发现了这件事,对他勤奋好学的精神十分赞赏,不但没有责怪他凿穿墙壁,还经常给他一些力所能及的帮助,这使得匡衡深受鼓舞,读起书来也更加用功。

一天天过去了,匡衡凭着勤奋好学的精神,终于成为西汉时期著名的学者。后来,他还成为汉元帝的丞相。

L

来俊臣审周兴——请君入瓮

唐武则天时期任用了一批酷吏,其中以周兴、来俊臣最为知名。一天,来俊臣接到武则天的密旨,说周兴与人密谋谋反,叫来俊臣审讯他。

这天,来俊臣和周兴在一起吃饭。来俊臣对周兴说:"囚犯大多不肯招供,你看应该采用什么法子?"周兴说:"这很容易啊!取一只大坛子,用炭火在周围烧,再命令囚犯到坛子中去,他还有什么口供不肯招出来呢?"来俊臣便找来一只大坛子,照周兴的办法在周围烧火。然后,站起身来对周兴说:"皇宫里传出密件要审讯你,请你到坛子里去吧。"周兴非常惊恐,马上给来俊臣磕头,并且认了罪。

兰溪的狗腿——名不好吃着有味

相传,从前兰溪有个火腿行,每逢火腿洗晒时,老板怕外人偷火腿,除叫师傅们轮流守夜外,还专门养了两只大黄狗,给师傅们壮胆。一天,轮到江直师傅守夜。半夜江直偷偷提着一把刀,杀死了一只黄狗,另一只黄狗跑掉了。他把那只黄狗剥了,准备当夜点心。这时老板听到狗叫声,忙跑出来看个究竟。见架子上的火腿一只未少,便回去睡觉去了。江直见老板走了,便三下五除二将黄狗肉腌到缸里去了。

一天,下起鹅毛大雪,作坊里没事,江直就把狗肉取出来,烧给大家吃。正吃得高兴,老板闯了进来。江直忙笑着说:"老板冒雪到此,想必有事?"老板闻到了香味,忙问:"你们吃啥,这么香?"江直怎敢直说,顺嘴说道:"是上等'雪腿',可香啦!尝一块儿吧!"老板也不客气,就吃了一块。可是他越吃越香,不一会儿,便把狗肉吃个精光。老板见这肉好吃,便问江直:"'雪腿'肉这么香,从哪儿弄来的?"江直见老板说话很和气,便笑道:"这'雪腿'还是老板家的呢?"老板听说是他家的,忙问:"这到底是怎么回事?"江直这才大着胆子把事情的经过从头至尾说了一遍。老板一听,高兴极了,他想:"腌狗肉这般好吃,何不腌些狗腿卖呢!"第二年冬,老板收了些狗腿,也按江直的方法腌上了。腌好后,果然十分好吃。有人说狗腿不如就叫"雪腿"。老板回答说:"兰溪的狗腿——名不怎么的吃着蛮有味。"

从此,兰溪的狗腿出了名。投入市场后,大家都争相购买。

癞蛤蟆想吃天鹅肉——妄想

传说很久以前,王母娘娘召开蟠桃盛会,邀请了各路神仙。蟾蜍仙虽然相貌丑陋,但也是名列仙班,所以也在被邀之列。蟾蜍仙来得比较早,恰好在王母娘娘的后花园内遇到了天鹅仙女。天鹅仙女美艳绝伦,大放异彩,蟾蜍仙大动凡心,向天鹅仙女表明自己的倾慕之情,想得到天鹅仙女的垂爱。

天鹅仙女自命清高,即使没有天规的约束,她也不会看上其貌不扬的蟾蜍仙,更何况她是一个中规中矩的神仙。所以天鹅仙女不但当面回绝了蟾蜍仙,还大声地呵斥了他。可是蟾蜍仙并不识趣,还是死缠着。天鹅仙女一怒之下,告状至王母娘娘那里。王母娘娘大怒,随手将嫦娥月宫中献来的月精盆砸向蟾蜍仙,罚其下界为癞蛤蟆。这便是"癞蛤蟆想吃天鹅肉"的来历。

"狼来了"——无人相信的谎言

从前,有个小孩儿赶着一群羊,到山里放羊。有一天,这个小孩儿忽然大叫起来:"狼来了!狼来了!"在山里种地打柴的人听说狼来了,都赶紧放下手里的活儿,带了镰刀、锄头、扁担,飞快跑来打狼救孩子。大伙跑来一看,羊都在安静地吃草,就问小孩儿:"狼在哪里呀?"小孩儿哈哈大笑起来。原来根本没有狼,是小孩儿闹着玩。大伙儿很生气,说了小孩儿一顿,叫他以后不要再说谎了,就回去干活了。

过了几天,大伙儿正在忙着,又听见那个放羊的小孩儿在喊:"狼来了!狼来了!"大伙跟上回一样,放下活儿,赶来打狼救孩子,谁知道又上当了。根本没有狼,还是这小孩儿在闹着玩儿。大家又说了小孩儿一顿,叫他以后再不要说谎了。这小孩儿呢?一边哈哈大笑,一边心里在想:瞧我,一个小孩儿能叫那么多人上当,多开心。

一天,狼果然来了,小孩儿又喊起来:"狼来了!狼来了!快来打狼呀!"大伙儿听见了,谁也不去理他,这个说:"这小孩儿准又在说谎了。"那个说:"咱们上了两次当,这回再也不上他的当了。""狼来了,狼来了!快来救救我呀!"小孩儿看着离得越来越近的凶恶的狼,凄厉地叫着。听的人说:"他装得多像!可我们再也不会上当了。"没有人去救,小孩儿和羊都被狼叼走了。

如今,"狼来了"这句话,已成为谎言的代名词——无人相信的谎言。

浪里白条斗李逵——以长攻短

宋江发配至江州,李逵为找鱼下酒大闹渔牙,放跑了渔户的鱼。没料到渔牙的主人张顺赶来,和李逵打了起来,陆地上张顺打不过黑旋风李逵,就到水里打,李逵不知张顺是水中英雄,被浪里白条用水灌了个饱,幸亏戴宗制止,才救下李逵。

后来,人们就根据这个故事引出了"浪里白条斗李逵——以长攻短"的歇后语。

浪子回头——金不换

相传明朝时候,有一个财主年过半百才得子,取名为天宝。天宝长大后游手好闲,挥金如土。后来,天宝的父母不幸双双去世,教书先生也走了,天宝更加肆无忌惮,不到两年,万贯家财花了个精光,最后落得靠乞讨为生。

一天晚上,天宝跌倒冻僵在路旁。这时,王员外正好路过,命家人救醒天宝。天宝被救醒后,王员外问清了他的家世,便把他留在身边,打算让天宝做女儿蜡梅的先生,天宝刚开始只管教书,时间一长,不禁对蜡梅想入非非,动手动脚。王员外知道后不动声色,他把天宝叫来,说:"天宝,我有一件急事需要你帮忙。我有一个表兄,烦你到苏州把这封信送给他。"天宝无奈,只得上路。

天宝找了半个多月,也没找到王员外表兄的住处,眼看着盘缠快花完了,他打开信一瞧,不禁羞愧万分,只见信上写着四句话:"当年路旁一冻丐,今日竟敢戏蜡梅;一孔桥边无表兄,花尽银钱不用回!"看完信后,天宝本想投河自尽,但他转念一想:我为什么不能挣二十两银子,还给王员外,当面向他请罪呢?于是,天宝振作精神,白天帮人家干活;晚上挑灯夜读。三年下来,他不但积攒了二十两银子,而且变成了一个博学的才子。这时,恰恰开科招考,天宝进京应试,一举中了举人,于是,他日夜兼程,回去向王员外请罪。到了王员外家,天宝扑通一声跪倒,手捧一封信和二十两银子,向王员外请罪。王员外接过书信和银子,一看才发现原来是三年前自己写的那封。不过,在他那四句话后又添了四句:"三年表兄未找成,恩人堂前还白银;浪子回头金不换,衣锦还乡做贤人。"王员外惊喜交加,连忙扶起天宝,并把蜡梅许给了天宝。

老汉摆摊——可怜天下父母心

相传,有一位老汉以卖小吃为生,不管刮风下雨他的小摊都会出现在街头。这位老汉做的小吃味道独特,很多路过的人吃了以后都会再来吃。这样一来老汉的手艺远近闻名,全城的人都跑到他这里来品尝小吃。

许多人在吃后意犹未尽,都会掏钱再买一份带回家,还说是带给孩子们尝尝。老汉听了以后心里很不是滋味,因为老汉本身有三个子女,且都已成家。老汉丧偶独自一人生活,儿女从来不过问老汉的生活,老汉只好日夜操劳,自己摆摊挣钱糊口。他摆摊这么长时间,从未听到哪个人说买给父母吃,都是买给子女和老婆吃。他想天底下的父母没有不疼爱子女的,难道就没有知道心疼父母的子女吗?

这天,老汉正在摆摊,一个人急匆匆地跑过来要了一份小吃,吃了以后感觉味道很好就又吃了一份。吃完后,这个人站起来说:"您再给我做一份,打包带走,拿回家给我老母亲尝尝。"老汉一听心里一热,心想天底下还是有这样孝敬父母的人的。于是问道:"你不给孩子拿一份吗?"这个人说:"孩子们还小,想吃就自己来吃。母亲岁数大了,辛苦了一辈子,要多孝顺父母才对!"老汉一听更是感动,于是说:"我免费给你做一份,不收你的钱了。"这个人很不理解,问老汉这是为何?老汉把自己的情况说了一番,还说:"我在这里卖了这么长时间的小吃,好多人都买回家给儿女吃,还没见过哪个人买给父母吃的。"这个人才明白了老汉的举动。

老包断案——脸黑心不黑

老包、包公都是百姓对北宋年间清官包拯的称谓,包拯以断狱英明、清廉刚直而著称于世,也因此获得了百姓的热爱与尊敬。

据传有一天,包拯刚刚升堂,就有一个孩子击鼓鸣冤,带上堂来一问才知道他是个卖油条的,今早卖完油条累了,在路边的一块大石头上睡着了,等他醒来时,卖油条的钱却被偷走了。

包公听后,沉吟了一下,便叫王朝、马汉把那块石头抬到大堂之上,说是要当众审石头。于是包公审石头的奇闻一传十,十传百,几乎人人皆知,百姓都来看包大人审石头。

包青天威风凛凛地坐在公堂上,把惊堂木一拍,大声喝道:"你这块石头,孩子坐在你身上打盹,弄得他卖油条的钱不见了,定是你偷了,快从实招来,以免受刑。"包公一连问了三声,石头却沉默不言。包公看见石头不作声,顿时怒目一睁喝道:"这块顽石死不开口,打它三十大板。"石头挨打后,仍旧没有作声。包公又喝道:"再打三十大板,看它招也不招。"这时,看热闹的人挤满了公堂。包公笑着开口说:"列位乡亲父老,这顽石偷了钱,死不承认,我看这孩子可怜,大家就伸出友爱仁慈的手,每人送他一枚钱,好不好?"大家听后都异口同声地说:"好!我们听包大人的话。'"

包公叫王朝马汉在大门口放了一只装了水的木桶。包公走到木桶前,带头投了一枚铜钱下去,然后坐在椅子上,目不转睛地看老百姓投钱。一人、两人、三人……当有一个汉子将铜钱投入水中时,包公发现水面上浮现了一层油膜。包公便大喝一声:"把这偷钱的贼抓起来,带上公堂!"这一大喝,令众人莫名其妙。

于是包公拿起那枚起油膜的铜钱,大声地说:"各位乡亲父老,小孩卖油条收的钱,难免沾有油渍,钱一旦投入水中,就会浮现油膜。因此我便心生一计,让大家都来看'审石头'怪案。偷钱的贼大概也会混进来看热闹,如果是这样,就正合我意了!"

偷钱的贼吓得面如土色,连忙爬在地板上,叩头如捣蒜,承认自己偷了钱,恭恭敬敬地把偷的钱拿了出来,乖乖听从包青天的处罚。

人们根据包公脸色黝黑的相貌特征和秉公断案的故事,编写了歇后语"老包断案——脸黑心不黑"。

老师辛勤树人——桃李满天下

春秋时,魏国有个叫子质的大臣,他当官时曾保荐过很多人。后来子质丢官只身跑到北方,见到一个叫简子的人,子质向简子发牢骚,埋怨自己过去培养的人在危难时不肯帮他。

简子听了子质的介绍后,笑着对他说:春天种了桃树和李树,到夏天可在树荫下纳凉休息,秋天还可吃到可口的果实。可是,如果你春天种的是蒺藜,到夏天却不能利用它的叶子,而秋天它长出来的刺倒要扎伤人。你过去培养提拔的人都是些不值得保荐的人,所以,君子培养人才,就像种树一样,应选好对象,然后再培植啊!简子用比喻批评子质培养人才不当。而老师培养出来的学生很多,就被誉为"桃李满天下"了。

乐山弥勒佛——大手大脚

传说唐朝初年,凌云山上有一座凌云寺,凌云寺里有一个老和尚,叫海通。当时凌云山下,岷江、青衣江、大渡河三江汇流,水深流急,波涌浪翻,经常吞没行船,危害百姓。海通和尚看到船毁人亡,心中十分不忍。他想三江水势这样猖獗,水中必有水怪。要是在这岩石上刻造佛像,借着菩萨的法力,定能降服水怪,使来往船只不再受害。于是他请了两个有名的石匠来商量刻佛像的事。这两个石匠一个叫石诚,一个叫石虚。石诚决定刻一尊像山岩一样高大的佛像。

海通和尚还请了许多凿石造像的能工巧匠,让他们和石诚一起雕琢大佛。附近的百姓听说海通和尚请人雕琢大佛镇压三江水怪,也纷纷赶来帮忙,有的烧茶,有的送饭,一时之间,凌云岩上人来人往,锤声如雷,岩片似雨。

后来,海通和尚生病快要死了,但大佛还没有完工。他把几个弟子和石工们叫到床前说道:"我可能看不到大佛完工了。我死以后,你们一定要继续造大佛。"说完,他就圆寂了。海通和尚死后,他的徒弟就领着大家继续建造大佛。不久,石诚也死了,他的徒弟们继续雕琢大佛。就这样一代接着一代,经过了90年,大佛终于建成了。

因为这座石刻大佛是天下最大的佛像,所以人们就叫它大佛,又叫乐山大佛。大佛旁边的那座凌云寺,也改名叫大佛寺了。

李白看老婆婆磨铁棒——铁杵成针

李白小时候不喜欢读书。一天,李白又没有去上学,在街上东转转、西望望,不知不觉来到城外。在一个破茅屋门口,坐着一个满头白发的老婆婆,正在磨一根棍子般粗的铁杵。李白走过去,问:"老婆婆,您在做什么?""我要把这根铁杵磨成一根绣花针。"老婆婆抬起头,对李白笑了笑,接着又低下头继续磨。"绣花针?"李白又问,"是缝衣服用的绣花针吗?""当然!""可是,铁杵这么粗,什么时候能磨成细细的绣花针呢?"老婆婆反问李白:"滴水可以穿石,愚公可以移山,铁杵为什么不能磨成绣花针呢?""可是,您的年纪这么大了?""只要我下的功夫比别人深,没有做不到的事情。"老婆婆的一番话,令李白很惭愧,于是他回去之后,再没有逃过学。每天的学习也特别用功,终于成了名垂千古的诗仙。

李崇断案——设下圈套

北魏时,寿春县荀泰有一个三岁的儿子,在遇到强盗时丢了,过了几年也没有孩子的下落。后来发现孩子在同县人赵奉伯家里,荀泰便把情况报告了官府。在公堂上,二人都说那孩子是自己的儿子,并且都有邻居作证,郡、县一时不能定案。刺史李崇命令把孩子隔离起来,封闭了几十天,然后派人分别告诉两位父亲说你的儿子得了疾病,不久前突然死去了。荀泰听说后,立即放声大哭,悲痛不已;赵奉伯只不过叹息罢了,一点也没有悲痛之意。李崇了解到这种情况后,就把孩子判给荀泰,追究赵奉伯的诈骗罪。

另外,定州有流民解庆宾兄弟,弟弟解思安因触犯刑法被发配到扬州,解思安不服劳役逃了回去,解庆宾怕被追查责任,打算把弟弟的姓名从户籍上除掉,于是冒认城外死尸,谎称弟弟被人杀死。又有一个女巫自称见到鬼,叙说解思安被害时的痛苦的情况,解庆宾又诬告同军的士卒苏显甫、李盖等杀了他的弟弟。在州府审讯时,苏、李二人忍受不了刑罚的痛苦,各自都招认了。将要结案时,李崇觉得案情有问题,便暂时停止结案。李崇暗中派两个人,找到解庆宾,告诉他说:"最近有一个人路过我们家时,要来投宿,晚上与他交谈,我们怀疑他有问题,当即就追问他从哪儿来。他说自己是流配充军的人,不愿服役而逃跑,姓解字思安。当时想把他扭送官府,他苦苦哀求我们,声称:'有一个哥哥解庆宾,你们如果同情我,就去告诉他,对他说明事情的原委,家兄听到这事后,必定会重重答谢你们,所有的资财,他们都不会吝惜的。现在有我做人质,如果去后空手而归,再把我送交官府也不迟,因此我来拜访你,把他的这个意思转告给你。你自己估摸一下,给我们财物,我们才会放了你弟弟,你如果不相信可以随我们去察看。"解庆宾蓦然变了脸色,请求他们稍等一下,给他们准备财物。这两人将情况详细报告李崇,李崇逮捕了解庆宾,问道:"你弟弟逃跑了,你为什么冒认别人的尸体?"解庆宾于是招供了。再审问李盖等人,他们都说自己是屈打成招。

李广霸陵呵夜——墙倒众人推

西汉时名将李广,在与匈奴打仗时,屡立奇功,声名显赫。匈奴人很怕他,称他为"汉朝的飞将军"。

有一次李广作战失败,被匈奴人抓去当了俘虏。他虽想办法逃了回来,但按当时的法律是犯了大罪,该被杀头。但皇帝念他功劳大,只是罢了他的官,贬为平民,闲居在蓝田南山中。一去数年,有天夜晚,李广带了一个随从出去射猎,又喝了不少酒,夜深才往回走,归途中路过霸陵亭,遇上了霸陵县尉。当时的规定是夜晚不准在外行走,县尉就呵斥李广,不准他再往前走。李广的随从很不服气,就对县尉说:"你知道这是谁吗?这是原来的李将军!"县尉却不买账,他大声叫道:"就算是现任的李将军,也不能违反规定夜间行路,更何况是原来的李将军呢。"在一个小小的县尉面前,名满天下的李广没有办法,只好与随从在霸陵亭住了一夜,第二天才返回家中。

李广射石——金石为开

西汉时期,有一位著名的将领叫李广,他精于骑马射箭,作战非常勇敢,被称为"飞将军"。

有一次,李广去冥山南麓打猎,忽然发现草丛中蹲伏着一只猛虎。李广急忙张弓搭箭,全神贯注,用尽力气,一箭射了过去。李广认为老虎一定中箭身亡了,于是走近前去仔细查看,没想到箭射中的并不是老虎,而是一块形状很像老虎的大石头。这支箭不仅箭头深深射入了石头当中,而且箭尾也几乎全部射入石头中。李广很惊讶,他不相信自己能有这么大的力气,于是往后退了几步想再试一试,他张弓搭箭用力向石头射去。可是,一连射了几箭都没有射进去,有的箭头破碎了,有的箭杆折断了,而大石头一点儿也没有受到损害。

人们对这件事情都感到很惊讶,疑惑不解,于是就去请教学者扬雄。扬雄回答说:"如果诚心实意,即使像金石那样坚硬的东西也会被感动的。""精诚所至,金石为开"这句话便由此流传下来。

李鬼劫路——盗名欺世

黑旋风李逵回乡接母亲上梁山。因沿途官府有榜文缉拿,他只得起早赶路,正走之间,来到一座大树林里。只见林中转过一条大汉,喝喊:"知趣的留下买路钱!"李逵看那人黑墨搽脸,手拿两把板斧,便问:"你是什么人,敢在这里拦路抢劫?"大汉说:"若问我名字,吓破你心胆,老爷叫作黑旋风!你留下买路钱,便饶了你性命,让你过去。"李逵一听,大笑说:"你这家伙是哪里来的,也学老爷名字,在这里胡行!"说着,挺起朴刀直奔那汉子,只一朴刀就把那汉打翻在地,一脚踏住他的胸脯,说出自己正是梁山上的好汉黑旋风李逵。大汉听了,连忙求饶说:"小人叫李鬼,不是真的黑旋风。因为爷爷在江湖上有名声,提起好汉大名,神鬼也怕,因此盗学爷爷大名,在此抢劫。"

李逵大怒道:"你在这里夺人的包裹行李,坏我的名声,岂能饶你!"说着,夺过板斧,要砍死他。李鬼欺骗说家中有九十岁的老母亲,无人赡养,乞求饶命。李逵听了,饶了李鬼性命,给了十两银子做本钱,劝他改业养娘。

后来,李逵在一家酒店里,发现李鬼撒谎,还欲用麻药加害他,感到情理难容,捉住李鬼,结果了他的性命。

李贺写诗——呕心沥血

唐代诗人李贺,七岁就开始写诗做文章,才华横溢。长大后,他一心希望朝廷能够重用他,但是,他的仕途之路从来没有一帆风顺过,于是只好把这苦闷的心情倾注在诗歌的创作上。李贺每次外出,都让书童背一个袋子,只要一有灵感,想出几句好诗,他就马上记下来,回家后再重新整理、提炼。母亲总是心疼地说:"我的儿子已把全部的精力和心血放在写诗上了,真是要把心呕出来才罢休啊!"李贺尽管仅仅活到二十六岁,却留下了二百四十余首诗歌,这是他用毕生的心血凝成的。

李靖过江——机不可失

唐朝初年,高祖李渊为了平定天下,委派大将军李靖担任行军总管兼行军长史,率军攻打江陵的萧铣。江陵山高路险,更有长江三峡陡峭天堑,易守难攻。李靖认真分析了敌我双方的形势,迅速决策,很快做好战斗准备。

这时正是深秋时节,长江汹涌澎湃,飞泻直下,三峡水流湍急,险恶可怖。萧铣的探子得到李靖大举进攻的情报,急忙赶回向萧铣报告。萧铣大吃一惊,继而哈哈大笑,向部将说道,眼下秋色潇潇,寒气凛人,谅他李靖几十万兵马也飞不过长江!再说三峡天险,危路岌岌,纵是神通广大,也难免葬身鱼腹。李靖不过是虚张声势罢了,不必多虑。经萧铣这么一说,部将们也都放下心来,放松了防守。

九月，李靖率军经过长途行军，来到长江边。只见江水横溢，白浪滔天，其势如千军万马，奔腾咆哮，令人心惊胆寒。有位将领见此情景，便向李靖建议说："江水泛滥，三峡险峻，大军渡江一定十分困难，依我看，不如等江水退了，我们再打过江去。"李靖站在高处，语气坚定地说："现在一定要渡过江去，打他个措手不及！要知道，兵贵神速，机不可失。我们突然来到这里，萧铣一点儿也不知道。他只以为我们被江水阻隔，不会马上进攻。我们必须在他还没有调集兵马之前，趁着这江水猛涨的大好时机，以迅雷不及掩耳之势，一下子攻到城下。这才是用兵的上策。"将领们听了这席话，个个奋勇争先。在李靖的指挥下，战士们很快攻下夷陵，杀伤敌军数万，掳获船只四百余艘。接着，他们乘胜前进，占领江陵，萧铣不得不带领部下举手投降。

李逵大闹忠义堂——分不清真假宋江

黑旋风李逵和浪子燕青离开四柳村，将近荆门镇时，天色已晚，投宿在刘太公庄上。当晚，听说太公的女儿两天前被梁山泊宋江强夺去了。李逵信以为真，他一上梁山寨，便直到忠义堂来，拨出大斧，先砍倒了杏黄旗，把"替天行道"四个字扯得粉碎，又抢斧上堂，要杀宋江。众人慌忙拦住，问什么事。李逵气做一团，燕青把经过情况说了一遍。待到宋江下山对质后，才知错怪了宋江，是牛头山恶霸冒名所为。李逵大破牛头山，将女子送回刘太公庄上，背上荆枝，回山请罪，最终获得宋江原谅。

李逵断案——强者有理

梁山众好汉，为策应燕青大闹泰安州。黑旋风李逵手持双斧，直到寿张县衙门，吓得知县开后门逃走了。李逵转入后堂寻找，见到一个衣衫匣子。他扭开锁，把绿袍公服穿上，系了角带，换上皂靴，拿着槐简，走到厅前。

李逵打扮成知县模样，大叫县衙门里的吏典人等，都来参见，要排衙升堂。众人无可奈何，只得上去答应，擎着牙杖，打了三通摆鼓，向前声喏，表示升堂。李逵见了，呵呵大笑，说："你们当中也得有两个装着告状，来打官司，我好判案。"公吏们商量了一会儿，推上两个牢子装着打架的，前来告状。李逵高坐公堂，县门外百姓都放进来看他办案。只见两人跪在厅前，这个告状说："相公可怜我，他打了小人。"那个也告状说："他骂了小人，我才打他。"李逵问："哪个是挨打的？"原告说："小人是被打的。"李逵又问："哪个是打他的？"被告说："他先骂人，小人才打他。"李逵最后判决："这个打人的是好汉，先放他出去。那个不长进的，怎么挨人家打了，给他戴上枷在衙门前示众。"说着，他把绿袍扎起来，槐简揣在腰里，拿出大斧，一直看着把那个原告枷了，押在县门前，然后也不脱去衣靴，便大踏步走了。看热闹的百姓见他这样判案，都忍不住哈哈大笑。

李逵骂宋江——过后赔不是

据《水浒传》记载，梁山好汉黑旋风李逵和浪子燕青投宿在刘太公庄上。当晚，听说太公的女儿两日前被梁山泊宋江强抢去了。李逵信以为真，气得他立即返回梁山寨，直奔忠义堂来，拨出大斧，先砍倒了杏黄旗，把"替天行道"四个字扯得粉碎，又抢斧上堂，要杀宋江。众人慌忙拦着，问什么事。李逵气得说不出话来，还是燕青把经过说了一遍。宋江听了，便叫："哪有这回事？"李逵睁圆怪眼，大声嚷叫："我平时把你当作好汉，你原来却是畜生！快把女子送还刘老。不然，我早晚要杀了你！"宋江说："你且不要闹嚷，那刘太公不死，庄客都在，可以同去当面对证。若对着了，我就拿脖子受你板斧；如果对不着，你这家伙没上下，该当何罪？"李逵说："如果不是你，我这颗脑袋便输给你！"

众人来到刘太公庄上。李逵叫刘太公快来仔细认一认宋江，他提着板斧立在宋江身边，只等老汉说声是，便要下手。刘太公定睛看了又看，摇摇头说："不是。"宋江说："刘太公，我便是梁山泊宋江。你的女儿，是让假名托姓的骗子抢去了。你如果打听出来，我替你做主。"回头又对李逵说："回到寨里再来辩理！"说罢，宋江等人先回山寨了。

燕青问李逵："李大哥，怎么办？"李逵说："只是我性太急，做错了事。既然输了这颗头，我自己一刀割下来，你拿去献给哥哥便了。"燕青劝他不要死，教他脱下衣服，绑缚麻绳，背上荆杖，拜伏在忠义堂上，请打求饶。事到如今，李逵无可奈何，只得同燕青回寨来，跪在堂上，负荆请罪，向宋江赔不是。

宋江佯装不饶，要按军令行事，拿头抵罪。众人都替李逵求情。宋江说："要饶他也可以，不过，他要把那假宋江捉来，讨还刘太公的女儿。"李逵听了，高兴得跳起来，说："我去瓮中捉鳖——手到擒拿！"后来，李逵和燕青打听到是牛头山王江和董海冒名所为，便杀了这两个绿林草贼，将女子送回刘太公庄上。

根据这个故事便有了歇后语"李逵骂宋江——过后赔不是"，形容事后向人认错、道歉。

李莲英糊棚——缝对缝

清朝末年，离京城不远的树村有个棚匠，手艺十分高超。他糊棚干净利落，省工省料，糊完了连个纸的接口都看不见，所以人称"棚状元"。

一次，慈禧太后的一个亲属来京，便命手下人在颐和园里盖了一个小院子，供她的亲戚在园子里游览。房子盖好后，李莲英就派人去叫"棚状元"来园内糊棚。李莲英对"棚状元"说："棚糊好了，老佛爷有赏，糊不好，可要当心你的脑袋！"说完一甩袖子走开了。

过了几天，棚糊完了，"棚状元"让人去请李莲英来过目。李莲英左看看，右看看，不高兴地说："不行，撕了重糊！"说罢袖子一甩走了。李莲英走后，"棚状元"左看右瞧也瞧不出毛病，只好撕了重糊。这回格外小心，又整整糊了十天才完工。这天又把李莲英请来了，只见李莲英走进屋里，又回过身来上边一眼，下边一眼，冷笑道："撕！再给你五天，如果再不行，休怪我手下无情！"说罢，头也不回又走了。"棚状元"可急了，他糊了几十年的棚从没碰过这样钉子！第二天，他在棚下转来转去，就是找不出毛病来。急得他在屋里来回走。突然，他上下一看，猛地发现，棚纸与屋地的大方砖上下没对称。他马上撕了棚，整整用了三天，终于棚上与棚下缝对缝的糊好了。这回李莲英来了一看，上下齐刷刷，上边一张纸，下边一块砖，点了点头："这回还凑合，缝对缝，下次注点意，回去吧！"

李莲英升级——拍上去的

为隆重庆祝慈禧太后六十寿辰，大太监李莲英费尽心思，并借机敲诈勒索，大捞一把。整个寿诞的安排布置，均由他亲自设计督办，亲自指挥。此时各州府的高级官员，为了升官发财，争鲜斗奇地来给慈禧太后恭送各种寿礼。

转眼寿诞将近，李莲英令四千名工役，从紫禁城的西华门到颐和园东宫门这条近四

十里的路上，建造了各种不同形式的龙棚、经坛、戏台、灯栅、牌楼。张灯结彩，奇术异能，竞相表演。晚上灯火齐明，"太平万岁""万寿无疆""吉祥如意""福寿安康"等字样的彩灯，随着音乐声响，千变万化，层出不穷。李莲英还独出心裁，在颐和园仁寿殿前用彩绸搭了一座彩棚，艳丽多姿，美不胜收。在园内还建造一所极大的牌楼，雕龙彩凤，威武壮观。

慈禧太后对此非常满意，连升李莲英两级。李莲英是怎么升级的，文武大臣心里都明白。所以你传我，我传你，"李莲英升级——拍上去的"便暗暗流传开来了。

李莲英捉凤凰——差点要了命

传说，在颐和园昆明湖的东南方，离绣漪桥不远有座圆形小岛。从前有一对金凤凰常在这一带飞来飞去，所以人们把这儿叫"凤凰墩"。一天，慈禧命人去岛上捉凤凰，去了好多文武官员谁也没有捉到。于是慈禧对文武百官说："谁要是捉到金凤凰，赏银千两，连升三级。"李莲英见升官发财的机会到了，他偷偷一个人去凤凰墩，从早晨一直等到晌午，忽然从远处飞来两只金凤凰，落在一棵老柳树上。他高兴极了，拼命爬了上去，这时金凤凰已钻进了树洞里。他用手一掏，两条大蛇从树洞里伸出头来，李莲英吓得从树上掉了下来，险些要了他的性命。

李林甫当宰相——口蜜腹剑

唐朝李林甫，对治理朝纲本没有本事，可是却非常善于玩弄权术。凡是与他意见不合的人，或者有才干的大臣，他都不肯放过，总要千方百计地加以迫害。朝中大臣都很痛恨李林甫，但因他善于在皇帝面前奉承周旋，所以他深受唐玄宗的宠信，当上了宰相。

左丞相李适之办事能力很强，曾深受玄宗宠信。李林甫看在眼里，恨在心上。他眉头一皱，计上心来，找机会怂恿李适之去华山开矿，然后又在玄宗面前说："华山是大唐基业的象征，李适之擅自去那里开矿，惊动了王气，岂不是不把陛下放在眼里吗？"玄宗听后大怒，当即将李适之找来训斥一顿，从此不再重用他，而对李林甫却越来越亲近了。

李林甫当了宰相后，朝中的忠臣良将越来越少。玄宗缺少依傍，心中闷闷不乐。一天，他偶然想起当年的中书侍郎严挺之。于是，玄宗便与李林甫商议，想重新将严挺之召进宫来予以重用。李林甫心中暗想：严挺之过去一向与我不睦，好不容易将他在皇帝面前谗倒，才把他贬到洛阳去当刺史的。如果皇帝让他官复原职，岂不是冤家聚首？他会不失时机地向我报复的。想到这里，李林甫表面不露声色，嘴上还夸奖严挺之一番，暗地里却打定了坏主意。他找到严挺之的弟弟严损之，装作很关心的样子，说皇帝降恩，要严损之将哥哥接到京城来治病。严挺之听说此事，感激万分，而李林甫却向玄宗奏报，说严挺之年老力衰，无法胜任朝廷重任。玄宗只好打消重用严挺之的念头。

就这样，李林甫将许多有才学的人排挤出去，因而百姓称李林甫"口有蜜，腹有剑"。

李清照的诗词——独树一帜

李清照诗、文、书、画皆能，尤擅长词。其创作在北宋和南宋呈现不同的特点。北宋期间，其词多写闺中生活、自然风光和离别相思，如《如梦令》二首、《一剪梅》等，活泼清新、婉转曲折。进入南宋，其词则主要抒发伤时念旧和怀乡悼亡的情感，变早年的清丽、明快为晚年的凄凉、深婉。代表作有《南歌子》《声声慢》等。其题词,注重协律,崇尚典雅有情致。善用白描手法,通过写具体行动或事物,将抽象的内心活动形象化。语言优美、精巧,却不雕琢求工。

李清照的词影响深远,至于她的诗歌,流传下来只是一些零星片段。比如她的有名的五绝《乌江》(一题作《夏日绝句》):

生当作人杰,死亦为鬼雄。

至今思项羽,不肯过江东。

李清照被誉为一代文宗,数百年来,对于她的评说和赞颂不计其数。明代杨慎《词品》中写道:"宋人中填词,易安亦称冠绝,使在衣冠,当于秦七黄九争,不独争雄于闺阁也。"

李清照买篆章——越贵越好

李清照与赵明诚婚后不久,李清照同赵明诚去拜见父母回来时,在旧书摊上,突然发现了一幅王羲之的墨迹。李清照赵明诚夫妻二人称赞不已。卖画的商人见他们有心要买,便要了个大价钱,一千五百个铜钱,少一个子儿也不卖。李清照惊奇地叫道:"太便宜了,羲之的真迹,很难得呀!"赵明诚也说:"就看这上面无数的篆章,也不知辗转了多少名家之手。"李清照拔下了头上的金钗,对那人说:"没铜钱,这个行吗?"商人一看,大吃一惊,心想:这金钗少说也值一万三千多铜钱。忙改口说:"一万五还不够。""刚才你不说一千五吗,怎么这么会工夫就长了十倍?"赵明诚问商人。那商人笑着说:"那你是听错了,怎会一千五呢,这是墨宝啊!"李清照说:"按理两万也不贵。"赵明诚点了点头,脱下自己漂亮的外衣送给商人,说:"这下可以了吧!"

李清照、赵明诚走后,有人说:"这是赵宰相家的三公子——赵明诚及其妻李清照。莫说一万五,十五万他也会买的。这就叫李清照买篆章——越贵越好!"卖画的商人一听,又后悔自己胆子太小,要价太低了。

李世民登基——顺天应人

李世民在位期间,推行均田制、租庸调制和府兵制度,并加强对地方官吏的考核。吸取隋王朝败亡教训,竭力把赋税剥削控制在法定范围之内;并耐心接受臣僚意见,"从谏如流";发展科举制度,在统治阶级中努力做到不计亲疏、门第、种族选拔人才;下令编修《氏族志》,以现行官爵高低定门户等第,削弱门阀制度影响;贯彻"中国既安,四夷自服"的方针,不轻率发动战争,但却坚决抵抗少数民族统治者对内地的侵扰。贞观四年,击灭东突厥。在蒙古高原设置行政机构。九年,击败西部的吐谷浑。十四年击灭高昌,打通西域门户。十五年,以文成公主出嫁吐蕃赞普松赞干布,使汉藏两族人民的关系空前密切。由于李世民采取一系列顺应民心的措施,使初唐的政治、经济都有所发展,史称"贞观之治"。

李世民遇房玄龄——一见如故

唐朝的开国功臣房玄龄从小机警聪慧,他曾悄悄地对父亲说:"别看隋朝一统江山,太平无事,殊不知皇上无德无功,又重用奉承拍马之辈,滥杀无辜,百姓怨声载道;还随心所欲地废了皇太子。隋朝的灭亡,指日可待了!"其父吓得连连喝住他不要乱说。

房玄龄十八岁中进士,授羽骑尉。后来,房玄龄听说举义旗、反隋朝、名声显赫的秦王李世民巡行渭北,便策马赶来投奔,匆忙间竟拿着马鞭子上军门求见。李世民对房玄龄早有耳闻,两人一见,非常投缘。《新唐书·房玄龄传》称他们"一见如故",大有相见恨晚之感。李世民当即授房玄龄府记室之职。

从此,房玄龄跟随李世民走南闯北,九死一生。每次打了胜仗,将领们猎取的是金银财宝,而房玄龄却是为李世民收罗效力的人才。难怪李世民曾说:"汉代光武帝有了邓禹,使幕僚们相亲相爱;今我有房玄龄,就如同得到邓禹一样。"公元627年,唐太宗李世民即位,任命房玄龄为中书令(宰相)。

李义府为人——笑里藏刀

唐朝时,李义府在朝中官位显赫,权力很大。他表面上看起来总是谦逊谨慎、公正廉洁,无论是职位比他高的人还是职位比他低的人,他都是笑脸相迎、温和谦恭。不明真相的人,都把他当成老好人。但实际上,李义府内心十分褊狭、阴险,好猜忌,好忌妒,谁要是不合他的心意,他就暗中陷害。

有一次,李义府听说监狱里有个女囚犯,正值青春妙龄,而且貌美如花,不觉怦然心动。他用甜言蜜语说通了狱吏毕正义,让他免了这位女囚犯的罪,这个女囚犯刚一出狱,就被李义府设计霸占了,后来,有人为此告发了毕正义。道貌岸然的李义府此时却装出一副对这件事一无所知的样子,当着众位官吏的面,对毕正义教训了一番,还煞有介事地说:"你怎么能够知法犯法呢?圣上待你不薄,你却背地里干这种事,如何对得起自己的良心呢?"事情到了这一步,毕正义跳进黄河也洗不清,便含冤自杀了。对于告发者,李义府表面上不说什么,背地里却在唐高宗面前大进谗言,结果,不久告发者便被罢了官,还被发配到边远的地区。

时间一长,上至官吏,下至黎民百姓都看清了李义府的真实面目,难怪当时的人们对李义府的评价就是"笑里藏刀",真可谓一针见血。

厉德新给曹咏的信——树倒猢狲散

南宋奸臣秦桧权势倾天,谁与他有点关系,就会升官发财。侍郎官曹咏同秦桧有姻亲关系,所以名声显赫,势高权大。当曹咏的权势炙手可热之际,乡里的人都巴结他、奉承他,人人争先恐后,生怕有不周之处。可是,曹咏有个妻兄,叫厉德新,偏偏不巴结曹咏。曹咏记恨在心,十分恼火,他在越地任统帅时,厉德新只在乡里当个小吏。曹咏暗示地方官吏百般刁难、威胁厉德新,要他向曹咏低头请罪,可是厉德新不肯屈服。后来秦桧死了,曹咏被贬到新州。厉德新写了一封信,派人送给曹咏。曹咏打开一看,乃是一篇赋,题目叫"树倒猢狲散",讥笑他依附秦桧,飞黄腾达。如今秦桧死了,他也跟着倒台了。这就像树倒了,树上的猴子散了一样。

鲤鱼敲鼓鹰打锣,扁担开花驴骑人——难为人的事儿

相传,李弘看不惯武则天的所作所为,母子俩互存戒心。后来,李弘与高宗、武则天同赴合璧宫时暴卒。武则天知道太子忌恨她,心里生气,便想草草埋葬了事。高宗却要

隆重办理儿子的丧事,除追加李弘为"孝敬皇帝"外,还要按照天子的埋葬礼制,征调数万民工开始建墓。武则天不同意,但又不好反驳,于是便将计就计,提出了难为人的事儿,说要看到"鲤鱼敲鼓鹰打锣,扁担开花驴骑人"的时候,才能下葬。理由是要有一个好预兆的时候才能埋葬太子。

高宗不知道武则天的用意,就按她的意见传了圣旨,可到陵墓挖成就要下葬的时候,监工大臣和数万民工都发愁了。"鲤鱼敲鼓鹰打锣,扁担开花驴骑人",这不是难为人吗?数万民工日夜守着陵墓,等候下葬时机的到来。

这天,洛河涨水,水落后一条肥大的鲤鱼被晾在了浅滩上。一只老鹰在高空看见,便将鲤鱼叼起向正南飞去。刚飞上山岭,听见下面人声吵嚷,不由一惊,将叼着鲤鱼掉了下来。鲤鱼恰巧掉在等待举行葬礼的大鼓上。"咚"的一声响,人们嚷着说:"鲤鱼敲鼓了!"老鹰见自己叼了十几里路的鲤鱼掉下去了,便朝着鼓上的鲤鱼俯冲下去。当老鹰叼住鲤鱼起飞的时候,翅膀尾梢恰巧打在了挂着的铜锣上,"咣啷"一声响,人们高兴地大喊:"鲤鱼敲鼓鹰打锣啦!"可是,"扁担开花驴骑人"在哪儿呢? 不一会儿,万安山有兄弟俩到山外赶会。老大挑了一担柴,卖完后,给女儿买了一朵红绒花,装在口袋里怕揉搓坏了,拿在手里又不方便,就将红绒花插在扁担梢的栓眼中。老二买了一头刚满月的小毛驴,庄稼人爱惜牲口,就把小毛驴搭在自己的脖子上驮着走。兄弟俩正走着,发现前面人声吵嚷,便凑过去看热闹。下葬的人们发现扁担梢上那朵鲜艳的小红花和被人驮着的小毛驴,立刻齐声高呼:"看哪,'扁担开花驴骑人'了!"于是,数万人一齐动手,安葬了孝敬皇帝。

从此,"鲤鱼敲鼓鹰打锣,扁担开花驴骑人——难为人的事儿"这一歇后语便流传开了。

鲤鱼跳龙门——身价百倍

相传,龙门山原是一座大山,它和吕梁山的山脉连接着,位置在如今山西和陕西省交界的地方,刚刚挡住黄河的去路,使黄河水流到这里流不过去,只好倒回头往上流。水神趁势掀起巨浪,造成洪水的泛滥,把上流的孟门山都淹没了。禹从积石山疏导黄河到这里,就用他的神力把龙门山劈为两半,使它分跨在黄河的东西两岸,像两扇门,让河水从悬崖峭壁间奔流而下,因此,禹就把这个地方取名叫龙门。

在龙门的附近有一条涧,叫鲤鱼涧,江海的鲤鱼到一定时间便要集合在这涧里,举行跳高比赛,有本领跳过龙门去的,就会变龙升天;跳不过去的,便只好碰得鼻青脸肿回转来,做凡鱼。

唐朝李白还曾在诗里写道:黄河三尺鲤,本在孟津居,点额不成龙,归来伴凡鱼。

郦食其自称——高阳酒徒

秦末汉初时,陈留高阳乡有一个叫郦食其的人。他家境贫寒,又没有工作,只好在乡里做了里监门(相当于地保)。当刘邦率军路过陈留的时候,郦食其碰见了一位老乡,是刘邦手下的一个骑兵。他让这个人向刘邦推荐自己,说可以帮助刘邦成就大事业。郦食其的老乡向刘邦推荐了他,刘邦就让郦食其到驿舍里见面。

这天,郦食其来了。侍从进去通报说,郦食其来了,刘邦问:是个什么样的人? 侍从回答:看他的举止打扮,像个儒生。刘邦历来对读书人有一种偏见,这次听说郦食其是个儒生,便说:我正忙着天下大事,没有时间见读书人。侍从把刘邦的话传给了郦食其。郦食其十分生气,瞪着大眼,唰的一声把剑拨出来:"回去,重新说,什么读书人,谁是读书人,你说有一个高阳酒徒求见。"

刘邦见郦食其非同一般,便召见了他。两人边喝酒边聊,谈得甚是投机。后来,郦食其设计攻克了陈留,为刘邦的军队解决了粮草供应,被刘邦封为广野君。郦食其又将其弟郦商荐归刘邦,被刘邦封为将军。楚汉战争中,郦食其游说齐王田广归汉,韩信乘机袭击了齐国。齐王以为郦食其出卖了自己,便把他烹死了。

根据这个故事,后人将"高阳酒徒"引为成语,指好饮酒而狂放不羁的人。

郦食其回答刘邦——民以食为天

在一次楚汉战争中,刘邦的军队败退到荥阳、成皋一带。荥阳附近有一座小城,城内有许多储藏粮食的仓库。因地处敖山,所以称为"敖仓"。它是当时关东最大的粮仓。

刘邦与项羽的军队在荥阳一带激战。刘邦因抵挡不住,一时又调不来援兵,导致荥阳失守,于是他打算把成皋以东的地区让给项羽。为此,特地找郦食其商议这个问题。

郦食其沉思了一会儿表示反对,他说:"称王的人以百姓为依赖,而百姓又以粮食为依赖。敖仓是储藏大量粮食的要害之处,如果放弃这要害之处,等于把它拱手让人,这对战局是非常不利的。"刘邦听了郦食其的话,点头称是,便又问郦食其有何高见。郦食其说:"将军可组织力量进兵,迅速收回荥阳,坚守敖仓,这样就能改变目前不利处境,争取一个有利的局面。"刘邦采取了郦食其提出的战略,终于取得了胜利。

廉颇背荆条——知道错了

战国时候,有七个大国,它们是齐、楚、燕、韩、赵、魏、秦,历史上称为"战国七雄"。这七国当中,又数秦国最为强大。秦国常常欺侮赵国。蔺相如代表赵国出使秦国,尽显外交才能,回国后被封为上卿。

赵王看重蔺相如,可气坏了赵国的大将军廉颇。他越想越不服气,怒气冲冲地说:"我要是碰着蔺相如,要当面给他点儿难堪,看他能把我怎么样!"廉颇的这些话传到蔺相如耳中。蔺相如立刻吩咐手下的人,叫他们以后碰着廉颇手下的人,千万要让着,不要和他们争吵。

廉颇手下的人,看见上卿这么让着自己的主人,更加得意忘形,见了蔺相如手下的人,就嘲笑他们。蔺相如手下的人气不过,就对蔺相如说:"您的地位比廉将军高,他骂您,您反而躲着他,让着他,他越发不把您放在眼里啦!"蔺相如心平气和地问他们:"廉将军跟秦王相比,哪一个厉害呢?"大伙儿说:"那当然是秦王厉害了。"蔺相如说:"对呀!我见了秦王都不怕,难道还怕廉将军吗?要知道,秦国现在不敢来打赵国,就是因为国内文官武将一条心。我们两人好比是两只老虎,两只老虎要是打起架来,不免有一只要受伤,甚至死掉,这就给秦国造成了进攻赵国的好机会。你们想想,国家的事儿要紧,还是私人的面子要紧?"

蔺相如手下的人听了这一番话,非常感动,以后看见廉颇手下的人,都小心谨慎,总是让着他们。蔺相如的这番话,后来传到了廉颇耳中。廉颇惭愧极了。他脱掉一只袖子,露着肩膀,背了一根荆条,直奔蔺相如家。廉颇对着蔺相如跪了下来,双手捧着荆条,请蔺相如鞭打自己。蔺相如把荆条扔在地上,急忙用双手扶起廉颇,给他穿好衣服,拉着他的手请他坐下。蔺相如和廉颇从此成了很好的朋友。这两个人一文一武,同心协力为国家办事,秦国因此更不敢欺侮赵国了。

廉颇善饭——雄风犹在

廉颇曾经为赵国立下大功,晚年居住在魏国。当赵国又受到秦国的进攻时,赵王想再次起用廉颇,就派使者出使魏国,其目的是要使者去了解一下廉颇的身体状况还能不能担负领兵重任。

赵王的大臣郭开与廉颇有仇,就用很多钱买通了使者,要使者想办法说廉颇的坏话,让廉颇不被赵王任用。使者到了魏国见到廉颇时,廉颇已经猜到赵王的用意,所以就当着使者的面一次吃了一斗米煮成的饭,还吃了十斤肉,然后披甲上马,表示自己身体很好,完全可以领兵。可是这个使者在回去向赵王汇报时却故意说:“廉将军虽然年纪已老,但是饭量还是不错。不过就在与我谈话的时间里,却三次跑去厕所大便。”赵王听了这样的汇报,便以为廉颇真的已经老了,就没有将廉颇召回任用。

蔺相如出使秦国——完璧归赵

战国时,秦王听说赵王得了举世闻名的和氏璧,便派人对赵王说,愿以十五个城池,换取和氏璧,赵王便叫蔺相如把和氏璧带到秦国去,以换取十五个城池。

蔺相如到秦国后,秦王传见了蔺相如,秦王只谈赵国及和氏璧的事,把蔺相如当作只是来贡献和氏璧的,一点也不提及以十五座城池交换的事情。蔺相如见了这个情形,知道秦王是存心欺骗,他愤怒无比地说:“大王以为璧既到了秦国,便可唾手可得,用不着遵约以十五个城池交换,那是绝对不可能的事。”秦王便问他:“难道璧可以拿回去吗?”蔺相如说:“我的头是可以碰破的,璧也是可以敲破的!”说着他便走了。蔺相如表现了坚强而毫不畏惧的气概,秦王只得放他回到赵国。

梁红玉击鼓——贤内助

梁红玉是南宋女将,抗金英雄韩世忠的妻子。她击鼓助战的传说故事,发生于韩世忠在黄天荡阻击金兵之时。

传说当时,金兀术率金兵长驱南下,攻占金陵后不久,即向京口(今江苏省镇江市)杀来。韩世忠面对强敌,十分焦虑。在梁红玉的参谋下,韩世忠立即发动军民修城筑壕,做好备战工作。金兀术为探听宋军情况,便与军师哈迷蚩偷偷乘舟来到金山寺。不料被韩世忠的伏兵发现,结果只得仓皇逃窜。梁红玉预料到金兵当天后半夜可能还会来偷营劫寨,于是提醒韩世忠必须早做准备,并商定了诱敌深入、智歼强敌的计谋。韩世忠命梁红玉在帅船上击鼓指挥。梁红玉说:“那我就以击鼓为号:一通鼓进,二通鼓退,三通鼓伏兵起。”说罢,二人就分头准备去了。果然不出梁红玉所料。当夜五更时分,金兀术便亲自率领着数百艘战船,悄悄向宋营进发了。金兵快逼近宋营时,梁红玉及时地擂起了一通鼓。韩世忠立即指挥战船飞速迎上前去,双方杀得难分难解。梁红玉见诱敌时机已到,马上又擂起了二通鼓。韩世忠立即指挥战船,边战边向芦荡里退。金兀术一见宋军退走,忙令部下紧追不舍。不一会儿,金兵驾驶的船只全部进入芦荡。梁红玉见金兀术中计,又立即擂起三通鼓。这时,埋伏好的小船箭似的穿了出来。一刹那,万箭齐发,射的金兵船烧人亡,死伤大半。金兀术见势不妙,慌忙传令退兵。这时,天已大亮,梁红玉把战鼓擂得震天大响,韩世忠按着鼓声,指挥宋兵穷追猛打。金兀术招架不住,只好让船队钻进了黄天荡。韩世忠急令宋兵守住黄天荡口,把金兀术紧紧地围困在荡里。

在胜利面前,韩世忠骄傲麻痹起来,失去了擒敌良机。结果,金兀术在奸细的策划下逃跑了,韩世忠反而遭到金军的暗袭。幸亏梁红玉早有警觉,防备周密,才避免了全军覆没。

从这个故事里可以看出,梁红玉确实是韩世忠的好参谋,特别是擂鼓助战这件事,更为突出。

后来,根据梁红玉的事迹,形成了歇后语"梁红玉击鼓——贤内助",形容贤惠能干的妻子,亦用来敬称他人妻室。

梁惠王治国——五十步笑百步

战国时梁惠王为了扩大疆域,聚敛财富,常驱使百姓与邻国打仗。有一天,他问孟子:"我对于国家,总算尽心了吧!河内年成不好,我就把河内的灾民移到河东去,把河东的粮食调到河内来。河东荒年的时候,我也同样设法救灾。看看邻国的君王还没有像我这样做的。可是,邻国的百姓并没有大量逃跑,我国的百姓也没有明显的增加,这是什么道理呢?"

孟子回答说:"大王喜欢打仗,我就拿打仗作喻吧。战场上,战鼓一响,双方的士兵就刀对刀、枪对枪地打起来了。打败的一方,丢盔弃甲,拖着刀枪,赶紧逃命。有一个人逃了一百步,另一个人逃了五十步。这时候,如果那个逃了五十步的竟嘲笑那个逃了一百步的胆小怕死,您说对不对?"梁惠王说:"当然不对。他只不过没有逃到一百步罢了,但同样也是逃跑啊!"孟子说:"大王既然懂得了这个道理,怎么能够希望您的百姓会比邻国的多呢?"

梁启超妙手添联——有才气

传说,在康有为五十岁生日那天,梁启超联络一批维新人士为康有为祝寿。康有为住所大厅里挂满了京城各界人士赠送的寿联。其中有一副这样写道:"国家将亡必有,老而不死是为。"该联把康有为的名字嵌在里边,这显然是反对维新变法的顽固派,将亡国的罪名强加在康有为身上。维新人士见了,都勃然大怒,伸手就要撕联,梁启超急忙拦阻。梁启超在这副寿联下面加了四个字,使寿联成为:"国家将亡必有忠烈,老而不死是为人瑞。"众人读后,称赞不已,都说梁启超有才气。

梁山的兄弟——不打不相识

在《水浒传》故事中,宋江、戴宗、李逵三人在江州浔阳楼上喝酒,李逵为找鱼下酒大闹渔牙,放跑了渔户的鱼。没料到渔牙的主人张顺赶来,和李逵打了起来。陆地上张顺打不过李逵,就到水里打,张顺把李逵提将起来,又淹将下去,何止淹了数十遭。

戴宗问众人:"这大汉是谁?"众人道:"便是本地渔主人张顺。"戴宗便叫道:"张二哥不要动手,这大汉是俺们兄弟,上岸来说话。"张顺认得戴宗,便放了李逵抓上岸来。戴宗指着李逵说:"这是俺兄弟,名叫李逵。"张顺说:"原来是李大哥?只是不曾交手。"李逵说:"你呛得我好苦呀。"张顺说:"你也打得我好苦了!"戴宗说:"你俩今番却做个至交的弟兄。常言道:'不打不相识。'"

梁山上的军师——无(吴)用

吴用本来是一个书生,在一家私塾里面教书,但是却很有智谋,考虑事情很周全,后来到梁山之后,就成了梁山好汉们的智囊,人称"智多星"。

吴用为晁盖献计,智取生辰纲,用药酒麻倒了青面兽杨志,夺取大名府梁中书送给蔡京庆贺生辰的金银珠宝。宋江在浔阳楼题反诗被捉,和戴宗一起被押赴刑场,快行斩时,吴用用计劫了法场,救了宋江、戴宗。宋江二打祝家庄失败,第三次攻打祝家庄时,吴用利用连环计攻克祝家庄。吴用在破连环马时,派时迁偷甲骗徐宁上了梁山。晁盖曾头市兵败后,吴用又假扮算命先生,在卢俊义家写下藏头反诗,将卢俊义也暂时骗上山。卢俊义回去后被陷害,石秀劫法场亦身陷北京城,吴用及时出计,先发无头帖子稳局势,又差时迁火烧大名府,并救出玉麒麟卢俊义、拼命三郎石秀。诸多事件都显示出吴用过人的才能。

人们根据吴用的故事,编成了"梁山上的军师——无(吴)用"的歇后语。

梁山伯与祝英台——生死相依

相传很久以前,青年学子梁山伯辞家读书,途遇女扮男装的学子祝英台,两人一见如故,志趣相投,遂于草桥结拜为兄弟,后同到红罗山书院就读。在书院两人朝夕相处,感情日深。三年后,英台返家,山伯十八里相送,二人依依惜别。山伯经师母指点,带上英台留下的蝴蝶玉扇坠到祝家求婚遭拒绝,回家后悲愤交加,一病不起,不治身亡。英台闻山伯为己而死,悲恸欲绝。不久,马家前来迎娶英台,英台被迫含愤上轿。行至山伯墓前,英台执意下轿,哭拜亡灵,在英台哀恸感应下,风雨雷电大作,坟墓爆裂,英台翩然跃入坟中,墓复合拢,风停雨霁,彩虹高悬,梁、祝化为一双蝴蝶,在人间蹁跹飞舞。

两小孩辩日——各执一端

有一天,孔子到东方去游学,在路上看见两个小孩争辩得非常激烈。孔子觉得奇怪,便问他们原因。一个小孩说:"我认为太阳刚出来的时候离我们近,到中午的时候就比较远了。"另一个小孩说:"太阳刚出来的时候远,到中午的时候比较近了。"第一个小孩说:"太阳刚出来的时候,大得像车上的伞;到了中午不过像盘子、碗口那么大小,这难道不是远的显得小而近的显得大吗?"第二个小孩说:"太阳出来的时候,天还凉飕飕的;到了中午,热得像开了锅一般。这难道不是近的时候觉得热,远的时候觉得凉快吗?"孔子听了,没有办法判断谁是谁非。两个小孩看见孔子解决不了这个问题,便笑他说:"谁说你博学多才呢!"

林冲棒打洪教头——专找破绽下手

在《水浒传》故事中,林冲被高俅父子陷害,被发配充军,来到沧州投奔柴进家里。柴进绰号小旋风,仗义好客,久闻林冲大名,今日相会格外高兴,特地设宴款待林冲。柴进家里有个武术教师洪教头，见到柴进厚礼款待林冲，心中不服，要同林冲比武。柴进一则要看看林冲的武艺，再则想杀杀洪教头的傲气，也同意他们二人比试比试。柴进叫庄客取来二十五两的一锭银子，放在地上，说是谁赢了就送给谁。

正式比武时，洪教头怕林冲争去银子，又怕输了锐气，便连声喝道："来，来，来！"随即将棒劈面打来。林冲往后一退，躲过一棒。洪教头抢上一步，又一棒打下来。林冲又躲过一棒。这时，洪教头脚步已乱了。就在这一刹那间，林冲把棒从下面横扫过去。洪教头措手不及，当即撇了棒，扑倒在地，一时挣扎不起来。众人见了，一齐大笑。洪教头羞惭满面，一拐一颠地到庄外去了。柴进又把林冲领入后堂饮酒，叫庄客把那锭银子送给林冲。林冲推辞不得，也就收下了。

林冲到了野猪林——绝处逢生

在《水浒传》故事中，林冲为高俅父子所害，误入白虎节堂被捉，被发配充军。解差的董超、薛霸，早被高俅收买，一路上百般折磨林冲。

这天，他们来到偏僻的野猪林，这里树木茂密，人烟稀少。三人走进林里，解下行李准备休息。朦胧之中，林冲觉得有人在捆绑自己，一看原来是董、薛二人。董超一脚将林冲踹醒，恶狠狠地说："不是俺弟兄动了恶念，只因高太尉要我们结果你！"林冲看到这形势，才恍然大悟，知道自己不久将命丧黄泉，无奈手脚被缚，空有一身本领，此刻却动弹不得。

这时，忽听见松树背后雷吼似的大喝一声，一支铁禅杖飞将过来，水火棍被猛然一隔，弹去几丈之外。随即半空中跳出一个胖和尚来！林冲定睛一看，心中暗喜，原来此人正是自己的拜把兄弟——鲁智深。原来，鲁智深怕高俅派人在路上加害林冲，竟一路尾随，暗中对林冲进行保护。林冲死里逃生，一路上由鲁智深护送，终于平安来到了沧州。

林冲教徒弟——说一不二

在《水浒传》故事中，林冲上梁山后，收了八个徒弟，这八人个个都是力大如牛的好汉。林冲对他们要求很严，也十分喜爱他们，决心要把自己的本领都教给他们。

一天，林冲又把三十六路枪法教了几遍，见他们都学会了，就把八个徒弟叫到面前，嘱咐说："从现在起，你们要自己下苦功夫练，不得马虎、偷懒。百日后我来考你们。"徒弟们都知道林冲的脾气，他说话向来是说一不二，从不打折扣，说得出做得到，于是都苦练起来。转眼百天到了，考试开始，林冲往校场当中一站，从腰里掏出两个小铃铛，左耳挂一个，右耳挂一个。之后又把一枚小铜钱放在头顶上，说："来吧，看看你们的功夫练到家了没有。"说罢，两手一背，闭上眼睛。八个徒弟此时心里异常紧张，催马提枪冲上校场。"嗖"的一声，马从林冲身边飞跑过去，"刷刷"两枪就把这两个小铃铛挑下来，接着来个回马枪，把林冲头上那枚铜钱分毫不差地戳了下来。八个徒弟一个比一个挑得干净利落，戳得精彩。

人们都啧啧赞赏说："林冲教徒弟——说一不二，这样的好师父太难得了。"

林冲上梁山——官逼民反

在《水浒传》故事中，董超、薛霸没能杀死林冲，高俅于是又指使心腹陆虞侯等人前往沧州伺机杀害林冲。

林冲被发配到沧州后,起初被派去看守天王庙。不久,陆虞侯等人同营官勾结,又把林冲调去看守草料场。他们想乘林冲不备之时,火烧草料场,置林冲于死地。因大雪压塌住处,林冲去破旧的山神庙暂住,正因此才凑巧听到门外几人的谈话,得知自己已被陷害,而且他们想置自己于死地。

林冲想到自己一直逆来顺受、忍辱偷生,不想得罪别人,没想到高俅父子竟然如此狠毒!他再也无法忍受,于是就提起花枪,怒气冲冲地冲出庙门,几下子就结束了陆虞侯等人的性命。林冲知道高俅绝不会放过自己,官府也会四处抓捕自己,走投无路之下,他便在柴进的引荐下上了梁山。

林冲误闯白虎堂——单刀直入

据《水浒传》记载,林冲是东京八十万禁军枪棒教头。他有一个属于自己的幸福小家庭,过着美满而平静的生活。一次太尉高俅的干儿子高衙内调戏他的妻子,他忍气吞声,没有敢反抗。但这并没有息事宁人。相反,高衙内及其走狗处心积虑地设下陷阱,欲置林冲于死地。

有一天,林冲路遇一名大汉,穿一领旧战袍,手拿一口宝刀,插着草标儿,立在街上,口里自言自语说道:"不遇识者,屈沉了我这口宝刀!"林冲只顾着赶路,没有理会。那大汉跟在背后又道:"好口宝刀!可惜不遇识者!"林冲仍是没有回头。那大汉提高嗓门说道:"偌大一个东京,没一个识得军器的!"林冲听这么一说,回过头来。那大汉飕地把那口刀掣将出来,明晃晃的夺人眼目。林冲接在手内,看后吃了一惊,失口道:"好刀!你要卖多少钱?"后来还价至一千贯买下。

第二天,有两个人来找他,说高太尉听说你买到一把好刀,叫拿去看看。林冲穿了衣服,拿了那把刀,随这两个人去了。路上,林冲对那两个人说:"我在太尉府里怎么没见过您?"两个人说:"我们才来做事的。"说着说着,来到府前。他们进门到了厅前,林冲站住了脚。两个人又说:"太尉在里面后堂内等着你。"林冲转过屏风,来到后堂,仍不见太尉,林冲又站住了。那两个人又说:"太尉一直在里面等你,叫我们领你进去。"林冲又过了两三重门,到了一个周围全是绿色栏杆的地方。那两个人又领着林冲来到堂前,说:"教头,请你在此稍等,我们即去禀告太尉。"

林冲拿着刀,站在檐前。那两个人进去好久,仍不见出来。林冲产生怀疑,抬头往帘后一看,只见檐前额上有四个大字:"白虎节堂"。林冲猛然一惊,心想:这白虎节堂是商议军机大事之处,不是随便可到的地方!他急忙回身,想赶快离开。就在这时,高俅突然走出来,喝道:"林冲!你怎么敢带刀闯入白虎节堂!莫非是要来刺杀我!"林冲刚想申辩,可是高俅根本不听,大声骂道:"来人,把这个家伙推出去,押送开封府处理!"

后来,根据"林冲带刀闯白虎堂"的故事,演变出了歇后语"林冲误闯白虎堂——单刀直入",比喻认定目标,勇猛精进,后来也比喻说话直截了当,不绕弯子。

临刑唱大曲——视死如归

魏晋时期的著名人物嵇康,是一个品质高尚、很有骨气的人。他曾经在魏朝担任过一个小官,虽然官职很小,没什么权力,但是他却不怕恶势力,坚持正义。嵇康对于掌握大权的司马集团很厌恶，因此退官还乡，过起了隐居的田园生活。嵇康的好友山涛写信劝他，不要总是冲撞司马集团，应该稳稳当当地做自己的小官。嵇康看后非常生气，他认为大丈夫做什么都可以，不一定要当官，而且做人要有骨气，不能点头哈腰地跟随那些贪官污吏，为人处世要问心无愧。于是他和山涛断绝了朋友关系。

由于嵇康疾恶如仇，司马昭就找借口杀害了嵇康。在嵇康临刑的时候，他还视死如归地弹奏了一曲《广陵散》，他的骨气与勇敢令人折服。

灵隐寺题匾——弄巧成拙

传说，清康熙皇帝南巡，来到杭州，到西湖灵隐寺去游山玩水。灵隐寺当家和尚得知忙把全寺三百多和尚都招来，赶到山门口将康熙皇帝接了进来。灵隐寺当家和尚早就听说康熙皇帝喜爱舞文弄墨，吟诗题字，今日见康熙皇帝十分高兴，他便跪到康熙皇帝面前磕头道："万岁爷！我们灵隐寺虽为五刹之首，但是没有一块像样的匾额。全寺僧人想请皇上开恩，御笔亲赐一匾。"

当家和尚的话还没有说完，康熙皇帝马上点头应了下来。这一答应不要紧，寺内马上热闹起来了，文书和尚忙准备笔墨纸砚文房四宝。康熙皇帝趁着酒兴，提笔就写好一个歪歪斜斜的"雨"字头。谁想，因酒喝多了点，落笔又快，把个"雨"字头写得太大了，再写下半截，三个"口"和一个"巫"，"靈"就摆不开了。康熙皇帝正在发愣，大学士高江村灵机一动，就在手掌上写了"雲林"二字。康熙皇帝会意，接着大笔一挥，写下了"雲林禪寺"四个大字。灵隐寺的当家和尚见康熙皇帝写了"罢林禅寺"四个大字匾额，后悔莫及，原想借皇帝御笔，替灵隐寺扬名，如今反倒弄巧成拙将寺名给改了，真是有苦说不出。从此，"灵隐寺题匾——弄巧成拙"这一歇后语便当做佳话传开了。可这块匾额已挂了近三百年，杭州人仍把这里叫"灵隐寺"，却不知道"云林寺"这个名称。

六耳猕猴充悟空——冒牌货

唐僧师徒四人去西天取经的途中，遇到了一伙强盗拦路抢劫，悟空救师父心切，打死了强盗。唐僧见悟空又伤人性命，再不肯留他在身边了。悟空一走，就来了一只通晓万物、本领高强的六耳猕猴。六耳猕猴想自己去西天取经，它变做悟空的模样，打伤唐僧，腾空而去。

猪八戒和沙和尚化斋回来听唐僧一说，都气愤地要去找悟空问个究竟。沙和尚来到花果山水帘洞，只见悟空的身边还有个假唐僧、猪八戒和沙和尚。他匆匆出了水帘洞，到南海去找观音菩萨。菩萨问明事情经过，笑着说："悟空到这已经有四天了，从未离开过我。你们两人同回花果山看看，真假不就分晓了吗？"

于是，沙和尚和悟空一起回到了水帘洞，果然见到一个和悟空长得一模一样的假悟空在猴群中饮酒作乐。悟空怒气冲冲，举棒就朝假悟空打去，假悟空也不示弱，跳起应战。两人打得难分难解，不分上下。两个悟空一路打到南海观音菩萨那里。观音菩萨暗念紧箍咒，两个悟空又同时抱头叫痛，菩萨也无计可施。两个悟空又打到天宫找玉皇大帝评判。玉皇大帝命李天王取来"照妖镜"，谁知照出的两个悟空仍然一样。两个孙悟空又求见如来佛。如来佛微微一笑说："我看假悟空是六耳猕猴吧。"假悟空被说出本来面目，惊慌地想要逃走，四大菩萨、八大金刚将它团团围住。假悟空又摇身一变，化成一只蜜蜂想飞走。如来佛不慌不忙，随手将金钵抛起，把假悟空罩了个严实。悟空急忙跑去揭开金钵，假悟空现了原形，果然是一只六耳猕猴。悟空怒气未消，一棒就结果了假悟空的性命。

猪八戒

六月天斩窦娥——老天也寒心

楚州贫儒窦天章之女窦娥，幼年被卖给蔡婆家为童养媳，婚后丈夫去世，婆媳相依为命。流氓张驴儿图占窦娥，为窦娥所拒，乃拟毒死蔡婆以胁窦娥，不料误毙己父。张驴儿诬告父为窦娥所杀，官府严刑逼讯蔡婆婆媳，窦娥为救护婆母，自认杀人，被判斩刑。临刑时窦娥指天为誓，死后将血溅白练，六月降雪，大旱三年，以明己冤，后果皆应验。三年后窦天章任廉访使至楚州，重审此案，为窦娥申冤。

留得青山在——不怕没柴烧

古时候，有一个老汉以烧木炭为生，他有两个儿子，大儿子叫青山，小儿子叫红山。老汉快去世的时候，把自家的山头分为两部分，东岗分给了青山，西岗分给了红山。

西岗树木稠密，能烧很好的木炭，红山很勤快，整天辛苦地烧木炭，日子过得很富裕。但是山上的树一天比一天少了，三五年后，树都被他伐光了，于是红山就在岗上种了庄稼。不料一场暴雨冲走了红山辛辛苦苦种下的庄稼。他没有吃的，只好去投奔东岗的哥哥。

东岗原来树木稀少，但青山很会规划，他先把不成材的树木伐了烧炭，然后又种上新苗。他还在岗下开荒种田，养牛喂马。前几年生活很贫困，但三五年后，岗上树苗长大，岗下庄稼连片，牛羊成群。下那场暴雨时，因为东岗上有树木防护，所以庄稼一点也没受损害。红山见哥哥这边树木茂盛，一片兴旺，非常奇怪，就问哥哥其中的缘故，哥哥语重心长地告诉他："你吃山不养山，终究会山穷水尽；先养山后吃山，才会山清水秀啊！"

红山听了哥哥的话，终于明白了"留得青山在，不怕没柴烧"的道理，当初自己只顾眼前利益，把一片青山，变成了一片荒山，虽然过了几年好日子，可是却埋下了无穷的后患。

刘安学道——返老还童

相传，刘安自年轻时代起，就喜好求仙之道。封淮南王以后，更是潜心钻研，四处派人打听防老之术，访寻长生不老之药。

有一天，忽然有八位白发银须的老翁求见，说是他们有防老之法术，并愿把长生不老之药献给淮南王。刘安一听，知是仙人求见，大喜过望，急忙开门迎见，但一见那八个老翁，却不禁哑然失笑。原来八个老翁一个个白发银须，虽然精神矍铄，但毕竟是老了呀！哪会有什么防老之术呢？"你们自己都那样老了，我又怎么可以相信你们有防老之法术

呢？这分明是骗人！"说完，刘安叫守门人把他们撵走。八个老翁互相望了一眼，哈哈笑道："淮南王嫌我们年老吗？好吧！那么，再让他仔细地看看我们吧！"说着，八个老翁一眨眼工夫，忽然全变成儿童了。已经年老的人，一下子回复到了儿童时期，这是全然不可能的，所以这仅仅是传说故事而已。

刘邦得天下——善于用人

西汉刘邦当皇帝后，在南宫摆酒宴，招待文武官员。刘邦说："诸位不要瞒我，都要说真心话。我为什么能取得天下？项羽又为什么会失去天下的呢？"有两位将领马上回答说："项羽待人轻慢而又好侮辱人，陛下仁厚而又爱护别人。陛下派人攻打城池，夺取土地，所攻下和降服的地方就分封给大家，跟天下人共享利益。而项羽嫉妒贤能，对有功的人忌妒，对有才能的人怀疑，打了胜仗不对将领授功，夺得了土地也不分享。这就是他失去天下的原因。"

刘邦摇摇头说："你们只知其一，不知其二。如果说在军帐之中出谋划策，决定胜负在千里之外，我比不上张良；镇守国家，安抚百姓，供给粮饷，保证运粮道路不被阻断，我比不上萧何；统率百万大军，战则必胜，攻则必取，我比不上韩信。这三个人都是人中的俊杰，我却能够使用他们。这就是我能够取得天下的原因。项羽虽然有一位重要谋士范增，但他却不信任。这就是他被我攻灭的原因。"

刘邦进咸阳——约法三章

秦末，刘邦率部长驱直入，向西进兵，攻下秦都咸阳，推翻了秦朝的统治。刘邦当时比较重视民心的向背，军纪也比较好。刘邦的军队，进至霸上的时候，秦王子婴前来投降，脖子上套着带子，双手捧着皇帝的印，跪在道旁。有的将领主张把秦王杀了，刘邦不同意，说："他既已投降，就不必杀他了。"当即把他看管起来，大军于是开入咸阳。

进入秦都咸阳后，为了取得民心，刘邦把关中各县的父老、豪杰召集起来，郑重地宣布了三条规章。第一章，杀人者处死刑。第二章，伤人者抵罪。第三章，抢劫、盗窃的也要抵罪。依靠约法三章，刘邦取得了老百姓的信任、拥护和支持。

刘邦攻项羽——暗度陈仓

楚汉相争之时，项羽倚仗兵力强大，违背谁先入关中谁为王的约定，封先入关的刘邦为汉王，自封为西楚霸王。刘邦听从谋臣张良的计策，从关中回汉中的时候，烧毁栈道，表明自己不再进关中。后来，刘邦拜韩信为将军，韩信命士兵修复栈道，装作从栈道出击进军关中，实际上却和刘邦率主力部队暗中抄小路袭击陈仓，趁守将不备，占领陈仓进而攻入咸阳，占领关中。

刘邦平定天下——论功行赏

秦灭后，项羽自封为西楚霸王，把刘邦封汉王。经过五年激烈的楚汉之争，刘邦打败项羽，建立了汉朝，做了皇帝，开始对有功的文臣武将进行封赏。可是，由于互不相让，大臣都觉得自己该得首功。

有一天，刘邦要给大臣们排座次，大臣们又争了起来。刘邦让大臣们不提自身，推荐别人。一些大臣说："曹参功劳可算最大了，他身上的伤就有七十多处，是最勇猛也是最有战功的,应该列在第一位。"有个叫鄂千秋的大臣站起来反对这个意见,他说:"你们看问题的角度不对:曹参虽然有攻城占地的功劳,但那只是一时的事情。我们跟项羽打了五年多的仗,经常被打败,士卒逃散了不知有多少次,为咱们补充兵马的是萧何。他总是在最艰难的时候为陛下送来兵马,那数字不下几万吧;咱们守荥阳时,断了粮草,还不是萧何从关中送来军需吗? 这才使咱们不致垮散。萧何的功劳是万世之功,所以萧何应位居第一,曹参第二。"鄂千秋的意见正符合刘邦的心思,刘邦马上决定说:"萧何名列第一,赐剑履上殿,入朝不趋。"接着也封赏了鄂千秋,因为他辨贤有功。

刘邦说项羽——大逆不道

秦朝灭亡以后,刘邦和项羽展开了长达五年的楚汉战争。有一天项羽在阵前向刘邦喊话,要与他一决雌雄。刘邦回答说:"我开始与你都受命于楚怀王,约定先定关中的为王。但是我先定关中后你却失约,让我到巴蜀去当汉王。这是你第一条罪状。你在去救援赵军途中,杀死上将军宋义,自称上将军,这是你第二条罪状。你违抗怀王命令,擅自劫持各诸侯的兵马人员,这是你的第三条罪状。"接着,刘邦又揭露项羽烧毁秦宫、掘开秦皇坟墓,搜刮财物,杀死投降的秦王子婴,活埋二十万秦国百姓,杀害义帝等罪状。在讲到第十条罪状时,刘邦说:"你作为臣子而杀死君王,又杀害已经投降的人,为政不平,对订立的约定不讲信义,为天下所不容,属于重大的叛逆。你犯下如此十条大罪,我兴仁义之兵来讨你这个逆贼,你还有什么面目向我挑战!"

刘邦赞萧何——汗马功劳

汉朝建立后,高祖刘邦分封有功之臣,许多将领争着邀功请赏。刘邦认为丞相萧何功劳最大,于是封他为郡侯。许多大臣都不服气,说:"我们在拼死拼活,久战沙场,而萧何未有汗马之功,只会耍笔杆、发议论,根本没有上过战场,封赏反在我们之上,这是什么道理?"刘邦望着众人,问:"你们知道打猎吗?"大臣一齐回答:"知道。"刘邦接着说:"打猎的时候,追杀野兽的是狗,而让狗去追杀的却是人。你们是有功的猎狗,而萧何能知道野兽的去处并让狗去追杀,他才是真正的有功之人。而且,你们多是单身跟随我,有同族两三人就算难得了,但是萧何叫全家族的几十个男子都参加了我的队伍,跟着我一同出力。他的大功劳是怎么也不应忘记的!"大家听了,便谁也不吭声了。

刘备访贤——三顾茅庐

东汉末年,群雄割据,民不聊生,各地农民纷纷起义。曹操坐据朝廷,孙权拥兵东吴,汉朝宗室豫州牧刘备听谋士徐庶和司马徽说诸葛亮很有学识,又有才能,就和关羽、张飞带着礼物到隆中(今湖北襄阳区)卧龙岗去请诸葛亮出山辅佐他。恰巧诸葛亮这天出去了,刘备只得失望地回去。不久,刘备又和关羽、张飞冒着大雪第二次去拜访。不料诸葛亮又外出了。张飞本不愿意再来,见诸葛亮不在家,就催着要回去。刘备只得留下一封信,表达自己对诸葛亮的敬佩和请他出山帮助自己挽救国家危险局面的意思。

又过了一些时候,刘备吃了三天素,准备再去请诸葛亮。关羽说诸葛亮也许只是徒有虚名,未必有真才实学,不用去了。张飞却主张由他一个人去叫,如诸葛亮不来,就用绳子把他捆来。刘备把张飞责备了一顿,又和关、张二人第三次访诸葛亮。当他们赶到诸葛亮家时,诸葛亮正在睡觉。刘备不敢惊动他,一直站到诸葛亮醒来,才彼此坐下谈话。

诸葛亮见刘备有志为国家做事,而且非常诚恳,就出山全力帮助刘备建立蜀汉王朝。

刘备借荆州——有借无还

赤壁战后,孙刘结盟进军夺取荆州城。由于荆州乃兵家必争的重镇,所以东吴主帅周瑜亲任南郡太守,坐镇荆州,而功劳甚伟的刘备却只能率本部兵马守江南的油江口立营。刘备居公安,地小物薄,不利于发展,于是他向孙权两次提出借荆州。孙权采纳周瑜的建议,不仅不借荆州,反而利用吴蜀联姻软禁刘备。公元210年,周瑜病故,鲁肃继任。鲁肃劝说孙权暂时将荆州借给了刘备。刘备借得荆州后,即以之为立足点,北抗曹操,西取益州,建立蜀汉政权。后来东吴索要荆州,刘备每每借故推诿,不肯归还。

刘备摔阿斗——收买人心

三国时期,当阳长坂坡之战是曹操、刘备两军的一次遭遇战。由于曹军来势凶猛,刘备虽冲出重围,家小却陷入曹军围困之中,赵云拼死刺杀,七进七出终于寻得刘备之子阿斗。赵云追上刘备等人,喘息着向刘备报告:"糜夫人身带重伤,不肯上马,已投井而死。我只得推墙掩井,怀抱小主人,身突重围而回。"说着,便双手捧了阿斗递给刘备。刘备接过阿斗,感激万分,沉思一番,突然双手一放,将阿斗摔在地上,说:"为此子,几乎损折了我一员大将!"赵云大受感动,忙抱起阿斗,连连泣拜:"赵云肝脑涂地,也难报主公知遇之恩!"后人有诗评说此事:

曹操军中飞虎出,赵云怀内小龙眠。

无由抚慰忠臣意,故把亲儿掷马前。

刘备送徐庶——依依不舍

三国时,徐庶化名单福,投奔刘备,设谋定计,打败了曹军,取得数次胜利。后来曹操将徐庶的母亲劫至许昌,诈修家书,叫徐庶降曹。徐庶是个孝子,见是家母手迹,便辞别刘备去许昌救母。刘备不忍相离,送了一程,又送一程,两人皆涕泣而别。走了一程,徐庶又打马回来把诸葛亮推荐给刘备,自己被迫归曹操,但他身在曹营心在汉,不为曹操设谋。

刘备遇孔明——如鱼得水

三国时期,曹操的实力最为强大,刘备在还没有做皇帝之前,被迫依附于刘表的军队之中,并且驻守新野。可是刘备是个胸怀大志的人,他并不想长久寄人篱下,只做别人的军师。正好这个时候徐庶向他推荐诸葛亮。

为了请诸葛亮协助自己获得天下,刘备曾经三次亲自到诸葛亮住的茅庐拜访他,诸葛亮看到刘备非常诚恳,最后才同意与刘备见面。刘备向诸葛亮请教许多治理国家的方法,诸葛亮仔细分析了当时的情势,建议刘备先占据荆州,这样才能有机会和曹操、孙权鼎足而立,互相抗衡。刘备非常欣赏诸葛亮的见解,而且和诸葛亮的感情逐渐加深,高兴的刘备甚至对结拜兄弟关羽及张飞两人说:"我得到孔明的辅佐,就好像鱼得了水一样。"

刘伯温圆梦——净挑好的说

传说明朝时,有一天朱元璋做了个梦,梦见许多福建、浙江的人向他扑去。他觉得不吉利,就下令要把狱中的福建、浙江人全部杀掉。刘伯温听说后,觉得这样做不得民心,就给朱元璋圆梦,并建议朱元璋大赦狱中的福建、浙江人。朱元璋听从了刘伯温的建议,这一下得了民心,那些绿林人士知道人心归向朱元璋,便纷纷献上降表,归附了朱元璋。

刘禅降魏——乐不思蜀

三国后期,蜀国被魏国所灭,魏元帝封刘禅为安乐公。有一次,魏大将军司马昭请刘禅吃饭,席间还演出四川戏,跟随刘禅的人,看到家乡戏,心情都很沉重,唯独刘禅,谈笑自若,很是快乐。司马昭便与身边的贾充说:"人没有感情怎么竟然达到这样的地步!由这样的人做皇帝即使诸葛丞相活着,也是无济于事的,何况姜维呢!"

过了几天,司马昭遇见刘禅,就问他说:"你思念蜀国吗?"刘禅毫不犹豫地回答:"这儿快乐极了,我一点也不想念蜀国!"有一个叫郤正的人,正巧听到刘禅的话,告诉他说:"以后司马昭若再问您这话,您应该哭着回答:祖先的坟墓远在蜀地,我的心十分悲痛,没有一天不思念!然后你就闭上眼睛。"第二天,果然司马昭又问刘禅:"思念蜀国吗?"刘禅按郤正的话答了,并且还流了几滴眼泪。司马昭哈哈大笑说:"这是郤正的话呀,哪是你说的呢?"刘禅惊恐地答道:"诚如遵命!"旁边的人听了这话,都哄堂大笑。

刘关张桃园三结义——生死之交

汉末,天下大乱,刘备是汉室宗亲,这年他二十八岁,恰逢幽州太守刘焉招募义兵。刘备遇到志同道合的关羽、张飞两人,大家决心集合乡勇共同应征,为国家出力。

张飞说:"我庄上有一桃园,花开正盛。明天当于园中祭告天地,我三人结为兄弟,协力同心,然后可图大事。"刘备、关羽齐声说:"如此甚好。"第二天于桃园中,备下祭品,三人焚香再拜而说誓道:"今刘备、关羽、张飞,虽然异姓,既结为兄弟,则同心协力,救困扶危;上报国家,下安黎庶;不求同年同月同日生,只愿同年同月同日死。皇天后土,实鉴此心。背义忘恩,天人共戮。"誓毕,拜刘备为兄,关羽次之,张飞为弟。从此,三人忠实于誓言,忠实于兄弟之情,确实做到了同甘苦、共患难。成为历代结义兄弟的榜样。

刘姥姥出大观园——满载而归

刘姥姥原先只靠两亩薄田度日,后来跟着女婿过生活。她的女婿是贾府的远亲,刘姥姥就代女婿去贾府乞求资助,得以进入大观园。

刘姥姥头一次深入侯门,不免眼花缭乱。在总理荣国府的凤姐面前,她又拜礼又请安,又自谦又奉承,不由凤姐不照顾。刘姥姥虽然羞于张口要什么,凤姐一出手就给了二十两银子,比她全家辛苦一年的收成还多,喜得她眉开眼笑说:"瘦死的骆驼比马还大,你老拔一根毛比我们的腰杆还壮哩!"

刘姥姥第二次进荣国府,专拣了些瓜儿果儿的带来,说是"姑娘们天天山珍海味,也吃腻了,吃些野菜儿,也算我们的穷心。"因此,姑娘们接待得也很热情。贾母一听来了位"积古的老人",正投缘,立请来见。凤姐见贾母喜欢,热情洋溢地打趣请刘姥姥给贾母讲乡村的新闻。刘姥姥本来见闻多,又会编排,说得贾母越发得了趣味,凤姐也听上了瘾,上上下下都喜欢,便请刘姥姥做了大观园大宴的"上宾"。刘姥姥在大观园玩够了,贾府上从贾母到丫头也乐够了,凤姐还央求刘姥姥给女儿起个"巧"名。临走时,刘姥姥得到了不少赏赐。

刘姥姥坐席——净出洋相

刘姥姥是农村的一个老太太,虽然祖上和贾家有些亲戚,但是却长久也不来往。有一年,乡下遭了灾,刘姥姥就到贾府来请求贾府帮衬。后来贾母知道了,于是刘姥姥就到大观园去了几次。凤姐等人为了哄贾母开心,就处处捉弄刘姥姥,刘姥姥总是出洋相,闹出不少笑话。

刘姥姥有一次进大观园,贾母、凤姐正好在园子里摆酒席,就也让刘姥姥入席。凤姐见大家都坐好了,就让仆人们给每人一双乌木的三镶银箸,到了刘姥姥这里却给她拿了一双四楞的象牙镶金的筷子。刘姥姥不知是计,入了座之后,就拿起筷子来,可是只觉得这筷子沉甸甸的不听使唤。她就笑着说:"这个叉把子(农村用的木制的叉样的农具),比我们那里的铁锨都重好多,怎么能拿得动呢?"大家听了,都哈哈大笑起来。

凤姐又故意拣了一碗鸽子蛋放在刘姥姥的面前,并对刘姥姥说,按照贾府的规矩,吃饭之前一定要先说一句话才行,刘姥姥赶紧答应了。于是,贾母刚说完"请吃"两个字,刘姥姥就站起来,高声地说道:"老刘,老刘,食量大如牛,吃个老母猪不抬头。"说完,就鼓着腮帮子,一声也不吭了。大家刚开始的时候还没有想起来是什么意思,待回过神来,一个个都笑得岔了气。

就这样,一顿饭下来,刘姥姥闹了很多笑话,大家也都拿着刘姥姥开心取笑,笑得肚子都疼了。"刘姥姥坐席——净出洋相"这个歇后语就是从这里来的。

刘宠升官——一钱太守

东汉刘宠被举为孝廉,出任东平县令。在东平县令任上,刘宠爱护百姓,处事公正廉明,受到东平百姓的一致拥戴。后来他又被任命为豫章太守和会稽太守。在会稽太守任上,刘宠严于律己,约束下属,打击豪强,惩治不法行为,获得全郡百姓的称赞。

由于刘宠政绩卓著,不久后,朝廷征召他进京,准备授予他更高的官职。刘宠离任那天,会稽郡的老百姓纷纷赶来为他送行。在送行的人群中,有五六位古稀老人,他们的眉毛、胡须、头发都已雪白,这几位老人都是会稽郡山阴县的老农,他们是从离城几十里的山乡特地赶来的。他们每人手里都拿着一百个铜钱,要把铜钱送给刘宠。老人们说:"我们几个是平日只知种地的山野村民,一生中从来没进过城。从前官吏们下乡征收租税,常常弄得鸡飞狗跳,老百姓怨声载道,不得安宁。自从您到任以后,减轻了我们的赋税,我们的生活也一点点好起来。我们能过太平日子,都是您所赐。如今听说您离任高升,我们结伴前来为您送行,并表达一下我们微薄的心意。"说罢,他们一起把手中的铜钱递给刘宠,要他收下。刘宠推辞说:"我在这里只做了一些我应该做的事,没有像你们说的那样好。父老们的心意我领了,但这钱我不能收。"老人们不依,非要刘宠把钱收下。刘宠见盛情难却,便从每位老人手里收了一文钱。众人对刘宠的举动都非常钦佩,誉称他为"一钱太守"。

刘宠到京城后,历任宗正大鸿胪、司空、司徒、太尉等重要官职,但他仍保持着"一钱太守"的清誉,虽官居高位,却家无余财,因此被时人称为长者,受到人们的敬重和赞颂。

刘波上奏疏——直言不讳

公元383年,东晋军在淝水之战中大败前秦军,取得了决定性的胜利。为此,孝武帝命令熟悉北方情况的刘波坐镇北方,统督淮北各军。这时刘波正患着重病,接到皇帝诏书后,觉得以自己目前的身体状况去北方改变动乱的局面,实在是无能为力。他考虑到自己不久于人世,决定上一道奏疏。他在奏疏中写道:"我想起本朝开国的历史,联想起如今的国事,所以不顾自己放肆和愚妄无知,直爽地、毫不忌讳地把话说出来。"刘波直言不讳地把自己的情况与治国建议讲出来,希望孝武帝能重用有才之士镇守疆土。

刘三姐对歌——随口而出

传说,古代柳州壮族歌手刘三姐遭财主暗算,坠入柳江,为老渔翁及其子小牛所救。财主莫怀仁盘剥农民,三姐唱山歌嘲讽他,莫怀仁邀几个秀才与三姐对歌,败给三姐后,莫怀仁又要强娶刘三姐为妾,欲使之不再唱歌。莫怀仁下聘,反被刘三姐取笑,莫怀仁恼羞成怒,勾结官府迫害刘三姐。在众人帮助下,小牛设法救出刘三姐,两人远去别处传歌。从此,刘三姐被人们视为智慧和理想的化身、反抗地主阶级压迫剥削的代言人、永世长存的歌仙。

刘秀待人——推心置腹

西汉末年,王莽篡政,引起天下大乱,各地农民纷纷起义,群雄讨莽。公元23年初,刘玄被立为天子,刘秀任偏将军。王莽多次派兵攻打刘玄。在这些战斗中,刘秀屡立战功,被刘玄封为"萧王"。公元24年秋,刘秀率兵攻打农民起义军于邬(今河北巨鹿县东南),大破之,封降兵统帅为列侯。但降者并不放心,担心刘秀是否出于真意。刘秀获悉这一情况后,为使其放心,便采用安抚之计,下令降者各归其本部,刘秀本人则轻骑巡行各部,无丝毫戒备之意。这样一来,降者都信以为真了,只听他们经常三三两两地在一起低语:"萧王推己之红心,置他人之腹中,我们还担心什么? 还不为他打天下,出力吗?"《后汉书·光武帝纪》里的原话是:"萧王推赤心置人腹中,安得不报死乎!"

刘秀勤于政事——乐此不疲

汉光武帝刘秀是个勤奋刻苦的人,他率领军队南征北战,始终保持着勤勉办事的作风,他同将士们一起冲锋陷阵,与谋臣们一同商议朝政,往往通宵达旦,废寝忘食。

刘秀登基后,政务更为紧张繁忙。他每天和大臣们忙于治国大计,绝不提战争的事。皇太子有一次向他请教攻战的道理,刘秀回答说:"有一次卫灵公问孔子如何攻战,孔子说,祭祀和礼仪方面的事,我经常听人谈起,至于率军作战的事,我却一点儿也不懂。你看,孔子是多么关心治国的事,你也应该这样,不要研究有关战争的事。"

建立东汉朝以来,刘秀每天亲自处理朝政,工作十分刻苦,从天亮起上朝问事,一直到天黑才回寝宫。皇太子见刘秀忙于朝政,勤劳不息,十分关心他的身体健康。有一次刘秀正在休息,皇太子大胆劝谏刘秀:"陛下,像您这样勤政为民,可说是有了夏禹、成汤那样贤明的品格,但是却没有黄帝、老子那样的修身养性的幸福,希望您爱惜身体,保养精神,少做一些工作,多休息。"刘秀听后,哈哈大笑,说:"我自己乐于这样做,习惯了,一点也不觉得疲劳啊!"皇太子听了,深受感动。

刘秀赞窦融——举足轻重

王莽末年,窦融为将军,后来投降刘玄,担任张掖属国都尉,刘玄败亡以后,窦融联合酒泉、敦煌等五郡,割据河西,号称河西五郡大将军,势力很大。

汉光武帝刘秀取得政权后,窦融有意归附,于是派长史刘钧向光武帝上书并献上珍宝。刘秀见窦融有归顺之意,非常高兴,封他为凉州牧,赏赐黄金三百斤,颁发一道诏书让刘钧带回。在这道诏书中,刘秀赞扬窦融治理河西五郡的政绩以及对窦融的思慕之情,并且分析了当时的政治、军事形势。刘秀特地指出,在他与窦融相隔之外,尚有益州的公孙述和天水的隗嚣,他们都想争夺天下。在此形势下,窦融的去从对全局起着重要的作用。

刘秀赞冯异——披荆斩棘

冯异是东汉初期一位著名的军事将领,东汉开国功臣之一。冯异有勇有谋,投奔刘秀后随军征战,立下许多功劳。可是每当论功行赏时,冯异总是不声不响地独自坐到树下,从不去和别人争功。时间一长,大家便送了他"大树将军"的雅号。刘秀在洛阳建立东汉王朝称帝后,封冯异为阳夏侯,并委以征西大将军重任,令他率军平定关中。公元30年,冯异到京都洛阳,朝拜光武帝刘秀。刘秀十分隆重地接待了他,并拉着冯异的手向文武百官介绍说:"这位威风凛凛的冯将军是我当年起兵时的主簿官,为我打天下劈开丛丛荆棘,平定关中地区,是开创当朝的有功之臣啊!"当下,刘秀重赏了冯异,并留他在洛阳住了十多天。

歇后语"刘秀赞冯异——披荆斩棘"就是由这个历史故事引申而来的。

刘禹锡作诗——司空见惯

唐代大诗人刘禹锡在当刺史时,有位卸任的司空李绅,因为久仰刘禹锡的盛名,所以邀请大诗人到家中赴宴。刘禹锡欣然接受了李绅的邀请。宴会上,李司空请来几位妙龄歌伎。歌伎一边翩翩起舞,一边用轻柔、婉转的声音,一扬一抑地唱名曲《杜韦娘》。生平第一次遇此情景的刘禹锡,感触很深,诗兴也油然而生。刘禹锡当即赋诗一首,赠给李司空。诗云:

高髻云环宫样妆,春风一曲杜韦娘。

司空见惯浑闲事,断尽江南刺史肠。

这首诗的意思是,如此妖艳的歌伎,动人的曲调,奢华的场面,都是他从来没有见过的;而对李司空来说,却并不稀奇,是经常见惯了的东西。后人从这个故事中,提炼出"司空见惯"这一成语,并广泛地用于生活中。

柳下惠再世——坐怀不乱

柳下惠是春秋时鲁国大夫,是当时掌管监狱的官吏。柳下惠以善于讲究贵族礼节而著称,是个道德品行高尚的人。有一次柳下惠到外地办事,耽搁了出城时间,此时,客店也已住满了客人,他只好到城门下过夜。他刚刚安顿好自己,就看到一位年轻貌美的女子也来到城门下夜宿。柳下惠见那女子衣服单薄,冻得瑟瑟发抖。柳下惠恐怕那女子被冻死,就用自己的棉衣把她裹在怀里,一直到天亮,丝毫没有发生非礼行为。

柳宗元写《捕蛇者说》——鸡犬不宁

公元 805 年,唐代著名的文学家柳宗元被贬到永州做司马,他目睹了民间哀鸿遍野民不聊生的悲惨局面,写了一篇《捕蛇者说》。该文讲述了蒋氏一家三代冒亡命之险捕捉毒蛇,以此代替赋役的苦难命运的故事。其文中意思是:凶暴的征税官来到我们村里,到处狂呼乱喊,横冲直撞。哄哄嚷嚷,被惊扰的不只是人,就连鸡、狗也不得安宁。

六必居的抹布——酸甜苦辣都尝过

在北京前门大街西侧大栅栏东口南,有一个营业四百余年的老酱园。酱园的门额上挂着一块黑底金字牌匾,上书"六必居"三个大字。据说这三个字是明朝宰相严嵩所题。

"六必居"在明朝时曾经是一个小酒馆,酒馆的主人姓赵,当年的酒馆是前店后厂,自家酿酒自己出售。这个酒店虽然小,但十分重视酒的质量,赵掌柜在制酒过程中坚持六个必须具备的条件,即"黍稻必齐,曲种必实,湛炽必洁,陶瓷必良,火候必得,水泉必香",故称为"六必居"。

后来"六必居"酒馆又增添了酱菜,仍然坚持以质量取胜。它选料十分严格,不同的品种都按季节、规格来选购。如八宝酱瓜,专门选用一斤左右的成熟香瓜,掏尽瓜瓤,里边装上精选的花生、桃仁、青梅、果脯等。糖蒜用长辛店的土蒜头;酱萝卜是用南苑西红门和朝阳门外收购的萝卜制成的;酱黄瓜用的是安定门外的秋黄瓜。它的酱也是用当年的新黄豆蒸熟发酵加面粉等晒制而成,所以酱色鲜亮,味道醇正。"六必居"的酱菜取诸家之长,酸、甜、咸、辣、鲜五味俱全,当年柜台上还特备抹布经常擦拭柜台上的酱痕,保持清洁卫生,所以有"六必居的抹布——酸甜苦辣都尝过"一句歇后语。

龙门石窟的佛像——老实(石)人

传说,很久以前有条老黄龙,为救黎民百姓,私自收雨退水,违犯天条。玉帝要斩它,经太上老君说情,玉帝罚它到洛阳城南青石山造佛像十万尊,来年二月二交旨。老黄龙被押至青石山,因不服玉帝处事,用头猛撞石窟,想撞出口子,好飞回天庭再与玉帝理论。青石山高大坚固,龙头硬撞不开,反而撞出两千多个洞窟。太上老君劝它安心在洞窟造佛像,期限一到,高喊"开不开",山门自开,即可回天庭。老黄龙无奈,只好用利爪雕凿佛像。到二月初二鸡鸣,十万尊佛像造成,它高喊:"开不开?"正遇放羊娃上山放羊,随口应声:"开!"突然,山门冲开,飞龙钻进云霄。山门处显出石窟,后人称此山为龙山,石窟称龙门石窟。

娄阿鼠问卦——做贼心虚

清朝时,常州府有个赌徒,名叫娄阿鼠。他见财起歹心,为了十五贯钱,竟然杀死邻居尤葫芦。当地的县官昏庸,判了无辜的尤葫芦之女苏戌娟的死罪,并给她强加上了"私通奸夫(熊友兰)、杀父谋财、畏罪潜逃"的罪名。苏州知府况钟奉命监斩死囚,却发现这宗案子似有冤情。于是,况钟来到常州府无锡县,亲自调查尤葫芦被杀一案。

况钟仔细勘查尤葫芦的被害现场时,发现案发现场有一对灌了铅的赌具——骰子,便怀疑起了赌徒娄阿鼠。但况钟没有确凿的证据,于是就扮成算命先生暗中查访。这一

天,娄阿鼠恰巧碰上了扮成算命先生的况钟,便求况钟为他测字占卜吉凶。娄阿鼠求测一个"鼠"字,问此字的官司如何,并谎称自己是代别人测的。况钟想借此机会套出娄阿鼠杀人的证据,于是便一本正经地对他说:"鼠有十四画,数目成双,属阴爻;这鼠又属阴类。这是幽晦之象,只怕日后有场官司要打,而且依字看来,只怕不是代测,而是自测。眼下正交子月,乃当令之时,只怕很快就要见官了。"娄阿鼠见况钟神机妙算,以为况钟非同一般,就想请况钟帮他逃过此劫,于是便承认了是自测,并向况钟倒出了实情。到此,证据确凿,真正的凶手娄阿鼠终于露出了狐狸尾巴,况钟大喜,命人将他捉拿归案,判了死罪,洗刷了苏戌娟和熊友兰的冤屈。

刘姥姥进大观园——眼花缭乱

刘姥姥是《红楼梦》中的一个人物。她死了丈夫,又无儿子,饱经忧患,先靠两亩薄田度日,后被女婿接来过活。女婿家贫,刘姥姥便打算进荣国府拉拉宗族关系。

这一天,刘姥姥带着外孙板儿,靠着陪房周瑞家的引荐,第一次进了荣国府,见到了凤姐,得到了二十两银子的赏赐。

第二年秋天,刘姥姥摘了些新鲜的菜蔬瓜果,仍带着板儿,又进了荣国府。贾母见了很高兴,就留她住两天,打算让她到大观园去玩玩。凤姐见贾母喜欢,便随即说了些表示欢迎的话。

第二天,贾母便带着刘姥姥进了大观园。凤姐说要给刘姥姥打扮一番,就把一盘子花,横三竖四地给她插了一头,逗得众人一阵大笑。

说话间,已来到沁芳亭上,刘姥姥一看,这个园子真比画上的还强十倍。歇了歇,贾母领着刘姥姥先到了潇湘馆。一进门,只见两边翠竹夹路,地上苍苔布满,中间一条石子甬路。刘姥姥让出来给贾母众人走,自己走泥地。一不小心,她跌了一跤,引得众人拍手大笑。众人坐了一会儿,才离开潇湘馆。贾母领着刘姥姥坐了会儿船,凤姐等人便抄着近路到了秋爽斋,在晓翠堂上摆开桌案,准备吃午饭了。在鸳鸯的提议下,凤姐想在午宴上让刘姥姥出洋相。二人便如此这般地商议了一番。

正说着,贾母带着刘姥姥来了,各自随便坐下。这时,鸳鸯忙拉刘姥姥出去,悄悄地嘱咐了一番话。

刘姥姥入席后,拿起一双沉甸甸的筷子,很不合手,她说:"这个叉巴子,比铁锨还沉,哪里拿得动它?"说得众人都笑了。随后,一个媳妇端了一个盒子来,凤姐拣了一碗鸽子蛋放在刘姥姥桌上。贾母说了声"请",刘姥姥便站起来,高声说道:"老刘,老刘,食量大如牛,吃个老母猪不抬头!"说完,鼓着腮帮子,一声不语。众人先是一怔,随后一想,都一起哈哈大笑起来……

刘姥姥喝了一口酒,又说:"这里的鸡儿也俊,下的蛋也小巧。"凤姐笑道:"一两银子一个呢!"刘姥姥伸筷子去夹,好容易夹起一个,才伸脖子要吃,偏又滑下来,滚在地上。刘姥姥忙放下筷子,要亲自去拾,早有下人拾去了。刘姥姥叹道:"一两银子也没有听见个响声儿就没了!"众人已没心吃饭,都看着她取笑。

接着,刘姥姥说自己手脚粗,喝了酒怕失手打了酒杯,想要个木头的来用。谁知拿来的是大大小小的一套,要吃就得吃一遍。刘姥姥不敢用,说还是用小杯吃吧。她吃酒时,凤姐夹茄子喂她。她一吃,大吃一惊,因为味道与她平日在家吃的不同,原来是用鸡配着烧的。这顿饭吃得刘姥姥洋相百出,也逗得众人大笑不已。

过了一会儿,酒席散了,贾母带着刘姥姥来到门前树下,告诉她这是什么树,那是什么石,刘姥姥看得出神,眼花缭乱。

又游了一会儿,贾母到稻香村歇息了,鸳鸯带着刘姥姥逛,众人也都跟着取笑。她们来到省亲别墅的牌坊底下时,刘姥姥惊叫一声,"哎呀,这里还有大庙呢!"说着,便趴下磕头。又是一阵笑声。

突然间,刘姥姥肚里一阵乱响,就要拉肚子了。她要了两张纸,急忙去找茅厕。从茅厕出来,迷了方向,只得顺着一条十字路慢慢往前走。走着走着,见迎面有一个满脸笑容的女孩子。刘姥姥忙笑着与她讲话,又伸手去拉她的手。谁知这是一幅画儿。刘姥姥叹了两声,一转身,见有个小门。她掀帘进去,只见一个老婆子也从外面迎着进来。刘姥姥怎么动作,她也怎么动作。原来刘姥姥迎面见到的是个穿衣镜。镜子后面,有个小门。刘姥姥进门,忽见有一幅精致的床帐,她又惊又喜,想坐在床上歇歇。但身不由己,一歪身就睡着了,直到袭人来到这里找到她,才把她叫醒。这时,刘姥姥才知道原来她睡的床是宝二爷的!她吓得不敢出声。随后,袭人带着她来到稻香村,与贾母一起吃了晚饭。第二天,刘姥姥向凤姐告辞,准备回家。临走,大伙给了她许多东西,足足堆了半炕。

后来,根据"刘姥姥进大观园"这段故事,便有了歇后语"刘姥姥进大观园——眼花缭乱",形容眼前的景象复杂纷繁,使人感到迷乱。

卢沟桥的狮子——数不清

卢沟桥始建于金大定二十七年(1187),完成于明昌三年(1192),到现在已经有八百多年的历史了。

卢沟桥有两排石栏杆,每根石栏杆上都雕有狮子。有大狮子,有小狮子,有趴着的,有卧着的,有背着的、抱着的,还有骑在脖上的、钻在肚下的。一个狮子一个样,每根栏杆上都有,到底有多少个,谁也数不清。

相传,一个新到任的宛平县令,听说卢沟桥上的狮子数不清,很不服气。心想:天下哪有这种事?

这天,他把守城的兵都叫来说:"都说卢沟桥的狮子数不清,我今天派你们去数狮子,你们数清了有赏。可有一件,你们数的数,必须都得对上,对不上,不算。"

守城兵得了令,就都到了卢沟桥头。他们排着队,一个挨一个,从桥栏杆面前走过,走一步数一下,走一步数一下,他们各数各的,来回走了两遍,到头来,一报数,一个人一个数,就没有相同的。他们报告了县令。县令说:"不行,还得回去数。"守城兵又回到卢沟桥头,重新数了起来。

这回数的比上两次还仔细,一连数了三遍,到桥头一报数,还是不一样。这下可把县令气炸了,把兵士们狠狠骂了一顿。

守城兵不服气地说:"老爷不信,您去数数看。"

县令心想,数就数,你们等着,我数清了再和你们算账。他坐了轿子,上了桥头。先从桥东向西数,再从桥西向东数。数了一遍下来,再数第二遍,数完两遍,数没对上,又数第三遍。第三遍又是一个数。又数第四遍。不管他数多少遍,这数目就没有一回是同样的。他累得满头大汗,腰疼腿酸,再也数不下去了,忙坐轿回去了。

晚上,他想:真怪,这狮子怎么会数不清呢?莫非它们长了腿,会走动?想到这里,他便爬起来,又上了卢沟桥。

这时,正是半夜子时,四处静悄悄的,只有卢沟河水,哗哗作响。县令轻轻地走到桥上,只见这些狮子正在戏要:有的从栏杆上下来,东蹿西蹿,有的从这个栏杆跳到那个栏杆,有的小狮子,在大狮子身上来回爬滚。县令看到这里,猛地叫了起来:"好哇,原来你们是活的!"

他这一叫不要紧,只见那些狮子马上回到自己的地方,再也不动了。

根据卢沟桥的这个故事,后来便有了歇后语"卢沟桥的狮子——数不清",形容数量巨多,无法计数。

卢生享荣华——黄粱美梦

唐玄宗开元七年(719),有个名叫吕翁的道士,因事到邯郸去。这位道士可不简单,他长年修道,已经掌握了各种神仙幻变的法术。在邯郸旅店里他遇到一个名叫卢生的读书人,二人攀谈起来。谈话中,卢生流露出渴望荣华富贵、厌倦贫困生活的想法,吕翁虽劝解了一番,但卢生感慨不已,难以释怀。于是,吕翁便拿出一个枕头递给卢生,说:"你枕着我这个枕头睡,它可以使你荣华富贵,就像你想要的那样。"

卢生刚刚睡下,就朦朦胧胧地发现枕头上的洞孔慢慢地大了起来,里面也逐渐明朗起来,卢生于是把整个身子都钻了进去,这一下,他回到了自己的家里。过了几个月,他娶了一个老婆,姑娘家里很有钱,陪嫁的物品非常丰厚,卢生高兴极了,从此以后,他的生活变得富足起来。

第二年,他参加科举考试,一举得中,担任了官职。过了三年,他出任同州知州,又改任陕州知州。卢生的本性喜欢做治理水土的工程,任陕州知州时集合民众开凿河道八十里,使阻塞的河流畅通,当地百姓都赞美他的功德。于是,没过多长时间,他被朝廷征召入京,任京兆尹,也就是管理京城的地方行政官。

不久,爆发了边境战争,皇帝便派卢生去镇守边防。卢生到任后,开拓疆土九百里,又迁户部尚书兼御史大夫,功大位高,满朝文武官员深为折服。

卢生的功成名就,招致了官僚们的妒忌。于是,各种各样的谣言都向他飞来,指责他沽名钓誉,结党营私,交结边将,图谋不轨。很快,皇帝下诏将他逮捕入狱。与他一同被诬陷的人都被处死了,只有他因为有皇帝宠幸的太监作保,才被减免死罪,流放到偏远蛮荒的地方。

又过了好几年,皇帝知道他是被人诬陷的,又重新起用他为中书令,封为燕国公,赐予他的恩典格外隆重。他一共生了五个儿子,都成为国家的栋梁之材,卢家成为当时赫赫有名的名门望族。此时的卢生地位崇高,声势盛大显赫,一时无双。

后来他年龄逐渐衰老,屡次上疏请求辞职,皇上不予批准。将要死的时候,他挣扎着病体,给皇帝上了一道奏疏,回顾了自己一生的经历并对皇帝的恩宠表示感激。奏疏递上去不久卢生就死了。

就在这时，睡在旅店里的卢生打了个哈欠，伸了个懒腰，醒了。他揉揉眼睛，摇晃几下头，发现自己的身子正仰卧在旅店的榻上，吕翁坐在他的身旁，店主人蒸的黄粱米饭还没有熟。触目所见，都和睡前一模一样。他一下子坐了起来，诧异地说："我难道是在做梦吗?"吕翁在一旁，对卢生不动声色地说："人生的适意愉快，也不过这样罢了。"卢生怅然失意了好一会儿，才对吕翁谢道："我现在对荣辱的由来，穷达的运数，得和失的道理，生和死的情形，都彻底领悟了。这个梦，就是先生用来遏制我私心欲念的啊，谢谢先生的点拨!"

后来，便有了歇后语"卢生享荣华——黄粱美梦"，用来比喻荣华富贵如梦一场，短促而虚幻。

鲁肃上了孔明的船——糊里糊涂

据《三国演义》记载，蒋干盗书，周瑜巧施离间计，借曹操之手除掉蔡瑁、张允之后，诸葛亮一眼就识破了周瑜的计策。周瑜大吃一惊，认为诸葛亮的存在终将是东吴之害，决心想办法害死他。

这一天，周瑜把诸葛亮请来，说他马上要跟曹兵开战，请诸葛亮督造十万支箭。诸葛亮满口答应，并说只要三天，如完不成任务，愿受重罚。空口无凭，当场写下了军令状。

周瑜手下名将鲁肃看到诸葛亮这番举动，惊疑万分，很想知道他怎样造箭。诸葛亮避而不答，只是向鲁肃借了二十只船，六百名军士，并准备了青布、稻草等物，表示三天之内一定交出十万支箭来。鲁肃莫名其妙，只好糊里糊涂地答应下来。

诸葛亮吩咐兵卒在二十只船上一起绷上青布，两边扎上许多草人，每只船上分派三十个军士，一切准备妥当，听候调用。两天过去了，诸葛亮毫无动静，三天造十万支箭本来就是不可能完成的任务，诸葛亮又按兵不动两天，让好心的鲁肃很是担心，生怕他完不成任务。到了第三天四更时分，诸葛亮忽然把鲁肃请来，要他一同去取箭。这时大雾弥漫，对面都看不见人。鲁肃糊里糊涂地坐在船舱里与诸葛亮一同饮酒，不知道他要到哪里去取箭。

五更时分，船已靠近曹操水寨。诸葛亮将二十只船东西排成一行。叫船上士兵击鼓呐喊，造成千军万马攻打曹营之势。

曹兵听闻战鼓之声，以为孙刘联军前来进攻，连忙飞报曹操。曹操看见雾气太重，生怕鲁莽出兵中了埋伏，于是立即传令叫水陆两军的弓箭手向江上射箭。顿时，一支支箭像雨点般射来，都插在稻草人上。过了一会儿，诸葛亮又把二十只船掉过头来，接着一阵擂鼓呐喊，让船的另一面也插满了箭。

等到太阳出来，浓雾快要散了，诸葛亮下令将二十只船赶紧往回开。这时候，船上两边的草人身上已经密密麻麻地插满了箭，足有十万多支，按期如数交给了周瑜。

人们根据这个故事，编成了歇后语"鲁肃上了孔明的船——糊里糊涂"，形容认识模糊，不明事理，也形容思想处于模糊不清的状态。

卢俊义上梁山——不请自来

卢俊义，是《水浒传》中的人物，梁山排名第二。卢俊义一身好武艺，棍棒天下无双，善使矛，原为一员外大户，浪子燕青是其家仆。宋江慕其名，为壮大梁山声势，欲将其诳上山。军师吴用与李逵便假扮算命先生与哑童子，前往卢府为其算命。吴用言其"不出百日之内，必有血光之灾，家私不能保守，死于刀剑之下"，劝其前往东南千里之外避灾，并在墙上题下"芦花丛里一扁舟，俊杰俄从此地游。义士若能知此理，反躬逃难可无忧。"的藏头反诗。

卢俊义中计，欲前往泰安州避祸，途经梁山时中埋伏，与梁山英雄大战，卢俊义不敌，乘船逃走时被浪里白条张顺活捉。卢俊义不愿意在梁山落草为寇，宋江也未强迫，将其放回。待其回到家中，其妻贾氏已与管家李固做了夫妻，诬陷其勾结叛匪，告到大名府梁中书那里。卢俊义屈打成招，被打入死牢。幸得燕青、石秀以及其他梁山众好汉等先后搭救，方免遭毒手，卢俊义只得上梁山，后坐上了梁山第二把交椅，成了总督兵马第一副元帅。忠义堂前亦竖起了"山东呼保义""河北玉麒麟"两面大旗。

后来人们就根据这个故事编成了歇后语"卢俊义上梁山——不请自来"。

炉上烤肉——脍炙人口

春秋的时候，有个名叫曾参的人，他非常孝顺，是个孝子。他的父亲曾哲喜欢吃羊枣（一种野生的小柿子，俗名牛奶柿）。曾哲死后，为了悼念父亲，曾参不忍心再吃羊枣。这件事在儒家学派中广为流传。有一次，孟子的学生公孙丑向孟子提问："脍炙（精美的肉食）和羊枣哪样东西更好吃？"孟子说："当然是脍炙好吃。"公孙丑说："那么曾参父子一定都爱吃脍炙，可为什么曾参的父亲死后，他不吃羊枣而吃脍炙呢？"孟子回答说："脍炙是大家都爱吃的，羊枣却是曾哲的特殊嗜好，所以他死后，曾参会继续吃脍炙而不吃羊枣。"

鲁班招婿——有眼不识泰山

传说，鲁班只有一个女儿名叫庄姜。鲁班想招几个徒弟，一为传艺，二为选个合适的女婿。消息传出后，几天时间就来了上百人。经过反复考验、筛选，最后只剩下了虎英、灵泽和泰山三个人。

这一天，鲁班把三个徒弟招到一起，传授给三个人四种绝技：一是盖房子，楼台亭阁精致优美；二是造车，木人木马，自动行走；三是制鸟，栩栩如生，会振翼而飞；四是雕石头，各种图案，五彩缤纷。最后，鲁班要三个人分别用一天一夜仿"四绝"造一件东西，谁的手艺好，就把庄姜嫁给谁。

后来庄姜暗暗选中了泰山，而鲁班却看中了灵泽。鲁班认为虎英太笨，泰山好高骛远，只有灵泽老实规矩。泰山要走了，庄姜很难过，一直送到南山口，并把绣有青松灵芝的手绢赠送给了泰山。

一天，鲁班要女儿跟灵泽成亲，庄姜说什么也不肯，说灵泽的手艺没学全，非让父亲再传造桥不可。鲁班无奈，只好应允。到了来年三月三，鲁班带着灵泽来到了赵州，他俩贪黑起早，一直干了七七四十九天才完工。完工以后，按照庄姜的要求，灵泽还得到浑河上再造一座同样的桥，也是七七四十九天。最后一天，鸡鸣时由庄姜亲自验收。到了第四十九天半夜，庄姜站在浑河东南的山上一看，桥已经快造好了。她很着急，便学起公鸡打鸣来。灵泽怕娶不到庄姜，便起了坏心，趁庄姜上山时，把她劫到木马车上逃走了。鲁班久久不见庄姜，出门寻找庄姜。

后来，鲁班在路上见到一辆十分精美的"四宝车"。怎么叫"四宝车"呢？木马拉车，自动行走是一宝；车上木人永指正南，迷路时能辨别方向是二宝；车厢里装有石磨，车行十里磨面一石，是三宝；还有，车上坐着那小伙子指着石磨上的木鸟说，它会飞会叫，会传信，是第四宝。鲁班问是谁造的，小伙子说是东岳造的。鲁班又问他要到什么地方去时，小伙子告诉鲁班，听说木匠大师鲁班的女儿很聪明，东岳久慕其名，特意让他前去求婚。鲁班听后，暗中高兴，不久又听说庄姜被人救回家，于是同那个小伙子回家了。

回家后，鲁班忙拉着庄姜去看"四宝车"，说是东岳造的，今天是来求亲的，不知你乐意不乐意。这时，小伙子又拿出一件东西交给庄姜，说东岳让亲手交给你。庄姜一看，原来是她绣的青松灵芝手绢，上面新写了一首诗："南山路口知心话，东海流水情意深，北山灵芝压群芳，西山石烂不变心。"庄姜知道东岳便是泰山，就一口答应了亲事。后来，鲁班一看招亲的女婿原来是泰山，他仰天长叹道："我真是'有眼不识泰山'啊！"

打这儿以后"鲁班招婿——有眼不识泰山"便传开了。

鲁智深买肉——挑肥拣瘦

在《水浒传》故事中，一天，鲁智深正在一家酒楼上和史进、李忠二人喝酒，喝得正尽兴时，忽然听见隔壁有人哭泣，鲁智深觉得打搅了他的酒兴，就叫人把啼哭者叫来问话，原来是一对姓金的父女流落在此地，受到了郑屠户镇关西的欺负。

鲁智深爱打抱不平，听了这件事，就去找郑屠户算账。鲁智深对郑屠户说："经略相公有令，要买十斤瘦肉，不要半点肥的在上头。你亲自给我切。"郑屠户用了老半天，才切好了十斤瘦肉。鲁智深又说还要十斤肥肉，不要半点瘦肉在上面。郑屠户又切了十斤肥肉。鲁智深说，还要十斤寸筋软骨，上面不许带肉。郑屠户说："你是特地来捉弄我呀！"鲁智深听了，跳起身来，瞪着眼对郑屠户嚷："洒家就是特地来捉弄你！"说着，拿起两包肉，劈头盖脸地打过去。不想三拳打死镇关西。鲁智深指着郑屠户说："你装死，洒家以后找你算账！"一边骂，一边大步走开了。

鲁智深出家——无牵无挂

在《水浒传》故事中，鲁智深出家之前是一个提辖的小官，他家里没有什么钱，也没有妻子儿女，性格豪爽的他，只喜欢交朋友。鲁智深打死郑屠户之后，官府发下了告示到处捉拿他。鲁智深四处躲藏，到代州雁门县时，正好遇见了先前搭救过的金老汉和他的女儿，在他们父女的帮助下，鲁智深到了三十里开外的五台山上的文殊院做了和尚。

鲁智深做和尚时什么也没有，所以人们就根据这个故事，编成了歇后语"鲁智深出家——无牵无挂"。

鲁智深倒拔垂杨柳——好大的力气

在《水浒传》故事中，鲁智深因为杀了镇关西，为了躲避官司，只好到五台山出家。但是在那里又因为屡次破坏清规戒律，被智真长老赶了出来。智真长老推荐鲁智深到东京的相国寺供职，相国寺的智清禅师派鲁智深去看管菜园。

这个菜园本来由一个老僧人看管，但是这周围常常有一伙好吃懒做的泼皮来捣乱，他们仗着人多，常常来这里偷菜，相国寺也拿他们没有办法。这些泼皮们见来了一个新和尚，就想给他一个下马威，便来闹事，没想到被鲁智深把两个领头的踢到粪坑里，吓得他们跪地求饶。

第二天，几个泼皮真心诚意地安排酒宴招待鲁智深。正在这时，门外忽然传来一阵乌鸦的叫声，吵得人心烦，众人便欲搬梯子拆掉鸟巢。鲁智深上前把那棵树上下打量了一下说："不用了，我把树拔掉。"说罢，只见他脱掉外衣，用左手向下搂住树干，右手把住树的上半截，一使劲儿，那棵树竟被连根拔起，众泼皮惊得目瞪口呆，忙跪在地上拜鲁智深为师。

路上再见——分道扬镳

南北朝时，北魏有一个名叫元齐的人，他很有才能，屡建功勋。孝文帝非常敬重他，封他为河间公。元齐有一个儿子叫元志，他聪慧过人，饱读诗书，是一个有才华但又骄傲的年轻人。孝文帝很赏识元志，任命他为洛阳令。不久以后，孝文帝采纳了御史中尉李彪的建议，迁都洛阳。这样一来，洛阳令成了"京兆尹"。

在洛阳，元志仗着自己的才能，对朝廷中某些学问不高的达官贵族常常表示轻视。有一次，元志出外游玩，正巧李彪的马车从对面飞快地驶来。元志官职比李彪小，应该给李彪让路，但元志一向看不起李彪，并不让路。李彪见元志这样目中无人，当众责问元志："我是御史中尉，官职比你大多了，你为什么不给我让路？"元志说："我是洛阳的地方官，你不过是一个洛阳的住户，哪里有地方官给住户让路的道理呢？"

他们二人互不相让，于是他们到孝文帝那里评理。李彪说，他是御史中尉，洛阳的一个地方官怎能同他对抗，居然不肯让道。元志说，他是国都所在地的长官，住在洛阳的人都编在他主管的户籍里，他怎可同普通的地方官一样向一个御史中尉让道呢？孝文帝听了他们的争论，觉得他们各有各的道理，不能训斥他们中的任何一个，便笑着说："洛阳是我的京城。从现在开始，你俩分道扬镳，这样就可以了。"

陆逊不与刘备交锋——忍辱负重

公元221年，刘备为了从孙权手中夺回荆州，为关羽报仇，亲率部队攻打东吴。蜀军深入吴境达五六百里，一直打到夷陵（今湖北省宜昌市东），连营数百里，声势浩大。

孙权任命陆逊为大都督，带领五万人马前往迎战。陆逊在吴将中资历较浅，所属部将有的是跟随孙氏征战多年的老将，有的是皇亲贵戚，他们对陆逊当都督很不服气，甚至不肯服从陆逊的命令，陆逊十分着急。一次，陆逊召集众将，手握宝剑高声喊道："刘备天下知名，连曹操都有些怕他。现在他率大军攻进吴地，是我们的强敌，绝不可以轻视他。希望众将军以大局为重，同心协力，共同消灭来犯之敌。我虽是书生，但主上任命我为大都督，你们只好服从。主上之所以委屈诸位将军，使你们屈尊于我，就是因为我还有一点微薄的能力，能够忍辱负重。今后，希望你们各负其责，不容推辞，军令如山，违者必按军法从事。"陆逊这么一说，诸将心中虽有不服，但行动上再也不敢违抗。

陆逊指挥军队坚守七八月之久，一直不与刘备决战。后来，蜀军疲惫，骄傲轻敌，陆逊乘机利用顺风进行火攻，大破蜀军，取得夷陵之战的重大胜利。刘备败退白帝城，不久病死。从此，东吴诸将都十分佩服陆逊的才能。

罗隐落榜——今朝有酒今朝醉

罗隐年轻的时候就已是满腹经纶,工于诗赋了。罗隐希望以自己的才学出仕实现自己的抱负,却没想到一连考了十次科举都是名落孙山,这使他对前途失去了信心,一片渺茫。失望之余,罗隐准备就此退隐山林,不问世事,不求功名,为此就作了这首《自遣》:

得即高歌失即休,多愁多恨亦悠悠。

今朝有酒今朝醉,明日愁来明日愁。

螺蛳壳嵌肉——恩爱夫妻

相传清乾隆年间,在江南一个小村庄里住着一对夫妻,两人结婚十年来,相敬如宾,从来没有吵过一次嘴。有个大臣将这件事告诉给乾隆皇帝,但是乾隆不相信,想亲自试一试,于是便乘着下江南的机会,下旨召见了那位穷秀才。乾隆对他说:"听说你们夫妇恩爱,从未吵过嘴,这可谓是天下的奇闻了,但朕要你三天之内和妻子大吵一架,否则就处死刑。"

秀才觉得十分为难,但也无可奈何。回到家里,他硬着头皮装出怒气冲冲的样子,想故意找茬和妻子吵一架。可是两天过去了,还是没有吵架。第三天清晨,秀才不知从哪里找来一篮子螺蛳壳,往妻子面前一放,说:"中午就吃这个,做不出来就要挨打。"说完,气呼呼地出了家门。丈夫走后,妻子连忙去夹螺蛳肉,谁知一夹一个空,每只都是空的。正在着急,忽然看到放在砧板上的一块猪肉,妻子灵机一动,何不来个螺蛳壳嵌肉?她赶快动手,一直忙到中午,终于做好了。等到日落西山,秀才终于回来了。只见他二话没说,随手拈起一只螺壳,吸了一口,吸出一小块肉来,不由得一连吃了几十只。他边吃边想:这么贤惠的妻子,是我万世修来的福分啊,怎么舍得和她吵架呢!他决定即使被皇帝砍了脑袋,也绝不惹妻子生气了。

第四天,秀才满怀对妻子的爱,带着一碗嵌了肉的螺蛳壳谒见乾隆。他把这几天的经历告诉了乾隆,并且还说:"我们夫妻恩爱,是永远也不会吵架的,即使皇上砍了我们的头。"乾隆听他这么一说,就亲自品尝了一只螺蛳壳,发现果然鲜美绝伦,一喜之下,不但不杀秀才,还把他妻子招来,大大赞扬了一番。从此,秀才夫妻便继续过着幸福美满的生活。而在乾隆的菜谱中便多了一道他爱吃的菜——"螺蛳壳嵌肉"。

后来人们根据这个故事编成了歇后语"螺蛳壳嵌肉——恩爱夫妻"。

洛阳的牡丹——人人喜欢

传说,唐女皇武则天在一个大雪纷飞的日子游上林苑饮酒作诗。武则天乘酒兴醉笔写下诏书"明朝上林苑,火急报春知,花需连夜发,莫待晓风吹!"百花慑于此命,一夜之间绽开齐放,唯有牡丹抗旨不开,武则天勃然大怒,将牡丹贬至洛阳。

牡丹被贬到洛阳后,栽在邙山翠云峰下。第二年发芽开花,长得特别旺盛。尤其那一千棵曾被烧焦枝条的牡丹,长得比在长安时棵更大,叶更肥,花更红,栽到哪里就在哪里生根开花,而且彩辉四射,世世繁衍,年年出新,成为名花,人人喜欢。

洛阳纸贵——风行一时

西晋太康年间,有一位文学家叫左思,他从小刻苦用功,博览群书,写得一手好文章。

不过左思其貌不扬，一些文人在背后议论纷纷，大有不屑一顾的意思。左思成年以后，想写一篇记叙三国时期魏蜀吴的都城洛阳、成都、南京繁荣景象的文章。左思四处搜集材料，翻阅古书，之后便不分白天黑夜，认真地写作起来。这件事传到大文学家陆机的耳朵里，陆机不以为然地说："我很早的时候就想写一篇《三都赋》，不过觉得困难不少，迟迟没有动笔。如今有个无名书生居然敢来抢先，等他写完了，正好用来封我那些酒坛子。"

左思听到这些刻薄、挖苦的话，一点儿也不在意，反倒更加努力，锲而不舍。他花了整整十年工夫，终于写成了《三都赋》。当时的文学家皇甫谧读了左思的《三都赋》，不禁拍案叫绝，连连夸赞，并为这篇文章写了序言。另一位文学家张载还亲自向人们推荐《三都赋》。这下子轰动了洛阳城，大家都纷纷跑到纸店买纸抄写。据史书上记载，文人学士互相传抄《三都赋》要用好多纸，几乎快把纸店的纸抢光了。商人们见到有利可图，就趁机抬高纸价，一时间出现"洛阳纸贵"的局面。

这个关于纸的趣闻，便成了"洛阳纸贵——风行一时"的歇后语。

骆驼和羊——各有所长

骆驼很高，羊比骆驼矮很多，骆驼说："身体长得高才好呢。你看，我长得多高哇！"羊说："高不好，矮才好呢！"它俩都坚持自己的看法，争论了很久，谁也不能说服谁。最后，骆驼说："我做一件事情，可以证明高比矮好。"羊也说："我做一件事情，可以证明矮比高好。"它俩走到一个花园外边。花园四面围着墙，里面种着很多树，枝叶茂盛，有些树枝从墙头上伸出来。骆驼抬一抬头，就吃到了树叶。羊举起前腿，趴在墙上，把脖子伸得老长，还是吃不着。骆驼说："这可以证明高比矮好吧。"它俩往前走了几步，看见围墙上有一个门，又窄又矮。羊一钻就钻进去，吃到了园里的草。骆驼低下头来往门里钻，怎么也钻不进去。羊说："我可以证明矮比高好吧。"老牛听见了，说："高和矮各有好处。只看见自己的长处，看不见别人的长处，这怎能行？"

吕不韦悬赏——一字值千金

战国末期，大商人吕不韦在赵国经商时，曾资助过秦国王孙子楚，吕不韦还把自己的宠姬赵姬送给子楚为妻，后来子楚继位为庄襄王，封吕不韦为相国。庄襄王即位三年便病死了，太子政继位为王，这就是历史上著名的秦始皇。政尊称吕不韦为仲父，慢慢地，朝政大权便落在了吕不韦手中。

当时养士之风盛行，吕不韦养了三千门客，作为他的智囊团，替他出谋划策巩固政权。这些门客中三教九流的人，应有尽有，他们把自己的见解和心得都提出来写在书面上，汇集起来，成为一部二十六卷的巨著——《吕氏春秋》。当时吕不韦把这部书在秦国首都咸阳公布，悬赏说："如果有人能在书中增加一字或减少一字，就赏赐千金。"后来人们根据这个故事，引申成"吕不韦悬赏———一字值千金"。

吕不韦的投机本领——奇货可居

战国时，秦昭襄王之子安国君的儿子子楚在赵国邯郸为人质，因他是庶出的王子，地位不高，又因为秦国一直攻击赵国，所以子楚在赵国备受冷遇，处于困境。吕不韦当时为大商人，善于投机，他见到子楚后说："此奇货可居。"将来必能靠子楚图大利。

吕不韦以奇珍异宝奉献给深受安国君宠幸的华阳夫人，游说秦廷，提高子楚的地位；然后将自己已有身孕的舞姬献给子楚；之后帮助子楚逃出赵国，使安国君即孝文王立子楚为太子。不久，孝文王病死，子楚登基，即庄襄王，吕不韦为丞相。三年后，庄襄王死，舞姬所生之子嬴政（即秦始皇）幼年即位，吕不韦为相国，号称"仲父"。

吕不韦

吕布戏貂蝉——英雄难过美人关

董卓是东汉末年有名的奸臣，他劫持汉献帝建都长安，还把吕布认作自己的义子。司徒王允很想除掉董卓。王允有一个很漂亮的舞女名叫貂蝉，于是王允启用美人计。

王允先是请吕布到自己家中赴宴，然后故意让貂蝉出来敬酒，吕布果然被貂蝉迷住了，王允就趁机允诺把貂蝉许配给吕布。不久王允又请董卓来家中赴宴，还让貂蝉跳舞助兴。董卓见了貂蝉之后也是如痴如醉，王允见时机成熟了，就趁机把貂蝉送给董卓，董卓将貂蝉带回了相府。吕布听说貂蝉被董卓抢走了，很是气恼。一天，吕布来到董卓的府上，看见貂蝉正在掉泪，觉得心里很不是滋味。吕布正想上前去安慰，却被刚醒来的董卓看见了，董卓见此情形大骂吕布，并说今后不许吕布再进内室。吕布含恨而去。王允见到吕布后，故意用激将法让他下定杀董卓的决心。随后，王允又派李肃假传皇帝的诏书，骗董卓进京。那些预先埋伏好的武士们一见董卓来了，就都争着上去刺杀他，但是董卓的身上裹着厚厚的铠甲，连矛也刺不进去。这时候，吕布在旁边大叫一声："有诏讨贼！"然后一戟刺中了董卓的咽喉，结束了他的性命。

吕端为人——大事不糊涂

北宋大臣吕端，身材高大，仪态俊秀，胸襟开阔，不计较个人得失。虽然屡次遭到贬斥，可是并不以升降、荣辱为念。善于与人交往，轻财好义，从不过问家事。有一个叫李惟清的大臣，曾怀疑吕端压制他的提升，于是大造流言，中伤吕端。吕端却说："我直道而行，问心无愧，风波之言不足虑也。"

宋太宗时期，宰相一职一度由吕蒙正担任。这期间，赵普在中书省任职，曾经说："我观察，吕端向皇上奏事的时候，受到皇上夸奖也不喜悦，遇到挫折也不恐惧，喜怒不形于色，不流于言，真是宰相之才。"一年以后，左谏议大夫寇准也被任命为参知政事，吕端比寇准年长二十六岁，也任参知政事，却请求位列寇准之下。宋太宗即任命吕端为左谏议大夫，排在寇准之上。宋太宗每次单独在便殿召见吕端，都要谈很长时间。宋太宗又想叫吕端当宰相。有人说："吕端为人糊涂。"宋太宗说："吕端为人小事糊涂，大事不糊涂。"于是决定任吕端为宰相。适逢在后苑举行宴会，宋太宗作了一首《钓鱼诗》，就周代姜太公出仕前垂钓遇周文王的故事，写道："欲饵金钩深未达，诸溪须问钓鱼人。"这两句诗表明,宋太宗很欣赏吕端。过了数日,宋太宗下令,免去吕蒙正的宰相职务,任命吕端为宰相。

"吕端为人——大事不糊涂"就是从这个故事来的。

吕后下手——最毒不过妇人心

汉高祖刘邦的皇后吕雉为人有谋略而性残忍,在刘邦剪除异姓诸侯王的过程中起了很大作用。高祖十年(公元前 197 年),陈豨谋反,刘邦率兵亲往平定,吕雉留守长安。吕后听说韩信阴谋诈赦诸官发兵策应陈豨,遂与萧何商议,骗韩信入宫后处死,并夷其三族。刘邦击陈豨,至邯郸,向彭越征兵。彭越称病不往,被刘邦废为庶人,徙居蜀地。吕后认为不可遗患,又指使人诬告彭越谋反,夷灭其宗族。

吕后生汉惠帝刘盈及鲁元公主。刘邦嫌刘盈柔弱,生前曾打算另立宠姬戚夫人之子赵王如意为太子。由于大臣反对,吕后又多方设法为刘盈辅翼,废立太子之事未成。刘邦死后,吕雉以惠帝年少,恐功臣不服,密谋尽诛诸将;后畏惧诸将拥有兵力,不敢下手。她毒死赵王如意,砍断戚夫人手足,挖眼熏耳,用药使之变哑,置于厕中,名曰"人彘"。对其他刘氏诸王,亦加残害。惠帝不满吕后所为,忧郁病死后,吕雉临朝称制,封侄吕台、吕产、吕禄等为王,擅权用事,排斥王陵等老臣,拔擢亲信。

吕后真可称得上天下第一心狠手辣的女子,从她诱杀韩信,残杀戚姬与赵王如意的手段和方法来看,真是惨不忍睹,所以后人用"最毒不过妇人心"来形容她。

吕后咬牙——恨刘邦不死

西汉时,汉高祖刘邦长年宠幸戚夫人。戚夫人身材修长,气质高贵,在定陶与刘邦相遇,自此两人情投意合,成了一对誓同生死的烽火鸳鸯。戚夫人的儿子叫如意,言谈举止都有刘邦的风范,刘邦对他十分钟爱。吕后儿子刘盈生性怯懦,不讨刘邦喜欢,刘邦大有废掉刘盈的太子头衔,另立刘如意来继承皇位的可能。戚夫人先是夺走丈夫的爱,又要攫取太子的位置,吕后对刘邦非常不满,对戚夫人恨之入骨。

审食其和刘邦同乡,也是沛县人。秦二世元年,审食其以舍人身份跟从刘邦起兵反秦。刘邦带兵离开沛县时,留下自己的哥哥刘仲和审食其一起照料自己的父亲和妻儿。楚汉战争期间,在彭城之战中审食其与吕后、刘太公一起被楚军俘虏。审食其与吕后两人自刘邦离开沛县后,有五六年的时间朝夕在一起,二人结下了深厚的感情。特别是在审食其与吕后同在楚军为俘虏的三年期间,吕后多蒙审食其忠诚相伴,两人可以说在战乱岁月里产生了生死与共的感情。汉高祖六年(公元前 201 年),因为吕后谏争,没有什么战功的审食其被封为辟阳侯。等到刘邦死后,二人更无顾忌,互相往来。《汉书·朱建传》说:"辟阳侯行不正,得幸吕太后。"说的就是此事。惠帝死后,审食其与吕后关系更加密切,肆无忌惮。所以后人说:"吕后咬牙——恨刘邦不死。"

吕蒙正接彩球——傻等

北宋时,吕蒙正京试误期,盘缠用尽,贫困潦倒。一日,刘宰相之女抛绣球招婿,京城内热闹非凡,吕蒙正也去凑热闹。彩楼门外的守卫见其衣衫褴褛,拦住了他,说:"进场时辰已过,要面罚对课,你能行吗?"吕蒙正哈哈大笑,说:"人不可貌相,海水不可斗量。"守卫被他说得哑口无言,便将吕蒙正带到彩楼下去见刘小姐。端坐在彩楼上的刘月娥小姐,年方二九,聪明俊俏,琴棋书画样样皆能,说媒的人踏断了门槛,求亲的不是皇亲国戚,便是官家子弟,刘宰相唯恐答应这家得罪那家,为此伤透脑筋,只得张榜"抛彩球"招亲。刘小姐要求父亲在榜上加一条:抛球之日,须准时入场,若过时辰,面罚对课。刘宰相不明女儿之意,刘小姐说:"有了这一条,纨绔子弟、绣花草包、不学无术之辈定然早早进场;饱学才子才敢姗姗来迟。"刘宰相一听有理,便答应了女儿的要求。此刻,吕蒙正被带到彩楼下,刘小姐撩起珠帘一看,见吕蒙正虽然衣衫褴褛,却是五官端正,双目炯炯有神,颇有几分书生之气。刘小姐笑逐颜开,手捧彩球走到台前,向并非有意求亲的吕蒙正抛去。吕蒙正眼疾手快,撩起破棉袍,一把接住了彩球。这时,吕蒙正像在梦中一样,他痴痴呆呆地站在刘府门外傻等。等了好一会儿,刘府的家人才把他领进刘府。

吕蒙正见了刘宰相,忙拜岳父。谁知刘宰相硬说抛错彩球,不肯相认。这时,恰巧刘小姐来到前厅,执意要与吕蒙正成亲,父女两人争辩一场,闹翻了脸。刘宰相一怒之下,便把女儿和吕蒙正都撵出府门,他们二人在寒窑里成了亲。

从此,"吕蒙正接彩球——傻等"便流传开了。

吕蒙正赶斋——饭后鸣钟

吕蒙正,北宋洛阳人,宋太宗、宋真宗时曾三次任宰相,传说他年轻时只是一个穷书生,住在洛阳城外的一座破窑里,苦读诗书,等候科举考试。

一天,吕蒙正读书累了,便去城里散心,从一座彩楼下经过时,突然一个绣球从空中落在他的怀里。他赶紧撩起破长衫裹住了绣球。这是怎么回事?原来是洛阳城富户刘员外搭彩楼让女儿月娥抛绣球选婿。刘月娥是个才貌双全的小姐,他看到吕蒙正虽然衣衫褴褛,但相貌端正,气宇不凡,心里暗自拿定主意,就把绣球抛给了他。刘员外对着这个叫花子似的女婿,细细审视一番,微微皱起眉头,劝说女儿打发他走算了。哪知月娥态度坚决,宁肯吃苦也不悔约,刘员外便说:"好吧!你不听我言,就赶出家门!"他命丫鬟梅香把月娥的首饰、衣裳都取了下来,嫁妆、钱财一点不给,让她去过过苦日子。刘月娥拜别父亲,跟着吕蒙正离开了刘家大院。

吕蒙正和刘月娥就在破窑里结成了夫妻。两人互敬互爱,生活虽清贫,但过得极和美,幸福的婚后生活让吕蒙正一时放松了进京赶考的念头。吕蒙正每天到城内街上摆摊卖字,赚些钱买几个烧饼,又到白马寺赶斋讨两碗饭,带回家同妻子一起吃。却说洛阳城的白马寺,是当时有名的大寺院,院内和尚很多,每次吃饭前都要打钟。吕蒙正每天听到钟声就赶到那里,和尚们开饭他也跟着讨两碗饭,这叫"赶斋"。这一天,吕蒙正听到白马寺的钟声响了,又去赶斋,谁知赶到寺里斋饭已经开过了。老和尚告诉他说:"秀才!从今后,我们先吃饭后打钟了。有言道'满堂僧不厌,一个俗人多'。我们这斋饭可以舍给过路的和尚吃,你一个俗人天天来怎么行?你堂堂须眉,不去应举考试,赖在这里讨斋饭吃,真不害臊!"吕蒙正听了,又气又恼,便提笔在庙堂墙上写诗:"男儿未遇气冲冲,懊恼和尚饭后钟……"一气之下,只写了两行,再也写不下去了。

吕蒙正回到窑里,看见妻子正在哭泣,满地是破罐破碗。月娥说是她父亲刚才来吵闹,把这些穷家当都摔了。夫妻二人正在发愁,刚好好友寇准来了,寇准对吕蒙正说:"有个老朋友借给一百两银子,可给弟妹留二十两过日子,剩下的钱我们上京赶考去吧。"于是二人进京赶考,结果吕蒙正和寇准双双得中,吕蒙正中了状元,任洛阳县令,寇准则留在朝内做官。

吕蒙正回到洛阳,首先到破窑里把刘月娥接到官衙内去住。上任第三天,照例要到白马寺进香,和尚们忙得团团转。吕蒙正看到当年他写的两行诗,和尚已用碧纱罩着。想起昔日赶斋被辱的困境,不禁感慨万千。他命人撤去纱罩,凑成全诗:"男儿未遇气冲冲,懊恼和尚饭后钟。从来任凭尘土暗,今朝始得碧纱笼。"

吕蒙正写完,对老和尚说:"世态炎凉,从来如此,我也不怪你。假如不是那时你敲饭后钟,让我投食无门,我还不会进京赶考呢!"正说着,小和尚跑来报告:洛阳城刘员外来拜见大人!吕蒙正怒气冲冲地说:"我不认得这么个丈人,你替我把他赶走!"恰好,寇准这时也从京城来寺进香,并要吕蒙正一起见见恩人刘员外。吕蒙正怒气未消,愤愤地说:"我和他无恩无义!"寇准哈哈大笑,说出了真情。原来当初月娥选婿之后,刘员外见吕蒙正气宇不凡,是个有才志的人,但怕他贪恋富贵,不求进取,便故意将他夫妻赶走。后来见到吕蒙正安于清贫,不肯发奋,便叫白马寺断了他的斋饭,又到破窑里砸了他的家当,并拿出一百两银子让寇准说动吕蒙正进京赶考。这时候,吕蒙正才如梦初醒,连忙一起赶到门外,迎接丈人刘员外。

后来,人们根据这个故事,编成了歇后语"吕蒙正赶斋——饭后鸣钟",形容因贫穷而遭冷遇,也比喻人才落魄民间。

吕太后的筵席——不是轻易吃得的

汉高祖十二年(前195)四月,刘邦驾崩,17岁的刘盈继承皇位,刘邦的妻子吕雉成了吕太后。刘盈年幼,大权操在吕太后手中。她为了篡夺和巩固统治权,杀害了许多刘姓王侯,给吕家的人都分封了王侯。对此,刘氏子弟都很不服气。

一天,吕太后设宴请群臣喝酒,指定朱虚侯刘章监督宴会。刘章早就暗暗反对吕太后封吕灭刘的做法,于是心生一计,说:"我是将门之子,请允许我按照军宴的规矩监督宴会。"吕太后不知其中有诈,便应允说:"可以。"席间,刘章便用军法劝酒。不一会儿,有个吕姓的子弟喝醉了酒,不守宴会的规矩,想溜掉,刘章借此机会,把这个吕姓的子弟当场杀掉,事后再向吕太后报告。吕太后因已允许他按照军法行酒,又是先斩后奏,没有办法,只好哑巴吃黄连——有苦说不出。这一来,宴席上的吕姓王侯都吓得目瞪口呆,提心吊胆,不知道自己的脑袋什么时候会掉下来。

后来,人们根据这个故事,编成了歇后语"吕太后的筵席——不是轻易吃得的",指充满杀机或寓有阴谋的筵席,常用来比喻将遭暗算或遇不测之祸。

M

马户屯的马——伤不得

明嘉靖年间,宛平县西三十里处,有一翠微山。山下,有一马户屯,传说自永乐时起就实行马政。朝廷中的马分到民户中去养,这一政策延续多年。给朝廷养的马,共分三等,四尺以上为上等;三尺九寸为中等;三尺八寸为下等;三尺七寸以下不准喂养。马的颜色有青沙、红沙、栗色、枣骝、豹肚、白沙、桃沙、土黄、艾叶青、麝香青等,计二十五种。验马时,如病了、瘦了、丢了、死了都要问马户的罪。马政的管理十分苛刻,村民养马都万分小心。

村中有一马户,名叫杨石锁,四十开外,脾气倔强,火暴,育有一女金英。有一天,金英打草回来,只见豹肚马咳咳直叫,满院奔跑。原来杨石锁下地时间太久,豹肚马饿得急了,挣脱缰绳,从马棚里跑了出来。豹肚马扭头扬蹄踢了金英一脚,踢得金英头部流血不止。这时,杨石锁扛着犁回来了,见金英受了伤,一时火起,将那马拴在桩上,挥起鞭子就打。一不小心,将那马右眼抽瞎。一天,马头来验马,见那豹肚马眼睛被抽瞎了,马头大怒道:"你不知道吗,马户屯的马伤不得!"杨石锁知道大祸临头,跪在地上苦苦哀告说:"望大老爷开恩,因小女被踢伤,一时火气上来失手闯下大祸。"马头说什么也不肯,一根锁链硬套在杨石锁的脖子上,拖起便走。乡亲们闻讯赶来,听说是打伤了官马,谁也不敢劝阻,眼睁睁见杨石锁被马头拖去问罪。

根据这个故事,后来有了"马户屯的马——伤不得"之说。

马皇后观风景——露马脚

朱元璋家境贫寒,幼年时还在庙里当过和尚。后来,他加入了元朝末年起义军郭子兴的队伍。由于朱元璋作战勇猛,屡建奇功,所以郭子兴很赏识他,于是将义女马氏嫁给了朱元璋。马夫人是一个才女,虽不是很漂亮,但举止大方,温柔端庄。最重要的是马夫人精明干练,辅佐朱元璋实现了统一大业。朱元璋当上皇帝后,封马氏为皇后。

马皇后,是淮西人,当地女子不缠足,而她偏偏又长了一双大脚。为了遮住这双不太美观的大脚,马皇后平时都穿着拖地长裙。有一天,马皇后游兴大发,乘轿游览古都南京。百姓见皇后的轿子过市,便蜂拥而至,以睹皇后风采。说来也怪,正好一阵大风吹过,轿帘被掀起一角,马皇后的长裙也被掀起。马皇后的一双大脚赫然展现在百姓面前,人们都惊讶不已,没想到当今皇后竟有这样一双巨脚!人们都争相传言,说一阵风露出了马娘娘的大脚。就这样,"露马脚"成了人们不小心露出破绽的代用语。"马皇后观风景——露马脚"这一歇后语就这样流传开了。

马皇后赔情——不护短

明朝朱元璋登基做皇帝后,决心为太子请个有学问的老师。可是,由于太子十分任性,不听管教,一连换了几个老师,都无济于事,这件事使朱元璋十分挠头。一天,朱元璋在多宝寺遇到一位老秀才,于是请他进宫当了御师。太子仍不听管教。一天朱元璋下朝回宫,见太子一只手被老秀才反拧着。朱元璋便替儿子求情,说:"御师,你就饶了他这一次吧!"老秀才连连摇头说:"万岁,这样下去太子会惯坏的。常言说:子不教,父之过;教不严,师之惰!"老秀才的话惹恼了朱元璋,他大声命令御师:"你放手不放手?"然后下令把老秀才抓起来!

皇后马娘娘听到这个消息,知道皇帝又在替太子护短,她是个明白事理的人,深深懂得替太子护短,罚御师是错误的。她想好好劝一下朱元璋,她说:"御师这样做完全为了大明的天下。俗话说:玉不琢,不成器。要是随便应允你,往后太子还能听他的话吗?假若这个难得的老师再管不住太子,那太子将来会无法无天的。家有家规,国有国法,师有师道,难道这些都不要了!"马皇后的一席话,使朱元璋豁然开朗,他明白自己错了。朱元璋把太子叫来,训斥了一顿。然后同马皇后一道给老秀才赔了情。

后来,人们都说"马皇后赔情——不护短",给后人留下了佳话。

马谡用兵——言过其实

马谡是三国时期蜀国的将领,他与哥哥马良,都在刘备手下做官。马谡爱好谈论军事,诸葛亮很看重他。但是,刘备总觉得马谡好高谈阔论,说话不踏实。刘备临死前,曾经对诸葛亮说:"马谡此人言语浮夸,超过他的实际能力,不可重用。丞相要留意才是!"

公元227年,诸葛亮向刘禅上了一篇奏章,即著名的《出师表》。次年春,他率军伐魏。司马懿率军攻打战略要地街亭,马谡自告奋勇要求把守街亭。马谡说:"我自幼熟读兵书,颇知兵法,难道还守不住一个街亭?"表示愿以性命担保,并立下军令状。诸葛亮只好答应,并派一向谨慎的大将王平相助。然而马谡过于自负,不听王平劝告,痛失街亭,致使伐魏失败。后来,诸葛亮深悔自己用人失误,挥泪斩了马谡。

马桶盛饭——眼不见为净

从前,张秀才和王秀才打赌,什么东西最干净?王秀才说:"水洗为净。"张秀才说:"眼不见为净。"二人争执不下,便用全部家产作为赌注,请众人评判。村里人的评选结果还是"水洗为净"。于是张秀才的全部家产输给了王秀才,三天以后兑现。

张秀才回家后把事情跟妻子一说,妻子思考片刻说此事不难,如此这般交代一番,张秀才听后转悲为喜,马上操办。三天后,王秀才正准备去张秀才家接收财产,忽然有人来说张秀才请他和各位评委吃饭。他心想:有这么多人评判,谅他也不敢反悔。于是邀请了评委一起去张秀才家吃饭。众人正在饮酒,只见张秀才的妻子提出一只便桶,在院子里用水刷了几遍,又用热水烫过,拿进屋里。众人很是疑惑,但也不便去问。过了一会儿,张夫人端出来香喷喷的米饭,请大家吃,众人都夸米饭香甜。张夫人说:"谁还不够,再添点儿米饭。"大家都说好,于是张夫人转身进屋,把刚才刷洗的便桶拿了出来,桶里装满了白米饭。张夫人抱歉地说:"不好意思,今天家里客人太多,没有大的桶盛米饭,只好用这个便桶了。"大家一听,顿时作呕,纷纷指责张秀才的妻子。张秀才的妻子辩解说:"这个便桶已经用水刷洗了好几遍,还用热水烫过了呢,诸位不是都认为水洗最干净吗?况且,刚才你们不是吃得也很香吗?"众人哑口无言,只得承认"眼不见为净"。

后来,"马桶盛饭——眼不见为净"便流传开来。

马陷小商河——有去无回

南宋初年,金国大将军兀术统率四路大军向南侵犯时,南宋爱国将领纷纷决心浴血奋战,讨还失陷的河山。不久,各路捷报频传。岳飞命诸将继续分路出击,并亲自率领轻骑进驻郾城(今河南漯河市),直逼金兀术大营。两军交战,金兀术接连失败。他又慌又恼,决定亲率主力与岳飞主力决一死战。经过激烈的战斗,金军溃退奔逃,岳军大获全胜。

　　金兀术在郾城战败后,心中不快,决心重整人马,再与岳飞决一雌雄。于是又率兵马十二万进逼临颍(今河南临颍县)。岳飞派遣杨再兴领五千兵马为第一队先锋,前往朱仙镇御敌。杨再兴冒雪前往朱仙镇,见十几万金军铺天盖地而来,不忍部下白白送死,于是他单枪匹马杀入敌阵想活捉金兀术,不消一个时辰,杨再兴就枪挑敌军四路先锋官,手杀数百人而还,只可惜没有找到金兀术。杨再兴往来敌阵纵横自如,其气势逼人,杀得以彪悍著称的女真人闻风丧胆,不得已退兵。

　　杨再兴贪功追杀之间,一时失察,不幸误走小商河(今河南省漯河市界内),被金兵团团围住,其时金兵箭如飞蝗,杨再兴身上每中一箭,就随手折断箭杆,继续杀敌,犹如天神降世,神威凛然。最后,马陷在淤泥之中,金军远远望见,乱箭齐发,可怜杨再兴浑身上下,射得如柴篷似的,英勇为国捐躯。张宪率大军赶到时,杨再兴已死。将士们悲愤交加,心中燃烧着复仇的火焰,经过一番奋勇拼杀,终于击败了金军。

　　岳飞赶到,亲自祭吊杨再兴,收起尸骨,发现身上箭杆竟有两千余支,铁箭头足足二升有余。

　　后来,杨再兴遇难的故事演变成了歇后语"马陷小商河——有去无回"。

马援出征——老当益壮

　　东汉名将马援,从小就胸怀大志。马援长大以后,当了扶风郡的督邮。有一次,郡太守派他送犯人到长安。半路上,马援觉得犯人很可怜,不忍心把他送去受刑,就把他放走了。马援丢了职位,逃亡躲藏起来。这时恰好赶上大赦,以前的事不再追究。于是马援安心地从事畜牧业和农业生产。不到几年工夫,马援成了一个大畜牧主和地主。他有牛羊几千头,粮食几万石。但是,马援对富裕生活并不满足。他把自己积攒的财产、牛羊,都分送给他的兄弟、朋友。马援常对朋友说:"做个大丈夫,总要'穷当益坚,老当益壮'才行。"就是说,越穷困,志向越要坚定;越年老,志气越要壮盛。后来,马援成为东汉著名的将领,为光武帝刘秀立下了赫赫战功。

马援的决心——马革裹尸

　　东汉名将马援,英勇善战,为东汉王朝立下汗马功劳。后来,他又率兵平定了边境的动乱,威震南方,被光武帝刘秀封为伏波将军。

　　过了几年,马援从西南方打了胜仗回到京师,亲友们都高兴地向他表示祝贺。其中有个名叫孟翼的人,平时以善谋出名,也向马援说了几句恭维话。不料马援听了,皱着眉头对他说:"我盼望先生能说些指教我的话。为什么先生也随波逐流,一味地对我说夸奖的话呢?"孟翼听了很窘,一时不知如何应对才好。马援见他不说话,继续说道:"武帝时的伏波将军路博德,开拓了七个郡那么多的土地,而得到的封地只有数百户。我的功劳比路将军小很多,却也被封为伏波将军,封地多达三千户。赏过于功,我怎么能长久保持下去呢?先生为什么不在这方面指教我呢?"马援见他还是不说话,便继续说下去:"如今,匈奴和乌桓还在北方不断侵扰,我打算向朝廷请战,申请当先锋,做一个有志的男儿。男儿应该战死在边疆荒野的战场上,不用棺材敛尸,而只用马皮革裹着尸体回来埋葬,怎么能躺在床上,死在儿女的身边呢?"孟冀听了,深为马援豪迈的报国热情所感动,不禁真诚地说道:"将军真不愧是大丈夫啊!"马援不说空话,在洛阳仅待了一个多月,匈奴和乌桓又发起侵袭,他主动请求出征,前往北方迎战。

马援六十二岁那年,又主动请求出征武陵。那时武陵的少数民族首领发动叛乱,光武帝派兵去征讨,结果全军覆没,急需再有人率军前往。光武帝考虑马援年纪大了,不放心他出征。马援见没有下文,直接去找光武帝,说:"我还能披甲骑马,请皇上让我带兵去吧。"说罢,当场向光武帝表演了骑术。光武帝见他精神矍铄,矫健的动作不减当年,便批准了他的请求。第二年,马援因长期辛劳,患了重病,在军中死去,从而实现了他"马革裹尸"的誓言。

马援见公孙述——妄自尊大

东汉初年,刘秀做了皇帝,史称光武帝。当时,政权虽已建立,但天下尚未统一,各路豪强凭借自己的军队,各霸一方,各自为政。在各路豪强中,公孙述最为强大,他在成都称帝。为此,在陇西一带称霸的隗嚣,派马援去公孙述处探听情况,以商讨如何能长期地割据一方。

马援在隗嚣手下,是个很受器重的将才,他接受使命,信心百倍地踏上征途。因为公孙述是他的同乡,早年又很熟悉,所以这次去,马援认为一定能受到热情的欢迎和款待。然而事出意外,公孙述听说马援要见他,竟摆出了皇帝的架势,自己高踞殿上,派出许多侍卫站在阶前,要马援以见帝王之礼去见他,并且没说上几句话就退朝回宫,派人把马援送回宾馆去了。接着,公孙述又以皇帝的名义,给马援封官,赐马援官职。对此,马援非常不高兴,他对手下的人说:"现在天下还在各豪强手中争夺,还不知道谁胜谁败,公孙述如此大讲排场,自以为强大,有才干的人能留在此与他共同建立功业吗?"

马援回到隗嚣处,对隗嚣说:"公孙述就好比井底的青蛙,看不到天下的广大,自以为了不起,妄自尊大,我们不如到洛阳的光武帝那里去寻找出路。"

后来,马援归顺了光武帝刘秀,在光武帝手下当了一员大将,竭尽全力,帮助光武帝统一天下。最后,公孙述被刘秀打败。

盲人摸象——各执己见

很久很久以前,有一个很有智慧的国王,名叫"镜面"。在他的国家里,除了他一人信奉佛教以外,臣民们都信仰旁门左道,因此,这位国王常常感到很苦闷,他想:我得想出一个办法来教育他们,使他们舍邪归正才好!

有一天,国王突然召集他的臣子说:"你们去把国境内所有生下来就瞎了眼睛的人找到宫里来吧!"于是这些臣子们便奉命分头在国内到处找寻,隔了几天,臣子们都带着寻找到的瞎子回来了。镜面王很高兴地说:"好极了,你们再去牵一头象,送到那些盲人那里去吧!"许多臣民听到这个消息都十分奇怪,不知道国王将要做些什么事,因此,大家都争先恐后地赶来参观。

镜面王在心里暗暗地欢喜:"真好,今天该是教育他们的机会了。"于是他便叫那些盲人去摸象的身体:有摸着象脚的,有摸着象尾的,有摸着象头的……

国王便问他们:"你们看见了象没有?"盲人们争着说:"我们都看见了!"国王又问:"那么你们所看见的象是怎样的呢?"

摸着象脚的盲人说:"王啊!象好像一只舂米的石臼,又圆又粗。"

摸着象尾的说:"不,大象又长又细,仿佛一根绳子!"

摸着象腹的说:"像鼓呀!"

摸着象背的说:"你们都错了! 它像一张床,平平坦坦!"

摸着象耳的盲人争着说:"像簸箕。"

摸着象头的说:"谁说像簸箕? 它明明像一只笆斗呀!"

摸着象牙的盲人说:"王啊! 像一根长长的萝卜。"

他们各执一词,在王的面前争论不休。

于是,镜面王哈哈大笑地说:"盲人呀,盲人! 你们又何必争论是非呢? 你们仅仅摸到了一点,就认为自己是对的吗? 你们没有看见过象的全身,自以为是得到了象的全貌,就好比没有听见过佛法的人,自以为获得了真理一样。"接着国王又问来参观的人:"臣民们啊! 专门去相信那些琐屑的、浅薄的邪论,而不去研究切实的、整体的佛法真理,和那些盲人摸象,有什么两样呢?"

从此,全国臣民便舍邪归正,都虔诚地信奉佛教了。

后来便有了歇后语"盲人摸象——各执己见",形容各人都坚持自己的意见。

盲人骑瞎马——瞎闯

一天,东晋的画家顾恺之和恒玄,在荆州刺史殷仲堪家里聊天。他们轮流作"危语",也就是在座的每个人都说一个词句,用最危险的事作为比喻。

恒玄先说:"矛头淅米剑头炊。"意思是说用尖锐的矛头淘米,用锋利的剑头拨火,淘箩和锅底非戳破不可。

接着,殷仲堪吟了一句:"百岁老翁攀枯枝。"意思是说,有个上百岁的老人爬到极易折断的枯树枝上,其危险程度可想而知。

顾恺之也说了一句:"井上辘轳卧婴儿。"意思是说:不懂事的婴儿躺卧在水井的辘轳上,只要辘轳一绞动,婴儿立刻就会掉进井底,真是非常危险的事。

这时,殷仲堪有个参军在旁边,听了三人的危语,他也凑上去说了一句:"盲人骑瞎马,夜半临深池。"瞎了眼睛的人,骑着一匹瞎了眼睛的马,在漆黑的半夜里,撞到了深水池塘的边缘,这该是多么危险的情景!

殷仲堪听了这句诗,顿时打了个寒颤,惊慌地说:"这也太咄咄逼人了!"恒玄和顾恺之两人看了看殷仲堪的脸,忍不住都笑了。原来殷仲堪有一只眼睛瞎了,所以对参军这句危语,他反应特别敏感。

从此以后便有了歇后语"盲人骑瞎马——瞎闯",形容不管不顾地猛冲,也形容不计后果的尝试。

买椟还珠——不识货

战国时,有个楚国的珠宝商人,在郑国贩卖珠宝。他有一颗上好的珍珠,为了获得高额利润,他特别准备了一个精制的小盒子。这个小盒子是用上等木料做成的,并且被桂椒熏染,上面还雕刻着玫瑰花图案,镶着珍贵的小宝石,真是漂亮极了。珍珠被装入小盒子后,果然非常引人注意,刚一陈列出来,就被一位顾客看中了。他当场按照定价,如数付款,买了下来。珍宝商人很高兴,就一手收款,一手交货,把这盒珍珠递给客人。可是

这位顾客,却把珍珠取出来,还给商人,光拿着个空盒子走了。

麦田里的狗尾草——良莠不齐

莠,本是一种野草的名称,俗称"狗尾草",叶子与禾苗相似,常混杂在禾苗中生长,未吐穗时,很难识别它。还有一种和莠同类的野草,叫作"稂",俗称狼尾草,也是混杂在禾苗中的"乱苗"之草。如果一片庄稼生长得非常良好,没有乱七八糟的杂草,人们便把它称为"不稂不莠"。但是到了后来,人们把这个词的名称和意思都变了,改成了"良莠不齐",用来表示好的东西与不好的东西全部混杂在一起。如果不仔细辨别的话就难以区分。

卖油翁灌油——熟能生巧

北宋有个著名的射箭能手,名叫陈尧咨。有一天,陈尧咨在射箭场地练习射箭,射十支箭有八九支箭射中红心。围观的人都拍手叫好,陈尧咨非常得意。观众中有一个卖油的老翁颇不以为然,只略略点头而已。

陈尧咨见了这个情景很不高兴,于是向老翁问道:"您会射箭吗?您觉得我的箭射得怎样?"老翁回答说:"我不会射箭。你的箭法还算可以,但并没有什么奥妙之处,只不过是熟练罢了。"陈尧咨听了更加不高兴:"您怎敢小看我的射箭本领!难道您有什么高明的本事吗?"老翁把一个装油的葫芦放在地上,又把一个铜钱盖在葫芦口上,然后用勺子舀起一勺油,高高地举起,朝钱眼倒下去,只见油像一根线一样穿过钱眼,流进葫芦里。勺里的油倒完了,铜钱上一点儿油星也没沾上,围观的人看得无不拍手叫绝。老翁对陈尧咨说:"我是卖油的,经常做这件事,这也没有什么了不起,只不过熟练罢了,你射的箭多了也就可以熟能生巧了。"陈尧咨连连点头称是。

猫给老鼠祝寿——不怀好意

花猫懒洋洋地躺在院子中阳光充足的地方晒太阳,看着好像快要睡着了,但它那半眯着的眼睛从来就没有离开过粮仓门口,它在等待老鼠的出现。一只小老鼠,蹑手蹑脚地往粮仓里挪动,刚开始的时候还小心翼翼,尽量不使脚下弄出一点声响,当它发现它的克星——花猫在晒太阳,而且好像都昏昏欲睡了,就迅速地朝粮仓窜去。

这一切都没有逃脱花猫的眼睛,就在老鼠出现的一刹那,它也飞奔了过去,但还是晚了。小老鼠被突如其来的袭击吓到了,它急中生智,竟然钻进了一个细口瓶里。瓶子口非常窄,花猫肥大的爪子根本伸不进去,它气愤地在瓶子上抓着挠着,发出刺耳的声音。花猫心想,我抓不到你,也逗你玩玩,于是便把自己长长的胡须伸进瓶子刺小老鼠。小老鼠被胡须扎了一下,忍不住打了个喷嚏。花猫一看自己成功了,立刻高呼:"鼠老弟千岁!"小老鼠很明白自己身处的险境,它坚决地回答:"你难道真的是在为我祝寿吗,我是不会出去的,你只不过是想引我出去,然后吃掉我罢了!"花猫一看小老鼠不上它的当,也很无奈,只好闷闷地等待时机。

毛猴子捞月亮——白忙一场

很久以前,有一个伽师国,国中有一座波罗奈城。这座城里住着许多猴子,它们常在人迹稀少的树林里游荡。有一天晚上,猴子们来到一棵大树下,看到树下有口井,月影在井口一晃一晃。猴子的首领见到这个情景，就对它的同伴们说："月亮今天掉到井里了，会被淹死的，我们应当一起想办法把它捞上来，不然以后我们将在黑沉沉的夜晚中度过了。"猴子们商量着办法，七嘴八舌地说："那怎么才能把月亮捞出来呢?"猴子的首领说："我想出了一个办法：我抓住这树的树枝，你们就抓住我的尾巴，一个连着一个，最后到了井底，就可以把月亮捞出来了。"

群猴都称赞这个办法好，于是马上行动起来，一个捉住一个，挂成了一长串。最末的一个猴子到了井水边了，可它怎么捞也捞不起来，那水中的月亮若有若无，若隐若现，猴子们都不知道这是为什么，只是拼命地捞着。因为连在一起的猴子太重，树枝太细，突然"咔嚓"一下树枝折断了，所有的猴子一下子都掉到井里。一看，哪有什么月亮呀，月亮不是好好地挂在天上吗?

这时，井边的树神说："这一群蠢笨的野兽，痴痴呆呆互相追随，空空地自找烦恼，怎能把月亮捞出水?"

蒙毅辩驳秦二世——声名狼藉

秦始皇死后，中车府令赵高和宰相李斯图谋立始皇幼子胡亥为太子，捏造罪名要害死始皇长子扶苏和大将蒙恬。最终扶苏自杀，蒙恬被软禁起来。胡亥即位后，赵高不断地在胡亥面前说蒙恬、蒙毅的坏话。胡亥听信了谗言，便诬陷蒙毅曾经劝阻秦始皇立自己为太子，对君不忠，要把他处死。蒙毅觉得很委屈，进行了一番辩驳，说："从前秦穆公杀死三位忠臣殉葬；秦昭襄王杀死武安君白起；楚平王杀武奢；吴王夫差杀伍子胥。这四个国君都因杀害良臣，遭到天下的责难，因此他们的名声都非常坏。用正道治理国家，是不能枉杀无辜的! 我劝你不要杀无罪之人!"胡亥对蒙毅的话置之不理，最后还是把他杀死了，蒙恬最终也被迫自杀。

孟尝君的门客——鸡鸣狗盗

战国时，孟尝君曾被齐宣王拜为相国。相传，孟尝君家里养了很多奇人异士，号称食客三千。在这些人的辅佐下，孟尝君的名声越来越大，他与平原君、信陵君、春申君一起被称为"战国四公子"。

一次，秦王慕名请孟尝君到秦国做客，孟尝君就带了一大帮门客应邀到了秦都咸阳，并献给秦王一件银狐皮袍作为见面礼。秦王非常高兴，用隆重的礼节招待孟尝君，但秦王手下有一个小人，怕秦王对孟尝君的宠爱超过自己，就想用计杀掉孟尝君，于是他对秦王说："孟尝君可是齐国人啊，他现在熟知我国的军事防务，万一齐国兴兵来犯，那我们秦国就非常危险了!"秦王听他这一说，也顾虑重重，于是准备下令囚禁孟尝君和他的随从。

孟尝君得知这个消息，心急如焚，他知道秦王有一个非常宠爱的妃子燕姬，就赶快托人向她求情。燕姬很爽快地答应了孟尝君的请求，但却向他索要一件银狐皮袍作为解救的唯一条件。孟尝君有一件银狐皮袍，但已经作为见面礼送给秦王了，再要回来是不可能的了，怎么办呢? 这时，孟尝君有一个门客站出来说："公子莫忧，我今天晚上就潜入秦宫，神不知鬼不觉地将那件银狐皮袍偷出来。"这人说到做到，孟尝君当晚就派人送给了燕姬，于是，燕姬在秦王面前说了孟尝君很多好话，秦王发了过关文书，让孟尝君他们回去了。孟尝君怕秦王反悔，就星夜兼程，立刻逃走。当他逃到函谷关时，正是半夜，按照秦国规定：天亮鸡鸣，才能打开城门。正一筹莫展之时，忽然有个门客捏着鼻子学公鸡叫起来，顿时群鸡响应。守关的人听到鸡叫，以为天亮了，便打开城门，检验了过关文书，挥手让孟尝君出了关。

果然不出孟尝君所料，秦王果真反悔了，当秦军追到城门时，孟尝君已经逃远了。歇后语"孟尝君的门客——鸡鸣狗盗"便由此而来。

孟斧的屋子——纸醉金迷

唐昭宗时，有个专治毒疮的医生名叫孟斧，闻名全国。由于孟斧医术高明，用的药又是偏方、秘方，与其他医生治疗毒疮的药全然不同，治愈率又很高，因此，唐昭宗经常召孟斧进宫为官人医病。

过了几年，中原发生战乱，孟斧便举家迁往四川居住。由于孟斧在长安时经常进宫，对宫中的装饰非常熟悉，而孟斧又非常有钱，因此在购置新屋后，他将其中的一间小房间按照宫中的样子布置起来。这房间小巧玲珑，窗户明亮。室内的柜橱、桌子、椅子、茶几等家具，全部贴上一层薄薄的金箔。灿烂的阳光透进窗口，照射在这些用金箔包着的器具上，只见满屋金光闪耀，光彩夺目，令人眼花缭乱。每次有亲戚或朋友来，孟斧都要请他们参观这个房间，众人赞叹不已。这些亲友离开孟斧家后，回去都会对别人说："在孟斧的那个贴金箔的小房间里待一会儿，便能使人纸醉金迷！"

孟光做饭梁鸿吃——举案齐眉

东汉时，书生梁鸿依靠勤奋进入当时的最高学府——太学学习。梁鸿完成学业后，回到了家乡。他一点也没有太学生的架子，还是像农民一样下地干农活。

县里有个孟财主非常有钱，他什么都满意，就是女儿不肯出嫁。有一次，孟财主生气地问："你已经三十岁了，难道一辈子不嫁人？"女儿回答说："除非像梁鸿那样的人，我才会嫁给他！"孟财主听了，赶紧托人去向梁鸿传达女儿的心意。梁鸿觉得孟小姐很合适，就托人去求婚，孟家马上答应了。不久，梁鸿便和孟小姐成了亲，可是一连七天，梁鸿却不与新娘子说一句话。孟小姐十分奇怪，猜不透他为什么这样，便问他这是为什么。梁鸿开诚布公地说："我想娶的是生活俭朴的妻子，这样才能跟我一块儿种庄稼，过隐居生活。现在你穿的是绫罗绸缎，戴的是金银珠宝，这哪里是我所希望的呢？"孟小姐说："我身上穿的是婚礼服。但我知道你的心思，所以，早就准备了粗布衣服麻布鞋，何必为此操心呢？"说完，她退到内室，摘去首饰，换上粗布衣服。梁鸿见了，高兴地说："这才是我的好妻子！"说罢，他高兴地给妻子起了个名字：孟光。

后来，他们搬到了吴中，投奔到富翁皋伯通那里，向他借了一间房子住了下来。梁鸿天天出去给人家舂米或者种地，孟光在家里纺纱织布。每天当梁鸿回家的时候，孟光就托着放有饭菜的盘子，恭恭敬敬地送到梁鸿的面前。为了表示对丈夫的尊敬，她不仰视他，并且每次总是把盘子托得跟眉头平齐。梁鸿也总是很有礼貌的双手接过盘子。一次，皋伯通看到他俩互敬互爱的情景，知道梁鸿不是平常的庄稼人，就把他一家人接到自己家院里，并且供给他们吃穿，让梁鸿安心读书做文章。

孟郊考中进士——春风得意

唐代孟郊性格孤僻,年轻时曾隐居在大名鼎鼎的少林寺所在地——中岳嵩山。大诗人韩愈对孟郊非常赏识,他在河南做官时认识了孟郊。每有闲暇,韩愈便与孟郊饮酒叙谈,每次叙谈,韩愈总觉得像孟郊这样人品出众、诗文高妙的人隐居在深山中实在可惜,多次劝他出山应试,求取功名,为国家和百姓出力。但每当这时候,孟郊便对韩愈说:"我的性格不适合做官,一旦做了官也只怕处理不好与上司的关系,此外我也不善于处理那些政务。"韩愈劝他说:"我的性格也很耿直,这不是应试的障碍。至于做什么官,以你的文才满可以当翰林学士。还是做官为好,大丈夫哪有老死深山,不为国家效力的呢!"孟郊经不住韩愈的再三劝说,打点行装,赶到长安参加考试。也许是久居深山的原因,也许是因为运气不佳,孟郊接连考了两次都没能考取功名。转眼间十年过去了,孟郊为了求功名,他不能以别的手段去谋生,只有靠朋友们的接济过活,生活的困顿、艰辛可想而知了。

一次,孟郊参加进士考试,陆贽为主考官,古文家梁肃为辅佐。韩愈、李观等都在考场。孟郊与韩愈的交情自不必说,与李观也十分要好。李观曾向梁肃推荐孟郊,称赞孟郊的诗是:"五言高处,在古无二,其平处,不顾二谢。"并说:"孟子之文奇,其行贞。"从诗文行事诸方面赞扬推荐。但就是这样,孟郊仍然未能考取。直到四十六岁时,孟郊终于考取了进士。他欣喜无比,挥笔写下了一首七言绝句:

昔日龌龊不足夸,今朝放荡思无涯。

春风得意马蹄疾,一日看尽长安花。

诗人的情感溢于言表:过去的困苦生活再不值得提起了,只有今天才觉得感情如潮水一般奔流无际。迎着快乐的春风,跨上飞奔的骏马一天就将长安城的美景全都收入眼中了。

孟良杀焦赞——自家人害了自家人

传说,杨继业大战北国之后,不幸以身殉国。辽军把杨令公尸体抢回阵中,但又怕杨家将派人来盗尸骨,便把尸体藏于昊天塔下的昊天洞中。孟良、焦赞二人本是杨令公手下老将,听说令公死于阵前,尸骨未还,悲痛不止。一天晚上,趁夜深人静,孟良只身一人偷偷溜出大营,来到昊天塔下盗骨。孟良在昊天洞中找到了令公遗骨,便用布包裹好了,准备赶路。突然,黑夜中,一个大汉双手抱住了孟良的腰,孟良回手一刀砍在来者身上,来者扑通一声倒地而死。孟良转身要走,忽然觉得刚才那人说话声音有些耳熟,伏身一看,来者不是别人,正是他的结拜兄弟焦赞。二人生前盟示:同生共死。眼下焦赞却死于自己手中,这便如何是好? 孟良深埋了令公尸骨及焦赞,然后拔出所佩的剑,连叫数声:"焦赞,焦赞,是我害了你的性命,你不要怨恨我。我现在也跟你一同去九泉之下了!"说完便自刎而亡。

孟母三迁——望子成龙

孟轲幼年丧父,家境十分贫寒,靠母亲纺织度日,日子过得十分辛苦。但是孟子的母亲是个很有见识的人,她希望孟轲将来能够成才,因此,从小就对他严格要求,非常重视他的教育问题。

刚开始，他家住在一片公墓附近，隔三岔五，总有送葬人吹吹打打，路过家门。好奇的孟轲总是跟着送葬队伍学吹喇叭，时间长了，他常常在墓地当吹鼓手。孟母看见儿子整天吹喇叭，忙丧葬的事，就对孟轲说："儿啊，在这地方住，你长大了不会有出息，咱们搬家吧。"不久后，孟母把家搬到一个热闹的集市上，恰好与一些屠户为邻。孟轲每天都来屠宰场看热闹，那些屠户绑猪、杀猪、刮毛、开膛、割肉，干净利落。孟轲看在眼里，记在心上，没过多久，他也像小屠户一样，帮着宰杀猪羊。孟母着急了，对孟轲说："儿啊，在这地方住，你长大了更不会有出息，咱们搬家吧。"这回，孟母把家搬到一所学校的旁边。每天孟轲都跑到学堂，摇头晃脑地跟学生一起读书。正巧，孔子的孙子子思在这教书，子思见孟轲像小神童似的，一学就会，很喜欢他，也不要学费，就让孟轲入学读书。

起初，孟轲觉得念书是新鲜的事情，所以也能好好学习。可是，时间一久，他觉得念书枯燥无味，既没有学吹喇叭那么热闹，也没有杀猪场上那么有趣。他渐渐地不上学了，常常到野外玩耍。有一天，孟轲逃学回家。孟母正在机房织布，她一见儿子这副样子，火不打一处来，她愤怒地割断织布机上的梭子。孟母责备儿子说："你每天读书，就像我每天织布一样，我把棉线织成寸长的布，再织成尺长的布，再织成丈长的布，这才能成为有用的东西。你今天进学堂读书，需要成年累月的工夫，要不分昼夜地努力学习，才能学到知识。现在，你小小年纪就懒学厌倦，不求上进，以后长大了怎么办呢？"泪水从孟母的脸上流下来。孟轲是懂事的孩子，他看见母亲痛苦的神情，心里很难受，向母亲承认了过错。从此，孟轲又回到学堂，发奋读书，朝夕勤学，终于成为著名的大学问家。

孟武伯说话的毛病——食言而肥

指违背诺言，只图对自己有利。

春秋时，鲁国有个叫孟武伯的大夫，为人不讲信用，说话从来不算数，鲁哀公对他很不满意。一次，鲁哀公举行宴会，满朝文武都来赴宴。有一个叫郭重的大臣，体态丰满，人像他的名字一样，体重着实不轻，他平时深得鲁哀公宠信，这天自然也来赴宴。孟武伯向来忌妒郭重，想出郭重的洋相，让他难堪，于是离席走到郭重的座位前，问："郭大夫是吃了什么东西才这么胖的？"鲁哀公知道孟武伯存心不良，便代郭重回答："他空话吃得太多，能不胖吗？"满堂文武都知道鲁哀公所指何人，顿时哄笑起来。孟武伯不但没讨到别人的便宜，反而当众出丑，直羞得面红耳赤，无地自容。

孟子答齐宣王——明察秋毫

战国时，有一次齐宣王请孟子讲有关齐桓公、晋文公称霸的事，孟子回答说："孔子的学生只学仁、义、道、德，从来没听说过以武力称霸的事，所以我不会讲。当然，如果大王愿意听有关'王道'的事，我会尽力讲好的。"齐宣王说："您讲统一天下的事吧！"孟子回答说："大王只要有同情心，就可以统一天下。"齐宣王笑了，说："哪有这么简单，同情心与统一天下又没有联系。"孟子接着说："我听人说，有一天，大王坐在堂上，有人牵着牛从堂下经过，大王看见了，就问去哪里。那人说，准备杀牛用它的血祭钟。您就叫那人放了牛，并说：'牛又没有罪，为什么要杀它呢？我不愿看到它被杀时那可怜的样子。'那人说：'那祭钟怎么办呢？'大王就叫他用一只羊代替。由此看出，大王是有同情心的，因为有同情心就会爱护老百姓,爱护老百姓国家就会强大。"

齐宣王听了,摸着头说:"现在想来,真有些不能理解,齐国即使小,也不至于连一头牛都没有,难怪老百姓说我吝啬呀。"孟子说:"这没有什么奇怪,老百姓不理解大王的深意。表面看,牛和羊都是死,大与小又有什么区别,但实质上却不同了。"齐宣王说:"我这种心情与王道有什么相同呢?"孟子回答说:"假使有人向大王报告:我的力量能举三千斤,却拿不动一根羽毛;我的目力能看清鸟兽的细毛,却看不清眼前的一车子柴火。大王相信吗?肯定不信。大王只要有同情心,就应该把同情心推广到全国,这是能做到的。"

孟子反驳白圭治洪水——以邻为壑

把邻国作为排泄洪水的沟壑。比喻把危机转嫁到别人身上。

古时,大禹在视察了各地洪水的情况后,觉得用堵水的方法不能根本解决问题,更重要的是应该把水疏导出去。为此,他大力开掘沟渠让水流到汪洋大海中去。大禹带领百姓们在野外辛勤地工作了十三个年头,曾经三次过家门而不入。最后,他终于战胜了洪水,使江河通畅。原来被淹没的土地,又变成了良田。

到了战国初期,有个叫白圭的水利专家,也非常出名。什么地方河堤有了裂缝、漏洞、渗出水来,他一到就能修好。后来,他被魏国请去当相国,魏国的国君对他很信任。有一次,孟子来到魏国,白圭在会见孟子的时候,表露出自己有非凡的治水本领,甚至自我吹嘘说:"我的治水本领已经超过大禹了!"孟子当场驳斥他说:"你说的话错了。大禹治水是把四海当作大水沟,顺着水性疏导,结果洪水都流进大海,与己有利,与人无害。如今你治水,只是修堤堵河,把邻国当作大水沟,结果洪水都流到别国去,与己有利,与人却有害。这种治水的方法,怎么能与大禹相比呢?"

孟子回答弟子的问话——当务之急

有一次,孟子的弟子问:"现在要知道和要去做的事情很多,究竟应该先知道和先做些什么?"

孟子回答说:"有智慧的人无所不知,但要知道当前应该做的事中最急需要办的事,而不要面面俱到。比如仁德是人们无所不爱的,但应先爱亲人和贤者。又比如古代的圣主尧和舜,尚且不能认识所有的事物,因为他们必须急于做当前最重要的事情。尧舜的仁德也不是爱一切人,因为他们急于爱的是亲人和贤人。"接着,孟子又从反面来回答这个问题:"父母死了,不去服三年的丧期,却对服三五个月丧期的礼节很讲究;在长者面前吃饭表现出非常没有礼貌狼吞虎咽,喝汤时也发出令人难以忍受的响声,却去讲什么不能用牙齿咬断干肉等,这就是舍本逐末,不知道当前最需要知道和最需要做的是什么。"

孟子回答景春的问话——威武不屈

武力和权势不能使之屈服。形容有骨气,坚贞刚强。

战国时期,各国都想称霸天下。有人提出弱国应联合起来,共同抵抗最强大的秦国,被称为合纵。而另有人提出弱国应随从秦国去进攻其他弱国,称为连横。强国和弱国相互派出许多的说客,宣扬自己的主张。张仪和公孙衍就是当时的佼佼者。

有一个叫景春的人对孟子说:"我认为张仪和公孙衍才算是大丈夫,真英雄。"孟子问："您凭什么这么说？"景春回答说："根据很充分明了：张仪相秦，凭三寸不烂之舌说服六国服从秦国；公孙衍佩五国相印。此二人赫然震怒，天下恐惧。各国平安与否皆在此二人的喜怒之间。您能说他们不是大丈夫、真英雄吗？"孟子说："他们算什么大丈夫！张仪以欺骗为能事。楚怀王被张仪骗至秦国，扣为人质，险些丧命。其他诸侯被张仪欺骗的事情就更多了。您怎么能把骗子奉为英雄呢？说到公孙衍，他几次联合几个国家攻秦，结果是战祸频繁，士兵死伤无数。拿百姓的血肉之躯换取个人的功名富贵，只能算是屠夫、罪人，绝不是什么大英雄、大丈夫。真正的大丈夫是施行仁义的人。'仁'者是爱人，'义'者是帮助人，扶危济困，让自己的行为使别人受益。他不必名震四海，也不必声名显赫。当他有机会施展抱负时，就会使天下人受益；即使不得志也不埋怨命运不公，仍坚持道德的自我完善。真正的英雄绝不会因富贵而胡作非为，也不会因贫贱而改变思想，更不会在暴力面前屈服。只有做到了这三点，才能算是大丈夫。"

美女入室——恶女之仇

汉武帝晚年，同时宠爱两个妃子尹夫人和邢夫人。汉武帝怕二人互相忌妒，命令不准她两人互相见面。尹夫人听说邢夫人长得很美，便缠着汉武帝，要他安排一次见面。汉武帝被她纠缠不过，就让另一个女人冒充邢夫人带着几十个随从来见尹夫人。尹夫人一见就说："这个人绝不是邢夫人。"汉武帝说："你怎么知道？"尹夫人说："我看她的相貌、形态，绝不会使您宠爱，所以一定是假的。"于是汉武帝就让邢夫人穿旧衣服来见尹夫人。尹夫人一见，就说："这才是真的邢夫人啊！"尹夫人越看越觉得自己没有邢夫人美丽，哭了起来，说，美女入室，恶女之仇，这话真不错啊！

没有金刚钻——别揽瓷器活

意思是自己没有承担某件事情的本事，就不要把事情承担下来。

过去老北京的胡同里，常见到一些肩挑担子的手工匠人，这些人靠自己拜师或家传的手艺，每天走街串巷，为老百姓修修补补。

那时人们的生活还都不富裕，平时过日子很注意节俭，使用的缸、盆、碗、碟，要是打破了，只要还对得上碴口，就不舍得丢掉，花俩钱儿找工匠锯锯补补接着用。那时有专门做这种活儿的手艺人，北京人管他们叫"锯碗儿的"。他们挑的担子，一头是个柜子，样式就像过去饭馆伙计送饭用的食盒。柜子有两三层放大小锔子的抽屉，提梁上吊着一个铜做的，像拨浪鼓似的东西，走起来担子一晃，就会发出"铛儿！铛儿！"的响声，人们坐在家中听到声音，就知道有锯碗儿的过来了。

干这行当的，多半是四十岁以上的人，很多是老师傅，干活时带着花镜，先看好碴口，估计要用几个"锯子"，再说价钱。有句歇后语叫"锯碗的戴眼镜儿——没碴儿找碴儿"。它的出处可能就在这儿。锯碗所用的工具很简单，一个像花生米粒儿大小的钻头，一把像拉胡琴的弓子，只不过弓子上系的不是马尾儿，而是一根细绳儿。用它缠在钻头上，来回拉动，那钻头在又滑又脆的瓷器上钻孔，就像锥子扎在豆腐上，真是易如反掌。那个小钻头就是人们常说的"金刚钻"。别看它"小"，那可是这个行当赖以生存的主要工具，一副担子加起来的价值，也没有那一粒"金刚钻"值钱，没有了"它"就什么也干不成了。所以就有了了这句"没有金刚钻——别揽瓷器活"的歇后语。

煤山上的崇祯皇帝——挂起来了

指放起来，不再使用。

明朝末年，朝政腐败，民不聊生，人们纷纷揭竿而起，反抗明朝的暴政。李自成的起义军就是最突出的一支，起义军杀豪绅，开粮仓，深得百姓的拥护，所向披靡，很快逼近北京。起义军包围北京城后，负责防守北京城的太监王相尧见明朝大势已去，就开城投降，因此，李自成的起义军顺利地进入了北京城。

崇祯意识到大明王朝即将覆灭，慌忙叫内侍把自己的三个儿子藏在了外戚家，又招来周后、袁贵妃、长平公主三人。崇祯先赐死周后、袁贵妃两人，然后辛酸地看着年仅十五岁的长平公主，泪流满面地说："休怪父皇不念骨肉之情，谁让你出生在帝王之家呢！"说完，左手掩面，右手拔出宝剑朝公主就是一剑，长平公主左臂受伤，当即昏倒在地。崇祯心灰意冷，无限凄惨地走上了煤山，他想，与其这样出去被起义军活捉受辱，不如自行了断。于是崇祯咬破手指，写下遗书。首先忏悔自己在治理国家上的过失，又痛斥了一些贪生怕死的官吏，觉得大明江山在自己手中白白葬送，没有颜面见列祖列宗。写完后，他把遗书藏在煤山的石洞里，泣不成声地挂在树上吊死了。

于是，有人在这段史料基础上引出了歇后语"煤山上的崇祯皇帝——挂起来了"。

米友仁的为人——巧取豪夺

宋代有一位书画大家，名叫米友仁，他是著名书画家米芾的儿子，当时人们都称他为"小米"。米友仁青年时期就以书画闻名于世，后来在朝廷担任兵部侍郎、敷文阁直学士，奉命为宋高宗鉴定书法。

米友仁的书法和绘画都达到了很高的水平，尤其擅长行书和山水画。米友仁对古代名人的作品更是爱之如命。有一回，他乘船游玩，偶然看见同船的旅客手中有一本王羲之的真迹字帖，米友仁喜欢得不得了，想用一幅画与旅客交换，可旅客不同意，米友仁急得几乎发了疯。他登上船帮，死命地喊："你不与我交换字画，我就跳河了！"幸亏有人将他抱住，才未发生不幸。

米友仁模仿古人的书画非常逼真，很少有人能鉴别出来。他用这个办法获得许多真迹古画。他向藏画人借来真本摹画，然后把摹本还回去，藏画人不能辨别真伪，竟认假为真，而把真品拱手让给米友仁了。米友仁这种欺骗别人、获得名画的手法，被时人斥之为"巧取豪夺"。

蜜香居的包子——个儿大

传说，清朝康熙皇帝常常出游私访，体察民情。有一天，康熙乔装独自一人出了阜成门，进了"蜜香居"酒馆。这家酒馆生意十分兴隆，康熙来到楼上，要了几个菜，又来一壶酒，慢慢地喝了起来。一会儿，就见楼上坐满了王孙公子，桌上摆满了丰盛的酒席。不一会儿，这些人就离开了，而有些饭菜摆在桌上根本一下都没动。饭后，康熙付了酒钱，走下楼去。这时就听店小二正吆喝着："刚出笼的肉包子！尝尝皮薄馅儿鲜名满京师的'百味香'啊！"楼下挤满了人，一看就知道是拉车、赶脚、背煤、卖力气活儿的工人。这些人不吃饭也不喝酒，单等肉包子一出笼，就都挤了上去，买后吃完就走。一会儿，几笼包子一抢而光。

康熙看到这种情景,转身问身边的一个汉子,为什么到这儿买包子的人这么多。那汉子说。"蜜香居的包子——个儿大、馅儿鲜、价钱便宜,穷人都愿意到这儿来吃包子。"康熙听了点点头,转身又回到楼上,找到掌柜问道:"你们这包子价格这么便宜,还能赚钱吗?"掌柜的笑着说:"这包子不赚钱,只靠它来闯牌子。那些满汉官员、八旗子弟,从不计较花钱多少,他们要一桌席吃不了几口,没动过的肉菜就做成肉包子,不但成本低,而且馅儿鲜、味儿美。"康熙听了很受感动,默默地走开了。

打这以后,"蜜香居"的包子更出名了。

康熙

蜜中鼠屎——栽赃

传说,三国时,吴国年轻的皇帝孙亮在花园休息,见梅子开始成熟,孙亮便吃了几颗。梅子味道虽然好,但还是有点酸,孙亮便命太监去宫中取蜜来腌梅子吃。太监捧来一坛蜜,揭开盖竟有几粒鼠屎。孙亮下令追查,最后查出是太监给藏吏栽赃。

N

南郭先生吹竽——不会装会

战国的时候,齐宣王非常爱听吹竽,还喜欢讲排场,总让三百人一起吹竽给他听,这三百人都有丰厚的俸禄。当时有一个南郭先生,很羡慕吹竽有丰厚的俸禄,可是他自己又不会吹竽。于是他就想了一个办法,自我吹嘘是吹竽高手,齐宣王以为他真的很会吹竽,就把他收编在吹竽的乐队里,并给予他与其他吹竽者一样丰厚的俸禄。从此,齐宣王听乐队吹竽,南郭先生就混在里面,拿着竽装腔作势地做出吹竽的模样。因为吹竽者很多,乐声又响,他混在里面充数,没人识破他,南郭先生也扬扬得意,以为真可以混在里面凑个数了。

可是好景不长,过了几年,齐宣王死了,他的儿子齐湣王即位。虽然齐湣王也像他父亲那样喜欢吹竽,但他却不喜欢听合奏,而喜欢听独奏。于是,他每次听竽,都会叫演奏者一个个单独地吹给他听。听到这个消息后,南郭先生吓得心惊胆战,暗自叫苦:这怎么办呢,我原本对吹竽一窍不通,本想借这个大好机会,滥竽充数,过着舒服日子,可没想到齐湣王居然喜欢独奏,我还是趁早溜吧,要是被齐湣王知道自己根本就不会吹竽,那可是欺君的大罪,是要被杀头的啊!南郭先生越想越害怕,于是,当天晚上,就趁着其他人都睡着的时候,一个人悄悄地溜出了王宫,逃得远远的,再也不敢回来了。

南辕北辙——背道而驰

战国时,魏王要出兵攻打赵国,大夫季梁本已奉命出使外国,听到了这个消息,季梁赶忙回去劝说魏王。魏王问:"你是奉命出使的,中途折返,难道有什么重要事情?"季梁说:"臣在途中遇到了一位驾车的御者,挥着鞭子,叱着马,向北驰去。"魏王笑道:"这么一件小事,值得你中途折回来报告我?"季梁说:"啊,大王,问题在于他是到楚国去呀!"魏王说:"到楚国自然是向南走,他为什么向北驰去呢?"季梁说:"我当时就问乘车的主人:'你到楚国,为什么要向北方而去?'他对我说:'因为这匹马是一匹名驹,脚程飞快,转眼就可行十几里。'我对他说:'你的马脚程越快越麻烦。到楚国是要往南去的,你怎么可以往北走呢?'他说:'我带有足够的旅费,不用担心。'我说:'尽管你带的旅费充足,可是你方向走得不对,永远也到不了楚国的。'他说:'不要紧,我的车夫有多年驾车经验,什么马都能驾,何况这是一匹良驹,有日行千里的本领,我何必担心呢?'"

魏王不禁大笑起来:"这人简直是个疯子。他虽然有这么多优越的条件,但他是背道而驰,楚国在南,他要向北,他的马快、御者技艺精,就使他离楚国更遥远了。"季梁免冠顿首说:"大王说的话一点不错,这人是背道而驰,愈向北则离楚地愈远。但大王平时都以称王称霸自许和称雄天下自命,可是今天大王倚仗国势强、国土广、兵卒精,即进攻邯郸取赵地以自益。依臣愚见,大王对邻国用兵愈多,则离称王称霸的基业愈远,亦正如臣在途中所见的那位去楚国而向北行的人一样,是背道而驰啊!"

南岳的石桥——不可胜数

因为南岳盛产花岗岩,所以这里的桥多用石制成。小的可用一石架桥,大的数洞环拱而且都不落俗套,其中颇负盛名的桥约有十座。

司马桥,在岳市的东街。镇岳桥,在岳市的西街外。将军桥,在岳市的北支街。南桥,屹立在长衡公路上。青龙桥,在大庙东侧。这些都是连接南来北往交通要道的桥梁,建筑结构上各有不同风格。有的是平坦的石梁,有的是凸起的拱桥,有的石栏杆,雕刻精致、盘龙舞凤、婀娜多姿,有的石刻碑刊尚存,古意盎然。而桥头两岸,杨柳垂青、野花嫣红、茶亭酒店、雅座迎宾。

寿涧桥,在岳庙南大门棂星门前。左右凿有水池,引寿涧水注入池内,桥跨池上,把大庙和街市分为"仙俗"两界。接龙桥,紧接南岳大庙后门,连接登山公路。这是一座用花岗石砌成的大拱桥,桥上栏杆有浮雕,桥端有迎客松,虬枝张盖,遮天蔽日,树下麻石长凳,正好让游人坐纳风凉。玉版桥,在接龙桥上,以坐落在玉版溪上而得名。桥高六丈,造型美观大方,两岸高山相对,桥底溪水迂回,桥头曾有凉亭一座,供游人休息,观赏景色,颇有情趣。麻姑桥,在半山亭与磨镜台之间,相传麻姑仙子送魏夫人至此,因此得名。桥两旁悬岩绝壁,桥下飞瀑倾注。据说是南朝佛道两教互斗,南岳道士欧阳正则为了报复慧思和尚,聚徒挖断"岳心"所留下的痕迹。会仙桥,位于祝融峰巅的青玉坛。坛基是突兀峥嵘的一片大岩石,岩石上面平坦,可坐数十人,俯望岩下,深不可测。

哪吒下凡——一身火

传说,哪吒为平息龙王的怒火,救自己的父母而自杀身亡。为重回人形,他托梦求母亲为他建一座行宫,以便在此受三年香火,重塑身形。但他父亲李靖不信,不肯建造行宫。李靖夫人只得悄悄地吩咐家人,在翠屏山修行宫,塑哪吒神像。可惜后来还是让李靖知道了,他一怒之下用鞭把哪吒金身打得粉碎,一把火烧了庙宇。哪吒只得回师傅那儿告状,太乙真人便用五莲池中的两朵莲花的花瓣铺成三才,把荷叶梗折成三百骨节,三个荷叶按上中下,分天地人,又将一粒金丹放在正中,再施法术。哪吒便借莲花为身活了过来,他又得真人新传给他的火尖枪和风火轮,顿时一身火焰。

泥牛入海——无消息

从前,有一个洞山和尚外出寻师求法,不巧迷失了道路,就去拜见潭州龙山的师父,洞山和尚不免嘘寒问暖,多方求教。他问龙山和尚说:"您是什么道理,便住在此山呢?"龙山和尚回答说:"我见两个泥牛斗入海,直至如今无消息。""泥牛入海"就是从这个故事来的。

泥菩萨过河——自身难保

传说,在很久以前,山上有一座庙,庙里供着一座泥菩萨。后来,因为战乱,庙宇因年久失修很快就变得破破烂烂。

供奉在这里的泥菩萨也因为无人供奉香火,整日无所事事,极其苦闷,每天就是与土地神、山神聊天解闷而已。直到有一天,一向安静的屋外忽然传来一阵急促的呼喊声。刚开始,泥菩萨还以为自己产生幻觉,所以半信半疑地问土地神:"外面好像有人在呼喊,你听到了吗?"土地神正在打瞌睡,听见泥菩萨说话,不耐烦地说:"你瞎想什么,这附近的人早就逃命去了,谁还愿意待在这啊?"可是过了不久,外面的呼喊声愈来愈大,这时泥菩萨才认定自己并非幻觉,而是真的有人在喊救命。他定睛一看,原来有一个人掉进庙前的小河中,眼看就要不行了。

泥菩萨看到这样的情形,慌慌张张奔出庙门。就在他要冲到河里救人时,土地神急忙挡住了他的去路,大声说:"你是不是疯了,你是泥做的啊,到了水里立刻就会变成一团泥,到时候,别说想救别人,就是自身也难保。"泥菩萨固执地说:"这是我们的职责,如果见死不救,岂不让众神耻笑吗!你就不要管我了!"说完他甩开土地神的手臂拼命地向河边跑去。由于是雨季,河水水势汹涌,不时还有漩涡出现。等到泥菩萨赶到河边时,那个掉在河里的人也已经奄奄一息,快要被水冲走了。泥菩萨奋不顾身地跳进了水里,可还没等他游到落水人的身边,泥菩萨已经化作了一团泥水,被河水冲走了。土地神站在河边望着那团被冲走的黄泥,不禁摇头长叹一声,伤心地回去了。

宁为玉碎——不为瓦全

比喻宁愿保持高尚的气节死去,也不愿屈辱地活着。

公元550年,东魏的孝静帝被迫让位给丞相高洋后被毒死。从此,北齐代替了东魏。高洋心狠手辣,次年又毒死了孝静帝的三个儿子。高洋当皇帝十年零六个月的一天,出现了日食。他担心这是不祥之兆:自己篡夺的皇位将要保不住了。于是,高洋把一个亲信叫来问:"西汉末年王莽夺了刘家的天下,为什么后来光武帝刘秀又能把天下夺回来?"亲信随便回答说:"陛下,这要怪王莽自己了。因为他没有把刘氏宗室斩尽杀绝。"

高洋竟相信了,立刻又开杀戒:把东魏宗室近亲四十四家共七百多人全部处死,连婴儿也无一幸免。消息传开后,东魏宗室的远房宗族也非常恐慌,生怕什么时候高洋的屠刀会架到自己脖子上。他们赶紧聚集起来商量对策。有个名叫元景安的人说,眼下要保命的唯一办法,是请求高洋准许他们脱离元氏,改姓高氏。元景安的堂兄景皓坚决反对这种做法。他气愤地说:"怎么能用抛弃本宗、改为他姓的办法来保命呢?大丈夫宁可做玉器被打碎,也不愿做陶器得保全。我宁愿死而保持气节,也不愿为了活命而忍受屈辱!"元景安为了保全自己的性命,卑鄙地把景皓的话报告给高洋。高洋立即逮捕了景皓,并将他处死。元景安因告密有功,高洋赐他姓高,并且升了高位。但是,残酷的屠杀并不能挽救北齐摇摇欲坠的政权。三个月后,高洋因病死去。又十八年,北齐王朝也寿终正寝了。

牛角挂书——走到哪学到哪

隋代人李密,襄阳长安人,专心向学,从来不浪费一分钟。有一次,李密准备到缑山去,他怕旅途之中耽搁时间太多,出发以前,想出了一面行路一面读书的好办法:他用茅草编织了一个鞍子放在牛背上,把要看的书挂在牛角上。就这样,他很舒服地骑着牲口,一手拿书本,一手牵缰绳,边走边看书,几乎同在屋子里读书没有两样。

因为李密的注意力太集中了,他一动也不动,像是一座雕塑摆在牛背上。正巧,越国公杨素经过此处,见到牛背上还有这般好学的人,便顾不得自己赶路,紧跟在后边走了大段路。李密一点也不知道,直到他扭转牛头,准备另换一本书的时候,才看到杨素。杨素问他看什么书?这时候,李密也只是勉强动了动脑袋,向身边一瞥,慢不经心地说:"看《项羽传》!"

牛郎约织女——后会有期

指以后有再见面的机会。

相传,织女是天帝的女儿,住在银河的东边,她会用一种神奇的丝,在织布机上织出了美丽的云彩,随着时间和季节的不同而变幻它的颜色,叫作"天衣"。人间的一个小村子里住着一个可怜的孩子,他跟着哥嫂过日子。他和老黄牛形影不离,村里的人就亲切地叫他"牛郎"。随着时间的推移,牛郎逐渐长大。他自立门户,过起了和老黄牛相依为命的生活。

一天晚上,老黄牛突然开口说话了,它说:"牛郎啊,我本是天上的金牛星。我想告诉你,今晚会有一群仙女到后山的湖里洗澡,你悄悄将粉色的衣服拿走,那个向你要衣裳的仙女,会成为你的妻子。"牛郎听从老黄牛的话,悄悄地去湖边的芦苇丛躲藏。不一会儿,美丽的仙女们来到湖边,脱下衣裳跃进清流。牛郎从芦苇里跑出来,抱走了织女的衣服。织女含羞地答应了做牛郎的妻子。

牛郎和织女相亲相爱,男耕女织,过着幸福的生活,不久有了一男一女两个孩子。然而好景不长,织女在凡间私自成婚的事被王母娘娘知道了。她非常生气,立即派天兵天将捉拿织女,织女和牛郎被王母娘娘生生地拆散了。又过了一段时间,老黄牛忽然对牛郎说:"牛郎,我就快要死了,从此以后我们就永远分别了。等我死后,你不要太过悲伤,记着把我的皮留下来,用它做一件衣裳。你穿起它,就可以飞上天去见织女了。"说完老牛就死了。

牛郎按照老黄牛临死前说的话，用牛皮做了一件衣服，然后他又找了两个篓筐，将两个孩子放入筐中。等一切准备就绪后，牛郎披上那件牛皮做成的衣服，只觉脚底一轻，身子便慢慢地往上升。织女得知牛郎上天庭来找自己，就不顾一切地飞奔来与他见面，眼看两个人越飞越近，就要相见了。可就在这时，狠心的王母娘娘却拔下头上的金簪，往空中一划，顿时，一条波浪滚滚的天河就出现在牛郎和织女面前。天河很宽，水流也很急，他们谁也飞不过去。牛郎与织女就这样隔着天河，日夜相望，哭声悲切。后来，王母娘娘觉得他们夫妻感情深厚，被他们打动了，就允许他们在每年的七月七日这天相会一次。到了那天，无数的喜鹊就会在天河上搭起一座鹊桥，让牛郎和织女在桥上见面。

努尔哈赤的"黄金肉"——凑数

相传，清太祖爱新觉罗·努尔哈赤还没当皇帝时，曾在一个总兵府里充当伙夫。一天，总兵府的厨师得了重病不能下厨，府中的几个使女急得火冒三丈，不知该怎么好，没办法只好临时充当厨师。可是，在总兵府当厨师很不容易，按照总兵府的规定：每餐必须有八个菜上桌，几个使女经过苦心琢磨，只是想出了七个菜，第八个菜说什么也做不出。还缺一个菜怎么办？这时努尔哈赤走出问道："什么事把你们愁成这个样子？如果我能伸上手，也可以帮你们一把。"一个使女直言道："厨师生病了，我们几个也是临时助炊，万事俱备，只差一个菜，如果你能帮忙那就太好了。"努尔哈赤笑了笑说："这有何难，我来帮你们凑数！"说罢就干了起来，当场就做了一个菜，取名"黄金肉"。总兵吃后，非常高兴，问这菜是谁做的。一个内差回答道："此菜是努尔哈赤所做，名叫'黄金肉'。"总兵闻言立刻召见努尔哈赤，并夸奖一番。

从此，"努尔哈赤的'黄金肉'——凑数"就传开了。

女儿国招婿——八戒自告奋勇

形容主动要求承担某项任务。

传说，唐僧师徒赴西天取经，来到了女儿国。师徒正在驿中吃斋饭，两位女官进了驿堂，下拜后说："御弟爷爷，万千之喜了。"三藏说："我出家人，喜从何来？""我王得知御弟是中华上国的男人，愿以一国之富，招御弟爷爷为夫，坐南称帝，我王愿为帝后。特地派我二人前来求亲。请御弟快答应，我们也好回奏。"女官答道。三藏听了，只是低头不语。

八戒在旁撅起大嘴叫道："你去上复国王：我师父是久修得道的罗汉，绝不爱你国之富，也不爱倾国之容；快些倒换公文，打发他往西去，留我在这儿招赘，怎样？"驿丞说："你虽是个男身，却是形容太丑，不中我王的意。"八戒笑着说："常言道：'粗柳簸箕细柳斗，世上谁见男儿丑？'"后来，唐僧拒绝女儿国国王好意，制止八戒，又奔赴西天。

女娲捏土造人——功德无量

传说，女娲长着人一样的脑袋，蛇一般的身躯。远古时大地森林密布，鸟兽鱼虫生活得十分自在，可就是没有人烟，女娲感到非常孤独和寂寞。为了改变这种状况，她决定创造比鸟兽鱼虫更富有活力和灵性的生命。

有一天，女娲抓了一把黄泥，按照自己的模样，捏了一个泥娃娃。对它吹了一口气，那泥娃娃居然活动起来。她惊喜极了,继续捏了许多有手有脚的泥人,朝它们吹了口仙气,这些泥人就活了起来,变成能直立行走、能说会道、聪明灵巧的人。人群中有男有女,这些男男女女围着女娲跳跃、欢呼,并虔诚地感谢她,女娲非常高兴。这些人后来分散到世界各地。为了不使人类灭绝,女娲命男女们结为夫妻,生儿育女,繁衍后代。就这样,人类一代代繁衍延续至今。

O

欧阳修义保刘儿——不计前嫌

欧阳修:字永叔,号醉翁,晚号六一居士。吉安永丰(今属江西)人。世称欧阳文忠公,北宋著名文学家、史学家。

不计较以前的嫌疑和错误。

传说有一年,欧阳修受命主持礼部贡举。江西举子刘儿,曾多次在考试中夺魁,他认为自己一定能得中状元。可是张榜之日,刘儿却榜上无名。刘儿恨主考官欧阳修不举荐他,一气之下,写了一首词诽谤欧阳修。仁宗皇帝得知此事后,下旨捉拿刘儿。欧阳修得悉后心急如焚,心想,刘儿确实是个人才,这一缉拿严办,他一生不就完了吗?于是他拿出一包银子叫侍从交给刘儿,并叫刘儿赶快逃走。

三年过去,科举又开始了。大考结束,欧阳修在阅卷时,发现刘辉的文章写得好,要点刘辉为状元。几天后,几经查实,原来刘辉是三年前落榜的刘儿。有人上书奏仁宗,说刘儿是诽谤大臣的钦犯,三年前畏罪潜逃,现又犯了易名的大罪,要皇帝严办。欧阳修听到消息,连夜去见仁宗,声泪俱下保举刘儿,恳求仁宗赦免。仁宗皇帝答应了欧阳修的请求,经过殿试,刘儿终于中了状元。几天后,刘儿得知是欧阳修不计前嫌,还一再竭力保荐,感动得痛哭涕零。上任后第一天,刘儿就专程去欧阳修府第拜谢。

P

潘大临给诗友回信——满城风雨

原描绘深秋时节风雨交作的景象。后形容事情传遍各处,人们议论纷纷。

宋代诗人潘大临,很喜欢秋天的景色。有一年秋天,他的好友谢无逸写信问他近来是否又做了什么新诗。对于好友的慰问,潘大临十分感激,立即写了回信,信中说:"近来秋高气爽,景物宜人,很能引发作诗的雅兴。可恨的是常有庸俗鄙陋的事情搅乱心绪,败坏诗兴。昨天闲卧床上,耳中听着窗外风涛阵阵,雨打秋林,顿觉诗兴大发,连忙起身,浓墨饱蘸,在白壁上写下'满城风雨近重阳'的佳句。哪知刚写了这一句,一个催收田租的官吏忽然闯了进来,勃发的诗兴顿时全被打消。所以,现在只能将这一句诗奉寄给

你了。"

潘金莲给武松敬酒——不怀好意

潘金莲原来是清河县一个大财主家的使女,后嫁给了武大郎。武大郎和潘金莲后迁居到阳谷县。武松因打虎留在阳谷县当督头。一次武松去哥哥武大郎家里看望,潘金莲见武松一表人才便劝武松搬到家里来住,殷勤款待。武松每日到衙门办事,不论归迟归早,潘金莲顿羹顿饭,欢天喜地地服侍武松,还时常用言语来撩拨武松。

一天,潘金莲特地备下酒肉,打发武大郎出去卖炊饼,专等武松回来食用。武松归家,要等哥哥回来一起吃,潘金莲说:"你哥哥每日自己出去做买卖,等他不得,我和叔叔自饮三杯。"话说未了,早暖了一壶酒来,敬上一杯给武松,说:"叔叔满饮此杯。"武松接过酒来,一饮而尽。潘金莲又斟了一杯酒来说:"天色寒冷,叔叔饮个成双杯。"接着,又连斟了三四杯酒饮了。不料,武松识破潘金莲歹意,大骂潘金莲。潘金莲"偷鸡不着——蚀把米",只得灰溜溜地走了。

盘古开天地——很早的事

传说在很久以前,天地还没有分开,宇宙只是黑暗混沌的一团,就像一个大鸡蛋。盘古就孕育在这个"大鸡蛋"中。这样一直经过了一万八千年。有一天,盘古忽然睡醒了,他睁开眼睛一看:只是漆黑的一片。盘古一生气,就用双臂撑住头顶上的"壳",双脚踏住脚下的"壳",一使劲,只听得山崩地裂似的一声巨响;这只大"蛋"硬被他撑裂开来。其中有些轻而清的东西,冉冉上升,变成了天,有些重而浊的东西,沉沉下降,变成了地。混沌不分的天地,就这样被盘古分开了。天和地分开后,盘古怕它们还要合拢,就头顶天,脚踏地,站在天地当中,随着它们的变化而变化。天每天升高一丈,地每天加厚一丈,盘古的身子也就每天增长一丈。这样又过了一万八千年,天升得极高了,地变得极厚了,盘古的身子也长得极长了。

盘古孤独地站在那里,做这撑天拄地的辛苦工作。又不知道过了多少年,到后来,天和地的构造似乎已经相当巩固。他不必再担心它们会合在一起,他实在也需要休息。终于,盘古倒下死去了。盘古死后,他的身体就化成各种东西:他口中呼出的气变成了风和云,他的声音变成了轰隆的雷霆,他的左眼睛变成了太阳,右眼睛变成了月亮,他的手足和身躯变成了大地的四极和五方的名山,他的血液变成了江河,他的筋脉变成了道路,他的肌肉变成了田土,他的头发和髭须变成了天上的星星,他的皮肤和汗毛变成了花草树木,他的牙齿、骨头、骨髓,也都变成了闪光的金属、坚硬的石头、圆亮的珍珠和温润的玉石,就是那身上的汗,也变成了雨露和甘霖。开天辟地的盘古,用了他整个的身体使这个新诞生的世界丰富而美丽。

庞统做县令——大材小用

三国时,庞统因避乱寓居江东,周瑜和鲁肃都很器重他。周瑜死后,鲁肃把庞统推荐给孙权。孙权见庞统,形象古怪,心中不喜,没有用他。鲁肃又把庞统推荐给刘备,孔明也曾写信向刘备推荐庞统。庞统到荆州来见刘备,说是来投奔他的,但却没有拿出孔明和鲁肃推荐自己的书信。刘备也像孙权一样,见庞统相貌古怪,没重用他,只派他到末阳

做个县令。庞统来到耒阳县后,整日不理县事游手好闲,只管饮酒作乐。刘备知道后勃然大怒,命张飞察看究竟。

张飞到耒阳后,未见庞统出来迎接。庞统的同僚告诉张飞庞统如何不理政事,张飞听后大怒,想要擒拿庞统。庞统却认为县里事务都是小事,坐上公堂,叫手下的衙役把这一个月来所积压的公案,一起取来处理。卷宗堆得满桌子都是,但是庞统一点也不紧张,他一边批着一个案件,另一只手就已经拿到了另外一张状纸,还一边听着下面百姓讲述冤情。这么多的案子,庞统一会儿就全处理完了,所有的原告都对判决的结果满意,就连被告也输得心服口服。这一下,张飞开了眼界,才知道庞统是人才,只不过是深藏不露罢了。他赶紧上前道歉说:"先生正是国家所需要的贤才啊,只怪哥哥和我都有眼无珠,不识先生的真面目,在这个小县城做知县真是委屈先生了。"张飞回去后,立即向刘备报告了自己的所见所闻。刘备听后,自责不已,这才知道庞统原来是诸葛亮推荐的,就拜庞统为副军师,命其协助诸葛亮处理政事。

螃蟹夹住鹭鸶脚——要脱不得脱

指夹住也不行,放开也不行。比喻做事左右为难,走入进退维谷的境地。

传说,一只饥饿的螃蟹躲在洞口寻食,一只鹭鸶嘴里叼着一条鱼从天上飞到洞口停下,想在这一带水面搜寻可捕捞的鱼。螃蟹一阵惊喜,它盯着鹭鸶嘴里的鱼很是眼馋,心想:我先在鹭鸶的腿上夹一下,它一疼痛,就会丢下鱼来对付我,我便趁机把鱼抓进洞里。当螃蟹用自己的一双大钳夹住鹭鸶的一条腿时,没料到鹭鸶一跃冲天,螃蟹想松开大钳已经来不及了:要么掉在地上摔死,要么等鹭鸶在天空飞够了,把螃蟹折腾晕了,落在地上被鹭鸶啄死。

螃蟹上山——爬得上来爬不回去

指上得去下不来。比喻做事能进不能退。

传说,有个螃蟹王带着它的蟹兵,赶走一群青蛙,占领了青蛙们生活的稻田。螃蟹王在稻田里修了一座宫殿,门前贴了一副对联。上联是:说我横我就横,不横不舒心;下联是:叫你服你得服,不服不答应。横批是:走遍天下。青蛙看了对联,说:"蟹王啊,你说你横,可知道世界上还有比你更横的吗?"螃蟹王傲气地说:"谁?"青蛙:"它叫老虎,住在山上。"螃蟹王说:"那我去会会它!"青蛙领着螃蟹王上了山,山上有一泓温泉,青蛙说:"老虎就在这水池的对面,你游过去会它吧!"螃蟹王一下子跳进温泉,谁知身子全被烫成红色,再也爬不动了。

庖丁解牛——游刃有余

厨师给梁惠王分解全牛,他用手接触牛的地方,用肩头靠的地方,用脚踩的地方,用膝盖顶的地方,都能听到皮肉分离的响声。进刀时发出的声音,没有不合乎音乐节拍的,而且切合《桑林曲》伴奏的舞蹈的节奏,还合乎尧时乐曲《咸池》中《经首》那一乐章的节拍。梁惠王说:"太好了! 你的技巧怎么达到这么高的程度?"

厨师放下手中的刀回答说:"我所喜欢的是掌握事物的规律,这已经超过了对于宰牛技术的追求。我刚开始分解牛的时候,所看到的是整个的牛。三年之后,看到的再不是

全牛了——全是分解开的。眼下，我分解牛的时候不再用眼睛看了，而用精神与牛接触。感觉器官的功能停止了而精神活动仍在进行。顺着牛的天然生理状况，击打筋骨连接处的缝隙，把刀引向骨节间较大的空穴，顺着牛本身原有的结构分解。经络和筋骨结合的地方很坚韧，都未曾用刀去试过，何况是大骨头了！一般的厨师每月换一次刀，因为他们分解牛时是用刀砍。技术好的厨师一年换一次刀，因为他分解牛时是用刀割。如今我的刀用了十九年，已经分解了几千头牛，可是那刀刃像是用磨刀石刚刚磨过一般。牛的各骨节相连处是有空隙的，而刀刃没有多厚，刀进入空隙宽宽绰绰，自由地转动刀刃一定会有空地方，因此过了十九年那刀刃像是用磨石刚刚磨过的一样。尽管如此，每当遇到筋骨聚结之处，我见到很难处理，都非常小心地警惕着，目光不动，盯住那个地方，动作变得缓慢，使刀的动作非常轻微，骨肉咯的一声分解开，好像土散落在地上一般。我提刀站立着，向四周看一看，感到心满意足，擦擦刀把它收藏起来。"

梁惠王说："我听了厨师这番话，得到了培养性情、保养生理的道理。"

彭祖遇寿星——各有千秋

传说，彭祖是颛顼的玄孙，他的父亲陆终娶了鬼方氏的女儿女贵。女贵怀了三年的孕，孩子总是生不下来，没有法子，只得用刀子剖开左边腋窝的下面，于是从中生下三个儿子；又用刀子剖开右边腋窝的下面，又生出了三个儿子，彭祖就是这些孩子们当中的一个。据说彭祖从尧舜时代一直活到周朝初年，活了八百多岁，临死时还怨叹自己太短命了。

据说到商朝末年，彭祖已经七百六十七岁，但并不显得衰老。商王羡慕彭祖的长寿，特地派遣一名彩女乘车去请教彭祖延年益寿的方法。又过了七十多年，听说有人在流河国的西部边境上，还看见那"不久于人世"的彭祖，骑了一匹骆驼，在那里慢慢地走着。可是心高志大的彭祖，到他临死的时候，还觉得非常遗憾，认为自己"年纪轻轻"就短命死了。传说中的寿星老儿，竟有上千岁的高龄，所以说"彭祖遇寿星——各有千秋"。

皮日休的长相——其貌不扬

唐代文学家皮日休，诗歌、散文都写得很好，二十多岁时就已经颇有名气了。只是皮日休左眼角下塌，容貌不端正。皮日休三十二岁时被推荐到京城长安参加进士考试，他在城东南的永崇里只住了十天，文名就传遍了长安城。由于皮日休不愿奉承权贵，得不到他们的荐引，结果没有考中。第二年，皮日休再次进京应试。这次考试的主考官，是礼部侍郎郑愚。郑愚看了皮日休的文章，非常欣赏，还未发榜，就派人把他叫到府里来会面。郑愚原本以为皮日休的文章写得出色，相貌必定清秀端正。不料一见面，发现他左眼位置不正，看上去怪异，于是用嘲笑的口气对皮日休说："你很有才学，为什么一只眼睛长得不相称？"皮日休对郑愚的问话很反感，立即反唇相讥道："侍郎可千万不能因为我一只眼睛，而使自己两只眼睛丧失目力啊！"郑愚显然被皮日休的话刺痛，因此做了小动作。发榜时，皮日休虽然中了进士，却是最后一名。

后来，皮日休在长安做了一段时间的小官。他看到朝政腐败，天下即将大乱，便写了许多文章揭露和批判黑暗的社会现实。不久，皮日休投奔了黄巢起义军。

泼出去的水——收不回来

烂柯山下，住着一位读书人朱买臣和他的妻子崔氏。朱买臣为人老实厚道，每日苦读诗书，但运气不佳，屡屡受挫。他家境贫寒，无以为生，只得到烂柯山上砍柴度日。

多年以来，崔氏跟着丈夫过着清苦的生活，渐渐地她有些不耐烦了，脾气越来越坏，她从心里看不起丈夫那副穷酸的样子，说话尖酸刻薄。朱买臣有口难言，只得默默忍耐。

一日，天寒地冻，大雪纷飞，朱买臣饥肠辘辘，被崔氏逼到山上砍柴。他以为多砍些柴草卖掉，买回米面，妻子就会高兴起来。谁知崔氏却另有打算：她让媒婆为自己物色了新的丈夫——家道殷实的张木匠。朱买臣一进家门，崔氏就提出要他写下休书。朱买臣痛苦地请求妻子再忍耐一时，等他时来运转，日子就会好起来。崔氏却坚定地表示，即使朱买臣将来做了高官，自己沦为乞丐，也不会去求他。朱买臣见她全然不顾多年的夫妻之情，只好写下了休书。

不久，朱买臣的才能惊动了汉武帝，汉武帝得知朱买臣赋闲在家之后，封朱买臣为太守。崔氏得知后心慌意乱，她想木匠怎能跟太守相比？太守夫人享的是荣华富贵呀。她决定去找朱买臣，不要现任的丈夫了。崔氏蓬头垢面，赤着双足，跑到朱买臣面前，苦苦哀求他允许自己回到朱家。骑在高头大马上的朱买臣让人端来一盆清水泼在马前，告诉崔氏，若能将泼在地上的水收回盆中，他就答应让她回来。崔氏闻言，知道缘分已尽。

后来，人们就用歇后语"泼出去的水——收不回来"，比喻事情已成定局，无法挽回。

蚍蜉撼树——不自量力

唐朝时期，李白、杜甫刚去世不久，就有人对这两位诗人的作品妄加诋毁。韩愈对此十分不满，就写给好友《调张籍》一诗：

李杜文章在，光焰万丈长。

不知群儿愚，那用故谤伤。

蚍蜉撼大树，可笑不自量。

这几句诗的意思是：李白、杜甫的诗歌存于天地之间，放射万丈光辉。不知道一伙无知之徒，为什么要故意攻击诽谤他们。这就像蚂蚁想动摇大树一样，未免太可笑，太不自量力了。

平原君称赞毛遂——一言九鼎

战国时，秦国出兵攻打赵国，赵王派相国平原君去楚国谋求联合抗秦。可是，平原君和楚王从早上谈到中午，还是没有结果。毛遂凭着自己大无畏的英勇气概，按住剑，顺着台阶走上台去，对楚王说："赵国和楚国联合起来抵御秦国，两句话就能说明其利害关系，为什么从早上到中午，还没谈出个结果来？"楚王问平原君："他是什么人？"平原君回答说："他是我的门客毛遂。"楚王听后呵斥毛遂。毛遂按着剑走上前去，对楚王说："大王之所以敢当众呵斥我，是因为楚国人多势众。但现在大王离我不过十步，楚国再强大，大王也倚仗不了，因为我手中有剑，您的性命掌握在我的手里。"毛遂又继续说，"楚国是个大国，地方五千里，雄师百万，按理说应该称霸天下。可是令人失望的是，强大的楚国在秦国面前，竟然胆小如鼠，以前秦将白起只带几万军队攻打楚国，一举就攻下了你们的国

都，再战烧毁了你们的祖坟。这种奇耻大辱，连我们赵国都为你们感到羞耻，可是大王竟然对此无动于衷！所以，赵、楚联合抗秦，不仅仅是为了赵国，也是为了楚国！"毛遂一席话，使楚王茅塞顿开，连连点头说："先生的话说得很有道理，我一定倾全国之力与赵国联合，共同抗秦！"

于是，赵、楚两国歃血为盟。赵楚结盟后，平原君带着毛遂等回到赵都邯郸。平原君感叹地说："我手下的门客多时逾千，少时也有百数。我自以为识尽赵国的贤士，这次毛遂的事给了我很大的震动。毛先生在我府中三年，我竟没有发现他是个难得的人才。他的三寸之舌，胜过百万强兵，他一到楚国，只用了一席话，便使赵国的威望重于九鼎，他真是一个了不起的人！"

剖腹藏珠——为财不要命

唐太宗李世民，有一次给大臣们讲了这样一个故事：西域有一个商人，偶然得到一颗稀有的珍珠。商人非常喜爱珍珠，他害怕别人把珍珠偷去，放在哪里都不放心。后来，他想出一个"高明"的办法，把自己的肚子剖开，把珍珠藏在肚子里，结果一命呜呼。唐太宗讲完这个故事说："这个故事我是听说的，你们说真会有这种人吗？"大臣们说："也可能有。"唐太宗说："这个商人爱珠而不爱身的愚蠢行为十分可笑。但是，有些人因贪赃受贿而丧命，有些皇帝因无止境地追求享受，穷奢极欲因而亡国。他们和那个商人不是同样愚蠢可笑吗？"

谏议大夫魏征接着说："因为利欲熏心，贪得无厌，结果把自己的性命丢掉了，这样的人大有人在。从前，鲁哀公曾对孔子说，有个健忘的人，在搬家的时候，只顾搬运他的财物，竟把自己的妻子忘记了。孔子说，这不算稀奇，有的人健忘得更厉害，比如桀、纣，为了贪图享受，把自己的性命都忘掉了，结果弄得身亡国灭。"

唐太宗对大臣们说："我们应当总结经验教训，大家共同努力，不要犯错误，免得被天下人耻笑。"

蒲松龄晒肚皮——净是书

形容肚里掌握许多知识，而表面看不出来。

传说，蒲松龄有一年赶考回来，路过王村西铺，看到一大户人家门前摊满了各种书籍，仆人正在忙着翻晒。蒲松龄嗜书如命，见了这么多好书，很想借机阅览一番。可自己一介书生，与人家素不相识，情急之下，他忽然灵机一动，便放下行囊，解开衣襟，袒胸露腹，躺在地上。那家仆人见状大为奇怪，心想此人莫不是有病？便小心翼翼地上前来问："先生你在于什么？"蒲松龄不紧不慢地反问："你在干什么？"仆人回答："我正替我家主人晒书呀！"蒲松龄说："我也正在晒书！"仆人听罢更为不解："你也在晒书？可你分明是在晒肚皮，哪里有书呀！"蒲松龄回答："你家的书是摊在地上晒，可我的书都在肚子里！"

仆人一听，觉得此人肯定非同常人，便赶忙回去报告主人。该府主人于是亲自出来探个究竟。蒲松龄一看，原来是大名鼎鼎的毕际有，便赶忙从地上爬起来，回礼答道："在下蒲松龄见过毕大人。"毕际有对蒲松龄的才学也早有耳闻，便邀他入府一叙。谁知二人这一叙，大有相见恨晚之感，毕际有便力邀蒲松龄在毕府设帐授徒。感于毕际有的诚恳，加之蒲松龄本对毕府的藏书渴慕已久,便痛快地答应下来,结果一待就是三十年。这三十年里,蒲松龄边授徒边阅览边写作,终于写出了闻名中外的《聊斋志异》。

Q

七窍通六窍——一窍不通

形容人昏昧、不明事理,或对某事完全不懂。

从前有一个地主,有一个儿子。地主的儿子有些愚笨,连着请了好几个老师都不行,地主就花大价钱,从外地请了一个很有名的先生做儿子的老师。但是,地主的儿子每天就知道吃喝玩乐,根本不去读书,先生即使再有本事也没有办法,先生很是生气。一天,地主问先生:"我儿子最近读书有没有长进?"先生回答说:"七窍通了六窍。"地主听了,以为儿子大有进步,非常高兴,逢人便讲。大家都在暗地里嘲笑地主,这时,一个邻居对地主说:"七窍通了六窍,这叫一窍不通,人家是在说你的儿子什么都不懂,你怎么连这个都不知道啊。"地主顿时目瞪口呆。

七十二行——行行出状元

古时候,有个书生考取了状元。按照惯例,他披红挂彩,骑上高头大马,由衙役们簇拥着游街一圈,以示荣耀。当他来到最繁华的大街上时,突然有两个人冲撞了他的马头。他一看,原来是一个木匠和一个卖油郎。状元的衙役们斥责他俩说:"你们俩胆大包天,竟敢冲撞状元的马,该当何罪!"这两个人却毫不在意,说:"他是状元,我们俩也是状元哪!"木匠说:"我是木匠状元,天下木匠没有比得上我的。"卖油郎扬扬得意地说:"我是卖油状元,如若不信,我可以给你们表演,让你们开开眼。"衙役们听了哈哈大笑,说:"真是笑话,木匠和卖油郎也算得上状元!"

状元心想,这两个人既然自称状元,必有非凡的本领,就命他们当场表演。先是木匠表演,他在卖油郎的鼻子尖上点一点墨渍,然后抢起斧头朝卖油郎的鼻子猛力劈去,顷刻,卖油郎鼻子尖上的墨迹全无,而鼻子却毫无损伤。卖油郎的表演更加惊人。他在一个油瓶口上放一枚铜钱,然后端起油桶对准铜钱小孔朝油瓶里灌油,油瓶灌满了,而铜钱上竟一点儿油星儿也没沾上。衙役和围观的人们大为赞叹,状元也不得不承认他们是木匠状元和卖油状元。他们俩却笑着说:"如果状元公从小就做木匠或者卖油,或许比我们还强,而我们如果从小有钱读书,或许也能考上状元。"

后来,人们就根据这个故事流传下了"七十二行——行行出状元"这一歇后语。

七仙女嫁董永——好景不长

传说,七仙女是天上的织女,有一天她偷偷到凡间游玩,遇到了卖身葬父的孝子董永。七仙女十分同情董永,并深深地爱上了他。两人就托土地主婚,请老槐树为媒,在槐荫下面结成了夫妻。夫妻俩双双到董永卖身的傅员外家去上工。董永的卖身文契上写着"无牵无挂",如今见董永又领了个女人来,傅员外不肯收留七仙女。两人苦苦恳求傅员外，傅员外刁难他们二人说："你们夫妻二人在今晚要织出云锦十四来，如果织出来，董永三年的长工可以改为百日；如果织不出，三年之后更加三年。"董永听了愁眉不展，可七仙女却痛快地答应了。当天晚上，七仙女劝烦闷的董永先睡觉，自己则在屋子里织锦。七仙女在一夜之间织出了布满花鸟的绚烂的十匹云锦。第二天夫妻俩便去把这云锦送给傅员外，傅员外大为惊异，只好收留了七仙女，两人开始在傅员外家辛苦地劳作。百日期满，夫妻辞别傅员外，开始了幸福美满的生活。后来，七仙女怀孕，两人都幻想着过男耕女织的幸福生活。

可是好景不长，玉帝终于察觉出七仙女私下凡尘的事，玉帝勃然大怒，立刻派遣天兵天将，催动钟鼓，传旨叫七仙女在午时三刻，返回天庭，要是不从，就派天兵天将下凡捉拿，并将董永杀死。七仙女怕董永遭毒手，只得和董永分别。两人约定，来年桃花盛开的时候，在老槐树下交还儿子，七仙女终于跟随天兵天将上天去了。

齐国攻楚——风马牛不相及

春秋时，齐桓公会盟北方七国准备联合进攻楚国，楚成王知道了消息，觉得齐国是毫无道理的侵略，他一边集合大军准备迎战，同时也决定派大夫屈完质问齐国。屈完对齐军说："你们居住在大老远的北方，我们楚国在遥远的南方，相距很远，即使是像马和牛与同类发生相诱而互相追逐的事，也跑不到对方的境内去，没想到你们竟然进入我们楚国的领地，这是为什么？"屈完质问齐军后，齐国著名的政治家、军事家管仲也历数楚国不向周天子纳贡等罪状，屈完说："没进贡包茅，这是我们的不是，以后一定进贡。"

屈完走后，齐国和诸侯联军又拔营前进，一直到达召陵。楚成王又派屈完去探问。齐桓公为了显示自己的军威，请屈完一起坐上车去看中原各路兵马。屈完一看，果然军容整齐，兵强马壮。齐桓公趾高气扬地对屈完说："你看，这样强大的兵马，谁能抵挡得了？"不料屈完不卑不亢地答："要是凭武力的话，我们楚国以方城（楚长城）做城墙，用汉水做壕沟，你们就是再来更多的军队，也未必打得进来。"齐桓公见屈完态度强硬，预料也未必能轻易打败楚国，而且楚国既然已经认了错，答应进贡包茅，也算有所得。就这样，中原八国诸侯和楚国一起在召陵订立了盟约，各自回国去了。屈完用"风马牛不相及"的比喻在道理上战胜了齐国。

齐桓公出迷谷——靠老马识途

大臣管仲、隰朋随齐桓公攻打孤竹，迷失道路。齐桓公与管仲并马而行，管仲对齐桓公说："臣很早就听说北方有一个旱海，是非常可怕的地方，恐怕就是这里了，不能再往前走了。"齐桓公急教传令收兵，然而队伍已前后失去了联系。管仲保护着桓公，调转马头，急忙往回走。随行的兵士，个个都敲金击鼓，一来是以此来摒除阴气，二来是使各队听到声音聚集过来。只见天昏地暗，东西南北，茫然不辨。不知走了多少路，且喜风息雾散，空中现出半轮新月。众将听到金鼓之声，追随而来，屯扎在一起。挨到天亮，检查人数，军队马匹七断八续，损失无数。管仲想到：马是一种方向感很强的动物，不管离开原来的地方多么遥远，它们都能够按照原路返回去。当他把这一想法告诉齐桓公时，齐桓公立刻欣喜若狂，于是急忙命令手下找来了几匹老马，让它们自由地在前面行走，并命令自己的军队跟着老马向前走。经过了一天的时间，老马终于将齐国的军队带出了迷谷，齐桓公和他的军队也因此逃过了一劫。齐军走出迷谷，没敢歇息，便连夜杀个回马枪，齐军毫不费力便攻占了孤竹。

齐桓公好服紫——上行下效

春秋时，齐桓公喜爱穿紫色衣服，结果整个国都的人全穿起紫色衣服来了。这时紫绸的价格比素绸高出五倍还多，这又使齐桓公担忧起来，他对相国管仲说："我爱穿紫衣，紫绸就贵得离奇，全城老百姓也都穿起紫衣来，我该怎么办呢？"管仲说道："您想扭转这种风气，何不试试自己不穿紫衣。您告诉臣下说：'我很厌恶紫色染料的气味。'在遇到穿紫衣来见您的臣下时，您一定说：'稍退后些，我厌恶紫色染料的气味。'"齐桓公说："好，就照你说的办。"这样一来，当天，宫中就没有一个穿紫衣的；第二天，整个都城都没有穿紫衣的；到第三天，整个齐国境内连一个穿紫衣的人也找不到了。

齐桓公患病——讳疾忌医

齐桓公：田齐桓公，田氏伐齐以后齐国第三位国君。因与"春秋五霸"之一的姜姓齐国的齐桓公小白相同，故称"田齐桓公"或"齐桓公午"；扁鹊：春秋战国时期名医，学医于长桑君。

隐瞒疾病，害怕医治。比喻掩饰自己的缺点、错误，不愿接受帮助改正。

有一次，名医扁鹊进宫拜见齐桓公。在说话的时候，扁鹊发现齐桓公的脸色不好，于是关切地问："大王最近是不是感到有些不舒服啊？我看您的脸色不太好，恐怕是病了。不过，您不用担心，您这病现在只是在表面上，很容易治好的。"齐桓公冷冷地对扁鹊说："我能有什么病？我身体很好。"扁鹊离开后，齐桓公对左右说："扁鹊不过是徒有虚名罢了。我明明身体很好，他却说我有病。"过了十天，扁鹊又来探望齐桓公。他对齐桓公说："您的病恶化了，已经深入肌肉，如果治疗及时还有救。"齐桓公觉得扁鹊是在危言耸听，并没把他的话放在心上。又过了十天，扁鹊看到齐桓公后，忍不住惊呼："大王，您已经病人肠胃，再不治疗恐怕性命不保啊！"齐桓公听到扁鹊说自己会死，气得说不出话来，把扁鹊轰了出去。

十天后，齐桓公出官，扁鹊看见了，远远就跑开了。齐桓公感到奇怪，不明白扁鹊为什么要躲他。于是命人把扁鹊找来问个究竟。扁鹊说："刚开始病在表面时，只用药热敷几次就好了；如果病到肌肉里，也可以用针灸治疗；再恶化到肠胃里，就得服用汤药，再加以静养，最终也能治好；如果病入骨髓，那就只有听天由命了。现在桓公的病已经深入骨髓，没有治愈的希望了。"又过了五天，齐桓公感到浑身疼痛难忍，急忙命人寻找扁鹊。可是扁鹊知道齐桓公的病已无药可治，早就离开了，没过多久，齐桓公就一命呜呼了。

齐桓公用管仲——不记前仇

东周时期，王室日渐衰落，出现了诸侯争霸的局面。齐襄公暴虐无道，公子小白怕遭杀害，就同他的恩师鲍叔牙等人来到莒国。公子纠也和师傅管仲一同去了鲁国。十一年后，齐襄公因荒淫而被杀。齐国失去了君主，大臣们就派人去迎接公子纠回国。

管仲担心公孙小白也回齐国，便亲自带人拦截。管仲兼程追上了公子小白，劝其不

过,乘其不备,对准公子小白射了一箭。管仲没想到,他那一箭射在公子小白衣服的带钩上,公子小白根本没有受伤。公子小白抢在公子纠之前回到齐国,即位当了国君,这就是齐桓公。齐桓公即位后,对鲍叔牙说:"你是我的恩师,辅助我即位有大功,我想拜你为相国。"鲍叔牙推辞说:"我实在没有这个才能,担不起这个重任,要寻求治国人才,我看只有管仲最合适不过了。"齐桓公很不高兴地说:"我与管仲有一箭之仇,怎能用他呢?"鲍叔牙劝说:"管仲为人老实忠厚,那时他是公子纠的师傅,他那样做正表现了他的忠心,现在我们治国安邦,正需要这样忠心耿耿的人。管仲如能归顺于您,定能为齐国做一番大事业!"齐桓公接受了建议,拜管仲为相国。这就是"齐桓公用管仲——不记前仇"的故事。

齐后巧破玉连环——聪明出众

公元前284年,燕国大将乐毅奉燕昭王之命率军伐齐报仇,攻下齐都临淄等七十余城。齐闵王逃到莒城,被楚将淖齿杀掉。太子法章为了避祸,隐姓埋名,投奔到太史敫家帮佣。太史敫的女儿看到法章气质不同常人,知道他一定很有来历,便时时关心他。两人很快产生了感情,私订终身。不久,齐国的将领田单用火牛阵击败了燕军,又乘胜收复了失地,并在莒城找到了法章,拥戴他回临淄继承了王位,是为齐襄王。齐襄王即位后,便把太史敫的女儿立为王后。不久,王后便生下了太子建。过了十九年齐襄王去世,太子建即位。太史敫的女儿便成太后,并实际上掌握了齐国的政权。

有一次,秦王派使者来齐国访问,送了一副玉连环给齐太后说:"齐国有很多聪明有才智的人,不知道有没有人能把这玉连环解开?"齐太后把这玉连环交给大臣们,问他们是否有人能解开?大臣们看到两只玉环相连,没有一丝缝隙,都表示无法解开。齐太后取回连环,又取来一把锥子,用锥柄把一只玉环敲破,两只玉环便解开了。齐太后对秦国的使者说:"我已经把玉连环解开,请向秦王转达我的谢意。"

齐姜劝丈夫——志在四方

春秋时,晋献公中了骊姬之计,杀了太子申生,公子重耳和夷吾分别逃亡到狄国和梁国。后来,晋献公死了,夷吾做了国君,他怕重耳回来争夺王位,就派人去杀重耳。于是重耳从狄国逃到了齐国。齐桓公对重耳以及追随他的赵衰、狐偃等人都十分优待,还把宗室姑娘齐姜嫁给了重耳。

重耳在齐国一住七年,日子过得非常舒服,他不想再回国去了。这时,齐桓公死了,齐孝公做了齐国国君,齐国开始衰弱。一天,赵衰、狐偃等人一起来到桑园秘密商议,要想办法让重耳离开齐国。不料,正巧齐姜的一个侍女在采桑叶时,把他们说的话全听去了。侍女立即把这件事告诉给齐姜。齐姜是个女中豪杰,她希望丈夫能做一番大事业,她害怕侍女泄露秘密,就把她杀了,然后对重耳说:"公子,你有远大的志向,我很高兴。你走吧!男子汉大丈夫总得做一番事业,留恋妻子和贪图安逸是没有出息的!"重耳听了说:"可是我并不打算离开你,离开齐国呀,我不走!"齐姜见重耳不想走,就和赵衰等人商量了一个计策,用酒把重耳灌醉后,把他送出了齐国。

后来,重耳在五十五岁的时候,终于回到晋国,当上了晋国的国君,史称晋文公,是为"春秋五霸"之一。

齐景公的爱子——孺子牛

原意是表示对子女的过分疼爱。后比喻心甘情愿为人民大众服务,无私奉献的人。

春秋时,齐景公是一个在位时间很长的国君。他一共有六个儿子,但他最喜爱的是小儿子孺子。孺子是齐景公的宠妃鬻姒所生,孺子聪明伶俐,活泼可爱,已到花甲之年的齐景公经常和孺子一起玩乐,孺子要他做什么,他就做什么。有一次,孺子要齐景公装作一条牛让他牵着玩,齐景公立即让人拿来一根绳子,把绳子的一头用牙齿咬住,把绳子的另一头让孺子牵着。孺子高兴极了,他便像牧童一样,牵着"牛"猛跑起来,齐景公也装着牛在后面跟着跑。跑着跑着,孺子一不留神,突然一脚跌倒。齐景公没有防备,咬着绳子的门牙竟被拽掉了一颗,顿时满嘴鲜血直流。齐景公顾不得自己的疼痛,连忙安慰孺子。

过了不久,齐景公病了,他立下遗嘱,要大臣国夏和高张辅助孺子继承王位。齐景公的长子阳生听说后,逃到了鲁国,孺子的其他几个兄长都被齐景公下令逐出京都。

齐景公死后,大臣陈僖子要立公子阳生,大臣鲍牧对陈僖子说:"难道你忘了先王因为做孺子牛而崩落一颗牙齿的事吗?你这是背叛先王遗命!"然而公子阳生早有准备,不久即位,是为齐悼公。齐悼公继位后,当天便下令把孺子杀了,过了不久,他因为鲍牧曾反对立他为君,便也寻了个借口,把鲍牧杀了。

齐人盗金——目中无人

很久以前的一天,齐国一个人想喝美酒、吃好饭菜,但是他却没有钱,于是他就穿好衣服去市场上盗金子。齐人在热闹的市场上看到一个金店,便大模大样地走了进去。他看见柜台上光芒万丈的黄金,就像饿狼一样扑了过去。金店的伙计都吓坏了,老板发现有人抢金子,就赶快喊伙计凑齐人。齐人被狠狠打了一顿后,被店主送到了官府。官府的人问他为什么这么大胆,当着许多人的面抢黄金。齐人回答说:"我抢黄金时眼里只有金子,没看见伙计。"

齐宣王赐药——好心办错事

有一天,艾子侍奉齐宣王的时候,脸上露出了忧郁的神色。宣王感到奇怪,就问他原因。艾子说:"我的孩子正在害病。我想把情况报告给您并请个假,但又想到您身旁没有商量国事的人,所以来朝见您;但我心里却是惦念着孩子。"宣王说:"你何不早说?我有一种很好的药方,你的孩子吃了它,病一下子就会好的。"说罢就向手下的人把药要来赐给艾子。艾子拜受了宣王的药物,并带回家给他的孩子吃了。然而孩子辰时吃下药,已时就死了。

几天后,艾子去见宣王,异常悲痛。宣王问明了缘故,便十分忧伤地说:"你死去了儿子,确实值得哀悼,现在我特地赐给你一些黄金,帮助你埋葬儿子。"艾子说:"我那没有成年就死去的孩子,不能承受您的赏赐;不过,我打算另外向您提出一个请求。"宣王问:"什么请求?"艾子说:"我只要求您赐给我几天前给我孩子的药方。"

齐威王猜谜语——一鸣惊人

战国时,有一个叫淳于髡的人,口才很好,常用一些有趣的隐语来规劝君主,使君王不但不生气,而且乐于接受。齐国的国君齐威王,本来是一个很有才智的君主。但是他即位后却沉迷于酒色，把一切正事都交给大臣去办理，自己则不闻不问。因此，齐国的朝政走不上正轨，官吏们贪污失职，再加上各国的诸侯也都趁机来侵犯，使得齐国处于濒临灭亡的边缘。

齐国的一些爱国之人都很担心，但却又畏惧齐威王，没有人敢出来劝谏。淳于髡便想了一个计策，准备找个机会来劝诫齐威王。有一天，淳于髡见到齐威王就对他说："大王，微臣有一个谜语想请您猜一猜。"齐威王一听很有兴趣，忙说："你说来听听。"淳于髡说："齐国有只大鸟，住在大王的宫廷中，已经整整三年了，可是它既不振翅飞翔，也不发声鸣叫，只是整日无所事事，大王您猜，这是一只什么鸟呢？"齐威王是一个聪明人，一听就知道淳于髡是在讽刺自己像那只大鸟一样，身为一国之尊，却毫无作为，只知道享乐。齐威王不想成为一个昏庸的君王，于是沉思了一会儿之后，便毅然决定要改过自新，振作起来做一番轰轰烈烈的事业，因此他对淳于髡说："嗯，这一只大鸟，你不知道，它不飞则已，一飞就会冲到天上去；它不鸣则已，一鸣就会惊动众人，你慢慢等着瞧吧！"

从此，齐威王不再沉迷于享乐，而开始整顿朝纲。首先，他召见全国的官吏，尽忠负责的就给予奖励；而对那些腐败无能的，则加以惩罚。结果全国上下很快就振作起来，到处充满蓬勃的朝气。另外，齐威王也着手加强国防建设，发展军事力量，提高国家的威望。各国诸侯听到这个消息后都很震惊，不但不敢再来侵犯，甚至还把原先侵占的土地都归还给了齐国。

齐威王的这一番作为，真可谓是"不鸣则已，一鸣惊人"！

齐威王高价征求意见——门庭若市

战国时期，齐国的相国邹忌，身材高大容貌端庄。他为劝说齐威王放开言路，鼓励群臣进谏，就给齐威王讲了这样一个故事：一天早晨，他穿好朝服，戴好帽子，对着镜子端详一番，然后问他的妻子："我和城北徐公比较起来，谁长得英俊？""你英俊极了，徐公怎么比得上你呢？"妻子说。徐公是齐国出名的美男子，邹忌听了妻子的话，并不相信自己比徐公英俊，于是他又去问他的爱妾，爱妾回答说："徐公怎能比得上你呢？"第二天，邹忌家中来了一位客人，邹忌又问客人，客人说："徐公哪有你这样俊美呢？"过了几天，正巧徐公到邹忌家来拜访，邹忌便乘机仔细打量徐公，拿他和自己比较。结果，邹忌发现自己实在没有徐公漂亮。于是，他对齐威王说："我本来不如徐公漂亮，但妻、妾、客人都说我比他漂亮，这是因为妻偏护我，妾畏惧我，客人有求于我，所以他们都恭维我，不说真话。而我们齐国地方这么大，宫中上下谁不偏护您，满朝文武谁不畏惧您，全国百姓谁不希望得到您的关怀，看来恭维您的人一定更多，您一定被蒙蔽得非常严重了！大王如能开诚布公地征求意见，一定对国家有益。"

齐威王听了，觉得很有道理，立刻下令说："无论是谁，能当面指出我过失的，给上赏；上奏章规劝我的，给中赏；在朝廷或街市中议论我的过失，并传到我耳中的，给下赏！"命令一下，众人都去进谏，一时川流不息，朝廷门口每天像市场一样热闹。

齐威王执政——赏罚分明

战国时，齐威王召见即墨大夫，说："自从你到即墨任职后，说你坏话的人很多，几乎每天我都能听到，我曾派人去视察过即墨，那儿农民富裕，百姓自给自足，官员们都奉公守法,日子过得很不错。可为什么说你坏话的人那么多呢?这是因为你不巴结我身边的亲信,以求得他们的帮助。"齐威王赞扬即墨大夫的行为,并赐他更高的俸禄。又有一天,齐威王召见阿地大夫,说:"自从你到阿这个地方任职,赞扬你的话天天传到我的耳朵里,我派人到阿视察过,那儿田野荒凉,没人开垦,百姓贫困饥饿,到处都有讨饭的。赵国攻打鄄时,你不去营救,卫国攻打薛陵时,你又故作不知,你的罪过这么严重,可为什么赞扬你的话却那么多呢?这是因为你用重金贿赂我身边的亲信,来求取荣誉!"于是,齐威王下令处死了阿地大夫。

人们见齐威王赏罚分明都感叹地说:"偏听偏信,不做实际调查,往往会判断不明,贻误大事。领导者能不凭一言半语做结论,不因谄媚捧场而蒙住眼睛,这很不容易啊!有道是赏罚分明,风气就正,风气正才能深得民心,深得民心国家才能富强啊!"人们根据这个故事,流传下了"齐威王执政——赏罚分明"这一歇后语。

骑马不用鞭子——拍马屁

不顾客观实际,专门谄媚奉承、讨好别人的行为。

明朝的宦官魏忠贤,有一套高超的驯马本领。有一年重阳节赛马,天启皇帝身穿龙袍,端坐在车上,百官相随来到赛马场。随着三声炮响,几百匹马像离了弦的箭,直往前蹿。马上的武官精神抖擞,高举马鞭往马背上抽打,"噼噼啪啪"声响成了一片。魏忠贤认为这正是利用自己的驯马本领来讨皇上欢心的机会。待炮声响后魏志贤起身上马,他不挥鞭抽马,而是在马屁股上轻轻拍了三下。就见那马四蹄腾空直往前追,刹那间就超过了前面的数百匹快马,文武百官看了以后,都连连赞叹:"神马!神马呀!"顿时全场沸腾,人人称奇。天启皇帝问魏忠贤为何不用鞭子就能取胜。魏忠贤说:"我只是熟知马性,要马跑得快不能打,只要在马的屁股上拍三下就行了,驾马妙招就是'拍马屁'。"

天启皇帝笑着说:"你能知牲畜灵性,顺其性而驾之,定是大才大器。"魏忠贤熟知马性,又能揣摩皇帝的心思,百官都认为他前途无量。果然,魏忠贤受到皇上的宠爱,显赫一时。百姓们都说这都是他"拍马屁"拍来的,民间也就有了"拍马屁"这个词。

骑驴看唱本——走着瞧

本指边走边看,现指事情结局如何,等着看以后发展变化。

从前有两个人,一个叫张三,是个唱戏的。一个叫李四,是个贩卖粮食的商人。他们是邻居,也是好朋友,但后来却因为一件小事闹得很不愉快,于是两人反目成仇。

这一天,张三骑着毛驴打算进城唱戏,他一边看着唱本,一边练习着。忽然听到身后传来一阵急促的马蹄声,原来李四进城卖粮。李四像往常碰见张三一样将头抬得高高的,轻蔑地从张三身边走过。可李四没走几步,就听见张三的声音:"你的麦子撒出来了,你最好先停下来检查一下。"张三说完就又低头看他的唱本。李四听了张三的话,连头都没有回,说:"我愿意让它撒,你管得着吗?还是管好你自己吧。"其实,李四虽然嘴硬,他偷偷地看了看粮食袋,发现麦子果真漏了出来,不过,无论如何都不能领张三的情。李四心里想:前面不远处就是一个岔道口,我一会儿向东走,晚点进城,避开张三那就好了。可是到了岔路口,张三偏偏跟着李四往东走,这可把李四急坏了,他气呼呼地问:"张三,你跟着我到底想干什么?"张三见了回答说:"你这人真是奇怪!我在看我的唱本,碍着你什么事了?""那看唱本也不用一直跟着我走啊!"李四真的急了。"走着瞧呗!"张三看着唱本,头也不抬地回答说。

又走了一阵儿,李四马身上驮的一袋粮食全部都漏空了,这样一来,由于失去了平衡,另一袋粮食也从马背上掉了下来。看着掉在地上的粮食,李四恨得咬牙切齿,但他只能忍气吞声。这时张三忽然调转驴头,向进城的方向走去,他好像什么也没看见似的,眼睛继续盯着手中的唱本,哼着自己的小曲,慢慢地进城去了。

骑驴看唱本

杞人忧天——自寻烦恼

古时杞国有一个人,整天担心天塌地崩,自己没有地方可以藏身,愁得觉也睡不着,饭也吃不下。有一个人,看杞人这样担心,不禁为他忧虑,因此开导他说:"天无非是一大团气罢了,没有一个地方没有气。你一举一动,一呼一吸,整天都在天的中间。哪里用得着怕它塌下来呢?"杞人说:"假如天当真是一大团气,那么太阳、月亮和星辰,不会掉下来吗?"开导他的人说:"太阳、月亮和星辰,也不过是有光的气团,即便掉下来,也不会打中人,更不会打伤人的。"杞人说:"可是地崩了怎么办呢?"开导他的人说:"地无非是泥土、石块罢了,四面八方,都堆积着泥土、石块,没有一点儿空隙。你行走跳跃,整天都在地上行动,哪里用得着怕地崩呢?"杞人听了,才高高兴兴地放下心来,开导他的人也很高兴。

祁黄羊举贤——大公无私

春秋时期,晋平公有一次问祁黄羊说:"南阳县缺个县令,你看,应该派谁去当比较合适呢?"祁黄羊毫不迟疑地回答说:"叫解狐去最合适。他一定能够胜任的!"平公惊奇地问他:"解狐不是你的仇人吗?你为什么还要推荐他呢!"祁黄羊说:"您只问我什么人能够胜任,谁最合适,并没有问我解狐是不是我的仇人呀!"于是,平公就派解狐到南阳县任县令。解狐到任后,替南阳当地的人办了不少好事,大家都称颂解狐。

过了一些日子,平公又问祁黄羊说:"现在朝廷里缺少一个法官。你看,谁能胜任这个职位呢?"祁黄羊说:"祁午能够胜任。"平公又奇怪起来了,问:"祁午不是你的儿子吗?你怎么推荐你的儿子,不怕别人讲闲话吗?"祁黄羊说:"您只问我谁可以胜任,所以我推荐了他,您并没问我祁午是不是我的儿子呀!"于是,平公就派了祁午去做法官。祁午做法官后,替人们办了许多好事,深受人们的欢迎和爱戴。

孔子听到这两件事,十分称赞祁黄羊。孔子说:"祁黄羊说得太好了!他推荐人,完全是拿才能做标准,绝对不会因为他是自己的仇人,就存心偏见,便不推荐他;也绝对不因为他是自己的儿子,怕人议论,便不推荐他。像黄祁羊这样的人,才够得上说'大公无私'!"

千里送鹅毛——礼轻情意重

比喻礼物虽然轻微但情意深重。

唐贞观年间,大唐帝国国力空前强盛,周边国家岁岁来朝,年年纳贡。有一年,大理国王派使臣缅伯高向大唐进贡,贡品是一只世间稀有的白天鹅。缅伯高用金丝笼子装着白天鹅晓行夜宿。这天,缅伯高来到湖北沔阳湖,看到一个清澈见底的湖,不觉喜出望外。他想给白天鹅喝点水,洗洗澡,以解暑热。想罢,他打开金丝笼,突然"扑通"一声,白天鹅趁机挣脱,展翅高飞了。慌乱中,缅伯高只抓到一根洁白的鹅毛。

这下糟了,白天鹅飞了,贡品丢了。进京不能面见大唐皇帝,回大理也无法向国王交代,缅伯高后悔不已。缅伯高突然想到,将抓到的鹅毛献给唐太宗,陈述实情,或许能得到他的谅解。

到了京城,缅伯高将红绸包裹的贡品呈上,唐太宗打开一看,红绸包里只有一根洁白的鹅毛和一首诗。诗曰:

天鹅贡唐朝,山高路途遥。

沔阳湖失宝,倒地哭号啕。

上奏唐天子,可饶缅伯高。

礼轻情意重,千里送鹅毛。

唐太宗看过鹅毛和诗句,又见缅伯高长跪不起,便收下了那根鹅毛,大度地说:"大唐幅员辽阔,不乏珍禽异兽。大理进贡天鹅,是向大唐表达和睦友好的诚意。没有了天鹅,你千里迢迢送一根鹅毛也不容易。收到的岂止是一根鹅毛?收到的是人心,是诚意。"随后,唐太宗设宴热情地款待缅伯高。缅伯高见唐太宗如此宽厚,感动不已,完成使命后,带着唐太宗馈赠的中原特产,高兴地回去了。

人们就根据这个趣事编成了歇后语"千里送鹅毛——礼轻情义重"。

千年的古松——盘根错节

东汉时期,有个读书人名叫虞诩,他从小是个孤儿,由祖母把他抚养长大。虞诩为了报答祖母的恩情,一直侍奉祖母以九十岁高龄去世后,才应太尉李修的聘请到他府里任职。

这时,匈奴和西羌突然入侵,北方的并州和西方的凉州同时受到严重的威胁。大将军邓骘认为与其兵分两地驻守,分散实力,还不如把兵力集中防守并州而弃凉州,朝廷中不少大臣也附和邓骘的意见。只有虞诩独排众议,他对太尉李修提出自己的看法:"凉州的百姓不但熟习军事,而且个个英勇善战;西羌之所以不敢入侵关中,也是因为畏惧凉州的百姓,而凉州百姓一向认为自己是大汉的一脉,才义无反顾地牺牲一切来捍卫国家。今天如果依照邓将军的意见,舍弃凉州,那对整个局势恐怕只有害处而没有好处吧!"邓骘听了虞诩的意见,认为虞诩是故意和自己作对,怀恨在心,一直想找机会进行报复。

过了没有多久,朝歌发生民变,常常有地方官吏被杀的事情发生,朝廷虽然一再派兵去镇压,却始终无法平息。邓骘看到这是一个很好的机会,便找了个理由,把虞诩调去当朝歌的县令。虞诩的亲朋好友知道后,都很为他担心,认为他这次去一定凶多吉少,没有一个不替他抱不平的。可是虞诩却很有信心地笑着说:"一个有抱负、有志气的人绝不会避开困难的事而专门去找容易的事来做。这就像我们在砍树时,如果不遇到千年古松坚硬牢固的盘根错节,就显不出斧头的锋利一样。我去出任朝歌县令,又有什么可怕的呢?"后来,虞诩到了朝歌,很快表现出出色的政治才能,平息了当地官民之间的纠纷和动乱。朝廷认为虞诩有将帅之才,把他升为武都太守。不久以后,虞诩又率兵大破西羌,为国家立下汗马功劳,官至尚书仆射。

牵秀说大话——激浊扬清

西晋时,有个名叫牵秀的文人,有才气,得到皇帝的赏识,被封为皇帝的侍从官。牵秀曾经大言不惭地说:"如果我当宰相,负起督察百官的职责,一定能惩恶奖善,激浊扬清;如果担任军队的统帅,一定能打败任何敌人,建立不朽的功勋。"

然而事实并非如此,在牵秀担任尚书的要职时,西晋皇族之间发生争夺皇位的"八王之乱",牵秀非但没能稳定朝政,反而为虎作伥。牵秀曾先为长沙王司马乂效力,司马乂被杀;他又投靠成都王司马颖。后来,河间王司马颙把持朝政后,他又投靠河间王,当上了河间王的平北将军。司马颙被东海王司马越打败后,牵秀也被司马颙的部属杀死。但牵秀所说"激浊扬清"的话,却流传下来。

前事不忘——后事之师

春秋末年,晋国的大权落到智、赵、魏、韩四卿手中,后四卿联合攻打晋定公。晋定公出逃,病死。不久,晋哀公即位,智卿智伯独揽大权,智伯联合魏桓子、韩康子,出兵攻打赵襄子。赵襄子采用谋士张孟谈的计谋,派人暗中做韩、魏的工作,向他们说明,如果自己灭亡,那么对韩、魏也十分不利。后来,韩、魏与赵联合起来,放水夜袭智伯军队,一举获胜,生擒智伯。

张孟谈协助赵襄子大功告成之后,就向赵襄子辞行。他说:"凡能统治天下的君主,一定要能够驾驭臣子,而绝不能反过来让臣子驾驭自己。现在,我名声显赫,身价很高,权力很大,大家都信服我。我愿意抛弃功名,丢掉权力,离开大家。"赵襄子听了这话,很不高兴,他说:"我听说辅助君主的人,才能名声显赫;功劳多的,才能身价高;对国家大事负责的,才能委以重任;自己忠义诚实,才能使众人信服。你正是国家所需要的人才,为什么要辞官呢?"张孟谈回答说:"您所说的是一个臣子应该做到的,而我所说的,是巩固君主政权的道理。我看到,历史上臣子的权力如果和君主的权力相等,总是没有好结果的。不忘记以前的事情,就是处理以后事情的准则。您即使不同意我辞行,我也不可能再帮助您办事了。"赵襄子无奈,只好同意。于是,张孟谈便弃官务农,安享晚年。

钱财如粪土——仁义值千金

不看重钱财,而看重仁义。

从前有两个乞丐,一个叫"钱财",一个叫"仁义"。这一天,两人在南门塔会了面,仁义带了一床破絮,钱财是个大骗子。第二天,钱财骗走了仁义的棉絮,夜里仁义只得靠在别人家的墙角。一天夜里,仁义听到有响声,伸头一瞧,八仙在聊天。原来是皇帝的公主病了。铁拐李说:"壕塘的塘埂子底下有一个乌龟精,要一百人挑水,一百人挖,提出它后杀死、烤干、冲水喝,公主的病就好了。"第二天一大早,仁义就跑到皇宫里去,按方给公主

治病,不久公主就好了。仁义被皇帝封为八府巡按。

这一天,仁义坐轿从街上过,他老远就看见桥边下的乞丐,走近一看,正是钱财。仁义马上叫人把钱财请来,两人一同回府。回到府中,仁义热情款待了钱财。钱财心里有鬼,是他把仁义的一床破棉絮拐跑了,仁义不但不怪他,还以兄弟相待。钱财不思反悔,又动歪心思。这天,钱财问仁义:"兄弟,你是怎样发达的呢?"仁义就把在草堆里听到八仙说话,治好公主的病的事都说了。钱财一听就坐不住了,按仁义的话,找到仁义说的那一大堆草,钱财一下子钻进去,趴在里面,一心等八仙来。等到半夜,还不见八仙的影子,钱财忽然听到铜钱掉在地上的响声,打火找钱,一下子把草堆烧着了。周围都着了火,钱财被活活地烧死了。

后来的人说"钱财如粪土——仁义值千金",指的就是这回事。

乾坤蛇药方——天下无双

形容超群出众,世间再没有第二个。

传说,从前广东湛江有一位老中医,他有三个儿子。有一天,老中医把三个儿子叫到屋里,对他们说:"我已经老了,身体也不好,有件事情得对你们说了。咱家有件传家宝,你们知道吗?"三个儿子一听说是传家宝,都好奇地问:"爹,什么传家宝呀?快拿出来给我们看看吧!"老中医从柜里捧出一个铁匣子,从里面取出黄绸布铺在桌上。三个儿子一看,原来是一张药方,绸布的右上角,写着一个"坤"字,旁边还有"乾坤神方,天下无双"八个大字。老中医指着药方说:"这就是咱家的传家宝,治蛇咬的'坤'字方。可惜它只有一个单方,如能找到那'乾'字方,两方合在一起,就是一剂天下无双的神药方!"大儿子和二儿子听到这里,不感兴趣,转身走了。老中医长长叹了一口气,又把秘方放回原处。三儿子小季见爹很失望,忙说:"爹,教我学医吧,我定能找到那'乾'字方!"老中医答应了。

不久,老中医突然中风去世。丧事刚过,两个哥哥就为分遗产的事翻了脸,小季不声不响,捧着"传家宝"离家找"乾"字方去了。小季一边找"乾"字方,一边积德行善,为人治病,历经千辛万苦,最后终于在湛江一位和尚手里找到了"乾"字方,"坤"字方和"乾"字方终于合璧了。于是小季串村走乡,专治蛇伤。乾坤复方蛇药很灵验,消肿去腐,片刻就愈。于是"乾坤蛇药方——天下无双"就传开了。

乾隆的转心瓶——里外都好看

传说,有一次乾隆南巡来到江西景德镇。这天,乾隆乔装后一个人上街散步,走进一家酒馆。正巧一个老瓷工走了进来,坐在乾隆旁边要了一个菜一壶酒也喝了起来。两人一边喝酒一边聊天,乾隆说:"景德镇瓷器好是好,可惜美中不足是没有会动的。"老瓷工听乾隆这么一说没话说了。乾隆见他很不好意思,又说:"可也是,这瓷器是泥巴做的,火里烧的,叫它会动难哪!"老瓷工听了只好不住地点头。正在这时,乾隆随侍官员赶来,众人才知是乾隆到此。老瓷工见这个商人打扮的客人,原来是当今皇上,便对乾隆说:"您喜欢能动的瓷器,小民一定想办法做出来奉献给您。"

几个月过去了,有人向乾隆敬献瓷瓶。乾隆接过瓷瓶一看,只见这个瓷瓶分内外两层,外层雕刻得玲珑剔透,留有几个由各色图案纹样镂空的孔窗,透过孔窗,可见内层瓷瓶上描绘的山水图案,真是里外都好看。原来,这瓷瓶的底盘是一根可以转动的轴心,只要轻轻一吹,里面的花瓶就会徐徐转动,所以叫它"转心瓶"。乾隆自得到"转心瓶"后,视若珍宝,一有空闲就拿出来观赏。所以后来有"乾隆的转心瓶——里外都好看"一说。

乾隆劝架——不看僧面看佛面

传说,清乾隆皇帝身边有刘墉、和珅两位大臣。刘墉认为和珅无功官居高位,心里很是不服。和珅看不起刘墉,二人遇事就争,矛盾越来越大。乾隆千方百计地想办法给二位大臣调解,让他们言归于好。一天,乾隆把刘墉、和珅拉到御花园散步。刘墉、和珅知道皇帝是想要劝说他俩言归于好,二人默默不语,横眉冷对。乾隆说:"二位爱卿,今日陪我游玩,何不以水为题各赋诗一首,以助游兴!"刘墉见一水鸟飞过湖面,落在湖中假山石头下,便吟道:

有水念溪,无水也念奚,

单奚落鸟变为鸡。

得食的狐狸欢如虎,

落魄的凤凰不如鸡。

乾隆一听这是在讽刺和坤是"得食的狐狸"呀,预示他不会有好下场。和珅听了很是不高兴,马上吟道:

有水念湘,无水也念相,

雨落相上便为霜。

自家各扫门前雪,

哪管他人瓦上霜。

乾隆一听,这明明是讽刺刘墉多管闲事。刘、和二人翻了脸,便争吵起来。乾隆劝说道:

有水念清,无水也念青,

爱卿共协力,同心便为情。

不看僧面看佛面,

不看孤情看水情。

刘墉、和珅听了乾隆的诗,感到很惭愧。二人忙跪在乾隆面前认错,愿同心协力为朝廷出力。

从此,"乾隆劝架——不看僧面看佛面",便当做一个佳话传开了。

黔敖施舍——嗟来之食

指带有侮辱性的或不怀好意的施舍。

战国时期,有一年齐国发生了一次严重的灾荒。国内民穷粮缺,一大批穷人缺粮少食被活活饿死,活着的人也饿得奄奄待毙。这时,一位叫黔敖的贵族奴隶主,想发点"善心"。每天一早,他便在大路旁摆上一些食物,等着饿肚子的穷人经过,便施舍给他们,以显示他的"仁慈"。一天,一个饿得不成样子的人走过来。黔敖看到后,便拿起食物,傲慢地吆喝道:"喂!来吃吧!"他以为那个饿汉会对他感恩不尽,感谢他的好意和慷慨。可那个饿汉轻蔑地瞪了黔敖一眼,说:"我就因为不吃这种'嗟来之食',才饿成这个样子的。

你以为一个人为了食物,就会抛弃自己的尊严,接受这种侮辱性的施舍吗?你还是收起你那假仁假义的一套吧!"说完,饿汉扭头离去。

黔驴之技——没有多大本事

形容只有一点儿本领。

据说,古时贵州没有驴。有个商人从外地运来一头驴子,但贵州多山,用不上驴子,商人只好把它放养在山脚下。有一天,一只老虎从山上下来觅食,一见到这头又高又大的驴,还以为是神怪,就匆忙躲到林子里偷偷打量它。后来,又小心翼翼地走出树林,近距离观察驴,却始终没有弄清楚它到底是什么东西。

有一天,驴见老虎走近了,突然大叫一声,吓得老虎转身就逃,老虎以为驴要吃它。但随后老虎又跑回来看驴,发现除了大叫以外,驴也没什么特别的举动。慢慢地,老虎习惯了驴的叫声,又向驴靠近,在它身旁来回走动,但还不敢捕捉它。接着老虎又挨近了一些,进一步对驴进行试探。驴禁不住发起脾气,用后蹄踢了老虎一脚。老虎十分高兴,心想:"原来这家伙只有这点本事!"继而大吼一声,直向驴猛扑过去,一口咬断驴的喉咙,美餐了一顿,才回到山上。

桥玄捉强盗——百折不挠

不论经受多少挫折,也绝不动摇,不屈服。形容意志坚强、刚毅。

桥玄性情刚直,疾恶如仇,敢于同坏人坏事做斗争。桥玄年轻的时候,在睢阳当功曹。有一次,豫州刺史周景来到睢阳,桥玄向周景揭发了豫州"陈国相"羊昌的罪恶,请求周景派他去查办。周景同意后,桥玄首先把羊昌的宾客全部抓起来,然后详细调查羊昌的罪行。羊昌的靠山、当朝大将军梁冀知道这个消息后,派人飞马传来檄文搭救羊昌,周景也接到圣旨,要他召回桥玄。桥玄退还檄文,更加抓紧办案,终于使羊昌受到惩罚。桥玄也由此出名。汉灵帝时,桥玄任尚书令,他掌握了太中大夫盖升在做南阳太守时大肆收受贿赂、大肆敛集财富的事实,就向汉灵帝上奏,要求罢免盖升,抄没他的财产。然而,汉灵帝不但不查办盖升,反而升了盖升的官。桥玄于是托病辞职,回了老家。

桥玄在京城任职的时候,有一次,他十岁的小儿子在门口玩耍,突然有三个强盗劫持了孩子,冲到楼上,向桥玄勒索财物。消息传开,校尉阳球带兵包围了桥玄的家。阳球等怕动手时伤了孩子,不敢进攻,桥玄大声喝道:"强盗无法无天,难道能为了我的孩子而放纵这些恶贼吗!"桥玄催促阳球等发动进攻,强盗被杀死了,他的小儿也因此丧生。

桥玄死时,家里没有什么遗产,殡葬也非常简单。他坚毅果断、勇往直前的精神,受到人们的赞扬。东汉著名文学家蔡邕在《太尉桥玄碑》中说:"他的性情严肃,嫉恨奢华,崇尚俭朴,有百折不挠、在重大原则问题上绝不改变自己的意志的气概。"

瞧着公输刻凤凰——评头品足

比喻对人对事说长道短,多方挑剔。

古代有一位有名的匠人叫公输,据说他是木匠的祖师,又是雕刻的能手。有一次,公输要刻一个凤凰,这引起了大家的注意。雕刻那一天,远近前来观看的人特别多,把公输的屋子挤得满满的。有的人是来欣赏公输手下的凤凰,有的人是来学习公输的技巧的,有的人是出于好奇心抱着猎奇思想来的,也有的人纯粹是来看热闹的。公输聚精会神地一刀一刀地雕刻,好像没有看见围观的人。周围的人也都屏声息气、目不转睛地盯着公输那双灵巧的手,盼望着他手里的凤凰能尽快地展现出来。不一会儿,凤凰的头显露出来了。可是脚爪还没有伸出来,羽毛还没有长出来,人们却开始纷纷议论。有人说:"咳,你看那头顶,哪里像凤凰,简直像仙鹤!"有人说:"咳!你看那身子,哪里像凤凰,活像一只老鹰!"有人说:"哎呀!这也是凤凰吗?你说它是野鸭子,人们也会相信的!"公输还是一声不响地刻,他似乎没有听到这些讽刺的话。大家哄笑了一阵,就散去了。

最后,凤凰终于在公输的手里雕刻出来了。只见它那美丽的头顶好像是高空的云朵;鲜红的脚爪放射着光芒;翠绿色的双翼伸展开来,像在绕梁飞翔。散去了的人们又都聚拢回来,围着公输,说着各种赞美的话。公输刻凤凰,不受那些评头品足的干扰,终于把艺术品最后完成了,后来就传出了"瞧着公输刻凤凰——评头品足"的歇后语。

巧八哥学舌——人云亦云

形容只会随声附和,没有主见。

很久以前,有一个对读书学习十分厌恶的人,总是装作自己很有才学。有一天,他听到有人说秦始皇是个暴君,所以才会焚书坑儒。他连忙说那个人说得对,秦始皇就是一个暴君。几天之后,他又听到另一个人赞扬秦始皇有功绩,因为秦始皇经过努力使中国得到了统一了全国。他又连忙说这个人说得对,秦始皇的确有巨大的功绩。听了他的话,有人觉得很奇怪,于是就对他说:"你这是巧八哥学舌——人云亦云,没有自己的主见,别人说什么你也跟着说什么!"

巧妇去做无米之炊——难办

比喻如果基本条件不具备,再有本领的人也办不成事。

宋朝有个官吏叫晏景初,有一天他带了不少随从到寺庙游玩,吵吵嚷嚷玩了一天,还想在庙里住下来。寺庙的住持和尚是个耿直的人,不愿奉承官吏,就推辞说:"我们的庙很小、很穷,房子破破烂烂,怎么能留贵客住呢?"晏景初说:"你是个很有办法的人,一定会想法子让我们住下来的。"和尚说:"巧妇安能做无面汤饼乎?"终是不肯答应,晏景初只好灰溜溜地赶黑路走回去了。

后人把"巧妇安能做无面汤饼"演变成"巧妇难为无米之炊"。

秦二世滥杀无辜——人人自危

人人都感到自己处境危险。

秦始皇晚年时到会稽游玩,小儿子胡亥、丞相李斯、中车府令赵高随行。七月,秦始皇到沙丘时,得了重病。他写信给领兵驻扎在边境的大儿子扶苏,让扶苏立刻赶回都城咸阳,主持丧事。赵高和胡亥合谋,伪造了一道遗诏,说秦始皇立胡亥为太子,让胡亥继位。丞相李斯起先不同意,后来在赵高的威逼利诱下,也被迫同意了。接着,赵高又伪造另一道诏书,令扶苏自杀,并派人夺了与扶苏一起镇守边境的大将蒙恬的兵权,也逼其自杀。经过一番阴谋活动,胡亥当上了皇帝,称为秦二世。赵高当上了郎中令。从此,朝政大权便全落到了赵高手里。

秦二世非常昏庸暴虐，他害怕别人识破他与赵高的阴谋，赵高建议他采用严刑酷法，把那些老臣全部除掉，用新人来代替他们。秦二世听后，把十二个公子在咸阳市斩首，把十个公主用裂碎肢体的酷刑杀害了。因受牵连而被杀害的人更是不计其数，弄得上上下下异常恐怖，人人感到危险，朝廷一片混乱。秦二世和赵高用这种残酷的手段屠戮亲族和大臣，对老百姓更是凶狠残暴。广大人民的生活痛苦不堪，忍无可忍，这终于激起了广大人民的反抗。不久，陈胜、吴广率领民众在大泽乡揭竿而起，举行起义。仅三年后，秦王朝便被起义军推翻。

秦国攻打赵国——不遗余力

不留下一点剩余的力量。指毫无保留地使出所有力量，即竭尽全力。

秦王派大将白起，在赵国的长平一举击败了由赵括率领的四十万赵军。秦王乘机要挟赵王，要赵国割让六座城池给秦国，作为讲和的条件。赵王连忙招来大将楼昌和上卿虞卿商量对策，说："长平一战，我们吃了败仗，我想带领全部人马与秦军决一死战，你们看怎样？""这样做没用，还是派亲信使臣去讲和为好。"楼昌说。虞卿不同意楼昌的主张，向赵王说："大王，这次秦国究竟是想消灭我们赵国军队呢，还是打一打就回去？"赵王说："秦国这次出动了全部军事力量，不遗余力地来攻打我们，当然是打算消灭我们军队的。""那么，我们应该带着贵重的礼物到楚国、魏国去。他们贪图财物，一定会接待我们。这样，秦国以为我们在实行'合纵'的策略，就会恐慌，就会同我们讲和。"虞卿说。可是赵王不听虞卿的劝告，还是派了使者去秦国求和。

虞卿听说此事，就对赵王说："这次求和肯定不会成功，因为秦王和秦相范雎一定会把赵国求和的事情宣扬开来，让各国都知道。楚国和魏国以为赵、秦讲和了，就不会来援助赵国。秦国看到无人来救赵，那么也就不再需要与赵国讲和了。"果然不出虞卿所料，赵国求和不但没有成功，都城邯郸又被秦军围困。最后，赵王只得亲自去秦国，订立了对赵国十分不利的和约，遭到天下人的耻笑。

秦桧请道士传话——东窗事发

比喻阴谋或罪行已经败露。

南宋时期，宋金两国战火连年，南宋宰相秦桧，竭力主张投降。秦桧感到岳飞是实现对金议和的最大障碍，便指使人诬告岳飞谋反，把岳飞逮捕入狱。但是，岳飞宁死不屈，不肯招认，秦桧无法将他定罪。秦桧和他的老婆王氏在卧室东窗之下密谋对策，王氏阴险地说："纵虎容易擒虎难。如果现在不想办法给岳飞治死，将来后患无穷！"秦桧觉得王氏的话很对，便不顾一切地给岳飞治罪。他授意谏议大夫伪造证据，将岳飞和其子岳云、部将张宪诬陷成罪，并以莫须有的罪名，把岳飞父子杀害。

秦桧过了不久便死了。又没过多少日子，秦桧的儿子秦熺也死了。王氏心神不宁，便请来一个道士作法。据说那道士在阴间见到了秦熺，道士看见秦熺头颈上套着沉重的铁枷，便问道："你父亲在什么地方？""在酆都地狱。"秦熺答道道士赶到酆都，果然看到秦桧戴着铁枷受着各种痛苦的刑罚。临走时，道士问秦桧要带什么话给王氏。秦桧哭丧着脸说："烦请带话给我夫人，就说东窗事发了。"道士回到阳世后，把秦桧的话告诉给王氏，王氏吓呆了，不久她也在惊吓与忧郁中死去。

歇后语"秦桧请道士传话——东窗事发"即是据此而来。

秦桧杀岳飞——罪名莫须有

指捏造罪名,陷害别人;或用以指冤狱。

南宋的抗金名将岳飞,一生精忠报国,岳飞的军队打起仗来战无不胜,攻无不克,岳飞率领的军队纪律严明,岳飞本人也爱民如子,所以老百姓都亲切地称岳飞的军队叫"岳家军"。

岳飞在抵抗金国统帅完颜兀术南侵的过程中,在开封西南的朱仙镇打了一个大胜仗。正在这时,南宋朝廷以求和苟安为国策的高宗、秦桧却派人连发十二道金牌,命令岳飞率军撤退。高宗一次次地求和使得岳飞非常气愤,他再次向高宗上书,请求出兵北伐,并亲自写了"还我河山"四个大字表达自己的抗金主张。金国得知后,重金收买秦桧。

秦桧先夺了岳飞的兵权,然后又伙同张俊等人给岳飞制造了"谋反"的罪名,将岳飞关入大理寺。秦桧亲自到监狱里诱骗岳飞,说只要他承认罪名,就可以保他不死,但岳飞是一个光明磊落的人,他虽然经历了严刑拷打,仍丝毫不屈服,也不接受秦桧提出的可耻条件。秦桧等人审理了很长时间也没有找到岳飞谋反的证据。这时,宋朝的另一位抗金名将韩世忠去质问秦桧,秦桧只得支支吾吾地说:"岳飞父子和大将张宪通信的内容虽然不详,但是他们的罪名或许会有吧(也就是'莫须有')?"韩世忠听了秦桧的话,愤慨地说:"'莫须有'三个字,又怎么能使天下的人信服呢?"但是这些都没有用,高宗、秦桧等人杀岳飞的决心已定,任何人也无法改变了。最后,抗金名将岳飞在杭州大理寺狱中被杀害,其子岳云及大将张宪被斩于临安闹市。

后来,人们根据这个故事,编成了歇后语"秦桧杀岳飞——罪名莫须有"。

秦琼卖马——背时

比喻人处于穷困、窘迫的境地。

隋朝末年,秦琼在潞州落了难,穷得连住店钱也付不出,先是典当了随身的兵器金装锏,后来实在没有办法,就要把自己的坐骑黄骠马卖掉。人在倒霉的时候,样样不遂心,秦琼的马却没有人要。此时,秦琼遇见了一位卖柴的老者,老者动了同情心,指引秦琼说:"这西门十五里外,有个二贤庄,庄上主人姓单号雄信,排行第二,人称他为二员外,他常买好马送朋友。"秦琼久闻单雄信的大名,就由这位老者介绍,到了二贤庄,与单二员外见面。秦琼羞于说出自己的真名实姓,只称姓王,领了马钱便走了。后来单雄信得知后,四处寻找秦琼,二位英雄终得相知,二人结下了深厚的兄弟情谊。

秦始皇焚书坑儒——读书人遭殃

焚毁书籍,坑杀书生。比喻对文化和文化人的摧残。

在秦始皇三十四年(公元前213年),博士齐人淳于越反对当时实行的"郡县制",要求根据古制,分封子弟。丞相李斯加以驳斥,并主张禁止百姓以古非今,以私学诽谤朝政。秦始皇采纳李斯的建议,下令焚烧《秦记》以外的列国史记,对不属于博士馆的私藏《诗》《书》等也限期交出烧毁;有敢谈论《诗》《书》的处死,以古非今的灭族;禁止私学,想学法令的人要以官吏为师。此即为"焚书"。第二年,两个术士侯生和卢生暗地里诽谤秦始皇,并亡命而去。秦始皇得知此事,大怒,派御史调查,审理下来,得犯禁者四百六十余人,全部坑杀。此即为"坑儒"。两件事合成"焚书坑儒"。

秦始皇修长城——功过后人讲

比喻事业的功劳和过失,由后人来评说。

秦灭六国之后,即开始北筑长城。修建长城,是为了保护北部边境人民的生命财产安全,其目的也是为了减少人民的负担。原来各国之间都有一些长城,但北方的长城不完整。秦统一全国后,秦始皇下令把原来国与国之间的长城拆除,再把原来秦、赵、燕三国北边的长城连接起来,以防止北方匈奴的南侵。绵延万里的长城并不只是一道单独的城墙,而是由城墙、敌楼、关城、墩堡、营城、卫所、烽火台等多种防御工事所组成的一个完整的防御工程体系。为修建长城,秦征徭役大量民众被迫离开家园。因此说,"秦始皇修长城——功过后人讲"。

庆父不死——鲁难未已

如果不除去庆父,鲁国的灾难是不会终止的。比喻不清除制造内乱的罪魁祸首,国家就不得安宁。

公元前 662 年,鲁庄公死去。在庄公同母弟弟公子友的支持下,公子斑当了国君。庄公的异母弟弟庆父,是个贪婪残暴、权欲熏心的人,他企图自己成为国君。公子斑即位不到两个月,便被庆父派人杀害。支持公子斑的公子友逃往陈国。庆父派人杀死公子斑后,另立闵公当国君。由于庆父制造内乱,激起了鲁国百姓极大的愤慨。但庆父我行我素,继续制造内乱,企图浑水摸鱼。齐桓公派大夫仲孙湫到鲁国了解情况。不久,仲孙湫把了解到的情况向齐桓公做了报告,并下结论说:"如果不除去庆父,鲁国的灾难是不会终止的!"事实果然如此。过了一年,庆父又杀死了鲁闵公。

两年之内,鲁国两个国君被杀,使鲁国的局势陷入了严重的混乱之中,百姓们对庆父恨之入骨。庆父见在鲁国实在无法再待下去了,便逃往莒国。鲁僖公继位后,知道庆父这个人继续存在,对鲁国是个严重的威胁,便请求莒国把庆父送回鲁国。庆父自知罪孽深重,回到鲁国没有好下场,便在途中自杀了。

邱良孙得官——文贼

指窃取别人文章的人。

欧阳修调到滑州做官时,一次,宋子京遇见他时,说:"听说有一官人,很喜欢读你的文章,请我来相求。"欧阳修二话没说,便把最近的十篇佳著交给了他。不久,宋子京又遇到了欧阳修,忙说:"听说那官人得到你那十篇佳著,读后说你的文章远不如从前了。"欧阳修听了一怔,没有说什么便走开了。又过了一段时间,欧阳修晋升为知制诰,听人说邱良孙的文章写得很好,不少人都为他的文章叫绝。欧阳修便到处寻访,发现邱良孙被人叫绝的文章是自己的十篇佳著。欧阳修感到十分惊奇,但他并不打算追究,只是一笑而已。不久,欧阳修出任河北都转运使,偶然又得到一个消息,说邱良孙把窃取的文章献给了仁宗,仁宗看后爱不释手,忙召见邱良孙,并封了他官职。欧阳修心想:邱良孙乃文贼,皇上不明真相,将来要误大事。隔了一段时间,欧阳修转任侍从官。一次,他随同仁宗谈起了邱良孙窃文一事,仁宗很是生气,要免去邱良孙的官职。欧阳修劝说:"事情已经过这么长时间了,如若追究皇上也有责任,后果不好。"仁宗见欧阳修讲得有理,便不再提此事。

所以后来有"邱良孙得官——文贼"之说。

茕茕子立——形影相吊

孤身一人,只有和自己的身影相互慰问。形容无依无靠,非常孤单。

晋武帝司马炎太康元年,晋灭东吴,"降孙皓三分归一统",结束了几十年的割据局面,统一了中国。晋武帝司马炎为了巩固统一,采取了有效措施,其中之一,就是广揽贤能,着重于西蜀与东吴的遗老故臣,凡有声望的、有能力的,都极力笼络。同时,把"以孝治天下"作为其伦理总纲,提倡孝父母,敬老人,抚恤孤寡。

在"广揽"中,西蜀的一个故臣引起了司马炎很大的关注。此人姓李名密,李密生下六个月时丧父,三岁时其母何氏改嫁,靠祖母刘氏抚养成人,西蜀时,官居尚书郎。入晋后,蜀地的两名地方官都曾推荐李密做官,可李密却故国难忘,不肯出仕,都借故谢绝了。司马炎格外看重李密,特地下了一道诏书,要李密做供职于宫廷的郎中,李密未允。后司马炎又改命李密为显要的太子洗马。

经过深思,李密写了一篇《陈情表》,呈给司马炎,表中以"以孝治天下"为主旨,说他幼时"伶仃孤苦,茕茕子立,形影相吊",多亏祖母把他抚养长大。没有祖母,就没有他的今天。而今,老祖母已九十六岁,又长年卧病在床,没有他,祖母怎么度过晚年!他才四十四岁,报效国家的日子还长,而孝敬祖母的时间已不多了。李密恳请司马炎体谅他的苦衷。司马炎看后深受感动,不再强求李密为官。

曲突徙薪——防患于未然

把烟囱改砌成弯曲的,把柴薪搬到远处去。比喻对可能发生的事故应防患于未然,消除产生事故的因素。

西汉时,霍光死后,霍氏族人要谋反,汉宣帝便将霍氏一族诛灭,并对告发的人大加赏赐,然而事先劝告皇帝采取措施的徐福却被忘记了。

朝廷中有人为徐福感到不平,就向宣帝上书。他先讲了一个故事:有人盖了一座新房,有一个客人,看到烟囱笔直地竖在厨房顶上,灶门口又堆着柴火,就劝主人把烟囱重新砌得弯曲一些,柴火搬得远些,以免发生火灾。可是主人认为这位客人不会说吉利话,很不高兴,便没有听他的。过了不久,这家果然失火。幸亏左邻右舍赶来相救,才把火扑灭。主人为了酬谢前来救火的邻居,杀猪买酒,请那些被火烧得焦头烂额的人坐在上席,其余的人坐在旁边,就是没有请那位劝他改砌烟囱、搬走柴火的人。席间有个客人说:"如果当初你听从那位朋友的意见,根本不会失火,也就用不着今天杀猪打酒请客了。现在你请被火烧得焦头烂额的人坐在上席,却把那位朋友忘了,这岂不是'曲突徙薪无恩泽,焦头烂额为上客'?"宣帝听了这个故事,恍然大悟,重赏了徐福,并提升了他的官职。

屈原遭流放——颠倒黑白

把白的说成黑的,把黑的说成白的。比喻歪曲事实,混淆是非。

相传,屈原年轻时聪明好学,见闻广博,擅长辞令,无论在政治、外交或文学等方面,都有着突出的才能和造诣,因此深得楚怀王的信赖,曾被任命为左徒、三闾大夫,负责起草法令和接待诸侯宾客。但是,由于屈原对内主张改革弊政,对外采取联齐抗秦的策略,触犯了贵族内部腐朽势力的利益,引起了他们的嫉恨。因此,他们的代表人物上官大夫靳尚和令尹子椒便互相勾结,不断向楚怀王进谗,恶意中伤和诬陷屈原。久而久之,怀王就对屈原渐渐疏远起来。

公元前313年,秦惠文王派张仪出使楚国,张仪对怀王说,只要楚国同齐国绝交,秦国愿将商於一带六百里土地割让给楚国。屈原认为这是一个骗局,极力劝谏怀王不要上当。但昏庸的怀王不但不听,反而把忠心为国的屈原放逐到汉水以北。等到楚、齐绝交后,秦国立即变卦,说割让的土地不是六百里,而是六里。怀王怨恨秦国食言,重新召回屈原,并出兵攻打秦国,结果遭到惨重失败。后来,秦王又主动要求讲和,并约怀王到秦国相会。怀王中计前往,进入武关后遭到扣押,被幽禁了三年,终于病死在秦国。怀王的儿子襄王即位以后,更加糊涂昏庸,对靳尚和子椒言听计从。不久襄王又听信谗言,把屈原流放到更遥远的湘水地区。公元前278年,秦将白起率军攻破郢都,烧毁楚国先王的陵墓,使无数百姓背井离乡,四处逃亡。屈原在湘水闻讯后,感到无限的哀痛,但他自己负屈含冤,报国无门,只能把满腔的忠诚和悲愤,抒发在回旋起伏、激越奔放的诗篇中。在著名的《九章·怀沙》里,他写下这样两句诗:"变白以为黑兮,倒上以为下。"对那些肆意颠倒黑白、葬送楚国的奸佞小人,做了愤怒的鞭挞和控诉。

R

人不可貌相——海水不可斗量

指不能以貌取人就像海水不能用斗来量一样。

古时候有这样一个故事,一个年轻人叫秦重,是个痴情的青年,他偷偷地爱上了名妓花魁娘子。花魁娘子是个苦命人,被妓院视为摇钱树,宿费要十两银子。秦重是个卖油郎,本钱只有三两银子,怎么能接近花魁娘子? 秦重想:"如果一日积10个铜板,一年也有三两六钱,只消三年,这事便成了。"于是拼命攒钱。

三年有余,秦重有了一大包银子,于是到对门银铺里借天平兑银。大凡成锭的见少,散碎的就见多。银匠是小辈,眼孔极浅,见了许多银子,别是一番面目,想道:"人不可貌相,海水不可斗量。"慌忙架起天平,尽数一称,十两有余。秦重把这三年多积攒的辛苦钱尽数花光了,才得以亲近花魁娘子一次。花魁娘子感激秦重的痴情,觉得他比那些纨绔子弟们忠实可靠许多,后来花魁娘子终于跳出火坑,嫁给了秦重,二人成了一对幸福的夫妻。

人非圣贤——孰能无过

春秋时,晋灵公生性残暴,时常借故杀人。一天,厨师送上来的熊掌炖得不透,他就残忍地把厨师当场处死了。两个宫人奉命把尸体装在筐里抬到官外去埋葬时,正巧被赵盾和士季两位正直的大臣撞见。他们了解情况后,非常气愤,决定进宫去劝谏晋灵公。士季先去觐见,晋灵公从士季的神色中看出来,士季是为自己杀厨师这件事而来的,便假装没有看见他。直到士季往前走了三次,来到屋檐下,晋灵公才瞟了他一眼,晋灵公轻描淡写地说:"我已经知道自己所犯的错误了,今后一定改正。"士季听晋灵公这样说,也就用温和的态度说:"谁没有过错呢?有了过错能改正,那就最好了。如果您能接受大臣正确的劝谏,就是一个好的国君。"

但是,晋灵公并非是真正认识到自己的过错,行为残暴依然如故。相国赵盾屡次劝谏,他不仅不听,反而十分厌烦,竟然还派刺客去暗杀赵盾。不料刺客不愿去杀害正直忠贞的赵盾,宁可自杀。晋灵公见此事不成,便改变方法,假意请赵盾进宫赴宴,准备在席间杀他。结果赵盾被卫士救出,晋灵公的阴谋又未能得逞。最后,这个作恶多端的国君终于被一个名叫赵穿的人杀死了。

人无千日好——花无百日红

指人的青春短。比喻好景不长,人情也不能持久。

在《水浒传》故事中,宋江杀了人,投靠到好结交江湖英雄的柴进庄上,极蒙柴进优待。宋江吃酒席吃到初更左右,起身去解手,宋江已有几分醉,走路不稳,只顾踏去。廊下有一个大汉用一把火锨在那里烤火,宋江正踏在火锨柄上,把火锨里的炭火都掀在大汉脸上。大汉气将起来,把宋江劈胸揪住,大声喝道:"你是什么人?敢来消遣我!"宋江正分说不得,庄客慌忙叫道:"不得无礼,这位是大官人最相待的客官。"大汉道:"'客官'、'客官',我初来时,也是'客官',也曾相待得厚。如今却疏慢了我,正是'人无千日好,花无百日红'。"

原来这大汉正是武松,武松初来投靠柴进时,也受到热情款待,此后留在庄上,但吃醉了酒,性气刚,庄客有些管顾不到便下拳打他们,因此满庄庄客都嫌他。庄客去柴进面前告了武松许多不是,柴进虽然不赶武松,但是相待怠慢了。这次武松撞见了宋江,二人相识后十分欢喜,武松得宋江带挈他一处,饮酒相陪,他的前病也都不发了。

人心不足——蛇吞象

比喻一个人贪婪无比,欲望永远难以满足。

传说,从前有个书生见路边有一条快要冻死的小蛇,便带回家将其放在温暖的地方,小蛇起死回生。开春后,书生将蛇放归山林,正要转身离开,忽然听到蛇张口说话:"多谢相公救我性命,今年科举考试相公必定高中榜首。"

果然,书生进京赶考中了状元,衣锦还乡。书生来到放蛇之处跪倒在地,口中念念有词:"多谢蛇仙指引。"忽然,眼前出现一条巨大的蟒蛇,书生吓得魂飞魄散。蟒蛇开口说:"相公不必害怕,我就是当年你救的小蛇,救命之恩,永生难忘。相公若想官居一品,可将我的眼珠拿去献给皇帝,一定可以如愿以偿。"书生心想:这正是我想的,这蛇仙似乎知道了我的心思。可是书生口中却说:"这万万使不得。"蛇仙说:"若不是相公相救,我哪里有今天,不必内疚。"推辞再三,书生还是动手挖出了蛇仙的眼珠,原来竟是硕大的夜明珠。书生把夜明珠献给皇帝,皇帝非常高兴,马上封他为一品宰相。不久太后得病,久治不愈。皇上下诏:"谁能治愈太后,便官封九千岁。"宰相心里一动,心想:若找到蛇仙帮忙,定能治愈太后的疾病,到时候我就是一人之下万人之上了。

宰相又来到山林找蛇仙,说明来意。蛇仙看在他当初救命之恩的分上,便说:"你进入我的腹中,将我的心脏用刀切下一寸,拿去给太后吃,太后的病就能治愈了。"宰相非常高兴,从蛇仙的口中钻入了肚子里,他看到蛇仙的玲珑心,拿刀准备切下一寸。可是,他突然贪念大发,心想:如果一寸不够岂不是前功尽弃,不如把全部的心脏都切下来吧!于是,宰相举起刀猛地向蛇仙的心脏挥去,蛇仙发觉了宰相的举动,见此人如此贪婪,便将其困死在腹中。宰相的贪婪最终葬送了他的性命。

如来佛捉孙大圣——易如反掌

容易得像翻一下手掌。形容做某事极其容易。

在《西游记》故事中,孙悟空大闹天宫,玉皇大帝奈何他不得,只好求助如来佛。如来佛与悟空打赌:"如若一筋斗翻出我这右掌,算你赢。"悟空站在如来佛手中一筋斗向前行进,忽见有五根肉红柱子,撑着一股青气。悟空在中间柱子写上"齐天大圣到此一游",还在第一根柱子根下撒了一泡猴尿。哪知五根柱子就是如来佛的五个手指。悟空纵身又想跳出,被佛祖翻掌一扑,把这猴王推出西天门外,佛祖将五指化作金木水火土五座联山,名叫"五行山"。悟空在这山下压了五百年,后遇唐僧西天取经路过这里,才放他出来收为徒弟。

阮籍酒兴——得意忘形

形容人高兴得控制不住自己,失去常态。有时也可作领会事物得其内在精髓而忘其外在表现。

阮籍博览群书,对老庄很感兴趣。他是"建安七子"之一阮瑀的儿子,曾任步兵校尉,被称为阮步兵。阮籍本来很有抱负,希望能在政治上有所作为。但他与当权的司马氏集团有矛盾。阮籍蔑视礼教,常以"白眼"相待。后期他常用醉酒的办法,在当时复杂的政治斗争中保全自己。阮籍不满当时的统治者,但又不敢直接表示自己的态度,于是就把抑郁和愤慨寄托在饮酒、作诗的生活里。阮籍所写的"咏怀诗"八十余首,多借古讽今,词语隐晦。有些诗中常常用隐约曲折的词语,生动形象地表达了他忧国和避世的心情。

嵇康也是当时著名的文人,对统治者也抱着轻蔑和厌恶的态度。因此两人关系很密切,是一对好朋友。阮籍的朋友除嵇康之外,还有山涛、向秀、刘伶、王戎,他们志同道合,意气相投,再加上阮籍的侄子阮咸在内,一共七人。这七人经常在竹林里游玩,他们作诗弹琴,狂饮狂欢,高兴时放声大笑,不高兴时失声痛哭,无拘无束,十分豪放。因此,他们被称为"竹林七贤"。在这七个人当中,阮籍狂荡无羁最为突出,他有时在家读书,数月闭门不出。有时出外游山玩水,几天不归,当他高兴时,忘乎所以,甚至连自己什么样子都忘掉了。人们都感叹地说:"阮籍酒兴——得意忘形。"

塞翁失马——安知非福

比喻一时虽然受到损失,也许反而因此得到好处。也指坏事在一定条件下可变为好事。

古时候,有一个老人,因为他住在边塞上,人们都叫他塞翁。有一天,塞翁家的马忽然跑到塞外去了。邻居们都来安慰他。可是塞翁一点也不着急,反而高兴地说:"丢失了一匹马没有关系,怎知道这不会成为一件好事呢?"过了段时间,那匹马自己跑了回来,并且还带来一匹匈奴的骏马。邻人们赶来向他庆贺,可是塞翁并不为此感到高兴,他说:"虽然白白得到一匹好马,怎知道这不会变成一件坏事呢?"

塞翁的儿子,很喜欢骑马。一天,他骑上那匹骏马出去游玩,不小心从马上摔下来,腿摔断了。邻居们又来安慰,可是塞翁并不难过,他说:"这没什么,孩子的腿虽然摔断了,怎知道这不会成为一件好事呢?"不久,匈奴大举入侵,边塞上的青壮年都被征去当兵,大部分人死在战场上。塞翁的儿子却因为伤了腿,不能去打仗,保全了性命。塞翁的故事后来引申出"塞翁失马——安知非福"的歇后语。

三个臭皮匠——顶个诸葛亮

比喻人多智慧多,遇事会想出好办法。

三国时,诸葛亮到东吴做客,他为孙权设计了一尊报恩寺塔。其实,这是诸葛亮要给东吴出难题,看东吴有没有人能造塔。这宝塔要求很高,单是顶上的铜葫芦,就有五丈高,四千多斤重。东吴找到了铁匠,但缺少做铜葫芦模型的人,于是便在城门上贴起招贤榜。时隔一月,仍然没有一点儿下文。孙权万分着急。那城门口有三个摆摊子的皮匠,他们相貌丑陋,又目不识丁,大家都称他们是臭皮匠。他们听说诸葛亮在给东吴出难题,心里不服气,便凑在一起商议。他们足足花了三天三夜的工夫,终于用剪鞋样的办法,剪出个葫芦的样子。然后,再用牛皮开料,硬是一锥子一锥子地缝成一个大葫芦的模型。在浇铜水时,先将皮葫芦埋在沙里。这样一来,果然一举成功。诸葛亮得到铜葫芦浇好的消息,立即向孙权告辞,从此再也不敢小看东吴了。"三个臭皮匠,顶个诸葛亮"的故事,就是这样来的。

其实,臭皮匠和诸葛亮是没有丝毫联系的,"皮匠"实际是"裨将"的谐音,"裨将"在古代是"副将"的意思。这句语原意是指三个副将的智慧合起来能顶一个诸葛亮。后来,在流传过程中,人们竟把"裨将"说成了"皮匠"。

三顾茅庐——求贤

形容选用人才心切,多次上门求助。

东汉末年,群雄纷起,争夺天下。刘备多方搜罗人才,得到了徐庶。后来,曹操使计,迫使徐庶弃刘投曹。临走时,徐庶深深感谢刘备的恩德,便向他推荐了诸葛亮。刘备听

徐庶说诸葛亮既有学识,又有才能,非常高兴。

一天,刘备和关羽、张飞带着礼物来到诸葛亮的住处——隆中卧龙岗。恰巧诸葛亮在这天早上出去了,刘备只得扫兴而归。不久,刘备又和关羽、张飞两人冒着大风雪第二次去请。不料诸葛亮已经在前一天和朋友出外闲游去了。刘备只得留下一封信,表达自己对诸葛亮的敬佩之情,并恳切表示了想请他出来帮助自己挽救国家于危难的决心。过了一些时候,刘备吃了三天素,洗了澡,换了衣服,准备再去请诸葛亮。关羽说诸葛亮也许只有一个空名,不一定有真才实学,就不用去了。张飞则说让他一个人去把诸葛亮叫来,如果诸葛亮不来,就用绳子捆来。刘备把张飞狠狠地骂了一顿后,又和他俩第三次到了诸葛亮的家里。到了诸葛亮家,诸葛亮正在睡觉。刘备不敢惊动诸葛亮,便恭敬地站在台阶下等着。一直等到诸葛亮醒来,才坐下谈话。诸葛亮见刘备有志为国效力,而且诚恳地请他帮助,就把当时国内的政治和军事形势,作了精辟的分析;又替刘备制定了先取荆州、后占西川和联络东吴对抗曹操的策略;最后答应了刘备的请求出山。从此,诸葛亮便用全部的精力帮助刘备,蜀汉政权的建立诸葛亮功不可没。

《三国演义》把刘备三次亲自恭请诸葛亮出来帮助自己的故事,叫作"三顾茅庐"。后来,人们根据这个故事,编成了"三顾茅庐——求贤"这一歇后语。

三国时的诸葛亮——盖世无双

形容当代列为第一,无人能够相比。

东汉建安十二年(公元207年),颍川徐庶将诸葛亮推荐给刘备,刘备"三顾茅庐"登门求教,诸葛亮与刘备论天下形势,诸葛亮提出占据荆州、益州,安抚益州西部诸戎、南部夷越,整顿内政,外与孙权结为友好,协力抗曹,逐步统一全国的建议。诸葛亮的建议,正中刘备心意,尔后诸葛亮成为刘备的主要谋士。刘备在联孙攻曹、取得赤壁大捷之后,又乘机占领荆、益,建立了蜀汉政权,形成三国鼎立的局面,诸葛亮因功拜丞相。

蜀汉建兴元年(公元223年),刘备死,刘禅继位,诸葛亮被封为武乡侯,领益州牧,主持军国大事。其主政期间,积极实行法治,赏罚严明;抑制豪强,任人唯贤;推行屯田政策,并改善和西南各方的关系,有利于当地经济、文化的发展。曾六次出兵攻魏,争夺中原。建兴十二年(公元234年),与魏司马懿在渭南相拒,病死于五丈原军中,葬定军山(今陕西勉县西南)。

三国名将赵云——浑身是胆

形容极其勇敢、无所畏惧。

三国时期的赵云是刘备手下的一员大将,他足智多谋,骁勇善战,屡建奇功,为蜀国争得三分天下,立下汗马功劳。

刘备占据益州以后,想把成都城中的房舍和城外的园地、桑田分配给有功的将领们。一天,刘备与将领商讨这件事情,有人同意,有人反对,意见不能统一。这时赵云说:"我听说汉朝的大将霍去病说过'匈奴未死,无可家为',现在天下混战,国贼作乱,我们不能贪图安逸!等到将来天下安定,我们都回家经营土地,享受天伦之乐,那才是相宜的。眼下益州百姓,心神不宁,屡遭战乱,民不聊生,应该尽快把田宅归还他们,我们才能得到百姓的拥戴!"刘备和其他将领都佩服赵云的见解,刘备采纳了赵云的意见。

东汉建安二十四年(公元219年),曹操领兵来争夺汉中,老将黄忠和赵云奉刘备命令烧劫曹军的粮草。两军交战,黄忠被困,赵云举枪来救,刺死曹操手下大将,曹兵大败。曹操亲率大军攻打赵云,赵云让弓箭手埋伏在营外的战壕里,然后敞开营门,偃旗息鼓,独自一人横枪立马守候曹军。曹操追至营下,见赵云镇静自若,营内鸦雀无声,深恐中了他的埋伏,就下令撤退。赵云命令击鼓反击,曹军惊恐万状,拼命逃跑,死伤惨重。刘备得知赵云大破曹军的情状,惊讶地称赞他说:"赵将军真是浑身都是胆呀!"从此人们都称赵云是虎威将军。

歇后语"三国名将赵云——浑身是胆"便是由此而来。

三过家门而不入——公而忘私

为了公事而不考虑私事,为了集体利益而不考虑个人得失。

上古尧的时候,天下洪水滔滔,淹没了山川大地,老百姓流离失所。尧非常焦急,便命令鲧负责治理洪水。可是九年过去了,鲧并没有治服洪水,整个大地依然是水患成灾,哀鸿遍野。尧感到这是自己的失职,就把帝位让给了舜。舜行使天子权力后,就去鲧治水的地方视察,在确认治水毫无进展后,舜命令鲧的儿子禹接替治水的工作。

禹和伯益、后稷一起,率领诸侯、百姓把堵塞的江河大川疏通。原来,鲧治水是采用"堵"的方法,把河流都堵起来,结果水愈积愈多,造成的灾害也更大。禹改变了父亲的方法,采用"疏通"和"引导"的方法,使洪水流入大海。过了一年又一年,肆虐的洪水终于被征服。禹治水时,不敢有半点儿松懈,终日忧心忡忡。为了治好水,他在外居住了十三年,曾三次经过家门都不敢进入。由于禹治水的方法正确,又处处以身作则,最后终于获得了成功。

三门峡的石峰——中流砥柱

比喻能在艰难的环境中担当重任,支撑危局的人或集体。

中流砥柱位于三门峡大坝下方的激流之中,黄河上的艄公又叫它"对我来",其距三门峡市区约30公里。冬天水浅的时候,它露出水面两丈多;洪水季节,它只露出一个尖顶,看上去好像马上就被洪水吞没,惊险万分。千百年来,无论狂风暴雨的侵袭,还是惊涛骇浪的冲刷,它一直力挽狂澜,巍然屹立于黄河之中,如怒狮雄踞,刚强无畏,自古被喻为中华民族精神的象征。公元638年,唐太宗李世民来到这里,写下了"仰临砥柱,北望龙门,茫茫禹迹,浩浩长春"的诗句,并命大臣魏征刻于砥柱之阴。著名书法家柳公权也为它写了一首长诗,其中有"孤峰浮水面,一柱钉波心。顶住三门险,根连九曲深。柱天形突兀,逐浪素浮沉"等佳句。

三请樊梨花——架子大

比喻高傲自大,很难请。

唐代,薛仁贵率兵征讨寒江关。阵间寒江关主将樊洪之女樊梨花钟情薛仁贵之子薛丁山,二人私订终身。樊梨花回关告父,然而樊洪已将樊梨花许嫁白虎关守将杨藩。樊洪怒斥樊梨花,持剑欲杀之,不料失足自触剑锋而死。樊龙、樊虎不饶其妹,亦被樊梨花失手杀死。樊梨花开关降唐,薛仁贵收梨花,令与丁山成婚,丁山误会樊梨花杀父,休弃之;丁山陷烈焰阵,梨花赶救,丁山再休之;梨花收薛应龙为义子,再救丁山,丁山疑而三次休之,后丁山兵败,不得已求助于梨花,丁山三请樊梨花。后樊梨花诈死,丁山悔悟,夫妻和好。

三十六计——走为上

指事情已经到了无可奈何的地步,没有别的好办法,只能离去。

南北朝时,北魏先后攻灭了夏、西秦、北燕、北凉等国,结束了十六国的割据局面,统一了黄河流域,和南朝宋形成了对峙局面。尽管北魏的兵力大于南朝宋的兵力,但檀道济以寡敌众,和北魏的军队接连打了三十多次仗。檀道济每战必胜,北魏军队闻风丧胆。

不久,檀道济率军来到历城,但是由于后勤供应跟不上,军营中的粮米将尽,军心惶惶。檀道济知道自己的兵力和北魏相比,兵寡势弱,之所以能每战必胜,靠的是将士高昂的士气。如果将士们知道粮尽,必将士气低落,后果不堪设想。于是,他决定"三十六计,走为上计",必须立即退兵。但檀道济考虑到,手下的将士如果知道粮尽退兵,必然影响军心;而如果北魏军队知道己方粮尽退兵,必将率兵追击。于是,檀道济让人运来大批白沙,只用少量的米覆盖在上面,故意在晚上以沙充米,以斗量之,给人以粮米仍很充足的假象。这样一来,军心稳定了,而北魏的探子以为檀道济量的是米,便向北魏将领禀报檀道济军中并不缺粮。

第二天,檀道济命令全体将士穿着整齐的盔甲,乘着战车,慢慢地退走。北魏军队怕有伏兵,竟然不敢追赶。檀道济此次出征,虽然没有一举平定河南,但他在全军粮尽之时,仍能不伤一兵一卒,全军而返,威名大震。

三十晚上吃饺子——没有外人

形容几个人之间关系密切,不分彼此,坐在一起可以推心置腹,开诚布公地交谈。

饺子是北方地区传统食品,古时称之为馄饨,明朝以后又称为饽饽,又有扁食一说。远在三国时期,魏国人张揖著有《广雅》一书,其中记有:"今之馄饨,形如偃月,天下之通食也。"可见其由来已久。民间有"好吃不过饺子,厉害不过嫂子"一语,说明北方人喜食饺子。

旧时谚云:"十月一(农历),家家去了年作的(雇工),关了门儿自家吃。"按北方地区民间习俗,一进入农历十月,天寒地冻,田地中没了活计,雇工们都被辞去了,农家无事便无外人来。进入农历十二月二十三日,人们便开始"过年",称作小年。到三十日晚上,全家人吃完团圆饭,便开始包饺子,到子夜时,便全家共同吃饺子。这是因为借饺子的谐音,取新旧交替,"更岁交子"之意。因习俗为此时不得串门走亲,因此便产生了"三十晚上吃饺子——没有外人"。

三堂会审苏三——真相大白

比喻真面目或真实情况彻底明白。

明代名妓苏三,结识了吏部尚书公子王金龙,二人盟誓白头偕老。然而王金龙长期居住妓院,钱财耗尽,被鸨母赶了出来,落魄街头,栖生于关王庙。苏三知道后,前往相会,并赠银助其返回故乡南京。王金龙走后,苏三拒绝接客,遂被卖与山西富商沈燕林为妾。沈妻皮氏素与赵监生私通,皮氏将沈燕林毒死,反诬苏三谋杀亲夫,洪洞县县令受贿,将苏三问成死罪。

王金龙赴试得中,授山西巡按,调审此案,在与藩司、臬司三堂会审中,知道苏三历尽艰苦,悲伤不能自持,乃微服私自探监,后得臬司刘秉义之助,平反冤案,与苏三团圆。

三纸无驴——离题太远

形容写文章废话连篇,文辞烦冗,不得要领。

从前有位迂腐可笑的读书人,自以为才学高深,天下无人能比。有些人信以为真,就尊称他为"博士"。

有一次,"博士"到集市上买驴,付过钱后,他要卖驴人写一份契约。卖驴人不识字,就请"博士"代写。"博士"觉得炫耀自己的机会来了,便爽快地答应下来。不一会儿,"博士"写满了整整一张纸,卖驴人以为契约写好了,便连声道谢:"太好了,真麻烦您,契约我收下了!"谁知"博士"紧紧按住纸头不放,然后又拿出两张纸来,一边写一边说:"别急呀,我才写了一张纸,还没写到你卖驴这件事呢!"卖驴人听了,只好耐住性子静等。过了好久,"博士"在三张纸上密密麻麻地写满了字,这才放下笔来。他摇头晃脑地念着自己写的契约,念完了,洋洋自得地说:"怎么样呀?你大开眼界了吧!"卖驴人听了,轻蔑地说:"你写了整整三张纸,怎么连个'驴'字都没提到呀?其实,你只要写上某月某日,我卖了一头驴子给你,收你多少钱,不就完了吗?"围观的众人哄笑不已。"博士"自觉没趣,忙牵着毛驴,灰溜溜地走开了。

桑中生李——少见多怪

桑树上长李树。比喻少见多怪

古时在南顿那个地方,有个叫张助的农民。有一天张助在田里种庄稼时,发现了一颗李子的核。他本想拿回家种上,可是回头一看,发现了一棵空心的桑树。他灵机一动,便挖了些泥土放到桑树里,把李子核种到了那里,随后找到一些水浇灌上。过了一阵子,李子核发了芽,长了出来,众人发现都觉得十分不可思议。后来"空桑树中又长出了李子树"这一消息就传开了。

有一天,一个患了眼疾的人在这棵李树下休息,便向李树祷告说:"李树先生,如果你使我的眼睛好了,我就用一只小猪来谢你。"他说完以后,觉得眼睛的疼痛略微轻了一点,后来眼疾竟然慢慢地好了。这消息一下子便传了出去,远远近近的人都轰动起来,都到那棵李树下去拜祭,人越来越多,坐车骑马的人成百上千,摆在树下的酒肉等祭品也堆积如山了。隔了一年多,张助出远门回来。他见到大家在那儿祭树的情形,惊奇地说:"这树有什么神通呢?它不过是我种下的一棵李子核而已。"说完就把那棵李子树砍掉了。

杀鸡用牛刀——小题大做

比喻费大力做小事。

孔子有个弟子叫子游,子游天资聪慧,而且勤奋好学,深受孔子的喜爱。子游思考问题很有主见,从来不人云亦云。当子游学成之后到鲁国,鲁国的君主就邀请子游做武城县的县官。

有一次，孔子到鲁国武城讲学，子游就亲自带领自己的老师参观。孔子一行人来到街上，总会不时地听到弹琴唱歌的声音。于是，孔子便问子游这个武城有多大。子游回答说这个县由于人少所以显得地方很小。孔子听了子游的回答，笑着对他说："治理武城县这么一个小小的地方，还需用礼乐吗？这就好比是杀鸡，根本就用不上宰牛的刀。"子游听了老师的话并没有马上回答，而是想了片刻才说："我记得老师以前给我们讲过，如果要想成为君子，就要学习礼乐，学了礼乐才会相亲相爱；小人如果学了礼乐，才更容易管理。我用礼乐来治理小小的武城县，正是按照老师您的教导去做，难道做错了吗？"孔子听了子游的话，先是愣了一下，随即又开怀大笑起来。他赞赏地拍着子游的肩膀，对其他随从的学生们说："子游的话讲得很有道理，你们今后要向子游多多学习啊！"

后来，人们根据这个故事编成了歇后语"杀鸡用牛刀——小题大做"。

杀鸡取卵——因小失大

比喻贪得无厌的人牟取暴利，也比喻贪图眼前微小利益而损害长久利益。

在古代希腊，流传着这样一个故事：有一个贪婪的人，家里喂养着一只母鸡。他每天拿鸡下的蛋去卖钱，然而卖鸡蛋的钱毕竟有限，不够他花销，所以他整天冥思苦想，妄想能有一天暴富。一天清晨，他照例去鸡窝，摸鸡蛋。他将母鸡刚下的鸡蛋托在手上，这枚鸡蛋与别的鸡蛋竟然不同，它的蛋皮是金黄色的，还有一点发亮。他突然放声大笑："哈哈，这是金蛋呀！我发财的时运到了，这鸡肚子里一定有很多金蛋，不然怎么会下金蛋？！"他回屋拿起尖刀，一刀将母鸡杀死，剖开鸡肚子，又小心翼翼地切开鸡胃、鸡肠，甚至把鸡血管也翻腾一遍，然而什么东西也没有发现，不用说金蛋，就是铁蛋也没有一个！他失望极了，倚在门框上悲哀地自言自语说："连一只下蛋的母鸡也没了！"

人们从这个故事中概括出一句歇后语"杀鸡取卵——因小失大"。

杀妻求将——官迷心窍

比喻为了求取高官厚禄而不惜做出伤天害理的事情。

战国时期，卫国有一个名叫吴起的人，很善于用兵。吴起曾先后在鲁、魏、楚三国做官。有一次，齐国派兵攻打鲁国，鲁国国君想任命吴起为将，率兵拒敌。但是，由于吴起的妻子是齐国人，鲁君便有些顾虑。吴起这个人的特点是，只要自己成名立业，便不择手段谋求实现它。吴起把自己的妻子杀掉，以此来表明自己不依附齐国，鲁国国君终于任命他做了大将。吴起做统帅后，大败齐军。

沙和尚挑担子——忠心耿耿

形容十分忠诚。多用来赞扬人对事物，对组织或对主人忠贞的品德。

《西游记》中的沙和尚，原来是上界灵霄殿的卷帘大将，因触犯天条被贬下凡间，遂在流沙河兴妖作怪，后来受观音菩萨点化，被唐僧收为徒弟，与孙悟空、猪八戒共护唐僧往西天取经。沙僧途中专司牵马、挑行李，又能配合师兄斗妖，忠诚厚道，沉稳坚忍，任劳任怨。师兄之间有矛盾，他总是好言相劝，唐僧责难孙悟空，念紧箍咒，他总是代师兄求情，在取经集体中起到团结一心的作用。

上楼撤梯子——断后路

比喻诱人上前而断其退路。

东汉末年,刘表任荆州刺史,取得豪族蒯良、蒯越等人的支持,据有今湖南、湖北地方,后为荆州牧。官渡之战后,曾一度依附袁绍的刘备,在曹操的逼迫下投靠了刘表。

当时,刘表很宠爱蔡夫人生的小儿子刘琮,而不大喜欢大儿子刘琦,刘琦因此很苦闷。刘备和诸葛亮来到荆州后,刘琦曾多次找到诸葛亮,请他为自己想个自全之策。有一天,刘琦约诸葛亮到后花园游玩,一同登上高楼饮酒。欢宴之际,刘琦令人把楼梯抽去(古时楼房,楼梯为木质,可以搬动),然后对诸葛亮说:现在上不着天,下不着地,你说我听,没有外人,请先生赐教。诸葛亮见刘琦处境确实危险,便示意说:春秋时,晋国公子申生在国内而遭害,公子重耳弃国出走而保全。刘琦听了,顿时醒悟。正好当时江夏太守黄祖死了,刘琦便乘机请求出任江夏太守。

上官婉儿的文才——才华绝代

指才气当世无双。

唐代女诗人上官婉儿,在十四岁就开始为武则天专掌文诰,并参决政事。中宗时,被封为昭容。上官婉儿曾建议扩大书馆,增设学士。上官婉儿代朝廷品评天下诗文,一时天下词客名流,都聚集在她的门下。唐代诗人蜂起,文化鼎盛,其中上官婉儿大力倡导的功劳实在不小。然而后来她与韦后、安乐公主等操纵政治,树立私党,广纳贿赂。唐景云四年(公元710年)临淄王李隆基发动政变,上官婉儿与韦后同时被杀,年仅四十六岁。

商纣王自焚——恶贯满盈

形容罪大恶极,已到末日。

商朝末期,纣王暴虐荒淫,不理朝政,更加不顾百姓死活,激起百姓极大的愤慨,诸侯都认为纣王不是一个治国之君。当时有一个诸侯叫姬昌,他主张实施仁政,反对纣王的暴政,纣王便叫人把姬昌抓了起来。后来姬昌的儿子姬发即位,便联合诸侯起兵讨伐商纣。大军渡过黄河,向商都进发,在牧野这个地方与纣王的军队交战,打了一场大仗。由于姬发所率的是仁义之师,深受百姓的欢迎,百姓给予了很大的支持,而百姓对纣王的军队却是深恶痛绝的,结果纣王打了大败仗,最后自焚而死,商朝也灭亡了。

姬发领兵进攻纣王之前,曾对全军发表演说,列举了纣王的种种罪行,说纣王所做的坏事已经到头了,他罪大恶极,应该受到惩罚,号召大家齐心协力,为民除害。

商纣王政权垮台——土崩瓦解

如土倒塌,瓦破碎一样。比喻完全崩溃,无法收拾。

商纣王是商朝的末代君主,是一个暴虐无道的昏君。他贪恋酒色、荒淫无度,不理朝政。他听信谗言,重用奸臣,残害忠良,杀戮无辜。他强征暴敛,动用巨资,强迫百姓为自己修建宫苑。他惨无人道,制造种种酷刑,以观看受刑人的痛苦为乐。在纣王暗无天日的统治下,百姓怨声载道,苦不堪言。

商朝的疆土辽阔广袤,左起东海,右至沙漠,南至五岭以南的交趾,北至遥远的幽州,军队从容关一直驻扎到蒲水。士兵不下数万,但打起仗来,因为兵士不愿意为纣王战死,所以"倒矢而射",把兵器扔在一边。商朝军队士气如此低落,商朝的政权自然是岌岌可危了。所以,当周武王姬发左手擎着用黄金做装饰的大戟,右手举着用牦牛尾装饰的白色旌旗,坐着战车,势不可当地杀来时,所到之处,无不披靡。纣王军队的溃败,纣王政权的垮台,就如瓦片碎裂,泥土倒塌,迅速而无法挽救。

少壮不努力——老大徒伤悲

常用来鼓励年轻人要努力学习,以免将来后悔。

传说古时平乐人刘赤水,聪明俊秀,父母早亡,无人管束,因此并不努力学习。刘赤水的住宅靠近一个废园,园中住有狐仙,刘赤水娶到一个名叫凤仙的狐女为妻。凤仙长得极美,但性情高傲。凤仙姐姐叫水仙,姐夫是个富翁。有一次在酒席上,凤仙见父亲对姐夫很尊重,很不高兴,不等酒席结束就走了,回去后她对刘赤水说:"从此我不见你了,除非你能有出息。"说完,凤仙给刘赤水一面镜子,然后就不见了。刘赤水看镜子,见凤仙背立镜中,约百多步远。于是他发愤读书,苦读一月余,很有进步,忽见镜中凤仙已转过身来,盈盈欲笑,刘赤水很高兴,知道凤仙为他用功而满意,因此更加努力。如此又月余,刘赤水锐志渐衰,荒于学业,出去游玩常忘了及时回家。刘赤水再看镜中人,竟含泪欲泣,第二天又是背对着他了。刘赤水深为感动,闭户读书,昼夜不辍,过了不久,见镜中影子又面向他了。凤仙仿佛一位严师在督促他一样,刘赤水进步迅速,如此两年,一举中了进士。刘赤水大喜之下,捧着镜子说:"凤仙,凤仙,如今我可以对你不惭愧了。"话未说完,镜中影像忽然不见了,而凤仙真人已来到刘赤水的面前!

蒲松龄说:"世情看冷暖,原来狐仙也是一样的。多少人'少壮不努力',因而'老大徒伤悲'啊!我愿有无数如凤仙一样的仙女来督促丈夫,那么,世上就少了无数年老一事无成的人了。"

邵雍称赞司马光——脚踏实地

比喻办事或做学问踏踏实实,实事求是。

司马光48岁时开始编写《资治通鉴》,历时19年,当编完时,司马光已是66岁的老人了。这19年,司马光"秉烛至深夜,警枕破黎明"。司马光为编定《资治通鉴》翻阅了大量的书籍资料。宋神宗允许司马光借阅"集贤""昭文""史馆"三大书库的所有书籍,并特许可借阅"龙图阁、天章阁及秘阁"的藏书。宋神宗还将自己私藏的二千四百余卷书献出来,供司马光参考。除此之外,司马光还参阅了大量的野史、谱录、正集、别集、墓志等资料,共222种,计三千多万字。《资治通鉴》记载了上起战国周烈王、下至五代周世宗的1362年的历史,全书294卷,还有考异、目录各30卷。其规模之大,令人叹服。

司马光

司马光曾问他的好友邵雍:"你看我是怎样一个人?"邵雍回答说:"君实,脚踏实地人也"。意思是说司马光研究学问,勤奋刻苦,踏实认真。这就是"脚踏实地"成语的来源。

邵雍的寓所——安乐窝

比喻舒适安静的住所或生活环境。

北宋邵雍年少时,立志要取得功名,做一番事业,因此刻苦学习,无书不读。邵雍读书时,刻意磨炼自己的意志。就这样过了几年,他觉得书本上得来的知识有很大的局限性,有些问题还需要自己亲自去体验、去感受。他曾经感叹说:"古人尚能寻幽访古,以古为友,以弥补学识的不足,而我却什么地方都没有去过。"于是,邵雍打点行装,跋山涉水,探访古迹,足迹踏遍大江南北。终于有一天,他幡然醒悟,明白了自己应该做什么。邵雍回到家中,将自己在外游历取得的体会记录下来。用自己的见闻与书上的叙述互相印证,一些在家中百思不得其解的问题现在终于有了答案,他非常高兴,觉得自己的学识又进了一大步。后来邵雍跟随李之才学习了河图、洛书、伏羲八卦六十四象等奇门异术,加上邵雍自己努力钻研,探究了其中的奥秘。不久,邵雍的学识突飞猛进,变得像汪洋大海一样浩瀚博大。

起初刚到洛阳时,邵雍不为人所知,他搭了个草房,简陋得不能遮挡风雨。后来邵雍学识渊博,名声远扬,得到许多人的尊敬。但邵雍没有忘记在草房中度过的日子,他仍然亲自耕种,衣食自给自足。邵雍将他的住处命名为"安乐窝",自称"安乐先生"。往来洛阳的名士才子,不去官府拜访的也许有,但不去邵雍"安乐窝"的人却没有。

舍得一身剐——敢把皇帝拉下马

比喻再难的事,拼着一死也敢做。后来用来比喻同恶势力做斗争而不惜牺牲自己的生命。

在《红楼梦》故事中,王熙凤得知贾琏悄悄娶了尤二姐,内心十分妒恨。她趁贾琏外出办事之机,连忙到尤二姐住处"拜见"。她对尤二姐说:"妹妹这样伶俐,搬过去,我也得个膀臂,要是妹妹不愿搬过去,我也愿意搬来陪妹妹住。要是妹妹在外头,我在里头,我的心怎么过得去呢?"说着,便呜呜咽咽哭了起来。

尤二姐是个实心人,见凤姐如此这般,便认凤姐是好人,倾心吐胆,真诚相待,满口答应马上搬去。凤姐一面把尤二姐骗了过去,软禁起来;一面又唆使张华(原与尤二姐订婚,后退了亲)去衙门里告状,告贾琏仗财依势,强逼退亲。当张华去都察院告了状后,王熙凤又来威胁讹诈尤二姐的母亲和贾蓉。凤姐说:"张华是个穷疯了的人,什么事做不出来,俗语说'拼着一身剐,敢把皇帝拉下马',看你们怎么办!"尤老娘、贾蓉无法,只得向凤姐叩头,请她帮忙,并愿拿出五百两银子给凤姐,以买通官府,平息此事。王熙凤以毒辣的手段,不久就把尤二姐逼得吞金自尽。

后人把"拼着一身剐,敢把皇帝拉下马"说成"舍得一身剐,敢把皇帝拉下马"。

佘太君百岁挂帅——朝中无人了

比喻朝廷中忠心耿耿且本领高强的人没有了。

北宋仁宗时,西夏进犯三关,主帅杨宗保中箭身亡。边关军情紧急,焦、孟二将驰京报丧求援,佘太君闻此凶讯,入朝请缨,因仁宗尚在后宫作乐,不得入宫面君,悲愤而归。事后八贤王、安乐王一同责备仁宗急慢杨家,仁宗醒悟,乃以吊唁为名,前往天波府,请杨家将前往边关御敌。佘太君大义凛然，以国家安危为重，虽年过百岁，仍亲自挂帅，率领杨门十二寡妇及曾孙杨文广出师。杨家将英雄奋战，一举击败西夏军，班师回朝。

佘太君要彩礼——没啥要啥

没有什么偏要什么。形容故意出难题。

相传，佘太君的女儿八姐和九妹长得花容月貌，豪门贵族争相来到杨府提亲。可八姐和九妹一心只想找个真心对待自己的人，过普通夫妻相亲相爱的生活。

有一天，姐妹俩出外游玩，不巧被宋仁宗瞧见了。仁宗早就听说杨家姐妹貌美如花，一见更是难以忘怀，于是他就派丞相寇准前去提亲。佘太君心中是一万个不答应，但她又不好直接拒绝，只好表面上假意允诺，同时又想办法为难仁宗，让他知难而退。佘太君对寇准说："既然是皇上让您来提亲，彩礼应该要特别点的。这样吧，那就要一匹从南京到北京这么长的青蓝布；再要两面穿衣镜，但一面要能照到洞庭，一面要能照到鄱阳。要孔雀毛织成的花巾，藕丝捻的丝绒，山枣刺做的绣花针，蝴蝶翅膀织成的罗裙，还要蚊子眼。二郎神的天狗我也想要，拿它看门肯定不错。"这一长串彩礼说下来，可把寇准弄得瞠目结舌。寇准连声说："老太君，我是明白了，您根本是没啥要啥，我看皇上也拿不出来。"说完，他就起身告辞，离开了杨府。寇准见到仁宗之后，就将佘太君所要的彩礼原原本本地说给仁宗听。仁宗一听，知道老太君心里不愿意，也无可奈何。

后来，人们就根据这个有趣的故事，编了歇后语"佘太君要彩礼——没啥要啥"。或者说成"佘太君要彩礼——专找没有的要"。

佘太君挂帅——马到成功

佘太君是一个有胆有识、保家爱国的女英雄。在丧夫失子的情况下，她强忍着巨大的悲痛，让孙儿杨宗保镇守三关，自己在家中，统率着杨门女将演兵习武，教育孙辈。

杨宗保五十大寿时，佘太君吩咐闭门庆寿，天波府中张灯结彩，大摆寿筵，忙个不停。哪知就在这时，三关守将焦延贵、孟定国报来噩耗：杨宗保中了西夏王文的暗箭，以身殉国了。

佘太君知道后，忍住悲痛叫儿媳们："酒筵未散，还得同饮一杯！"她叫杨八妹换大杯来，举杯叫道："宗保，好孙儿，你今天五十生辰，为国尽忠……你不愧是杨门子孙，你对得起你祖父，对得起你父，也对得起我，你母，你妻。你要痛饮一杯。"

杨门众将，纷纷表示要为杨宗保报仇。宋仁宗得知边关紧急，找不到抵抗外敌的忠臣良将，也只好请佘太君发兵。但杨门女将们想到边关万里，一路风霜，太君百岁年高，如何受得？于是不让太君亲自挂帅出征。太君哈哈大笑说："儿媳们，老身正因年迈，今后为国报效机遇不多，更应前去……"

佘太君说服了众人，挂帅发兵，征讨入侵之敌西夏。西夏大元帅王文知道太君挂帅前来，便想趁宋兵一路疲劳杀上前去。佘太君一到三关，就问敌情，看地图，料到敌人会以逸待劳，早已吩咐七娘带兵诱敌，又命穆桂英绕到敌后，攻其大营。王文发觉中计，腹背受敌，便绕道葫芦口，想从背后偷袭宋军。他到葫芦口见四处无人，十分得意，哈哈大笑说："老乞婆呀，老乞婆，人言你用兵如神，今日一见也不过如此！"突然，战鼓一响，八姐、九妹带兵杀出葫芦口，王文大惊。佘太君在山口上大笑，对王文说："你已身临绝境，

快快束手就擒。"王文战败而逃。这时，随太君出征的杨文广要求出击，太君答应了，并鼓励道："好，时机已到，你可立即下山，亲手杀敌，为父报仇!"又嘱咐道："那贼狠毒异常，要谨防他暗箭伤人!"并命焦、孟二将随文广前往，务必当心。文广记住太君告诫，接住了王文的暗箭，杀死了王文，活捉了敌副帅薛德礼。太君把薛德礼放回去，命令他告诉西夏王："今后若再侵犯我国疆土，他人头难保!"西夏自此不敢轻易进犯，边境获得了难得的平静与安宁。

后来，根据"佘太君挂帅西征"的故事有了歇后语"佘太君挂帅——马到成功"，形容工作刚开始就取得成功。

申公豹的嘴——搬弄是非

据《封神演义》记述，殷郊本是殷商的太子。在母亲姜皇后被杀后，遭到纣王追捕，经过的广成子将其救往九仙山修道，艺成出师，奉广成子命，携"翻天印"等法宝下山，协助武王讨伐纣王。却在半路遇到了申公豹，申公豹是一个忘恩负义、挑拨离间、助纣为虐的小人。申公豹问殷郊往哪里去，殷郊说去见姜子牙，助周伐纣。申公豹笑了笑，故意问："纣王是你什么人?"殷郊答道："是我的父王。"申公豹说："人世间哪有儿子帮助外人来讨伐自己的父亲呢? 这真是自开天辟地以来都没有听说过的事。我劝你去把周武王干掉，这才是长远之计。"殷郊说："我父无道，理应让位于有德之人。何况姜子牙有将相之才，仁德闻名天下，诸侯无不响应。我的老师曾吩咐我下山去帮助姜师叔东进五关，我哪能违背师令呢?"

申公豹暗想："他不听我的这些话，再换换别的。"于是又说："殷殿下，你说姜子牙有德，他品德在哪里?"殷郊把姜子牙赞美一番。申公豹又说："有德者，不妄杀无辜之人。殿下之父亲固然得罪了天下人，可以把他看作仇人。可是殿下之胞弟殷洪，听说他也是下山助周的，却被姜子牙用太极图化成飞灰。这是有德人干的事，还是无德人干的事呢?"

殷郊听申公豹这么一说，大为震惊，忙问："老师，此事可是真的?"申公豹说："天下谁不知道，难道我还能骗你? 你可以到西岐问问张山，看是真是假，然后再作决定不迟。"

殷郊到了西岐找张山来问，张山也是这么说。殷郊听罢，大叫一声，昏倒在地上。众人将他扶起来，他放声大哭，跃身而起，把一支令箭折为两段，愤慨地说："若不杀姜子牙，誓与此箭相同!"

第二天，殷郊亲自出马，去找姜子牙算账。姜子牙莫名其妙，说："殷洪之死，与我毫无关系。"殷郊一听，大叫一声，几乎气昏过去，大怒道："好匹夫! 你还说与你无关!"立即纵马挥枪去战姜子牙……

从此，双方一次次交战，不知战死了多少生灵。最终殷郊被姜子牙和燃灯道人打败，引入岐山，受犁耕而死。这都是申公豹挑拨离间、搬弄是非的结果。

后来，人们根据申公豹的种种恶行，编成了歇后语"申公豹的嘴——搬弄是非"，形容把别人的话传来传去，有意挑拨，或在背后乱加议论，引起纠纷。

申公豹——人前一面，人后一面

据《封神演义》记述，姜子牙在周武王手下做了宰相之后，全力辅佐武王讨伐纣王。

他与纣王的将臣张桂芳相斗,因道术浅薄,不能制伏他。于是,他辞别武王,上昆仑山向元始天尊请教。元始天尊告诉他:事到危急之处,自有高人相辅。并叮嘱他,回去的路上,如果有人叫你,你不要答应。如果答应了他,将有三十六路征伐等着你。姜子牙铭记在心,便带着大师兄南极仙翁给他的"封神榜"告辞出宫。

姜子牙行到麒麟崖,忽然听到后面有人叫他,先叫"姜子牙",又叫"子牙公""姜丞相",他均未答应。那人生气了,大叫道:"姜尚(姜尚,字子牙),你太薄情!你现在当了丞相,地位高了,就不理睬老相识了!"姜子牙听他这么一说,只得回过头来,一望,原来是师弟申公豹。姜子牙说:"兄弟,我不知道是你叫我。对不起!"

他们交谈一阵后,姜子牙知道申公豹今天下山来是扶持纣王的,并要劝姜子牙同他一起保纣灭周。姜子牙不肯。申公豹气愤地说:"姜子牙,你保周,有多大本领?道行不过四十年而已,法术哪比得上我呢?我把头砍下来,抛到空中去,遍游千万里,落下来还能接到颈项上……"子牙听他这么一说,感到稀罕,于是说:"兄弟,你把头取下来,果能如此,我就把'封神榜'烧了,同你一起去朝歌城辅佐纣王。"申公豹说:"不可失信!"姜子牙说:"大丈夫一言既出,重如泰山,岂有失信之理!"申公豹扯掉头巾,右手将剑一刟,把头割了下来,身子还站在那里。他将头往空中一抛,那颗头盘旋着上去了。

却说送别姜子牙的南极仙翁,没有进宫去,正在宫门口休息一会儿。他忽然看见申公豹的头在空中游荡,担心忠厚的姜子牙受申公豹的迷惑,便立即让白鹤童儿变作一只白鹤,把申公豹的头衔住送往南海。姜子牙见此情景,便破口大骂白鹤。这时,南极仙翁来到他们面前,对姜子牙说明了缘由。姜子牙苦苦哀求,不愿干这不讲仁义的事。南极仙翁无奈,只能把手一招,白鹤童子一张嘴,申公豹的头从空中落下来,然而落得太急,一下子把脸落成朝着脊背了。申公豹忙用手端着耳朵一转,但没有转正,结果成了歪头。

后来,便有了歇后语"申公豹——人前一面,人后一面",讽刺那些居心不良,当面一套,背后一套的人。

神话中的盘古氏——开天辟地

形容前所未有,是有史以来第一次;也形容创建了空前宏伟的事业。

神话传说中,在史前,天地浑然一体。世界像个鸡蛋,天地的开创人盘古就在"蛋"里。一万八千年后,盘古从"蛋"里走出来。"蛋"里淡淡的烟云冉冉上升,变成青天。混浊的沉渣逐渐凝聚,变成大地。天地近在咫尺。盘古弯曲着背把天地撑开。盘古顶天立地一万八千年,终于把天撑高。天地再也不会合在一起,盘古才安然死去。他呼出的气,变成风和云。他留下的声音,变成雷霆。他的眼睛变成太阳和月亮。盘古开创了世界。后人在颂扬开创伟大事业时,称之为"开天辟地"。

神农氏尝断肠草——没治了

形容已经到了无法挽回的地步。

传说,神农氏一生下来,就是个水晶肚子,光亮透明,不论肝脏肠肺,都能够看得一清二楚。那时,人们还不会用火烧东西吃,吃的一些花草虫鱼等,都是生吞活咽。这样一来,人们常常生病,有时不知得了什么病,就死了。神农氏看了很是难过。于是,他下决心要把看到的东西都尝一遍,看看它们在肚子里面是怎么变化的。神农氏就这样辛苦地尝遍百草,每天都中毒,中毒后都用茶来解救。他清清楚楚看着花草在肚子里的变化,找出花草根叶有四百七十种有毒的,有九百八十种无毒的。

这天,神农氏见到一朵黄黄的像茶花样的花,那花托的叶子还轻微地动着。神农氏觉得很奇怪,刚把叶子放进嘴里,就死了!人们就称这草为"断肠草"。吃了"断肠草"就无法医治了。常言说:"神农尝药千千万,可治不了断肠伤"就是说的这件事情。

神农氏女儿被溺死——精卫填海

比喻不畏艰难,奋斗不懈的精神。也比喻徒劳,不自量力。

传说炎帝有个女儿,名叫精卫。有一天,精卫去东海游泳,溺水而亡。精卫死后,变成一只红爪白嘴的小鸟,立志要把大海填平。她用嘴衔来石头与树枝投向大海,并发出"精卫,精卫"的叫声,像是在激励自己。她年年月月,永不停歇。

歇后语"神农氏女儿被溺死——精卫填海"由此而来。

生公说法——顽石点头

晋朝时,有个道生和尚。他从小出家,苦读经书,精通佛典,才华出众,大家叫他道生法师,尊称为生公。

生公在京城里传经说法,深受皇帝的器重。当时佛教盛行,佛教中又有许多不同的派别,朝廷里有的大官见到皇帝器重生公,产生嫉妒,奏本诬告生公是邪教。皇帝听信了谗言,便把生公赶出了京城。

生公到处云游,四海为家。有一次,他来到了苏州城,看到虎丘山风景秀丽,便在这里居住下来,继续传经说法。苏州人听说虎丘山上来了一名高僧,大家都来听他讲经。一传十,十传百,百传千……来听经的越来越多,虎丘山上的一块大磐石到处坐满了人。

说起虎丘山上的这块大磐石,还有一段故事。早年吴王阖闾在虎丘造墓,为了不泄露机密,坟墓造好后,便下令将造墓的一千名工匠全部杀掉。工匠们拼死抵抗,在大磐石上和官兵肉搏厮杀,终因手无兵器,统统被杀害了。千人的鲜血染红了这块大磐石,后人取名千人石。千人的鲜血流到磐石边的水池里,殷红殷红,便取名血河池,后来池中白莲盛开,改名叫白莲池。

生公在虎丘山上讲经的消息,在苏州城内外越传越广。苏州知府听说后,怕冒犯朝廷,得罪朝中大官,于是下令不准生公再讲经,并派出大批官兵把前来听讲的人全部赶走。那"千人石"上只留下一块块垫坐的石头。

生公并不灰心,依然坚持不懈,天天讲经。没有人,向谁讲?他面对一块块顽石,像往常对着听讲的人群一样,一丝不苟地讲解佛经。说来也奇怪,每当生公讲经的时候,虎丘山上的百鸟就停止歌唱;白莲池里的水就自然而然地满起来;池里的千叶白莲就一起开放吐香;连一块块垫坐石,听了也频频点头。这是怎么回事呢?有人说生公讲经讲得好;更多的人说,生公的意志坚韧,精神十分感人,感动得花鸟也知情、顽石都点头!

后来便有了歇后语"生公说法——顽石点头",比喻道理讲得透彻,使人心服口服,还比喻人的意志坚韧不拔。

守株待兔——白等

用来嘲笑那些死守规矩,不知变通,终于要招致失败的人。

从前，宋国有个年轻农民在地里劳累了一天，非常辛苦，忽然他看见一只白兔跑过来，不小心撞到树桩上。那兔子四脚乱动，鲜血直流，脖子折断了。他拎起兔子，非常高兴，哼着小曲回家去了。

他美美地吃了一顿后，第二天，就不干活了。一清早他就伏在草堆后面，双眼无比警惕地直盯着树桩。不久，前面有一只白兔欢快地跑了过来，可是眼看到了树桩跟前却偏偏转了个弯，活蹦乱跳地跑开了，急得他直跺脚。这时，又来了一只灰兔。然而灰兔跑到树桩前却停住了，动动耳朵，又往回奔去了。时间渐渐过去，天色暗了下来，他只好咬牙切齿地回家去，准备等天亮了再来继续碰运气。就这样，他一天又一天地守株待兔，农田也就荒了。夏天刚到，他就没米下锅了。

狮形山上的油灯——长明

本指灯总是亮着不灭。常用来形容某人一贯正确。

传说，早年有个叫黄世珊的人，在湖北汉川当县令。因为黄世珊执法严明，不徇私情，被贪官陷害罢了官。没办法黄世珊只好带领一家老小，南渡归家。一天傍晚船行到南洞庭时，突然乌云滚滚，下起瓢泼大雨。黄世珊那只船正在湖心，来不及靠岸，船在湖面上打起转来，老艄公也急得六神无主。正在危难之时，只见南方突然来了一道白光，像一颗夜明珠吊在空中不动。这时船猛地一晃，马上又平稳下来了。不一会儿，船行到了一座石山脚下，黄世珊一家就在船舱过了一夜。

第二天清早，黄世珊走出船舱一看，眼前是一座三面环水的石山。他沿着一条小路往山上走去，见到一座古庙。黄世珊走进庙门，只见正中供着一尊柳毅像。仔细一看，发现柳毅的靴子有一只是水淋淋的。正在这时，从庙内走出一位老人。黄世珊就把昨晚怎样遇险，怎样得救的事细细说了一遍，并提出要为柳毅重修庙宇，刻碑挂匾。老人笑着说："难怪昨晚王爷给我托了个梦，说今日定有人来朝庙。他说，假若来的人要扩建庙宇，就叫他在两边山上建一座钟楼，晚上点上一盏长明灯吧。"黄世珊一听，满口答应，回家后变卖了一些田产，在狮形山上建起了一座钟楼，钟楼顶上安上了一盏长明不灭的大油灯。

从此以后，狮形山上夜夜钟声长鸣，灯光不息，因此至今有"狮形山上的油灯——长明"之说。

什锦包子不叫什锦包子——包罗万象

形容内容丰富，应有尽有。

传说，在三国时期，刘备、关羽、张飞三人连续三次去卧龙岗请诸葛亮出茅庐辅佐汉室，完成统一大业，然而前两次都没能见到诸葛亮。第三次，刘备、关羽、张飞等一大早就来到诸葛亮家门外叩门，诸葛亮书童说："先生正在屋中睡觉。"刘备听后高兴万分，心想，总算能够见到诸葛先生了。于是赶紧告诉书童，先生醒时再麻烦通报，我们在外面等候。

当时，正值寒冬腊月，天降鹅毛大雪，诸葛亮感受到刘备的诚意，早就准备好了点心。刘备、关羽、张飞等在室外一直等到了掌灯时候，诸葛亮才把刘备等人请进屋去，并叫家人准备晚饭。不大一会儿准备完毕。刘备等入座后，见桌上摆着一干一稀两种食品，不知叫什么名字，当即拜问诸葛亮。诸葛亮笑着说："这干的叫作'包罗万象'，稀的叫作'闭门羹'。"诸葛亮看了看刘备，又说："亮不想出山问国事，愿在家中清闲度百春。"刘备一听诸葛亮的话,说道:"先生不肯帮我,叫我怎么办?"说罢哭了起来。诸葛亮见刘备确有诚意,长叹一声说:"好吧,将军既不相弃,愿效犬马之劳。"后来,在欢迎诸葛亮的宴会上,其中也有这一干一稀两种食品。但刘备却将"包罗万象"改为"聚英包子","闭门羹"改叫"聚(橘)乐元宵"。诸葛亮听后心领神会。

"包罗万象"这个点心,猪肉、牛肉、羊肉、鱼肉都有,荤素俱全,现在改叫"什锦包子"。所以有"什锦包子不叫什锦包子——包罗万象"这一说。

失之毫厘——差以千里

指开始稍微相差一点点,结果会造成很大的错误。强调不能出任何微小的莽错。

西汉时,赵充国奉汉宣帝的命令去西北地区平定叛乱。赵充国见叛军军心不齐,便采取招抚的办法,使得大部分叛军投诚。可宣帝命他出兵,结果大败。

几年前,金城等地粮食大丰收,谷子的价钱很便宜。赵充国向宣帝建议收购三百万石谷子存起来,那么边境上的人见到军队的粮食充裕,人心归顺,他们想叛变也不敢动了。可是后来耿中丞只向宣帝申请买一百万石,宣帝又只批了四十万石,义渠安国又轻易地耗费了二十万石。正由于做错了这两件事,才发生了动乱。赵充国想到这些,深深地叹了口气说:"真是'失之毫厘,差以千里'啊!如今战事未停,危机四伏,我一定要用生命来坚持我的正确主张,替皇帝扭转这个局面。"于是赵充国把他撤兵、屯田的设想奏报宣帝,向宣帝提出著名的"千古之策",即屯田策。宣帝接受了赵充国的主张,最后招抚叛军,达到了安邦定国的效果。赵充国在黄河流域首创屯田,为这一地区社会安定、经济发展、汉文化的迅速传播做出了历史性贡献。

十五个吊桶打水——七上八下

形容心神不定。

潘金莲与西门庆通奸,害死了丈夫武大郎。武松向官府告状,催逼知县拿人。谁知这知县已受贿赂,不肯主持公道。于是武松决定亲自报仇,他在家里安排酒席,要当场杀死潘金莲。武松请来街坊邻居作证,他请到四家邻居,并王婆和嫂嫂潘金莲,共六人。武松掇条凳子,却坐在横头,叫士兵把前后门关了,众人怀着鬼胎,不知如何是好。酒过三杯,邻居胡正卿便要起身告辞,说:"小人太忙了。"武松大声说:"你不能走。既然来到这里,再忙也要坐一坐。"

胡正卿心神不定,心头如十五个吊桶打水,七上八下,心中暗想:"既然是好意请我们吃酒,为什么又这样对待,不许我动身?"但他又怕武松动怒,只得坐下。接着,武松审问潘金莲、王婆,让胡正卿一一记录在案。武松杀了潘金莲,又去杀了西门庆,报了杀兄之仇。

十字坡的男人——怕老婆

张青夫妇在十字坡开了个小店,结交天下英雄。武松自杀死张都监,血溅鸳鸯楼,就来到了这十字坡小店里隐居。为了款待武松,孙二娘将仅有的二斗多谷子扛了出来。孙二娘来到十字桥北,运足力气,拔掉碾桩,推下石磙,两手搬着碾盘向上一掀,碾盘立起来了。孙二娘一只胳膊夹着石磙,另一只胳膊夹起谷子袋,回到家。张青见孙二娘空手回来,心里很是焦急。孙二娘对张青说:"怎么,客人来了,还不快去烧水做饭。"张青怕老婆,只好在屋里烧起水来。孙二娘悄悄到门外碾米,水开了,谷子也碾成了小米。三人吃了一锅小米饭,可把送碾子的事忘得一干二净。

再说,十字坡的乡亲们天亮来碾米做饭,到桥头一看,碾盘、石碾都不见了,只留一根碾桩横在地上。人们都十分奇怪,这里没有车的痕迹,谁能将大青石碾盘、石碾搬走呢?正在这时,孙二娘头顶碾盘,怀抱石碾走了过来。众人一看,惊讶万分。孙二娘放好碾盘,安上碾桩向乡亲们道了谢。后来武松、张青夫妇三人从容不迫地投奔了二龙山。直到今天,在十字坡还留着一句歇后语,叫作"十字坡的男人——怕老婆"。

士别三日——刮目相待

是指人在短时间内有极大的进步,需改变对他的看法。

三国时吴国名将吕蒙英勇善战,孙权和周瑜都很器重他。由于吕蒙十五六岁就跟随姐夫奔走沙场,虽练就一身好武艺,但没读过几本书。为此,鲁肃认为吕蒙不过是草莽英雄。孙权对吕蒙说:"你现在掌管主要事务,不可以不学习。"吕蒙以军中事务繁忙为理由推辞。

后来,吕蒙逐渐认识到自己的不足,于是开始认真读书。周瑜死后,鲁肃代替周瑜驻防陆口,军队路过吕蒙的驻地,鲁肃拜会吕蒙,鲁肃听了吕蒙的一些见解,觉得吕蒙前后判若两人。他亲切地说:"你的才智怎么长进得这样快呀?我以前只知你有武略,现在看你的学识也是十分广博啊,你不是从前的吴下阿蒙喽!"吕蒙也笑起来:"不要用老眼光看嘛,士别三日,就应该刮目相待嘛!"从此,鲁肃与吕蒙成为好朋友。

石碏派人杀儿子——大义灭亲

为了维护正义,保障国家和人民的利益,绝不包庇亲族的罪行。

春秋时,卫庄公的爱妾有个儿子叫州吁,州吁从小就不务正业,整天只喜欢舞刀弄枪。而当时,大夫石碏也有个儿子名叫石厚,石厚与州吁臭味相投,二人关系极好。后来卫庄公死了,公子姬完继位为卫桓公。此时,石碏因年迈又不满州吁的作为,便告老还乡。

一天,卫桓公要到洛邑去见周王,州吁和石厚便借送行之机杀死了卫桓公,并夺取王位。州吁不得人心,于是他们找石碏寻求帮助,以安抚民心。石碏告诉前来求助的儿子石厚说:"你们只要去请陈桓公向周王说情,得到周王的同意就好了。"州吁和石厚,带上礼物赶往陈国。石碏暗中写信密告陈桓公,让他帮助捉拿杀害君王的凶手。当州吁和石厚来到陈国时就被抓了起来。陈桓公派人去问石碏怎么处置这两个凶手。石碏说:"此子不忠不孝,留他又有什么用?"于是叫人把他杀了。石碏的这种做法得到后人的赞许,后来人们称这种行为是"大义灭亲"。

石勒自我夸耀——鹿死谁手

原比喻不知政权会落在谁的手里。现也比喻在竞赛中不知谁会取得最后的胜利。

石勒设宴招待远从高丽国来的使臣。当喝酒喝得快醉的时候,石勒大声地问臣子徐光:"我比得上自古以来的哪一位君王?"徐光想了一会儿说:"您非凡的才智超过汉代的高祖,卓越的本领又赛过魏朝的始祖,从三皇五帝以来,没有一个人能比得上您,您恐怕是轩辕黄帝第二吧!"石勒听后笑着说:"人怎么能不了解自己呢?你说得也太过分了。我如果遇见汉高祖刘邦,一定做他的部下,听从他的命令,只是和韩信、彭越争个高低;假使碰到光武帝刘秀,我就和他在中原一块儿打猎,较量较量,未知鹿死谁手?"

施耐庵看打狗——无巧不成书

指由于意料之外的事情或巧合使事情的发展富有戏剧性。

相传,施耐庵在创作《水浒传》的时候,写到武松打虎这一节,总是写不好。施耐庵从来没有见过打虎,只是凭空猜测,不知道怎样描绘打虎的场面。正当他冥思苦想,一筹莫展之际,忽然听到门外一阵吵闹声,施耐庵放下手里的笔,向门口走去,想看个究竟。原来是邻居阿巧喝醉了酒,不知怎么和一条大黄狗发生了冲突,阿巧与狗打得难解难分。施耐庵正要上前喝住阿巧,突然一想,武松不也是在喝醉酒的情况下才打的老虎吗?让我仔细看看阿巧如何醉酒打狗,也许能从中受到启发。想到这里,施耐庵就不动声色地在一旁观察阿巧的一举一动。只见阿巧敞胸露怀,抡起拳头朝大黄狗的脑袋打去,大黄狗轻轻一闪,掉过头来又向阿巧扑来。阿巧怒不可遏,一把抓住大黄狗的腿,飞身骑在了狗的背上,举起拳头在狗的头上打了三拳,大黄狗便瘫趴在地上,无力反抗了。

回到家里,施耐庵一边在脑海里回放阿巧打狗的过程,一边写武松打虎的情节。写完武松打虎这一节以后,他仔细读了一遍,感叹道:"要是没有阿巧打狗,我就写不成这本书了。"此后,"无巧不成书"这句话便流传开来,被人们广泛运用。

释迦牟尼讲佛经——高深莫测

高深的程度让人无法揣测。形容使人难以理解。

相传,释迦牟尼二十九岁时痛感人世生、老、病、死各种苦恼,于是舍弃王族生活,出家修道。经过六年苦行,悟到不能达到解脱,弃而至菩提伽耶,在菩提树下静思"成道",得世间无常和缘起诸理,即在鹿野苑开始传教,为阿若、陈如等五人说苦、集、灭、道"四谛"以及"八正道"等,佛经称为"初转法轮"。其后一直在印度北部和中部游行教化,信众很多,尊之为佛陀。八十岁时,在拘尸那迦城附近的娑罗双树涅槃。弟子们将释迦牟尼一生所说的教法记录整理,通过几次结集,成为经、律、论"三藏"。随着传播范围的扩大,佛教逐渐形成世界性的宗教。

屎壳郎出国——臭名远扬

比喻坏名声传得很远。

屎壳郎,学名蜣螂,全身呈煤黑色,会飞。它们雌雄成对出行,吃人畜粪便和动物腐尸。因为屎壳郎一生都是与臭东西打交道,人们又形象地称它们为"逐臭之夫"。

在澳大利亚有着广阔的草场,这里喂养着千万头牛羊,澳大利亚也因盛产牛羊制品而闻名世界。然而当人们为拥有大量的牛羊欢喜高兴之余,却没有想到牛羊的粪便覆盖大片的草场,会滋生蝇类,引发严重的环境问题。而澳大利亚只有以袋鼠粪为食的屎壳郎,而没有吃牛羊粪的屎壳郎。澳大利亚为清除牛羊粪便,解决环保问题,从中国引进了屎壳郎。因为屎壳郎以粪便为食物,吃掉粪便既可化弊为利,又可维护生态平衡。同时因屎壳郎又脏又臭名声不好,所以也就引出了这句"屎壳郎出国——臭名远扬"的歇后语。

蜀侯得牛——贪小失大

形容贪图小的便宜,遭受大的损失。比喻只谋求眼前的好处而不顾长远的利益。

战国时,蜀国物产丰富,四周环山,形势险要,国家安定。但蜀侯却昏庸又贪财。秦惠文王早就想吞并蜀国,但是由于蜀道太艰险,进蜀的军队总是半途而废。后来,有人献了一条计策:针对蜀侯贪财,命石匠把大石头凿成石牛,牛身雕空,塞进一些金帛,称为"牛粪之金",扬言要把这些石牛作为进蜀礼物,赠送给蜀侯。蜀侯中计后,再设法进入蜀国灭掉它。

秦惠文王觉得这是一条妙计,马上下令实施。不久一批石牛就雕成了。蜀侯听到这个消息,高兴极了,他一心等待秦国把石牛送来。蜀侯急于想得到石牛,就马上派民工开山填谷,铺筑道路,迎接石牛。蜀国的大臣们劝谏蜀侯说,秦是虎狼之国,绝不会无缘无故把产金石牛送给蜀国,一定要提高警惕,切不可轻举妄动。蜀侯财迷心窍,听不进大臣的忠告,征集数万民夫加紧开凿山道。等到把进蜀的道路修好,秦国的大军也跟在石牛后面开进蜀国来了。就这样,秦惠文王使用石牛妙计,吞并了蜀国。后来,人们嘲笑蜀侯说:"为了贪图小利,结果失掉了大利。"

叔孙通察言观色——何足挂齿

表示一点点小事,用不着放在心上。不值一提的意思。

秦朝末年,陈胜、吴广揭竿而起,四方响应,起义军很快攻下了蕲、陈等州县。秦二世闻报,召集叔孙通等三十余名博士入宫,急问:"陈胜作乱,你们有何良策?"博士们说:"作臣民的不能聚众,聚众就是造反。造反者应该处死,望陛下赶快发兵征讨他们。"秦二世听了勃然大怒。叔孙通善于察言观色,上前说:"陛下,臣认为他们说的不对,今天下一家,先帝已下令销毁了所有兵器,并下令不准再用。况且有贤明的君主制定了完备的法令,人人遵法守职,天下一片太平景象,哪里有人敢造反呢?臣认为陈胜之流,只是一群行窃的盗贼罢了,何足挂齿?只要下令州、郡的官员缉捕他们,没有必要发兵去征伐!"秦二世听了,高兴地说:"说得好!"他让监察御史审查各人的话,凡是说聚众造反的,都交给官吏治罪;只有叔孙通受到嘉奖,赏赐了二十匹帛和一件官袍,并官升一级。

叔孙通出宫后,被指责为阿谀奉承之徒。叔孙通说:"你们不知道,我不那样说,大家都难逃一死!"叔孙通连夜出逃,回到家乡薛地,投奔了项梁的起义军。后来,叔孙通又投奔刘邦。刘邦建立汉朝后,叔孙通为刘邦制定了朝廷的各种礼仪,被刘邦封为太常之职。

水滴石穿——贵在坚持

现比喻只要坚持不懈,总能办成事情。

宋朝时,张乘崖在崇阳当县令。当时,常有军卒侮辱将帅、小吏侵犯长官的事情发生。张乘崖认为这是一种反常的事,下决心要整治这种现象。

一天,张乘崖在衙门周围巡行。突然,他看见一个小吏从府库中慌慌张张地走出来。张乘崖喝住小吏,他发现小吏头巾下藏着一文钱。小吏支吾了半天,才承认是从府库中偷来的。张乘崖把那个小吏带回大堂，下令拷打。小吏不服气："一文钱算得了什么！你也只能打我，不能杀我！"张乘崖大怒，判道："一日一钱，千日千钱，绳锯木断，水滴石穿。"为了惩罚这种行为，张乘崖当堂斩了这个小吏。从此，崇阳县的偷盗之风戛然而止，社会风气也大大地好转。

水仙不开花——装蒜

传说在水仙花的故乡——福建省漳州府住着兄弟两个人，坏心肠的哥哥和好心肠的弟弟。他们的父母去世后，哥哥占了大片的良田，只把一小块荒石坝分给弟弟。

荒石坝本来就是那种种一斤收半斤的贫瘠土地，更何况只有那么小小一块，弟弟靠这么一小块荒石坝实在难以度日，急得没有办法，只能痛哭流涕，终日以泪洗面。他哭得实在太伤心了，感动了当地的土地神。土地神见他是个老实人，有心要帮助他，就变成一个扶杖老人，拿着一个蒜头样的东西来给他，说："这是水仙花头，正适合种在你这块荒石坝，你拿去种上，明年一定可以卖得很多钱。"弟弟将信将疑地问："我能种水仙花，别人也能种，怎么能卖钱？"老人笑呵呵地告诉他："年轻人，不用担心，这是玉皇大帝下过咒语的，除了你谁移栽都不开花，第二年还得向你买。"说完，老人就不见了。

弟弟依照老人的嘱咐，便在荒石坝上种起水仙花来。果然，到了冬末春初时，水仙花儿开得清香、雪白，逗人喜爱。头一年果然卖了很多钱。

坏心肠的哥哥因为好吃懒做，不到一年的时间就把产业败光了，这时早已捉襟见肘了，见到弟弟种水仙花赚了大钱，便向他要水仙花种，也想来种。好心肠的弟弟念手足之情，拿了些花种给他。可是，不知为什么，哥哥种的水仙花就是不开花，便怀疑是弟弟故意给他不开花的水仙花头，骂道："水仙不开花——装蒜！"

弟弟心想：为什么移栽的花头不开花？他便仔仔细细地观察自己种的水仙花头和哥哥移栽以后的水仙花头，发现原来自己种的花根上有个裂口。于是，他进行反复试验，终于获得一手绝招——人工刻花头，也就是用刀刻开花头，使包在里面的花芽得到生长，这样移栽的花头也能开花了。这一来，弟弟成了远近闻名的花农。他种的水仙花销路极广，连他哥哥骂他的那句歇后语"水仙不开花——装蒜"也一直传到现在，形容装腔作势或假装不知道。

说出去的话，泼出去的水——收不回来

汉朝时候，有个人叫朱买臣，他一边读书，一边靠砍柴维持生活。朱买臣的妻子嫌他贫穷，天天说他的不是，而且总找机会嘲笑他，辱骂他。后来，朱买臣的妻子要求和他离婚，再嫁。妻子坚持要离，朱买臣也不想再受气，便让她离去。

过了几年，朱买臣当上了会稽太守。他上任时，当地许多人都打扫街道来迎接他，朱买臣原来的妻子也在其中。当她认出新来的太守竟是自己的前夫时，忙冲出人群，跪在朱买臣的面前，泪流满面地说："念我们夫妻一场，望你大人不计小人过，不要和我一般见识，我愿和夫君重归于好。"朱买臣随即叫随从端来一盆水，顺手泼在妻子的旁边，说："我和你有约在先。既然如此，我今天给你一个机会，你能把这盆泼下去的水滚干，我就和你复婚。"朱买臣的妻子听信此话，二话不说地就在泼水处打起滚来，滚来滚去，滚得蓬头散发，浑身沾满了泥浆，而地上却总是湿的。泼出去的水是收不回来的，旁边的人抿着嘴笑

了起来。朱买臣看到这种情景，头也不回地走了。朱买臣的妻子又气又悔，回家后悬梁自尽。

司马光称颂富弼——德高望重

品德高尚，名望极大。多用以形容年长而有名望的人。一般称颂老人。

北宋大臣富弼，虽出身贫寒，但从小读书勤奋，知识渊博，举止豁达，气概不凡。当时有位前辈见过他后，赞叹说："这是辅佐帝王的贤才啊！"

富弼二十六岁踏上仕途。四十多年里，他对北宋王朝竭诚尽忠，在处理外交、边防、监察刑狱、赈济灾民等事务中，取得了显著的成就，先后担任过仁宗、英宗、神宗三朝宰相，成为天子倚重、百官景仰的名臣。

富弼为人谨恭随和，即使当了宰相以后，也从不以势傲人。下属官员或平民百姓前来谒见，他都以平等之礼相待。神宗熙宁五年（公元 1072 年），富弼年老退休，长期隐居洛阳。一天，他乘小轿外出，经过天津桥时被百姓发现，百姓纷纷跟随观看，使热闹的集市顷刻之间变得空无一人。司马光曾称颂富弼说："三世辅政，德高望重。"

司马光枕圆木——睡不稳

比喻心中有事或有病或忙于工作睡不好觉。

传说，司马光编写《资治通鉴》前后用时十九年，他无时无刻不在努力钻研，专心写作。司马光经常工作到深夜，天还没亮，就又起来了。他恐怕睡得过久，影响写作，特制了一个圆木"警枕"，故意不让自己睡稳。经过 19 年的不懈努力，终于编成了二百九十四卷的巨著《资治通鉴》。

司马徽的别称——好好先生

东汉末年，司马徽善于识别人才，但由于当时社会斗争复杂，司马徽经常装糊涂，从来不说别人的短处，不管是好是歹，总是回答"好"。日子久了，司马徽也就成为"好好先生"了。

有人问司马徽："身体好吗？"他回答说："好。"有朋友前来拜访，伤心地说自己的儿子死了。不料，司马徽听后竟说："大好。"他的妻子等朋友走后，责备司马徽说："人家以为你是有德行的人，所以直言相告。哪里有听别人说儿子死了，反而说大好的？"司马徽回答说："好啊，你的话也是大好。"他的妻子听了，哭笑不得。

司马相如与卓文君——一见钟情

比喻男女之间一见面就产生了爱慕之情。

司马相如自幼家境贫寒，但他天资聪慧，勤奋好学，成年后，不但满腹经纶，而且弹得一手好琴。有一次，司马相如赴临邛富豪卓王孙家宴饮。卓王孙有一个女儿，名叫卓文君，她不但年轻貌美，而且很有才学。但她婚姻生活很不幸，年纪轻轻就守了寡。在卓文君还没结婚之前，她就曾拜读过司马相如的名作《子虚赋》，她对司马相如的文采早就钦佩不已。

在宴会上，司马相如受邀即兴为众人弹奏了一曲《凤求凰》。这一切被躲在暗中的卓文君，看在眼中，记在心里。卓文君被司马相如优美婉转的琴声所吸引。司马相如虽隔着屏风却也看见了风姿绰约的卓文君。司马相如早就听说卓王孙有个女儿，才貌双全，如今一见，果然名不虚传，他不禁有点怦然心动。于是，司马相如更是将琴弹得情意绵绵，想用琴声来拨动卓文君的心弦。通晓音律的卓文君听罢弹词，明白了司马相如对她的情意。之后，二人相约在后花园的亭内见面，互吐钟情，并且私订了终身，随即携手私奔。

司马懿夸诸葛——甘拜下风

表示真心佩服或自认不如对方。

三国时期，魏国派司马懿挂帅攻打蜀国。诸葛亮令马谡等守街亭，不想马谡只会纸上谈兵而不能活学活用，造成街亭失守，诸葛亮只得撤退。

司马懿得街亭后乘胜追击，引十五万大军拥向西城。此时诸葛亮身边别无大将，手里的五千士兵，又有一半派去运粮草了，硬拼必败无疑。于是诸葛亮传令：大开四门，每门用二十军士，扮作百姓，清扫街道，而自己也强作镇定来到城楼上焚香操琴。司马懿远远看见诸葛亮悠闲自若操琴的样子，害怕诸葛亮设有伏兵，便迅速撤退了。后来当司马懿知道是中了"空城计"后，悔恨万分，不禁仰天感叹说："我不如孔明矣！"

司马懿破八卦阵——不懂装懂

自己不懂却装作很精通的样子。

三国时蜀魏交战，魏王命大将司马懿带兵四十余万与诸葛亮在渭河之滨对阵。诸葛亮派兵布好八卦阵，司马懿不懂破阵之法，强行破阵。

司马懿命令手下的三个将领从正门"生门"杀入，往西南"休门"杀出，以为这样就可以破此阵。三个将领得令，各带了三十名精兵杀入生门，可阵中门户重重，方向难辨，三个将领首尾不能相顾，谁都顾不上谁，只管乱冲乱撞。一会儿，四面喊声大响，魏军精疲力竭，一个个都被活捉了。诸葛亮不杀他们，反而让部下脱下这些被房兵士的衣服，涂黑他们的脸，然后放出阵去。司马懿一看，气得口鼻生烟，立即指挥三军奋勇攻阵。诸葛亮在两军刚刚交锋时，早就派下两队士兵分别从后面和侧面偷袭魏军。结果魏军三面受敌，司马懿大惊，急忙退兵，但为时已晚，蜀军紧随其后，将魏军打得落花流水。司马懿悔恨自己不该不懂装懂。

司马昭之心——路人皆知

意为野心非常明显，为人所共知。

三国时，曹操的儿子曹丕篡夺了汉室的王位，自己做了皇帝，改国号为魏。曹丕死后，司马懿就和曹爽一起辅佐魏明帝。后来明帝早逝，司马懿又辅佐幼主齐王曹芳登位。

公元249年，曹爽不听手下人的劝告，执意出城打猎，司马懿和他的儿子司马师、司马昭在洛阳发动政变，将曹爽集团赶尽杀绝。从此，司马懿父子就彻底控制了曹魏的大权，不久之后他们就废掉齐王曹芳，另立年仅十三岁的曹髦为帝。不久，司马懿和他的儿子司马师都因重病死去，留下司马昭继续掌控朝政。

魏帝曹髦见到司马氏三世专权，气愤不已，决心改革政治，除掉司马昭，摆脱傀儡地位。但碍于司马昭的强大势力，他迟迟不敢下手。曹髦早知司马昭想做皇帝，所以有一天在和自己的心腹大臣商谈对付司马昭的对策时,他说:"司马昭之心,路人皆知。我与其坐以待毙,还不如同司马昭这个奸贼拼个你死我活来得爽快。"众人一听这话都战战兢兢,不敢出声。第二天,就有人把曹髦的话告诉了司马昭,司马昭带兵直闯内宫,把曹髦杀死。

死诸葛吓走活仲达——生不如死

形容活得太痛苦,还不如死去。

三国时期,诸葛亮率军与魏军在五丈原交战,当时他已经病得很重,自知命不久矣,于是他在死前悄悄地嘱咐姜维等人说:"在我死之后,你们不要发丧,军队依次地退兵以保持实力。"接着就告诉杨仪领兵带着他的假灵枢先走,让姜维断后。不久之后,诸葛亮就死了,蜀军按诸葛亮临终前所说的计谋悄然撤退。

一直坚守不出的司马懿得知诸葛亮的死讯,但他又怕诸葛亮诈死,所以就派人去五丈原探听虚实。探子回报说蜀军营中无人,粮草等军用物品扔得到处都是。司马懿听了非常高兴,急忙下令追赶蜀军。就在这时,只见蜀兵调转旗帜,迎头向己方的兵马扑来。树影中飘出一面大旗,上面写着一行大字"汉丞相武乡侯诸葛亮"。魏军将士魂飞魄散,丢盔弃甲,各自逃命;又自相践踏,死伤无数。过了两天,当地百姓来到军营,对司马懿说:"蜀兵退走的时候,军中扯起了白旗,将士个个哭哭啼啼,孔明果然死了。只留下姜维带领一千兵马,在后面警戒。前日车上坐着的孔明,是木头人。"司马懿叹着气说:"我能料到诸葛亮活着,却不能料到他死了!"

四大美人的容貌——沉鱼落雁,闭月羞花

形容女人之美。

相传,春秋战国时西施在河边浣纱,清澈透明的河水映照着她婀娜多姿的身影。水中的游鱼看到西施俊俏的身影,都忘了游水,慢慢地沉到水底。

汉元帝为了安抚匈奴,命王昭君与匈奴单于结成姻缘。在征途上,王昭君看到远飞的大雁,更加怀念家乡故土和父母双亲,触景生情弹起琴弦。不料,一群飞雁听到悦耳的琴声,看到马背上美丽的女子,竟忘记摆动翅膀,跌落在地上。

三国时,有一次貂蝉在花园拜月,忽然轻风吹来一片云彩,将明月遮住了。不料此景被王允暗中窥见,便借机渲染说:"我的养女比月亮还要美,月亮比不过她,都害羞地躲到云彩后面了。"

唐代时,杨玉环被唐明皇选进宫后,整日闷闷不乐。一天,她和宫女们来到花园里赏花解闷,当她在观花赏景时,无意碰了一下含羞草,含羞草立刻卷起绿叶。但宫女们不知道她触动了含羞草,认为杨玉环的美貌羞得花都低下了头,便赞扬她为"羞花"。

宋弘拒湖阳公主——糟糠之妻不下堂

不要遗弃共患过难的妻子。指情谊深,不能忘。

东汉宋弘年少而温顺。赤眉军入长安,派遣使者征召宋弘,他被逼迫不得已,进了赤眉军。当赤眉军行到渭桥时,宋弘自投到河里,家人将他救起来,他装死获免。光武帝即位后,征拜宋弘为太中大夫。宋弘所得俸禄分养九族,家里没有资产,以清廉著称。所

以，他又被封为宣平侯。宋弘在宴席间见到光武帝坐在新屏风旁，屏风上画着许多美人像，光武帝多次扭头去看。宋弘严肃地说："没见到好德的人，也同时好色的。"光武帝下令撤去屏风，笑着对宋弘说："听到人家的话有道理就服从，可以了吗？"宋弘回答说："陛下能接受有道德的话，臣不胜欣喜。"

当时，光武帝的姐姐湖阳公主新寡，光武帝与她一起评论朝廷大臣，悄悄地观察她的心思。公主说："宋弘的气质、相貌、品德、才干，群臣没有谁能比得上他的。"于是光武帝招来宋弘，让湖阳公主坐在屏风后面，光武帝对宋弘说："俗话说贵了就会更换朋友，富了就会更换妻子，这是人之常情吗？"宋弘说："我听说贫贱之知不可忘，糟糠之妻不下堂。"光武帝回头对公主说："看来，事情不能成了。"

宋江的绰号——及时雨

形容关键时刻给予的帮助或者事情来得非常及时。

宋朝的时候，宋江在郓城县的县衙里担任押司。宋江长得很黑，身材也很矮，因此人们都叫他黑宋江。宋江非常孝顺父母，而且乐于助人，因此人们都称他为孝义黑三郎。宋江能文能武，喜欢和江湖上的英雄好汉结交。只要有人来投奔他，他总是热情地招待对方，没有一点儿怨言；如果对方要走，他就准备钱和物品送给对方。平常有人向宋江借钱或者借东西，他也非常大方地给对方。如果别人遇到了困难，他知道后也会尽力帮助。由于宋江经常帮助别人，而且不求回报，所以他在山东和河北一带非常出名。人们都非常敬佩他，都叫他"及时雨"。

宋江怒杀阎婆惜——迫不得已

指被逼迫得只能这样去做。

在《水浒传》故事中，晁盖等人劫生辰纲一事败露，衙门要去缉捕他们，宋江通风报信，使他们逃脱。后来晁盖吴用一伙人逃去梁山，激林冲火并王伦，占据了梁山。晁盖命人送黄金给宋江报恩，宋江只收了一根，其余的退回。金条和晁盖给宋江的书信被宋江的妾阎婆惜发现了，因为阎婆惜背着宋江有外遇，所以以此要挟宋江，要求离婚。阎婆惜因曾见信内提到送宋江很多黄金，于是又向宋江提出将这些黄金送她。宋江并未收下黄金，所以拿不出来，阎婆惜不信宋江的解释，威胁要告发宋江。宋江被逼无奈，失手杀死阎婆惜。

宋太宗怜惜穷人——雪中送炭

比喻在别人困难或急需时及时提供帮助。

这一年天气格外冷，一连几天，大雪纷纷扬扬，漫天飞舞。顷刻之间，天地之间一片苍茫。宋太宗住在皇宫之中，身上披着狐皮外套，仍觉寒气阵阵。他不禁心头猛地一动，暗想："这样寒冷的天气，东京汴梁城中，也许有不少缺柴少米的人家，风雪中他们如何过活呢？"想到这里，他马上传旨，宣开封府尹进宫。宋太宗在内宫召见开封府尹，对他说："如今天寒地冻，我们有吃有穿有柴用的人都感到寒冷难当，那些缺衣少食，没有木炭的人如何受得了。你马上带上衣食和木炭去汴梁城中走走看看，帮助那些衣食无着没柴烧的人，给他们解解燃眉之急。"

开封府尹领旨,立即带领三班衙役,备好衣服、粮食和木炭,挨家挨户去问候,给有困难的人家和孤寡老人都留下足够的粮食、衣服和木炭。这就是流传千古的"雪中送炭"的佳话。

宋太宗阅读《太平御览》——开卷有益

形容只要打开书本读书,总有益处。常用以勉励人们勤奋读书。

宋朝初年,宋太宗赵匡义命文臣李防等人编写一部规模宏大的分类百科全书——《太平总类》。这部书收集摘录了一千六百多种古籍的重要内容,分类归成五十五门,全书共一千卷,是一部很有价值的参考书。这部书是北宋太平兴国年间编成的,故定名为《太平总类》。对于这么一部巨著,宋太宗规定自己每天至少要看两三卷,一年内全部看完,遂更名为《太平御览》。

当宋太宗下定决心花精力翻阅这部巨著时,曾有人觉得宋太宗每天要处理那么多国家大事,还要去读这么大部书,太辛苦了,就去劝告他少看些,也不一定每天都得看,以免过度劳神。可是,宋太宗却回答说:"我很喜欢读书,从书中常常能得到乐趣,多看些书,总会有益处,况且我并不觉得劳神。"于是,他仍然坚持每天阅读三卷,有时因国事忙耽搁了,他也要抽空补上,他常对左右的人说:"只要打开书本,总会有好处的。"

宋太宗由于每天阅读三卷《太平御览》,学问十分渊博,处理国家大事也得心应手。当时的大臣们见皇帝如此勤奋读书,也纷纷努力读书,所以当时读书的风气很盛,连平常不读书的宰相赵普,也孜孜不倦地阅读《论语》,其有"半部论语治天下"的称谓。

颂扬张堪的政绩——乐不可支

形容快乐到极点。

汉光武帝刘秀建立东汉不久,西蜀公孙述也在成都称帝。刘秀任命张堪为蜀郡太守,跟随大司马吴汉率军征讨公孙述。大军赶到蜀郡时,因后援不足,军粮只够使用七天,吴汉非常焦急。这时张堪建议吴汉派出一小股兵马将公孙述引出来,然后去攻击。吴汉采用张堪的计谋,果然公孙述忍耐不住,亲自出城迎战,结果被吴汉的将士刺死。吴汉指挥大军一举攻占了成都。

张堪进入成都,履行蜀郡太守的职责,安抚原有的官吏和百姓,对官府和百姓的财产秋毫无犯,蜀郡很快安定下来。不久,匈奴一万骑兵进犯渔阳。朝廷又任命张堪担任骑都尉,率领数千名骑兵去抗击匈奴。张堪一举攻破匈奴阵地,渔阳收复后,张堪又很快使这个地区恢复了平静。不久张堪被任命为渔阳太守,他领导军民开垦了八千余顷稻田,劝勉百姓耕种,使百姓很快就富裕起来。百姓编了一首歌谣称颂张堪:"农村百业兴旺,田野硕果累累。张堪为政清廉,百姓乐不可支!"张堪在渔阳任职八年,匈奴不敢进犯边塞。

有人告诉光武帝刘秀:"张堪为官清廉,公正无私,仁爱百姓,威震匈奴。当年他进成都,珍宝如山,钱财堆积,张堪秋毫无取。他离开成都,乘一辆破车,车上唯行囊而已。"刘秀听后大为感动,想把张堪调入京城,可张堪却病逝了。

苏东坡答下联——绝对

传说,苏东坡路过四川夹江县时,看见一座孤山上修的庙宇很是别致,于是信步上山观看。只见山上有一座张飞庙，大殿上写一上联：

孤山独庙单枪匹马一将军

苏东坡找了半天却没有发现下联，便问庙祝是何原因。庙祝说：庙宇完工后，当时夹江县令写了上联，联中"孤""独""单""匹""一"，全是"奇数"，这样下联不但要对上联的平仄，还要用"偶数"来对"奇数"。方能算得上工整。夹江县令想了很长时间，也没对出下联。许多文人来此答对，不是平仄不合，就是奇偶不合。苏东坡听完，有心要对这多年无人对上的绝对。他举目向山脚下的滚滚夹江望去，见两个渔翁正在两岸钓鱼，触景生情，就对出了下联：

夹江两岸双钩对钓二渔翁。

据说自从苏东坡对上了这副绝对后，这庙宇的香火又逐渐兴旺起来。

苏东坡遇到了王安石——强中自有强中手

强者之中还有更强的人。形容能人很多。也比喻技艺无止境，不能自满自大。

一次，苏东坡去拜见宰相王安石。苏东坡无意中看到王安石一首未完成的诗"西风昨夜过园林，吹落黄花满地金"。苏东坡觉得这十分不合情理，他想：菊花自古以来就是最能耐严寒的植物，在秋风中也能开得很好，怎么会被秋风吹落呢？苏东坡暗暗讥笑王安石，他忍不住在王安石这首还没完成的诗稿上添了两句："秋花不比春花落，说给诗人仔细吟。"王安石睡醒之后，听说苏东坡来拜访，便到书房去见他，可哪里还有他的影子？再仔细看时，便看到了苏东坡新添的诗句。王安石觉得苏东坡实在是孤陋寡闻，便找个借口将苏东坡贬到黄州。临走之前，王安石告诫苏东坡要勤读书常习字，此外还让他在回来时，帮自己带一壶瞿塘峡的水医治身上多年的疾病。

苏东坡

苏东坡来到黄州之后，到处游山玩水。有一次，在重九之日，他和几个朋友相约来到江边赏菊，却猛然发现江边的菊花果然已经花落满地，一片金黄。苏东坡看了不禁大吃一惊，这才想起王安石所作之诗，不禁在心里责怪自己见识浅薄，也明白了王安石将他贬到黄州的良苦用心。苏东坡在黄州任职期满后，重返京城。途径瞿塘峡时，他想起王安石之前的托付，就叫船工帮忙为自己汲了满满的一壶水，准备带到京城送给王安石。回京后，苏东坡带着那壶水拜见王安石，并向王安石赔"妄改诗作"的过错。王安石热情地招待了苏东坡，随即命人用苏东坡带回来的水煨火烹茶。水开之后泡上茶，王安石对着茶水看了片刻，便肯定地对苏东坡说："这不是中峡水，而是下峡水。"苏东坡感到奇怪,便问缘由。王安石慢慢地告诉他说:"瞿塘峡的水由于位置和水性的不同,所以泡出来的茶也就呈现不同的状态。"苏东坡顿时感到自己的不足。

这真是"苏东坡遇到了王安石——强中自有强中手"啊!

苏轼的文章——高出一头

形容高人一等。

苏轼二十岁时博古通今,赴京参加科举考试。当时主考官是翰林学士欧阳修,欧阳修对当时文坛崇尚诡怪奇涩的文风很是反感,因此对此类文风的考生一律不加录取。当欧阳修看到一篇《刑赏忠厚之至论》时,十分高兴,便准备取为第一。由于考卷上考生的名字是封住的,欧阳修以为这篇文章是他的学生曾巩写的,为了避嫌,便只取其为第二名进士。

其实《刑赏忠厚之至论》是苏轼写的。当欧阳修得知这篇文章不是他的学生曾巩写的,而是初出茅庐的苏轼所写,心里觉得对不住苏轼,竟让他屈居第二。欧阳修再看苏轼送来的其他文章,篇篇才华横溢,更是赞叹不已,于是写信给当时声望颇高的梅尧臣说:"苏轼的文章实在是好,我应当让路,使他高出我一头。"当时人们听说此事都不以为然,以为欧阳修夸大了苏轼的才华,然而他们看了苏轼的文章后都信服了。苏轼得到欧阳修等文坛名流的指点,文章写得越来越好,后来果然和欧阳修等人齐享盛誉。

苏轼写《后赤壁赋》——水落石出

水退下去,石头从水中露出来。比喻事情的真相显露出来。

苏轼生性豪放,学识渊博,极富文采,他在被贬黄州当刺史时,曾两次游历黄州城外的赤壁,写下了两篇传世之作《前赤壁赋》和《后赤壁赋》。当时,十月夜晚的月光分外皎洁。苏轼和友人沐浴着和煦的秋风,夜游赤壁。苏轼在《后赤壁赋》中写道:"于是携酒与鱼,复游于赤壁之下,江流有声,断岸千尺,山高月小,水落石出,曾日月之几何,而江山不可复识矣。""水落石出"在苏轼的赋中,本是一种风景,但后人把这四字用作形容真相毕露。

苏轼作画——胸有成竹

原指心中已画有一枝竹的形象。后用以形容遇到问题,心中早就有了解决的办法。

宋代的苏轼,不但文章和诗词写得好,而且书画也很出色。宋徽宗是一个喜爱书画的皇帝,苏轼屡遭贬官降职之后,这个风雅皇帝便让苏轼担任"玉局观提举"。因此苏轼常画墨竹。苏轼曾写过一本《画竹记》,介绍画竹的经验:"画竹,必先得成竹于胸中。"这就是说:画竹的人,在动笔之前一定要酝酿成熟,先有一个生动具体的竹子形象在心胸里,这样画出来的竹子才生动。

宋代画家文同也爱画墨竹,他虽然也画花鸟、山水和人物,但是以画墨竹最为有名。文同画竹,也要求先有成竹在胸。当时还有一个善画的文人晁补之,曾赋诗称赞文同的"墨竹"艺术,其中有两句道:"与可画竹时,成竹已在胸。"

苏味道的处世哲学——模棱两可

比喻对一件事情的两方面都不否定,没有明确的主张或态度。

唐开元年间，苏味道和张九龄都已有诗名。有一次，两人相遇，互相开玩笑。张九龄说："我的诗不如你，现在我明白了，原来是我没有'银花盒'的缘故。"一句话说得苏味道很纳闷。张九龄便吟诵了苏味道的诗《正月十五夜》，其中有"火树银花合，星桥铁锁开"两句，这正是描写长安城元宵夜热闹夜景的。苏味道这才明白，张九龄说的"银花盒"就是他诗中"银花合"的谐音。于是，他回敬说："你的诗虽无'银花盒'，还有'金铜钉'嘛，也一点儿不逊色！"原来，张九龄的一首诗中有"昔日浮丘白，今同丁令威"之语。"金铜钉"就是"今同丁"的谐音。两人说完，哈哈大笑。

尽管苏味道很有才气，在仕途上却很坎坷。中进士后，由于学识渊博，又写得一手好文章，苏味道没多久就当上了凤阁侍郎，但转瞬间又吃了官司，成为阶下囚。后来苏味道被武则天特赦，做了集州刺史。几年后，苏味道又被召回京师，官复原职。不料，没多久苏味道又被人弹劾，外放为坊州刺史。宦海沉浮，对苏味道打击很大，也改变了他的人生态度，他变得消极起来。所以在他以后做宰相期间，一直没有卓著的政绩，只是采取明哲保身的态度，处事模棱两可。苏味道常对人说："处事不欲断明白，若有错误，必贻咎谴，但模棱以持两端可矣。"意思是，做事情千万不要决断得明明白白，那样的话，一旦有什么差错，就给人留下了指责的把柄。所以只要模棱两可，持含混态度就立于不败之地了。人们根据苏味道这种为人处世的特点，给他取绰号"苏模棱"。

苏武牧羊——趴冰卧雪

西汉武帝时，国力强盛，军事力量也十分强大。匈奴先后几次出兵侵犯汉朝边境，都被汉朝打败。于是匈奴派使者到汉朝觐见汉武帝，表示愿与汉朝和好，和平相处。汉武帝大为高兴，派苏武出使匈奴。

苏武奉汉武帝之命，手持象征汉使身份的"汉节"，与副使张胜等人一起来到匈奴。起初他们受到匈奴单于的热情接待。可是没过多久，因为张胜等人涉嫌匈奴内乱，匈奴单于非常恼火，就命人将苏武等人全都抓了起来。后来其他的使臣纷纷变节，只有苏武一人宁死也不肯向匈奴屈服。匈奴单于见苏武如此坚贞，就把他关在一个破窑里，想借此逼迫苏武投降。匈奴地处北方，冬天格外寒冷，破窑内更是如同冰窖一般。雪花落到破窑里，很快就结成了冰，苏武每天只能以旧毡毛和雪水充饥，夜里还要睡在冰上，过着非人的生活。然而，即便如此，他还一心想着汉朝，丝毫没有变节投降的打算。

匈奴单于无奈，就将苏武发配到更远的北海（今贝加尔湖一带）去放羊，并派人对苏武说："等到公羊生了小羊羔，就让你回汉朝去！"北海是极北苦寒之地，一年到头天寒地冻，几乎没有人居住。尽管苏武吃尽了苦，受尽了磨难，可是他依旧手持"汉节"，心里想着有朝一日能回到汉朝去。后来，汉武帝去世汉昭帝继位，几经曲折，苏武才得以返回汉朝。当年，他出使匈奴时也不过是四十几岁的中年汉子，可此时的苏武已经是个历经沧桑的老人了。长安的百姓听说苏武回来了，纷纷奔走迎接他。当人们看到苏武须发苍苍，手持光秃秃的"汉节"出现在长安街上时，都忍不住流下了眼泪。

苏小妹招婿——试才择优录取

根据实际才学录用。

相传，苏小妹端庄秀丽，聪慧无双，苏洵下决心要从天下才子中选择一位与之相配。

听说苏小妹招亲,慕名来提亲的,不计其数。苏小妹从众多才子中,选中了秦观秦少游,二人拜堂成亲。结婚当日,秦少游吃了闭门羹,苏小妹又要考秦少游。第一题是一首绝句,要新郎也作一首,要合第一首的诗意,才算通过;第二题四句诗,隐含四位古人,要猜得一个不差,才算通过;第三题要做七个字的对子。

少游拆开第一个信封,上面写了四句诗:"铜铁投洪冶,螻蚁上粉墙;阴阳无二义,天地我中央。"少游在月光下取笔在原诗后写了一首诗:"化工何意把春催?缘到名园花自开;道是东风原有主,人人不敢上花台。"苏小妹看诗,见每句第一个字合起来是"化缘道人"四字,微微而笑。少游又拆开第二个信封,上面写道:"强爷胜祖有施为,凿壁偷光夜读书;缝线路中常忆母,老翁终日倚门闾。"少游看了,不假思索,一一注明:第一句是孙权,第二句是匡衡,第三句是子思,第四句是太公望。少游再拆开第三个信封,里面有一上对是:闭门推出窗前月。初看时觉得容易,但仔细想来,这个对出得很巧。少游左思右想,还是对不出。再说苏东坡这时还没有睡,来打听妹夫的消息。东坡看见少游在庭中团团转,口里只是吟"闭门推出窗前月"七个字,右手做着推窗的姿势。东坡心想:"这一定是小妹以这对子难为他,我不解围,谁去撮合他们?"于是东坡就远远地站着咳嗽一声,在地上取了一块小砖片,投向缸中。那水被砖片打出几点水珠,溅在少游的脸上,水中天光月影,纷纷乱乱。少游当即醒悟过来,于是取笔对道:投石冲开水底天。只听"呀"的一声,房门大开,从屋内走出一个侍者,手捧银壶,将美酒斟在玉杯内,献给新郎,说:"才子请满饮三杯,权当是贺喜的赏劳。"少游这才入得洞房。后人以此传为佳话:苏小妹招婿——试才择优录取。

隋炀帝的罪行——罄竹难书

把竹简用光了都写不完。形容罪行多,难以尽述。

隋朝末年,炀帝杨广残暴荒淫,大兴土木,又连年对外用兵,导致民不聊生,百姓纷纷揭竿而起。在众多的起义军中,有一支是翟让领导的起义军。它以瓦岗寨(今河南滑县南)为根据地,史称瓦岗军。后来这支起义军由李密领导。这支起义军"多是渔猎之手","善用条枪"。他们把斗争矛头指向隋朝政府和门阀士族,规定不得侵掠百姓,因而受到当地百姓的拥护。为了进一步联合各路起义军,李密在进攻隋都洛阳的时候,发布了一篇讨伐炀帝的檄文,号召各方人士推翻隋朝的统治。檄文在历数炀帝残暴统治、祸国殃民的十大罪状之后写道:"罄南山之竹,书罪未穷;决东海之波,流恶难尽。"意思是说,用尽南山的竹子作竹简,也写不完他的罪行;决开东海的水,也洗不尽他的罪恶。

隋文帝爱听王劭的马屁——骇人听闻

使人听了非常吃惊。多形容非常之事或故意夸大其词的言论。

南北朝时,有个名叫王劭的人,曾在北齐、北周和隋文帝、隋炀帝时做过官。《隋书》对其评价:"好诡怪之说,尚委巷之谈,文辞鄙秽,体统繁杂。"有一次,王劭煞有介事地跑去告诉隋文帝,他听说在某处捕获了一只神龟,神龟的腹部有"天下杨兴"几个字,只可惜捕龟人不小心,让神龟跑了。隋文帝听了虽然半信半疑,不过依然很高兴,重赏了王劭。自此王劭越发信口开河,皇后死了,他到处对别人说,皇后原是"妙善菩萨"转世,她不是死,而是"返真",临去时天上还曾派下仙乐和香花来迎接她。听的人明明知道王劭是信口胡说，但并不敢戳穿。但是正直的人却看不起王劭的人品，他们评论王劭尽用些荒诞不经的事情来献媚于皇上，说他"骇人视听"。"骇人视听"后来就演变成了"骇人听闻"。

孙膑吃屎——装疯卖傻

故意表现出一种精神失常的样子来掩盖真相。

战国时期，孙膑曾与庞涓同窗师从鬼谷子学习兵法。后庞涓为魏惠王将军，他妒贤嫉能，恐孙膑取代他，便骗孙膑到魏，使孙膑被处以髌刑。

孙膑无奈只得装疯。庞涓怀疑孙膑是装疯卖傻，便命人将他拖入猪圈之中。孙膑疯疯癫癫地倒在粪堆里，大把大把往嘴里塞猪粪。庞涓试探多次，才相信孙膑不是佯狂，而是真疯了。从此，孙膑爬进爬出，无人过问，有时与猪仔同睡，有时到街头露宿。孙膑疯疯癫癫，哭笑无常。一天，孙膑正在街上闲坐，突然见朝中大臣迎接齐国的使臣。当天夜间，孙膑偷偷出现在齐国使臣的住所前。齐国的使臣见孙膑这等模样，大吃一惊，忙问缘由。孙膑见四下无人，爬到僻静处，将自己的遭遇从头至尾说了一遍。齐使觉得孙膑是大将，便对孙膑说："先生如有意归齐，明夜三更，在此等我就是。"就这样，孙膑同齐使离开了魏国。

根据这个故事，后来有"孙膑吃屎——装疯卖傻"之说。

孙膑斗庞涓——因势利导

顺着事物发展的趋势加以正确引导。

战国时期，孙膑用兵如神，运筹帷幄，决胜千里。当时，魏国以庞涓为主帅进攻韩国，韩国向齐国求援。齐国便派田忌为将军，孙膑为军师，领兵攻魏。在战斗中，孙膑利用敌人骄傲狂妄、轻视齐军的心理，向田忌献策，他说："善战者，因其势而利导之"，建议用逐日减灶的计策，伪装溃败逃跑，诱敌深入。田忌采纳了孙膑的计谋。骄傲的魏军果然中计，尾随齐军进入一个叫马陵的险恶地带。这时，早已埋伏好的齐兵万弩齐发，一举歼灭魏军。这便是历史上有名的"马陵之战"。孙膑利用敌人的骄傲心理，诱敌上当，取得战役的胜利。

孙膑攻大梁——围魏救赵

比喻不直接与敌交锋，而是截其后路，从而达到目的。

战国初期，魏惠王以庞涓为大将，图谋吞并诸侯，举兵征赵，围困邯郸。赵成侯知道国力难敌魏兵，于是把中山献给齐国，乞求救兵。齐王素知孙膑之才，欲拜之为将。孙膑说："我是受过刑罚的人，如果让我指挥军队，难道不被敌人笑话我齐国无人？请大王以田忌为将，我愿意暗中帮助，尽心尽策。"齐王即拜田忌为将，孙膑为军师，兴师救赵。孙膑献策说："我们驻兵于中道，扬言攻伐襄陵（魏国城邑，在今山西），魏军闻我攻襄陵，必撤邯郸外围之兵而救之，我追击魏兵，必可大胜。"田忌用其计，果然庞涓闻齐兵进攻襄陵，即退回撤邯郸之围，归途中又陷伏击与齐军交战于桂陵，魏军长途疲惫，溃不成军。庞涓勉强收拾残部，退回大梁。齐军大胜，赵国之围遂解。

孙悟空守桃园——自食其果

据《西游记》记载，玉皇大帝封孙悟空为养马的"弼马温"之后，孙悟空嫌官太小，一气之下,愤然离去,回到花果山自封为"齐天大圣"。玉皇大帝怕他再造反,就召他回天宫,让他做"齐天大圣",并在蟠桃园右边,盖了一座齐天大圣府。后来,怕他闲中生事,就让他去看管蟠桃园。

这蟠桃园里,有桃树三千六百株:前面一千二百株,三千年一熟,人吃了可成仙,体健身轻。中间一千二百株,六千年一熟,人吃了可长生不老。后面一千二百株,九千年一熟,人吃了可与天地、日月共长久。

孙悟空知道这些情况后,十分欢喜。有一天,他见那老树枝头,桃子已熟了大半,便很想吃个尝尝新鲜。可是,身边有几个随从,不便下手,于是想了个计策,叫随从到门外去伺候,自己在桃园里的小亭上歇一会儿。随从走后,孙悟空便脱了冠服,爬上大树,捡那熟透的大桃,摘了许多,就在树枝上吃了个够。吃饱后,才从树上跳下来,穿戴好冠服,唤众随从回府。过了两三天,他又设法偷桃,尽情享用。

人们根据这个故事,编写了歇后语"孙悟空守桃园——自食其果",借指自己做了坏事,并因此受到损害或惩罚。

孙猴子大闹水晶宫——逼着龙王献宝

比喻强要别人拿出好东西或提供宝贵的经验、意见。

传说,补天奇石孕育而生的孙悟空,拜菩提祖师为师学艺。悟空学艺归来,教众猴子操练武艺,但自己的兵器不称手,便到龙宫找东海龙王借兵器。龙王不便推辞,先给他一把大刀。悟空说不会使刀,要换一件兵器。龙王又抬出一杆三千六百斤重的九股叉来。悟空接过手来,舞了一阵,嫌太轻。龙王只好再抬出一把七千二百斤重的画杆方天戟来。悟空拿过来一舞,还是嫌轻。

龙王无奈,只好对悟空说:"有一块天河定底的神铁,只是太重,没有人拿得动!"说完便把悟空领到海底,指着放射万道金光的地方说:"那就是!"悟空撩衣捋袖,走上前来,摸了一下,原来是根大铁柱,约有斗来粗,二十余丈长。他拍拍那粗铁柱说:"短些、细些就好了。"语音未了,那宝贝果然变短、变细,只有二丈长短,碗口粗细。悟空乐得拿起就舞,十分称手。他再仔细一看,那宝贝两头是两个金箍,中间是段乌铁,紧挨箍镌着"如意金箍棒,重一万三千五百斤"几个字。悟空高兴得在水晶宫中打起转来,舞得金箍棒团团转,吓得龙王和龙子龙孙胆战心惊。悟空耍了一阵金箍棒,对龙王说:"一客不烦二主。既然给我宝棒,烦你再赠一套全身披挂给我。"龙王只得召集南、北、西各海龙王,凑齐披挂给了悟空。而后,四海龙王商议进表玉帝,参奏悟空闯入龙宫,逼迫龙王献兵器和盔甲之事。

孙猴子七十二变——神通广大

比喻本领高强,无所不能。

孙悟空在花果山上自由自在地当着美猴王,过着逍遥快活的日子。可是他想:自己虽然是一个大王,却没有什么像样的本事,如果能拜仙家学一身本领,就没人敢欺负他的众猴子孙了。想到这些,他毅然离开花果山水帘洞,只身寻仙访佛。

悟空经过千辛万苦,最后终于来到了灵台方寸山上斜月三星洞,拜菩提祖师为师学艺。悟空很聪明,而且勤奋好学,菩提祖师只要简单地一点拨,他就能明白。但是悟空发现自己学的东西只不过是强身健体的本领,所以很不满足,一再求祖师教他一些绝学。一天,菩提祖师像往常一样上讲坛讲道,悟空站在一边专心地听讲。听着听着,悟空领悟了,竟高兴得眉开眼笑、抓耳挠腮,菩提见了,就走下讲台,走到悟空面前,在他头上敲了三下,然后倒背着手,走了出去。大家都以为悟空捣乱,惹怒了菩提祖师,只有悟空自己心里清楚,他知道这是祖师要自己在三更时候去找他,要单独传授武艺。三更时分,悟空如约而至,菩提祖师当即传授多种法术给悟空。几年之后,悟空不但学会了七十二般变化,而且还学会了很多别的本事,变得神通广大。

孙猴子压在五行山下——不得翻身

比喻坏人得到应有的惩治。

孙悟空大闹天宫,天兵天将抵挡不住,玉皇大帝只好请如来佛帮忙。悟空虽然厉害,但最终未能跳出如来佛的手掌。悟空不服,刚要纵身跳出,却被如来佛翻掌一扑,推出西天门外。如来佛将五个手指化作五行山,压住了悟空。如来佛随后抽出一张字符,贴在五行山上。五行山贴上了这道符之后就在地上扎了根,与地面完全地贴合在一起了,这样一来,悟空就是有再大的本事,也无法从山下逃脱了。就这样,悟空被压在五行山下五百年都不能翻身,直到后来唐僧去西天取经时,才在观音菩萨的点拨下,把悟空从山下救出来。

孙猴子坐天下——毛手毛脚

比喻做事粗心、轻浮,不细致,不牢靠。

孙悟空出生在花果山,同群猴终日戏耍,无忧无虑。一天,众猴子来到瀑布边游玩。大家商议,谁敢穿进瀑布去找水流源头,就拜它为王。悟空自告奋勇,纵身钻进了瀑布之中。不一会儿,悟空站住脚,定睛一看,原来里面无水。眼前是座石桥,桥旁有块石碑,碑上刻着"花果山福地,水帘洞洞天"两行大字。石桥后边有座石屋。悟空进去一看,里面还有许多石床、石凳、石盆、石碗,样样俱全,真是一处好住处!悟空跳出瀑布,告诉大家洞内的情景。众猴子听了,个个欢喜跳跃,吵嚷着要搬下去住。悟空便领着大家穿过瀑布飞泉,住进水帘洞中。众猴子遵守诺言,当即拜悟空为王。悟空高登王位,坐了小天下,乐得伸头缩颈,抓耳挠腮。

孙庞斗智——你死我活

形容斗争非常激烈。

战国时期,有一位鬼谷先生,他收了很多门徒,有的学兵法,有的学诡辩。其中有两个徒弟,一个名叫孙膑,一个名叫庞涓。庞涓是一个非常急功近利的人,他还没有学成兵法,就匆匆下山投奔了魏惠王,并很快取得魏惠王的信任,执掌魏国兵权。孙膑则不一样,他一向淡泊名利,自从拜鬼谷子为师学习兵法后,就潜心钻研,认真领悟。庞涓妒贤嫉能,恐孙膑取代自己,便使奸计使孙膑受膑刑之苦,齐国使者欣赏孙膑的才能,将其偷偷救回齐国,齐王拜孙膑为军师。

后庞涓率领魏国军队攻打赵国,赵国自知不是魏国的对手,就向邻国齐国求救。孙膑得知魏国以庞涓为帅,就向齐王请命要求督军,齐王答应了。于是孙膑就领兵去解救赵国。孙膑采用"围魏救赵"的计策,没有同庞涓率领的魏军正面交锋,而是率军直捣魏国京都——大梁。庞涓见京都告急,赶忙挥师前去解救。孙膑在庞涓退军的途中设下伏兵。魏军中伏,大败而归。后来,魏王命庞涓带兵进攻韩国,孙膑又奉齐王之命前来解救。他运用"添兵减灶"的方法,引诱魏军,结果庞涓果然中计。齐军将庞涓的军队引到一个名为马陵道的地方,孙膑在那里埋伏了重兵,两面夹击魏军,使得魏军方寸大乱,几乎全军覆没。庞涓自知回去无法向魏王交代,最后只得拔剑自刎。

孙权杀关公——嫁祸于人

比喻把祸事(罪名、损失、负担等)转移到别人身上去。

东吴孙权斩杀关公父子,收回荆州等地,了却了一桩心愿。这时候,谋士张昭提醒孙权说:"杀掉关羽父子,江东祸害不远了!关羽与刘备桃园结义,誓同生死。现在刘备有两川兵众,还有像诸葛亮这样足智多谋的军师和张飞、黄忠、马超、赵云这样勇猛的将领。如果刘备知道关羽父子被杀,必定发动全部兵马,奋力报仇,到时候,恐怕我们东吴难于为敌!"孙权一听,恍然大悟,跌足后悔。张昭献策说:"曹操拥有百万大兵。虎视华夏,刘备要报仇,必定与他约和。如果曹、刘二处联兵而来,东吴危在旦夕。不如我们先派人将关羽的首级,转送给曹操,让刘备以为是曹操指使我们杀掉关羽的,这样刘备必然痛恨曹操,蜀汉就会攻向曹魏,不会攻打东吴。我们可以坐山观虎斗,从中渔利。这是上策。"孙权依计,派遣使者将关羽的首级用木匣装着,连夜送给曹操。

曹操的主簿司马懿,一眼就看穿了孙权的阴谋。他告诉曹操:"这是东吴移祸的计谋,千万不要上当。我们可以将关羽的首级,制配一个香木的身躯,依照大臣的礼仪举行葬礼。这样,刘备就不会责怪我们。他必深恨孙权,尽力南征。我们可以观其胜负,蜀胜则击吴,吴胜则击蜀。"曹操依计,没有中孙权移祸的计谋。

孙武训宫女——三令五申

再三发出命令,反复告诫。

春秋时,孙武携带自己写的《孙子兵法》去见吴王阖闾。吴王看过之后说:"你的十三篇兵法,我都看过了,可以拿我的军队试试吗?"孙武说:"可以。"吴王再问:"用妇女来试验可以吗?"孙武回答:"可以。"

于是吴王召集一百八十名宫中美女,请孙武训练。孙武将她们分为两队,叫她们每个人都拿着长戟,命吴王宠爱的两个宫姬为队长。队伍站好后,孙武便发问:"你们知道怎样向前向后和向左向右转吗?"众宫女说:"知道。"孙武再说:"向前就看我心胸;向左就看我左手;向右就看我右手;向后就看我背后。"众宫女说:"明白了。"孙武命人搬出铁钺(古时杀人用的刑具),并三番五次向她们申诫。随后孙武击鼓发出向右转的号令。众宫女不但没有依令行动,反而哈哈大笑。孙武见状说:"解释不明,交代不清,应该是将官们的过错。"于是又将刚才一番话详尽地再向她们解释一次,再而击鼓发出向左转的号令。众宫女仍然只是大笑。孙武便说:"解释不明,交代不清,是将官的过错。既然交代清楚而不听令,就是队长和士兵的过错了。"说完就命左右随从把两个队长推出去杀了。吴王见孙武要斩他的爱姬,急忙派人向孙武讲情。孙武说:"我既受命为将军,将在军中,君命有所不受!"遂命左右将两个女队长斩了,然后再命两位排头的宫女为队长。自此以后,众女兵无论是向前向后,向左向右,甚至跪下起立等复杂的动作都认真操练,再不敢儿戏了。

后来,人们把孙武向女兵再三解释的做法,引申为"孙武训宫女——三令五申"。

孙悟空吃蟠桃——自食其果

自己所造成的恶果由自己承受。

玉皇大帝封孙悟空做了"弼马温",悟空知道官太小之后很生气,又回到了自己的花果山,还自封为"齐天大圣"。玉帝怕悟空常来天宫捣乱,就让悟空回天宫看守蟠桃园。玉帝还派人在蟠桃园的右边盖了一座齐天大圣府,府里设有安静司和宁神司,并专门派了一些人伺候悟空。悟空安下心来,整天没事就找些神仙下棋,或者喝酒游逛,安静了许多。

悟空接了这个差事之后很高兴,每天都要在园子里转上几圈。有一天,悟空又在园子里游荡,忽然看见那老树的枝头,桃子已经熟了大半。悟空爬上大树,专选大的桃子吃,刚开始的时候还是一个一个地吃,后来每个桃子都只咬上一口就扔掉了,不知道吃了多少个桃子。此后每过三两天,他就去园子里大吃一番,没过多久,园子里的那些大桃子就都被悟空吃完了,只剩下一些很小的桃子。后来悟空还因为"蟠桃盛会"没有请他,又把天宫大闹了一场。

人们就根据这个故事,编成了歇后语"孙悟空吃蟠桃——自食其果"。

孙悟空大闹天宫——慌了神

比喻被吓得精神紧张,显出慌乱的样子。

孙悟空勇猛无敌,蔑视天庭。他发现玉帝封他"弼马温"是个骗局,便取出如意金箍棒,打出南天门,回到花果山,自封"齐天大圣",与天庭抗衡。玉帝调兵遣将,对悟空进行镇压。悟空非但没有放下武器,这反而激起了他更为猛烈的反抗。悟空偷蟠桃,盗御酒,窃仙丹,败天兵,一而再,再而三地大闹天宫。后来,玉帝费了九牛二虎之力,搬请各方神祈佛道,才把悟空拿住,并将其投入太上老君的八卦炼丹炉。但是烧了四十九天,悟空不但一点也没有损伤,还炼出了一双火眼金睛,比以前更加厉害。悟空蹬倒炼丹炉,然后挥舞着金箍棒直奔玉帝的凌霄宝殿,他把天宫搅得天翻地覆,还胁迫玉帝让位,玉帝大惊失色。各个神仙都不知道如何是好,后来还是太白金星想出办法,让人去请西天的如来佛祖帮忙,这才将悟空制服了。

孙悟空戴上紧箍——有法无用

比喻被人束缚住,即使有本事也用不上。

孙悟空大闹天宫,被如来佛施法压在五行山下。直至五百年后,唐僧西天取经,路过五行山,才救出孙悟空,收其为徒弟。悟空跟随师父,一路上过江涉水,爬山越岭。一日,师徒二人正往前行,忽听路旁呼一声哨,闯出六个大汉,拦路抢劫。悟空大怒,取出金箍棒,对准六贼,一棒一个,将其全都打死了。唐僧见状,训斥他说:"出家人宁死不敢行凶,像你这样暴横,去不得西天,当不得和尚!"悟空一生受不得气,见唐僧唠叨不休,按不住心头的火气,摆手不干,纵云向东离去。唐僧无奈,独自牵马行进。路上,唐僧遇见观音菩萨化作老婆婆,将一件锦衣和一顶花帽交给他,还教了他"紧箍咒经",说:"等猴子回来给他穿戴。他若不服管教,你就默念'紧箍咒经',他便有法无用了。"

悟空离了师父,一路想来,感到后悔,便又转身回来找师父。唐僧把锦衣、花帽给悟空穿戴上,然后心中默念"紧箍咒经"。刚念一遍,悟空就叫:"头痛!头痛!"又念了几遍,痛得悟空竖蜻蜓,翻筋斗,面红耳赤,躺在地上打滚,不住地乱抓嵌金的花帽。唐僧怕他把金箍扯断了,就住口不念,悟空的头立刻也就不痛了。悟空摸摸头,似有一条金线,紧紧地勒在头上,取不下,扯不断,像是生了根似的。他愤愤地说:"我这头痛,原来是师父咒的。"取出金箍棒,要向唐僧打来。慌得唐僧连忙又念起紧箍咒。悟空顿时头痛得跌倒在地,丢下铁棒,只得苦苦哀求:"师父,我再也不敢了!"从此,悟空下定决心,保着唐僧去西天取经。

孙悟空当齐天大圣——自立为王

比喻不受人施舍恩赐,独自闯荡。

孙悟空气恼玉皇大帝只封他一个不入流的小官"弼马温",于是冲出南天门回到花果山。众猴迎他入洞天深处,设酒接风,但在酒宴上悟空余怒未息,闷闷不乐。这时两个独角鬼王前来拜见,并献上一件赭黄袍,以示效忠。悟空心情大转,赶紧穿上那赭黄袍,顿时精神抖擞,威风无比。两鬼王在得知悟空在天庭受人怠慢,只被封了个"弼马温"后,又进言说:"大王神通广大,怎能为他养马呢?就做齐天大圣,有什么不可?"美猴王听后乐不可支,连声说:"好!好!好!"当即命人将旌旗写上"齐天大圣"四个大字,立竿张挂,在花果山自立为王,与玉皇大帝唱起了对台戏。

孙悟空的金箍棒——可大可小

形容事物的大小可以变化,也形容事情引发的后果可以变化。

孙悟空一路舞着金箍棒,出了水晶宫,回到水帘洞,登上宝座,便将金箍棒竖在洞当中。这金箍棒本是龙王镇海之宝,名叫"如意金箍棒",重达一万三千五百斤。众猴子不知轻重,都去拿那宝贝,却似"蜻蜓撼铁树——分毫不动弹",一个个咬指伸舌,惊讶地叫嚷着:"我的爷爷!这样重的宝贝,您是怎么拿得来的!"见到这般情景,悟空哈哈大笑。悟空跳下宝座,拿起金箍棒,叫众猴子站开一旁。只见他将那宝贝捧在手上,连叫几声:"小!小!小!"金箍棒变成了一枚绣花针,可以塞在耳朵里面。众猴子又欢喜,又惊奇,大叫:"大王!再拿出来耍一耍!"悟空真的从耳朵里又取出来,托在手掌上叫:"大!大!大!"金箍棒又大作斗来粗细,二丈长短。悟空正在兴头上,索性带着众猴子跃出洞前。他将宝贝一头放在地上,念动咒语,使个神通,把腰一躬,叫声"长"!顷刻间,金箍棒就长得万丈高,悟空收了法象,金箍棒仍然变成一枚绣花针,悟空将其藏在耳朵内,复归洞府。

孙悟空赴蟠桃会——不请自来

指自己主动走上门来。

孙悟空到蟠桃园之后,就把园子里的大桃子都吃光了。后来王母娘娘准备举办"蟠桃盛会",并派七仙女到蟠桃园摘桃子,以备盛会上众神仙品尝。悟空听七仙女说蟠桃盛会没有请自己,不禁大怒。

悟空用定身法把七仙女定在桃树下,自己腾云驾雾直奔瑶池去了。悟空在半路上遇到赤脚大仙,就骗他说,蟠桃盛宴改在玉皇大帝的通明殿举行,然后悟空自己变成赤脚大仙,来到宝阁。悟空看见长廊下有几个造酒的仙官正在造酒,那些美酒香气扑鼻,于是悟空就拔出几根毫毛,变做几个瞌睡虫,把那几个酒官都弄睡了,然后自己打开酒瓮,畅饮美酒,并把蟠桃会上准备的东西都吃了个精光。悟空喝得醉醺醺的,不知不觉来到太上老君居住的兜率宫,他闯进去,看见太上老君炼了很多的仙丹,就拿过来连吃带扔糟蹋了个尽。悟空睡醒之后,才发觉自己闯了大祸,就赶紧跑下天界,回到花果山。

孙悟空借灭火扇——一物降一物

指有一种事物,就会有另一种事物来制服它。

唐僧师徒到西天取经,来到了一个叫火焰山的地方,而这里只有用翠云山芭蕉洞的铁扇公主的芭蕉扇灭了大火,才能通过。悟空使计钻进铁扇公主的肚子,逼她交出了扇子。悟空满心欢喜,拿着扇子来到火焰山。他举起扇子用力一扇,谁知火焰竟然熊熊腾起;再一扇,火更大了;又一扇,那火足有千丈之高。悟空才知道扇子是假的,自己被铁扇公主骗了。

悟空只好去找铁扇公主的丈夫,自己的结拜兄弟牛魔王,可牛魔王恨悟空害了自己的儿子红孩儿,不肯帮忙。于是,悟空悄悄变成牛魔王的样子,又来到翠云山,骗铁扇公主交出芭蕉扇。悟空拿着扇子来到火焰山前,几扇就扇熄了火焰山的熊熊烈火,真可谓"一物降一物"。唐僧师徒四人顺利地通过了火焰山,高高兴兴去往西方。

孙悟空遇到如来佛——翻不出手掌

比喻逃脱不了的厄运。

孙悟空大闹天宫,玉皇大帝没办法,只好请西天的如来佛帮忙。如来佛问悟空:"你这猴精,有何本领,敢占天宫?"孙悟空答道:"我能七十二变,一个筋斗十万八千里。"如来佛把手一伸,说:"你若一筋斗翻出我的手掌,我就劝玉帝让位给你。"

悟空把金箍棒藏在耳内,将身一纵,说了声:"我去也!"便跳在空中,像风车般地打起筋斗云,拼命往前冲。忽然见到前面有五根肉红柱子,撑着一股青气。悟空断定已经到了天的尽头,才停下来。他恐怕空口无凭,拔下一根毫毛变做毛笔,然后在中间柱子上写下"齐天大圣到此一游"八个大字。他还在第一根柱子处撒了一泡猴尿,尔后转身打起一个筋斗云,仍回原处。悟空说:"我去了又回来,这回该叫玉帝让位了吧!"如来佛说:"你根本不曾离开我的手掌。"悟空不服,要拉如来佛去看他留下的字迹。如来佛笑着说:"你看我手指上是什么?"悟空朝前一看,大吃一惊!果然看到如来佛的中指上写着:"齐天大圣到此一游"八个字,而且他还闻到一股尿膻味。悟空这才知道遇到了能人,他正想跳出如来佛的手掌心,没想到如来佛早就料到了,如来佛手掌用力一推,就把悟空推到了天庭的外面。那五个手指就变成了"五行山",把悟空压在了下面。

孙悟空钻进铁扇公主肚里——心腹之患

比喻隐藏在内部的严重祸害,也泛指最大的隐患。

孙悟空跟随唐僧往西天取经,途中遇到一座火焰山。这里无春无秋,四季皆热,方圆八百里火焰,四周见不到生灵。这座山是去西天取经的必经之路,但想要过此山,却是十分艰难。悟空得知,火焰山的西南方有个芭蕉洞,洞中有个铁扇公主,又名罗刹女,她手中有一把芭蕉扇能灭火焰山的大火,这把扇子一扇能熄火,再扇就能生风,三扇就能下雨。悟空听了,就决定去借扇子。

铁扇公主是牛魔王的老婆,而牛魔王本是悟空的结拜兄弟,照理说借扇子并不是难事,但是此前悟空曾请菩萨收服了红孩儿,而这个红孩儿就是牛魔王和铁扇公主的儿子。铁扇公主对悟空早已怀恨在心。铁扇公主一见悟空,不由分说拿起宝剑就向悟空砍去,两人战了好久也不分胜负。铁扇公主拿出芭蕉扇,对着悟空扇起来,只扇了两下悟空就被扇飞了好远。悟空好不容易定下神来,一看原来是到了灵殊菩萨那里。灵殊菩萨送了悟空一粒定风丹,悟空重新回到芭蕉洞。悟空摇身变做小虫,从门缝里钻进去。悟空飞在茶沫下,随着茶水被铁扇公主一口喝到肚子里。悟空在铁扇公主肚子里,厉声高叫:"嫂嫂!扇子借我!"说着,把脚往下一蹬,又把头往上一顶。铁扇公主疼痛难忍,面黄唇白。无法,只好叫女童去取芭蕉扇。悟空现出原形,拿着扇子扑灭火焰山大火,唐僧师徒继续西行。

T

太和殿的匾——无依无靠

没有依靠。形容孤苦或没有支持。

北京城有座金銮殿,这座金銮殿,就是故宫三大殿中为首的太和殿。"太和殿"木漆匾额就悬挂在屋顶下面的第一、二重屋檐之间。

"太和殿"这块匾额,在清代令文武百官、王公大臣非常畏惧。据史载,明清两代皇室争权夺势的风气很盛,皇子之间为争夺帝位,钩心斗角、互相倾轧。为了缓和这种矛盾,自清康熙皇帝起,在皇帝退位前不公布继承人的名字,而直到皇帝临死或退位时,才将早已选定好的皇位继承人,以诏书的形式颁布。据说,指定皇位继承人的圣旨,就存放在太和殿匾额的后面,宣诏时,都要从这里当众将诏书取下公布,因而这块匾额就使皇子、公侯将相们悬心了。封建社会里,封建皇帝是统治集团中诸大臣的最大靠山,而由于皇帝不过早地公布继承人的名单,下代皇帝究竟是谁始终是谜,那么在政治斗争中究竟依靠谁,打击谁,就不好确定,百官总有一种无依无靠的感觉。而且一看见太和殿的匾,这种感觉就更加突出。久而久之,就产生了"太和殿的匾——无依无靠"的歇后语。

对于这句歇后语的产生,还有另一种解释。太和殿的气势极为威严,群臣来到这里,不能不为这种气势所威慑,战战兢兢,不敢抬头。加之封建礼仪又十分严格,大臣在皇帝面前只有跪拜顶礼,不能左顾右盼,更不用说仰起头来看太和殿的匾了。他们只能在进殿前,用眼睛的余光扫视一下宫殿的景物,对于这块匾额是怎样立在大殿屋檐上的,谁也说不清楚,只觉得它孤零零地悬挂在上面,四周没有一点依靠。因而说"太和殿的匾——无依无靠"。

太岁头上动土——有害无益

比喻触犯强暴有力的人。

古人把木星称为岁星,也叫"太岁"。岁星自西向东运行,每12年循环一周。在古人眼中,太岁是个凶恶的煞神,是"百神之统"。太岁经过的地方为凶方。中国人纪年的干支,也称太岁。有时会说"命犯太岁",即指到了自己的本命年。古人也把凶恶的坏人比做"太岁"。

不得在太岁头上动土是我国民间流传的一种忌讳。民间传说,如在太岁方位动土,就会挖到一种会动的肉块,即是太岁的化身,挖到太岁的人就会遭到丧亡的灾难。因而人们最怕遇到太岁,常常畏之如虎,那些凶恶、难惹的人,也就被称之为"太岁"。"太岁头上动土"也就比喻触犯那些超出自己能力之外的人和事。

太武帝的口味——不凉不热,不软不硬

形容正合适。

传说,北魏太武帝拓跋焘很讲究饮食,三天一小宴,五天一大宴。拓跋焘的牙齿不好,热的东西不能吃,凉的东西不肯吃,硬的东西不敢吃。他吃的东西必须不凉不热,不软不硬才行,为此御膳房的厨师不知换了多少。

这一天是拓跋焘的寿辰,宫廷里到处张灯结彩,鼓乐喧天,宴席摆了一桌又一桌,文武百官都来给拓跋焘祝寿。群臣为了讨好拓跋焘,每人都献来几样佳肴请他品尝。这时,轮到一位将军献菜,他献了三个菜,拓跋焘先看了看,觉得造型别具一格。接着又依次每个菜品尝了一口,口味不错,软硬合适。拓跋焘大为高兴,问道:"这几个菜可是你做的?"将军禀报是他的堂弟所做。太武帝听罢,立刻命人将该将军的堂弟招进宫中,问道:"这三个菜叫作何名?"将军的堂弟说:"第一个菜叫'寒门造福'。因小人出身贫寒,今日全是托您的福;这第二个菜叫'金月照魏兵'。今晚正是良宵佳夜,圆月照在驻守边疆固守京城的士兵身上,他们威武雄壮,这都是您指挥有方;这第三个菜叫'酥烂脆香凤'。今晨小人见有一队大雁从此飞过,恰巧一箭双雁。"拓跋焘听后大喜。这就是"太武帝的口味——不凉不热,不软不硬"一语的由来。

潭柘寺的石鱼——好看不好吃

常用来形容物件表面华丽却不实用,没有使用价值。也有用来形容某些人空有仪表,但却没有真本领。

在潭柘寺龙王殿外廊下有一金属链挂着的石鱼,传说,这条石鱼本是东海龙宫中的一宝。由于它能发出悦耳的声响,所以每逢龙宫庆典,龙太后总会敲其助兴。久而久之,这件趣事传到了天宫,王母娘娘动了心,想据为己有。

这一年,王母娘娘过生日,上至天王,下至土地山神一概都要敬献贡品。各神所送之物自然都是奇珍异宝,但王母娘娘并不满意。王母娘娘缠着玉帝,要龙宫的石鱼。龙王心里虽不愿意,但又不敢抗旨,只得把石鱼送到天宫。王母娘娘得了宝贝,十分高兴,便整天敲石鱼取乐。但不管她怎么敲,那石鱼却不发出一点声响。其实是石鱼不愿自己只为王母娘娘一人取乐,对她抢夺龙母的宝贝也有不满,便故意不发声响。王母娘娘生气

了,她为了显示自己的威风,当着众神的面儿把石鱼从南天门扔了出去。

再说人间,这一年正闹大旱灾,到处都在闹瘟疫,百姓难以度日。许多人来到潭柘寺求神拜佛,向天祈雨。这天,老方丈正带领大家祈祷,突然,一块石头忽悠悠从天而降,落到寺内的龙王殿前。老方丈带领大家细看,老方丈认出此物,忙对大家说:"此物是天赐人间一宝。"于是忙命人收拾前廊,将石鱼挂到廊下。老方丈亲自掌锤敲响石鱼,声音铿锵,清脆悦耳。百姓忙焚香跪拜,乞求赐雨。说来也奇怪,顷刻间狂风大作,暴雨滂沱,旱情解除。

关于石鱼的神话传说越来越远,越传越神,来潭柘寺拜石鱼的人越来越多,石鱼成了潭柘寺的神物。有些缺衣少吃的穷人也来烧香,乞求石鱼赏些吃的,但烧了许多香,依旧饿肚皮。鱼是馋人之物,但望着石鱼却不能吃,真是画饼充饥。因而便产生了"潭柘寺的石鱼——好看不好吃"之说。

潭柘寺的粥锅——添人不添米

常用来形容只增加人而不增加所需的物品。

潭柘寺是北京西山最大的寺庙,全国各地慕名而来的和尚络绎不断,大小和尚只要来此,既不登记也无须旁人引见,来了便收,便有饭吃。传说有一年大旱,赤地千里,来投奔潭柘寺的和尚就更多了,有时一天竟然有六七百人,加上原来寺内的和尚,人数就更多了。这么多人吃饭,怎么得了? 管事的方丈只好让人抬出寺内最大的一口锅,这口锅深六尺,直径一丈,一次能煮十石米,每天都煮粥喝,以维持为期五十三天的戒期。

和尚与日俱增,一些灾民也来此等"舍粥",寺内的粮食越来越少,戒期到了五十天头上,终于断了粮。老方丈急得团团转,他来到天王殿,向威严的佛爷求救。佛爷派殿前的青蛇去粥场看看。不一会儿,一个小和尚跑来告诉方丈:"出现了奇事,锅内不但有了粥,而且不管多少人喝,锅里的粥总是满满的,总也用不完了。"原来是那条青蛇自己跳进了粥锅,献身充米。从此,潭柘寺的这口铜锅便成了宝锅,无论多少人来吃,也只是煮十石米,加人加水不加米,久而久之,便传出"潭柘寺的粥锅——添人不添米"一语。

唐伯虎进宁王府——装疯卖傻

故意装成痴呆疯傻的样子。

明朝时,镇守南昌的宁王请唐伯虎到府中作画,唐伯虎无意中发现宁王和大太监刘瑾上下勾结,暗中招兵买马,积草囤粮,妄图阴谋起兵造反。唐伯虎心里又气又急,想来想去,决定赶快离开宁王府。唐伯虎拜见宁王说:"我到南昌已经很长时间了,家中有老有小,十分挂念,我准备明日返回苏州,改日再为宁王效劳!"然而宁王却不肯放人。唐伯虎早已算定难以脱身,但他又不肯与宁王同流合污,于是只得另寻脱身之计。

一天,宁王的侍从慌慌张张跑来禀报宁王说,唐伯虎疯了。宁王听了,大吃一惊,忙吩咐请唐伯虎。唐伯虎来到宁王面前,只见他蓬头垢面,衣服撕得一条条的,双眼痴痴发呆,没有一点儿神采,嘴里还不断地喊着"放我回家,放我回家!"唐伯虎疯傻了一阵,竟在大庭广众之下,满地打滚,弄得满身满脸都是灰,不成人样,令人哭笑不得。宁王见唐伯虎闹得这般田地,还以为他思家心切,急得发了疯。他想,留下这么个疯子也是个废人,只好打发唐伯虎一走了之。

唐狡报楚庄王不杀之恩——肝脑涂地

原用来形容人的惨死状态。也形容尽忠竭力，不惜牺牲。

春秋时期，楚庄王一次大宴群臣，楚庄王的嫔妃也出席助兴。席间丝竹阵阵，轻歌曼舞，美酒佳肴，觥筹交错，直到黄昏仍未尽兴。楚庄王命点烛夜宴，还特别让最宠爱的两位美人许姬和麦姬轮流向文臣武将敬酒。忽然一阵疾风吹过，筵席上的蜡烛都熄灭了。这时一位官员因许姬美若天仙，斗胆拉住了许姬的手，许姬撕断衣袖得以挣脱，拉扯中许姬扯下了那人帽子上的缨带。许姬向楚庄王告状，让楚庄王点亮蜡烛后查看众人的帽缨，以便找出无礼之人。楚庄王听完，却传令不要点燃蜡烛，而且大声说："寡人今日设宴，诸位务要尽欢而散。现请诸位都去掉帽缨，以便更加尽兴饮酒。"听楚庄王这样说，大家都把帽缨取下，这才点上蜡烛，当晚君臣尽兴而散。席散回宫，许姬怪楚庄王不为她出气，楚庄王说："此次君臣宴饮，旨在狂欢尽兴，融洽君臣关系。酒后失态乃人之常情，若要究其责任，加以责罚，岂不大煞风景？"许姬这才明白楚庄王的用意。这就是历史上著名的"绝缨之宴"。

七年后，楚庄王伐郑。一名战将主动率领部下先行开路。这员战将拼力死战，大败敌军，直杀到郑国国都之前。战后楚庄王论功行赏，才知其名为唐狡。唐狡表示不要赏赐，坦承七年前宴会上无礼之人就是自己，自己肝脑涂地以报不究之恩。

唐明皇演戏——高人一等

高过一般人。

公元714年，唐明皇设"梨园亭"供乐工演奏乐曲，宫女习舞演唱。唐明皇在"梨园"戏班，非常喜欢扮演"丑角"，剧中凡有"丑角"可演，无论角色大小，唐明皇总是认真地登台上场。因他是一国之君，登台演出且扮演丑角，有失君威，于是在演出时，特意在脸部挂上一小白玉片儿以遮面。后来的丑角艺人在演戏时，就效法唐明皇，在脸上勾画一个类似白玉片的白粉块儿，久而久之，就形成了今天戏曲舞台上的丑角脸谱。因为唐明皇爱演丑角，旧戏班里的人们对扮演丑角的艺人都特别推崇。据梨园名角和老前辈传说："过去戏班里的演员，无论唱得再好，演技再高，在班子里的地位也是老二，唯有唱丑角的演员才算老一，因为尊'丑'就是尊皇帝。"唐明皇还是一位天才的音乐家及理论家。他首创用鼓来指挥其他乐器。每逢梨园戏班排练剧目，他都要亲掌鼓板。

旧戏班里装有黄蟒、官衣、道袍、王帽、凤冠、九龙冠、圣旨、笏板、尚方宝剑等道具的箱子，是不能随便坐的，唯有丑角演员敢坐。丑角演员在后台可以随意坐立，但其他演员就要按章行事。在演戏前，只有丑角演员勾画脸谱后，其他演员才能化妆及勾脸。戏曲艺人都把唐明皇尊为祖师，演丑角的艺人更把唐明皇尊为始祖。从前，有许多戏楼、戏台、剧场及演戏场所的后台都供有唐明皇的泥塑或木雕金像，还有一些唱丑角的演员家里也敬有唐明皇的牌位与塑像。旧时，演员们在演出之前，下场之后，包括鼓师和乐队的所有伴奏员及在后台的舞美服务人员，都要对着祖师爷唐明皇的塑像行礼、作揖，丑角演员还要单独磕头跪拜，来感谢始祖给他带来的身份与地位。

唐僧轰走孙行者——没咒念了

形容无法可想或无话可说。

在《西游记》故事中,白骨精为吃掉唐僧,先后三次变成少女、老婆婆和老公公的人形蒙骗唐僧,但均被孙悟空识破打死。唐僧眼看悟空"连伤三命",就以"无心向善、有意作恶"的罪名,把悟空逐回花果山。唐僧失去了悟空的保护,不久便在黑松林落入黄袍怪的魔掌,几乎丧命。

唐僧碰见白骨精——敌我不分

比喻分不清敌友。

传说,吃了唐僧肉可以长命百岁,于是唐僧的行迹为众妖怪所关注。唐僧师徒四人去西天取经来到白虎岭,正休息时,见来了一村姑打扮的年轻女子,询问后得知是去前面送饭,正说话间,火眼金睛的孙悟空看出年轻女子是白骨精所变,大吼一声"妖精哪里去",举起金箍棒将其打死,谁知白骨精留下伪装,化作青烟溜走了。唐僧责怪悟空,说他伤害无辜;不一会儿,来了一老妇,她见到倒地的村姑,哭哭啼啼说是她女儿,悟空又将其打死,唐僧气急,更加责怪悟空,并念紧箍咒惩罚他;没多久,白骨精又生一计,变成一老头儿说是找妻子和女儿,悟空正要出手,唐僧又念起紧箍咒并赶走了悟空,结果后来他自己却被白骨精捉住了。

唐僧上西天——一心取经

比喻做事一心向前、锲而不舍,无论遇到多大的险阻都不轻易放弃。

唐僧出生之前,他的父亲就被强盗推进水里淹死了。唐僧出生之后,他的母亲就把他放在木盆里,任其顺水漂流,后来唐僧被一个和尚救了起来,收养在寺院中。唐僧从小就很有善心,后来又潜心研习佛法的要义,观音菩萨见他颇具慧根,就指点他去西天雷音寺取经,以便修成正果,普度众生。

去西天的路程遥远,而且道路艰险,还有很多的鬼怪横行,所以困难重重。观音菩萨为了保护唐僧的安全,点化了三个人作唐僧的徒弟,一路上保护他。这三个徒弟分别是:本领高强、疾恶如仇的孙悟空;呆头呆脑、心直口快但又作战勇敢的猪八戒;任劳任怨、勤劳忠厚的沙和尚;另外还有一个因触犯天条、被贬下界的小白龙,他变成一匹马成了唐僧的坐骑。唐僧师徒四人,历经了种种困难,打败了众多妖魔鬼怪,一共走了五千零四十天,经历了九九八十一难,这才到达西天雷音寺,取回了真经。

歇后语"唐僧上西天——一心取经"就是根据这个故事产生的。

螳臂当车——不自量

形容不能正确估计自己的力量,想阻挡根本阻挡不了的事情。

从前,鲁国有个贤人名叫颜阖,卫灵公聘请他当太子的老师。颜阖听说卫太子有好杀的本性,就向卫国大夫蘧伯玉请教说:"假如我每天和他相处而不符合法度与规范,就会危害国家;如果合乎法度与规范,就会危害自身。您说我该怎么办?"

蘧伯玉说:"首先要端正自己,表面上可以顺从他,而内心最好暗暗疏导他。但是顺从他不要关系过密,也不要太露心意。你知道螳螂吗?它去阻挡滚动的车轮,却不知道自己根本不能胜任!你不了解养虎的人吗?他从不敢用活物去喂养老虎,因为他担心扑杀活物会激起老虎的凶残本性;他也不敢用整个动物去喂养老虎,因为他担心撕裂动物也会诱发老虎凶残的本性；老虎能向饲养人摇尾乞怜，是因为饲养人知道老虎饥饱的时刻，了解老虎凶暴的秉性。而遭到老虎残杀的人，是因为触犯了老虎的性情啊。"

螳螂捕蝉——不顾后患

形容目光短浅，没有远见。

春秋战国时期，吴王下决心攻打楚国，大臣们纷纷劝阻。吴王非常生气，他警告那些大臣说："谁要是再来劝阻我，我就立刻把他处死。"于是大臣们不再多说什么。

有一个年轻的侍从见无法直接劝说吴王，就想出了一个绝妙的主意。这天早上，年轻的侍从拿了一把弹弓，在王宫的花园中转来转去，衣服被露水沾湿了，他也毫不在意。在花园里散步的吴王恰好碰见了年轻的侍从，于是忍不住问他："一大早你就跑到我的花园里来，把衣服弄湿成这个样子也不在意，有什么重要的事吗？"

年轻侍从不慌不忙地回答说："大王有所不知，我刚才碰到了一件很奇怪的事，以至于连露水沾湿了衣服，也没有察觉到。这个花园里有一棵树，树上有一只蝉，蝉高高在上，悠闲地叫着，自由自在地喝着露水，却不知道有一只螳螂就在它身后不远的地方；螳螂弯着身子，举起前爪，一心只想去捕蝉，却不知道有只黄雀就在它的旁边盯着它；黄雀伸长了脖子，想要去啄食螳螂，却不知道我已经拿着弹弓瞄准了它。这三只可悲的动物一心想要取得眼前的利益，而没有考虑到在它们身后正潜伏着巨大的祸患啊！唉！我也为它们感到悲哀！"听了年轻侍从的话，吴王恍然大悟，明白了这个侍从给他讲这个小故事的目的。于是他对侍从说："你讲得很有道理！我险些铸成大错。"随后，吴王打消了攻打楚国的念头。

桃李不言——下自成蹊

比喻为人诚挚，有强烈的感召力而深得人心。

西汉时的著名将领李广，骁勇善战，立下赫赫战功，被称作"飞将军"。李广为人谦恭谨慎，爱惜下属，深得官兵的爱戴。李广去世的时候，全军将士无不失声痛哭，远近相识或不相识的人，也都为他流泪叹息。因此，司马迁在评价李广时写道："有谚语说：'桃李都有着芬芳的花朵和甜美的果实，它们用不着张扬地向人们炫耀自己，人们自然会被它的芳香和美丽吸引到树下来，来欣赏它的人很多，自然形成了一条通往树下的小路。'这个比喻虽小，但正可用来说明李广的品格，正是由于他从不自吹自擂，只凭着自己的贤德得到了人们的尊重。"

陶渊明辞官——不为五斗米折腰

表示清高有气节，不肯屈从别人。

陶渊明牛性淡泊，在家中入不敷出的情况下仍坚持读书作诗，他有着远大的抱负，看不惯官场恶劣作风。

陶渊明四十一岁时，还在做一个月只有五斗米薪俸的彭泽县知县。有一年腊月的一天下午，陶渊明办完公事，冒着风雪回到内衙，换了便衣，正想坐下欣赏欣赏自己写的诗，一个小吏突然进来报告："启禀老爷，九江李太守派督邮张大人来我们县巡察，请老爷快去迎接。"陶渊明听了很不高兴，刚刚回到内衙休息，又得应酬这些俗务，便问："督邮在哪里?"小吏回答:"正在大堂上。"陶渊明站起来就要出去,小吏却拉住他说:"请老爷换上官服再去。""为什么要穿官服?"陶渊明不解。"老爷有所不知,这张大人原是我们县有名的富豪,一向很讲排场,现在又成了李太守的亲信,若是礼仪上稍有不周,恐怕对老爷前程不利。"小吏说。陶渊明本来就想飞出樊笼,现在听说又要为本县的乡里小儿弯腰行礼,便打开柜子,取出知县的印信交给小吏,严肃而果断地说:"你把它交给督邮转太守,就说我陶渊明告病归田,不再为五斗米折腰了!"说完就收拾行装,昂然出衙而去。

陶渊明读书——不求甚解

指读书只求领会精神,而不刻意咬文嚼字。今多指学习不认真,不会深刻理解或指不深入了解情况。古今异义。

陶渊明是我国最早的田园诗人。他所开创的田园诗体,为古典诗歌开辟了一个新的境界。

陶渊明的家乡水旱灾害连年不断,他靠着微薄的田产,维持着一家老小的生活,过着非常艰难的日子。尽管如此,陶渊明也不羡慕荣华富贵,依旧喜爱清静闲散的田园生活。他一面耕田,一面读书写诗,不仅不觉得苦,反而觉得十分自在。在十八岁那年,陶渊明为自己写了一篇文章,取名《五柳先生传》。文章的开头是这样的:先生不知道是哪里的人,也不清楚他的姓名。他的住宅旁边有五棵柳树,因而就以"五柳"作为自己的号了。先生喜爱娴静,不多说话,也不羡慕荣华利禄。很喜欢读书,但对所读的书不执着于字句的解释;每当对书中的意义有一些体会的时候,便高兴得忘了吃饭。生性爱喝酒,可是因为家里贫穷,不能常得到酒喝。亲戚朋友知道他这个情况,所以时常备了酒邀他去喝。而他呢,到那里去总是把他们备的酒喝光。

剃头的挑子——一头热

说明事情的双方,只有一头儿表示热情、关心、主动,而另一头则表现得冷淡、漠然、迟缓。

在过去,不仅有固定的理发店,还有走街串巷的流动理发师傅。他们使用一种"唤头",它是两根条铁,一头烧结成把儿,另一头微张,全长一尺二寸。理发师傅左手拿着它,右手用一根五寸的大钉子,从两根条铁的缝隙中间向上挑,发出响亮的"嗡嗡"声,这就算是剃头的叫卖声(即市声)。所谓"剃头的挑子一头热",是因为当时剃头的挑子用扁担挑着。一头是红漆长方凳,是凉的一头。凳腿间夹置三个抽屉:最上一个是放钱的,钱是从凳面上开的小长方孔里塞进去的,第二、三个抽屉分别放置围布、刀、剪之类工具。另一头是个长圆笼,里面放一小火炉,是热的一头。上面放置一个大沿的黄铜盆,水总保持着一定热度。下边三条腿,其中一条腿向上延伸成旗杆,杆上挂钢刀、布和手巾。因此便引出了"剃头的挑子——一头热"的歇后语。

缇萦上书——为父请愿

形容女子具有孝心,能够救护父母。

西汉文帝时,齐国临淄有个读书人,名叫淳于意。淳于意先曾做过太仓令,后行医。淳于意医术十分高明,在当时很有名气。一天,一个大商人的妻子病了,请淳于意医治。

病人吃了药不见好转，过了几天竟死了。大商人告淳于意庸医杀人，当地官吏便判淳于意肉刑。根据当时的法律，肉刑有脸上刺字、割掉鼻子、砍去一足等三种。淳于意没有儿子，只有五个女儿。当差役押他去长安时，五个女儿跟在后面哭个不停。淳于意看了她们一眼，叹着气说："唉！生女不生男，有了急难，一个有用处的也没有。"淳于意最小的女儿缇萦又伤心又气愤，她想："为什么女儿就没有用处呢？难道我不能替父亲做点事情吗？"于是，她坚决地要跟着父亲同往长安，代父受刑。差役们没有办法，只得同意她一同前往。

缇萦到了长安，要求入宫见汉文帝。守宫门的人不让她进去，她就写了一封请愿书，请守宫门的人代呈给汉文帝。缇萦在请愿书上说："我叫缇萦，是太仓县令淳于意的小女儿。我父亲做官的时候，当地的老百姓都说他是个清官。如今他被控告犯了罪，要受肉刑的处分。我不想为父亲辩护他究竟有罪没罪，但我替他伤心，也替所有受肉刑的人伤心。一个人脸上刺了字，永远见不得人；割了鼻子，永远也安不上去；脚断了，也无法再接上。以后他要改过自新，也没有办法了。我愿意一辈子做官府的奴婢，来赎父亲的罪，好让他有一个改过自新的机会。"汉文帝看了缇萦的请愿书，深受感动，于是下令赦免了淳于意，并且下命令废除肉刑。就这样，缇萦不但帮助了自己的父亲，也替天下人做了一件好事情。

天安门前的石狮子——明摆着

比喻事情清楚明白，一眼就能看出。

传说闯王李自成进京城，明朝最后一个皇帝崇祯吊死在煤山上，其他官员和太监跑的跑，逃的逃，而守卫广安门的监军太监大开城门，迎接李自成。不多时李自成的队伍就来到了前门，守卫这里的大将李国祯知道无法抵挡就偷偷跑了。

李国祯手下的人打开城门，李自成一马当先进了正阳门，过了棋盘街，再经过"大明门"，他老远就瞧见一座城门五阕、重楼九座的高楼。丞相牛金星告诉李自成，那就是明朝的承天门。李自成听了这话，立即摘弓搭箭，"嗖"的一声，箭飞出去了，直射在"承天之门"的"天"字上。李自成率队走到白玉石狮子前，这两个白狮子东边这个，右爪踩着一个绣球，头略向东歪，可是眼睛向西看；西边这个，左爪踩着一个小狮子，头略向西歪，可是眼睛向东看，它们仿佛都紧紧地盯着中间这段路面。突然一个卫兵大喊："王爷留神，东面那头狮子动弹了！"李自成大喝一声："胡说！石头狮子怎么会动弹？"原来，李自成早就瞧见狮子后面有毛病，于是他挺枪催马，一枪刺下就在石狮子肚子上扎了一个枪坑，火星四爆。只见一个黑影直奔西面那个石狮子。众人又喊："王爷留神，有贼人！"李自成透过狮子爪下看到一个明朝官员，他慢慢走过去，猛然间提枪挺向狮子，就在这个石狮子肚子上又留下一个枪坑。李自成部下也围拢了过来，众人从石座边提出来个人，一看竟然是明朝大将李国祯。打这起，这两个石狮子上就有了两道枪坑。到了清朝，有人就提出要换更漂亮更威武的石狮子，但是被皇帝制止了，说可以起到警示后人的作用。自此承天门也就是现在的天安门前的石狮子就变成了肚上有枪坑了。

天高皇帝远——管着看不着

原指中央权力达不到的偏远地方。后比喻偏远地区，不遵守法纪的恶势力。现泛指机构离领导机关远,遇事自作主张,不受约束。

元朝末年,浙江台州、温州一带大旱,百姓饿死很多。元朝的京官和地方官员特别多,超过历代,机构庞大,政府支出特别多。加上皇帝奢侈,建造楼、堂、馆、所,没一天休止过,这些负担都转嫁到了百姓身上。哪怕灾荒年代,朝廷也毫不体恤灾民,照样苛捐杂税。地方官员贪婪无耻,作威作福,欺压平民,于是天下大乱,人民纷纷起义。台、温百姓实在生活不下去了,于是在村子里竖起造反大旗,旗上写着四句话:天高皇帝远,民少相公多;一日三遍打,不反待如何? 这四句话原是当时民间口语,译成现代语言是:高高在上的皇帝怎会顾恤人民的生活? 那么多的官吏(相公)骑在头上剥削。为催税一天三次打我,再不造反还等待什么?

天桥的把式——光说不练

比喻只在口头上表态、不做实事。

天桥一带早在元朝时就是一个市肆,明、清之时更加兴盛。辛亥革命之后,因为拆除了正阳门侧的荷包巷,商贩纷纷迁往天桥,集资盖起了七条街巷。北边五条街巷有医、卜、星、相(镶牙、补牙、点痣、看相、算命等),还有买卖估衣的浮摊及钟表、洋货、鞋靴等店肆。南边两条街巷是饭铺和酒馆。后来又陆续办起了五个戏园子、六个落子馆,名称有歌舞台、乐舞台、燕舞台、升平茶园、振仙舞台等,成了一个从日用百货到饮食娱乐,各行俱全的综合市场。天桥卖的东西很全,而且都比城里大字号的便宜。所以当年劳动人民都把逛天桥当作一种有趣的消遣和娱乐活动。郊区的农民进城,也非要到天桥走一趟不可。

天桥是旧日北京最大的"露天娱乐场",这里的民间艺人很多,各有各的固定表演场所。当时杂耍中最著名的有绰号"八大怪"的云里飞(滑稽京剧)、大金牙(拉洋片)、焦德海(相声)、大兵黄(卖药糖)、宝三(武术)、蹭油的(卖去油污肥皂)、拐子顶砖、赛活驴与其妻唱莲花落。在他们之前,庚子前后及辛亥革命前后,还有两代"八大怪"。这些艺人,特别是摔跤、练武、盘杠子的,在开场献技时,大都口中滔滔不绝说个没完,他们或自述师承、或介绍表演项目等,把观众招引得里三层、外三层,观看的人多了,也把众人的胃口吊足了,然后才肯正式地练几下节目。因此也就有了"天桥的把式——光说不练"一说。

天要下雨,娘要嫁人——由他去吧

比喻事物发展有其客观规律,不以人的意志为转移。

传说,古时候有个名叫朱耀宗的书生,他天资聪慧,进京赶考高中状元。皇帝见朱耀宋不仅才华横溢,而且长得一表人才,便将他招为驸马。循惯例朱耀宗一身锦绣新贵还乡,临行前,朱耀宗对皇帝提起自己的母亲含辛茹苦,将自己从小培养成人,请求皇帝为多年守寡的母亲竖立贞节牌坊。皇帝闻言甚喜,认为状元一片孝心,于是准奏,为其母竖立贞节牌坊。

当朱耀宗回乡向母亲述说了树立贞节牌坊的事情后,原本欢天喜地的朱母却露出了不安的神色,说出自己想要嫁给朱耀宗的恩师张文举的想法。毫无思想准备的朱耀宗顿时被击倒,"扑通"一声跪在母亲的面前说:"娘,这千万使不得。欺君之罪会招来杀身之祸啊。"朱母不由长叹一声:"听天由命吧。"她随手脱下身上一件罗裙,告诉朱耀宗说:

"明天你替我把裙子洗干净,一天一夜晒干。如果裙子晒干,我答应不改嫁;如果裙子不干,天意如此,你也不用再阻拦了。"朱耀宗按照母亲所说的,把裙子洗了晾在院子里。这一天,晴空朗日,谁知当夜阴云密布,下起暴雨,裙子始终是湿漉漉的。朱母认认真真地对儿子说:"孩子,天要下雨娘要嫁人,天意不可违呀!"事已至此多说无益,朱耀宗只得将母亲和恩师的婚事报告皇帝,请皇帝治罪。皇帝连连称奇,降了道御旨:"不知者不怪罪,天作之合,由她去吧!"

后人便将朱母说的"天要下雨,娘要嫁人"和皇帝的御旨"由她去吧!"放到一起形成了今天常说的"天要下雨,娘要嫁人——由他去吧!"

田单大摆火牛阵——出奇制胜

比喻用出人意料的办法取胜。

战国时期,齐国大将田单和燕国大将乐毅率军在即墨交战,乐毅把田单的军队困在即墨城中。三年过去了,齐军的供给出现问题。就在这时,燕国的国君死了,新的国君随即即位。田单派人到燕国散布谣言,说乐毅要起兵反燕。新即位的燕王不了解情况,加上乐毅兵权在握,屡立战功,遭到燕国大臣的妒忌,燕王便把乐毅撤职了。随后乐毅逃到赵国避难。

田单顺利地达到了第一个目的,接着他又派人到燕军中散播谣言说,即墨人最怕被别人挖祖坟,祖坟一挖,他们就会惊慌失措,一定会使军心大乱。乐毅走后,担任燕军统帅的是一个无能的小人,他相信传言,派人去挖即墨人的祖坟,结果即墨的军民非常气愤,立誓要报仇雪恨。田单看敌军统帅昏庸无能,齐军士气涌动,作战的时机已经成熟,于是就假装向燕军投降。而就在此时,田单命令士兵把刀子绑在牛角上,把鞭炮绑在牛尾巴上,并用彩色的绸子包住牛的全身。当齐军步行到燕军的附近时,田单就下令点燃鞭炮。牛听到鞭炮的声音都受了惊,发疯似的冲向燕军,吓得燕军四处逃跑。就这样燕军被打败了。司马迁后来在写史书时,评价这次战争用了"出奇制胜"这四个字。

铁杵磨成针——功到自然成

比喻做事只要有恒心,肯下功夫,一定可以成功。

李白小时候很聪明,有一回,他问父亲怎样才能有学问,父亲指着书架说:"把这些书读完,就有学问了。"李白叹了口气,书架上尽是书,什么时候才能把这么多书读完?他有些心灰意懒,于是出门散心。李白来到城外,见江边有一位六七十岁的老奶奶,在大石头上正磨着一根捣米用的铁杵。李白很奇怪,就问:"老奶奶,你磨铁棒做什么呀?"老奶奶抬告诉他说:"我要把这根铁棒磨成一根针。"李白更惊异了,追问:"这么粗的铁棒,什么时候才能磨成针?"老奶奶不慌不忙地说:"一天磨一点,早晚能磨成针。"

李白是个聪明的孩子,听老奶奶一说,马上明白了道理:我一天看一点书,天长日久,早晚能把那些书看完。李白转回身,飞快地向家里跑去,他回到书房,孜孜不倦地读起书来。后来,每当他读书疲倦偷懒的时候,脑海里立刻出现老奶奶的话:"一天磨一点,早晚能磨成针。"果真没用几年时间,李白就把书架上的书全部读完了。由于李白少年时用心学习,所以后来极有才华,成为唐代著名的大诗人。

铁拐李的葫芦——不知卖的是什么药

形容不解其意。

相传，铁拐李身后背着的大葫芦是一件稀世珍宝，大葫芦里面装着灵丹妙药，能治各种疑难杂症。有一年闹灾，瘟疫遍地，百姓惨遭病痛的折磨，铁拐李就用这个宝葫芦里装的药救济众生。铁拐李为人治病，引起了一些医生的忌妒，当他们看到人们竞相传颂的神医原来是一个瘸了腿的乞丐时，便幸灾乐祸地讥笑说："大家都说你是位了不起的神医啊！怎么连自己的瘸腿病都医治不好呢？你不过是个欺世盗名之徒，哪有资格称神医呢？"铁拐李听后哈哈一笑回答说："我这灵丹妙药，乃是仙家所炼，只因我贪心，想健骨强筋，就偷偷地多吃了两颗，不想因为药力过强，我的一条腿就越长越长，这条腿长了那条腿自然就短了，没办法就成了今天这个样子。你们这几个人连别人是否有病都看不出来，也敢妄称医生吗？最多也不过是个庸医罢了。"在场的人听了铁拐李的一席话，笑得前仰后合，那一群本打算捉弄铁拐李的人也就灰溜溜地离开了。

人们对铁拐李所说的话半信半疑，至于他那宝葫芦里到底卖的是什么药，也就无人知晓了。所以人们就根据这件趣事编成了歇后语"铁拐李的葫芦——不知卖的是什么药"。

屠龙的技术——派不上用场

比喻技艺高超但没有实用价值。

古时，有个人叫朱平漫。朱平漫是个喜欢学习的人，为了学会一项特殊的本领，他变卖家产，带上百两银子到很远的地方拜支离益做老师，向支离益学习杀龙的技术。转瞬三年，朱平漫学成归来。众人问他究竟学了什么，朱平漫一面兴奋地回答，一面就把杀龙的技术——怎样按住龙的头，踩住龙的尾巴，怎样从龙颈上开刀……指手画脚地表演给大家看。众人都笑了，就问他："什么地方有龙可杀呢？"朱平漫这才恍然大悟，原来世界上根本没有龙这种动物，他学的屠龙技术，是派不上用场的。

土地庙着火——慌（荒）了神

形容某些人遇事后慌手慌脚，束手无策。

很早以前，在现在的北京西城区长椿街、下斜街一带，有一条古槐夹路的小街，小街附近还有几处乱坟岗。小街处较大的元代建筑则有"老君堂"和"长椿寺"。"老君堂"建成时间很久，所以这条街道原名称为"老君堂"，后来，"老君堂"改称为"土地庙"（庙址即现在的宣武医院），庙前由广安门大街延伸出来的一条斜街，于是这里也就被人们称为土地庙斜街了。

土地庙在清朝之前香火旺盛，时常有人到庙内烧香磕头送香钱。同时，这里又是北京地区较大的庙市，每月初三、十三、二十三日，即开庙市。许多商人和小摊贩都在庙前的道路两边出售各式各样的商品，乡间艺人则表演各种杂耍。而最多的，则是出售鲜花草木。每逢庙期，许多"花儿匠"便推车担担儿，来此卖花儿，土地庙成了花市的中心。清末民初，土地庙渐为荒废，土地庙每月的庙会也渐渐地少起来。解放后不久，土地庙上建起了宣武医院，土地庙被高大的楼房所代替。

北京地区旧时庙多,几乎是一巷一庙、一街一寺,而最多的是关帝庙和土地庙。古庙多为木结构建筑,防火设备差,极易着火,一旦起火,庙产皆无,连里面的神像也要被烧光。北京土语往往把"烧"说成"荒",所以就产生了"土地庙着火——慌(荒)了神"一语。

兔死狐悲——物伤其类

比喻因同类的失败或死亡而感到悲伤。

南宋时期,处在金朝统治下的山东农民,纷纷掀起抗金斗争的浪潮,其中最著名的有杨安儿、李全等领导的几支红袄军。

后来起义军遭到金军的镇压,杨安儿牺牲。杨安儿的妹妹杨妙真(号四娘子)率领起义军从益都转移到莒县,继续斗争。后来杨妙真和李全结为夫妻,两支部队会合。公元1227年2月,宋朝派太尉夏全领兵攻打楚州,杨妙真派人对夏全说:"你也是从山东率众归附宋朝的,如今你却带兵来攻打我们。打个比方说,狐狸死了,兔子感到悲伤哭泣;如果李全灭亡了,难道独有你能生存吗(原文是'狐死兔泣,李氏灭,夏氏宁独存')?希望将军和我们团结起来。"夏全听后,同意了杨妙真的意见。

退避三舍——有言在先

形容事先做好的约定。

春秋时,晋国的骊姬为了让自己的儿子奚奇成为太子,就逼走了公子重耳。就这样,重耳在外面漂泊了十九年。在第十八年的时候,重耳来到楚国,楚成王热情地招待了重耳,并且问重耳用什么来报答他。重耳说:"楚国什么都不缺,还能用什么来报答楚国呢?"楚成王还是要求重耳说出来。重耳说:"假如我回到晋国后能够登上王位,那么在以后晋楚战争中,我会退避三舍。"后来,楚成王送重耳去了秦国,在秦国的帮助下重耳回到晋国做了晋文公。

后来,楚国和晋国真的发生了战争,晋文公依诺言退兵九十里。然而楚军以为晋军惧怕他们,所以就一直追了九十里。最后,晋军战胜了楚军。

驮盐的驴子过河——想轻松

说明事情并不是一成不变的,要知道变通,不能用固定的经验来套用所有的事情。

从前有个作坊主养了一头小毛驴,平常他就让这头小毛驴给他拉磨驮东西,干些杂活。有一次,这个作坊主在市场上买完盐后,就将两大口袋的盐放在小毛驴的身上,然后带着它往家走。两大口袋盐的确太重了,小毛驴走得又累又渴。回去的途中要经过一条大河,小毛驴忍不住干渴,趁主人不注意悄悄地跑到河边大口喝起水来。它又往河里多走了几步,想让清凉的河水浸浸热乎乎的身子,好让自己凉快一下。当小毛驴从河里再次走向岸边的时候,它明显地觉得背上的东西轻了许多,脚步也快了,心里不由得暗自高兴。同时,小毛驴还得出这样一个结论:驮东西的时候,如果能到河水里浸一浸,不但可以喝水解渴,还可以减轻疲劳,连背上货物的重量都会减轻许多。小毛驴哪里知道,它感觉到背上的货物轻了,是因为盐被河水一浸,许多都溶解到水里去了。

过了几天,作坊主带着这头小毛驴又到市场买东西,这次他要买的是生石灰。作坊主仍旧让小毛驴驮着货物往回走。当来到熟悉的河边时,小毛驴想起上次驮盐的经验来，所以它依旧像上次那样趁主人不注意，悄悄地跑到河边喝了点水，然后又往河里多走了几步。在水中浸了好一会儿，它才慢慢掉头向岸边走去。可是，生石灰与盐不一样，它遇到水之后就生起热来，于是烫得小毛驴乱蹦乱跳，"嗷嗷"地叫个不停。作坊主听到叫喊声，回过头一看，发现了小毛驴的所作所为，他马上也就明白了上次买的盐减少的原因。他生气地冲着小毛驴开口骂道："你这个偷懒的家伙，这真是自讨苦吃！"

W

万能张造龙舟——不是翻就是烧

形容挫折不断，完成某件事很困难。

清乾隆年间，乾隆下令修建清漪园，并传旨让工匠"万能张"监造龙舟。"万能张"接到圣旨后，连夜动手设计，不到半月就画出十几张图纸。乾隆看后，命令"万能张"在期限内造完，提前造完有赏，到期完不成，定罚不饶。

"万能张"召集技术高超的工匠们，没日没夜地忙起来。这天，工匠们抬出雕刻好的龙头，在"昆明喜龙"船上安放好，准备刷漆整修。然而当天夜里，突然狂风大作，"昆明喜龙"和其他几条小船，全被掀翻了。期限到了，乾隆听说龙舟没完工，就把"万能张"提交给刑部衙门，重打四十大板。接着乾隆又下旨，再限七天，如造不完，定不饶恕。龙船眼看就要造好了，谁知这天又下起暴雨，一个霹雷把"镜中游"船给烧着了，接着几条小船也被烧毁，眨眼期限又到了。乾隆听说还未完工，一怒之下要将"万能张"发配到新疆。"万能张"无奈编出一套托词说："这昆明湖里有一条赤金龙，这次我们造龙船，一来侵占了它的地盘，二来又伤了它的头像，它成心同我们捣乱，所以不是翻就是烧。"乾隆听了之后沉吟了半天，只得让"万能张"回去。

第二天，乾隆亲自到工地，召见工匠，问他们是否见到真龙。工匠们都异口同声地说见到了，乾隆信以为真，问"万能张"这龙在哪里出现的，"万能张"用手一指说："在南湖岛。"乾隆又问："该怎么办好？""万能张"按预先商量好的办法说："得在南湖岛上造一座龙王庙，给赤金龙一个安身之地。还要再造两条钢龙放在北岸，用来镇住南湖岛上的赤金龙。另外，还得造个大船坞，放造好的船用。"乾隆一一答应了。从此，"万能张造龙舟——不是翻就是烧"就流传开了。

王勃写《滕王阁序》——人杰地灵

表示杰出人物在那里出生或曾到过那里，所以那里就成了名胜之地。也指杰出的人物生于灵秀之地。

公元 663 年九月初九重阳节，洪州阎都督在新落成的滕王阁大宴宾客，当地知名人士都应邀出席。王勃正好路过，也应邀参加。因为他才十四岁，所以被安排在不显眼的座位上。阎都督的女婿很会写文章，阎都督叫他预先写好一篇序文，以便当众炫耀一番。大家酒酣之际，阎都督站起来说："今天洪州的文人雅士欢聚一堂，不可无文章记下这次盛会，各位都是当今名流，请写赋为序，使滕王阁与妙文同垂千古。"话毕，侍从将纸笔放在众人面前。但是大家推来推去，没有一个人动笔。后来推到王勃面前，王勃竟将纸笔收下，低头沉思了一会儿，挥毫即书。阎都督见是一个少年动笔，不太高兴，他走出大厅，凭栏眺望江景，并嘱咐侍从将王勃写的句子，随时抄给他看。

过了一会儿，侍从抄来《滕王阁序》的开头四句："豫章故郡，洪都新府。星分翼轸，地接衡庐。"这四句的意思是：滕王阁所在之处过去属南昌郡治，现在归洪州府。它的上空有翼、轸两星，地面连接衡州、庐州两州。阎都督看了，认为这不过是老生常谈，一笑置之。其实，这十六个字把南昌的历史和地理的概况都交代清楚了，纵横交错，起笔不凡。接着，侍从又抄来了两句："襟三江而带五湖，控蛮荆而引瓯越。"阎都督看了有些吃惊。他想，这少年以三江（指荆江、湘江和浙江）为衣襟，又将五湖（指太湖、鄱阳湖、青草湖、丹阳湖、洞庭湖）为飘带，既控制南方辽阔的楚地，又接引东方肥美的越地，大有举足轻重、扭动乾坤之气。写出这样有气魄的句子，不是大胸襟、大手笔的人是不可能的。侍从接着抄上来几句，更使阎都督吃惊："物华天宝，龙光射牛斗之墟；人杰地灵，徐孺下陈蕃之榻。"原来，王勃在这里用了两个典故：前一个典故是说，物有精华，天有珍宝，龙泉剑的光芒直射天上二十八星宿中的斗宿和牛宿之间。意思是洪州有奇宝。后一个典故是说，东汉时南昌人徐孺家贫而不愿当官，但与太守陈蕃是好朋友。陈蕃特地设一睡榻，专供接待徐孺之用。意思是洪州有杰出的人才。阎都督越看越有滋味，越看越钦佩，连声称赞，再也不让女婿把预先写好的序文拿出来了。阎都督重新就座，把王勃奉为上宾，并亲自陪坐。

王昶起名——顾名思义

看到名称就联想到含义。

三国时期，魏国有一位大臣名叫王昶，他为人正直，注重名节，反对浮华虚伪。王昶给他的儿子、侄子起名字时，都用含有谦虚朴实意义的字词，体现儒家和道家的思想。王昶的侄子，起名王默，字处静；王沈，字处道。他的儿子，起名王浑，字玄冲；王深，字道冲。王昶在给他的子侄的信中说："为了使你们立身行事，一言一行，都符合儒家和道家的思想要求，所以我给你们起了含有深意的名字，希望你们看到自己的名字，就要想到它的深刻含义，从而修身养性，立身行事，在行动上不要有所违背。"王昶的儿子、侄子，遵照王昶的要求，经常思考父辈所起的名字，深刻领会其含义，按照儒道思想的要求，立身处世，积极进取，又不浮躁奢华，很受时人称道。

王恭坐草垫——别无长物

没有多余的东西。原指生活俭朴，现形容贫穷。

东晋时期，有个叫王恭的人，他出生于士族之家，父亲王蕴是东晋的光禄大夫。有一次，王恭陪父亲到会稽（即今浙江绍兴）游玩，回到都城建康（今南京）时，正巧碰上一个同族的叔叔王忱来拜访。王恭在游会稽时买了一张十分精美的新竹席，所以就拿出来铺坐。王忱一见竹席，心里非常喜欢，于是就对王恭说："你的竹席一定是从会稽买回来的吧？又精致又华美，果然是名不虚传的会稽特产啊。你这次去会稽游玩，一定买了不少好东西回来，不如就把这张小小的竹席送给我吧！"王恭见王忱那么喜欢竹席，也不好推辞，就大方地把竹席送给了王忱，然后自己又重新铺了以前的旧草垫。王忱回到家后，听说王恭从会稽只买了一张竹席回来，但因为自己喜欢，所以忍痛割爱，将席子送给了自己，因此感到很不好意思，连忙又赶回王恭家去道歉。王恭笑着对他说："不过是张席子，既然您喜欢它，就不必跟我客气了！您对我还是不太了解啊，其实我这个人，平生别无长物。"后来人们从这个故事中提炼出歇后语"王恭坐草垫——别无长物"。

王衍的为人——信口雌黄

形容不顾事实，随口胡说或乱发议论。

晋朝时，王衍在晋武帝司马炎时做了太子舍人，后来调做尚书郎等职。王衍从年轻的时候起，就喜欢清谈。做官以后，还是崇拜老子和庄子，整天讲"无为而治"的道理。因为王衍的才学很高，谈论精辟透彻，因此，在当时享有盛名，许多读书人都佩服他，而且还模仿他的做法。当王衍读解老庄玄理的时候，手里总是拿着一把玉柄拂尘表现出从容宁静的态度。而他有时把意理读解错了，就随口改正。于是人们说他是"信口雌黄"。

王恺斗石崇——甘拜下风

表示真心佩服，自认不如对方。

西晋时，石崇在任荆州刺史期间，不择手段地搜刮民财，财富很快膨胀起来。但石崇并不满足，他决心要当最大的富翁。晋武帝的舅舅王恺也是西晋的大富翁。王恺本以为天下除了他以外，没有人比他再富了。后来他听说了石崇，很不服气，决心要和石崇斗富比高低。

王恺用紫色的丝布在他家门前的道路两边做了四十里长的屏障，并扬言说："丝布在我这里不如纸。"石崇听了很不服气，就用漂亮的锦缎做了五十里长的屏障，并自吹自擂地说："锦缎在我这里不如麻布。"王恺用拌着香料的石灰刷墙，石崇则用鲜艳的赤石脂刷墙。王恺斗不过石崇，就进宫向晋武帝求援，晋武帝赐给他一株两尺多高红润光泽的珊瑚树。王恺亲自拿着这株珊瑚树到石崇家里去展示。石崇拿起珊瑚树看了看，摇摇头说："这有什么稀罕。"说着就用如意把珊瑚敲碎了。王恺大怒。石崇笑着说："坏的不去，好的不来。我送你一株，保你满意。"说罢，命人一下子就搬出好几十株珊瑚树来！只见这些珊瑚树，高的四尺有余，最短的也有三尺。石崇得意扬扬地说："你随便选一株吧！"王恺做梦也没想到石崇会有这么多他从未见过的珊瑚树，只得甘拜下风。

从此，便留下了"王恺斗石崇——甘拜下风"这一歇后语。

王陵评项羽——嫉贤妒能

嫉妒道德和才能比自己高的人。

秦二世元年（公元前209年），项羽从叔父项梁在吴地起义。秦亡后，项羽自立为西楚霸王，并大封诸侯王。在楚汉战争中，最终为另一支抗秦力量刘邦击败，自杀身死。

"项羽妒贤嫉能，有功者害之，贤者疑之。"（出自司马迁《史记》）在项羽起兵抗秦以后，曾有不少贤臣名将，如范增、陈平、英布、韩信等，投靠在他的手下。但项羽不是看不起他们，就是妒忌这些人的才能，致使这些人不是弃楚归汉就是愤然离去。韩信归汉后，成了刘邦和项羽争斗中置项羽于死地的得力大将。在著名的鸿门宴上，范增劝项羽杀掉刘邦，项羽不但不听，反而中了陈平、刘邦施的反间计，削去了范增的权力，致使范增愤然离去,病死途中。由于项羽不善用人,最后终于成为孤家寡人,演出了一场"霸王别姬"的惨剧。

汉朝建立以后,有一次刘邦大宴群臣。席间,刘邦问:"为什么我能取得天下,而项羽失去了天下呢?"大臣王陵回答说:项羽妒贤嫉能,害功臣,疑贤者,所以失掉了天下。

王鲁批案卷——打草惊蛇

原比喻惩治甲,以警戒乙。现比喻做事因泄密而惊动对方。

南唐时,当涂县的县令叫王鲁。王鲁贪得无厌,经常接受来自各方的贿赂,不遵守法规。有一天,有人递了一张状纸到衙门,控告王鲁的部下无视国法、接受贿赂。王鲁一看,状纸上所写的各种罪状,和自己平日的违法行为几乎一模一样。王鲁一边看着状纸,一边浑身发抖,心里说:这简直说的就是我啊!王鲁越看越害怕,都忘记了状纸该怎么批阅,居然在状纸上写下了八个大字:"汝虽打草,吾已惊蛇。"意思就是说你这样做,尽管只是为了打地上的草,但我就像是躲在草里面的蛇一样,受到大大的惊吓。

后来,人们就根据王鲁所写的八个字,引出了"王鲁批案卷——打草惊蛇"一语。

王莽使令——朝令夕改

形容政令多变,让人无所适从。也形容主张或办法经常改变,没有固定的标准。

西汉末年,大司马王莽篡位称帝,改国号为"新",结束了西汉王朝211年的统治。王莽做皇帝以后,对内实行一系列违背人心的复古改制,加重对人民的剥削。王莽在钱币的制度上,曾经四次改革。他下令废止市面上流通已久的五铢钱,一会儿规定用这样几种货币,一会儿又规定用那样几种货币;甚至把远古时期一度作为交易媒介的贝壳,也规定作为货币使用。每次改革,都是以小易大、用轻换重,钱越改越小,价越做越大,换来换去,把老百姓手里的钱都搜刮光了,致使社会更加混乱。加上对外战争频繁,几十万军队连年在边境作战,加深了人民的苦难,很多人惨死在残酷的剥削和劳役中。王莽这些倒行逆施的政策,激起了广大人民的反抗。新莽地皇四年(公元24年),更始军攻入长安,王莽死于乱军之中。

王莽

王母娘娘摆蟠桃宴——聚精会神

玉帝招安孙悟空封了个养马的弼马温,孙悟空嫌官小反下天庭,再次招安便封了一个"齐天大圣"的虚职,又怕他闲着生事便安排孙悟空去看守蟠桃园。

这一天,王母娘娘要在瑶池举办蟠桃宴会,命七位仙女到蟠桃园摘桃子。众仙女到园中一看,桃子很少,只剩下些小的、不熟的。原来熟的、好的早被孙悟空监守自盗给吃了。仙女们东张西望,只见向南的一枝上有个半红半白的桃子。青衣仙女用手扯下树枝,红衣仙女伸手摘下来。这时,树枝一晃荡,原来这桃子是孙悟空变的。孙悟空现了本

相，拿出金箍棒晃了晃，变成碗口那么粗。他大叫一声："你是哪方怪物，如此大胆来偷摘我桃！"吓得七仙女一齐跪下道："大圣息怒。我等不是妖怪，乃是王母娘娘差来的七仙女，摘取仙桃，大开宝阁，做'蟠桃会'。我们来到这里，先见了本园的土地等神，没有见大圣。我们怕摘不到仙桃回去无法向王母娘娘交差，所以先来到这里摘桃，万望恕罪。"大圣听后，让仙女们起来，问道："仙娥请起，王母娘娘开阁设宴，请的是谁？"仙女道："上会自有旧规。请的是西天佛老、菩萨、圣僧、罗汉，南方南极观音，东方崇思圣帝、十洲三岛仙翁，北方北极玄灵，中央黄极黄角大仙，这些是五方五老。还有五斗星君，上八洞三清、四帝、太乙天仙等众，中八洞玉皇、九垒、海岳神仙；下八洞幽冥教主、注世地仙。各宫各殿大小尊神，都一起赴蟠桃嘉会。"大圣笑道："可请我吗？"仙女说："不曾听说。"

孙悟空气愤地说："我乃齐天大圣，就请俺老孙做个席尊，有何不可！"为打听个清楚，孙悟空用定身法把七仙女定在桃树下，他纵身跳出桃园，直奔瑶池去了。

接下来才有孙悟空大闹蟠桃宴等一系列故事。

因为王母娘娘摆蟠桃宴请的对象全是妖怪、神仙，后人便风趣幽默地编了歇后语"王母娘娘摆蟠桃宴——聚精会神"，取"精""神"两字的同字不同义，形容专心致志、注意力高度集中的样子。

王婆卖瓜——自卖自夸

比喻自我吹嘘。

传说，宋朝时的王婆其实是个男人，他姓王，名字叫坡，因为他说话絮絮叨叨，做起事来婆婆妈妈，人们就送了他一个外号——王婆。王婆的老家在西夏（今新疆甘肃一带），以种瓜为生。那一带种的瓜名为胡瓜，就是现今的哈密瓜。当时，边境经常发生战乱，王婆为了避难，就迁到了开封的乡下，种起胡瓜来。但胡瓜的外表不好看，中原的人都不认识这种瓜，所以尽管胡瓜比普通的西瓜香甜百倍，还是没有人来买。王婆的瓜卖不出去，他心里很着急。于是，王婆向来往的行人连连夸赞自己的瓜，并且把瓜剖开让大家品尝。起初没有人敢吃王婆的瓜，后来有个胆大的人尝了尝，只觉得像蜜一样的甜。于是，一传十，十传百，王婆的瓜摊生意越来越好。

一天，神宗皇帝出宫巡视，来到集市上，只见那边挤满了人，便问左右："那儿为什么事在喧闹？"左右前去观看后回来禀报说，是个卖胡瓜的引来众人买瓜。神宗走上前去观看，只见王婆正在连说带比画地夸自己的瓜好。见了神宗，王婆也不慌，还请神宗尝他的胡瓜。神宗一尝果然甘美无比，连连称赞，便问他："你这瓜既然这么好，为什么还要吆喝个不停呢？"王婆说："这瓜是西夏品种，中原人不认识，不吆喝就没有人买了。"神宗听了感慨地说："做买卖还是当夸则夸，像王婆卖瓜，自卖自夸，有何不好？"神宗金口一开，不多时，这句话就传遍了大江南北，直至今天。

王婆照应武大郎——没好事

在《水浒传》故事中，武大郎生得个头儿矮小，面目丑陋，人们给他取名叫作"三寸丁谷树皮"。而他的妻子潘金莲却是个美人儿，比他个儿高，二人很不般配。王婆是武大郎夫妇的邻居，也经常关照武大郎。武大郎每天一早就挑着担子出门卖炊饼，很晚才回来。王婆为了讨好恶霸西门庆，收了他的钱财，暗中使计，让潘金莲陪西门庆吃饭，并引诱潘金莲与西门庆勾搭成奸。日子一长，邻居郓哥发现了这桩奸情并告诉了武大郎。武大郎回去捉奸，反倒被西门庆倒踢一脚，卧病在床。潘金莲心虚，不知如何是好。王婆施毒计，让潘金莲趁武大郎生病吃药之时用砒霜毒死了武大郎。

王羲之的字帖——别具一格

另有一种独特的风格。多指诗文、绘画的格调与众不同。

王羲之，早年从卫夫人学书法，后草书学张芝，正书学钟繇，并博采众长，精研各种字体，推陈出新，一变汉、魏以来质朴的书风，创造了隽妙秀逸的书体。王羲之隶、草、正、行各体皆精，被奉为"书圣"。由于他在书法艺术上的卓越成就，他的书迹为历代所珍藏。其行书《兰亭序》，草书《初目贴》，正书《黄庭经》《乐毅论》最为著名。

王羲之的真迹——一字千金

形容文辞精妙，不可更改。

传说，唐太宗李世民不惜重金，收购王羲之的真迹，但始终没有搜集到《兰亭集序》珍本。有一天，一位老人说自己收藏有《兰亭集序》，要当面献给皇帝。李世民一听非常高兴，接见了老人。老人从怀里掏出一个油纸包，双手捧给皇上。李世民打开一看，哪里是什么《兰亭集序》，只不过剪来的大小不同、字体各异的"兰""亭""集""序"四个字。李世民正要发火时，丞相魏征把字拿过来，让人仔细鉴定，然后奏道："这四个字确实是王羲之的真迹，请皇上赏他四千金。"李世民起初不肯，后来听了魏征的劝告，欣然同意了。老人献字受奖这件事传开后，许多人争着来献王羲之的真迹，其中有一件正是李世民梦寐以求的《兰亭集序》。

王寅当县官——太贪了

形容贪求权势、财利的欲望太过分了。

传说，清代有个叫王寅的县官，他贪赃枉法，鱼肉百姓，做尽了坏事，百姓恨之入骨。一天夜里有人写了副对联，偷偷贴在县衙的大门上。对联写道："王好货，不论金银铜铁；寅属虎，全需鸡犬牛羊。"讽刺王寅贪得无厌。

王远约麻姑赴宴——沧海桑田

大海变桑田，桑田变大海。比喻世事发生巨大变化。

一次，王远、麻姑相约到蔡经家饮酒。到了约定的那天，王远在一批乘坐麒麟的吹鼓手和侍从的簇拥下，坐在五条龙拉的车上，前往蔡经家。王远到了蔡经家，等了许久也未见麻姑到来，于是便吩咐使者去请她。过了一会儿，使者在空中向王远禀报说："麻姑命我先向您致歉，她说已有五百多年没有见到先生了。此刻，她正奉命巡视蓬莱仙岛，稍待片刻，就会来和先生见面的。"没多久，麻姑飘然而至。麻姑和王远互相行过礼后，蔡经就吩咐开宴。席间，麻姑对王远说："自从得道接受天命以来，我已经亲眼见到东海三次变成桑田。刚才到蓬莱，又看到海水比前一时期浅了一半，难道它又要变成陆地了吗？"王远叹息道："是啊，圣人们都说，大海的水在下降。不久，那里又将扬起尘土了。"

王尊出告示——以身试法

试着亲身去做触犯法律的事，指明知故犯。

西汉时，王尊由伯父抚养长大。伯父家里比较贫穷，王尊每天要赶羊群到野外去放牧。王尊喜爱读书，放牧时总要带些书阅读。渐渐地，他对书上提到的那些秉公执法的官吏十分崇敬，希望自己将来也成为这样的人。

王尊十三岁时，向伯父央求，给他在郡里的监狱谋一份差事。伯父听后惊讶地说："你还是个孩子啊，又不懂律法，怎么能到监狱去做事呢？"王尊说："孩儿已从书中学习过很多。以后再跟狱长多学学，不就行了吗？"伯父经不住王尊一再央求，于是找狱长说情，狱长便把王尊当听差在身旁使唤。王尊当了几年听差，经常接触刑狱方面的事务，进步很快。后来，王尊随狱长去太守府办事，被太守看中，太守便把他留在府中做文书方面的工作。

又过了几年，王尊辞去职务，攻读儒家经典，之后再被任用。几年后，王尊当上了县令，后来又升为安定郡太守。当时，安定郡官场非常混乱，一些官员利用权势祸害一方，鱼肉百姓。王尊一到那里，立即整顿吏治，并晓示属县所有官吏忠于职守，以身作则，为下属做出榜样。告诫他们法律无情，不要用自己的身体去尝试法律。郡里有个属官心狠手辣，搜刮大量民脂民膏，民愤极大，告示贴出后仍不悔改。于是王尊立即将他捉拿归案。接着，王尊又惩办了一批罪行严重而又没有悔改的豪强。这样一来，安定郡越来越太平。

王致和的臭豆腐——闻着臭吃着香

形容某物外表虽不好，但是很实用。

在北京前门外延寿寺街，曾有过一个大名鼎鼎的"王致和南酱园"。酱园的门前原有三块彩绘龙头立匾，门上还有一副对联。一联是："致君美味传千里，和我天机养寸心"；另一联为："酱配龙蹯调芍药，园开鸡趾钟芙蓉"，这一副对联是由清朝的状元孙家鼐所书。两幅联语共四句，是一首藏头诗，把这四句话的头一个字拿出来，合在一起念就是"致和酱园"。

据说王致和本是安徽省仙源县的一个读书人，清朝康熙年间他进京赴试，结果名落孙山。为维持生计，他只好拾起家传的做豆腐手艺，在前门外延寿寺街的安徽会馆内，自制豆腐沿街叫卖。一年夏天，天热异常，人们都热得茶饭不思。有一天，一些豆腐没卖出去，王致和就用家乡人制酱豆腐的方法，把大块的豆腐划成小块，洒上一些盐，放在坛子里并严密封上坛子口。过了几天，一场大雨后，天气凉快起来。王致和想起坛子里的豆腐，他打开坛子，谁知一股臭气从坛子里冲出来，待他仔细一看，坛子里的豆腐已经变成了暗青色。他好奇地尝了一口这变了质的豆腐，觉得味道奇香，送给邻居们品尝，也都说味道鲜美醇厚。从此王致和就专门以生产臭豆腐而扬名京城了。"王致和的臭豆腐——闻着臭吃着香"也作为一句独具北京特色的歇后语流传开来。

王铎的斗笔——神了

比喻非常神气，或做出了惊人的事。

王铎天资聪明，博学多才，能诗文，精史学，尤其擅长书画。传说有一年，皇帝见风调雨顺，国泰民安，感到非常高兴，便要在金銮殿上加一块"天下太平"的金匾，用以显示空前的盛世。为写这块金匾曾请过好多名家，皇帝都不满意，最后有人推举了王铎。

王铎奉旨来到金銮宝殿，只见他手握斗笔，大笔一挥，毫不费力就书写完毕。可是由于他一时疏忽，竟把"天下太平"写成了"天下大平"。皇帝闻报金匾挂了起来，便带领文武大臣前来观看。开始，他一直夸奖王铎的字写得好，可是当他发现"太"字少写一点时，立刻大怒，皇帝说："挂上的金匾不准卸下来，也不准搭梯子，如王铎能把那一点添上，便恕他无罪！如添不上，定斩不赦！"群臣听了，都面面相觑，为王铎捏一把汗。王铎活动了几下手腕，便从容地拿起刚才用过的那支斗笔，蘸好金粉，站在金匾底下，"嗖"地搭手一扔，那支笔便从他手中腾空而起，飞向金匾，只见那笔不偏不倚，笔锋所触之处，正是"太"字下边那一点儿应点的地方，整个字浑然一体，不露丝毫破绽。群臣看了，拍手叫绝。皇帝见王铎竟有如此绝技，顿时大悦。他忙离开龙案，来到王铎面前，跷起大拇指夸奖道："爱卿，你的斗笔，真乃神了！"

王佐断臂——留一手

比喻某人并没有把全部本事展现出来，还留有一招。

南宋时，金兵南侵，金兀术与岳飞在朱仙镇决战。金兀术有一义子，名叫陆文龙，这年十六岁，英勇过人，是岳家军的劲敌。陆文龙本是宋朝潞安州节度使陆登的儿子，金兀术攻陷潞安州，陆登夫妻双双殉国。金兀术将还是婴儿的陆文龙和奶娘掳至金营，收为义子。陆文龙对自己的家世完全不知。一日，岳飞正在思考破敌之策，忽见部将王佐进账。岳飞看见王佐脸色蜡黄，右臂已被斩断，大为惊奇，忙询问缘由。原来王佐打算只身到金营，策动陆文龙反金，为了让金兀术不猜疑，才采取断臂之计。岳飞听后十分感激，泪如泉涌。

王佐连夜赶到金营，向金兀术施苦肉计。金兀术同情他，叫他"苦人儿"，把他留在营中。王佐利用能在金营自由行动的机会，接近陆文龙的奶娘，说服奶娘，一同向陆文龙讲述了他的身世。陆文龙知道自己的身世后，决心为父母报仇，为国效力。金兵此时运来一批轰天大炮，准备深夜轰炸岳家军营，幸亏陆文龙用箭书报了信，使岳家军免受损失。当晚，陆文龙、王佐投奔宋营。王佐断臂，终于使猛将陆文龙回到宋朝。

汪伦戏李白——出了名

名气被众人所知道。

传说，唐朝天宝年间，泾县县令汪伦，最喜结交天下名人才子，他听说李白能诗善饮，极想认识李白。汪伦修书一封，找人专程送给李白。信上写道："在下知道先生爱游名山大川，爱喝天下名酒。我们泾县，有十里桃花，万家酒店。"李白看了汪伦的信很高兴，赴泾县。

李白一到，便询问十里桃花在何处，万家酒店在哪里。汪伦对李白深深地鞠了一躬，说："先生恕罪。在下在信中所讲的十里桃花，只是距此地十里的桃花潭；至于万家酒店，是指桃花潭西有家姓万的人开的小酒店。"李白听后哈哈大笑，并不以为被愚弄，反而被汪伦的盛情所感动。适逢春风桃李花开日，群山无处不飞红，加之潭水深碧，翠峦倒映，汪伦留李白连住数日，再日以美酒相待，别时又赠送厚礼。李白在东园古渡欲往万村，汪伦设宴为李白饯行，并歌唱《踏歌》相送。李白深深感激汪伦的盛意，作《赠汪伦》诗一首：

李白乘舟将欲行，忽闻岸上踏歌声。

桃花潭水深千尺,不及汪伦送我情。

汪伦不是名人,但他的名字因这首诗而留在了中国文学史上。

亡羊补牢——为时不晚

比喻出了问题以后想办法补救,可以防止继续受损失。

战国时期,秦国逐渐强大,而楚国的襄王却仍然沉迷于酒色,不理政事,导致楚国政治腐败、军备废弛,国家处在内忧外患之中。

有一天,有位叫庄辛的大臣大胆地向楚襄王进谏说:"大王您沉迷于奢侈淫乐之中,对国家政事不管不问,这样下去,我们的国家就一定会面临亡国的危险,还请大王以江山社稷为重,早日励精图治啊!"楚襄王听完庄辛的话后,不但没有意识到国家面临的危急局势,反省自己从前的过失,反而对庄辛破口大骂。庄辛见楚襄王没有丝毫悔改之意,觉得楚国离灭亡之日实在是不远了。庄辛辞掉官职,离开楚国去往赵国。

果然不出庄辛所料,在他走后仅仅五个多月,秦国就向楚国发动战争,并在很短的时间内就一举攻破了楚国国都以及其他许多重要的地方。楚襄王仓皇出逃,颠沛流离,这才想起了庄辛曾经对他的忠告,楚襄王感到非常后悔,于是就连忙差人去赵国寻找庄辛。楚襄王见到庄辛后,悔恨万分地说:"以前我没有听你的忠言,反而斥责你,现在却成了亡国之君,我现在万分后悔!"庄辛看到楚襄王痛心疾首的模样,于心不忍,便真诚地对他说:"亡羊补牢,为时不晚。只要大王您能从这次大的劫难中吸取教训,从此励精图治,我们就一定能够重整旗鼓,打败秦国,使我们的国家逐渐强大起来。"

后来人们就根据这个故事改编成歇后语"亡羊补牢——为时不晚"。

桅杆上挂对联——稀奇事

指稀少奇怪的事情。

古时湖南常德有个陈二郎,才华横溢,善对联。邻县有个商人,早就听说陈二郎的大名。有一天,商人特地驾一只大船前来常德找陈二郎求联,船上装着桐油、土漆,桅杆上挂着一条雪白的长布,上面写着上联:

船装油漆桶,油七桶,漆八桶

船到常德,引起人们的议论,不少人都赶来看热闹。一天清早,有个老翁上船贩卖韭菜和大葱,顺便问商人桅杆上挂对联是怎么回事。商人说:"听说贵地陈二郎善对对子,特意挂出这上联请他对对?"老翁听罢哈哈大笑说:"这点小事,又何必去请他,我老汉早已给你对上了,看你满意不?"商人听老翁这么一说,心想:莫非此地人都善对对!他又惊又喜地问:"对在何处?"卖菜的老翁笑着说:"就在我的手上啊!"商人更加疑惑不解了。老翁却有板有眼地说:

手提葱韭把,葱九把,韭十把

商人听了连连点头称妙。他很奇怪,一个卖菜翁竟能对出这么好的对联,那远近闻名的陈二郎就更不用说了。老翁走后,商人向周围人打听那卖菜的老翁是谁。一个人笑着说:"你问他呀,那就是你们要找的那位陈二郎啊!"商人这才如梦方醒,对陈二郎的才学很是佩服,马上把下联写到桅杆的长布条上,扬帆归去。

从此,"桅杆上挂对联——稀奇事"便传开了。

卫玠搬家——百感交集

各种感想交织在一起。形容感触很多,心情复杂。

晋怀帝永嘉三年(公元 309 年),匈奴军队两次长驱直入,一直打到西晋都城——洛阳。面对动荡不安的时局,卫玠决心把家迁往南方。永嘉四年(公元 310 年),卫玠离开洛阳,带着母亲和妻子一起南下。卫玠一向体弱多病,一路上长途跋涉,风餐露宿,经受了千辛万苦。在将要渡长江的时候,他的神情容貌都显得憔悴不堪。卫玠对左右的人说:"见到这白茫茫的江水,心里不由得百感交集。只要是一个有感情的人,又有谁能排遣这万千的思绪和感慨呢!"过江不久,卫玠妻子不幸亡故,他辗转到达南昌,于永嘉六年(公元 312 年)病逝,年仅二十六岁。

卫辉府的门——黑的

在中原地区,人们习惯把院门漆成红色,以求吉利。在豫北黄河北岸的卫辉市,居民的院门却与众不同,当地人都把它漆成黑色。

传说,明代的时候,卫辉府的马市街热闹繁华,商店林立,货物充足。马市街里,有一家酒店常出怪事,老板进酒多,卖出的酒少,买卖的数字总是对不上。老板觉得这事很奇怪,就怀疑店里有偷酒贼。这天晚上,他拿个斧子藏在屋里,夜半时分,发现一人正在偷酒。偷酒贼被发现后仓促逃跑。原来这个偷酒贼是封地在卫辉府的潞王。潞王气极,决定要把这间红门酒店里的人都杀死。此事被潞王妃知道后,她连夜命人让马市街的红门人家在天亮以前一定将门漆成黑色。老百姓听说后,一传十,十传百,不到天亮,整个卫辉府的门全部漆成了黑色。第二天,潞王带领亲兵直奔马市街,转了几个来回,也找不到红门酒店。他只得扫兴而归。从此以后卫辉府的门就变成了黑色。

韦思谦弹劾褚遂良——敢作敢为

敢于放手行事,不怕承担风险。

唐代大臣韦思谦为人正直,不畏权势,敢于检举揭发贪官污吏。有一次,他上书弹劾褚遂良以低价强买他人土地。为此,褚遂良被降为刺史。后来,褚遂良又被唐高宗重用,而韦思谦则被贬为县令。韦思谦对此极为不满,气愤地说:"大丈夫处在敢于说话的地位,必须名正言顺地敢作敢为,以报答皇上,怎么能庸庸碌碌,只想保全自己的妻室子女呢?"

卫懿公养仙鹤——忘了国家大事

春秋时代,卫国的国君卫懿公有玩仙鹤的癖好,他不但大肆饲养仙鹤,还给一只只仙鹤封了品位,发放俸禄,有些原来的大臣反倒没了职位。有时候,卫懿公带着几车仙鹤出去游玩,把大臣们乘坐的华贵棚车也腾出来让给仙鹤坐。人们叫坐棚车的仙鹤是"鹤将军"。对于国家大事,他却全然不顾。国家逐步走向衰亡,人民生活非常困苦,他也不闻不问,以至于臣民都非常痛恨他。

有一天,卫懿公正在外边游玩,突然接到紧急战报——狄(我国古代北方的一个民族)人入侵。卫懿公听闻惊恐万状,急忙下令招兵抵抗。老百姓纷纷躲藏起来,不肯充军。众大臣说:"君主启用一种东西,就足以抵御狄兵了,哪里用得着我们!"懿公问:"什么东西?"众人齐声说:"鹤。"懿公说:"鹤怎么能打仗御敌呢?"众人说:"鹤既然不能打仗,没有什么用处,为什么君主给鹤加封供俸,而不顾老百姓死活呢?"

卫懿公悔恨交加,落下眼泪,说:"我知道错了。"命令把鹤都赶散,朝中大臣们亲自分头到老百姓中间讲述懿公悔过之意,才有一些人聚集到招兵旗下。懿公亲自披挂,带领将士北上迎战,发誓不战胜狄人,决不回城。但毕竟军心不齐,缺乏战斗力,到了荥泽又中了狄人的埋伏,很快就全军覆没,卫懿公被砍成肉泥。后人有诗叹道:"曾闻古训戒禽荒,一鹤谁知便丧邦。荥泽当时遍磷火,可能骑鹤返仙乡?"

后来,便有了歇后语"卫懿公养仙鹤——忘了国家大事",讽刺那些玩物丧志、荒淫无度、不考虑前途未来的统治者。

魏绛劝晋悼公——居安思危

处在安乐的环境中,要考虑到可能发生的危险。指思想上有随时应付意外事变的准备。

春秋时期,宋国、齐国等十二国联合攻打郑国,弱小的郑国知道自己兵力不足,于是请晋国做中间人,希望宋、齐等国能够打消攻打的念头。那些国家因为害怕强大的晋国,于是纷纷退兵。为了答谢晋国,郑国国君献给晋国许多美女与贵重的珠宝作为谢礼。收到这份礼物之后,晋悼公十分高兴,就将一半的美女赏赐给功臣魏绛。没想到正直的魏绛一口拒绝,并且劝晋悼公说:"现在晋国虽然很强大,但是我们绝对不能因此而大意,因为人在安全的时候,一定要想到未来可能会发生的危险,这样才会先做准备,以避免失败和灾祸的发生。"晋悼公听完魏绛的话之后,知道他时时刻刻都牵挂国家与百姓的安危,从此对魏绛更加敬重。

魏相上书进谏——骄兵必败

指骄傲轻敌的军队必定打败仗。

西汉时,汉朝的军队常在边境与匈奴军队发生战争,公元前68年,双方又交战。汉军打下车师,匈奴也派骑兵袭击车师。汉宣帝召集群臣商议增兵车师,攻打匈奴之事。将军赵充国主张趁匈奴势弱,派兵攻打匈奴右翼,使它不再袭扰西域。丞相魏相不同意赵充国派兵出战,他上书进谏说:"近年来,匈奴并没有侵犯我们边境。为了车师而去攻打匈奴,是没有道理的。现在,边境上老百姓的生活很困难,无衣无食,怎能轻易兴兵打仗呢? 国内连年遭灾,收成不好;郡县许多官吏不称职,风俗、道德也颇有问题,儿子杀父亲,妻子杀丈夫的案件经常发生。我认为处理好国内的事情更重要,应当首先整顿朝政,任用贤能,这才是大事。一定要出兵的话,打了胜仗,也后患无穷。仗着国大人多而对外炫耀武力,就是骄横的军队,军队骄横必定要灭亡。"汉宣帝采纳了魏相的意见,决定不再增兵攻打匈奴。

文人乡试——县官不如现管

遇到问题,找高层领导,不如找直接负责人。

很久以前,有一天,县衙门口贴出了告示,说是三月进行乡试,金秋进行大考。消息一出,文人墨客个个摩拳擦掌。

这时,县太爷恰巧病了,只好把这个美差委托给心腹主簿单淦。再说那些考生,有的是初生牛犊,一心想凭借自己的才学独占鳌头;有的破囊捐银,倾财加码,忙着给主簿送钱送礼,一时忙得不亦乐乎。时光飞逝,不觉期限已到,单淦看着堆成小山似的财物礼品,喜在心头。一天正要关门时,一个衙役报告说来了一个后生,要来应试。单淦非常高兴,心想,又来一个财神,赶忙命人请进来人。只见那人身穿绸缎,挺胸凸肚,一看就是个富家子弟。单淦见状,喜笑颜开。不料,那人却是"铁公鸡",半天也未见献上半两银子。单淦不由脸色一沉,合上花名册,再也不搭理那个人了。那人也不示弱,问道:"老爷,今天为什么不报名了?"单淦冷笑一声,说:"你也不看看这是什么地方?进庙不烧香,时限过了。"说罢,转身就走。原来那个富家子弟是县太爷的小舅子,他冲到县太爷家,号啕大哭。县太爷感到很不解,问明情况后,唉声叹气地说:"真是县官不如现管呀!"

文天祥写劝谏——一挥而就

一动笔就能很快完成。形容才思敏捷。也形容书法、绘画或写作熟练。

南宋民族英雄文天祥二十岁时考取进士。主考官在向当时的皇帝宋理宗推荐文天祥的文章中说:"此人肝胆如铁石,文章如龟鉴。"意思是意志坚强如钢铁和石头,文章简直如同经典著作。文天祥这份一万多字的殿试考卷,是不假思索地一挥而就。文章针对时弊做了全面中肯的针砭,令人读后耳目一新,有拨云见日的感受。

文天祥中状元以后,被派到江西当官。后来元军逼近南宋首都临安,文天祥把家产全部变卖,充作军饷,并亲自率领部队赶到临安,准备与元军作战。文天祥到了临安,立即被任命为右丞相,并作为南宋使臣赴元营谈判。文天祥到了元营,怒斥元军首领背信弃义,元军首领理屈词穷,恼羞成怒,强行将文天祥扣押。文天祥千方百计从元营脱身,一路饱经艰险,到达江西,集合南宋官军,奋起抵抗元兵。后来,他转战广东、福建,几次给元军以沉重打击,但最终因寡不敌众,不幸兵败被俘。

元军将领张弘范,原是宋军将领后投降,张弘范劝文天祥归顺。文天祥把过零丁洋时写下的一首七言律诗抄给他,表明心迹。全诗如下:

辛苦遭逢起一经,干戈寥落四周星。

山河破碎风飘絮,身世浮沉雨打萍。

惶恐滩头说惶恐,零丁洋里叹零丁。

人生自古谁无死?留取丹心照汗青。

张弘范看了诗,知道文天祥绝不会屈服,便将文天祥押解到元朝京城大都。文天祥在押解途中几次自杀不成,他在狱中还写下《正气歌》,这首诗现在读起来还令人肃然起敬。文天祥终因宁死不降被元军杀害,以他自身的壮举谱写了又一首"正气歌"。

文武之道——一张一弛

比喻工作和生活要善于调节,有节奏地进行。

周朝时候民间有一个习俗,每年的十二月有一天是祭祀百神的节日,到了这天,人们可以尽情歌舞欢乐,喝个大醉。有一次孔子的学生子贡,陪同先生过节,孔子问他:"看到这热闹景象,你觉得欢喜吗?"子贡面带忧愁地回答说:"他们这般乐得发狂,我不明白为什么这样高兴!"

孔子耐心地给子贡解释说："这个道理你是不会明白的，你没有体验呀，百姓们成年累月地在田地里干活，偶尔遇上这么一个节日，能不感到快活吗？这是君王赐给他们的恩泽。这好比拉弓射箭一样，把弓拉得太紧，而不松弛一下，周文王和周武王是不会这样做的；把弓松开以后不再拉紧，他们也不会做。有张有弛，才是文王和武王治理国家的好办法呀！弓拉得过紧，就容易折断，总放松不拉就失去了弓的作用。对百姓也是这个道理，所以一年之中给他们过一个节日，让他们尽情欢乐一下。"子贡高兴地笑了："还是先生知道的学问多！"

"文武之道———张一弛"即由此而来。

文与可画画——胸有成竹

比喻做事前已有成熟的计划。

北宋时一个夏天的中午，热风袭来，骄阳似火。人们都回到阁楼里或者在浓密的树荫下面摇着扇子纳凉，可是文与可却一个人钻进朝阳山坡的一片茂密竹林里，全神贯注地观看着那些亭亭玉立的竹子。他看得是那样细致，观察得是那样认真，头上的汗水流下来顾不得擦，蚊虫叮在脸上也顾不得打。除了竹子外，他几乎忘记了周围的一切。他一会儿弯下腰来摸摸那又低又矮的小竹，一会儿又拂一拂那干枯的竹叶。他的脸晒得通红，衣服被汗水浸湿了。忽然，乌云爬上了山头，太阳被乌云遮住。随后狂风大作，竹林里发出一阵阵轰轰的鸣声。可是文与可并没有被这大自然的突变而吓跑。他撩起衣襟，迎着咆哮的狂风，顶着狂风卷起的飞沙，一步一步地攀登到山顶，继续观察被狂风吹乱了的竹林。这时候，只听得猛地响起一声雷鸣，整个山峰为之一抖，接着便下起了倾盆大雨。文与可刚想走，可是一枝竹叶上晶莹的水珠一下子吸引了他。他觉得这是平时看不到的，于是便不顾风雨的侵袭继续留下来观察竹子。

就这样，文与可一年四季不断地观察着竹子的变化，春不怕风，夏不怕雨，秋不怕霜，冬不怕雪，终于掌握了竹子在不同季节、不同环境里的姿态和特性，竹子的形象已烂熟于胸中。因此，文与可画竹子的时候便不用再打草稿，而是任意挥洒自然而成了。当人们问起他画竹子的秘密时，文与可说："竹子开始生出来的时候，只是一寸那么长的萌芽，而后枝芽和叶子都生出来了，一直长成高大的竹子。现在一些画竹子的人，只知道一节一节分开来画，只知道一叶一叶来堆积，这怎么能把竹子画好呢？所以我觉得，画竹子必须先有成竹在胸中。这样，才能做到举起笔来就像看见了自己要画的竹子，然后秉笔直书自己的所见，一下子就画成了。"文与可的朋友晁补之的两句诗概括了他的绘画经验："与可画竹时，成竹已在胸。"

温峤受命——不敢越雷池一步

指做事情不敢超越一定的界限、规范和规章制度。

东晋成帝时，庾亮任中书令，执朝政。他为了防备西部边境的敌人侵犯，推荐温峤到江州（今江西九江）做官。温峤上任不久，庾亮得到了历阳太守苏峻企图谋反的报告。

原来苏峻纠集亡命之徒，早就蠢蠢欲动了。庾亮自作聪明，想骗苏峻离开历阳，到京都建康（今江苏南京）来做大司农。大臣们都以为这办法不妥，温峤也写信劝阻庾亮，但庾亮不听。苏峻果然非但不愿到京都去，反而由此看出朝廷对自己起了疑心，于是发兵攻向京都。温峤得知苏峻反叛,秣马厉兵,打算从水路进入建康,护卫都城。庾亮对于苏峻叛兵估计不足,写信给温峤说:"吾忧西陲过于历阳,足下无过雷池一步也。"(意思是我担心西境的敌人更甚于苏峻叛兵,你务必留在原地,不要越过雷池到京都来)庾亮叫温峤"无过雷池一步",在战略上是错误的。

苏峻攻势凶猛,很快逼近建康,庾亮指挥晋军迎战,被杀得大败,京都失陷。心怀内疚的庾亮投奔温峤。温峤并不责怪,请他守卫白石的营垒,自己则加紧操练水军,准备与苏峻叛军决一死战。苏峻派了一万步兵,从四面包围白石,拼命攻打,庾亮手下只有两千人,渐渐支持不住。然而庾亮身先士卒,奋不顾身地挥刀猛冲。晋军受到激励,愈战愈勇,终于杀退了叛军。庾亮见叛军败退,大喝一声,率晋军冲出营垒,紧紧追击,斩杀数百名敌人,获得大胜。最后,庾亮、温峤等人终于杀掉苏峻,平定叛乱,弥补了因"无过雷池一步"战略错误而造成的损失。

闻太师回朝——脸上贴金

有一出京戏叫《太师回朝》,说的是商朝的老臣闻太师班师回朝的故事。他一出场,脸上贴着金,闪闪发光,缭乱人眼。金脸大都出现在神话戏里的天神天将中,不是天神天将,一般都不勾金脸。为什么闻太师的脸要贴金呢?

传说闻太师为商朝统一天下,东征西战,立下汗马功劳。商君帝乙很是感激,有一次,当着众大臣的面说:"闻太师功高如山,当脸上贴金。"众大臣听了,个个点头称是,唯独另一个有功之臣本禄心里不服。但古时候,皇帝讲话是金口玉言,谁心里不顺意,嘴上也不敢讲,只好憋在肚子里生闷气。本禄有个谋士叫武炳,看主子生气,就献计说:"大人赫赫功勋,早该脸上贴金。况且府上有的是金子,一分金子就可以捶打三万张金箔,何不趁明天闻太师班师回朝之际,脸上也贴贴金,谅皇上也不会责怪。"本禄听了很高兴,就叫武炳准备了金箔。

第二天,满朝文武,全城百姓都出城迎接太师闻仲,本禄脸上贴了金,也随驾去迎接闻太师。

城外鼓乐喧天,旌旗招展三十里外,大道两旁都挤满了人。在香烟缭绕中,一队人马威风凛凛地走了过来。闻太师身骑黑麒麟,手抱太师铜,红光满面,如贴金一般。只见他额上一只眼睛紧闭着,显得十分威严。据说闻太师有三只眼,长在额头上的这只眼,平时不睁,遇到不顺心的事和急难时才睁开来,因此叫作"神眼"。

快到京城时,太师抽了几鞭,那黑麒麟飞也似的到了城门口。帝乙率领文武大臣在城门外迎了上去,对闻太师说:"爱卿赤胆忠心,面如赤金,这才真是脸上贴金呢!"站在旁边的本禄听了,羞愧难当,假的究竟敌不过真的,只好撕掉金箔退了下来。

根据这个故事,人们便编了歇后语"闻太师回朝——脸上贴金",形容把自己表现得非常出色、能干而自己却没有那样的本事。

瓮中捉鳖——手到擒来

放在瓮中的鳖,伸手便可以捉住。比喻很有把握。

在梁山泊附近,有个杏花庄,庄上有个刘太公,刘太公有一个十八岁的女儿,名叫满堂娇,满堂娇年少貌美,尚未许配人家。一天,有两个地痞流氓,一个叫宋刚,一个叫鲁智恩,他们假冒梁山好汉宋江和鲁智深的名义,强行抢走满堂娇。李逵信以为真,要同宋江和鲁智深算账。他大闹忠义堂,提起板斧砍倒梁山泊的杏黄旗,并要宋江去和刘太公对质。后来,弄清了事情的真相,李逵砍了一束荆条,缚在背上,向宋江请罪。宋江命令李逵去捉拿那两个冒名顶姓的恶棍,将功折罪。李逵说:"这好像到大瓮中去捉鳖,一伸手就可以捉到。"果然,他把两个恶棍捉住了。

后来人们根据这个故事编成了歇后语"瓮中捉鳖——手到擒来"。

乌鸦不叫乌鸦——太平鸟

比喻平安无事。

传说,南宋初年,金朝大将金兀术发兵大举进攻,宋高宗赵构君臣避金兵南下,金兵紧追不放,形势十分危急。宋兵退到绍兴,忽见一只乌鸦停在赵构面前"呱呱呱"叫个不停。赵构提箭上马追赶这只乌鸦,一直追到无名岭才停下,众兵将也紧跟在后。金兵追到无名岭下,见群山连绵,便收兵回营。赵构脱险后,都说要不是这只乌鸦引路,大家全都当俘虏了。赵构叹道:"我平日偏爱喜鹊,厌恶乌鸦,原来喜鹊报喜不报忧,倒是乌鸦在危难之时,及时向人报警,这真是太平鸟。"

乌鸦落在猪身上——只看人家黑,看不到自己黑

形容只看到别人的缺点而看不到自己的不足,缺乏自知之明。

乌鸦落到一头浑身长满黑毛的猪身上。"哈哈!这个黑家伙,多难看呀!"乌鸦说。猪回过头看了看,发现站在自己背上说话的是乌鸦,就说:"讲话的原来是你这个黑得可怜的小东西!""你说谁?你也不看看你自己!"乌鸦气愤地说。"你也看看你自己吧!"猪也很气愤。它们争吵了一阵,就一道去池塘,证实谁更黑。它们从水里照了照自己,又互相端详了一下,谁也不开口了。

五张羊皮赎贤臣——人才难得

真才实学的人不容易得到。指要爱惜人才。

秦穆公五年,晋献公用璧玉骏马贿赂虞国借道,得以灭掉虞、虢两国,并虏获虞国国君和虞国大夫百里奚。晋献公把百里奚虏获后,将他作为女儿伯姬的陪嫁仆役送到秦国。百里奚从秦国逃到楚国宛他,被楚人捉到。

秦穆公听说百里奚有贤才,想用重金赎回他,但怕楚国不放过百里奚,于是派人对楚国说:"我国陪嫁仆役百里奚,现在楚国,请允许让我们用五张黑羊皮来赎回他。"楚国就答应了。秦穆公和百里奚讨论国家大事,百里奚辞谢说:"我是亡国之臣,哪里还值得问呢?"秦穆公说:"虞君不用你,所以亡了国,这并不是你的过错。"秦穆公再三向百里奚请教,这样谈了三天,秦穆公非常高兴,把国家大事交给他处理。百里奚谦让说:"我比不上我的朋友蹇叔,蹇叔很有贤能,但没有人知道。我在外出游历时困在齐国,向人乞讨的时候,是蹇叔收留了我。我原想替齐王做事,蹇叔阻止了我,我因此而摆脱了齐国的内乱,免于一死,到了周室。周王喜欢牛,我用养牛的技术去取悦周王,谋求官职,等到周王想用我时,蹇叔又阻止我,我离开周室,幸免于被诛。我到了虞国,为虞君做事,蹇叔又阻止我。我知道虞君不会真的重用我,我只是贪图私利禄爵,就留下来了。我一再听他的话,

结果就脱离危害灾难；一旦不听他的劝告，就遭到了虞君的迫害：由此我知道了塞叔的贤能。"于是秦穆公派人用厚重礼物迎接塞叔，封其为上大夫。秦从此大治。正因为百里奚是由五张羊皮所赎，所以百里奚便得了一个"五羖大夫"的雅号。

伍子胥报仇——鞭尸

春秋时，楚平王怀疑太子"外交诸侯，将入为乱"，于是迁怒太子太傅伍奢，将伍奢及其长子伍尚骗至郢都杀害，伍奢次子伍子胥逃走。伍子胥誓报杀父兄之仇，他奔宋走郑，最后逃到吴国，帮助后来的吴王阖闾夺取吴国政权，整治国家，后来率师伐楚。楚败，楚平王子昭王出奔。伍子胥四处缉拿楚昭王不得，便掘开楚平王的坟墓，拖出尸体，鞭打三百下，方才罢休。

伍子胥过昭关——一夜白了头

比喻人忧虑过度，显得苍老。

春秋时，楚平王听信谗言，错杀了伍子胥的父亲和兄长，伍子胥携楚太子建之子胜逃奔他国，被楚兵一路追杀。伍子胥二人辗转到了离昭关六十里路的一座小山下，从这里出了昭关，便是大河，径直通往吴国的水路。然而，此关被右司马远越领兵把守，很难过关。

扁鹊的弟子东皋公就住在山中，他从悬赏令上的图例中认出了伍子胥，他很同情伍子胥的冤屈与遭遇，决定帮助他。东皋公把伍子胥二人带进自己的居所，好心招待，一连七日，却不谈过关之事。伍子胥实在熬不住，急切地对东皋公说："我有大仇要报，度日如年，先生有什么办法呢？"东皋公说："我已经为你们筹划了可行的计策，只是要等一个人来才行。"伍子胥犹豫不决，寝不能寐，他想告别东皋公而去，又担心过不了关，反而惹祸；若是不走，不知还要等多久？如此翻来覆去，卧而复起，绕屋而转，不觉挨到天亮。东皋公一见伍子胥，大惊道："你怎么一夜之间头发全白了？"伍子胥一照镜子，果然白了头，不由暗暗叫苦。东皋公反而大笑道："我的计策成了！几日前，我已派人请我的朋友皇甫讷来，他跟你长得很像，我想让他与你换位，以蒙混过关。你今天头发白了，不用化装，别人也认不出你来，就更容易过关了。"

当天，皇甫讷如期到达。东皋公把皇甫讷扮成伍子胥模样，而伍子胥和公子胜装扮成仆人，四人一路前往昭关。守关官吏远远看见皇甫讷，以为是伍子胥来了，传令所有官兵全力缉拿。伍子胥二人趁乱过了昭关，待官兵最后追拿到皇甫讷时，才发现抓错人了。伍子胥顺利通过昭关。

吴道子的画——空前绝后

以前不曾有过，以后也不会再有。形容非常难得，独一无二。

晋朝著名的书画家顾恺之，才华出众，学识渊博，他的绘画才能更是出色，闻名于世。顾恺之画人物，神态逼真，形象生动。与众不同的是，他画人物，从来不先点眼珠。有人问其原因，他说：人物传神之处，正在这个地方。一语道出了其中的诀窍，使人叹服。当时被人称为三绝：才绝、画绝、痴绝。

在南北朝时的梁朝，又出了一个叫张僧繇的大画家。张僧繇善画山水、人物、佛像，在当时名气极盛。梁武帝修建了很多寺庙佛塔，都命张僧繇作画。据说，有一次张僧繇在一个寺庙的墙上画了四条龙，却没有给龙点眼珠。旁人问张僧繇为什么不点上眼珠，他说："恐怕点了眼珠，这些龙会破壁飞去。"众人不信，坚持要他试一试，他便点了两条，龙果然破壁飞去。这一传说虽夸张得近于荒诞，但说明了张僧繇绘画技艺是很高超的。

到了唐朝，又出了个更有成就的画家吴道子，其集绘画、书法大成于一身。吴道子的山水、佛像画闻名当时。据传说，吴道子曾为唐玄宗画巨幅嘉陵江图，几百里山水竟在一天之内画好了。吴道子在景玄寺中画了地狱变相图，不画鬼怪而阴森逼人，相传看过这幅画后改过自新、弃恶从善的大有人在。

所以，后来有人评价这三个画家时，认为顾恺之的绘画成就超越前人，张僧繇的绘画成就后人莫及，而吴道子则兼具两人的长处。

吴敬梓卖地——轻利重义

比喻重义气，不把钱财看在眼里。

吴敬梓为人耿直，仗义疏财，常常救人之急，需要用钱时，也不问行情，就把自己的田地贱卖了。这样一来，他的族人很有意见。一天，族人推吴二去见吴敬梓。吴二是吴敬梓的长辈，他对吴敬梓直言："常言说得好，肉烂在汤里，便宜不能给外姓，今后你再卖房卖地，要先同姓，后外姓，先亲房，后远房，不然大家有意见！"吴敬梓听后表示赞同。

转眼到了初冬。一天早晨，天刚亮就见佃户王四蹲在吴敬梓家门口，王四哭着对吴敬梓说："今年受灾歉收，本来这日子就很难过，可谁知妻子又生病，如今又揭不开锅了。我来求求先生，那十亩地租还得再拖些日子。"吴敬梓把王四让进屋里，一边让妻子准备早饭，一边对王四说："你生活这么困难，妻子又生了病，这地租就免了吧！"王四十分感激，吃了饭就急急忙忙走了。王四走后，吴敬梓还是放心不下，就又买了些点心，亲自去王四家探望。到王家一看，他大吃一惊，屋内空空。大人和小孩还都穿着单衣。不用说交租子，这个冬都没办法过。吴敬梓决定把十亩地送给王四。

第二天一大早，吴敬梓就把吴二等几个本家都请来，说："我在襄河南乡有十亩水湾地要卖，每亩百金，十亩千金，谁都可以买！"吴二等几个财主听说卖地，先是一乐，一听价钱，都摇头说："太贵啦，简直太贵啦！"吴敬梓说："嫌贵就别买了，由我另行处理！"过了几天，吴敬梓当着族人面公开宣布把地卖给了王四。吴二等听了大吃一惊，他们不相信穷佃户王四能买得起地。吴二问："交的都是现钱吗？"吴敬梓冷冷地说，钱财如粪土，仁义值千金，他"仁义"来，我"仁义"去，这就叫"吴敬梓卖地——轻利重义"。吴二等几个财主听了，气得半天说不出话来，只好灰溜溜地走了。

吴敬梓种瓜——捉弄人

对人开玩笑，使其为难。

传说有一天，吴敬梓从乡下回镇，经过亮白冈时，见马三蹲在一块地上，手握一把土在哭。一问才知道，沈财主要强买马三的地。吴敬梓劝他说："马大叔，你看这样好不好。"他低声向马三说了几句，马三连连点头。

第二天，吴敬梓叫来家人，两人就在马三的地上一站一踩的，把整个地从头至尾地踩了一遍才走。马三来到沈财主家说："你要买弯弯地，我也诚心卖，只是得缓一缓，襄河镇吴府吴先生借去种瓜啦。"沈财主心想:这么说果真是块好地啊! 不然吴敬梓怎会借去种瓜呢! 这天,沈财主来到了襄河镇,绕了半天圈子才对吴敬梓说要买马三的地。吴敬梓摇了摇头说:"你来晚了,种子昨天已经下地了。"沈财主说:"我愿赔偿种子钱。"吴敬梓说:"八两银子。"沈财主摇了摇头说:"为啥这样贵?"吴敬梓:"这种子是托人在扬州好不容易才买到手的。"沈财主说:"好吧,八两就八两!"他拿着契约高高兴兴地出了门。吴敬梓转身把八两银子给了马三,让他去另买地。

沈财主回去后,每天都到地里转几遍,可是总不见瓜芽,用手在地里扒了又扒,哪有瓜种,这才知道上了当。他向知县告了吴敬梓一状。知县不敢造次,出巡来到吴家,说:"吴老兄,你近来可好。"吴敬梓说:"好什么呀,都怪我太顾乡邻面子,把好端端一片瓜地让给了沈财主。不然,你都吃上西瓜啦。"接着他把怎样买瓜种,怎样借马三弯弯地点瓜,沈财主又怎样绕弯子玩花样买地,从头至尾说了一遍。吴敬梓还气愤地说:"沈财主这人手不好,他一接手这瓜种就都不出芽,白白糟蹋了种子。"知县出了门,心想:"亏得先来探问一下,险些上了沈财主的当。"第二天,沈财主来找知县,知县一肚子火,没好气地说:"没有一点办法,谁叫你当初买他的种子!"说罢,扬长而去。沈财主大骂道:"吴敬梓种瓜——捉弄人!"

吴王不听子胥劝——悔之莫及

后悔已经来不及了。

春秋时,吴王夫差为了争霸中原,准备攻打齐国。越王勾践采用了子贡的计谋,带领部属前来助威,并且给吴王夫差和大臣们送了厚礼。吴国君臣都十分高兴,只有伍子胥忧心忡忡。伍子胥劝告夫差说:"越国是我们心腹之患。勾践表面上老实顺服,但骨子里都是侵吞吴国的野心。今天我们如果轻信了勾践的花言巧语,不远千里去攻占齐国,好比得到了一块不能生长庄稼的石田,什么用处也没有。因此希望大王放弃伐齐的打算而先攻打越国,不然的话,等越国强大后,反扑过来,后悔也来不及了。"夫差不但没有听伍子胥的劝告,反而疏远伍子胥,后来居然听信别人的谗言,赐剑令伍子胥自尽。伍子胥临死前对部下说:"我死后,请把我的眼睛挖出来挂在吴国东门之上,以便我亲眼看着越国灭亡吴国。"

十一年之后,吴国果然被越国灭亡,吴王夫差落得个自杀身亡的下场。他临死时才想起了伍子胥,后悔没有听伍子胥的苦谏,但这已经晚了。

吴一帖的荷叶——起死回生

形容医术高明。比喻挽救了看起来没有希望的事情。

传说,古时浦东横河镇有个姓吴的郎中,平时在上海县城行医。他为人老实善良,穷人找他看病他从不收诊费,有时还自送些药,因此他自己常常落得身无分文。

一天深夜,吴郎中冒着严寒从病人家里看病回家,路过西北门一个渡口时,看见河边有八个乞丐,正嘻嘻哈哈地围坐喝酒。他们中间的地上,铺着一张新鲜的大荷叶,荷叶上放着一些羊肉,一个个正吃得津津有味。吴郎中赶紧扭转头,绕道而行,没走几步,他猛然想起那地上的新鲜大荷叶。现在是寒冬腊月,哪来的新鲜荷叶?吴郎中越想越觉得奇怪,就扭身从原路又往回走,想看个究竟。可是等他走回原处时,那八个乞丐早已无影无踪了。地上只留下鲜荷叶包着的羊骨头。吴郎中好生奇怪,他随手拿起一块羊肉骨头朝河心里一扬,想不到河面上眨眼之间竟架起一座又高又大的拱桥。吴郎中又惊又喜,心想:刚才那八个乞丐一定是八仙的化身。那么,这张新鲜荷叶一定也属仙家之宝了。想到此,他便把那张荷叶小心翼翼地折好,藏进怀里。

吴郎中兴冲冲地回家,路上经过一个村庄,隐隐听得一户人家屋里传来哭泣声。他顺着哭声走了进去,一打听,原来这家老人得病,已奄奄一息了。吴郎中忙上前为病人切脉。吴郎中在投药时猛然想起那张荷叶,就撕下一小片掺在药里,叫病家煎了给病人吃下。那荷叶药汤一入病人口,垂死的病人竟马上回过气来。过一会儿,病人居然能说话了。这家人都高兴得手舞足蹈,千恩万谢地将吴郎中奉为神明。

此事传开后,吴郎中名声大振,门庭若市。碰到疑难杂症,吴郎中只要扯一丝荷叶为药引,一帖药下去,保管百病全消。后来,人们干脆称他为"神医吴一帖"。

武松打虎——艺高胆大

指手艺高超或有很高的技术水平,而且胆量大。

在《水浒传》故事中,武松回清河县看望哥哥,来到阳谷县地界,独自一人路过景阳冈。过冈前,武松在一家酒店歇脚饮酒。因为景阳冈上有老虎伤人,所以店中写着"三碗不过冈"。可是,武松一连喝了十五碗温酒,又不听酒家相劝,带醉过冈。

天色已经渐渐晚了,武松走着走着,酒劲也开始慢慢地上来了,他敞开上衣,找到一块光滑平坦的石板躺下来。正睡得迷迷糊糊的时候,忽然感觉到有一阵狂风袭来,只听"噗"的一声从乱林后面跳出了一只大老虎。武松猛地被惊醒,他赶紧抓起哨棒,一个翻身闪到了石板后面。几招下来,老虎始终没有抓住武松。当老虎再次调转身子想要再扑武松时,武松赶紧抢起哨棒,用尽全身的力气朝老虎的头狠狠地打了过去。没想到的是,他用劲太大,哨棒被断成了两截。老虎见老抓不住武松,本来就很气恼,现在又见武松没了武器,气焰更强盛了,于是它又扑了上来。武松没有办法,只好迎了上去,赤手空拳地一阵猛打猛踢。他抱住老虎的身子,骑在老虎的头上,拼命地用拳头打老虎的脑袋,直到老虎开始七窍流血,瘫在地上。武松见老虎动弹不得,这才松了一口气,回身捡断了的哨棒,筋疲力尽地下山去了。山下的人知道武松打死了老虎,都说他为当地百姓除了一害,武松从此声名远扬。

武松鸳鸯楼留字——敢作敢为

形容做事无所畏惧。

武松醉打蒋门神后,蒋门神为了报复,串通张团练和张都监,设计陷害武松,诬蔑武松偷张都监财物,武松被刺配恩州牢城。途中,蒋门神派两个徒弟,配合公差要暗害武松。行到"飞云浦",武松把蒋门神的两个徒弟和二公差结果了性命。武松返身回孟州,直奔张都监家鸳鸯楼,见张都监、蒋门神、张团练三人在吃酒,一个箭步窜进去把这三人也杀了。武松在墙壁上用衣襟蘸血,写下八个大字:"杀人者,打虎武松也!"

吾同公主嫁皮匠——爱才不爱钱

相传,古时有个吾同公主,是国王的独生女儿,她才貌双全,人品出众。不少公卿将相之子向公主求婚,但她一个也不中意。国王和王后,为了女儿的亲事很是着急,公主一直到了快四十岁,还没有结婚。一天,国王伤心地问女儿:"孩子,青春就要在你眼下白白地流过去,你已经是个中年人了,你到底想要嫁个什么样的人呢?"公主说:"父王,孩儿一不要地位,二不要钱,专爱那有才华会对联的人,谁要能对出我的上联,谁就是我的丈夫,不管他有多么贫穷。"国王无奈,只好依她。有一天,公主出了这样一条上联:

累累结就梧桐子

事有凑巧。这天,一个皮匠正在为人修鞋,一个老和尚前来给他贺喜。老和尚对皮匠说:"你是个老实厚道的人,只因为穷,至今没有娶老婆,今个我就为这事给你来贺喜。"老和尚就把公主以联许婚的事说了一遍,并把已经准备好的对联交给了他。开始皮匠说什么也不肯,后经老和尚再三相劝,并说公主如何忠厚、善良,爱才不爱钱,他这才壮了壮胆,去宫门外揭下皇榜。皮匠由护卫人员送进皇宫,公主看了他的对联,写着:

单单只待凤凰求

这正和她的上联相对,公主心里很高兴,便派人问了他的姓名,年龄等情况,公主听了感到十分满意。于是,二人举行了隆重的婚礼。洞房花烛时,公主还想再试试丈夫的文才,于是又出一对:

何时金莲开?

皮匠一听,心就像敲小鼓似的咚咚直响。心想,我怎会对对联,非等和尚来了才行啊!于是,不禁脱口而出:

要等和尚来。

金莲开,是神话中三圣母同凡人刘彦昌相爱成婚的故事。皮匠的这句话正是上联的佳配,公主非常高兴。

后来,就根据这个故事有了"吾同公主嫁皮匠——爱才不爱钱"的歇后语。

X

西太后的超龄宫女——迟早得去

比喻早晚要离开。

同治年间,清宫御膳房有三位著名厨师都姓梁,人称"三梁"。梁会亭是"三梁"之一,其烹调技艺十分高超。当时,宫廷内有个规矩,宫女的年龄一般在十三岁到十七岁之间,超龄的宫女在二十五岁之前必须离开宫廷。同治皇帝死后,光绪皇帝继位,西太后为了全面控制皇权,令光绪皇帝从超龄宫女中挑选偏妃。光绪不同意,并下了一道圣旨,命令超龄宫女一律离开宫廷还家。

西太后身边有四名超龄宫女,名厨梁会亭的侄女梁红萍就是其中的一个。西太后习惯了梁红萍的侍候,舍不得放她离宫。梁会亭心想:"西太后的超龄宫女——迟早得去,何不想办法让她们早些离宫。"一天,梁会亭做了一个"红娘自配"的菜奉敬给西太后,想让西太后快点放走自己的侄女。西太后见了这菜,心里就明白了,心想:超龄宫女离宫,这是皇帝的旨意,区区小事何必惹他烦恼,最后决定放超龄宫女出宫。

打这以后,"西太后的超龄宫女——迟早得去"一语便当做佳话流传开了。

西太后听政——专出鬼点子

形容一些人背地搞阴谋,用不正当的手段和见不得人的办法搞阴谋诡计,或形容某些人为虎作伥,出坏主意,纵容、鼓动别人做坏事。

西太后是清朝咸丰皇帝的贵妃——叶赫那拉氏。因有东宫太后慈安,慈禧为西宫,所以她又被人们称为西太后。

在咸丰皇帝病死之前,叶赫那拉氏只不过是咸丰的一个贵妃,因为她生了一个儿子载淳(后来的穆宗同治皇帝),按照旧时"母以子贵"的惯例,她便由贵妃升为皇太后,位与东宫慈安平。

慈禧通过"辛酉政变",掌握朝廷实权。因同治皇帝年幼,她便开始了"垂帘听政",实际上是当上了大清国的太上皇。在慈禧所谓"听政"期间,对内强权欺压,重利盘剥,闹得民不聊生;对外则奴颜媚骨。她的方针是:"量中华之物力,结与国之欢心。"丧权辱国,割地赔款,在偌大的中华大地上,中国人毫无自由,而洋人却可肆无忌惮。中国人过去称外国人为"洋鬼子",人们痛恨西太后勾结洋人,后来便有"西太后听政——专出鬼点子"一语。

西太后下棋——只能赢,不能输

比喻只许胜,不许败。也比喻专断强横。

传说,慈禧很喜欢下棋,她一得闲,就想找人将一军。慈禧听说北京西直门外有一位围棋大师,年纪轻轻,但棋艺高超。一天,慈禧派人把那青年棋手传到了颐和园。大太监李莲英把棋枰备好,向青年棋手递了个眼色。意思是说,跟慈禧下棋,只能输不能赢。如果赢了慈禧,就要惹下杀身之祸。

青年棋手早就有耳闻,可他是个直性子,不愿意违心输给慈禧。所以第一盘就毫不客气地把慈禧杀得满头冒汗后,才故意让了几步,败给了她。下完了第一局后,慈禧压住怒火慢慢地说:"这样吧,你我下三局,我输了,给你半壁河山,我若胜你两局,你得输给我一个脑袋!"李莲英心里明白,这是慈禧发火了,跟慈禧下棋不但要输,而且要输得自然,不露马脚,给别人的印象应该是她的棋艺非常高超。青年棋手已经觉察到自己处在危险之中,可他又一想,慈禧平日独断专横,索性一狠心连胜她两盘,出出气!

慈禧此时气极,阴着脸说:"你今后就在后山的妙觉寺出家。"青年棋手忙问:"为何要我出家为僧?"慈禧说:"我不能违背诺言呀,我答应赏你'半壁河山'。那最好是在妙觉寺出家。"站在一旁的李莲英对青年棋手说:"妙觉寺在后山,你过了半壁桥,那里又有山又有河,不是占据了'半壁河山'了吗?"

打这以后,"西太后下棋——只能赢,不能输"一语就流传开了。

惜驴负鞍——自讨苦吃

比喻利令智昏,自讨苦吃。

古时,有一位老汉非常富有但很吝啬,他善于放债生息,没有一天不收取利钱的。后来老汉年岁越来越大,走路很困难,就买了一头驴代步。但他对驴爱护备至,不是非常困乏,绝不肯坐到驴鞍子上去。因此,老汉一年也不过骑三四次驴。

正值天气酷热的时候,老汉要走远路去讨债,不得已,才拉了驴一块去。走到半道上,老汉累得气喘吁吁,于是骑在驴身上走了二三里地,驴也气喘吁吁,老汉极为惊恐,急忙跳下来,解去驴背上的鞍子。驴以为主人要让它歇息,就往旧道上跑回去了。老汉赶紧招呼驴,驴只顾奔跑并不理睬,老汉紧紧追赶也没追上。老汉十分害怕驴会走丢了,又舍不得把鞍子扔了,就自己背起鞍子跑回家去。回家赶紧问道:"驴在吗?"老汉的儿子回答说:"驴在家。"老汉这才高兴起来,慢慢地把背上的鞍子卸下,顿时感到脚似跛了、脊背像裂开一样疼痛,再加上中了暑,病了一个多月才得痊愈。

蟋蟀斗公鸡——各有一技之长

比喻各有各的本领。

传说,蟋蟀大王外出,回家后发现蟋蟀王国惨遭破坏,宫殿被毁,自己的子民也死伤惨重。黑头蟋蟀一见国王回来了,含着泪说:"大王,自从您走了以后,不知从哪里来了一只大公鸡,它在我们的领地上,肆意破坏。"蟋蟀大王听完,顿时气得火冒三丈,它对黑头蟋蟀说:"我不信我们这么多英勇的蟋蟀,居然斗不过一只公鸡。只要我们齐心协力,勇敢地战斗,就一定能打败那只可恶的公鸡。"

这一天,正当公鸡得意扬扬地歌唱之时,蟋蟀大王一声令下,一只蟋蟀队伍开始朝公鸡唱起歌来:"公鸡死了去喂鱼!"公鸡一听,顿时大怒,但是闻声跑过去,却找不到一只蟋蟀。同时,另外一边的蟋蟀队伍也开始唱起来:"气得公鸡眼发绿!"公鸡更加生气,又匆忙跑到这边来,但还是没有发现一只蟋蟀的影子。蟋蟀们的歌声从四面八方传了过来,公鸡东奔西跑可就是不见蟋蟀的影子,反而累得头昏眼花,气喘吁吁。这时,公鸡突然听见头顶上传来一声:"大笨鸡,我在这里呢!"公鸡发疯似的漫无目标一阵乱咬乱抓。蟋蟀大王趁机照着公鸡的鸡冠狠狠咬下去,公鸡的头上顿时血流如注。其他的蟋蟀见此情景,也都扑了上来,对着公鸡一阵乱咬,很快蟋蟀们就制服了那只长期以来在蟋蟀王国肆意横行的公鸡。

吓破了胆的孤雁——惊弓之鸟

比喻经过惊吓的人碰到一点动静就非常害怕。

战国时魏国的武将更赢,射箭的技术很高超。一天,更赢陪伴着魏王游玩,看见空中飞鸟经过,于是他对魏王说:"我可以不用箭,只用一张空的弓就可以把空中的飞鸟射下来。"魏王说:"你射箭的技术有如此高超?"更赢说:"我有把握把它射下来。"等了一会儿,从东方有一只雁飞过来,更赢用一张没有箭的弓,向飞来的雁只用手对空拉了一下,"嗡"地响了一声,那只雁立刻应着弦声跌落下来。魏王惊奇地说:"你射箭的技术果然高超啊!"更赢说:"不是我的技术高超,而是这只雁已经有了毛病。"魏王不解地问:"你怎么会知道?"更赢解释说:"因为这只雁飞得很慢,叫声又很凄惨。飞得慢,是因为受了创伤;叫声凄惨,是因为失了群的缘故。这只惊弓之鸟因为创伤没有好,心里还很惊害,所以听到弓弦的声音就惊跌下来了。"

瞎子摸象——各说各的理

比喻不见整体者必执偏见。

很久以前,在印度地区有一个小国。一天,它的邻国派使者送来一头大象,以示友好。那位使者领着大象,声势浩大地向王宫走去,沿途的人们因为以前都没有见过大象,心中十分好奇,他们在路边一边看,一边不停地议论。这时恰好有几个盲人结伴从旁经过,他们听到路人的议论,也感到非常好奇,很想知道大象到底长什么样子。于是,他们就一起来到王宫,请求国王满足他们的心愿。国王听完盲人的请求,便对他们说:"现在大象就站在你们的面前,你们上前亲手摸一摸大象,自己去感受一下大象的真实面貌。然后把你们感受到的说给我听。如果有哪一个人说得最接近,我会重重地赏赐他。"

盲人们听了,都感到非常的兴奋,他们涌上前去,迫不及待地摸起大象。但是,由于大象长得实在是太高大了,所以,每个盲人都不能摸到大象身体的全部。过了一会儿,摸到大象腿的盲人对国王说:"大象长得像一根柱子,又圆又粗。"他的话音刚落,摸到大象尾巴的盲人就焦急地纠正说:"不对,大象长得像一条绳子,又长又细,怎么会像一根又圆又粗的柱子呢。"接着摸到大象肚子的盲人说:"你们说的都不对,大象长得像一堵墙,又高又大。"而摸到大象耳朵的盲人却十分肯定地说:"大象长得像一个簸箕,圆圆的有点凹。"那个摸到大象鼻子的盲人也急切地说:"大象长得像一根水管,卷卷的有点中空。"盲人们各说各的,而且都认为自己说的最正确,所以互不相让,争吵不休。国王听完盲人们的答案,哈哈大笑起来,并对他们说:"你们说得虽然都有点道理,但那只是大象身体的一部分啊,你们都没能形容出大象的全貌来。"

瞎子偷钱——瞎有瞎的办法

形容办事各有各的办法。

传说清朝的时候,有一家客店。一天傍晚,店里一前一后来了两个客人投宿,一个是算命的瞎子"王半仙",一个是小生意人。店主把他们俩安排到同一间房间里。第二天早晨,小贩准备结账离开。他拿起自己的钱袋,不禁一怔,昨天晚上临睡前还在的五百文铜钱没了。"里面的钱哪里去了?"小贩看了一眼呼呼大睡的"王半仙",忽然觉察到他的口袋似乎比昨天鼓了许多。小贩将"王半仙"的口袋轻轻拿起来,发现不多不少正好五百文钱。小贩非常生气,上前硬把"王半仙"揪起来。"王半仙"不肯承认,两人越吵越厉害,只好面官评理。

小贩和"王半仙"来到县衙,县令传令升堂命二人各自将事情的经过说一遍。县令听后,问小贩:"你说钱是你的,有什么记号吗?"小贩答道:"小人的钱是日常用的,能有啥记号?可钱的确是我的。"接着,县令又问"王半仙","王半仙"连声说:"有!我怕出门在外受人欺负,所以把钱字对字、背对背地穿起来。请大人明察。"县令一听仔细一看,果真如"王半仙"所说的那样,铜钱字对字、背对背地穿起来。县令转念一想如果"王半仙"偷了钱,连夜穿钱……县令命"王半仙"伸手给他看。县令一看,"王半仙"手指上尽是青黑的铜痕。"王半仙"这时已吓破了胆,只好从实招供。原来,昨天夜里,他趁小贩睡熟之机,将钱偷来,接着连夜将五百文钱一文一文字对字、背对背地重新穿起来,没想到竟被县令识破了。县令命人将"王半仙"痛打四十大板,然后又把五百文钱还给小贩,这件事终于水落石出了。

贤妻规劝乐羊子——不要半途而废

不要走到半路就停滞不前。比喻做事要有始有终。

东汉时期，有个人叫乐羊子，他的妻子是一位非常知书达理、美丽贤惠的女子。有一天，乐羊子在路上捡到一块金子，回家交给了妻子。妻子说："我听说有志向的人不喝盗泉的水，因为它的名字令人厌恶；也不吃别人施舍的食物，宁可饿死。更何况拾取别人丢失的东西，这样会玷污自己的品行。"乐羊子听了妻子的话，感到很惭愧，就把那块金子放回原处，然后到远方寻师求学去了。

一年后，乐羊子归来。妻子问他为何回家。乐羊子说："出门时间长想家了。"妻子听罢，操起一把菜刀，走到织布机前说："这机上织的绢帛产自蚕茧，成于织机。一根根丝积累起来，才有一寸长；一寸寸地积累下去，才有一丈乃至一匹。今天如果我将它割断，就会前功尽弃，从前的时间就白白浪费掉。"妻子接着又说："读书也是这样，你积累学问，应该每天获得新的知识，从而使自己的品行日益完美。如果半途而归，和割断织丝有什么两样呢？"乐羊子被妻子的话深深感动，于是又去求学，一连七年都没有回家。

香炉峰上看惊马——踢不着咬不着

常被引申为与己无关，坐山观虎斗之意。

在北京香山风景区里，有一座气势磅礴，凌空直耸的山峰，它就是香山的主峰——香炉峰。这座山峰海拔 557 米，遍山覆满绿荫。在临近峰顶的部位，有两块巨大的山石突兀而出，双石相对，浑然一体，远远望去好像一座香炉，因而被称为香炉峰。香炉峰又被当地人俗称为"鬼见愁"，为什么起了这样一个耸人听闻的名字呢？因为这座山峰实在高而险。从山脚沿着崎岖的山径登上，坡度都在四十五度左右，最险处直上直下，其险峻之势令人生畏。行至半山只觉林木越来越稀，怪石也变得狰狞。攀登之人爬到半山腰时常要发出"这样的险峰，鬼见了也要发愁"的惊叹，于是"鬼见愁"就成了香炉峰的别称。"鬼见愁"如此高峻，如果站在它的峰顶观看山下因受惊而狂奔的马，当然不会被踢伤和咬伤。于是人们有了这样一条歇后语："香炉峰上看惊马——踢不着咬不着"。

项羽看秦始皇的车驾——取而代之

指夺取别人的地位而由自己代替。现也指以某一事物代替另一事物。

战国时期，秦国灭掉六国，建立了强大的中央集权的秦朝。有一次，秦始皇在会稽巡游的时候，大路的两旁站满了看热闹的人。年少的项羽和他的叔叔项梁也在人群中。这时，项羽忽然说："彼可取而代之！"项羽的意思是说："我可以把他的位子夺过来取代他。"项梁非常害怕，马上捂住项羽的嘴，责骂道："不要乱说话，这是要灭族的。"虽然项梁责骂项羽，但是内心还是佩服项羽的胆量。后来项羽真的参加了农民起义军，投入到反抗秦王朝统治的斗争中。

项羽砸锅——破釜沉舟

比喻不留退路，非打胜仗不可，下定决心不顾一切干到底。

公元前 209 年，我国历史上爆发了陈胜吴广领导的农民起义。陈胜吴广牺牲后，刘邦和项羽率领的两支军队逐渐壮大起来。公元前207年,项羽的起义军与秦将章邯率领的秦军主力部队在巨鹿(今河北邢台市)展开大战;项羽不畏强敌,引兵渡漳水(由巨鹿东北流向东南的一条河)。渡河后,项羽命令全军:"皆沉船,破釜甑,烧庐舍,持三日粮,以示士卒必死,无一还心。"巨鹿一战,项羽大破秦军,威震诸侯。

项庄舞剑——意在沛公

公元前206年,项羽的谋士范增劝项羽趁刘邦羽翼未丰时就把刘邦消灭掉。刘邦听说项羽准备攻打他,便亲自带领一百多骑兵到鸿门去向项羽谢罪。项羽当天就留沛公一同饮酒。

饮酒中间,范增多次对项羽使眼色,又三次举起自己身上佩带的玉玦暗示项羽,要他趁此机会把刘邦杀掉。项羽因在事前已被项伯说服,认定刘邦为忠诚有功之将,因而对范增的暗示默然不应。于是,范增便出去把项羽的堂弟项庄叫来,对他说:"我们的大王太仁慈,对刘邦不忍下手。你快去假装敬酒,再要求给客人舞剑助兴,趁机把刘邦杀了。"

项庄进去敬罢酒,对项羽说:"大王和沛公(刘邦)一同饮酒,军中没有什么娱乐,请让我来舞剑助兴吧。"项羽说:"好的!"项伯看出了其中要杀刘邦的真意,便说:"一人舞剑无趣,我来同舞。"立即拔剑对舞,常用身体遮护刘邦,使项庄一直难于下手。刘邦的谋士张良见情况危急,出去找刘邦的卫士樊哙。樊哙问他:"现在情况怎样?"张良说:"甚急,今者项庄拔剑舞,其意常在沛公也。"意思是,"很危险,现在项庄在舞剑。舞剑是假,目的在找机会杀沛公!"是樊哙冲进营帐来保护刘邦,而刘邦借机逃离。

根据鸿门宴上的这个故事,后来便有歇后语"项庄舞剑——意在沛公",比喻说话和行动的真实意图别有所指。

萧何追韩信——连夜赶

韩信最早是项梁的部下,一直默默无闻。项梁失败后,改归项羽,项羽派他做了个执戟郎中的小官。他好几次向项羽献计策,都没有被采纳。于是韩信脱离楚军去投奔刘邦,当了一名接待来客的小官。韩信多次和萧何谈天,萧何认为韩信是个奇才,便把他推荐给刘邦。刘邦不以为然,只是派他做管理粮饷的治粟都尉。

秦朝灭亡后,项羽自称为西楚霸王。当时名义上的首领是楚怀王,实际上是项羽掌握大权,分封诸侯的事全由他指挥。他一共封了十八个王。刘邦被封为汉王,封地在偏远的巴蜀、汉中一带。刘邦心怀不满,但苦于兵力微弱,没法同项羽计较,只好无可奈何地去了。到了封地,刘邦拜萧何为宰相,曹参、樊哙、周勃等为将军,养精蓄锐,准备再和项羽争夺天下。刘邦的部下多半是东方人,都想回到故乡去,因此队伍到达南郑时,半路上跑掉的军官就多达几十个。韩信料想萧何他们已经在刘邦面前多次保荐过他了,可是刘邦一直不重用自己,就也逃跑了。萧何听说韩信逃跑了,来不及把此事报告刘邦,就径自去追赶。有个不明底细的人报告刘邦说:"丞相萧何逃跑了。"刘邦极为生气,就像失掉了左右手似的。

再说萧何为追韩信,不辞辛苦,一路问,一路追,天黑了也不休息,直到远远望见有个人牵着马在河边徘徊,仔细一看正是韩信。萧何顿时抖擞精神,快马加鞭,大声喊着:"韩将军! 韩将军!"他策马赶到河边,气喘吁吁地下了马,气呼呼地说:"韩将军,咱们总算一见如故，够得上是朋友。你怎么不说一声，就这么走了？"韩信仍不吭声。萧何又说了一大堆劝他回去的话。他说："要是汉王再不听我们的劝告，那我们一起走，好不好？"韩信只好跟着他回去。

萧何回来见到刘邦，刘邦又是生气又是高兴，责备他说："你逃跑，是为什么？"萧何回答道："我不敢逃跑，我是追逃跑的人。""你去追回来的是谁？"萧何说："韩信啊。"刘邦又责备道："军官跑掉的人有几十个，你都没有追，倒去追韩信，这是撒谎。"萧何说："那些军官是容易得到的，而像韩信这样的人才，是普天下也找不出第二个来的。大王假如只想在汉中称王，当然用不上他；假如想争夺天下，除了韩信再也没有可以商量大计的人。只

萧何月下追韩信

看大王如何打算罢了。"刘邦说："我也打算回东方去呀，哪里能够老闷在这地方呢？"萧何说："大王如果决计打回东方去，能够重用韩信，他就会留下来；假如不能重用他，那么，韩信终究还是要跑掉的。"刘邦说："我看在你的面子上，派他做个将军吧。"萧何说："即使让他做将军，韩信也一定不肯留下来。"刘邦说："那么，让他做大将。"萧何说："太好了。"当下刘邦就想叫韩信来拜将。萧何说："大王一向傲慢无礼，现在任命大将，就像是呼唤一个小孩子一样，这就难怪韩信要走了。大王如果诚心拜他做大将，就该拣个好日子，自己事先斋戒，搭起一座高坛，按照任命大将的仪式办理，那才行啊！"刘邦答应了。那些军官们听说了，个个暗自高兴，人人都以为自己会被任命为大将，等到任命的时候，才知道是韩信，全军上下都大吃一惊。从此以后，韩信就指挥将士，操练兵马。韩信果然没有令刘邦失望，没有辜负萧何的良苦用心。在楚汉战争中，韩信率汉军渡陈仓，战荥阳，破魏平赵，收燕伐齐，连战连胜，在垓下设十面埋伏，一举将项羽全军歼灭，为刘邦平定了天下。

根据"萧何月下追韩信"的故事，便有了歇后语"萧何追韩信——连夜赶"，形容夜以继日地赶路。

谢安做宰相——东山再起
指退隐后再度出任要职，也比喻失势后重新恢复地位。

东晋时期的名士谢安,隐居在浙江会稽的东山,他经常与王羲之等友人游山玩水,写诗作文。朝廷知道谢安很有才学,召他入朝为官,被他拒绝了。

后来,征西大将军、明帝司马绍的女婿桓温,请谢安做司马,谢安不得已才答应,这时他已经四十多岁了。在谢安将要出任的那天,许多官员都出来迎接。这时有个叫高菘的官吏,同谢安开玩笑说:"你过去高卧东山,屡次违背朝廷旨意,不肯出来做官,想不到今天到底出来(东山再起)了!"谢安后来一直做到宰相,在东晋与前秦的著名战争淝水之战中,命令弟弟谢石和侄子谢玄为大将,领兵迎战,击败了苻坚的百万大军,使此后数十年东晋再无外族侵略。

谢玄奉命北伐——功败垂成

事情在将要成功的时候遭到了失败。含有惋惜之意。

前秦时,苻坚率领百万大军南侵,企图一举灭晋。东晋宰相谢安,派弟弟谢石、侄子谢玄率兵八万迎战。晋军进至淝水,要求秦兵略向后移,以便渡河决战。苻坚打算趁晋军渡河之际发起猛攻,因此同意后撤。可是,秦军一退就无法止住,将士们以为打了败仗,纷纷溃逃。晋军乘机渡水攻击,秦军大败,他们听到风声鹤唳,都以为是追兵。谢玄乘胜攻占洛阳、彭城(今江苏省徐州市附近)等地。苻坚逃至关中。谢玄亲自领大军进驻彭城,派参军刘袭攻兖州(今山东省兖州区),又派晋陵太守渡河收复黎阳,晋军连战皆捷,迅速收复大片土地。

当时,谢玄驻彭城,居中指挥,北固河上,西援洛阳,内护京城。然而泰山太守叛乱,东晋的宗室不愿谢玄立功,说动皇帝,下令就地驻守。谢玄奉旨,就地停留,眼看千秋大业即将成功,转瞬之间失去把握,忧愤交集,不久病逝。

谐趣园的殿堂——矮一寸

形容比一般的矮了一点儿。

清朝时,慈禧太后在颐和园修谐趣园,让大太监李莲英当总监工。包修谐趣园的工匠头儿,是远近闻名的王头儿。他从小就干这一行儿,身怀绝技,不管怎么难干的活儿也难不倒他。从打开工那天起,到快要完工为止,李莲英一直都没有露面,眼看要收尾,李莲英突然来找碴儿了,说王头儿偷工减料,说谐趣园园子的亭台水榭,殿堂楼阁统统矮了一寸。王头儿一听这话,吓得浑身发抖,连忙请求李莲英宽限几天。李莲英同意宽限三天。王头儿和工匠们早就看出来了,李莲英是为要油水成心找碴儿。王头儿想了半天,低声说:"大家在这儿干活,跟我受了不少委屈。现在只求买个'行'字,李莲英在海淀不是有两处房子吗?其中一处就在南大街,我看房屋门窗有点旧了,咱们再给他翻个新。"

整整用了三天,工匠们日夜不停,用的都是最好的料,雕麟刻凤,油漆彩画,把李莲英的小院整修得十分漂亮。果然,这招儿十分管用,李莲英没有再提谐趣园殿堂不合格的事。原来说"矮"的那一寸也不矮啦!经过验收,说是完全合格。

从此,"谐趣园的殿堂——矮一寸"便当奇闻传开了。

心月和尚刻罗汉——千姿百态

南岳祝圣寺的罗汉堂,有石刻五百罗汉,从事石刻的艺术师,就是清代祝圣寺的心月和尚。心月和尚，平日沉默寡言，每天都废寝忘食地躲在室内临摹各种人物画像，很少出来闲游，因而寺内众和尚也没有谁知道他善画。

早在清嘉庆年间，长沙、湘潭等地来南岳进香的善男信女，都要施舍一些钱，准备在祝圣寺内建一罗汉堂。祝圣寺从常州拓来五百罗汉摹本，只是苦于找不到高超的雕刻匠，因而罗汉堂一直没有动工。到了光绪年间，心月和尚主动出面承担这项任务，寺内众僧都半信半疑。后来心月和尚又一再要求，住持才答应了他。心月和尚开始刻了一两尊罗汉，还能显示出各自的特征。后来就感到五百罗汉，要求众貌不同，神采各异，就难以刻下去了。于是，他从五代时贯休和尚所画的十六罗汉像得到启发。有一次，寺中举行盛会，四方僧徒都集聚这里。心月和尚为了找活摹本，便自任执役僧，时时亲近各种类型的僧徒，借以细致观察、揣摩他们的相貌、衣着、行动、语言、性格等不同特征，丰富创作构思。但是，五百罗汉中有的是怒像，出家人讲究忍心性，很难恶相外露。心月和尚便故意在给大和尚送饭菜时，将一片熟肉夹在饭里。大和尚发觉，恼怒不止。心月和尚却早已预备好纸笔，几笔就勾画出了大和尚的怒相。等大和尚再追究时，心月和尚又不慌不忙地答道："大和尚爱读拾得诗，不闻有'我见出家人总爱吃酒肉'之句吗？"弄得大和尚哭笑不得，心月和尚又几笔勾画了下来。他就是这样不断努力学习古人，体验现状，刻苦钻研，终于在三年时间中，完成了五百罗汉的石刻任务。它们或坐或卧，或行或立，或哭或笑，或怒或乐，千姿百态，各种形象都有，得到佛教界和艺术界的赞赏。

新官上任——三把火

喻官员上任之初采取新的措施或政策。

三国时，诸葛亮当了刘备的军师，在短期内，连续三次用火攻击败曹操。第一次火烧博望坡，使夏侯淳统领的十万曹兵所剩无几；第二次在新野，通过火攻和水淹使曹仁、曹洪的十万人马，几乎全部覆没；第三次火烧赤壁，百万曹兵惨败，最后跟随曹操逃出去的，只剩二十七人。当时，人们把这三把火称为"诸葛亮上任三把火"。传到后来便成为人们常说的"新官上任——三把火"了。

兄弟争雁——错失良机

形容失去了胜利或获得某物的时机。

古时候，有两兄弟在草原上练习射箭。突然天空中一只大雁飞过，大雁飞得很低，拉开弓箭就能轻而易举地射到。兄弟俩都看见了，两人不约而同地做好准备，箭在弦上，一触即发。突然，哥哥问弟弟："这大雁要是射下来了，我们要怎么吃它呢？"不等弟弟回答，哥哥便决定说："煮着吃应该很鲜美！"说罢就要拉弓放箭。弟弟连忙上前挡住说："鹅是煮着比较好吃，我觉得雁应该烤着吃。"哥哥不同意，仍然坚持要煮着吃；弟弟呢，也不松口。两人各持己见，争论不休。

最后实在争执不下，二人便去找一个叫社伯的人评理。社伯德高望重，好多人起了争执都去找他调解。听罢两兄弟争雁的原委，社伯不由得哈哈大笑，他说："这很简单啊，你们把那雁射下来，到时候一半煮着吃，一半烤着吃不就行了吗？"兄弟俩茅塞顿开，回头拉弓再去找那大雁，大雁早已经飞得无影无踪了。

秀才不出门——便知天下事

比喻有知识的人即使待在家里,也能知道外面发生的事情。

传说,诸葛亮隐居到隆中后,白天研究兵书战策,钻研天文地理,练习土木工艺,背诵阴阳卦书。太阳一落,他便拿起箫,到后山山冈上吹箫。每次箫声一起,隆中的百鸟,鹦鹉、八哥、斑鸠、山鸡、田雀、百灵等都飞到那里,围着他听箫。这些鸟儿一到,热闹极了。它们在互相谈论着奇闻,说它们一天当中看到和听到的事情。鸟儿说话,一般人都听不懂,可是传说诸葛亮懂鸟语,一听就知道它们在说什么。

诸葛亮和这些鸟儿很有感情,在这山洼树林之中,有一间茅屋。这茅屋一不是牛栏,二不是鸡舍,里面住的全是山里的百鸟儿。他每天都从百鸟儿那里知道很多新闻,今天哪里在打仗,谁打赢了,谁打输了;哪里发了洪水,淹了多少良田;哪里起了火,遭了灾……所以民间流传着一个歇后语,叫作"秀才不出门——便知天下事",就是指诸葛亮吹箫引鸟听鸟语。

徐德言买半镜——破镜重圆

据《说唐》记载,南北朝时的徐德言,他的妻子乐昌公主是陈朝末代国君陈叔宝的妹妹。夫妻两人情投意合,十分恩爱。徐德言看到当时社会腐败,预感到陈朝很快就会发生大乱。于是他把一面铜镜破成两半,自己留下半块,另外半块给乐昌公主,说:"国已危如累卵,家岂能保全,你我分离已成必然。以你这般容貌与才华,国亡后必然会被掠入富豪之家,我们夫妻长久离散,各居一方,唯有日夜相思,梦中神会。倘若老天有眼,不割断我们今世的这段情缘,你我今后定会有相见之日。所以我们应当有个信物,以求日后相认重逢。如果你真的被掠进富豪人家,你就让人在正月十五,拿它上街叫卖,假若我也幸存人世,那一天就一定会赶到都市,通过铜镜去打听你的消息。"

果然,没有多久,陈朝被隋文帝杨坚灭掉了。灭陈有功的大臣杨素,被封为越国公,得到了许多赏赐,其中包括乐昌公主及女妓十四人。徐德言在战乱中四处避难,经过千辛万苦,颠沛流离,终于设法回到了京城。好容易盼到第二年正月十五,徐德言果然看见一个老头在叫卖半片铜镜,而且价钱昂贵,令人不敢问津。徐德言一看半片铜镜,知道妻子已有下落,禁不住涕泪俱下。他不敢怠慢,忙按老者要的价给了钱,又立即把老者领到自己的住处。徐德言向老者讲述一年前破镜的故事,并拿出自己珍藏的另一半铜镜。两半铜镜还未吻合,徐德言早已泣不成声……卖镜老人被他们的夫妻深情感动得热泪盈眶。他答应徐德言,一定要在他们之间传递消息,让他们夫妻早日团圆。

徐德言买了半镜,睹物伤情,思绪万千。徐德言就着月光题诗一首:"镜与人俱去,镜归人不归。无复嫦娥影,空留明月辉。"交老人带回去给乐昌公主。公主读了这首诗,想到当年夫妻恩爱的情景,十分伤心,整天泣不成声,茶饭点滴不进。杨素再三盘问,才知道了其中情由,被他二人的真情深深打动。他立即派人将徐德言召入府中,让他夫妻二人团聚。乐昌公主看到当年风流倜傥的徐德言如今两鬓斑白,而徐德言看到乐昌公主变为要看人脸色行事的小妾,两人感慨万千。杨素见此情此景,于是让乐昌公主对此景赋诗一首,乐昌公主当即写了一首诗描绘她此时此地的复杂感情,诗中说:"今日何迁次,新官对旧官;笑啼俱不敢,方验做人难。"杨素听后非常感动,于是决定成人之美,把乐昌公主送回给徐德言,并赠送钱财让他们回归故里养老。府中上下都为徐陈二人破镜重圆和越国公杨素的宽宏大度、成人之美而感叹不已。宴罢,夫妻二人携手同归江南故里。两块半镜在他俩手中又拼成了一面明镜。

根据这个故事,便有了歇后语"徐德言买半镜——破镜重圆",比喻夫妻失散或决裂后重新团聚与和好。

徐妃半面妆——嘲弄丈夫

萧绎是南朝梁武帝萧衍的第七个儿子,小字七符,字世诚。萧绎生下不久就犯了眼病,只有一只眼可视。但萧绎并没有自暴自弃,他凭着聪明的天资,好学不倦,不但练就了一身武艺,而且工书善画,很受时人推崇。梁武帝十分爱怜萧绎,在萧绎七岁时便封他为湘王,在十岁时就为他娶了徐昭佩,并册封徐昭佩为湘王妃。

萧绎长大后,对徐妃一直没有好感,所以很少到徐妃房中,有时甚至一年也不进徐妃房中一次。徐妃出身名门,生性高傲,萧绎对她如此冷淡,她心中怨恨,决心进行报复。一次,她得知萧绎将到她房里来,便刻意把半边的脸化妆了一番,然后等候萧绎的到来。傍晚,萧绎来到徐妃房中,看到徐妃半面浓妆艳抹,半面一点脂粉也没有,感到奇怪,问:"你为什么只化半面妆?"徐妃冷笑着回答说:"您向来只用一只眼睛看人,而且根本不把我放在眼里,所以我只化半面妆就可以了!"萧绎受到徐妃的嘲弄,气得脸色发白,悻悻离去。从此以后,萧绎便再也没进徐妃的房中。

徐光启摆渡——宰相肚里好撑船

比喻人有度量,能容忍、原谅别人。

传说,徐光启十九岁那年,离家赶考。他在黄浦江边候船摆渡,和他一起等船的还有两个人,一个是道士,一个是商人。不一会儿,来了个白发苍苍的艄公,刚要开船时,又来个去打官司的农妇。船摆到江心,老艄公见渡客们闷坐不语,笑着说:"老汉平生就喜欢听别人讲俗语,凡来往客人只要能照老汉的意思讲出几句俗语,船钱分文不收。不过一定要讲真话,否则摆渡钱照收。"众人问:"不知道老艄公要听什么样的俗语?"艄公答说:"每人讲两句,一句四个字,一句七个字,都要切合自己的身份。"大家想了一会儿,那商人说:"船家,我是见钱眼开……铜钱眼里翻跟斗,可对?"艄公听后点头说:"这位客官倒也说实话,免去船钱,省得他在船上翻跟头。"道士说:"我嘛,装神弄鬼……螺蛳壳里做道场。"艄公说:"很合道士身份,也免去船钱。"农妇说:"穿针引线……纱线扳到石牌楼(意思是不论力量大小,弱者有时也能战胜强敌)。"艄公点头夸奖说:"难得大嫂有此决心,免去船钱。"最后,只剩下徐光启没说。商人、道士在一旁连声催促,徐光启不慌不忙地说:"学生嘛,功成名就……宰相肚里好撑船。"艄公听了,哈哈大笑说:"有志气,不要船钱了。前面已是浦东,请大家上岸吧。"

后来,徐光启果然高中进士,成为精通数学、农政、历法的大科学家。人们根据这个故事流传下了"徐光启摆渡——宰相肚里好撑船"这一歇后语。

徐稚破除迷信——以错攻错

比喻用错误的东西去回击错误。

东汉,徐稚家贫,以耕种为业。桓帝时,因不满宦官专权,虽屡为陈蕃、胡广等大臣荐举,甚至桓帝备厚礼征召,终不愿为官,时称"南州高士"。

传说东汉末年,太原城有个叫郭林宗的学者,做什么事都喜欢讲迷信。有一次,十一岁的徐稚去拜见郭林宗,正赶上郭林宗指挥工匠砍院中的大树,说:"房子套院四方方,像个口字的形状。院子当中有棵树,木在口中不吉祥。木在口中是个'困'字,以后办事就样样都困难。"徐稚说:"这么说你这房子不能住人了。人在口中不是个'囚'字吗?人住在房子里不成了囚犯吗?"才智过人的徐稚用"归谬法"反驳了郭林宗的迷信观点。

徐庶进曹营——一言不发

比喻不讲话或不爱讲话。也指对人有意见对问题有不同看法,闷在心里不讲出来。

东汉末年,曹操率大军南征荆州,谋士程昱向曹操推荐名士徐庶。曹操大喜,问程昱如何才能将徐庶招至帐下。程昱回答说:徐庶自幼丧父,只有老母亲在许昌家里,无人侍养,徐庶为人极孝,可用此法。曹操听后便叫人将徐母请来,要她写信劝徐庶回许昌辅佐曹操,不要帮助刘备。徐母不肯,说刘备是当世的英雄,骂曹操:"托名汉相,实为汉贼,要叫我儿背明投暗,绝无此理!"曹操一见此计不成,又使一计。他将徐母软禁起来,模仿她的字体,假借徐母名义,写信召徐庶弃刘奔曹。

徐庶为人至孝,见到母亲的手迹,事出无奈,只好辞别刘备,投曹操。临行前,徐庶对刘备表示:"在曹营中,无论曹操如何待我,我决意终身不为他出一谋、划一策以报答主公知遇之恩!"后徐母见到徐庶,勃然大怒,拍案骂他:"仅凭一纸伪书,不察详细,便弃明投暗,自取恶名,真是愚夫!我有何面目与你相见呀!"徐母骂罢,转入内室,上吊身亡。徐庶心灰意冷,虽然一直身处曹营,但是终身都没有为曹操出过计策。

后人就根据这一个故事,编成了"徐庶进曹营——一言不发"这一歇后语。

徐庶走马荐诸葛——荐贤举能

选推、推荐有德行有才能的人。

徐庶投奔刘备,助其大败曹军。曹操设计骗徐庶离开刘备。临行,刘备与徐庶并马出城,不忍相离。徐庶扬鞭而去,却又拍马折回,对刘备说:"我心绪如麻,忘了一句话。这地方有一个奇士,住在城外二十里的隆中。使君可以去拜见他。"

刘备说:"麻烦徐先生把他请来,与我相见。"徐庶说:"使君要亲自拜访他。如果得到这个人,如同周文王得到姜子牙,刘邦得到张良啊!"刘备问:"此人和先生相比,才德如何?"徐庶说:"用我和他比,我是驽马,他是麒麟;我是寒鸦,他是鸾凤。此人经常把自己比作春秋时的政治家管仲,战国时燕国的上将军乐毅。依我看,管仲、乐毅也比不过这个人。此人是杰出的天才,天下有才能的人,没有能和他比拟的。"刘备说:"这人是谁?"徐庶说:"此人是琅琊阳都人,复姓诸葛,名亮,字孔明。他住的地方有一个山冈,名叫卧龙冈。诸葛亮自号为'卧龙先生'。此人是绝代奇才,使君应该赶快去拜见他。如果此人答应辅佐使君,那还愁得不到天下吗?"刘备说:"以前,水镜先生曾对我说:'伏龙、凤雏,两个得一,可安天下。'今天你所说的,莫非就是伏龙、凤雏吗?"徐庶说:"凤雏是襄阳的庞统,伏龙正是诸葛孔明。"刘备异常兴奋地说:"今日才知道伏龙、凤雏这句话。大贤人就在眼前,若不是先生指明,刘备真像盲人一样啊!"徐庶推荐了孔明,再别刘备,向远方走

了。刘备听了徐庶的话,似醉方醒,万分高兴。他率领众将回到新野,准备了丰厚的礼物,同关羽、张飞去南阳请孔明。

薛道衡调查敬肃——铁石心肠

形容心肠像铁石一样硬,形容冷酷无情,不为感情所动。

公元604年,隋朝太子杨广继位,世称隋炀帝。炀帝登基后,命令负责检察工作的司隶大夫薛道衡对天下官员进行一次考察。薛道衡经过一番调查了解,最后向炀帝作了禀报。他对卫州司马敬肃的评语是"心如铁石,老而弥笃"。意思是心肠像铁石一样坚硬,办事老练而又忠诚。从此,炀帝对敬肃留下了比较深刻的印象。

薛刚踢死太子——惹下了大祸

唐代时,薛刚带领家将沿长安街看灯。灯棚尚未点灯,薛刚等人便上酒楼吃酒,直吃到月上东山,算还酒钱,出了店门,外面早已灯火满街,换了一番世界。薛刚在外城看了,又到酒肆中畅饮大醉,入内城来。五凤楼街上,人都挤满了,薛刚乘着酒兴,抢起两拳,向人群乱撞乱打,结果把七皇子打死了,闯下了大祸。武则天下旨把薛丁山一门三百八十五人囚入天牢,灭薛丁山一门。

薛仁贵的行头——白跑(袍)

形容白去一趟,没有任何收获。

薛仁贵自幼家贫,以种田为生。然而,他从小聪明机智,曾拜名师学习武艺,而且志向远大,希望有一天能竭尽所能,为国效力。薛仁贵成年后,娶了一名温柔贤惠的女子为妻。薛仁贵的妻子常常鼓励薛仁贵说,大丈夫立于世间,一定要有所作为,并建议他参军入伍,报效国家。薛仁贵听从妻子的劝告,加入了张士贵统领的部队。后来,他又加入了唐太宗东征高句丽的大军。

贞观十九年(公元645年),唐太宗下令征讨高句丽,高句丽派大将高延寿率军二十万前来应战。在双方的激烈交战中,唐太宗见有一个身穿白色战袍的人表现得十分勇猛,他拿着武器奋不顾身地几度冲进敌方阵营里,来回厮杀,毫无惧色。众将士在他的带动下,士气大为高涨,不久战争便取得了胜利。事后,唐太宗对这个人仍然印象深刻,他询问身边的侍从:"你们知道战场上那个身穿白袍的将领是谁吗?"侍从回答:"陛下,那人名叫薛礼字仁贵,打仗十分勇敢,在军中名气很大。"唐太宗听完侍从的介绍,对薛仁贵更是喜欢,便下令召见他,与他开怀痛饮,畅所欲言,并封薛仁贵为"游击将军"。班师回朝之后,唐太宗又特意提拔薛仁贵为右领军中郎将。后来,唐太宗病逝,他的儿子高宗继位,薛仁贵数次带兵出征,为大唐江山的巩固立下了汗马功劳。

后来人们便根据这个故事编成歇后语"薛仁贵的行头——白袍",并根据"袍"的谐音有了"白跑"一说。

薛仁贵的战术——三箭定天山

称赞武将高超的武艺和卓越的功勋。

唐高宗龙朔元年(公元661年),铁勒进犯唐边,薛仁贵为铁勒道行军副大总管。出发前唐高宗宴请将士,席间唐高宗对薛仁贵说:"古善射有穿七札者,卿试以五甲射焉。"

薛仁贵应命,置甲取弓箭射去,只听弓弦响过,箭已穿五甲而过。唐高宗大吃一惊,当即命人取更加坚固的铠甲赏赐给薛仁贵。

龙朔二年(公元662年),回纥铁勒九姓突厥(九个部落联盟)得知唐军将至,便聚兵十余万人,凭借天山(今蒙古杭爱山)有利地形,阻击唐军。当年三月初一,唐军与铁勒交战于天山,铁勒派几十员大将前来挑战。薛仁贵应声出战,独挑几十人,连发三箭,敌军三员将领坠马而亡,敌军见之,立即混乱,薛仁贵指挥大军趁势掩杀。之后唐军继续北进,将铁勒九部的首领伪叶护三兄弟生擒,从此回纥九姓突厥衰落。当时世间流传歌谣"将军三箭定天山,战士长歌入汉关"。

荀子劝学——锲而不舍

不停地镂刻。比喻有恒心,有毅力,坚持不懈。

著名思想家荀子写过一篇名为《劝学》的文章,运用许多确切的比喻,来劝导人们坚持不懈地认真学习。文章中许多议论精辟透彻,富有启发性。文章一开始就写道,人接受教育、寻求学问是不可废弃的,靛青这种染料是蓝草中提炼出来的,但它的颜色却比蓝草更深。这是荀子用来比喻学生胜过老师,或者后人胜过前人。这就是所谓"青出于蓝,而胜于蓝"。荀子又用镂金石来比喻学习要持之以恒,坚持不懈。他写道,刻一下就停下手来,烂木头也刻不断;不停地刻下去,即使是坚硬的金属或石头,也可以把它们刻穿。学习知识是一个由少到多,日积月累的过程,高深渊博的学识也都是一点一滴积累而成的。

Y

严嵩庆寿——照单全收

比喻送上门来的礼物,全部收下。也比喻贪得无厌。

明嘉靖时,宰相严嵩生辰,园中大堂上红毡铺地,悬灯挂彩,大摆酒宴,朝中文武官员前来拜寿。夜晚严府内,灯火辉煌,鼓乐喧天,热闹异常,果真是天上豪华神仙府,人间富贵第一家。只因严嵩官居一品,甚是富贵,显赫一世。此时,正值他的生辰,朝中官员个个送礼庆贺。有些官员老早就搜寻天下奇珍异宝前来祝寿,给这豪华盛宴增添了奇珍异彩。礼物有太白山上的老虎、南海里的昆布、扶余的鹿、陕西的白龟、沃州的锦、扬州的梅、岭南的荔枝……真是应有尽有。

严嵩见堂上热闹异常,心里很高兴。那些溜须拍马的人,见人多喧闹,又找不到自己出头露面祝寿的机会,生怕严嵩不知道自己,忙上前讨好,生怕白送这许多礼,便把礼单递到严嵩手中。严嵩看也不看,毫不在意地说:"照单全收!"

打这以后,"严嵩庆寿——照单全收"这一歇后语便传开了。

严延年断案——莫测高深

指无法揣测深奥到什么程度。形容使人难以理解。

　　西汉时在涿郡这个地方,地主豪强的势力相当强大,他们欺凌弱小,鱼肉乡民,尤其是西高氏和东高氏两家更是凶狠,他们无恶不作,到涿郡来的几任太守都奈何他们不得。严延年到任后,很快了解到这些情况,他传令属官赵绣调查高氏罪行。

　　赵绣明知高氏作恶多端,论罪必死,但又不想得罪他们。他见严延年是新来的太守,便准备好了两份有关高氏的罪行材料,一份轻,一份重。赵绣把罪行重的一份藏在怀里,而先将轻的一份交上去,如严太守看了发怒,就再把重的交上去。不料,严延年已经猜想到赵绣会如此,严延年接过赵绣递上来罪行轻的一份材料,读了几行,喝令左右在赵绣身上搜出了另一份,随即当场将赵绣关押起来。第二天一早,就把赵绣斩首示众。这一来,所有下属都吓得浑身发抖。接着,严延年下令将高氏捉拿归案,并且很快查清了他们全部的罪行,然后将有关罪犯全部处决。

　　三年后,严延年迁任河南太守。严延年到任后,严厉打击犯罪的豪强富户,竭力扶助贫弱人家。他断案与一般官员不同,常常是贫弱人家即使犯了比较重的罪,他也不严办,而是宽大处理;豪强富户欺诈平民,即使罪行不大,他也要重重处罚。众人认为该处死的,有时竟会获得释放;而大家认为罪不至死的,有时却被诛杀。不论官吏还是百姓,都不能揣测出严延年的心意如何,以致大家吓得不敢犯法。

阎立本称赞狄仁杰——沧海遗珠

　　比喻埋没人才或被埋没的人才。

　　唐代,狄仁杰小时候就与众不同。一次,一个门客被人杀害了,府吏到他家查问,大家争先恐后地为自己辩白,唯独狄仁杰仍坐在原先的座位上大声读书。府吏很不高兴,走过去责备他,狄仁杰回答说:"我正和书中圣贤对话,哪有时间和俗吏交谈?"狄仁杰初当官时,担任汴州参军,被人诬陷,黜陟使阎立本审讯他,阎立本发现狄仁杰才华不同凡响,便脱口称赞:"观察一个人犯什么样的过失,就可以知道这是个什么样的人,你可以说是沧海遗珠了。"于是推荐狄仁杰当了并州法曹参军。

掩耳盗铃——自欺欺人

　　春秋时期,晋国贵族智伯灭掉了范氏范吉射。有人趁机跑到范吉射家里想偷点东西,看见院子里吊着一口大钟。钟是用上等青铜铸成的,造型和图案都很精美。小偷心里高兴极了,想把这口精美的大钟背回自己家去。可是钟又大又重,怎么也挪不动。他想来想去,只有一个办法,那就是把钟敲碎,然后再分别搬回家。

　　小偷找来一把大锤子,拼命朝钟砸去,"咣"的一声巨响,把他吓了一大跳。小偷慌了神,心想这下糟了,这钟声不就等于是告诉人们我正在这里偷钟吗?他心里一急,身子一下子扑到了钟上,张开双臂想捂住钟声,可钟声又怎么捂得住呢!钟声依然悠悠地传向远方。

　　他越听越害怕,不由自主地抽回双手,使劲捂住自己的耳朵。"咦,钟声变小了,听不见了!"小偷高兴起来,"妙极了! 把耳朵捂住不就听不见钟声了吗?"他立刻找来两个布团,把耳朵塞住,心想,这下谁也听不见钟声了。于是就放手砸起钟来,一下一下,钟声响亮地传到很远的地方。人们听到钟声,蜂拥而至把小偷捉住了。

　　掩耳盗钟的故事广为流传,后来盗钟又演变成了盗铃,便有了歇后语"掩耳盗铃——

自欺欺人"，比喻自己欺骗自己，明明掩盖不住的事情偏要想法子掩盖。

晏子使楚——不辱使命

指不辜负别人的差使。

春秋时晏子出使楚国。楚国人想侮辱晏子，因为晏子身材矮小，所以楚国人就在城门旁边特意开了一个小门，叫晏子从小门中进去。晏子不肯进去，晏子说："只有出使狗国的人，才从狗洞中进去。今天我出使的是楚国，应该不是从此门中入城吧。"侍者只好改道请晏子从大门中进去。晏子拜见楚王。楚王说："齐国恐怕是没有人了吧？"晏子回答说："齐国首都临淄有七千多户人家，展开衣袖连在一起可以遮天蔽日，挥洒汗水就像天下雨一样，肩挨着肩，脚跟着脚，怎么能说齐国没有人呢？"楚王说："既然这样那么为什么派你这样一个人来做使臣呢？"晏子回答说："齐国派遣使臣，各有各的规矩，贤明的人就派遣他出使贤明的国家，不贤、没有德才的人就派遣他出使无能的国家，我是最无能的人，所以就只好出使楚国了。"

后来，晏子将再一次出使楚国。楚王听到这个消息，对侍从说："晏婴是齐国善于辞令的人，现在他将要来，我想要羞辱他，有什么办法？"侍从回答说："当他到来时，请允许我们绑着一个人从大王面前走过。大王就问：'他是哪国人？'我们回答说：'他是齐国人。'大王再问：'犯了什么罪？'我们回答说：'他犯了偷窃罪。'"不久，晏子来到了楚国，楚王宴请晏子，忽然两名侍从绑着一个人到楚王面前。楚王问道："被绑着的是什么人？"侍从回答说："他是齐国人，犯了偷窃罪。"楚王看着晏子问道："齐国人本来就善于偷东西的吗？"晏子回答道："我听说这样一件事：橘生长在淮河以南就是橘子，生长在淮河以北就变成枳了，只是叶子的形状相似，它们的果实和味道却不同。这样的原因是什么呢？水土条件不相同啊。现在这个人生在齐国不偷东西，一到了楚国就偷东西，莫非楚国的水土使百姓善于偷窃吗？"楚王苦笑着说："圣人是不能同他开玩笑的，我反而自讨没趣了。"

楚王几次想戏弄晏子都没有得逞，反而被机智的晏子羞辱。楚王暗暗佩服起晏子，甚至羡慕齐国有晏子这样的人才。就这样，晏子出色地完成了使命，保全了齐国的尊严。

后来人们就根据这个故事，编出了"晏子使楚——不辱使命"这则歇后语。

燕昭王治国——同甘共苦

比喻有福一起享，有困难一起承担。

战国时，燕国太子姬职继承了王位，史称燕昭王。燕昭王对怎么治理国家，才能使国家富强，一时感到束手无策。有一天，他听说郭隗很有谋略，于是派人请来郭隗，燕昭王对郭隗说："你能否替我找到一个有本领的人，帮我强国复仇？"郭隗说："只要您广泛选拔有本领的人，并且要亲自去拜访他，那么，天下有本领的人就都会投奔到燕国来。"燕昭王忙问道："那么我去访问哪一个才好呢？"郭隗回答说："先重用我这个本领平平的人吧！天下本领高强的人看到我这样的人都被您重用，那么，他们肯定会不顾路途遥远，前来投奔您的。"

燕昭王听后立刻尊郭隗为老师，并替他造了一幢华丽房子。消息一传开，乐毅、邹衍、剧辛等有才能的人，纷纷从魏、齐、赵等国来到燕国，为燕昭王效力。燕昭王很高兴，

对他们都委以重任，并关怀备至，无论谁家有婚丧嫁娶等事，燕昭王都亲自过问。就这样，燕昭王与百姓同甘共苦，共度二十八年，终于把燕国治理得国富民强，燕昭王受到举国上下的一致拥戴。

杨家将出征——男女老少齐上阵

形容某一团体为某事业前仆后继、不断奋斗。

杨家将的故事在我国可谓家喻户晓，他们精忠报国、视死如归的精神直到今天还让人们敬佩不已。北宋年间，北方的辽国逐渐强盛起来，两国交战不断，对宋朝构成了极大的威胁。北宋有一个著名的武将世家，后人称为"杨家将"。杨家一家之主杨继业，一共有七个儿子。在宋太宗时，杨继业随太宗北伐，想从辽国手中夺回燕云十六州，可惜不慎与长子一起落入辽军的圈套被杀。不久之后，杨二郎和杨三郎也都在对辽的战争中先后牺牲。而杨四郎则在对辽的战争中被俘，阴差阳错地被辽招为驸马。杨五郎在对辽的战争中，因心里受到谴责，削发为僧，皈依了佛门。杨六郎和杨七郎也同样在对辽的战争中为国捐躯。

尽管如此，杨家精忠报国之心丝毫没有减退，虽然最后杨家只剩下一些老幼妇孺，但是只要国家有难，他们仍然奋不顾身地为国出征。在后来的宋辽战争中，杨继业的夫人余太君率领一家妇孺，甚至家丁和仆人出征迎敌，令辽军闻风丧胆，杨六郎之子杨宗保也是杨家的一员猛将，他跟随祖母余老太君出征，为捍卫北宋江山立下汗马功劳。杨宗保的妻子是至今仍被人们津津乐道的奇女子——穆桂英。穆桂英早年随军出征，后来又担当一军主帅，独当一面，威名远扬。后来，人们根据杨家的这一传奇历史，编出了歇后语"杨家将出征——男女老少齐上阵"。

依样画葫芦——照抄照搬

北宋时，有个翰林学士叫陶谷，他学问渊博，会写文章。他见宋太祖赵匡胤对文臣不太重视，觉得自己未得到重用，于是请人在宋太祖面前夸他，说陶学士从小博览群书，能写一手好文章，而且做事也很卖力等等。不料，宋太祖听后说："我晓得，翰林写文章、诏告，都是拿前人的旧本，改换一些词句，依照葫芦的样子画葫芦罢了，有什么费力的？"陶谷听到这些话，心里很不是滋味，便在墙上题诗聊以自嘲。诗中说："官职须由生处有，才能不管用时无。甚笑翰林陶学士，年年依样画葫芦。"宋太祖知道这件事后，格外不喜欢他。陶谷一直没有受到重用。

后来，便有了歇后语"依样画葫芦——照抄照搬"，比喻模仿别人，毫无创见。

杨家将卫国——一辈传一辈

形容本领或者传统一代人传给一代人。

北宋的时候，有一位著名将领名叫杨继业。他英勇善战，在保卫国家的战斗中建立了赫赫功勋。在一次宋军抗击外敌入侵战斗中，杨继业奉命率军出战，但是双方实力悬殊，而宋军主帅潘仁美却不派兵援助，杨继业孤军作战，最终英勇就义。杨继业把顽强抗敌、为国尽忠的思想一辈一辈传下去，杨继业的后代子孙继承了他的遗志，一代代肩负起抗击外敌的重任，为保卫国家做出了重大的贡献，这就是著名的"杨家将"。

杨六郎的牤牛——训(驯)出来的

北宋时杨六郎有次摆牤牛(长角的公牛)阵战胜了辽兵。杨六郎命士兵把收买来的数百头牤牛拴在树林里,不给它们草料吃。接着又用干草绑成无数个草人,并给草人穿上敌人的服装,肚子露出草料,然后把那些饿急了的牤牛放出来,赶到草人群中。牤牛一闻到草料味,就抢着吃,吃不着,就用角把草人的肚子挑开,把草料吃个一干二净。按照这个办法,不断训练牤牛。

杨家将雕像

三天后,宋军与辽军交战。杨六郎命令士兵们给每头牤牛的角上绑两把刀子,待敌人冲近了,杨六郎命士兵放牛。那些饿急了的牤牛以为来者又是供它们饱餐的草人,一只只撅着尾巴奔向敌阵,见人就挑,挑倒后一闻不是草料味,就再追其他的。结果辽军大败。

杨乃武坐牢——屈打成招

比喻用严刑拷打迫使无辜的人招认罪行。

清末举人杨乃武为人耿直,爱打抱不平,曾在县衙照壁上书写"大清双王法,浙江两抚台"一联,讽刺余杭知县刘锡彤贪赃枉法,与官府结下了怨仇。

当时,余杭镇上有一丽人名毕秀姑,生得白皙秀丽,平时又爱穿白色上衣绿色裤子,人称"小白菜"。毕秀姑十七岁嫁与豆腐店帮工葛品连为妻,次年葛氏夫妇租住杨乃武家。杨、葛二家毗邻相居,初时和睦融洽。但好景不长,由于毕氏年轻俊俏,葛品连心胸狭窄,多疑善妒,毕氏婆母凶悍泼辣,蓄意寻衅,加之杨乃武丧偶鳏居,深居简出,虽然并无半点真凭实据,但却横生枝节,终于传出毕氏与杨乃武关系暧昧的流言。杨乃武书生自重,便以入不敷出为名退葛家租,大幅度提高房租,从此,杨、葛无关无涉。同年秋,葛品连患痧症身亡。葛品连母亲无端怀疑毕秀姑谋杀亲夫,告了刁状。知县刘锡彤挟私报复,又先闻风传,成见在心,便诬指杨乃武"夺妇谋夫",以酷刑逼供,屈打成招。冤案铸就,毕秀姑谋杀亲夫,被拟凌迟处死;杨乃武通奸杀人,判为斩首示众,并报杭州府定罪。杭州州府草率从事,仍维持原判。

杨乃武不甘俯首就戮,在死囚牢里书写亲笔辩状,请胞姐代为京控。以后屡审屡覆,历时三载有余,轰动朝野。最后在慈禧太后的干预下,经开棺验尸,澄清了案情,得以翻案。

杨任的眼睛——与众不同

同一般人不一样。

商朝末年,因为造鹿台,姜子牙被逼跳水潜逃,杨任上殿劝谏纣王,纣王大怒,下令挖掉杨任的眼睛,杨任的怨气感动紫阳洞道德真君,于是杨任被力士救上紫阳洞。

道德真君命白云童从葫芦中取出两粒仙丹,放入杨任的眼眶里,然后真君用仙天真气吹在杨任脸上,大喝一声:"杨任不起,更待何时!"真是仙家妙术,起死回生。只见杨任眼眶里长出两只手来,手心里生出两只眼睛——此眼上看天庭,下观地穴,中识人间万事。

杨任站起来半天,定定神看见自己目化奇形,见一道人立在山洞前。杨任问道:"道长,此处莫不是幽冥地府?"真君说:"此处是青峰山紫阳洞,贫道是炼气士清虚道德真君,因看你有忠心赤胆,直谏纣王,怜救万民,身遭剜目之灾,贫道同情你阳寿没完,度你上山,以后辅佐周王成其正道。"杨任听后拜道德真君,后跟随姜子牙辅佐周文王。

杨时游酢等候程先生——程门立雪

比喻尊师重教,读恩求学。

北宋仁宗时,洛阳城里有两位著名学者,一位是程颢;另一位是程颐,时称"二程"。福建人杨时,听说洛阳的程颐讲课精深,师道严格,于是就约同学游酢,千里迢迢来到洛阳,做了"二程"的学生。杨时不光学习刻苦,而且还特别尊敬老师。有一次数九寒天,杨时和游酢要去程颐那里听课,正巧遇到大风雪。程颐靠着椅子睡着了,当杨时和游酢来到程府门口时,程颐还没有醒来。为了不惊醒老师,二人没有进屋,而是恭恭敬敬地立在门外等候。当程颐醒来时,看到门外已经下了一尺多厚大雪,杨时和游酢却一动不动地立在雪地里。程颐十分感动,赶忙把他俩请进屋里。后来,杨时、游酢在程颐的教育下,经过自己的刻苦努力,终于成为著名的学者。

杨四郎落泪——有家难回,有国难投

比喻处于非常困难的境地。

北宋时,幽州战役,杨家诸子在杨继业的率领下赴金沙滩谈判,结果被辽兵包围,杨家军遭受前所未有的重大打击,几乎全军覆没,大郎延平被乱枪挑死、二郎延定血战殉国、三郎延辉被乱马踏死。四郎延朗与部下冲出重围,却又遭遇辽将韩延寿、耶律奇,部下全部阵亡,四郎只身被俘。

四郎被辽将献于萧太后请功,四郎宁死不屈,慷慨陈词,大骂萧太后,但未表明身份。萧太后喜爱四郎的一身好武艺,又见四郎生得一表人才,于是招降四郎。四郎为报金沙滩血债,忍辱负重,隐瞒身份,将"杨"字一分为二,化名"木易"。萧太后招四郎为驸马。

后来,佘太君挂帅征辽,四郎思母落泪,公主发现,追究情由,四郎实言相告,并请公主帮助出关探母,言明一夜即返。公主从萧太后处骗来令箭,四郎即赴宋营,与弟弟延昭,母亲佘太君及其发妻相会。时将天明,四郎恐误限期,危及公主母子,坚决回至辽国。萧太后得知驸马乃杨四郎,欲斩之,公主苦苦哀求,乃赦四郎。四郎后助六郎打败辽国,返回汴京,在天波府郁郁而终。

杨五郎削发——半路出家

比喻中途改行,从事另一工作。

宋雍熙三年(公元986年),宋太宗亲征辽国,下令杨继业、潘仁美、呼延赞随驾出征。杨家军为前部先锋,潘家军为中军保驾,呼家军在后接应、供应粮草。金沙滩一战,杨家军遭受前所未有的重大打击,几乎全军覆没,大郎延平被乱枪挑死、二郎延定血战殉国、三郎延辉被乱马踏死、七郎延嗣万箭穿身而死。四郎延朗只身被俘,只有六郎延昭一人得返。战场厮杀中,五郎延德只剩单枪匹马。后面喊声不绝,辽兵乘虚赶来,延德想到当日到五台山拜佛时,智聪禅师曾留给自己一个小盒子,吩咐自己遇难则开,于是从怀中掏出盒子,只见里面装着剃刀一把,度牒半纸。延德会其意,卸下战甲、头盔,挂于树上,用剃刀剃光头发,轻身走往五台山去了。

扬雄写《法言》——群策群力

指发挥集体的作用,大家一起想办法,贡献力量。

西汉的哲学家、文学家扬雄,模仿孔子的《论语》写出了《法言》。扬雄在《法言》的《重黎》篇中,论述了汉王刘邦与西楚霸王项羽争斗的情况。项羽兵多将广,但在楚汉战争中被刘邦的军队包围起来,后来他虽然突出重围,但到乌江边时,跟随他的只有二十八名骑兵,而追上来的汉军却有好几千人。项羽自知末日已到,感叹地说,这是老天爷要我灭亡,而不是我不会打仗,说罢,拔出宝剑自杀。

扬雄模仿孔子《论语》的形式,写了《法言》一书。阐述了自己的观点:"汉王刘邦善于采纳众人的计策,而众人的计策又增强了大家的力量;而项羽却不同,他不虚心接受大家的意见,只依靠自己的勇猛鲁莽行事。善于采纳众人的计策就会胜利,而只凭借个人的勇猛就会失败。这其实与天命没有任何关系,项羽的感叹是错误的。"

杨志卖刀——没人识货

比喻有价值的东西没人认识或不为人所发现和重视。

北宋时,宋徽宗生活奢侈,为了装饰"万岁山",从南方搜寻异石运往京都。杨志负责押运异石,船到黄河,遭风打翻,失陷了花石纲,杨志被太尉高俅赶出殿帅府。杨志丢了官职之后,没有安身之所,花完积蓄只得卖祖传宝刀。

京师有个泼皮,名叫"没毛大虫"牛二,专在街上撒泼、行凶、撞闹。牛二问杨志:"你这刀要卖多少钱?"杨志说:"这是祖上留下来的宝刀,要卖三千贯。"牛二大叫道:"什么宝刀要卖这么多钱?"杨志说:"我这把宝刀,第一,砍铜剁铁,刀口不卷;第二,吹毛得过;第三,杀人刀上没血。"牛二去州桥下香椒铺里讨了二十个铜钱,放在州桥栏杆上叫杨志当场试试看,说:"你若剁得开,我用三千贯买刀。"杨志把衣袖卷起,拿刀在手,一刀把铜钱剁做两半。牛二问:"第二件是什么?"杨志说:"吹毛得过。若把几根头发,往刀口上只一吹,齐齐都断。""我不信。"牛二从自己头上拔下一把头发,递给杨志,"你吹给我看。"杨志左手接过头发,照着刀口上尽气力一吹,那头发都做两段,纷纷飘下地来。牛二又问:"还有那第三件呢?"杨志说:"杀人刀上没血。把人一刀砍了,并无血迹。"牛二说:"我才不信,你用刀剁一个人我看看。"杨志说:"禁城之中,如何敢杀人?你若不信,找一只狗来杀给你看。"牛二说:"你说杀人,不曾说杀狗!你敢杀我?"杨志说:"我和你往日无冤近日无仇，你不买刀就算了，我杀你干吗？"牛二撒赖地说："我偏要买你这把刀。"杨志要钱，牛二没有钱，却动手抢刀、打人。杨志被惹得一时性起，一刀捅倒牛二，又连捅两刀，牛二一命呜呼。随后，杨志自往开封府投案。

养由基射箭——百发百中

比喻射箭技艺高超，并引申为做事有充分把握，办事成功，绝不落空。

春秋时，楚国有个著名的神箭手，名叫养由基。此人年轻时就勇力过人，练就一手好箭法。有一个名叫潘党的勇士，也擅长射箭。一天，两人在场地上比试射箭，许多人都围着观看。靶子设在五十步外，那里撑起一块板，板上有一个红心。潘党拉开弓，一连三箭都正中红心，博得众人一片喝彩。潘党也扬扬得意地向养由基拱拱手，表示请他指教。养由基环视一下四周，说："射五十步外的红心，目标太近、太大了，还是射百步外的叶吧！"说罢，养由基指着百步外的一棵杨树，叫人在树上选一片叶子，涂上红色作为靶子。接着，他拉开弓，"嗖"的一声射去，结果箭正好贯穿在这片叶的中心。

在场的人都惊呆了。潘党自知没有这样高超的本领，但又不相信养由基箭箭都能射穿叶，便走到那棵杨树下，选择了三片叶，在上面用颜色分别做上不同的标记并给三片树叶分别编了号，要养由基按编号次序再射。养由基走前几步，看清了编号，然后退到百步之外，拉开弓，"嗖""嗖""嗖"三箭，分别射中三片编上号的杨叶。这一来，喝彩声雷动，潘党也口服心服。就在一片喝彩声中，有个人在养由基身旁冷冷地说："嗯，有了百步穿杨的本领，可以教他射箭了！"养由基听此人口气这么大，不禁生气地转过身去问："你准备怎样教我射箭？"那人平静地说："我并不是来教你怎样弯弓射箭，而是来提醒你该怎样保持射箭名声的。你是否想过，一旦你力气用尽，只要箭不中，你那百发百中的名声就会受到影响。一个真正善于射箭的人，应当注意保持名声！"养由基听了这番话，觉得很有道理，再三向他道谢。

羊斟与华元——各自为政

各人按照自己的想法办事，不同别人配合。

春秋时郑国与宋国一直不合，两个国家之间常常有战争发生。公元前607年，郑国出兵攻打宋国，宋国派华元为主将，率领军队迎战敌人。在两批人马交战前，华元为了鼓舞士气，于是下令宰杀牛羊，准备好好犒赏将士们。忙乱中，华元一时大意忘了分给他的马夫半斟一份，羊斟颇为不满，怀恨在心。后来，两国军队正式交战时，羊斟对华元说："分发羊肉不公平的事你说了就算，但是驾车的事由我做主。"说完，他就把战车赶到郑军阵地中，堂堂宋军主帅就这样轻轻松松被郑军活捉了。而宋军也因为失去了主帅，乱了阵脚，因而被郑国打败。

要想人不知——除非己莫为

指做了坏事终究是要暴露的。

东汉杨震是个非常受百姓爱戴和称赞的清官。他调任东莱太守路过昌邑，昌邑县令王密是杨震在荆州刺史任内荐举的官员。知道杨震的到来，王密晚上悄悄去拜访杨震，并备黄金十斤作为礼物。王密送这样的重礼，一是对杨震过去的举荐表示感谢，二是想通过贿赂请这位老上司以后再多加关照。可是杨震当场拒绝了这份礼物，说："故人知君，君不知故人，何也？"王密以为杨震假装客气，便说："幕夜无知者。"杨震立即生气了，说："天知、地知、你知、我知，怎说无知！"王密十分羞愧，只得带着礼物狼狈而回。"若要人不知，除非己莫为"完全凭的是良心二字，杨震"幕夜押金"的事，古今中外，影响很大，后人因此称杨震为"四知先生"。

叶公好龙——口是心非

口所言说与心所思想不一致。

相传，春秋时，有个叫叶公的人非常喜欢龙。他家中房子的墙壁上和屋内的家具上，全都画着龙，他穿的衣服上也绣着龙，家中的装饰品也全都是龙。连看书，都看那些与龙有关的书籍，叶公开口谈的是龙，闭口想的还是龙。可以这么说，龙就是他人生的全部乐趣。渐渐地，叶公喜欢龙的事情被左邻右舍知道了，大家纷纷来到叶公的家里参观询问，有些好奇的人还忍不住问了叶公很多与龙有关的问题。叶公对这些问题，都对答如流。但是叶公似乎还有一件心事未了，他常常对来访者说："我是多么喜欢龙啊！可是到现在为止，我还没有见过一条真正的龙。要是能见一次，哪怕仅仅只有一次，我就心满意足了。"

后来，叶公喜欢龙的事情，连天上的神仙都知道了，他们告诉了龙王。龙王一听人间竟然有人如此地喜欢自己，十分高兴，特别是当得知这个叫叶公的人，生平最大的愿望就是见自己一面，就决定亲自去拜访叶公，满足叶公的心愿。于是在一个漆黑的晚上，龙王携风带雨来到叶公的家。没想到叶公一见真正的龙王来了，顿时吓得心惊胆战，魂不附体，掉头就往屋里钻。龙王看叶公这样，一下子就明白过来了：原来叶公喜欢龙，只是在嘴上说说，做做样子给别人看看而已，并不是真正地喜欢龙，甚至他还非常害怕龙啊！想到这里，龙王感到非常失望，无精打采地走了。

一不做——二不休

意思是要么不做，做了就索性做到底。事情既然做了开头，就索性做到底。

公元755年唐朝的节度使安禄山起兵叛乱，朝廷发兵平叛。在一次交战中，大将王思礼坐骑被箭射中倒毙，正在危急时，骑兵张光晟把马让给王思礼，使王思礼脱险。叛乱平定后，王思礼不忘张光晟的救命之恩，和张光晟结为兄弟，并一再向朝廷保举张光晟。

后来，一支军队在京师长安哗变。唐德宗帝仓皇出逃奉天（今陕西省乾县），叛军推立太尉朱泚为帝。张光晟依附了朱泚，做了他手下的节度使。朱泚自称大秦皇帝，领兵进逼奉天，张光晟当了副将。不料出师不利，围城一个多月未能攻克，而各处来援救德宗皇帝的军队纷纷赶来。在这种情况下，朱泚、张光晟只能退回长安。次年，朱泚又改国号为汉，自称汉元天皇，封张光晟为宰相。这时，唐军将领李晟等已迫近长安。张光晟见朱泚大势已去，便暗中派人与李晟取得联系，希望归降朝廷，李晟表示欢迎。张光晟作为内应，劝朱泚赶快离开长安，并亲自护送他出城。待朱泚出逃后，张光晟再返回长安，率领残部向李晟投降,李晟答应奏告朝廷,减免张光晟叛变投敌的罪行。

此后,李晟每次举行宴会,都邀张光晟出席,待其如上宾。众同僚对此大为不满,华州节度使路元光甚至当众发作,指着张光晟的鼻子骂道:"我不能与反贼同席!"说罢,拂衣返营,满座不欢而散。李晟无可奈何,只得将张光晟软禁起来,听候朝廷发落。不久,德宗颁下诏书,认为张光晟罪不可赦,理应处死。李晟无力挽回,下令将张光晟斩首。张光晟临死叹道:"传语后人:第一莫作,第二莫休。"意思是:第一不要做,第二做了就不要罢休。后人把他的话简化为"一不做——二不休"。

一毛不拔——铁公鸡

形容极其吝啬、自私。

战国时的杨朱主张"贵生""重己",也就是重视对个人生命的保护,反对别人对自己的侵夺,也反对侵夺别人。还有一位思想家墨翟,他主张"兼爱",宣扬爱不应有贵贱、亲疏的差别,反对战争,提倡生产劳动,谴责贵族奢侈享乐的生活。

有一次,有人问孟子对杨朱和墨翟这两位学者的看法时,孟子坦率地说:"杨朱这个人主张一切为自己,连拔下一根自己的汗毛以利天下,他都不做。墨翟则不同,他与杨朱相反,他提倡爱世上所有的人,只要对天下有利,他一切事情都愿意做。这恐怕不易做到。鲁国的贤人子莫,提倡中道。主张中道也就差不多了,但也要有灵活性,要会变通。不然,坚持一点,不顾其余,就有损仁义之道了!"那人听了,叹道:"先生说得对!像杨子那样自私的人,实在不可取;而像墨子那样大公无私的人,又实在难以做到。看来只能像子莫那样,提倡中道了。"

一人得道——鸡犬升天

比喻一个人做了官或有了前途,和他有关系的人也都跟着得势。

汉武帝时,淮南王刘安迷上了修道成仙,他做梦都想成为仙人。刘安整天吃斋念经,求仙诵咒,如痴如狂。刘安还专门结交那些会道懂巫的人,尊他们为座上宾,向他们请教得道成仙的秘诀。刘安痴迷修道的事为天下人所传,于是四面八方的巫师术士道人,全都聚集到刘安居住的淮南地区。这些巫师道人,有的带来了自己炼制多年的灵丹,献给刘安说:"吃了这些东西便可以成仙。"有的巫师道人住在刘安家为他熬制丹药。每天念咒吃药。有一天,他真的觉得神清气爽,不知不觉竟飘了起来。原来,刘安真的得道了,他慢慢地成为仙人升天了。刘安的妻子一看,丈夫得道升天,便将那些灵丹妙药也拿来吃,果然也成仙升天了。接着,刘安家其他的人都争着吃那些剩下的灵丹妙药,一个个都得道飞升仙境。后来,连刘安家里那些鸡、鸭、猫、狗,因为舔食了盛药的器皿里的残余仙药,也都随着成仙升天了。

一日夫妻——百日恩

一旦结为夫妻,就有历久不衰的深厚感情。

传说,张鸿渐是永平府的名士。知府赵某办案时经常用酷刑逼供,有一次用刑打死了一个姓范的秀才,该府秀才们都非常气愤,就由张鸿渐执笔向巡抚告状。谁知赵某用重金贿赂上级，赵某不但无罪，反而把告状的秀才都抓了起来。张鸿渐得知消息，连夜逃跑。他跑到凤翔府时路费用光了，又迷了路，幸亏遇见一位名为施舜华的狐仙，施舜华救了他，并与他生活在一起。

一天，张鸿渐对施舜华说："我离家三年了，非常想念妻子，你是狐仙，千里路一会儿就可飞到，能不能带我回去看看她呢？"施舜华不高兴地说："我对你这么好，你守着我心里却想你老婆。"张鸿渐说："一夜夫妻，百日恩义，以后我想念你，就和今日想念她一样，假如我喜新忘旧，岂不是忘恩负义的人？"施舜华拿出一个竹枕头，两人跨着，一会张鸿渐就到了家。张鸿渐翻墙进家，其妻惊起，问清是丈夫回来了，便挑灯挽手呜咽。不想，本地有个恶少甲某，见张妻美丽，想霸占她。甲某正好看见张鸿渐翻墙进去，就要挟说："张鸿渐是逃犯，竟敢回家？除非你老婆和我好，不然我就去报案。"张鸿渐怒火中烧，拔出刀来，把甲某给杀了。

第二天，张鸿渐来到官府自首。官府因张鸿渐是在逃犯，现在又杀了人，立刻派两个差人押他上京，脚镣手铐，戒备森严。押解途中遇一女子骑马而来，原来是施舜华，张鸿渐大声呼救，施舜华以手指械，张鸿渐的手脚镣铐立落，引之上马，马行若飞，片刻已至山西太原。施舜华让张鸿渐从马上下来，说："我们从此永别了。"掉头而去，张鸿渐从此再也没有见到她。张鸿渐在太原一躲十年，他的儿子长大后考上进士做官了，他才敢回家，事隔多年也就没有人追究往事了。

一叶障目——不见泰山

一片树叶挡住了眼睛，连面前高大的泰山都不见。比喻被细小的事物、暂时的现象所蒙蔽，因而看不到事物的全部、主流及本质。也比喻目光短浅。

古时楚国有个书生，过着贫穷的日子。书生一次读《淮南子》见书上说："得到螳螂捕蝉时遮身的那片树叶，别人就看不见他了。"书生信以为真，整天在树下抬头望着。有一天，他终于看到一只螳螂躲在一片树叶后面，他连忙把那片树叶摘下来，不料那片树叶掉下来，混在地上的落叶里，再也辨认不出了。他只好把所有的树叶扫回家来，一片一片地试。他用树叶遮住自己的眼睛，问妻子："你看得见我吗？"妻子总是说："看得见！"后来，妻子被他问得厌烦了，随口答了一声："看不见！"书生马上带着这片树叶去集市偷东西，结果被扭送到衙门。县官经过审问，忍住笑，说："你真是一叶障目，不见泰山呀！"

以卵击石——不自量力

比喻不自量力，自取灭亡。

战国时，有一次，墨子从故乡宋国到北方的齐国去，途中遇到一个算命先生。算命先生对墨子说："不要往北方走！天帝正在北方杀黑龙，你的皮肤很黑，去北方大不吉利啊！"墨子说："我不相信你的话。"说完，墨子继续大踏步向北方走去。

但走了不久，墨子又折了回来。因为北边的淄水泛滥，人们无法渡过去了。算命先生得意地说："怎么样？不听我的话，遇到麻烦了吧？"墨子笑着说："一派胡言！淄水泛滥，南北两边的行人全部被阻了，何止我一人！行人之中有黑皮肤的，也有白皮肤的，全

都渡不过淄水啊!"见算命的闭口无言,墨子又接着说:"如果天帝还在东方杀青龙,在南方杀赤龙,在西方杀白龙,在中央杀黄龙,难道天下的人谁也不能动弹了吗?"算命先生刚要辩驳,墨子又说:"你说的那一套全是迷信,我说的句句是真理,你想用你那一套胡说,来否定我的真理,那纯粹是以卵击石。即使把天下的鸡蛋都砸光了,石头也不会有丝毫损伤的。"

颐和园的围墙——有增无减

不断增加,不见减少或停止。也指情势不断加深发展。

颐和园的面积约有290公顷,四周都砌着五米多高的大墙。据说从前的大墙只有两米多高,只因北京城里一声炸弹响,随着颐和园的大墙也跟着增高。有一首讽刺诗这样写道:

炸弹一响大墙高,慈禧犹如惊弓鸟,

清廷腐败气数尽,当年淫威何处找。

清朝末年,戊戌变法的维新派被慈禧镇压下去了,可是国内的革命烈火一天比一天高涨,反清浪潮势不可当。慈禧见势不妙,假惺惺地喊要将国体改专制为立宪,并派载泽、绍英等满汉五大臣出洋,准备去日本、美国及欧洲一些国家考察政治制度、立宪细则等,用以麻痹人民。光绪三十一年七月,五大臣奉命出访,准备在正阳门车站乘车出发。就在这时,安徽桐城革命志士吴樾偷偷潜入北京城,当五大臣赶到正阳门车站正要上车时,吴樾将早已准备好的炸弹抛了出去,一声巨响,五大臣中有的受伤,有的吓得失魂落魄。消息很快传到了颐和园,慈禧吓得大为惊恐。慈禧为防意外,忙下令将两米多高的颐和园大墙增高到五米。

银样镴枪头——中看不中用

镴:铅、锡合金,质软,银色。古时,枝江卢生从小习武,因投亲无着,流落在沙尼驿。驿前有两株大枣树,粗可合抱,枣熟时,很多人用棍子打,树高打不下几颗。卢生一时高兴,跑上去说:"看我的。"抱树一摇,那树竟被他大力撼动,枣子落如雨下,众人为他喝彩。这时,一个长胡子说:"这有什么稀奇?看我的!"他也抱着树,一会儿,这树叶黄枝枯,枣子全落下来了。卢生知道他使的是上乘内功,大为惊服。长胡子就把卢生带回家,把女儿嫁给他。婚后,夫妻情深,但这家人却是杀人夺财的大强盗。

有一天,卢生趁着大胡子不在家,和妻子商议逃走。妻子说:"逃不掉的,从内到外处处有人把守,不如闯出去。"第二天一早,卢生夫妻连闯过关,最后遇到了大胡子的妻子、卢生的丈母,她泪眼汪汪地说:"女儿,你要抛弃母亲走了吗?"卢生的妻子泣不成声,卢生丈母说:"你们走是对的,我也不留你。"说完,一枪刺来,卢生一挡,那枪头就断了,原来是一支银样镴枪头。枪头上还挂着金钱数枚,明珠一挂。卢生的丈母故意让两人离开,卢生夫妻逃走后仅两年,长胡子一家都被官兵捕杀,只有卢生的丈母一人逃脱了。

殷洪上了太极图——灰飞烟灭

比喻事物消失净尽。

在《封神演义》故事中,贤后姜皇后被妲己所害,殷效、殷洪被赤精子与广成子二仙所救,二位仙人收二人为弟子,精心教他们研习武艺。两兄弟长大成人后,学得一身好武艺。此时,姜子牙等人正在策划灭商兴周的大事。赤精子便吩咐殷洪下山,投奔姜子牙,以帮助他早日伐纣成功。殷洪下山前,赤精子怕他发生意外,特借给他三样宝物,让他随时带在身上。这三样宝贝分别是:紫绶仙衣,穿上它,不但刀枪不入,还能够抵御水火的侵袭;阴阳镜,它分为两半,一半为红,一半为白,红让人生,白让人死,十分的厉害;还有水火锋,也是随身护体的重要宝物。殷洪郑重拜别恩师,并说:"师父的大恩大德,弟子永记在心。我今日下山,定不负师父重托,尽心尽力辅佐姜子牙师叔,如有他意,灰飞烟灭。"

殷洪一下山就遇到了申公豹,他被申公豹挑唆,完全忘记了当初对师父所发的誓言,投向了纣王这一边。在战场上,殷洪凭借下山时师父借给他的三样护身宝物,每战必胜,就连师父赤精子也奈何不了他。看到这种状况,赤精子心里暗暗叫苦,后悔当初轻信了殷洪,可事到如今,他也无可奈何。听闻这件事情之后,慈航道人及时送来了太极图。这太极图很是厉害,被它附着的人,心里害怕什么就会出现什么,直至精疲力竭。两军再交战时,姜子牙悄悄将太极图打开,转眼间,太极图化为一座金桥。殷洪不知道底细,贸然上了金桥,他刚走进太极图就觉得精神恍惚,感觉像做梦一样。这时候,殷洪忽然看见西周大军向自己冲杀过来,之后他又看见了暴虐的纣王,接着又看见了死去的母亲姜皇后。突然,他想起下山时对师父所发的誓言,想起自己因贪图荣华富贵而背叛了师父。刚想到这,只见太极图轻轻一抖,殷洪瞬间便化成了灰烬。

颍考叔攻许城——暗箭伤人

比喻暗中用阴险的手段攻击或陷害别人。

春秋时期,郑国准备攻打许国。有一天,郑国国君郑庄公要挑选勇武的人做先锋,他命令手下抬来一面大旗,这面旗有一丈二尺长,八尺宽,旗杆有三丈三尺长,上面绣着"奉天讨罪"四个大字。郑庄公对将士们说:"如果谁能拿着这面大旗走动,我就派他当先锋,并且把战车也送给他。"郑庄公刚说完,队伍中走出大将瑕叔盈。瑕叔盈上前拔起大旗,双手握紧,朝前走三步,往后退三步,看上去非常轻松。这时,队伍中又走出大将颍考叔,颍考叔自信地说:"拿着旗走几步算什么,我还能舞动大旗呢。"说完,颍考叔拿起大旗,像舞兵器一样挥舞大旗在空中呼呼作响。郑庄公看了十分高兴,夸奖说:"颍考叔真是勇猛得像老虎一样,先锋应该让他来当。"突然,另一个大将公孙子都也跳了出来。公孙子都说:"这旗你能舞,我也能舞,战车你必须留下。"颍考叔一看公孙子都要抢战车,便拉着战车飞快地跑走了。公孙子都拿起一支长戟想追,郑庄公连忙派人劝解,公孙子都更加嫉恨颍考叔了。

到了秋天,郑庄公下令攻打许国。颍考叔奋勇当先,高举大旗,登上了城头。公孙子都眼看颍考叔就要立下大功,便暗中抽出箭来,对准颍考叔射了一箭。颍考叔没有防备,连人带旗摔死了。瑕叔盈跟在颍考叔身后,还以为是许国兵士射死了颍考叔,十分悲愤。他接过颍考叔手中的大旗,指挥兵士继续战斗,终于攻破城池。郑庄公回国后,非常想念颍考叔，他命令手下的将士一起咒骂射死颍考叔的人。在那时人们都很相信鬼神，公孙子都在被咒骂时，心里十分痛苦，总觉得颍考叔要他偿还性命。公孙子都实在忍受不住折磨，就告诉郑庄公是自己射死了颍考叔，然后自杀了。

赢店主认清阳处父——华而不实

光开花不结果实。比喻外表好看，而没有实际内容。也指表面上很有学问，实际腹中空空的人。

春秋时，晋国大夫阳处父出使到卫国去，回来路过宁邑，住在一家客店里。客店店主姓赢，店主看见阳处父相貌堂堂，举止不凡，十分钦佩，悄悄对妻子说："我早想投奔一位品德高尚的人，可是多少年来，随时留心，都没找到一个合意的。我看阳处父是一个有作为的人，我决心跟他去了。"店主得到阳处父的同意，告别妻子，随阳处父走了。

一路上，阳处父同店主闲聊。店主一边走，一边听。刚刚走出宁邑县境，店主改变了主意，和阳处父分手了。店主的妻子见丈夫突然折回，心中不明，问道："你好不容易遇到这么个人，怎么不随他去呢？你不是决心很大吗？家里的事你尽管放心好了。""我看到他长得一表人才，以为他可以信赖，谁知他性格偏激，而且夸夸其谈，言过其实。我怕跟他一去，没有得到教育，反倒遭受祸害，所以打消了原来的主意。"店主说。阳处父，在店主的心目中，是一个"华而不实"的人。所以，店主毅然地离开了他。

有缘(猿)千里来相会——无缘(猿)对面不相识

有缘的人不管相隔多远都会走到一起，而无缘的人即使面对面走过也不会相识。

传说在很久以前，苏州东山有一户姓席的人家。席妻年近五十生了一个女儿，取名盼盼，夫妻俩视其为掌上明珠。盼盼越长越漂亮，周边提亲的人不断，但盼盼并未相中谁。在十八岁那年春天，盼盼由两个丫鬟陪同上紫金庵烧香，回来的路上，忽然发现发髻上的一支宝簪不见了。这簪是席家祖传之物，席家对其极其珍爱，盼盼终日愁眉不展。席氏夫妻一面好言安慰女儿，一面叫人沿途寻觅，可是宝簪仍毫无踪影。这时有人提醒，重赏之下，必有勇夫，于是老夫妻贴出告示：凡是得此簪者，赏白银五十两。

一天，有位广东客商肩驮一个猿猴来到东山，他在紫金庵的墙上见这告示，自言自语地说："不知何人有福拾得这宝簪？"说完进入庵中欣赏十八罗汉。肩上的猿却溜了下来，爬到院里的树上戏耍，客商看完罗汉吹了一声口哨，猿便迅速地返回，跳到了主人肩上，并将一支簪递给了主人。原来那天盼盼烧完香进入后园，头上的宝簪被一个低垂的树杈钩住了。客商接过宝簪立即来到席家。席老汉一见此簪，又见客商年纪轻轻风流倜傥，便问客商婚否。这客商当即跪在老汉面前说："家中仅有自己，父母早亡，愿入赘为婿。"席老汉满心欢喜，既得簪又得婿，于是择吉日完婚。席老汉请人操办酒宴。不料猿偷吃了厨房的东西，客商一气之下，将猿杀了。喜宴结束，新郎步入洞房，盼盼羞涩地问簪是如何找到的。新郎一五一十地说了，还说我们的姻缘是猿和簪撮合的，女方媒人是簪，男方媒人是猿。盼盼听后便叫新郎将猿牵来，以谢大媒。新郎说猿已被杀。盼盼听后顿时怒气满面，责骂客商丧尽天良、忘恩负义，斩钉截铁地说："我们是有'猿'千里来相会，无

'猿'对面不相识。"遂将客商赶出洞房,这门婚事便告吹了。由于"猿""缘"谐音,"有缘(猿)千里来相会——无缘(猿)对面不相识"便是从中演变而来的。

优孟扮相国——装得真像

形容装扮得真假难辨。

相传春秋时期,楚国有一个大名鼎鼎的艺人,名字叫孟,根据当时人们称呼艺人为"优"的习惯,人们又称他为"优孟"。优在当时的社会地位是十分低下的,然而因为优孟为人正直坦率,所以他深得当时楚国国相孙叔敖的赏识和厚爱。孙叔敖临死之前对他的儿子说:"优孟与我交情深厚,如果在我死后,你不幸遇到了十分难办的事,可以直接去找他。他念及友情,一定会尽心尽力帮助你的。"

孙叔敖果然很有远见,在他去世后不久,楚王就把他和他的家人忘记了。孙叔敖生前为官清廉,几乎没有什么积蓄,所以在他过世之后,他的家人的生活很快就陷入了困境。孙叔敖的儿子想起父亲临终时的遗言,便决定向优孟求助。优孟听完孙叔敖儿子的叙述,对他们一家人的苦难深表同情,于是就对孙叔敖的儿子说:"公子放心! 不久以后,你们就会有好日子过了。"

一天,宫廷聚会,优孟装扮成孙叔敖的样子,参加了酒会。以前优孟常常和孙叔敖在一起把酒言欢,对孙叔敖的音容笑貌、言谈举止,可谓烂熟于心。再加上他演技高超,模仿起孙叔敖来,就连孙叔敖的家人也难辨真假,更别说楚王了。果然,在优孟上前向楚王敬酒时,有些醉意的楚王还以为站在自己眼前的就是足智多谋的孙叔敖,于是热情地同他聊了起来。可不一会儿,楚王就想起,国相孙叔敖不是已去世了吗? 优孟看出了楚王的心思,对楚王说:"小人确实并非孙叔敖,之所以如此装扮,是想看看您是否还记得为相多年、一生为国做贡献、为百姓做了那么多好事的国相孙叔敖。虽然您心中仍然挂念着他,可是他刚去世不久,他的亲人就开始为衣食忧虑,这是一件多么让人心寒的事啊! 如果国相孙叔敖地下有知,也会死不瞑目的!"楚王听完优孟的话,这才恍然大悟,明白了优孟假扮孙叔敖的意图。他认识到自己的过失,不但没有责怪优孟,还派人赠给孙叔敖的家人许多财物。从那以后,在楚王的关照下,孙叔敖一家人终于过上了富足的生活。

袁世凯做皇帝——短命

袁世凯是北洋军阀的首领。他惯于搞阴谋诡计,是个野心家和卖国贼。

在维新运动期间,善于投机的袁世凯,一度参加了强学会。当维新派得悉慈禧太后、荣禄等人密谋发动政变以推翻新政时,谭嗣同曾密访袁世凯,请他率兵"杀荣禄、除旧党"。袁世凯当时慷慨激昂地说:"诛荣禄如杀一狗耳。"可是一转身,他就向荣禄告密,出卖了维新派,从而取得了慈禧太后的信任。

袁世凯权势日增,引起了清廷王公大臣的猜忌,清廷便不断削弱袁世凯的实权。最后强令袁世凯回家"养病"。袁世凯虽被罢官,但通过他的旧部,仍牢牢控制和操纵着北洋军。

辛亥革命时,在帝国主义支持下,袁世凯重新担任了内阁总理大臣,掌握了清政府的

军政大权。他出兵向革命党要挟议和,一面威胁孙中山让位,一面挟制清帝退位。1912年3月10日,他在北京就任临时大总统。

袁世凯上台后,加强军阀专制独裁统治。1913年派人刺杀了国民党代理理事长宋教仁,接着又用武力镇压孙中山领导的讨袁军。后来又解散国会,篡改约法,实行独裁专制。1915年5月,他接受了日本帝国主义企图灭亡中国的《二十一条》,以换取日本对复辟帝制的支持。接着,他指使爪牙伪造民意,组织"请愿""上书"。要求改共和为帝制,"拥戴"他为"中华帝国大皇帝"。同年12月,他公然宣布恢复君主制度,自称"中华帝国皇帝",改次年为"洪宪"元年,并定于次年元旦即皇帝位。

袁世凯的倒行逆施,激起了全国人民的强烈反对。1915年12月25日,蔡锷首先举兵讨袁,发动了护国战争。接着,贵州、广西、广东、浙江等地先后响应。在全国一片讨袁声中,袁世凯于1916年3月22日被迫宣布取消帝制,仍称大总统。6月6日在全国人民的声讨中,忧惧而死。

袁世凯做皇帝,前后共83天。后来,人们据此编成了歇后语"袁世凯做皇帝——短命"。

俞伯牙不遇钟子期——不弹(谈)喽

俞伯牙生于春秋时代,楚国人,任晋国上大夫,善于弹琴。

一次,俞伯牙奉晋王之命,来楚国访问。他因离楚十二年,思念故国江山名胜,等到公事办完之后,便辞别楚王,择水路绕道而回。行至汉阳江口,时当八月十五,中秋之夜,不巧碰到了风雨,船只不能前进,停泊于山崖之下。俞伯牙独坐无聊,便命童子焚香,捧出琴箱,置于案间。他亲自开箱取琴,调弦转轴,弹出一曲。一曲尚未弹完,突然琴弦断了一根,伯牙大惊。按照古代说法,操琴断弦,不是有人盗听,便是遇有刺客。俞伯牙连忙叫左右的人上崖搜查。

原来有个樵夫,姓钟,名徽,字子期,因打柴晚归,避而潜身岩畔听琴。俞伯牙让他上船相见,与他谈论音乐,他对答如流。伯牙大喜,将断弦重整,重新弹奏。弹到描写高山的曲调时,在旁边听琴的钟子期说:"善哉,峨峨兮若泰山。"弹到描写流水的曲调时,子期又说:"善哉,洋洋兮若江河。"只两句话,就说中了弹琴者的心思。俞伯牙大惊,推琴而起,赞叹地说:"相识满天下,知心能几人?"当即与钟子期结为兄弟。两人相见恨晚,一直谈论到东方发白。临别时,又相约明年八月十六日,再到此地相逢。

第二年,俞伯牙如期前来赴约。不料钟子期自从遇到俞伯牙,意气相投,回家后,买书攻读,白日采樵负重,夜间诵读辛勤,心力耗尽,不幸病逝。俞伯牙听到噩耗,悲痛欲绝。他来到钟子期坟前,取出瑶琴,挥泪两行,抚琴一操,寄以吊祭。邻近的山村乡民,闻得朝中大臣来祭钟子期,围绕坟前,争先观看。但闻琴韵铿铿,不知其音,鼓掌大笑而散。

俞伯牙见状,感慨万分,取出随身携带的小刀,割断琴弦,双手举琴,向祭台上用力把琴摔碎,痛哭着说:"摔碎瑶琴凤尾寒,子期不在对谁弹!春风满面皆朋友,欲觅知音难上难。"

后来,人们根据这个故事,编写了歇后语"俞伯牙不遇钟子期——不弹(谈)喽",借

"弹"的同音字"谈",形容不再对话了。

于谦回京——两袖清风

形容官吏为政清廉,除两袖清风外,别无所有。

明代名臣于谦,为人耿直,做官廉洁。当时,朝政腐败,官吏贪污纳贿成风,他们从老百姓那里搜刮大量财物,或用以供奉皇帝、朝中权贵,或用以挥霍浪费,天下百姓叫苦不迭。于谦在担任巡抚从外地回京时,什么礼物也不带。他写了一首《入京诗》,表达自己对贪官污吏的不满,以及廉洁自律的高尚情操。他写道:

绢帕蘑菇与线香,本资民用反为殃。

清风两袖朝天去,免得闾阎话短长。

这首诗的意思是,绢帕、蘑菇、线香等物品,本应供百姓之用,只因贪官污吏巧取豪夺,反而给老百姓带来了灾难。在如此恶浊的世风下,我要保持自己的清白,离职返京时,什么物品也不带,只带着两袖清风朝见天子,免得里巷与平民对我议论纷纷。

"两袖清风"就是从这个故事来的。

愚公移山——齐心协力

比喻思想一致,共同努力。

相传,太行、王屋这两座山,方圆七百里,高七八千丈,本来在冀州南边,黄河北岸的北边。北山脚下有个叫愚公的人,年近九十,在大山的正对面居住。愚公苦于山区北部的阻塞,出来进去都要绕道,就召集全家人商量说:"我跟你们尽力挖平险峻的大山,使道路一直通到豫州南部,到达汉水南岸,好吗?"大家纷纷表示赞同。愚公的妻子提出疑问说:"凭你的力气,连魁父这座小山都不能削平,能把太行、王屋怎么样呢?而且怎么搁置挖下来的土和石头?"众人说:"把它扔到渤海的边上,隐士的北边。"达成一致意见后,愚公率领儿孙中能挑担子的三个人上了山,凿石头,挖土,用簸箕和箩筐运到渤海边上。邻居京城氏的寡妇有个孤儿,刚开始换牙,蹦蹦跳跳地也去帮助愚公。河湾上的智叟讥笑愚公,阻止他做这件事,说:"你简直太愚钝了!就凭你残余的岁月、剩下的力气连山上的一棵草都动不了,又能把泥土石头怎么样呢?"愚公长叹说:"你的心真顽固,顽固得没法开窍,竟连孤儿寡妇都比不上。即使我死了,还有儿子在呀;儿子又生孙子,孙子又生儿子;儿子又有儿子,儿子又有孙子;子子孙孙无穷无尽,可是山却不会增高加大,为什么担心挖不平?"河曲智叟无话可答。

握着蛇的山神听说了这件事,于是向天帝报告了。天帝被愚公的诚心所感动,命令大力神夸娥氏的两个儿子背走了那两座山,一座放在朔方的东部,一座放在雍州的南部。从这时开始,冀州的南部直到汉水南岸,再也没有高山阻隔了。

愚者千虑——必有一得

平凡的人在许多次考虑中,也会有一点可取之处。

春秋时,齐景公的宰相名叫晏婴,他聪明、公正、廉洁。晏婴诛杀了跋扈的武人,敦睦了邻国的关系,谏止了景公的奢侈行为。景公三十二年,彗星出现,景公以为这是灾害将要到来的象征，打算祈祷免灾。晏婴说："假如你一个人祷告上帝请求免灾，而数以万计的百姓却在喊冤叫苦，上天听谁的呢？所以与其祷告，不如减轻百姓负担，减少他们的冤苦。"景公听从了晏婴的话，齐国慢慢强大起来。

景公认为晏婴功劳很大，看到他生活贫困，就赏赐给他千金，可是晏婴三次都推辞了。景公不高兴地说："你未免太固执了。过去我国著名宰相管仲，国公赐给他钱，他从未推辞过，你为什么推辞呢？"晏婴说："千金之赏，是应该立功才受奖的，我没有立功，因此不配得奖。谚语说：'愚者千虑，必有一得。'我当然比不上管仲，我或许是个愚者，但在拒绝奖赏这事上，可能比管仲做得对呢！"晏婴终于推辞了千金之赏，一生过着贫寒的生活。

鱼目混珠——以假乱真

借此以贱充贵或以劣充优。

从前，有个叫满愿的人。一天，他到珠宝市闲逛，发现一家店内卖的珍珠又大又圆，闪闪发光，不由得喜欢起来，便买了一颗带回家中珍藏起来。满愿的邻居寿量听说满愿买了颗珍珠，心里很羡慕。一天，他在地上拾到了一个鱼眼睛，以为是珍珠，也收藏起来。

后来，村里有人生了急病，必须用珍珠配药才能医治，病人愿用高价购买珍珠。满愿和寿量听了，都表示愿意出售珍珠。满愿将他珍藏的珍珠拿到病人家中，寿量也把他珍藏的鱼眼睛拿到病人家中。鱼眼睛和珍珠混在一起，谁也分不出哪个好哪个差。于是，病人找来治病的郎中鉴定。郎中拿起混在一起的珍珠和鱼眼睛瞧了瞧，对病人家属说："这个闪闪发光的是珍珠，这个毫无光彩的是鱼目。"于是，病人家属买下了满愿的珍珠。从此，人们都说寿量"鱼目混珠——以假乱真"。

虞诩打仗——兵不厌诈

表示作战时要采用真真假假、虚虚实实的战术，使敌人做出错误的判断，制胜克敌。

东汉安帝时，羌军大举围攻汉朝的武都郡，情势危急，安帝任命虞诩为武都太守，率军抵抗。虞诩到达陈仓、崤谷一带时，被羌军所阻。虞诩考虑敌众我寡，于是命令部队停止前进，并扬言说已奏请朝廷增兵，等援军到后再挺进。羌人不知是计，放纵军队四处抢掠。这时虞诩率部突然冲破羌军防线，日夜兼程，每天行军一百多里，并命令士兵第一天每人挖两个做饭的灶，以后逐日增加一倍。羌兵见汉军逐日增灶，以为汉军的兵力天天增加，因此不再追赶。汉军全都进入武都郡。

将士们问虞诩："从前孙膑行军作战，每天减灶，而您却要增灶。兵法说每日行军三十里，前后照应，就可以保证安全。我们一天要走一百多里，这是为什么呢？"虞诩说："羌兵人马众多，我军人少，如果行动迟缓就很容易被羌军赶上。只有迅速行动，才能不被敌人发现我们的行踪。孙膑减灶是为了佯装弱小；我们增灶是为了佯装强大，按照不同的情势，应采取不同的策略，兵不厌诈嘛。"

当时守卫武都的汉军不足三千人，而羌兵上万。两军对阵时，虞诩下令只用弱弓射箭，羌兵见汉军射箭无力，就大胆猛冲。虞诩等羌军迫近，命令改用强弓射击。羌兵伤亡惨重,急忙撤退。虞诩又令精兵埋伏其退路上,羌军大败。

鹬蚌相持——渔翁得利

比喻双方相持不下,而使第三者得利。

一条大河缓缓东流,两岸除了平坦的沙滩,就是长着茂密的水草,是鱼、虾、蚌等生长的好地方。成群的野鸭、鹭鸶……不是在水中嬉戏、捉鱼虾,就是在空中飞翔或盘旋。河面上的渔船来来往往,这条大河从上到下,呈现出一派生机勃勃的景象。

一只大河蚌从河里爬出来,蚌壳张开着,整个身子立着,呈"人"字形,用腹足支撑着,缓缓地爬上沙滩,身后留下一道浅浅的沟痕,那便是它艰难历程的见证。爬了一段路,蚌身一歪便平躺在松软的沙滩上,仍大张着蚌壳,露出粉红色的腹足和肌肉,迎着和煦的微风,晒着太阳,舒服极了。没过多久,蚌就有些昏昏欲睡了。一只鹬在低空中盘旋,突然发现蚌正在晒太阳,它高兴极了,这可真是机会难得啊!鹬便箭一般地俯冲下来,还没等蚌做出反应,就一口啄住蚌肉,死死不放。蚌本能地迅速合拢蚌壳,紧紧夹住鹬的长嘴。鹬恨恨地说:"今天不下雨,明天不下雨,就会有死蚌,我就会有蚌肉吃了。"蚌针锋相对地回答:"你的嘴今天抽不出去,明天抽不出去,就会有死鹬,就会成为渔人饭桌上的一道菜!"

鹬和蚌虽然谁也不能摆脱谁,可谁也不肯让步,就这样僵持着。时间在它们的痛苦中一分一秒地过去了。恰在这时,一个背着鱼篓的打鱼人走过来,一哈腰,就把鹬和蚌一起捉走了。

岳飞坟前跪个铁秦桧——遗臭万年

比喻坏名声永远传下去,受人谴责。

杭州西湖附近,埋葬着"精忠报国"的岳飞。在岳飞墓前边,跪着秦桧、王氏等奸臣的铁像。人们对它们或打、或骂,恨之入骨……

在宋朝抗击金国的侵略斗争中,岳飞战功显赫,功劳卓著。公元1127年,金国大将金兀术南犯杭州,岳飞在广德袭击金兵,收复建康(今江苏南京)等地。后来,金兵南下,岳飞率军大破金兀术"拐子马"于郾城(今河南郾城),乘胜进军朱仙镇(今河南开封市西南)。此时,北方忠义军纷纷来归,士气高涨,以"直捣黄龙府"相激励。正待渡河之际,高宗、秦桧以十二道金牌急令班师,岳飞悲愤地说:"十年之力,废于一旦!"

秦桧,南宋初奸臣。秦桧为人阴险,性残忍,喜欢溜须拍马。北宋末,秦桧任御史中丞。公元1127年,秦桧随北宋皇帝徽宗、钦宗被金国俘虏,因他鼓吹和约,金国皇帝金太宗将他赐予弟挞懒为亲信。公元1130年,挞懒密令秦桧夫妇回南宋当内奸。其他被俘房的皇帝、大臣死的死,亡的亡,唯独秦桧安全归来,朝中百官对他产生了怀疑。诡计多端的秦桧编造谎言,说他杀死金人看守,夺取了一只船跑回来了。宰相范宗尹等极力推荐秦桧,才使他重新当官,以致官居宰相。岳飞被召回临安(今浙江杭州)后,当了无职无权的枢密副使,秦桧也不放过他。岳飞回临安的第二年,金兀术率大军侵略南宋,秦桧看时机已到,以"莫须有"三字诬陷岳飞。秦桧支使谏官万俟卨罗织罪名,支使张俊诬陷岳飞部将张宪谋反，便将岳飞、岳飞长子岳云、张宪杀害。从此，秦桧向金国割地赔款，干尽了卖国的勾当。

岳母教子——精忠报国

形容志士竭尽忠心报效国家。

宋徽宗时，北方金人屡次向宋侵略，那时宋朝政治腐化，国防空虚，无法抵御庞大的金兵，屡次战败，结果黄河以北的土地，全部被金兵占领去。徽宗和他的儿子钦宗，在东京汴梁被攻陷时，也被俘虏，解到北方，后来死在那里。这时徽宗第九子康王赵构从北方逃出来，渡过长江，跑到浙江临安（今杭州）继位，延续了宋朝，历史上叫作南宋。但金兵得到中国北边大片土地，还贪心不足，想尽得中国土地，继续派大兵向宋进攻。

那时汤阴有一个英雄姓岳名飞，有大志，武艺与兵略都出众，日夜忧虑国事。他见当政人大都是昏庸无能，恣意玩乐，任情享受，争夺私利，不把国事放在心上，所以他时时在家里长吁短叹。岳飞的母亲是一位深明大义的贤母，她见儿子忧虑国事，想为国家做一番大事，非常欢喜，时时鼓励他。有一天，她见儿子在书房叹息，对儿子说："你不要忘记报国，我给你在背上刺几个字吧！你愿意吗？"岳飞又忠又孝，听了母亲的话，马上把上衣脱下来，让母亲刺字。于是岳母在他背上刺了"尽忠报国"四个大字。

月亮底下看影子——夜郎自大

比喻骄傲无知的肤浅自负或自大行为。

古时候，在西南方有一个叫夜郎的小国家。国王姓竹，关于他的姓氏还有一段有趣的传说。从前有一个女子在河边洗衣服，忽然看见水上漂了一根三节长的大竹子，隐隐约约听到竹子里面有小孩的哭声，于是她赶紧把竹子捞起来剖开，里面果真有一个小孩子，她高兴地把他抱回家去抚养。孩子长大以后，居然做了夜郎国的国王，因为他是从竹子里捡来的，所以就以"竹"为姓。

夜郎在汉朝时是一个独立的国家。但是它的国土非常小，仅有汉朝一个县的地方那么大，这个国家物产非常少，牲畜也不多。可是夜郎国的国王却非常骄傲，他认为他统治的国家很大，很富饶，当汉朝的使臣去访问的时候，他竟不知天高地厚地问："汉朝和夜郎国哪个大？"

后来，人们把这个故事概括为"夜郎自大"。

月下老人绣鸳鸯——穿针引线

比喻从中撮合、联系。

传说唐朝时，有个年轻书生名叫韦固。韦固出身官宦之家，长得英俊潇洒，他一心想找一个才貌双全的女子为妻，但很长时间都没有找到。有一年春天，韦固来到宋城相亲。女方是当地一个潘姓大户的女儿，据介绍长得很漂亮，韦固十分心仪。

相亲前夜，天气很好，月白风清。韦固到旅店外的一个广场上散步，他看到一位老人倚坐在一棵大树下，身旁放着一个青布囊，老人正借着月光翻阅一本书。韦固十分好奇，走上前去凑着书看，不料书上的字他却一个也不认识，便问："老丈，你这看的是什么书，书上的字我怎么一个也不认得呢?"老人笑笑说:"我是天上的神仙月老,看的是天书,你怎么会认得呢?""那这本天书上写的是什么呢?"韦固又问。"我是专管人间婚姻大事的。这书中所记,便是谁家公子该配谁家小姐,老朽只是照章行事而已。"说着,月老从青布囊中取出一根红绳,说:"这是红绳,是专为天下夫妇做媒人的。老朽将这赤绳的一头系在男的脚上,一头系在女的脚上,任他们相隔千山万水,任他们曾经是世代仇家,但一系红绳,他们便最终要结成夫妻。"韦固听了,便问月老自己这次来相亲能否成功。月老翻了翻姻缘簿,说:"不可能成功,你的妻子今年才三岁。""她住在哪里,家里有什么人?"韦固又问。"你的妻子就住在这城里。这城北有个卖菜的陈婆,她每天背着一个小女孩上街卖菜,这小女孩就是你未来的妻子。"韦固似信非信,正要再问,月老突然失去了踪影。韦固怏怏回到旅店。第二天他前往潘家相亲,果然没有成功。韦固来到菜市场,果然看到一个名叫陈婆的中年女子背着一个小女孩在卖菜。韦固心中很生气,想自己怎么会娶这样一个卖菜婆的女儿为妻,便拿起一把小刀,趁陈婆不备,一刀向小女孩刺去。刀中眉间,血流如注,女孩哇哇大哭,菜市场一片混乱。韦固心慌,趁乱逃之夭夭。

这以后,韦固曾多次向人求婚,却一直没有成功。十四年后,韦固中了进士,做了官。有个同僚见韦固尚未成亲,就把自己十七岁的侄女嫁给了他。新娘子长得非常美丽,琴、棋、书、画样样精通,韦固十分满意。一天,韦固看着妻子梳妆,发现她眉间有一条淡淡的疤痕,心中一动,想起十四年前的往事,便问她原因。妻子说:"我本是官家小姐,后来父母病故,叔叔在远方做官,便寄养在奶妈陈婆家中。三岁那年,陈婆带我上街卖菜,不料莫名其妙地被人刺了一刀。幸好刺得不深,医治及时,才只留下淡淡的疤痕。后来叔叔回京,把我接了回来,嫁给了你。"韦固听后,歉疚地说:"这刺你一刀的人就是我呀!"于是,韦固把当年碰到月老的情形告诉了妻子。两人更相信他们是姻缘前定,也更加相亲相爱了。

袁世凯做皇帝——好景不长

形容美好的时光持续的时间不长。

1911 年辛亥革命胜利之后,袁世凯利用当时清朝初亡、民国初兴的条件,窃取了中华民国临时大总统的职位。但袁世凯一直梦想恢复帝制,自己当皇帝。1913 年,袁世凯强力解散国会,实行独裁。1915 年 12 月 12 日,他终于在帝国主义的支持下,改元"洪宪",当上了皇帝。

事情总要顺乎潮流、合乎人情才能存在、发展。袁世凯则总与世情相反,凡事喜欢旧制。就连穿西服这样的事,他也反对。1912 年,西服由上海传入北京,上海的一家服装店在北京设店做西服,袁世凯知道此事之后,认为中国人穿西服不伦不类,下令取消了。但总还是有人偷偷地穿起来,袁世凯也阻止不住。袁世凯做了皇帝,立时遭到了全国人民的反对。孙中山、蔡锷等人纷纷发动讨袁运动。全国人民的反对,使袁世凯忧愤成疾,很快就病倒了。1916 年 6 月 6 日,袁世凯终于一命呜呼,只做了八十三天皇帝。

因为袁世凯是在农历五月初五前死亡的,所以人们说他的死正好应了"癞蛤蟆过不了端午节"的说法。同时,人们也就开始流传"袁世凯做皇帝——好景不长"的说法。

圆明园的消火缸——念念不忘

形容每时每刻都要记在心上。

清代慈禧太后刚刚入宫时，咸丰皇帝只封她为兰贵人，后来慈禧声名越来越大，三次垂帘听政四十多年，她对"天地一家春"一直念念不忘。原来慈禧初入宫时就住在圆明园里的"天地一家春"，咸丰初次看中她也是在这"天地一家春"。打这以后，兰贵人开始走红运，懿嫔、懿贵妃，步步高升。慈禧生下咸丰的唯一皇子载淳后，更是一步登天。咸丰驾崩后，慈禧当上了掌有实权的皇太后。所有这些都是从"天地一家春"开始的。

光绪继位后，慈禧太后本想在清漪园里再建一座"天地一家春"，可是由于当时国库空虚，没有实现这一愿望。但她又念念不忘"天地一家春"，只好在匠人们铸造消火缸的时候，特意传旨在每个消火铜缸上都刻上"天地一家春"的大印，然后摆在乐寿堂及仁寿殿前，使她能天天看到它，以此作为纪念。所以后来有"圆明园的消火缸——念念不忘"这一歇后语。

云彩里盖大厦——空中楼阁

形容虚幻的事物或脱离实际的空想。

很久以前，有一个富翁，但是富翁天生有些呆滞。有一天，富翁来到另一位财主的家里，看到这位财主住在一座三层高的楼房里，楼房高大宽敞，富翁很羡慕他。

回到自己的家里，富翁左思右想，觉得自己也很有钱。难道自己不能也盖一座楼房吗？于是，他找来工匠，对工匠们说："你们给我盖一座和前庄那座三层楼一样的楼房。"工匠门按照富翁的吩咐，打地基，然后一块砖一块砖地砌了起来。过了几天，富翁来巡视工程进度，他看见工匠们盖的房子，感到很奇怪，便问："你们盖的是什么？"工匠们回答说："这就是按照你的吩咐盖的三层楼。"听了工匠们的回答，富翁生气地呵斥道："我要的只是第三层，并不要下面这两层，你们马上把第一层和第二层给我拆了，先盖第三层。"工匠们听完哈哈大笑，说："你要的那种空中楼阁我们不会盖，你自己盖吧！"说完就都走了。

云会寺的观音——脸朝北

比喻不给正脸。

在北京颐和园后山松堂的西边，有座云会寺。历来观音都脸朝南坐，可云会寺的观音为何脸朝北呢？传说有一天，观音下凡来到京西，见农民在烈日下干活非常辛苦，便命老黄牛下界帮助农民耕田。老黄牛说，观音菩萨，你的心肠好谁都想帮助，可世上那些有钱的人变得越来越自私，他们会把我宰了吃肉的，剩下的皮还要拿去换钱。观音不信老黄牛的话，就说："如果你真让人杀了，我一辈子在翁山倒坐着。"

老黄牛只好来到人间，帮助农民耕地。没多久农民就富裕起来了，有的农民成了财主后，便起了坏心，暗中派人杀了老黄牛，吃了肉，卖了皮。观音知道后，后悔已晚。打那以后，观音真的在翁山脸朝北倒坐着，意思是向老黄牛认错。人们都怀念老黄牛，感激观音的大慈大悲，便在观音打坐的地方修了座殿堂，起名云会寺。

在棘刺上刻猕猴——纯属骗局

指完全是欺骗人的行为。

战国时,燕王非常喜欢精微小巧的玩物。有一次,一个人对燕王说:"我愿意给您在棘刺的尖上雕一个猕猴。"棘是一种多刺的木材,棘刺的尖端是非常尖细的。燕王听说能在棘刺的尖上雕出猕猴来,感到很新奇,便高兴地对那个人说:"雕成了会给你优厚的俸禄。"过了几天,燕王对工匠说要看猕猴。工匠提出了苛刻的条件,说要看猕猴,燕王半年不能喝酒,半年不能吃肉;而且还必须在雨停止、日头刚出来的那又明又暗的一刹那来看,否则是看不到的。燕王给那个工匠优厚的俸禄,可是却看不到棘刺尖上的猕猴,燕王为此很发愁。

有一天,郑国有一个铁匠来到燕国,他看到燕王面带愁容便问道:"您气色不太好,是不是有什么心事啊?"燕王叹了一口气,说:"我请了一个工匠给我在棘刺的尖上雕刻猕猴,但是却没有办法看见它。"接着燕王便把事因从头到尾地说了一遍。铁匠听后对燕王说:"我是一个制造刻刀的人。凡是雕琢小巧的东西必须用刻刀来刻,而且所要雕刻的东西必须比那刻刀要大。可是那棘刺的尖儿连刻刀的尖锋都容纳不下,怎么能够在那上头刻一个猕猴呢?您如果不信,只要看一看那工匠使用的刻刀有多大就能够知道了!"于是,燕王按照铁匠的话把那个工匠召过来说:"你在棘刺的尖上雕刻猕猴使用的是什么工具呢?"工匠回答说:"使用的是刻刀。"燕王接着说:"我今天看一看你使用的刻刀怎么样?"工匠借口回去拿,随之逃走了。

宰相肚里能撑船——度(肚)量大

比喻某人心胸宽广,为人坦荡,宽宏大量。

三国时期,刘备入蜀称雄之后,割据一方,与曹操、孙权形成三足鼎立的局面。三方为了扩充势力,不断地进行战争,但是在战争之余,三方也都非常重视发展生产,尤其是蜀国。诸葛亮鼓励农耕,实行与民休养的政策,维护社会的治安,以求增强国势。

有一天,刘备到各地巡察途经广都时,发现百里长蒋琬不理政事,竟然在大白天喝得酩酊大醉。刘备勃然大怒,下令要将蒋琬抓来治罪,以儆效尤。诸葛亮知道后忙对刘备说道:"蒋琬是一个不可多得的人才。我曾经留心观察过蒋琬的政绩,他上任以来,广都地区的治安很稳定,人民也能够安居乐业,这些都得归功于蒋琬治理有方。蒋琬一直屈于百里长这个职务,似乎是有些大材小用。"刘备听后,不再处罚蒋琬。后来,蒋琬果然如诸葛亮所想的那样,功绩连连,表现突出,被先后委任为丞相府的参军、长史等重要职务。

刘备死后,诸葛亮又向后主刘禅极力推荐蒋琬,他上书:"臣若不幸,后事宜以付琬。"诸葛亮去世后,刘禅听从他的遗言,起用蒋琬,并封蒋琬丞相,总管军国大事。有一位名叫杨敏的官员，看后主如此重用蒋琬，心里很不服气，便对别人说："蒋琬做事哪里比得上诸葛亮啊！"这话很快传到蒋琬的耳中，蒋琬谦虚地说："他说得没有错，我的才干的确比不上诸葛丞相。"没有多久，杨敏因为犯罪而坐牢，正好这件案子需要蒋琬来处理，大家都以为蒋琬会趁机报复，没有想到，蒋琬秉公办理，对杨敏量刑定罪，因此，人们就纷纷传颂蒋琬的美名，说他"宰相肚里能撑船"，度量如此之大，果然没有辜负诸葛亮对他的赏识和后主对他的重用。

灶王爷的横批——一家之主

传说古代北方有一对青年夫妇，男的名叫张仁，女的名叫李义，生下一个男孩取名张诚。

张诚三岁那年，久旱无雨，农田龟裂，庄稼枯萎，张仁一家劳动了一年，结果颗粒无收。为了糊口，夫妇上山砍柴，挑到市上去卖，换点米来煮菜粥，稠的给儿子吃，稀的自己喝。有一天，张仁上山打柴，不幸连人带柴滚下山坡，跌断了腿，成了残疾。从此，李义一人挑起了全家的生活重担，加上柴贱米贵，日子过得非常艰难。

这时，西村有个富翁马百万在建新宅，要雇女佣人为工匠们做饭。张仁夫妇俩商量后，决定让李义去当帮工，一来每月有几斤粮食的工钱，二来还可捡点残菜剩饭。于是，李义带了几件破衣，抱着张诚到马家去了。俗话说："端人家的碗，受人家的管。"李义为了养活丈夫和儿子，再苦再累也咬紧牙关干。她偷偷捡些剩饭、菜汤和馒头，掺和一起重新煮好，托做杂工的老六带给丈夫吃。

几个月后，马百万盖成了新宅，宴请亲朋好友和县官来吃喜酒。李义等帮工们杀猪宰羊，准备酒菜，从早到晚忙个不停。不巧，做杂工的老六病倒了，李义找不到人给丈夫带饭，张仁饥饿难忍，只得自己拄着拐杖来到了马家。掌灯时分，张仁找到了李义，李义悄悄地把丈夫安置在柴草堆里，偷偷送他点饭食，自己又忙活去了。可她万万没有料到，当晚柴草堆突然失火，张仁被活活烧死了。

李义痛不欲生，懊恨万分。她捡起张仁的骨灰，带着张诚回到自己的家里，一看到丈夫生前用过的东西，见物思人，更加难过。李义把丈夫的骨灰用泥钵盛着放在灶头上，托人在木牌上写上张仁的名字，作为一家之主，供奉在灶头上。农历腊月二十三，是张仁的生日，李义每年都要在这一天摆上一些丈夫生前喜欢吃的糖果、年糕供奉他。

后来，张诚长大了，对母亲十分孝顺。他看见母亲常常望着灶头上的木牌发呆，十分哀伤。为了安慰母亲，张诚说，父亲托梦给他，说自己死后已经被玉皇大帝封为灶神。李义信以为真，心里感到很安慰。李义死后，张诚又在木牌上添上母亲的名字，照样供在灶头上。这样一代一代传下去，年代久了，人们便都认为张仁是真正的灶神，尊称为灶王爷。

从此家家户户都供奉灶王爷，一张黄纸贴在墙上，中间写着"灶王爷之位"几个大字，两边是一副对联，"上天言好事，下界保平安（或下界降吉祥）"，上边是横批"一家之主"。也因此在民间产生了一句歇后语"灶王爷的横批——一家之主"，指代家庭中的当家人。

曾子杀猪——说到做到

比喻实事求是，不说谎话、空话。

春秋时，曾子的妻子要去集市上买东西，家里年幼的孩子吵闹着也要一起去。曾子的妻子便哄小孩说："乖乖在家里玩，妈妈回来了，杀猪给你们煮香喷喷的肉吃。"于是小孩不哭闹了。

半晌过去了，曾子的妻子从集市回来，她发现曾子正抓着家里那只小猪要杀。她很着急，冲过去夺下曾子手中的刀，气愤地指责曾子。曾子也很气愤，他不平地说："是你答应小孩子，回来了要杀猪给他们吃肉的！"曾子的妻子说自己只不过是哄小孩。曾子脸色一下子就变了，他严厉地对妻子说："他们心中可都是当真了啊，对你充满着希望，你能感受到他们盼望你归来的急切心情吗？"曾子接着说道："最重要的是我们大人都是孩子的表率，他们不懂事，处处会模仿父母，听从父母的教导。今天你欺骗他，就是教他学你的样子骗人。做母亲的欺骗自己的孩子，那孩子就不会相信自己的母亲了。这可不是教育孩子的好办法！"曾子的妻子听后非常惭愧，于是帮助曾子一起为孩子准备了一顿丰盛的晚餐。

乍入芦圩——不知深浅

比喻初到某地，须小心行事。

在《西游记》故事中，孙悟空保唐僧去西天取经。这一天，唐僧师徒四人正在崇山峻岭间行走，不知到了何处，正想打听，恰好碰上一个樵夫。不等发问，那樵夫却主动说起来，说得云山雾罩，说前面有妖精，专吃东来西去的人，这把唐僧吓坏了。悟空前去细细盘问，那樵夫告诉悟空，由此往前六百里，有座平顶山，山上有个莲花洞，洞里住着两个妖魔，专等着吃唐僧肉呢。悟空刚回来向师父回话，那樵夫却转眼不见了。悟空凭火眼金睛，看见云端站着天神值日功曹。悟空纵云赶上，斥责功曹有话为何不明说。功曹连连赔礼，并认真叮嘱悟空："那妖怪神通广大，变化多端，要多加小心。"悟空斥退功曹，一边往唐僧处走，一边想，不知那妖怪的本事到底有多大，好比"乍入芦圩——不知深浅"一样，还是叫八戒与他先打一仗看看再说。

张霸为官——不识时务

指认不清时代潮流和当前形势。也指待人接物不知趣。

东汉时，蜀中才子张霸知识渊博，他研究《春秋》能成一家之说，时人称为"张氏学"。张霸任会稽太守时，赏罚分明，只三年时间，将会稽恢复清明政治。因为才学渊博，政绩突出，张霸被调到京都洛阳，担任京官。

当时，皇后邓绥把持朝政，皇后的哥哥邓骘权倾朝野。邓骘有心拉拢张霸，便主动接近张霸，想和张霸交朋友。可是张霸却小心避开，装聋作哑，不理会邓骘。于是，大家就以嘲笑的心态说张霸"不识时务"。但是后来的事实证明，张霸的目光长远。当时，外戚当权不符合人们心中的道义，长久不了。张霸大概深知这一点，所以放弃短暂的荣华富贵，选择了长久的安稳幸福。到了邓太后去世，安帝亲政，邓氏一门立遭贬黜，邓骘等兄

弟子侄七人被迫自杀,那些追随邓骘的人,其命运便可想而知了。而张霸却安度晚年。

张伯行进京——另行重用

比喻另外安排在重要工作岗位上。

在清朝康熙年间,有一位闻名朝野的清官,名为张伯行。有一年,有几个大臣上奏状告张伯行,说他擅自动用官仓粮谷数万石,以救济百姓为名,贪赃枉法,有人指责张伯行刚愎自用,得意忘形,暗买民心……康熙觉得文中所列罪状,绝不是捕风捉影,决定去私察,于是他扮成商人模样儿,直奔山东而去。

一天,康熙来到郓城地界,见农民有说有笑地在地里播种,绝不像受灾的样子。康熙十分惊疑,便以借水之名,走进一村舍查看。刚走进屋,便看见西墙上供着一张康熙的画像,两旁还有一副对联:

赈灾拯民恩似海,施泽润物德如山。

康熙看罢暗自吃惊,便向屋内老人询问。老人娓娓道来:"客人你有所不知,张道员为了拯救百姓之苦,献出他家所有财物,怎奈个人财力有限,正在为难之际,圣上下旨施恩,命他用官仓赈济灾民,我们才有今日。所以四方百姓都感激皇恩,家家画像供奉。"康熙点点头,连声说:"打扰了。"便退了出来。几月后,康熙到张伯行家查看,方知名不虚传。原来,张伯行为了拯救灾民,将自己家变卖一空,妻儿都住在简陋的房舍里,过着清贫的生活。

康熙问张伯行:"你为何冒朝廷之旨,动用汶上、阳谷两地廷仓粮谷赈济灾民?"张伯行跪在地上,叩禀说:"万岁爷容禀,臣见各州县连年受灾,百姓危在旦夕,臣不忍,故此开仓放粮,以救黎民于水火。"康熙一听,亲手扶起张伯行说:"卿真乃天下第一清官也!"忙令张伯行随驾进京,另行重用。

张敞捉小偷——以贼破贼

比喻利用同伙来制服同伙。

西汉宣帝年间,京都长安境内秩序混乱,偷盗事件层出不穷,负责长安地区的京兆尹一职几度换人。宣帝召见张敞,问以治禁之策,张敞充满信心地承诺能办好此事。于是宣帝就下诏调张敞为京兆尹。

张敞到任后,了解到境内社会秩序混乱,盗贼甚多,商贩和居民深受其苦。张敞通过私行察访,向长安一些老年人询问,终于查出盗首原来是几个家境富足,外出时还有童奴相随的人。街坊邻居们谁也想不到他们竟是盗首,平时还以忠厚长者相待。张敞察知后,不动声色,派人分头将几个盗首召至府中,列举了他们所犯各案,要求他们将诸窃贼全部拿交,借以赎罪。几个盗首说:"今天我们蒙召来此,必为同伙窃贼所疑,如能允许我们权补吏职,方可如约。"张敞当即允诺,给他们全部安排了官职,然后让他们回去。盗首回家后,设宴欢庆,遍邀同伙入饮。那些窃贼不知是计,一齐赶去赴宴祝贺,一个个喝得酩酊大醉。盗首按照在张敞府拟定好的计谋,乘机将每个盗贼后背都涂上红色,好让守候在门外的捕役辨认。盗贼们饮罢辞出,即被捕役一一捉拿。这一下就捕捉数百名盗贼。从此,长安境内社会秩序一新,偷盗事件极少发生。

张丞相的草书——自己不认识

讽刺写字潦草,有时连自己也不认识的人。同时对做事马虎随便而又自以为是的人,也是一种嘲笑。

古时,有个张丞相,他喜欢写草字,但他写的草字不合规范。当时,同辈的人都讥笑他,可是张丞相却安然自得,毫不在乎。有一天,他想起了一些诗句,马上要来笔飞快地写下来。随后张丞相让他的侄儿抄写下来,他侄儿抄写时,遇到曲折难认的地方,不知如何是好,于是停了下来问张丞相:"这是什么字呀?"张丞相仔细看了好一阵,自己也不认识,却骂他侄儿说:"为什么不早问?使得我也忘了它是什么字了!"

张飞跟曹操对酒——打哑谜

民间流传着这样一个故事:

一天,曹操要请刘备去赴宴。诸葛亮对刘备说:"酒无好酒,宴无好宴,曹操是当世奸雄,居心叵测。主公若去赴宴,必然为其所害;若是不去,他定要小看我们,说我汉营无人。——我看叫张飞去合适。"刘备想想,别无他法,只好命张飞代他赴宴。

张飞单枪匹马来到曹营。曹操亲自出辕门迎接,寒暄一番后,问:"刘皇叔为何不来赴宴?"张飞说:"我大哥身体不适,命我代他赴宴,让我多谢丞相盛意。"曹操引张飞进帐后,即上筵席。酒过三巡,曹操说:"久闻翼德将军海量,今日喝酒,老夫实在无法相陪,不如打几个哑谜,输者罚三大杯,将军以为如何?"张飞暗想,兵来将挡,水来土掩,看老贼能有什么手段。便说:"好好!请丞相先说。"

曹操首先伸开双手,比了个圆圈,意思是说他要独霸中原。张飞寻思一阵,以为让他吃烙饼,便把双臂伸直作拉面样子,意思是说吃拉面好。曹操吃了一惊,以为他说:"你想独霸中原,请看我的丈八长矛答应不答应!"曹操又伸出右手拇指,意思是说他乃是当朝丞相,可以挟天子以令诸侯。张飞以为只让他吃一碗拉面,心想,不干,不干,一碗怎么够吃?便伸出右手,连摇几摇。曹操又吃了一惊,以为他说:"不值一提,当朝宰相也不过尔尔!"曹操再伸出右手五指,意思是说他有许褚、夏侯惇、张辽、张郃、于禁五员上将,你若不服,战场上见。张飞见了,以为让他只吃五碗。他仍嫌不够,摇了摇手,伸出右手三指,意思是说五碗装不满我的肚子啊,最少也得三锅才行!曹操却以为张飞在耻笑他说:"你五员上将不堪一击,怎抵我桃园结义三兄弟,同生共死呢!"最后,曹操长叹一声,暗想:天呀!老夫只想张飞是个粗鲁之人,打算耻笑他一番,谁料他竟能连破老夫哑谜,想来,必定是诸葛亮教的。

曹操吃了哑巴亏,只好认输,端过酒杯,连饮三大杯。张飞乐得拍手大笑,说:"宰相一人喝酒没意思,待我陪上一杯!"张飞酒足饭饱之后,告辞了曹操,飞马返回汉营。

后来,便有了歇后语"张飞跟曹操对酒——打哑谜",形容说话隐晦,使人一时不易明白。

张飞穿针——大眼瞪小眼

形容惊讶、惊奇,或发呆、发愣。也形容惊恐、害怕。

一次，张飞又要领兵出征了，妻子夏侯夫人有些放心不下。在张飞出征的前一天晚上，夏侯夫人就对他说："夫君，你能帮我一个忙吗？"张飞爽快地说："夫人，什么事情？"

夏侯夫人笑了笑，拿出一针一线，说："你能帮我穿根针吗？"张飞大笑起来："我还以为是什么了不起的事情呢！"说着，张飞拿过针线穿了起来，可是本以为一下子就可以完成的事，却一次又一次地失败了。明明看见是穿好了的，可是拿过来一看，又没有穿进去，一会儿偏左了，一会儿又偏右了。越穿不进去，心里就越着急，连着戳了好几下，还是不行。张飞停下来看了看，几下猛戳，不但没有穿成功，线头还分岔了，这样就更不容易了！尽管张飞瞪大了自己圆圆的大眼睛，死死地盯住了针眼，可是他的努力还是无济于事，线好像故意和他过不去似的，始终不愿意从针眼中穿过去，他急得满头大汗。

张飞 张飞

夏侯夫人见状，从旁边提醒说："战场上打仗的时候，有时不是要用到水攻吗？"这一句话提醒了张飞，他赶紧舔了舔线头，然后用手指头搓了一下，对准了针眼，一下就穿了过去。张飞长长地舒了一口气，没想到还真不简单！看到张飞将针穿过去后，夏侯夫人微笑着说："夫君，我不仅仅是想让你帮我穿个针眼，其实我是想告诉你一个道理，不管做什么事情，不能着急，不能动不动就暴跳如雷，要找到其中的关键和奥妙。遇事要仔细想想，要粗中有细，做一个有勇有谋的将军！你就要出征了，我希望你不要让家人为你担心！"张飞听了感动不已，知道夫人是在规劝自己细心，不可鲁莽行事。

张飞撤退长坂坡——过河拆桥

比喻一旦达到目的，便把帮助过自己的人一脚踢开。

三国时期，曹操大举南下，征伐荆州。刘备因寡不敌众，只好率军退往江陵。但曹军紧追不舍，在长坂坡将刘备包围。刘备大败，幸好张飞赶到，杀出一条血路，天明时分才摆脱了曹军。

张飞来到长坂坡桥边，见桥东有一大片树林，心生一计。他教士兵砍下树枝，拴在马尾上，在树林中来回奔驰，扬起尘土，让人误以为这里有大军埋伏。他自己横矛立马于桥上，向西眺望。曹操带着军马追赵云追到长坂桥，只见张飞正倒立虎须，圆睁环眼，手持蛇矛枪，立马桥上，大声喝道："张翼德在此！谁敢来决一死战！"曹操见张飞如此的气概，也已有了退却的心思。张飞望见曹操的后军被自己喝得已有些乱了阵脚，于是挺枪又喝道："战又不战，退又不退，到底怎么样！"喊声未落，曹操吓得回马就走。于是曹军众将也随着望西逃奔而去。张飞见曹军一拥而退，却也不敢追赶，急忙叫来军士把桥拆断了。

张飞见了刘备，把喝退曹军，又怕曹军再追，就把桥拆了的事说了。刘备说："贤弟，你有万夫莫挡之勇，只是还欠些思量。曹操是个很有智谋的人，你拆断了桥，他一定就会追来了。"张飞说："他被我一喝，就吓得倒退数里，又怎么敢再追来？"刘备说："要是不拆断桥，曹操多疑，会害怕有埋伏，而不敢追过来；现在桥拆了，他就知道我们胆怯，料想我们必定没有多少军马，所以就会追过来了。曹军百万人马，涉江渡河，就算用人填也过来了，又怎么会怕桥的断不断呢？"于是刘备下令即刻起身，从小路斜着奔汉津去了。人们根据这个故事编成了歇后语"张飞撤退长坂坡——过河拆桥"和"张飞拆桥——有勇无谋"。

张飞放严颜——粗中有细

一般说处事粗疏，而有时却也细致。

东汉建安十七年（公元 212 年），刘璋慑于曹操的威胁，遣法正于荆州迎刘备入益州。大将严颜认为这是"留虎自卫"的愚蠢举措。果如严颜所料，刘备进入益州后便还攻刘璋。诸葛亮亲率大军入川，张飞率领一万精兵为先锋。严颜年纪虽然大了，但精力却还未衰，善开硬弓，使大刀，有万夫不当之勇。他听说张飞大军已到，叫全城军士上城守护，闭城不出。

张飞带着军士到城下骂战，骂了一天，仍旧空手而回。张飞猛然想出一条计策，传令军士到四处去砍打柴草，借机寻觅路径。有士兵报告说："这几天已经打探出一条小路，可以偷过巴郡城。"张飞说："事不宜迟，趁着三更月亮明，拔寨起军，悄悄行军。"严颜混在张飞军中的细探把事情报告给严颜。严颜大喜道："他想偷偷从小路过去，定是粮草辎重在后。我截住后路，看他如何是好。"严颜随即传令，叫士兵准备迎敌，吩咐道："今晚三更出城，埋伏在树林深处。等到张飞过去，车仗来了，听到鼓响，就一齐杀出。"

大约三更后，严颜远远望见张飞亲自在前，横矛纵马，悄悄带着大军前进。大军走过去不到三四里，后面的车仗人马也陆续过来。严颜见时机已到，下令伏兵一齐杀了出来，他率军正准备抢夺车仗，忽听背后一声锣响，一支队伍杀了过来。一人大声喝道："我正在这儿等着你呐！"严颜猛回头一看，只见为首一员大将，豹头环眼，燕颔虎须，手使丈八蛇矛，胯下深乌马，正是张飞。严颜见了张飞，手足无措，只得硬着头皮上前交战。战不到十个回合，张飞便把严颜生擒了过来，掷在地上，用绳索绑住了。原来先前过去的是假张飞，张飞料到严颜必设埋伏，于是将计就计，鸣金为号，锣响众军一齐杀到。严颜的军兵大都丢盔卸甲，倒戈投降。

张飞坐在大厅上，刀斧手把严颜推了过来，严颜不肯跪下。张飞怒视严颜大声呵斥说："本将军到了，为什么不降，还敢抗拒！"严颜并无一点惧色，回骂张飞说："这里只有断头将军，没有投降将军！"张飞大怒，喝刀斧手推出去斩了。严颜骂道："砍头便砍头，又发什么怒！"张飞见严颜面不改色，于是转怒为喜，亲自锯开绳索，并拿出衣服给严颜披上，扶他在正中高坐了，低头拜道："刚才言语不恭敬，请不要责怪。我从前就知道老将军是个英雄豪杰，心中十分佩服。"严颜见张飞如此，感激他的恩义，随即就降了。

张飞古城骂关羽——忘了旧情

比喻翻脸不认老朋友，抛弃了过去的情谊。

三国时，关公过五关斩六将之后，一直向汝南进发，行走很多天终于来到了古城。孙乾进城通报张飞，说："今天关云长从许都送二位夫人来到这里，请将军去迎接。"张飞听后二话不说，穿上铠甲，持矛上马，领着一千余人，直奔北门去。关公看见张飞到来，拍马上前迎接。只见张飞圆睁双眼，倒竖虎须，吼声如雷，挥起长矛向关公刺去。关公大吃一惊，连忙闪过，问道："贤弟为什么这样做？难道忘了桃园结义的手足之情吗？"张飞怒声说："你既然不讲仁义，还有什么面目来与我相见！你背弃了兄长，投降了曹操，被封了侯，赐了爵位。今天又来欺骗我！我非得和你拼个你死我活不可！"关公说："现在有二位嫂嫂在这里，请贤弟问问她们。"甘夫人说："二叔因不知你们下落，以暂时栖身曹营。现在知道你哥哥在汝南，不怕艰难险阻，送我们到这里。三叔不要错怪你二哥。"糜夫人也说："二叔住在许都，原出于无奈。"张飞说："嫂嫂不要被他瞒过了。忠臣宁死而不受污辱。大丈夫怎么能服侍两个主公？"孙乾也上前劝说张飞："云长特地来寻找将军，请将军千万不要误会。"张飞大喊一声："孙乾，怎么你也跟他胡说？他没安好心！他是来抓我的！"关公笑了："我若抓你，也应该带军马来，你看军马在哪里？"张飞用手一指："那边，不是军马来了吗？"关公回头一看，果见尘埃飞起的地方，有一支军马赶来。风吹飘荡的大旗，正是曹军。张飞一见飞奔而来的曹军，愤怒地说："你还敢再欺骗我吗？"说着，挺起丈八蛇矛向关公刺来。关公急忙说："贤弟，你不要动手。你看我杀了这个战将，以表我真心。"张飞说："你果有真心，我这里敲完三遍鼓，便要你斩来将！"关公答应了。

不大一会儿，曹军到了眼前，为首一将是蔡阳。蔡阳挺刀拍马上前，大喊："关羽，你杀了我的外甥秦琪，却逃跑到这里！我奉丞相的命令，特来拿你！"关公不答话，举刀便砍。张飞亲自擂鼓，只见一通鼓未敲完，关公手起刀落，蔡阳的头就掉在地上。关公捉住扛军旗的小兵过来，问明来由。小兵告诉关公："蔡阳得知将军杀了他外甥，十分愤怒，要来与将军交战。丞相不肯，便派他去汝南攻打刘备。不想在这里遇着将军。"关公听了这番话，便叫小兵到张飞面前说了这番话。张飞详细地询问小兵，关公在许都究竟做了些什么事。小兵从头至尾说了一遍，张飞才相信关公的话是真的。张飞立刻迎接二嫂入城。二位夫人诉说关公所经历的种种事情，张飞一听，大哭起来，赶忙拜谢云长。

张飞戒酒——明天

形容做事不能下定决心、坚持到底的人。

三国时，袁术派大军攻打刘备，刘备率关羽等人一起迎敌，但是怕后方空虚，被敌人占了徐州，自己无容身之地，因此必须留下一员大将守城，可是留下谁呢？刘备拿不定主意。此时，张飞自告奋勇地站出来，要求留守徐州。刘备不同意，说："你守城我放心不下。你爱喝酒，喝醉了就鞭打下属，做事情又冲动，听不进别人的意见。徐州是个重要的地方，怎么可以让你留守呢？到时候你不慎丢了徐州，那我们就没有栖身之地了！"张飞听刘备这么说，急了，红着脸争辩说："哥哥你也太小瞧人了，大不了从今天起小弟我不喝酒、不胡乱打人就是了。遇到什么事情我多听听谋的意见，保证不会有什么意外的！大哥你放心去就是了！"刘备听张飞说得这么诚恳，只好暗中嘱咐下属看紧张飞，不要让他随意喝酒。

刘备走后，刚开始几天张飞每天起早贪黑地办理军务，其他的事情也安排得井井有条。可是时间一长，他就忍不住了。有一天，他的酒瘾上来了，忘记了当初说的话，摆开酒宴，并请了许多人陪他喝酒。有人劝他说，刘备不让他喝酒。可张飞却不以为然地说："哥哥不让我喝酒是怕我喝酒之后闹事，这几天我已经把哥哥交代的事办好了，而且别的事情也都办得井井有条，我决定今天就放开肚子好好喝一次酒，等喝过瘾了，从明天开始，从上到下，大小官员都必须滴酒不沾！"说完，就开始大口地喝开了。刚开始还有喝有说的，到后来就连说话都顾不上了，一个劲地猛喝，直至大醉不醒！吕布早就对徐州虎视眈眈，现在听说张飞喝醉的消息后，觉得机会难得，调兵遣将，乘机攻下了徐州。张飞在随身侍卫的保护下才勉强得以脱身，灰溜溜地去找刘备大军。

人们根据这件事情编成了歇后语"张飞戒酒——明天"。

张飞战马超——不分胜负

比喻双方势均力敌，比较不出高低。

三国时，刘备带兵占领益城之后，又乘势攻破了绵竹。他正要乘势进兵成都时，忽然有探马来报，说刘璋惧怕刘备的大军，已经和张鲁结盟，张鲁派大将马超领兵来救西川，现在正在猛攻葭萌关。刘备正同诸葛亮商议对策，张飞在旁大嚷要去和马超大战一场。诸葛亮用激将法，故意说："马超厉害，只有去荆州把关羽调来，才能抵敌！"张飞十分气恼，大声嚷叫："我曾独挡曹操百万大兵，哪怕马超匹夫！待我立下军令状。如果不胜马超，任凭治罪！"诸葛亮于是答应了。

清晨，马超来关下挑战。刘备见马超银甲白袍，非常威武，不禁赞叹地说："人言'锦马超'，果然名不虚传！"马超指名要战张飞，张飞恨不得生吞马超，三番五次要冲出关去，都被刘备挡住，说要暂避马超锐气。直到午后，马超人疲马乏，刘备才令张飞选五百名精兵，冲下关来出战。张飞冲到关前，一矛刺去，马超举枪架住，厮杀起来。两人大战一百多个回合，不分胜负。刘备看了，连声赞叹："真是一对虎将！"刘备怕张飞有失，吩咐鸣金收兵。张飞回到阵中，休息片刻，解掉头盔，只裹包巾，提着丈八蛇矛，重新出战。两人又战了一百多个回合，眼看天色已晚，还是不分胜负。刘备鸣金收兵，准备明天再战。张飞杀得性起，不肯罢休，大叫："多点火把，安排夜战，不胜马超，我誓不上关！"马超也大叫："我胜不了你，誓不回寨！"两军点起千百支火把、灯笼，呐喊助威。张飞和马超又战了百来个回合，谁也没占着半点便宜。忽见马超拨马回走，张飞大叫："走哪里去！"飞马赶来。马超见张飞赶来，暗暗拔出铜锤，回身打过来。张飞早有提防，急忙闪身，铜锤从耳边擦过。张飞一怔，勒马回走，马超却又赶来。张飞带住马，拈弓搭箭，回射马超，马超也闪过了。二将各自回阵。刘备见状，拍马到阵前喊话："我向来用仁义待人。马超，你收兵回去休息，我不乘势赶你。"马超听了，亲自断后，缓缓退去。

诸葛亮担心张飞和马超两虎决战，必有一伤，便使用"反间计"收降了马超。后来，马超成为蜀汉五虎上将之一。

张纲埋车——豺狼当道

比喻坏人当政掌权。

东汉时候，顺帝刘保在一帮宦官的拥戴下登上了皇位，由于他才十一岁，实权则掌握在宦官们手里。十八岁那年，顺帝立梁氏为皇后，梁家的势力强大起来。梁皇后父亲梁商当上执金吾，掌管京城治安督巡，不久又升为大将军。梁皇后的哥哥梁冀依仗皇亲国舅的身份，横行朝野，欺压百姓。一次，洛阳令吕放稍微流露对梁冀不满，便遭杀害。

梁商死后，梁冀当上大将军，他弟弟梁不疑做了河南府尹。这样，梁家兄弟与宦官势力勾结在一起，狼狈为奸，无恶不作。地方州府县衙，也遍是贪官污吏。老百姓被逼无奈，纷纷举旗造反，告急文书，雪片似的飞向朝廷。顺帝急忙召集群臣商量对策，有人提议派人下去清查地方官吏，奖赏好的，惩办坏的，就能平息民愤。顺帝便派光禄大夫张纲等八大臣分赴各地考察。张纲为人正直，对官场中的腐败黑暗早就不满，他接到考察地方官的圣旨后，迟迟不愿动身。他认为要整顿朝政，应首先从朝廷着手，处治像梁冀这样违法乱纪的大官员，再处理底下的小官小吏。但皇命难违，张纲只好上路。

这天，张纲的车刚刚离开洛阳城，他便下令停车，并让随行人员立即把车子拆毁，把车轮埋入地下，不再前行。随行人员感到奇怪，询问张纲原因。张纲愤愤地说："豺狼当道，安问狐狸！"大家这才明白，张纲说的是梁冀这些"豺狼"不除，查问像狐狸一样的地方小官没用。于是张纲返京，上朝揭发梁冀一伙的罪行，要求惩治，结果他碰了一鼻子灰。张纲悟道：原来这朝廷上也是"豺狼当道"啊！

张公帽缀在李公头上——张冠李戴

比喻认错了对象，混淆了事实。

古时，东昌有个牛医的女儿名叫胭脂，她又美丽又聪明。可是，一般有身份的人家因胭脂的父亲是个牛医，瞧不起她家，所以胭脂迟迟没有订婚。一天，胭脂送邻妇王氏出门，见一少年经过，很有风度，他走远了，胭脂还远远望着他。王氏说："他是鄂秋隼秀才，我给你做媒好吗？"胭脂默默答应了。可是一等半月没消息，胭脂饮食无味，生病了。王氏来看胭脂，便凑到她耳边说："我丈夫出门做生意了，等他回来，叫他去鄂家做媒，好吗？"胭脂面露喜色。

王氏从小和一宿生要好，结婚后还和宿生往来，王氏把胭脂为鄂生而害相思病的事告诉了宿生。宿生早知胭脂美丽，第二夜便翻墙进了胭脂家，自称是"鄂生"，胭脂说："我愿做你的妻子，但绝不能私通，你请媒人来吧！"宿生脱下胭脂一只鞋带走了。后来，宿生把胭脂的鞋丢了，找东西时被王氏发现，宿生只好把经过告诉了王氏。谁知这些话被窗外的毛大听见了，而毛大恰恰又拾到了鞋。第二天夜里，毛大翻墙来到胭脂家，胭脂父亲听得声音，持刀追贼，反被毛大杀死，那只鞋子丢在了尸体旁。事后县令追问这鞋怎么会在尸旁的，胭脂为父亲悲痛至极，直说是"鄂生"脱去了。县令把鄂生捉来，不容分说，一阵毒打，便把鄂生定为凶手，判死刑，报到了济南府。

济南知府吴公很干练，他觉得鄂生并不像凶手，追问之下，才知鄂生根本不认识胭脂，胭脂却曾托王氏做过媒。于是便把王氏抓来，逼问之下，王氏供出宿生假冒鄂生之事，于是知府定宿生死罪。宿生虽脱履却未杀人，负屈上告，学使施公反复思考，接手此案，他把王氏找来问话。施公问王氏："此事你告诉过别人没有？"王氏回答："没有。""那么有哪些人曾调戏过你？"施公又问。王氏说出毛大等四人。施公把这四人抓来，说："凶手必是你四人之一，让神来指出来。"于是黑夜把庙壁涂黑，把四人放入庙内，说："谁是凶手，神会在他背上写明的。"毛大心虚，怕神真的在他背上写字，把背靠着墙，背染上了黑墨。第二天，施公认出真凶，毛大无奈招供。于是宿生、鄂生都被释放了，鄂生和胭脂结为夫妻。此案假中有假，"张公帽戴在李公头上"，如果不仔细，险些冤杀鄂生、宿生。

张果老倒骑驴——朝后看

比喻停留在过去的水平上，没有向前发展。

相传，张果老成仙之前，常年赶着毛驴，帮人运送货物，每日风里来雨里去，日子过得很艰难。一天，他路过一座破庙，便把毛驴拴在庙前的树上，推开虚掩着的庙门，进去歇歇脚。他见到庙内空无一人，院中却支着一口锅，炉火正旺。张果老走近前去，掀开锅盖，突然一股异常的清香扑鼻而来。张果老往锅里一看，不禁大吃一惊：原来是一锅炖熟了的肥肉！张果老这时腹里正空，见此佳肴，不禁口水直流。他随便找了两根树枝当筷子，不管三七二十一，从锅里捞起肥肉，便大口大口地吞吃起来。

这锅肥肉是谁的？原来有个教书先生，就在这座破庙的附近教书。他一心想要升天成仙，今天好不容易才挖到了一颗成精的人参果。这种人参果在地上生长千年以后，变成人形，五官俱全，像个婴儿，是稀有珍宝，天下难得，谁要能吃到它即可超凡成仙。教书先生怕被别人发现，便在庙中支锅炖煮，人参果快要炖熟，他回家去取碗筷。可是，他刚进家门，便被一位好友连请带拉地邀去写家信。就在这个时候，张果老恰好路过破庙，意外地得到这一美餐。

这颗人参果个大肉多，张果老吃个痛饱也没吃完，他索性连锅带汤一起端出来，让毛驴也喝个饱。正在此时，见到一个人慌慌忙忙地往破庙赶来，张果老心想：这锅肥肉的主人来了，赶快溜之大吉！他解开驴绳，屁股一抬倒坐在驴背上，慌忙赶着毛驴飞跑起来。他两眼盯视着来人，一眨也不眨，害怕被追上来。谁知道，仙物开始发生效能，毛驴也因喝了人参果汤，四蹄离开地面，腾空飞起。张果老倒骑在毛驴上身轻若燕，腾云驾雾，越飞越远，越升越高，终于升天成仙去了。

张怀庆写诗——生吞活剥

《唐诗纪事》。

比喻生硬地搬用别人的文辞理论、经验、方法而不联系实际的不良行为。

唐朝时，枣强县尉张怀庆，喜爱沽名钓誉，经常抄来名士的诗文，然后把它改头换面一番，冒充自己的作品。有一次，当朝大臣李义府写了一首五言绝诗：

镂月为歌扇，裁云作舞衣。

自怜回雪影,好取洛川归。

张怀庆读了这首诗,手又痒了起来了,提起笔来,在每句前加两个字,成为七言绝诗:

生情镂月为歌扇,出性裁云作舞衣。

照鉴自怜回雪影,来时好取洛川归。

原诗寓意清晰,文字精练,经张怀庆每句添加两字后,文理不通,读起来也很别扭。但张怀庆还自命不凡,亲笔缮抄后四处赠人,闹了不少笑话。后来,人们借用诗人王昌龄、名士郭正一的文名,编了两句顺口溜来讥笑他,说张怀庆的这种行为,"活剥"王昌龄,"生吞"郭正一。

张弘靖的部下——目不识丁

《旧唐书·张弘靖传》。

张弘靖:字元理,唐宪宗时任幽州节度使。

形容一个字也不认识,指人没有文化,胸无点墨。

唐宪宗李纯时,张弘靖属下有两个从事官:韦雍与张宗厚。这两个人一贯仗势欺人,横行霸道。每日里驱车走马吃喝玩乐,到了深夜,还要叫侍卫人员、大队兵马,前呼后拥地护送他们回家。灯笼火把照耀得满街通亮,闹得满城鸡犬不宁。他们一不高兴,就拿士兵和老百姓出气,不是殴打,就是谩骂,真是作威作福,无法无天!有一次,他们喝醉了酒,又对士兵们无故大骂:"现在天下太平无事,又不打仗,你们这些人有什么用!能拉得两石的弓,还不如识一'丁'字!"这当然是一种侮辱,是讥笑士兵们没有文化,只有些粗力气。士兵们听了非常气愤。

恰巧这时又发生了这样的一件事情:张弘靖收到一笔犒赏士兵的经费,他从中贪污,私分了一部分。士兵们知道以后,人人怒火满腔,更加不能容忍。于是众士兵愤怒之下,一齐造反,他们把韦雍、张宗厚都杀了,还把张弘靖抓住,关了起来,并把张弘靖的住处团团包围。因为全体士兵和下级官吏齐心一致,并得到当地老百姓的同情支持,朝廷没有办法,只好把张弘靖降职调走了。

张良卖剪刀——贵贱一样货

传说,秦朝末年,张良因刺杀秦王不成,便隐姓埋名,逃到下邳(今江苏睢宁西北),跟铁匠朱侉子学手艺打剪刀。朱侉子先让他卖剪刀,每天十把,卖完了回到铁匠铺吃饭。

有一天,生意不好,集市都散了,张良才卖掉九把。他拿着剩下的一把剪刀,四个城门都走遍,还是没有人要。天色已晚,月亮出来了。张良来到城东门的圯桥上,只见一位老人盘着腿坐在桥上赏月。张良上前问道:"老伯伯,您买剪刀不?"老人没有答应,起身便走,不料他的靴子掉到桥下去了。张良连忙给他拣上来,赔礼说:"怪我惊动您了!"老人把脚一伸,说:"穿上!"张良一心想卖掉剪刀,便捺着性子给他穿上。老人站起来,把袖子一甩,一声不吭地走开了。张良可火了。他操起剪刀要找老人评评理。不料老人抽身回来,一抄手,夺下张良的剪刀,说:"好小子!柔中有刚,是块好材料听呀!"张良听了,脸唰地红了。他见老人非同寻常,便要磕头拜他为师。老人扶起张良,说:"真要认我为师,

五天后早上到这座桥上来。"

到了第五天，鸡刚叫二遍，张良就来到圮桥上。可是老人早已站在桥头啦，他责备张良说："你跟老年人相约，就该早点来，怎么叫我等你呢？回去吧，过五天早上再来！"过了五天，鸡刚叫头遍，张良又来到圮桥。他还没有走上桥，就听到老人的斥责声："又来晚了！回去，再过五天来见我。"又过了五天，鸡还没叫头遍，张良就来到桥头等候。等了一会儿，才见老人蹒跚而来。张良赶忙上前磕头问安。老人夸赞说："青年人要学点本领，就应该这样坚持不懈，不达目的不罢休。"于是，老人送给张良一卷书，说："这是久已失传的《太公兵法》，只要读透了它，将来便可为天下做一番事业。"

张良得到兵书，恨不得一口气读完，可是白天卖剪刀，没有多少时间读书。他想出一个办法：将十把成色一样的剪刀，分成三种价钱去卖。一般买东西的人都认为，一分价钱一分货，价钱贵的货就好，想买好剪刀的，就出高价钱；手头紧的，就拣贱的买。这样，每天十把剪刀，不出半天就卖完了。贵贱一拉平，张良也不少卖银子。

张良日夜苦读兵书，刻苦钻研兵法，终于成了一个有名的军事家，辅佐刘邦建立了西汉王朝。

后来，便有了歇后语"张良卖剪刀——贵贱一样货"，形容价钱高低不同但东西都一样。

张良夸韩信——独当一面

战国末期，刘邦与张良一起东征讨伐项羽。可是当他们到了彭城却被项羽打败了，当军队撤退到下邑的时候，刘邦心里非常烦恼，他跳下马来对张良说，谁可以为他建功立业，他就把关东地区作为封赏。

张良深思了一下说，黥布是楚军的犯将，他与项王有隔阂，彭越和齐王田荣正在梁地反击楚军，这两个人都可以使用。汉王的将领中，只有韩信可以委任大事，他可以一个人独自承担重任，如果要拿出关东地区来封赏，可以分赏给彭越、黥布和韩信这三个人。这样一来，我们就可以打败楚军取得天下。于是刘邦便派人游说黥布归汉，又派人同彭越取得联系，共同对付项羽。

张驴儿告状——冤枉好人

比喻没有事实根据，给人加上恶名。

书生窦天章因欠下蔡婆四十两银子，就把自幼丧母的七岁女儿卖给了蔡婆做童养媳，自己上京应考去了。可怜的窦娥到十八岁与丈夫成亲，还不到两年，丈夫又得病死了。从此，婆媳二人相依为命，靠着放债度日。这天，蔡婆外出讨债，遇到流氓张驴儿父子。张驴儿企图霸占窦娥，窦娥不从，张驴儿便想毒死蔡婆以要挟窦娥，不料误毙己父。张驴儿于是诬告窦娥杀人。

张驴儿是有名刁钻的泼皮，栽赃诬陷、打官司告状是他的拿手本领。他一到了楚州衙门，先走通了上下门路，答应打赢了官司就孝敬州老爷一百两银子。窦娥是个不通世情的弱女子，哪里懂得官场的"规矩"。这样还没审案，官司早就被张驴儿赢去了一半。

开审时,原告是张驴儿,他一口咬定蔡婆是张老儿后妻的老婆,自己的后娘,于是张老儿就成了窦娥的公爹。张驴儿又用早就编好的一套谎言,诬告窦娥容不得公爹,下毒手药死公爹。张驴儿无理告状,冤枉好人。窦娥有理难诉,反遭毒刑。贪官用尽了刑罚,见窦娥宁死不肯招认,便把蔡婆带到堂上用刑。窦娥不忍见六十多岁的婆婆受刑,不得已只好自己招供,于是被判死刑。窦娥含冤被斩,感动了天地,结果楚州六月飞雪,三年大旱。后来,窦娥的生父窦天章担任两淮提刑肃政廉访使,重理这一千古奇冤,处死了张驴儿,严惩了贪官,为女儿窦娥报了仇雪了恨。

张三埋钱——此地无银三百两

比喻本来想隐瞒掩盖,结果弄巧成拙,反而暴露了。

从前有个人叫张三,他积攒了三百两银子,心里很高兴,但是他也很苦恼,怕这么多钱被别人偷走,他不知道把钱放在哪里才安全。带在身上,很不方便,容易让小偷察觉;放在抽屉里,觉得不妥当,也容易被小偷偷去。他捧着银子,冥思苦想了半天,想来想去,终于想出了自认为最好的方法。张三趁着黑夜,在自家房后的墙脚下挖了一个坑,悄悄地把银子埋在里面。埋好后,他还是不放心,害怕别人怀疑这里埋了银子。他想了想,终于又想出了一个办法。他回到屋里,拿出笔在一张白纸上写了"此地无银三百两"七个大字,然后出去贴在坑边的墙上。张三感到这样很安全,便回屋睡觉了。

张三一整天心神不定的样子,早已经被邻居王二注意到了,晚上王二又听到屋外有挖坑的声音,感到十分奇怪。王二去了屋后,借助月光,看到墙脚上贴着纸条,写着"此地无银三百两"七个大字。王二一切都明白了。他轻手轻脚把银子挖出来后,再把坑填好。王二回到自己的家里,见到白花花的银子高兴极了,但又有些害怕。他一想,如果明天张三发现银子丢了,怀疑是我偷的怎么办?于是,他自作聪明拿起笔,在纸上写着"隔壁王二不曾偷"七个大字,也贴在墙脚上。

后来人们根据这个民间故事,把"此地无银三百两,隔壁王二不曾偷"这句话提炼了出来,用来比喻自作聪明,想要隐瞒、掩饰所做的事情,结果反而更加暴露了。

张融写序文——寄人篱下

本指文章著述因袭别人,没有创见。后用以比喻依附别人生活,不能自立。

在南北朝时期的南齐,有个名叫张融的读书人,是长史张畅的儿子、郎中张纬的孙子。张融生性怪异,举止奇特。他虽然身材矮小,面貌丑陋,但走路的时候却昂首挺胸,旁若无人,而且他反应机敏,对别人的提问常常对答如流。

南齐太祖萧道成在没有做皇帝的时候,就很欣赏张融的才学和品格。张融能言善辩,讲话幽默。有一次张融请假回乡,萧道成问他家住在哪里。张融回答说:"我住在陆地上但不是房屋里,住在船上但不是水上。"萧道成不明白这是怎么一回事,就问张融的亲戚张绪。张绪告诉萧道成说:"张融家住在东山附近,没有固定的住处。暂且将一只小船牵上岸边,全家人住在里面。"萧道成听了哈哈大笑。又有一次,萧道成曾当面答应授张融为司徒长史,然而却很长时间没有正式下诏书。一天,张融骑着一匹瘦得可怜的马上下朝。萧道成看见了就问他："你的这匹马怎么这么瘦啊？你每天给它多少饲料？"张融回答说："我答应喂它一石粟，可是我并没有真的喂给它啊！"萧道成明白了张融的意思，随即正式下诏授张融为司徒长史。又有一次，萧道成与张融探讨书法。萧道成说："你的书法已经颇有骨力，但还缺少二王的法度。"张融回答说："陛下不应该说我缺少二王的法度，应说二王缺少我的法度。"在写文章方面，张融也主张要有独创性，要有自己的风格。他在《门律自序》中写道："作为男子汉大丈夫，写文章应当像孔子删编《诗》《书》，制定《礼》《乐》那样，发扬自己的创造性，为什么要模仿别人，像鸟雀那样寄居在人家的篱笆下面呢？"

张僧繇写真——画龙点睛

比喻作文或讲话时，在关键处用一两句话点明要旨，使内容更加鲜明生动。

南朝的梁代，有一位著名的画家名叫张僧繇，张僧繇擅长画山水和佛像传说。有一次，张僧繇给金陵的安乐寺绘制壁画，张僧繇画了四条活灵活现的龙，但是都没有给龙画上眼睛。在一边观看张僧繇作画的人不知道这是什么用意，就向他询问这么做的原因。张僧繇认真地说："如果添上眼睛，它们都会飞走，这样我不是白画了吗？"大家都以为张僧繇是空口说大话，听了他的解释，没有一个人相信。张僧繇只好重新准备好彩墨，然后拿起笔给龙点上眼睛。

刚点完第二条，忽然天上电光闪闪，雷声大作，观画的人吓得四处躲避。等到他们围过来再看的时候，发现墙上只留下两条没来得及点上眼睛的龙，另外两条已经在雷电交加中腾空飞走了。

张释之办案——以法为本

西汉时，有一次汉文帝出行路过中渭桥，突然从桥下走出一个人来，把皇帝的御驾马吓惊了。文帝大怒，马上下令把那个人抓起来交廷尉（管理司法的官吏）张释之处理。张释之经仔细审问，确认了惊御驾马的原因。原来，那人是从外地来的，路过此地。他走着走着，忽听到御驾经过这里，再一看还有禁行的命令，就急急忙忙躲在桥下。等了好久，他以为御驾早已走远，便从桥下走了出来。然而却见皇帝的御驾车马正在行走，吓得他赶紧躲藏，慌忙中惊了御驾马。

根据审问，张释之按法判处罚金，然后呈奏给文帝。文帝听后大怒道："这人十分可恶，他惊了我的马，险些把我摔伤，你是当朝廷尉，怎么只判他罚金呢？"张释之毫不畏惧地说："回禀陛下，法者，天子与百姓同样。当今法的规定就应这样处罚。如果只是因为触犯了天子就加重刑，那么法就不能取信于民了。现在皇上把案子交给了我，我是廷尉，应做天下执法的公平人。要是从我这儿出了偏差，那么天下执法的人都会任意增减刑罚，这叫百姓怎么办呢？"文帝见张释之说得头头是道，十分在理，便赞扬说："还是廷尉处理得得当，是朕错怪了你。"

张汤审鼠——假戏真做

比喻假事情按真事情来对待。

西汉时期大臣张汤,小时就对司法工作产生了浓厚的兴趣。传说,张汤的父亲任长安县丞时,一次出门,把小张汤留在家里。父亲回家时,发现老鼠偷走了肉,很是恼火,把张汤打了一顿。父亲走后,张汤用烟熏抓获了一只老鼠。他把老鼠放在小竹笼里,找来老鼠偷吃过的剩肉,开始审问老鼠。张汤数落着老鼠的罪状,对其严加拷问,并模拟老鼠口吻录下供词,把审问的结果写成判决书,同时取来老鼠的赃物,定案后当堂施以酷刑,就跟真的一般。

张勋复辟——痴心妄想

张勋复辟是我国近代史上继袁世凯称帝失败之后出现的又一幕丑剧。

辛亥革命推翻了清朝的封建专制统治,而一帮封建余孽却时刻梦想复辟,重振清室,张勋就是这种反动势力的代表人物之一。辛亥革命时,张勋是清朝的江南提督,他在南京极其顽固地抵抗革命。他的兵将一直保留着辫子,作为怀念旧主、效忠清朝的标志,因此,人们称他为"辫帅",称他的军队为"辫子军"。

1917年6月,当时担任大总统的黎元洪和国务总理段祺瑞,争权夺势,发生冲突。张勋以调停他们之间的冲突为名,先是胁逼黎元洪解散国会,随即拥兵进驻北京,勾结保皇党人康有为,号称"文武合璧",准备复辟。6月30日,张勋逼令黎元洪下台,"奉还大政"于"清室",黎元洪逃入外国公使馆。7月1日,张勋、康有为宣布复辟帝制,大封百官,改民国六年为宣统九年。张勋自封为议政大臣、直隶总督兼北洋大臣,康有为当了弼德院副院长,其他复辟分子也都得到了重要的职位和封爵。当时北京的封建遗老遗少,欢喜若狂,粉墨登场,纷纷抢购已经被用作装殓死尸的"朝服"。

对于张勋的复辟活动,全国人民奋起反对,纷纷声讨。本来暗中支持张勋复辟的段祺瑞,见解散国会、驱逐黎元洪的目的已经达到,人心可用,乘机组织"讨逆军",宣布反对复辟,在马厂誓师讨张。7月12日,张勋兵败,逃入外国使馆,其余复辟丑类纷纷逃散,为时十二天的复辟丑剧宣告闭幕。

后来,根据这段历史,便有了歇后语"张勋复辟—痴心妄想",形容一心想着不可能实现的事,也指愚蠢荒唐的想法。

张旭的草书——狂得很

非常疯狂。

唐朝书法家张旭,其草书最为知名。张旭性嗜酒,与李白、苏晋等人合称"酒中八仙"。相传,张旭每当大醉后,号呼狂走,索笔挥毫,逸势奇状,连绵回绕,既醒自视,以为神笔,世呼"张颠"。颜真卿曾请教其笔法,怀素则继承和发展其笔法,故世称"颠张狂素"。张旭草书、李白诗歌与裴旻舞剑,时称"三绝"。

张璪画松树——双管齐下

双手执笔同时作画。比喻做一件事两个方面同时进行或两种方法同时使用。

唐代画家张璪,擅长画山水、松石,特别是他画的松树尤其叫人称绝。张璪作画的时候,有与众不同的地方,他能左右手各握一管笔,可以同时在纸上作画,一管笔画苍翠的松枝，另一管笔画枯干虬枝。张璪画出的松树惟妙惟肖，谁看了他的画都感到惊奇，人们都说他是神笔。张璪还有两个画画的绝招：一是用无笔头的秃笔绘画；二是用手指画画。他拿一块白绢，用手指蘸上颜料，左抹右涂，一会儿就作成一幅山水树木的作品。"双管齐下"就是由画家张璪高超的绘画技能引申而来的。

张延赏办案——钱可通神

形容金钱的魔力极大。

唐朝时期，有个叫张延赏的人，他奉命审理一桩重大案件。一开始，张延赏让手下人认真追查，决心把案情搞个水落石出。第二天早晨，张延赏发现桌子上面放着一张纸条，上面写着："此案关系重大，今给你三万贯钱，望你高抬贵手，不要追查此案。"张延赏见了这张纸条，火冒三丈，心想：想用金钱买通我，不可能。张延赏没有理会这件事，让手下人继续追查这个案件。

又过了几天，在一个早晨，张延赏在桌子上又发现了一张纸条，上面写道："给你十万贯钱，放行后另有重赏！"张延赏犹豫了，他想：如再追查，不但得不到钱，弄不好还要丢官，就是不丢官也要担风险，何不送个人情，买个好，又体面又得好处，这岂不是两全其美吗！张延赏想到这儿，高兴极了，马上就不再追查这桩案子了。当有人问他为什么不继续追查此案时，张延赏回答说："钱可通神，花十万贯钱什么人都可以买通，什么事都可以办成。如果继续追查下去。我怕给自己带来灾祸，所以不得不停了下来。"后来便有了"张延赏办案——钱可通神"之说。

张仪游说魏国——四分五裂

分裂成很多块。形容很分散，极不完整。也形容一个国家或一个集团支离破碎、分散不团结、不统一的状况。

战国时期，争雄天下的七个强大的国家分别是：秦国、魏国、赵国、韩国、齐国、楚国、燕国，在这七个国家中，秦国最为强大。政治家们审时度势，面对强国弱国纷争不休的状况，提出了两种截然不同的主张。一派以苏秦为领袖，认为弱国应联合起来，抵抗秦国，称为"合纵"；一派以张仪为领袖，认为弱国中的某几国应依附秦国进攻其他国家，称为"连横"。各国为自己的利益，纷纷派出说客，游说列国。

当时，秦国的政客张仪游说到了魏国，劝魏王与秦国和好。张仪对魏王说："魏国的地理条件不好，处于郑、陈、楚、韩、赵、齐的中间，打起仗来又无法固守，这是致命的弱点。如果联合南方的楚国而不与齐国联合，齐国就会从魏国的东面打来；如果联合齐国而不联合赵国，赵国就会在北面挑衅闹事；如果不和韩国和好，韩国的军队便要从西面进攻；如果不亲近楚国，楚国则从南面进攻。这样，稍有不慎，就会发生战祸，岂能有安全保障？这就是所说的四分五裂的道理啊！"魏王听了张仪的话，开始焦虑起来。张仪做出十分忧虑的样子，说："我真为大王担心啊！要是秦国和韩国联合起来，一旦攻打魏国，魏国的灭亡就是片刻之间的事了。"张仪巧言善辩，说得魏王担心起来，产生了忧虑。"那有什么办法呢？"魏王问道。张仪见魏王动了心，便进一步规劝魏王，说："为大王着想，依我之见，还是联合秦国为好。秦国强大,联合了秦国,楚、韩两国就不敢来侵犯,魏国就没有灭亡的忧虑了。"在张仪的威胁利诱下,魏王依附了秦国。

丈二和尚——摸不着头脑

指理不出事情的头绪,或弄不清情况而疑惑。

古老的苏州西园寺,静谧异常,风景优美。西园寺有座迷宫式的"八卦"罗汉堂,结构严谨,建筑奇特,总是引来游人驻足赞叹。据说,这座罗汉堂是当时一个身材高大的和尚设计建造的,人们都不知道他的法号,于是便根据他的身材特点叫他"丈二和尚"。在施工建堂的时候,匠人们都迷迷糊糊的,因为"丈二和尚"没有把图样画出来,而且连他有什么打算(施工计划)都没有告诉大家。"丈二和尚"只是胸有成竹地像个工头一样领着工人们干活。他边干边指挥,干到哪里就要别人跟到哪里。一个"八卦"式的建筑,左拐,右扭,东弯,西曲,把瓦木工人们弄得晕头转向,不知所以。因此,人们都说,摸不着"丈二和尚"的头脑。也就是说,弄不清他是怎么想的。

就这样,人们晕头转向地跟在"丈二和尚"后面干。干了许多个日子,等到罗汉堂完工的时候,大家仔细一看,这才清楚这些日子都干了些什么:一座造型优美,布局合理,玲珑剔透的八卦罗汉堂呈现在众人的面前。人们这才啧啧称赞,没有一个不佩服的。"丈二和尚——摸不着头脑"就慢慢传开了。

昭君娘娘和番——出塞(色)

汉宣帝时候,塞外匈奴由于贵族争权,势力越来越衰落,没有力量再跟汉朝做对了。那时,匈奴出了五个单于,互相攻打。其中有个单于叫呼韩邪,他杀了一个主要的敌手,打败了别的几个单于,差不多可以把匈奴统一了。但他的哥哥自立为郅支单于,又跟呼韩邪单于打起仗来了。呼韩邪单于打了几个败仗,死了不少人马,不知道怎么办才好。这时,大臣当中有人劝他跟汉朝和好。呼韩邪听了大臣的话,亲自带着部下到长安来见汉宣帝。

汉宣帝用隆重的仪式接待了呼韩邪,像招待贵宾那样招待他。呼韩邪单于和匈奴的大臣们在长安住了一个月才回去。临走,汉宣帝又送给他很多粮食,以解决粮食急需。

后来,汉宣帝死后,汉元帝即位。呼韩邪单于也坐定了匈奴王位。他在公元前33年,再一次亲自到长安来,要求和汉朝结亲。汉元帝也愿意同匈奴和亲,便答应了。他吩咐大臣到后宫传话:"谁愿意到匈奴去,皇上就把她当作公主看待。"

后宫的宫女都是从民间选来的,她们好像关在笼子里的鸟儿,永远没有飞的可能。能够出去嫁人的话,就是嫁给一个平民也够称心的了。可是要她们离开本国到匈奴去,谁也不乐意。但有个叫王嫱(又叫王昭君)的,她很有见识。为了两国的和好,她表示愿意到匈奴去。汉元帝立即为她准备嫁妆,选择了吉日,让她与呼韩邪单于成了亲。呼韩邪见王昭君如此漂亮,汉元帝又给她这么多嫁妆,心中万分高兴,一心要与汉朝和好。

王昭君到了匈奴,住在塞外,见不到父母,心中不免思念。但匈奴人都喜欢她,尊敬她,她慢慢也就习惯了。从此以后,匈奴和汉朝和睦相处,六十多年没有发生战争。

为了纪念王昭君，便有了歇后语"昭君娘娘和番——出塞（色）"。番指外族、外国，和番即与外族和亲。塞指边塞，出塞是指去塞外和亲，这里取"塞"的谐音"色"，来形容非常好、做得很好。

招亲招来猪八戒——自寻难看

在《西游记》故事中，高老庄的高太公有个小女儿翠兰要招个上门女婿，高太公指望他与自己同住，撑挡门户，做活当差。有一天，来了一个汉子，样子长得可以，他说自己是福陵山上的人，姓猪，上无父母，下无兄弟，愿意到这家当女婿。于是高太公招了他。这猪小伙耕田耙地、收割庄稼，样样都干，就是不用农具，早出晚归。可他就是有个毛病，会变嘴脸：长嘴大耳，脑后一溜鬃毛，皮肤粗糙，头脸像猪模样；一顿要吃三五斗米饭，就是早餐也要吃上百个烧饼；不光这样，他还会呼风唤雨，飞沙走石，吓得左邻右舍不得安生。

赵高试群臣——指鹿为马

比喻故意颠倒黑白，混淆是非。

秦二世时，丞相赵高野心勃勃，日夜盘算着要篡夺皇位。可朝中大臣有多少人能听他摆布，有多少人反对他，赵高心中没底。于是，他想了一个办法，准备试一试自己的威信，同时也可以摸清敢于反对他的人。

一天上朝时，赵高让人牵来一只鹿，满脸堆笑地对秦二世说："陛下，我献给您一匹好马。"秦二世一看，心想：这哪里是马，这分明是一只鹿嘛！便笑着对赵高说："丞相搞错了，这是一只鹿，你怎么说是马呢？"赵高面不改色地说："请陛下看清楚，这的确是一匹千里马。"秦二世又看了看那只鹿，将信将疑地说："马的头上怎么会长角呢？"赵高一转身，用手指着众大臣，大声说："陛下如果不信我的话，可以问问众位大臣。"大臣们都被赵高搞得不知所措。当看到赵高脸上露出阴险的笑容，大臣们忽然明白了他的用意。一些胆小又有正义感的人都低下头，不敢说话，因为说假话对不起自己的良心，说真话又怕日后被赵高所害。有些正直的人，坚持认为是鹿而不是马。还有一些平时就紧跟赵高的奸佞之人立刻表示拥护赵高的说法，对皇上说："这确是一匹千里马！"事后，赵高通过各种手段把那些不顺从自己的正直大臣纷纷治罪，甚至对其满门抄斩。

赵匡胤陈桥兵变——黄袍加身

把黄袍加在身上。指登上帝位。

赵匡胤原是后周太祖郭威手下的一名战将。郭威死后，他的义子柴荣继位（后改姓郭，名荣），他就是周世宗。赵匡胤立下赫赫战功，深得周世宗信任。公元959年，周世宗亲征辽国，节节胜利。可是在北征途中，他拾到一个袋子，里面有一块三尺长的木头，木头上写着五个字："点检做天子。"周世宗疑惑不解，殿前都点检是他的女婿，周世宗疑心他的女婿要篡皇位。后来周世宗病了，回师汴京，便改由赵匡胤担任检校太尉、殿前都点检。于是赵匡胤掌握了最精锐的禁军军权。没多久周世宗病死了，他儿子郭宗训继位，成了周恭帝，周恭帝当时才七岁，政事一般由皇太后主持。第二年，镇、定二州报告说北汉与辽国合兵南侵，情势危急。皇太后就根据宰相范质、王溥的建议，派赵匡胤率禁军诸将前去迎敌。

当时，由于后周皇帝尚年少，一时间民心骚动、将士不安，政权很不稳定。赵匡胤率领大军浩浩荡荡离开汴京，北行二十里来到陈桥驿。忽然，军中有人说天上又出现了一个太阳，该更换天子了。将士们也都商量说："如今皇帝幼弱，我们死命破敌，恐怕也无人知道。不如顺应天命，拥立点检做天子，然后再北进抗敌。"于是，赵匡胤的弟弟赵匡义和归德军掌书记赵普，就把事先准备好的黄袍披在赵匡胤身上。黄袍在当时是只有皇帝才能穿的服饰。军中将领一致向赵匡胤高呼"万岁"，拥立他为皇帝。

赵匡胤骑在马上，高声问道："你们立我为天子，肯听我的号令吗？"诸将下马跪地，齐声说："唯命是从！"然后，赵匡胤宣布了不杀周恭帝、皇太后，不侵凌朝贵，不掠夺商贾、百姓等纪律，并派使者到汴京向大臣们说明情况，随之整军回京，一路秋毫无犯。赵匡胤即位后，封周恭帝为郑王，改称皇太后为周太后。这就是历史上有名的"陈桥兵变"，中国历史上的宋朝从此开始。赵匡胤建立宋朝后，通过"杯酒释兵权"，进一步巩固了对赵宋天下的统治。从此，大宋王朝建立。

赵匡胤的白眉毛——后加的

比喻又有了增加。

传说，宋徽宗赵佶是个极风流的皇帝，他除喜欢画花鸟画外，还很爱听戏、看戏。一天，徽宗命戏班排新戏。领头的戏主见皇帝吩咐下来了，忙问道："万岁，您说排点啥戏好呢？"徽宗想了想说："大宋的江山是太祖皇帝打下来的，我们永不能忘，你就把他编成戏唱唱吧！"戏主又问："那太祖皇帝该开个啥脸呢？"徽宗不耐烦地说："这还用问，太祖皇帝英名盖世，忠义双全，自然要开红脸啰！"戏主领旨出宫，写出了脚本，分了角色，日夜赶排新戏，不些日子就演了出《太祖登基》。徽宗皇帝和三宫六院的后妃，看了这出戏都很满意，连连夸奖戏主排演得成功。

一天，突然传来了山东梁山众好汉造反的消息。徽宗忙派大队人马前去征讨，但几次都被宋江等众好汉打得大败而归。徽宗没心情看戏了，就把戏班子赶出了京城。戏主领着戏班众演员离开汴梁。有一天，他们来到沧州地面小旋风柴进的庄上。柴进平日就好结交天下英雄，他对这班江湖艺人十分关照，天天大摆筵席，盛情接待。戏主感激不尽，就和大家商量排一出新鲜的戏唱唱，以表感谢之意。晚饭过后，就又唱了《太祖登基》这出戏。柴进见赵匡胤出场竟然是个红脸，很不高兴。这是为什么呢？原因有二：一是柴进是周世宗柴荣的后代，和赵匡胤有不共戴天之仇；二是他早就和梁山好汉有来往，是徽宗皇帝的死对头。他一看赵匡胤被画成个好人脸谱，忙跑上后台，怒气冲冲地说："赵匡胤这贼背信弃义，手毒心狠，陈桥兵变，黄袍加身，篡位以后，又假装酒醉，杀害功臣，他坏事做尽，是个不折不扣的白脸奸贼，怎能给他画红脸呢？"戏主十分为难地说："这有什么办法呢？当今皇上叫把他画成红脸，我们要是不听，岂不犯有欺君之罪，这是要杀头的。"柴进一想，计上心来，顺手拿起画笔，在"赵匡胤"的红脸上，狠狠加了两道又粗又长的白眉毛。

赵匡胤稳皇位——杯酒释兵权

形容首领用巧妙的手段解除下属的权力。

宋朝，赵匡胤在陈桥兵变之后夺取天下登上皇位，可他又担心自己的部下以同样的办法对付自己，因此决定削掉重臣武将的兵权。一天，赵匡胤借着与石守信等将领一起饮酒的机会，告诉大将们自己终日寝食难安，毫无做天子的快乐可言。大将们忙问赵匡胤："这是为何？"赵匡胤说："谁不想得到荣华富贵呢？哪个大将又不想做皇帝呢？就算你们不想，如果有一天部下逼着你们黄袍加身当皇帝，你们又当如何呢？"众人忙说不敢。赵匡胤说："人生天地之间，如驹过隙，转眼就是一生，不如多为子孙置些产业，在歌舞美酒中快快乐乐地安享晚年，君臣之间也就不会有什么猜疑，这样安排生活不是很好吗？"石守信等人听懂了赵匡胤的真意，只好感谢说："陛下真是为我们考虑完了。"第二天，石守信等人都自动告病还家，请求朝廷解除自己的兵权。赵匡胤立即批准，只给他们保留了一些无权的虚衔，同时赏赐给他们丰厚的财物。

赵括全军覆没——坏在纸上谈兵

比喻只会空谈理论，不能结合实际而遭到失败。

战国时期，赵国大将赵奢的儿子赵括，从小便熟读兵书，因此只要一谈到如何用兵，他便会引经据典，说得头头是道。所以，不少听过赵括高谈阔论的人，都觉得他是个不可多得的大将之才。然而，赵括的父亲赵奢却说："我的儿子只通兵书，一旦真的领兵打仗，绝对会出大错。因此，他万万不能担当大将之职，否则，绝对是个败军之将。"

公元前三世纪中叶，秦国攻打韩国，韩国向赵国求救。于是，赵国派老将廉颇率兵前去救援。廉颇是赵国的名将，身经百战，作战勇敢，打过不少的胜战。廉颇率军行至长平，却遭到秦军的阻截，双方相持不下，足足对峙了三年。由于秦军战线拉得太长，远离后方，因此常常感到供给不足。如果双方再这样相持下去的话，对秦国十分不利。为了早日结束战争，赢得胜利，秦军想出了一个妙计。他们派人到赵国去散播谣言，诋毁老将廉颇，说他年纪大了，办事十分糊涂，也不像以前那样勇猛善战了，跟秦军对峙三年也没能获胜。他们还故意吹嘘赵括年轻有为，是百年不遇的大将之才，如果赵王英明，派赵括去带兵打仗的话，说不定早就赢了。"众口铄金，积毁销骨"，赵王听见大家的议论，也觉得廉颇老了，就下令改派赵括为大将军，让他代替廉颇领兵打仗。

赵括代替了老将廉颇，神气十足，他一到长平战场，不问青红皂白，便立刻改变了廉颇的战略，还任意撤换指挥官，弄得全军上下人心惶惶。原来廉颇指挥时，这支部队像铁桶一样坚强，如今战斗力一下子减去了大半。秦军指挥官得知赵军的动态以后，暗暗高兴，立即派出一支精锐的部队伪装败退，其实是要切断赵军的粮道。赵括以为秦军真的败退，也不征求部将的意见，就独断专行，下令出击，结果中了秦军将领的计策，赵军一下子被秦军一隔为二，被牢牢地围困起来。赵军被秦军围困了四十多天，粮食吃完了，人心大乱。赵军丧失战斗力。后来赵括带领一部分精兵突围，结果被秦军乱箭射死。赵军全军覆没，四十多万大军都当了俘虏。赵国从此败落下去了。

赵明诚的灵丹妙药——自己编的

宋朝时,宰相赵挺之之子赵明诚,吟诗作赋,琴棋书画样样精通。一天,赵明诚外出会友,到家后突然茶不思,饭不想,痴呆呆的,身体也渐渐消瘦起来。赵明诚的父亲不知道儿子得了什么病,心里十分焦急,然而请了不少名医,却都摸不透到底是什么病。这天,赵明诚的父亲来看望儿子,只见赵明诚躺在床上,双眉紧锁,像有什么心事似的,他忙问得病的原因。赵明诚见父亲着急的样子,忙说:"昨夜,孩儿梦见一个道士,他为我开了剂药方……"赵明诚的父亲忙问:"那道士的药方是怎么写的?"赵明诚怯生生地说:"因为在梦中,有些记不清了,但药单所列方剂,儿仍记得。"说罢,便念给父亲听:"言与司合。安上已脱。芝麻除草麻,芙蓉开新花。"赵明诚的父亲是位翰苑名贤,见多识广,解这一谜又有何难,当即笑道:"这事好办,为父即刻派人去办!"

原来,那药方是赵明诚自己编的。那天他外出访友,碰巧与女词人李清照偶然遇上,二人一见钟情,私订终身。只因封建时代婚姻要由父母包办,不能自主,于是他转弯抹角讲出了这一谜。"言与司合"是个"词"字,"安上已脱"是个"女"字,"芝麻除草麻"是个"之"字,"芙蓉开新花"是个"夫"字。是想做"词女之夫"的意思。后来,赵明诚听说李家答应了这门亲事,病立刻就好了。

赵普辅助太祖平天下——半部《论语》

常用来强调学习儒家经典的重要。

北宋著名的政治家赵普,起初是后周节度使赵匡胤手下的小吏。公元960年,赵匡胤率军北上,部队到达陈桥时,赵普为赵匡胤出谋划策,发动兵变。赵匡胤黄袍加身,做了皇帝,改国号为宋,史称宋太祖。接着,赵普又辅佐宋太祖东征西讨,统一了全国。后来,宋太祖任命赵普为宰相。

宋太祖死后,他的弟弟赵匡义继位,史称宋太宗。赵普仍然担任宰相。有人对宋太宗说赵普不学无术,所读之书仅仅是儒家的一部经典《论语》而已,当宰相不合适。宋太宗不以为然地说:"赵普读书不多,这我一向知道。但说他只读一部《论语》,我也是不相信的。"

有一次宋太宗和赵普闲聊,宋太宗随便问道:"有人说你只读一部《论语》,这是真的吗?"赵普老老实实地回答说:"臣所知道的,确实不超出《论语》的内容。过去臣以半部《论语》辅助太祖平定天下,现在臣用半部《论语》辅助陛下,便天下太平。"后来赵普因为年老体衰病逝,家人打开他的书箱,里面果真只有一部《论语》。

赵奢收农田税——秉公无私

指行事公正,不夹杂任何私念。

战国时,赵奢原来是一名征收田赋的下层官员。赵奢是个办事公平而且非常严格的人。有一次,相国平原君家的人不缴租税,赵奢就杀了平原君家的九个管事人。平原君知道后非常生气,下令要杀赵奢。赵奢不但一点都不害怕,还义正词严对平原君说:"虽然您在赵国权势非常显赫,但是您的管家却拒绝缴纳赋税,这样会损害到国家的利益,而

且还会严重影响国家的威信。要是大家都这样,赵国就会慢慢衰落下去,早晚会被其他国家灭亡。以您现在这样崇高的地位,如果能够带头遵守法令,那么赵国就会强大起来,您也会更受大家的尊重。"平原君觉得赵奢说得很对,不但没有杀他,而且把他推荐给赵王,担任高官。

赵巧儿送灯台——一去不回来

传说,赵巧儿是著名工匠鲁班的徒弟。他眼明手快心灵巧,不管活儿多复杂,见到就学,一学准会。可是,他有个致命的弱点,就是太骄傲,功夫全在嘴皮子上,手艺不扎实,善于投机取巧,真是一个名副其实的"找巧儿"。为这,他不知道挨过师傅多少回骂。

一次,鲁班向东海龙王借用龙宫图,答应三天内制一盏神灯台送他,作为酬谢。三天到期,灯台也制好了,不过鲁班正在赶建一座龙宫式的大殿,不能亲自将神灯台送去,便决定派个徒弟前往。赵巧儿知道了,简直心痒难熬,再三请求师傅让他去。鲁班见他心切,便答应让他当夜子时送去。鲁班了解自己这个徒弟心术不正,放心不下,再三嘱咐他:"赵巧儿呀,此去龙宫,非同小可!你千万不要耍小聪明,要快去快回,无论如何,必须在神灯台里油干灯灭以前往回赶。"原来鲁班制作的神灯台,能逢水开道,能祛除水族鬼怪,能抵御外患。不过,这神灯台只有在点着灯的时候才灵验,灯火熄灭,就什么都完了。赵巧儿那颗心呀,早已飞到水晶宫去了。所以师傅讲的话,他这个耳朵进,那个耳朵出,一句话也没记住。他看见师傅制的神灯台不过是个粗糙的玩艺儿,心里暗想:"人家都说龙宫有许多宝贝和漂亮的龙女,我好不容易才去趟龙宫,何不趁这个机会去捞些好处呀!"他主意打定,立即用上等檀香木做了一个十分精美的灯台,贴身藏好,准备去龙宫时送给龙王,讨个好。

子时刚到,鲁班便亲自为赵巧儿点燃灯台。他打了火石,燃起一个小木柴,就着光亮,放上半灯松子油,盘上两根白色灯芯草,用着火的小木柴一点,两根灯芯草就着了,火光四射,照得四周如同白天一般。赵巧儿心里又欢喜又慌张,双手高高擎着神灯台,急忙离开师傅,向东海走去。只见滔滔大海遇到灯台火光,便主动闪出一条大道来。赵巧儿顺着大道走去,脚下如踏平川,一直到了龙宫。龙王一见这稀有的珍宝,高兴万分,赞扬鲁班师傅真是神人。这时,赵巧儿从怀里摸出他自己做的灯台,一面高高举起,一面对龙王说:"龙王,你看,更贵重的神灯台在这里!"说着,拿起鲁班制的灯台连油带灯芯都倒进自己的灯台里。忽然"噗哧"一声,灯火灭了,顿时天昏地暗,波涛汹涌,龙宫立刻变成了一片汪洋大海。赵巧儿不听师傅的话,使法宝失去了灵验,自己也被大海吞噬了。从此,赵巧儿再也没见回来。

人们根据这个故事,编成了歇后语"赵巧儿送灯台——一去不回来"。

赵奢反对请田单带领赵军作战——旷日持久

荒废时间,拖得很久。

战国时期,有个名叫荣蚠的人,被燕国国君封为高阳君,燕王派他为统帅,带领军队攻打赵国。荣蚠很会打仗,赵王得到消息后非常害怕,立即召集大臣商议对策。相国赵胜想出一个办法，说道："齐国的名将田单，善勇多谋。我国割三座城池送给齐国，以此做条件，请田单来帮助我们带领赵军作战，一定可以取得胜利。"大将赵奢不同意这么做，他说："难道我们赵国就没有大将领兵了吗？仗还没有打，就先要割三座城池给齐国，那怎么行啊！我对燕军的情况很熟悉，为什么不派我领兵抵抗呢？"赵奢还进一步分析说："第一，即使田单肯来指挥赵军，我国也不可能一定取胜，也可能敌不过荣蚠；第二，如果田单确实有本领，但他未必肯为我国出力，因为我国强大起来，对齐国称霸不是很不利吗？因此，他不可能会为我国的利益而认真地对付燕军。"接着，赵奢又说："田单要是来了他一定会把我们赵国的军队拖在战场上，'旷日持久'，荒废时间。这样长久地拖下去，几年之后，会把我国的人力、财力、物力消耗掉。后果不堪设想！"

但是，赵王和相国赵胜没有听从赵奢的意见，仍然割让三城，聘请齐国的田单来当赵军的统帅。结果，不出赵奢所料，赵国投入了一场得不偿失的消耗战，付出了极大的代价，只夺取了燕国一个小城，却没有获得理想的胜利。

赵胜接受韩国的上党——利令智昏

因贪图私利而丧失理智，做出错事。

战国时期，秦国攻打韩国。不几天就攻占了韩国的野王，断绝了上党的交通。这样一来，上党城孤立无援，眼看就要失守，上党守将冯亭看到野王已经失守，认为上党也会保不住的，与其让秦国占了上党，还不如把它转交给赵国，这样韩国就可以和赵国联合起来共同抵抗秦国的侵略了。

当冯亭派人把上党的地图带给赵孝成王时，孝成王左右为难，他不知该怎么办好，于是召集大臣们商议。有一个叫赵豹的大臣劝孝成王不要接受，因为无端地接受别人送来的东西，就会引起祸患，韩国之所以把上党献给赵国，目的是想让秦国把矛头指向赵国。可是孝成王并不同意他的意见，于是他又和平原君赵胜商议，平原君认为即使发兵百万，一年半载也不一定能攻下一座城池，现在却不费一兵一卒，就可得到上党的土地，绝不能坐失良机。孝成王听了平原君的话非常高兴，于是派平原君到上党去接受土地，并封冯亭为华阳君。可是没有多久，赵国就大祸降临，秦国看到即将到手的土地却被赵国占领了，转而攻打赵国。赵国派出了只会纸上谈兵的赵括去应战，结果打了败仗，秦国在长平之战中消灭赵国士卒四十多万人。

司马迁在评价这件事时，认为平原君是一个行为高出一般世俗弟子的公子，但却不明白"利令智昏"的道理，"利"这个东西，能够使聪明人冲昏头脑，丧失理智，平原君贪图冯亭的利诱，以致赵国在长平损失四十多万人，几乎连赵国的都城邯郸也快失去了。

赵五娘上京——一路辛苦

相传，东汉末年，书生蔡邕迫于父亲的催促，留下年迈的父母和新婚两个月的妻子赵五娘到京城洛阳应试。后来蔡邕中了头名状元，被牛丞相强行招为女婿，牛丞相不许蔡邕和五娘联系。这年天大旱，蔡邕的父母先后去世。赵五娘没钱，卖了自己的秀发，用手挖泥，用围裙兜土，埋葬了二老。她要到京城洛阳找蔡邕。五娘没钱，只好背着公婆的遗像,怀抱琵琶上路。沿途行乞卖唱,风餐露宿,极度疲惫。五娘经过千里迢迢,历尽千辛万苦才来到京城,她执着地探寻,最后夫妻终于团聚。

赵王招宴请杨坚——先下手为强

指先于别人行动,可以取得优势。

传说,南北朝时期,北周有个赵王招,他很早就想除掉杨坚,妄图篡夺皇位。有一天,赵王招设宴请杨坚,并且不准杨坚的大将元胄进入。元胄强行跟随杨坚入赵府。赵王招让儿子为杨坚进奉西瓜,先下手为强,想乘机行刺杨坚。元胄早已看出赵王招的险恶用心,便手扶刀柄,大有拼杀之意。赵王召见势不妙,未敢动手。元胄乘来客之机,拉着杨坚偷偷逃走。

赵云血战长坂坡——大显神威

形容打仗非常英勇顽强。

汉献帝建安十三年,曹操兵分八路,进攻樊城。刘备放弃樊城,携带十数万百姓、三千多军马渡江向江陵退去。关羽、孔明先后往江夏求救。赵云保护老少,张飞断后。这时候,曹操精选五千名铁骑,追赶上来,把刘备军民冲散。赵云与曹军厮杀,往来四下冲突,从夜里杀到天明,寻不到刘备,再寻刘备的甘、麋二位夫人和公子阿斗时,也都失散了。

赵云带着残兵三四十人,拍马奔出长坂坡,冲进曹军中去,好不容易才救出了甘夫人。赵云自己再回旧路与曹军厮杀,相从的军士早已不剩一人,然而赵云并无半点退心,只顾往来寻觅。后来,他在一座破墙处,找到麋夫人。麋夫人伤重难行,为让刘备的儿子阿斗脱险,将阿斗递给赵云后,她自己翻身投入墙旁的枯井自尽了。

赵云抱着阿斗,解开勒甲绦,放下护心镜,将阿斗抱护在怀里,推倒土墙掩埋了枯井,然后上马。他杀散曹军,冲开一条血路,只身力战曹军四将,全无惧色,他拔出宝剑,挥舞如风,挡者非死即伤,曹军不敢逼近。曹操在景山顶上督战,遥见赵云所到之处,威不可当,十分赞叹。当时,赵云更是左冲右突,如入无人之境,先后打死曹军五十余员名将,终于冲出重围,救得刘备的儿子阿斗!赵云在当阳长坂坡前一仗,充分显示了他"一身是胆"的英雄气概。有诗赞道:

血染征袍透甲红,当阳谁敢与争锋!

古来冲阵扶危主,只有常山赵子龙。

赵禹订法律——一意孤行

原意为谢绝请客,按照自己的意见去处理案件。现指顽固按照自己的想法,独断专行,不采纳他人的意见。

西汉时期,有个叫赵禹的人是太尉周亚夫的属官。一个偶然的机会,汉武帝刘彻看到赵禹写的文章文笔犀利,寓意深刻,认为在当时很少有人比得上他,便让赵禹担任御史,后又升其为太中大夫,让他同太中大夫张汤一同负责制定国家的法律。

为了用严密的法律条文来约束办事的官吏,张汤等人根据汉武帝的旨意,对原有的法律条文重新进行了补充和修订。当时许多官员都希望赵禹能手下留情,把法律条文修订得有个回旋的余地,便纷纷请他和张汤一起做客赴宴,但赵禹从来不答谢回请。几次以后,不少人说赵禹官架子大,看不起人。

过了一些时候,赵禹和张汤经过周密的考虑和研究,决定制定"知罪不举发"和"官吏犯罪上下连坐"等律法,用来限制在职官吏,不让他们胡作非为。消息一传出,官员们纷纷请公卿去劝说一下赵禹,不要把律法订得太苛刻了。公卿们带了重礼来到赵禹家,谁知赵禹见了公卿,只是天南海北地闲聊,丝毫不理会公卿们请他修改律法的暗示。过了一会儿,公卿们只得起身告辞。谁知临走前,赵禹硬是把他们带来的重礼退还。这样一来,人们才真正感到赵禹是个极为廉洁正直的人。有人问赵禹,难道不考虑周围的人因此对他有什么看法吗?他说:"我这样断绝好友或宾客的请客,就是为了自己能独立地决定、处理事情,按自己的意志办事,而不受别人的干扰。"

昭君娘娘和番——出色(塞)

形容事情办得精彩,圆满,得到大家的赞赏。

秦末汉初时期,匈奴不断地进攻中原,边疆百姓的生命财产受到很大的威胁。当时西汉刚刚建立,国力比较弱小,和匈奴抗衡是很困难的,因此西汉的统治者不得不对匈奴采取守势。经过汉初几代人的努力,特别是在"文景之治"出现后,汉朝国力渐渐强大起来。到了汉武帝的时候,西汉统治者开始对匈奴展开大规模的进攻。在汉军几十年不断的打击之下,匈奴实力日益削弱,并在汉宣帝时最终分裂。其中靠近汉领土的南匈奴,在其首领呼韩邪单于的领导下逐渐强大。为了巩固自己的统治,以便在各部争斗中占据有利的位置,呼韩邪单于主动向汉朝靠拢,自愿做汉朝在北方的第一道屏障,并在公元前33年汉元帝在位时到长安要求和亲。

这个时候,汉朝统治者也认识到,虽然在对匈奴的战争中取得了不小的胜利,但是连年征战,劳民伤财,国力也受到很大削弱。长此下去,对西汉和匈奴都没有什么益处。因此,汉元帝非常隆重地接待了呼韩邪单于。当呼韩邪单于提出和亲的要求时,汉元帝同意了,他决定选一位美丽的公主嫁给呼韩邪单于。但是因为当时匈奴生活在塞外的苦寒之地,生活条件要比地处中原的汉朝相差很远。加上出嫁之后,就可能永远地告别自己的亲人,不能再回故土了,因此别说是公主,就连一般的宫女都不愿意出嫁匈奴。

这时,汉宫里有一位端庄秀丽、聪慧娴雅的宫女,名叫王昭君。她熟知宫廷礼仪,歌舞诗画也很擅长,看到这种情况后,她主动表示自愿到匈奴和亲。汉元帝听了非常高兴,就把王昭君封为公主,并为她准备了丰厚的嫁妆,挑选了一个黄道吉日,把昭君风风光光地嫁了。呼韩邪单于见王昭君既漂亮又贤淑,心里非常高兴,对她宠爱有加。在以后的日子里,他们积极地维护西汉与匈奴的和好局面,加强了西汉和匈奴百姓之间的交流。在王昭君出塞后的几十年里,汉朝与匈奴之间再没有发生过大规模战争。两地百姓安居乐业,共同称颂王昭君的贤良美德!

正月十五贴门神——晚了

比喻已过时了。

传说，唐朝有个规矩，只许朝中官宦人家过年贴门神，不准百姓家贴门神。画圣吴道子对这条禁令很不服气，觉得毫无道理。吴道子从京都西安辞官回来时，正逢过年，他就挥毫画了一对秦琼和尉迟敬德的像贴在家门口。以后，每逢过年，众乡邻都来求吴道子画门神。这下子可忙坏了吴道子，他拼命地画，常常废寝忘食。就这样，过了年初五，前来求画的人还络绎不绝。等到众乡邻家的门洞上都贴上门神时，早已过了正月十五。有人说："哎！可惜晚半月啦！"

郑板桥的横批——难得糊涂

指人在该装糊涂的时候难得糊涂。

清乾隆年间，郑板桥考取进士，任山东范县、潍县知县。一天，有一个名叫朱月姣的寡妇，来到郑板桥这里击鼓喊冤，说她昨晚被同乡的富绅魏善人调戏，多亏公婆及时赶到，才免遭不幸。郑板桥将魏善人带到公堂对质，魏善人非但不承认，还说朱月姣借他十两银子，不想还他，以此诬告他。郑板桥问朱月姣可有此事，朱月姣哭诉说："我家里虽然穷，但从未向魏善人借过银两，大人不信，可去我家搜查。"郑板桥早就看得明白，于是便将惊堂木一拍，大声喝道："大胆刁妇，你诬告魏善人，该当何罪！"说罢，就要动大刑。朱月姣急了，大声骂道："我以为你是清官，原来也是个糊涂官！"郑板桥说："朱月姣，本县念你年轻，不懂事，暂免用刑。三天内将十两银子还给魏善人，不得有误。"

朱月姣走后，郑板桥问魏善人："你看本县判决得怎样？"魏善人说："郑大老爷真乃清官。我最喜欢积德行善，也最敬爱清官。"郑板桥笑着说："那好啊，今有张老汉借了人家债还不起。现家里已揭不开锅，眼下又青黄不接，你是有名的善人，他这十两银子就由你来帮他还吧！"魏善人听了大吃一惊，又不敢推辞，只好硬着头皮答应了。他刚转身要走，郑板桥又对魏善人说："还有一位白发苍苍的老婆婆，她儿子不养她了，十分可怜。你是善人，暂且将老婆婆接回去奉养，你看怎样？"魏善人一听，连连摇头说："这怎能行！"郑板桥厉声说："你对寡妇朱月姣肯接济，送银子，为何对这老人不加同情？"魏善人脱口而出："我没有送银子给朱月姣。""这就对了，你撒谎诬诈，这还了得！"郑板桥说罢，吩咐衙役重打魏善人五十大板。接着，郑板桥宣判："魏善人为富不仁，调戏民女朱月姣，罚银二十两，以补朱月姣名誉损失。"朱月姣接到二十两银子后，赶来叩谢郑板桥说："我错怪老爷是糊涂官了。"郑板桥笑着说："济贫惩伪善，此案需奇判，若说我糊涂……"朱月姣接口夸道："难得糊涂官。"郑板桥连连称妙，提笔写下一横批"难得糊涂"四个大字，交给朱月姣收存。

郑板桥嫁女——分文不取

指不接受丝毫报酬或不拿一点钱财。

传说，郑板桥有一个女儿，她聪明伶俐，擅长书画。郑板桥为了给女儿定亲，费了很大工夫。一天，郑板桥认识了一个年轻人，他觉得这年轻人才貌双全，于是当面把女儿许配给了年轻人。郑板桥回家后，对女儿说："明天我带你去游玩。"女儿点头同意了。第二

天，郑板桥带女儿来到年轻人家中，吃完饭后他对女儿说："孩子，从现在起，这就是你的家了。你安心在这里住下来吧。他会使你满意的。"说完便走了。女儿懂得父亲的意思，便真心爱上了这个年轻人。

后来，有人问郑板桥说："你怎么忍心把一个那么有才有貌的女儿白白地送给了人家呢？连一点聘礼也没收回来，你不觉得吃亏吗？"郑板桥笑着说："不是我不能收到聘礼，而是因为如果我的女儿是个看重聘礼的人，她就不配嫁这样的丈夫，所以我分文不取。"那人好像听懂了郑板桥的话，满意地点点头，低声说道："是呀。郑板桥嫁女——分文不取。"

郑板桥选师爷——德才兼备

指既有才能，又有品德。

郑板桥是一个廉洁的清官，他在范县当了五年县官，范县大治，他深受百姓的爱戴。有一次，郑板桥想选一个铁面无私的师爷，可是他一连选了几个人，都不中意。

有一天，有人击鼓喊冤。赵板桥传上堂来一问，原来来人是个教书先生，他状告他教书的东家。原来他们事先讲好一年八吊钱的报酬，可是到年底，东家不但不给钱，还把教书先生辞退了。郑板桥试探着说："想必你没有什么学问，误人子弟，要不东家怎会辞退你呢？""我教得好坏，大人可派人去问学生。"教书先生很有把握地回答着。"那好啊，我先来考考你就知道了。我出上联，你对下联。对上了，我为你加倍追回聘金。如果你对不出，打你四十大板，轰出堂去，行吗？"郑板桥问道。教书先生点点头，表示同意。郑板桥指着堂上悬挂的一盏纱灯，出了上联：四面灯，单层纱，辉辉煌煌，照遍东西南北。教书先生毫不迟疑地对出下联：一年学，八吊钱，辛辛苦苦，历尽春夏秋冬。郑板桥连声说："好！好！"当即下令把东家传来，审问结果，实属东家赖账，郑板桥将教书先生的东家严加训斥一顿，并加倍为教书先生追回聘金。

郑板桥对教书先生产生了爱才之心，他把教书先生领到后房，设宴款待。郑板桥见桌上的咸鸡蛋，每块像只小船，蛋清雪白，蛋金黄，夹起一块儿，出了上联：剖开舟两叶，内储黄金白玉。教书先生见窗台上放着一堆石榴皮和半个带子的大石榴，马上又对出了下联：打破坛一个，中藏玛瑙珍珠。郑板桥连连点头，表示满意。接着郑板桥用筷子夹起一片凉拌藕，又出一上联：藕入泥中，玉管通地理。教书先生忙对出下联：荷出水面，朱笔点天文。郑板桥见教书先生很有才华，经了解为人正直，品德良好，就选拔他当了县衙的师爷。

郑板桥夜里吟诗——吓跑了小偷

相传，郑板桥在山东潍县连任了两任县官。郑板桥在职期间为官清廉，时常把自己的俸禄分给贫苦的百姓。当他卸任离职时，只带了一只黄狗、一盆兰花回到江南老家。

郑板桥老家有个小偷，听说当了两任县官的郑板桥回来了，以为他一定带回不少钱财，于是便在一个下雨天的夜晚，摸进了郑板桥家。郑板桥躺在床上，忽见一个人偷偷摸摸地进了屋。他便吟道：

细雨蒙蒙夜深沉，梁上君子进我门。

小偷一听，吓了一大跳。转念一想，认为郑板桥在说梦话。小偷又大着胆子，满屋摸索着银子。这时，郑板桥又吟道：

胸中诗书存万卷，家里金银无半分。

小偷听后一惊，心想：大概郑板桥没睡着，说不定还要起来抓我呢！想罢，一个箭步蹿出门去。小偷刚出屋门，又听郑板桥吟道：

出门莫惊黄尾犬，免得皮肉留伤痕。

小偷听后越发惊愣了。打算爬墙出去。又听郑板桥吟道：

越墙休踏兰花盆，盆破花毁疼煞人。

小偷见墙上果真放着一盆兰花，他便绕开花盆，翻墙跳出院外。打那以后，小偷再也没进过郑板桥家，并且逢人就说郑板桥为人正派，为官清正。

郑成功打台湾——收复失地

收回丧失的国土。

明隆武二年(公元 1646 年)，郑成功起兵抗清，移师南澳(今属广东)。后以金门、厦门为根据地，连年出击粤江浙等地。永历十三年与张煌言合兵，进入长江围攻南京，兵败退守厦门。永历十五年，率领将士数万人，自厦门出发，经澎湖，于台湾南部登陆，围攻荷兰总督所在地赤崁城(今台南安平)，经过八个月的战斗，清康熙元年二月一日，荷兰总督揆一投降，台湾重回祖国怀抱。郑成功在台湾建立行政机构，推行屯田制，促进了台湾社会经济的发展。

郑谷改诗——一字之师

某些诗文，因改动一个字后，变得更加精简完美，则称改动字的人为"一字之师"。

晚唐有个叫齐己的和尚，喜爱习文作诗，在当地颇有名气。为了进一步提高学问，齐己探知当世郑谷是有名的诗人，于是便带着自己的诗作，前去拜访请教。在齐己带去的诗中，有一首《早梅》诗，他特地拿出请郑谷指点。诗中有这么两句：

前村深雪里，昨夜数枝开。

郑谷读后，说："诗题既叫作《早梅》，便应突出一个'早'字。现下你的诗中有好几枝梅在雪夜开放，就显不出它早了，不如把这后一句改为'昨夜一枝开'，可能好些。"这一字之改，不仅文题切合，而且韵味无穷。齐己听罢，既惶恐又敬佩，长跪而拜，表示感谢。从此，天下读书人便称郑谷是齐己的"一字之师"。

郑人买履——生搬硬套

比喻只信教条，不切实际，死板恪守。

从前，郑国有一个人，想买一双鞋。他先用一根草量好了脚的尺寸，然后兴冲冲地去往市场去了。市场上人来人往很热闹，各种货物应有尽有。郑人直奔到鞋摊，高声说："买双鞋。"郑人拿到鞋后，想掏出尺码来量一量是否合适，但摸遍全身，怎么也找不到尺码。

有人见他非常着急的样子,便好意地问:"你丢了什么?"郑人一言不发,只是一个劲地在身上乱掏。掏了一阵,拔腿就往家跑。原来他想起来了,早先量好的尺码放在座席上,临走时忘记带了。等到他拿了尺寸,再气喘吁吁地赶到市场上时,集市已经散了。郑人呆呆地站在刚才设鞋摊的地方。周围的人问他,郑人便把经过的情况说了。有人说:"为什么不把自己的脚伸出来试一试呢?多么方便的事。""不!不!"郑人固执地说:"我宁愿相信自己量的尺码,也不相信自己的脚。""真是自作自受。"周围的人听了郑人的傻话,肚子都笑疼了。

郑庄公攻伐陈国——怙恶不悛

坚持作恶,不思改悔。

春秋时代,卫国联合宋、陈等国进攻郑国。为了离间卫国的盟国陈国,郑国国君郑庄公派使者到陈国去请求和好,并结成联盟。不料,陈桓公瞧不起郑庄公,不愿与郑国结盟。桓公的弟弟五父劝谏说:"对邻国亲近、仁爱和友善,是立国的根本。您应该考虑到这些,答应郑国的要求。"但是,桓公听不进五父的话,反驳说:"宋国和卫国都是大国,它们才难以对付。郑国有什么作为,能把我们陈国怎么样!"庄公得知桓公拒绝与自己结盟,勃然大怒,亲自率大军攻伐陈国。桓公仓促率军应战,结果大败。

后来,《尚书·盘庚上》对上面这段历史发表评论说:"友善不可丢失,罪恶不能滋长,这是针对陈桓公说的。一直做罪恶的事而不改过,最后一定会自食其果。"

纸糊的驴——大嗓门儿

形容说话声音特别大的人。

旧时,由于封建迷信思想,凡有人死亡都要举办出殡仪式。出殡时,又总要用各色彩纸糊制些牛、羊、马、人之类的"烧活",驴子是"烧活"中最常见的品种。因其系用秸秆儿做成支架,再糊上彩纸,外有形而中空,便产生了"纸糊的驴——大嗓门儿"一语。

智伯的野心——贪得无厌

指贪心永远没有满足的时候。

春秋末期,周天子的权力已不再为大家所重视,一些当初受封的诸侯都纷纷独立,扩展自己的领土。当时,晋国是一个大诸侯国,国中有六位上卿:赵、魏、韩、范、智、中行。在六个上卿中,智伯是个野心勃勃的人,他总是处心积虑地想扩展自己的势力范围。

有一次,智伯联合韩、赵、魏去攻打中行氏,在把中行氏消灭后,他便把中行氏的土地侵占了。过了几年,智伯又派人去向韩康子要求割地,韩康子惧怕智伯,便割了一万户的土地给他。智伯得到这块土地后,接着派人去向魏桓子要求割地,魏桓子怕他起兵攻打,也不得已割让了一块土地。这时候,智伯以为天下的人都怕他,于是他又派人去要赵襄子割让蔡和皋这两个地方。赵襄子却不答应,说:"土地是先人的产业,我不能随便送人!"智伯得知赵襄子不肯割让土地,便约韩康子和魏桓子一同讨伐赵襄子。赵襄子知道自己寡不敌众,便采纳了谋士张孟谈的计策,迁到晋阳城中坚守。结果智伯围攻晋阳三年,一直没能攻下来。这时候,晋阳城里粮食快要用尽,智伯又用水淹城,形势十分危急。赵襄子便派张孟谈去游说韩康子和魏桓子,说动他们反戈一击智伯。韩、魏二人本来就对智伯不满,知道智伯贪得无厌,灭了赵襄子对他们弊大于利,便答应和赵襄子联合起来,灭掉智伯,然后平分智伯的土地。于是三家约定由赵襄子乘夜出兵袭击,韩、魏二人做内应。结果,三家联合,终于击败了智伯,并将智伯杀死。就这样,贪得无厌的智伯落得了一个可悲的下场。

中山狼出了书袋子——凶相毕露

有只狼被猎人射中,负伤而逃,猎人在后面紧紧追赶。

这时,有个墨家信徒东郭先生,骑着毛驴,驴背上驮着书袋子,要到中山国谋职。这只负伤的狼窜到东郭先生面前,苦苦哀求说:"先生,快救救我吧!猎人要抓我,让我在你的书袋子里躲一躲。我将永远不忘你的大恩大德。"东郭先生见它那副可怜相,心便软了。他把这只狼藏进书袋子里。猎人随后赶到看不到狼的踪影,便问东郭先生:"先生有没有看见一只狼?"东郭先生看了看猎人手里的弓箭,又低头看了看自己的书袋子,说:"没看见!"猎人无奈只能继续追下去。

猎人走过后,狼从书袋子里出来了。它伸伸腰,舔舔嘴,马上露出凶相,张开大口,对东郭先生说:"你既然救我,就该救到底。我现在饿得要死,让我吃了你吧!"说着,就向他扑去。东郭先生大吃一惊,绕着毛驴躲避。

这时,有个老农夫路过这里。东郭先生赶快请他评评理。中山狼也抢着说:"他刚才把我捆着,塞进书袋里,上面还压了好多书。这分明想闷死我,哪里是救我?"老农夫听了后,想了想说:"你们讲的,我不相信。这书袋子怎能装得下狼呢?我得看一看狼是怎样装进去的。"于是,中山狼又躺在地上,蜷缩作一团,东郭先生像刚才那样把它装进书袋里。老农夫立即把袋子扎紧,对东郭先生说:"这种吃人的野兽,绝不会改变本性的。对狼讲仁慈,那就太危险了!"说罢,举起锄头,把狼打死了。

后来,人们根据这个故事,编成了歇后语"中山狼出了书袋子——凶相毕露",形容翻脸不认人、穷凶极恶的人。

中医先生应对——三句话不离本行

比喻受行业局限,或只关心本工作。

有一位中医先生善用中药名应对。一天,他同几个朋友到一处花园游玩,见园中片片竹林很是挺秀,有人赞美道:烦暑最宜淡竹叶。中医先生马上答道:伤寒尤妙小柴胡。他们走到几株玫瑰花前面。那人又说道:玫瑰花开,香闻七八九里。中医先生又答道:梧桐子大,日服五六十丸。那人笑说道:你这是中医先生应对——三句话不离本行,请为我开一张药方,好吗?中医先生点点头,表示同意。于是,便为他切脉看病,那人见这药方内有"生地,熟地"。想了想出一上联,说:神州到处有亲人,不论生地熟地。中医先生听了,微微一笑,当即应对道:春风来时尽著花,但闻藿香木香。

原来上文中的"柴胡"是一种中草药,有解热的作用。"生地"和"熟地"也是中草药名。"生地"有退热、止血等作用,也叫"生地黄秒"。"熟地"有滋补的作用,也叫"熟地黄"。"藿香"和"木香"也是中草药名。"藿香"有清凉解热、健胃止吐的作用。"木香"有健胃、利尿、祛痰等作用。这中医先生游园过程中,所对的对都是用中草药名。所以这里有"中医先生应对——三句话不离本行"之说。

仲子和姑娘的爱情——人言可畏

指流言蜚语很可怕。

古时候,有一个名叫仲子的青年爱上了一个姑娘,想偷偷地和她约会。姑娘因为他们之间的爱情还没有得到父母的允许,害怕父母知道后责备她,所以要求仲子别这么做。于是姑娘唱了一首歌,唱出了她又欣喜又害怕的矛盾心情。这首情歌末一节的原文是:

将仲子兮,

无逾我园,无折我树檀。

岂敢爱之? 畏人之多言。

仲可怀也,人之多言亦可畏也!

歌词大意是:请求仲子呀,别爬我家的园,别折我种的檀。我哪里是爱惜檀木,怕的是闲人说闲话。仲子你是多么的叫我怀念,闲人的闲话却又多么的可怕!"人言可畏"由此产生。

钟馗打鬼——分内事

指本职范围内的工作。

唐开元年间,唐明皇在骊山讲兵习武,返回皇宫后疟疾病发作。一天夜里,唐明皇忽然梦见两个鬼:一个大鬼,一个小鬼。那小鬼穿着大红色的式样很特别的"犊鼻裤",一只脚穿着鞋,另一只脚光着。他盗走了杨贵妃的紫香囊和唐明皇的玉笛,绕着宫殿奔跑。那个大鬼,头戴帽子,穿蓝色的裤子,赤裸着两只胳臂,用毛皮缠着双脚。大鬼抓住了小鬼,挖出他的眼睛吞吃着。唐明皇惊异地问大鬼:"你是什么人?"大鬼回答说:"我叫钟馗,就是那个考试没被录取的人。我决心替皇上除尽天下的妖怪。"大鬼讲到这里,唐明皇惊醒了,所患疟疾的痛苦也顿时消除了,身体也格外健康起来。

唐明皇召见画工吴道子,把梦中的情境讲给他听,并要求说:"你试着为我画一张梦中所见到的钟馗像吧!"吴道子接受皇帝的命令,开始构思作画。吴道子昼思夜想,恍恍惚惚地就像真的看到了钟馗一样,他立刻挥笔画成了钟馗的像,献给唐明皇。唐明皇一看画像非常高兴,便批示大臣拟出文件发往全国,要求每年画钟馗像张挂起来,借以驱除妖魔鬼怪。

周处除害——悔过自新

悔恨以前的过失,决心重新做人。

周处年轻的时候,粗暴强悍,好争斗,他被地方上的人看作祸害。当时,义兴县河里有条蛟龙,山里有只猛虎,都一同侵害老百姓。义兴人都说这是"三个祸害",而其中的周处更加厉害。有人劝说周处去杀猛虎,斩掉蛟龙,其实是希望三害中只留下一个。周处上山杀死了猛虎,又下河刺杀蛟龙。那蛟龙时而浮出水面,又时而沉入水底,游了几十里远,周处跟它一起浮沉。经过三天三夜,地方上人都认为周处已经死了,互相庆贺。谁知周处竟杀死蛟龙又浮出水面。周处听说地方上的人互相庆贺,才知道自己被大家认为是祸害,于是他有了改过自新的念头。

周处到吴郡去寻找陆家两兄弟。陆机不在家,见到了陆云,周处就把义兴人恨他的情况全部告诉了陆云,并说自己想改正错误,但是年纪已经太大,终究不能有什么成就。陆云说:"古人认为早晨懂得真理,即使晚上死去也是可贵的。何况你的前程还满有希望。而且人怕的是没有志向,有了志向,何必担心美名不能传播出去呢?"周处听了陆云的话,改过自勉,终成一代忠臣。

周公叹息——平易近人

态度谦逊可亲,使人容易接近。也形容文字深入浅出,使人容易理解。

西周时,周公的儿子伯禽封于鲁,姜尚封于齐,周公仍在朝辅佐周成王。周公的长子伯禽到鲁地后,过了三年才向周公汇报在那里施政情况。周公很不满,问他:"为什么这么迟才来汇报?"伯禽回答说:"改变那里的习俗,革新那里的礼法,三年后才能看到效果,所以来晚了。"

在这之前,姜尚被封在齐地,他只过了五个月,就向周公报告在齐地的施政情况。当时,周公感到惊奇,便问他说:"你怎么这样快就报告情况呀?"姜尚回答说:"我简化了君臣之间的礼节,一切按照当地风俗去做,所以这样快。"

周公听了伯禽的汇报后,不由叹息道:"唉,鲁国的后代将要当齐国的臣民了! 政令不简约易行,百姓就不会对它亲近;政令平和易行,百姓就必定会归附。"

周平王与郑庄公互换人质——言不由衷

说的话不是出自内心。形容虚辞假意,心口不一。

春秋时期,诸侯郑国的实力强大,郑庄公任周朝的卿士,执掌朝廷大权。郑庄公凭借自己的势力和地位,不把周天子放在眼里。当时任周天子的是周平王,周平王是一个软弱无能的人,他不得不依靠郑庄公处理朝政,但又对虢公忌父十分信任,想让他代替郑庄公处理朝政。

郑庄公知道这件事后,对周平王极为不满。周平王非常害怕,急忙向郑庄公解释说,他没有让忌父取代郑庄公的想法。为了取得郑庄公的信任,周平王和郑庄公互换人质,让周太子狐到郑国去做人质,而郑公子忽则到周朝来做人质。

公元前720年,周平王死去,他的孙子姬林继位,称周桓王。周桓王也想让忌父代替郑庄公当卿士掌管朝政。郑庄公知道后大怒,他派大夫祭足领兵马,到周朝的温地收割麦子,并全部运回郑国。到了秋天,祭足又带领兵马到周朝成周,把那里的谷子全部割掉,运回郑国。从此,两国之间的关系愈加恶化,彼此间结下了仇恨。

周武王纳谏——玩物丧志

醉心于玩赏所喜好的东西,从而消磨掉志气,丧失积极进取的精神。

西周初年,周武王推翻殷商的残暴统治之后,逐渐建立了一个强大的王朝,也同四方的少数民族国家有了交往。当时，西戎进贡了一种名叫"獒"的猎犬，非常凶猛，打猎时又跑得很快。周武王从来没有见过如此大的犬，心里很是喜欢，准备收下。

太保召公知道后，到宫里见周武王说："大王还记得殷商的灭亡吗？殷商之所以灭亡，就是它的帝王喜欢美人和奇珍异宝，长期过着荒淫放纵的生活，把人民丢在一边，以致不再得到人民的拥护。现在，我们应该引以为戒啊！"召公回到家里，又写了一篇叫《旅獒》的文章劝谏周武王，文章说："唉，英明的帝王处处小心，注意自己的德行。四方的国家敬仰你，不管它们是远还是近，都应该当做宾客看待。他们进贡的物品，有实际用处的才收下。一个人玩弄他人，就会丧失品德；玩弄物品，就会丧失志向。人的志向十分重要，有了它，做事情才会专心专意。"

周武王看了召公的文章很受感动，于是采纳了他的意见，将猎犬"獒"退还了西戎。过了一段时间，周武王又将召公的信刻在器物上，以此告诫子孙：不要因为玩弄奇珍异宝而丧失了自己的志向。

周武王伐纣——同心同德

指为同一目的、同一心愿而努力。指思想统一，信念一致。

商朝末期，商纣王昏庸无道，凶残横暴，周武王起兵伐纣，各地诸侯及百姓纷纷响应。这年初冬，周武王率领大军在河南孟津黄河渡口，踏着皑皑白雪跨过了黄河，直取殷都。

次年二月，大军到达朝歌南郊的牧野附近。周武王为了进行战前动员，鼓舞军卒讨伐纣王的士气，举行了庄严的誓师大会。在誓师大会上，周武王亲自发表演说，演说中历数纣王的罪行，说纣王上不敬天，下降灾祸，残害百姓，枉杀忠良，周武王接着说："商朝的罪恶，如同用绳子穿钱一样，现在已经穿到头了，不能再增加了，老天爷也要诛灭他！纣王虽手下文臣、武将及士卒成千上万，但是他们相互之间离心离德，如同一盘散沙，千千万万颗心，分崩离析；而我有臣民三千，虽然人马很少，但大家团结一心，为消灭残暴的纣王而战，替天行道，这是任何力量也无法阻挡的。三军将士，要同心同德，杀敌立功！"誓师之后，周武王便向纣王发起攻击。

这场即将打响的战争就是历史上著名的"牧野之战"，在这场战争中，商纣王的部分将士由于早已不堪忍受商纣王的残暴统治，纷纷倒戈，掉转矛头反身攻击。这样一来，周军打得十分顺利，杀得殷军尸横遍野，血流成河。商纣王见大势已去，被迫自焚，商朝从此灭亡。

周幽王点烽火台——千金一笑

西周末年，周幽王暴戾昏庸、不理朝政，整日只知道吃喝玩乐，完全置国家社稷的安危于不顾。当时，周幽王身边有个极其宠爱的美女，名叫褒姒。为了哄褒姒开心，周幽王不惜除皇后、废太子。可是，褒姒这个人非常奇怪，自从进宫以来，从来没有开口笑过。周幽王为了博得美人一笑，真可谓费尽心机。金银珠宝、美味佳肴、歌舞音乐、游山玩水等等，各种办法都用尽了，可是均不能打动褒姒，她依旧是个"冷美人"。

有一天，周幽王向全国发出诏令：不管是王侯将相还是黎民百姓，只要有人能逗褒姒一笑,立刻赏赐千金。周幽王手下有个叫虢石父的人,他对周幽王说:"过去,先王曾在骊山下修筑烽火台二十余座,放置大鼓几十架,以防备边疆的敌人入侵。在以前,一旦有人来犯,马上就会狼烟骤起,鼓声大作,通知附近的诸侯国前来救助。但是,长久以来国家歌舞升平,人民安居乐业,烽火台已经被闲置多年了。如果大王能命人重新点燃烽火,骗取各诸侯国前来骊山,娘娘看到诸侯国的兵马像无头苍蝇那样跑过来跑过去,肯定会觉得很有意思,说不定就真的笑起来呢。"

昏庸的周幽王听到这个办法后,连声叫好。他马上传令下去,命人布置烽火台。随后,他偕着褒姒一同来到骊山,假装游玩。这天夜里,按照周幽王的命令,烽火台被点燃。一时间,狼烟四起、火光冲天,军鼓也咚咚地响个不停。附近的诸侯国闻讯,以为京都有难,就急急忙忙带兵赶来。等他们发现原来是大王为了博得美人一笑而同他们开了一个玩笑,全都愤然离去。褒姒见状,果然忍俊不禁,笑出声来。周幽王见状大喜,重赏了虢石父。

后来,西戎大犯边疆,周幽王命虢石父再度点起烽火台,希望各诸侯国能领兵前来支援,可是诸侯国曾经被戏弄,哪里还敢再轻信? 很快,都城被攻占,周幽王也被乱军杀死了。

周瑜打黄盖——一个愿打,一个愿挨

诸葛亮草船借箭以后,又不谋而合地与周瑜一起提出了火攻曹操水旱大营的作战方略。恰在此时,已投降曹操的荆州将领蔡和、蔡中兄弟,受曹操的派遣,来到周瑜大营诈降。心如明镜的周瑜又装聋卖傻,将计就计,故意接待了二蔡。一天夜里,周瑜正在帐内静思,黄盖潜入帐中来见,也提出火攻曹军的作战方案。周瑜告诉黄盖:他正准备利用前来诈降的蔡中、蔡和为曹操通报消息的机会,对曹操实行诈降计。并说,要使曹操堕于诈降计,必须有人受些皮肉之苦。黄盖当即表示:为报答孙氏厚恩和江东的事业,甘愿先受重刑,尔后再向曹操诈降。

第二天,周瑜召集诸将于大帐之中,他命令诸将各领取三个月的粮草,分头做好破曹的作战准备。黄盖打断周瑜的话,抢先说:"不要说三个月,就是支用三十个月的粮草,也无济于事。如果这个月内能打败曹操,那再好不过了。如一月之内不能击溃他,倒不如依了张子布的主意,干脆束手投降。"周瑜听到这种灭自家威风、长他人志气、动摇军心的投降论调后,勃然大怒,喝令左右将黄盖推出帐外,斩首示众。黄盖也不示弱,他以江东旧臣的资格倚老卖老,根本就没把周瑜放在眼里。这就越发使周瑜怒不可遏,他立命从速斩决。周、黄矛盾的升级激化使诸将不安。大将甘宁以黄盖乃东吴旧臣为由,替黄盖求情,被一阵乱棒打出大帐。众文武一见大都督火冲脑门,老将黄盖即将死在眼前,就一起跪下,苦苦为黄盖讨饶。看在众人的面子,周瑜这才松了口,将立即斩决改为重打一百脊杖(打在脊背上的杖刑)。众文武还觉得杖罚过重,仍苦求周瑜抬手。周瑜此次寸步不让,他掀翻案桌,斥退众官,喝令速速行杖。行刑的士兵把黄盖掀翻在地,剥光衣服,狠狠地打了五十脊杖。众官员见状再次苦苦求免,周瑜这才恨声不绝地退入帐中。

这五十脊仗将黄盖打得也真够惨的,皮开肉绽,鲜血迸流,一连昏死过几次。其他将领来探视时,黄盖守口如瓶,只是长吁短叹。当他的密友阚泽抱着怀疑的态度前来探视时,黄盖才道出了实情,并转请素有忠义和胆识的阚泽替他潜去曹营代献诈降书信。富有阅历、老谋深算的曹操,面对潜至的阚泽和诈降书,将信将疑。但阚泽也绝非等闲之辈,他既具胆识,又能言善辩,最终使曹操不得不信。恰在此时,已混入周瑜帐下的蔡中、蔡和两人也遣人送来了周瑜怒杖黄盖的密报。阚泽离开曹营回去之后,又使人给曹操带去了密信,进一步约定了黄盖来降时的暗号和标识。这期间,蔡和、蔡中也从江南岸为曹操暗通消息。这一切,做得天衣无缝,更使曹操对黄盖"投降"一事深信不疑了。

人们根据这个故事,编成了歇后语"周瑜打黄盖——一个愿打,一个愿挨"。

周瑜谋荆州——赔了夫人又折兵

比喻想占便宜不成,反而遭受到双重损失。

三国时期,孙权为了要回荆州,采用周瑜的计策把刘备骗到江东,他本想设计谋害刘备,谁知却被诸葛亮识破了计策,反而弄假成真,他的妹妹孙尚香因此也与刘备结为连理。孙权见此计不成,反而为刘备谋得了一件好婚事,心里很气愤,只能依照周瑜的意见再施一计。孙权看刘备与新婚妻子情深义重,就借机为他们修缮住所,广栽花木,希望通过安乐的生活使刘备丧失远大的志向,把他软禁在东吴。

诸葛亮见刘备娶亲之后到年底还没有归来,就猜出这一定是孙权的计谋,于是吩咐赵云说有紧急军情,让刘备赶紧回营商讨军机大事。刘备听说荆州被困,情况危急,顿时心急如焚。于是他同妻子商量,希望能尽早赶回大营,抵御敌军。

孙权得知消息后,派出大军在江边阻截刘备夫妻。刘备走投无路,只好向夫人透露了"东吴招亲"的实情。听完刘备的话,孙尚香心中百感交集,一边感动刘备对自己真心相对,一边又痛恨孙权居然不顾兄妹之情,用自己做诱饵。眼看着追兵已经近在咫尺,孙尚香挺马上前,大骂奉命前来追赶的蒋钦等大将,追兵不敢贸然擒拿两人。等孙权亲自赶到江边时,刘备夫妻早已上船离开了许久。

纣王造炮烙——残害忠良

指无辜残害忠臣良将的行为。

商朝末年,妲己入朝,朝纲大乱。忠良之臣,纷纷进谏,劝纣王为保国安民,清魅除妖,妲己怀恨在心。一天,妲己对纣王说:"这些大臣站在殿上,张眉竖目,言语侮君,大逆不道,乱伦反常,不是一死可以赎罪的。暂且把大臣梅伯监禁起来,妄造一刑具,可以杜绝狡臣之渎奏,摒除邪言之乱正。"纣王问:"此刑什么样?"妲己说:"此刑具约高二丈,圆八尺,上、中、下用三个火门,用铜造成,像铜柱一样,里边用炭火烧红。把那些妖言惑众、利口侮君、不尊法度、无事妄生谏章,与其他各种违法的人,剥光了衣服,用铁索捆绑在铜柱之上,不一会儿烟尽骨消,尽成灰烬。此种刑罚的名叫'炮烙'。如果没有这种酷刑,奸猾之臣,沽名之辈,尽玩法纪,都不知道惧怕。"纣王听后传旨意,照样造炮烙刑具,限期尽快完成。几天后,监造官启奏炮烙已造完,纣王十分高兴。

次日纣王设朝,钟鼓齐鸣,两班文武朝贺已毕。纣王说:"传旨把梅伯带来!"执殿官去带梅伯,纣王命把炮烙铜柱推来,将三层火门用炭架起,又用巨扇扇那炭火,把一根铜柱烧得通红。众官不知怎么回事。午门官启奏:"梅伯已到午门。"纣王说:"带进来!"纣王冷笑道:"梅伯你只知道侮辱朕,朕亲自制出这一新刑,名叫炮烙。今日九间殿前炮烙你,教你筋骨成灰!让狂妄之徒,侮谤人君的,都以梅伯为戒。"梅伯听完,大叫着骂道:"昏君!梅伯死轻如鸿毛,何足惋惜!我梅伯官居上大夫,三朝旧臣,今犯何罪,遭此惨刑?只是可怜成汤天下,丧于昏君之手!尔后将有何面目见你的先王!"纣王大怒,将梅伯剥去衣服,赤身用铁索绑缚其手足,抱住铜柱。可怜梅伯,大叫一声,已经气绝。九间殿里烙得皮肉筋骨,臭不可闻,不一会儿化为灰烬。可怜一片忠心,半生赤胆,直言谏君,遭此惨祸!

州吁杀兄登位——玩火自焚

玩弄火的人反倒把自己烧死。比喻做冒险或害人的事,最后受害的还是自己。

春秋初年,卫国的公子州吁公然刺杀自己的哥哥卫桓公,然后登上王位。州吁当政后,一方面残酷地搜刮百姓钱财,一方面拉拢宋、陈、蔡等诸侯国一起攻打郑国,借以树立自己的威望,转移国内百姓对他的反抗情绪。

鲁隐公得知州吁弑兄篡位的事后,向大夫众仲说:"州吁这次夺权能够成功吗?他的国君位置能长久保住吗?"众仲摇摇头,说:"州吁依靠武力兴兵作乱,给百姓带来灾难,百姓绝不会支持他。他如此残忍凶暴,没有亲近的人愿意跟随他。众人反对,亲信背离,要想取得成功是不可能的。"接着,众仲又换一个角度说:"兵,就像火一样。一味地用兵而不知加以收敛和节制,结果必然自己烧死自己。依我看,等待他的将是失败。"果然不到一年,卫国人在陈国的帮助下,推翻了州吁的残酷统治,并将他杀死。

竹篮打水——一场空

比喻花了时间,精力或吃了苦头,到头来却什么也没得到。

传说很久以前,有一个叫梁齐的人一心修行,想得道升仙。这件事被八仙之一的蓝采和知道了,蓝采和便来找梁齐,告诉他如果真的想成仙,就拿着一个竹篮每天三次到河里提水,当竹篮能提满水的时候,就能成仙了。就这样,梁齐日复一日,年复一年地拿着竹篮到河边打水,整整过去了十年,渐渐地篮子里居然能存住些水了。梁齐看到了希望,他更加努力地拿着竹篮到河边打水。

一天,梁齐又到河边提水,刚到河边就听到有人呼喊救命,原来是一个小孩不小心落入了水中,眼看就要淹死了。梁齐心想还是快提水吧,千万别耽误了成仙的时机。于是,梁齐将竹篮放入水中继续提水,而没有去救落水的小孩。当梁齐把竹篮向上提的时候,他感觉竹篮比往常重了很多,仔细一看满满的一篮水被提了起来。他高兴得不得了,心想马上就要成仙了,可是突然感觉一轻,满满一篮子水又都漏光了。这时,蓝采和突然出现在梁齐的面前,他对梁齐说:"你本来快要成仙了,可惜你见死不救,没有慈悲之心,是成不了仙的,还是留在凡间吧。"说完蓝采和便消失得无影无踪。

原来,那个落水的小孩是蓝采和变的,他见梁齐整整十年坚持用竹篮打水诚信可嘉。那天是蓝采和想最后考验一下梁齐,可惜梁齐没有经受住考验,白白提了十年的水,错失了成仙的机会,真是"竹篮打水——一场空"。

朱元璋扮货郎——万般无奈

指迫不得已,一点办法都没有。

传说,朱元璋起义军攻破应天府后,采纳军师刘伯温的策略,集中力量消灭劲敌陈友谅。一天,朱元璋同刘伯温扮成小商贩混进了洪都府。陈友谅发觉朱元璋到府城后,就派兵到处盘查。追兵眼看赶上朱元璋,刘伯温见路上有货郎,就给货郎许多银两,借他的衣服和货郎担,把朱元璋打扮成货郎混了出去。

朱元璋不娶颜姑娘——怕腌

意为不肯为他人办事的搪塞,故意找借口。

传说,朱元璋在做皇帝以前,有次在与元军作战中,由于寡不敌众,几乎全军覆没,他单枪匹马逃到一个小村子,人累马乏,精疲力竭,然而后面元兵紧追不放。在这紧急关头,村中一位姓颜的姑娘救了他的命。当时朱元璋答应,他日若坐江山,定封颜姑娘为一品夫人。

后来朱元璋做了皇帝,颜姑娘到皇宫找朱元璋,朱元璋设御宴款待,并留她在宫中。马皇后知道这件事后,深感不安,就找刘伯温想法把颜姑娘送走。于是刘伯温对朱元璋说:"陛下,颜氏和朱氏不能在一起,颜(盐),岂不就腌朱(猪)了吗?颜、朱相克!"朱元璋素来迷信,于是就封颜姑娘为一品夫人,把她送回了家。颜姑娘回家后不久生病去世。

朱元璋封官——只封功臣,不封亲朋

比喻大公无私,不任人唯亲。

朱元璋在南京登基,建立了明朝,准备封赏功臣。功臣有数,亲朋无数,要是都封官,怎能封得过来,要是不封,又伤了和气。朱元璋为了此事,茶不思,饭不想,闷闷不乐。

一天,军师刘伯温走进皇宫,见朱元璋双眉紧锁,愁云满面,便说:"这几天,您郁郁寡欢,今日万里无云好晴天,何不出去走走,散散心解解愁。"于是二人换了便衣,走出皇宫,直奔南京城最繁华的城隍庙。城隍庙里卖吃的,卖玩物的,说书的,卖艺的到处都是。二人进了庙,朱元璋看到大殿西侧粉墙下围着一群人正在瞧墙上一幅画,众人议论纷纷。朱元璋和刘伯温也站到人群中,踮起脚看了又看,只见墙上那幅画,画的是一个人,头上长着一束一束挺起的头发,乱得像鸡窝似的;每束头发上顶着一顶帽子。朱元璋跟许多人一样,瞧了又瞧,想了又想,也不明白是什么意思。朱元璋一路走一路想那画,也想不出个头绪来,只好带着这难题,回到宫中。他整整想了一夜,还是猜不出这幅画的寓意。

第二天一大早,朱元璋就把刘伯温找了去,问:"军师,你看城隍庙墙壁上画的那个人头上许多头发,戴许多帽子,那是何意?"刘伯温笑着说:"陛下,这个画画的人了不起啊!他用画向陛下进谏:开国以后,要防止一桩事,冠(官)多发(法)乱!"朱元璋这才如梦初

醒,感到这个进谏太好了。朱元璋满意地说:"这个人很有意思,他跟寡人打起哑谜来,这个哑谜打得好。朕立即采纳,今后只封功臣,不封亲朋。"原来,刘伯温早就看透了朱元璋的心事,于是暗暗地安排了这么个节目,果然很有成效。

朱元璋

朱元璋火烧庆功楼——心狠手辣

心肠凶狠,手段毒辣。

明朝时,朱元璋在建立帝业之后整日忧心忡忡,生怕有人对他不忠,颠覆他的帝业,特别是对那些曾跟随他东征西讨、建立赫赫战功的开国元勋和功臣们更是放心不下。这样,奸臣有了可乘之机,于是就有人向朱元璋大进谗言、陷害忠良。朱元璋思冥苦想,终于设计出了一条阴谋毒计,决心将那些功臣们一网打尽。

朱元璋耗巨资兴建了一座富丽堂皇的庆功楼,并亲自题字制匾,接着召开国元勋们赴宴庆功。然而刘伯温却发现,检校和锦衣卫在庆功楼后偷偷堆放了许多干柴。刘伯温很快识破了朱元璋决心火烧庆功楼、大杀功臣的阴谋诡计。但他既不敢劝阻,也不敢声张。刘伯温只好上了一道奏折,请求告老还乡。刘伯温还乡时,许多大臣都赶来相送。这些人大多是和他有过患难之交的老朋友,但此刻他也只有强忍眼泪,不敢透出半点风声。但是当刘伯温看到戎马半生的老将徐达时,再也禁不住悲伤之泪。徐达发现事情蹊跷,他寻了一个无人注意的机会,悄声问刘伯温出了什么事。刘伯温吐露实情,并反复嘱咐徐达在庆功表贺那天,一定要紧紧跟着朱元璋,寸步不离。徐达牢记在心,但也不敢声张。

很快便到了庆功表贺那天,庆功楼下鼓乐喧天,爆竹震天。楼上文武老臣春风满面,欢聚一堂。朱元璋频频向老臣们敬酒,老臣们个个喜笑颜开,开怀痛饮。酒过三巡,朱元璋望望窗外,检校和锦衣卫打出暗号,示意已经准备就绪。朱元璋借故走出了楼门,一直紧随朱元璋半步不离的徐达,也连忙离席紧迫下楼。徐达低声地哀求说:"万岁,您当真要一个不留吗?"朱元璋见徐达已经发现了秘密,威胁说:"此事只有你知我知,如若不然,万不容你。"朱元璋放了徐达一条生路。他们二人刚走,庆功楼下便起了熊熊大火。顿时,火光冲天,浓烟弥漫。还在酒兴上的老臣们还没来得及弄清楚是怎么回事,转眼之间,尽数葬身火海,化为焦土!

诸葛亮摆八卦阵——内有奇门

比喻内中有非常特殊的门。也指某事有神奇奥妙之处。

三国时,刘备率领蜀兵深入吴境,被陆逊火烧连营七百里,向白帝城逃去。陆逊带兵穷追不舍,当看见前面临山傍江的地方,冲起一阵杀气,于是勒住马回头对众将说:"前面肯定有伏兵,三军不可轻举妄动。"陆逊随即命令全军倒退十里,在地势开阔的地方排成阵势抵御敌军,随即又派哨马前去探视。一会儿人哨马回报说,江边只有乱石八九十堆,却没有人马。陆逊满腹狐疑,莫名其妙,于是下令找当地人来询问。一会儿,兵士带来了几个当地百姓,陆逊问:"是什么人将乱石堆在一起的?为什么乱石堆中会杀气冲天?"当地人回答说:"这个地方叫作鱼腹浦。诸葛亮入川的时候,带兵路过这里,就弄来石头在沙滩上排成阵势,从此这里就经常有像云一样的气冲天而起。"

陆逊听完后,带着几十名随从来看石阵,只见这石阵四面八方都有门有户。陆逊大笑着说:"这不过是骗人的把戏罢了,有什么用!"于是带着随从下了山坡,直接进石阵观看。部将说:"天色已晚,将军还是早些回去吧。"陆逊听后准备出石阵回营,然而忽然间狂风大作。霎时,飞沙走石,遮天盖地。但见怪石嵯峨,槎枒似剑;横沙立土,重叠如山;江声浪涌,有如剑鼓之声。陆逊大惊失色地说:"我中了诸葛孔明的计了!"急欲想出去,却已找不到路了。

陆逊正慌不择路,惊恐万状的时候,忽然看见前面站着一位老人。老人对他笑着说:"将军想从这石阵里出去吗?"陆逊说:"希望老先生引路。"老人于是拄着拐杖,慢慢地向外走,走过的路并没有什么阻碍直接出了石阵,老人把陆逊等一队人马送到了山坡上。陆逊问道:"老人家是什么人?"老人回答说:"老夫乃是孔明的岳父黄承彦。以前小婿进川的时候,在这里布下了这个石阵,叫作'八阵图'。反复八门,分为休、生、伤、杜、景、死、惊、开。每天每时变化多端,比得上十万大军。今天老夫正好路过这座山,看见将军从死门进去,知道将军肯定不懂阵法,必定会被它困住。老夫平生好善,不忍心看着将军陷在这里,所以特地把将军从生门引了出来。"陆逊说:"老先生曾经学过这个阵法吗?"黄承彦说:"这阵势变化无穷,不是我们这样人所能学通的啊。"陆逊下马,拜谢过老人后回归营寨,自己叹道:"孔明真是'卧龙'啊,我真的是不如他!"于是下令班师回朝。

诸葛亮的锦囊——用不完的计谋

善于用计,能及时提出解决紧急问题的办法。

三国时,孙权为了取得荆州,采用周瑜提出的"美人计",想以假招亲把刘备诱去东吴。当时,刘备犹疑不决,诸葛亮却说:"主公,你尽管去吧!我已定下三条计策,赵云陪你去即可。"诸葛亮把赵云唤到近前,附耳低言交代:"你保主公到东吴,要带上这三个锦囊,囊中有三条妙计,依次而行。"

这锦囊,是用锦做成的袋子,古人多用以藏机密文件或诗稿。诸葛亮是一个足智多谋的人,他常把可能发生的事变,以及应付的办法,用纸条写好装在锦囊里交给办事的人,嘱咐在遇到紧急情况时拆看,按照预定的办法去应付。当下,赵云接过诸葛亮递给的三个锦囊,将它贴身收藏,到了东吴便依着锦囊妙计一一行事。

首先一到东吴的南徐,赵云就打开第一个锦囊,按计为刘备来东吴招亲大造舆论,说动乔国老和吴国太在甘露寺看新郎,促成亲事。刘备在东吴成亲后,沉溺于安乐生活中,忘了荆州,忘了国家大事。赵云到年终,打开第二个锦囊,依计而行。他谎报曹操大军进攻荆州，及时使刘备醒悟，商同孙夫人离开南徐。孙权闻信，派兵追赶，情势危急。这时，赵云又拆开第三个锦囊，刘备依计智激孙夫人，怒斥东吴追兵，终于安然无恙地回到了荆州。

诸葛亮的鹅毛扇——要风有风要火有火

比喻要什么有什么。

传说，诸葛亮本是天上的文曲星，玉皇大帝要他下凡帮助刘备建立蜀国，以平天下大乱。诸葛亮不肯下凡，说是刘备弱小，又好哭，打不赢曹操。玉帝说："我送你一件宝贝，保你打赢曹操。"说完将王母娘娘养的一只白天鹅交给诸葛亮，说："你把毛拔下来，做成一把羽扇，只要扇一扇，要风就有风，要火就有火。"诸葛亮果然扎了一把鹅毛扇，带着它下了凡。诸葛亮帮助刘备打第一仗时，想试一下鹅毛扇究竟如何，便在博望坡把扇子轻轻摇了几下，果然扇来了一场大火，把曹操的大将夏侯惇烧得焦头烂额，差一点全军覆没。周瑜在赤壁火烧曹营，更是亏得了诸葛亮的鹅毛扇，借来了东风。据说，诸葛亮一辈子少有几次失败，比如失街亭，就是他偶然忘了拿鹅毛扇。

诸葛亮的汗毛——捏不折，按不倒

比喻对他无可奈何，没有办法。

传说三国时，曹操很早就想去隆中请诸葛亮，后来听说诸葛亮正给他父亲做长孝斋，需七七四十九天才能见客，曹操为此茶不思饭不想，一下病倒了。曹操的手下大将典韦，见曹操为请诸葛亮病倒了，心中很不服，对诸葛亮十分恼火，他骑上马就去找诸葛亮。典韦来到诸葛亮家中，书僮说："我家先生正做长孝斋，七天后才能见客。"典韦听了，大怒道："你家先生的规矩怎么这么多，我家主公为请他都愁病了，今日我来相请为何不见？"说罢，便大吼一声闯了进去。诸葛亮见典韦气呼呼地站在他的身边，笑着说："你就是在濮阳火中救曹操的典韦吧！"典韦暗自吃惊，"你既知我是典韦，就快些同我下山，去见我主公！"典韦大声呵道。"我要是不去呢？"诸葛亮问道。"不去我就捏折你的大腿！"典韦大声呵道。"你何必出此狂言，你要能捏折我腿上的一根汗毛，我二话不说便同你下山。"诸葛亮说。典韦听罢哈哈大笑，心想：濮阳城的千斤大梁，在我手里像根面条，难道你诸葛亮的汗毛比钢铁还硬，忙说："就这么办！"诸葛亮又笑着说："你要捏不折呢？""任凭你发落就是了。"典韦说。诸葛亮卷起裤脚，从腿上拔下一根汗毛，给了典韦。典韦将汗毛接在手里，用两个指头使劲一捏，张开手指一看，大吃一惊，汗毛不曾捏断。这下他急了，使劲全身力气，怎么捏也捏不折，按不倒，他吓出一身冷汗，忙跪倒说："先生真乃活神仙，今日冒犯先生，听凭先生发落！"诸葛亮随即说了句玩笑话："你就滚下山吧！"典韦灰溜溜地下山了。

诸葛亮吊孝——装模作样

指故作姿态。

三国时，诸葛亮用计三气周瑜，终于将周瑜气得病倒了。周瑜在病榻之中，时而清醒时而昏迷。不久，周瑜瞪着眼睛仰天长叹说："既生瑜，何生亮！"接连叫了数声，悲哀逝去，时年三十六岁。

诸葛亮在荆州，晚上出来观天象，突然他看见一将星坠地，思道："一定是周瑜死了。"第二天早上，诸葛亮把周瑜已死的事情告诉刘备。刘备派人打探，果然周瑜死了。刘备问诸葛亮："周瑜既然已死，我们又该怎么办呢？"诸葛亮说："吴军代替周瑜领兵的，必将是鲁肃。我夜观天象，见许多将星聚在东方。我准备以吊丧为借口，去往江东一趟，寻找贤能的将士来佐助主公。"刘备说："只怕东吴军中的将士恨军师气死周瑜，要加害军师啊。"诸葛亮说："周瑜在世的时候，我尚且不怕；现在周瑜死了，又有什么可担心的呢？"

于是诸葛亮带着赵云和五百军士，备了祭礼，前往吊丧。沿路打听到孙权已任命鲁肃为都督，周瑜的灵柩也已运回柴桑，于是诸葛亮一行人径直奔柴桑而去。到了柴桑，鲁肃以礼迎接。周瑜的部将见诸葛亮来，都恨得咬牙切齿，想要杀诸葛亮，但见有赵云带剑相随，又都不敢动手。诸葛亮叫部下军士把祭物设在灵前，然后亲自上前奠酒，跪在地上读祭文。诸葛亮祭完后，伏在地上大哭，泪如泉涌，哀恸不已。众将见了都说："人人都说周瑜和诸葛亮不和，今天看诸葛亮祭奠的情状，看来人们说得都错了啊。"鲁肃见诸葛亮如此悲切，也为之伤感。

诸葛亮借东风——神机妙算

形容有预见性，善于估计客观形势，决定策略。

三国时，曹操的军队和孙权、刘备的联军在赤壁准备开战。刘备的军师诸葛亮和孙权的都督周瑜制订了火攻的计划，各方面都准备周全了。一天，周瑜到山顶眺望对岸情况。西北风吹动着军旗，周瑜望着旗飘动的方向忽然大叫一声，昏倒在地。诸葛亮知道后去探望周瑜，并给他开了一个秘方。周瑜展开纸一看，上面写着：欲破曹公，宜用火攻；万事俱备，只欠东风。周瑜见自己的心事已被诸葛亮说穿，只好老老实实地向他请教。

其实诸葛亮精通天文，他已经观测出这几天会刮东南风。但他觉察周瑜想借机暗害他，便故意哄骗周瑜说他有呼风唤雨的法术。诸葛亮要周瑜给他筑一个法坛，他说在法坛前作法就能借到三天三夜的东南风。周瑜急于打赢这场仗，便按照诸葛亮的吩咐在山上筑坛借风。

开战那天，诸葛亮身穿道服，在法坛上假装作法。从中午到晚上，仍刮着西北风，周瑜和士兵都很着急。到了半夜，周瑜正想借欺骗的罪名抓住诸葛亮，东南风却呼呼地刮起来了。周瑜一声令下，孙刘联军顺风放火，顿时曹操的战船上烟火弥漫，一直烧到岸上的军营。结果，曹操的水军死伤大半。等周瑜再去找诸葛亮时，诸葛亮已经趁乱走了。

诸葛亮隆中对策——先见之明

有事先看清问题的能力。指对事物发展有预见性。

东汉末年，许多地方官吏和地主武装在镇压黄巾起义军的过程中发展了自己的势力，各据一方，互相兼并，形成了长期混战的局面。袁绍、曹操、孙权、刘表、刘璋等都拥有一定的势力。刘备因为实力不足，曾先后依附曹操、袁绍、刘表，他长期寄人篱下，迫切需要有才能的人协助他实现争夺天下的野心。

公元207年,刘备借驻新野已经六年,此时徐庶向他推荐了诸葛亮。刘备听从徐庶的建议,先后三次去拜访诸葛亮,才得以相见。刘备感叹地对诸葛亮说:"汉朝的江山崩溃了,奸臣窃取了政权,皇帝在外面遭难。我没估计自己的德行和力量,就打算在天下人面前伸张大义,但是由于自己智少才短,便一败再败,到了今天这样的地步。可是我的志向还没有改变,您认为应该怎么办?"

诸葛亮回答说:"自从董卓作乱以来,各地豪杰共同起兵讨伐,占有数个州郡的,多得不可计算。曹操和袁绍比,曹操的名声小,而且兵将也少。可是曹操能够战胜袁绍,由弱小变得强大,这不只是由于时机好,而且也还是由于人的谋划高。今天,曹操已经掌握了很多的军队,兵强马壮,挟持着皇帝来命令诸侯,谁也不能同他相争;孙权占据了江东,已经经历了三代,地势险要,人民拥护,有德有才的人也被重用了。对于孙权,只可争取他作为外援,却不可以打他的主意;荆州北面依据汉水、沔水,南面一直到南海地区的物资都可以得到,东面连接着江苏、浙江一带,西面直通四川,这是用兵的好地方。可是它的主人却守不住,这大概是天拿来帮助将军的;益州的形势险要,土地辽阔、肥沃,是个人口众多、物产丰富的好地方。高祖依靠这个地方建立了汉朝的帝业。刘璋却软弱无能;张鲁在北面,人民殷实,国家富足,但是不懂得爱惜。有见识有才能的人都想得到一个贤明的君主。你既然是皇家的后代,信用和道义全国人民都知道,能够招收大量英雄人物。如果占据了荆州、益州,扼守住险径要道,西面和各戎族通好,南面安抚夷越各族,对外和孙权结成联盟,对内修明政事,等到天下的形势有了变化,你就派一员大将率领荆州的军队向河南一带进军,你亲自率领益州的军队向陕西、甘肃一带进军。那时,老百姓哪有不挎篮盛饭、提壶送水来欢迎你们呢?如果真能这样,那么统一天下的大业就可以成功,汉朝的政权也可以复兴了。"刘备听后连声称赞,从此刘备和诸葛亮的感情也越来越深厚了。

关羽、张飞等人,看到刘备与诸葛亮亲密的样子,很不高兴。刘备向他们解释说:"我有了孔明,就好像鱼儿有了水一样,希望你们再不要说什么!"

诸葛亮三气周瑜——自有妙方

指有好的计谋或办法。

三国时,东吴水军都督周瑜,出身世族,英俊而又儒雅,具有卓越的军事才能和政治手腕,人们都称他为周郎。但是周瑜刚愎褊狭,骄纵好胜,没有容人之量。赤壁之战,周瑜抗击曹操最坚决,但又极力对诸葛亮暗施计谋,这表现出了他复杂的心理状态。最后周瑜被诸葛亮三气而死。

哪"三气"呢?

一气是,赤壁大战后,周瑜损兵马、费钱粮打了胜仗,却被诸葛亮得利,夺取南郡等地,气得周瑜"大叫一声,金疮迸裂"。

二气是,周瑜使用"美人计",骗刘备到东吴招亲。诸葛亮将计就计,使刘备和孙夫人成亲后双双回到荆州，同时还打败了周瑜的追兵。诸葛亮叫军士在岸上大叫："周郎妙计安天下，赔了夫人又折兵。"气得周瑜又"大叫一声，金疮迸裂"。

三气是，周瑜用"假途灭虢"之计，表面上是替刘备攻打西川，实际上则是想谋取荆州。诸葛亮识破周瑜的计谋，安排四路兵马围攻周瑜，并写了一封信规劝他。周瑜兵败巴丘芦花荡，他在看完诸葛亮给他的信后，仰天长叹说："既生瑜，何生亮！"连叫数声而亡，年仅三十六岁。

人们根据这个故事，编成了歇后语"诸葛亮气周瑜——自有妙方"。

诸葛亮上神坛——万事俱备，只欠东风

比喻要办某件事，各种准备工作都已做好，就差最关键的一个条件。

公元208年，曹操率领八十万大军驻扎在长江中游赤壁的北岸，企图一举打败刘备、孙权。于是，孙刘组成联军，共拒曹军。曹军士兵多是北方人，很多人水土不服，陆续生起病来；没有病的士兵，也由于不习惯水上的风浪颠簸，晕船呕吐，失去作战能力。此时，有人献计把战船用铁链锁在一起，铺上木板，组成"连环船"，就可同陆地一样。曹操依计而行，船只果然平稳多了。曹操十分高兴。

周瑜和诸葛亮得知此消息后，不禁拍手叫好，诸葛亮说："连环船虽然四平八稳，但有一个致命的弱点，最怕火攻。"周瑜说："火攻是个好主意，可怎么放火呢？得有个人去诈降，挨近曹营，趁机放火才行。可这是件很危险的事情。"周瑜的部将黄盖自愿作降。几天以后，曹操接到黄盖求降的密信。曹操以为孙权内部出现了分化，未起疑心，还和黄盖约好了受降的日期和暗号。黄盖准备了十条插着青龙旗的小船，船上装满浇上油的枯柴干草，外边盖上帷布，于是请周瑜下作战命令。

周瑜在视察军情时突然发现火攻曹军作战方案有一处极大的疏忽。原来，曹操的船只都停在大江的西北，而孙刘联军的船只靠在南岸。这时正值冬季，天天刮西北风，如果用火攻，不但烧不着曹操，反而会烧到自己头上。只有刮东南风才能对曹军实施火攻，可是到哪儿去找东南风呢？他不禁急得口吐鲜血。诸葛亮前去探望周瑜，问起他的病因，周瑜不肯说出实情，诸葛亮悄悄写了八个字，递给周瑜，说："我这里倒有一帖药方，或许可以治好将军的病。"周瑜接过一看，脸色大变，只见上面写着："万事俱备，只欠东风。"周瑜说："既然先生全知道了，该怎么办？请指教！"诸葛亮学识渊博，通晓天文，近几日他发现冬日阳气勃勃，估计近期内肯定要调风向，而且不偏不斜，就该是东南风。他故弄玄虚地对周瑜说："实不相瞒，我有呼风唤雨的法术，借给你三天三夜的东南风，怎么样？"周瑜大喜。总攻前夕，诸葛亮登坛烧香，口念咒语，装作呼风唤雨的样子。到了半夜三更，忽听风响旗动，果真刮起了东南大风。周瑜一声令下，黄盖率领火船向曹营疾驶，当靠近曹军水寨时，士兵们点燃了火船上的柴草，将其掷向曹军兵船。这时东南风刮得正紧，风助火势，火借风威，把曹军的战船烧得烈焰腾空。孙刘联军乘势渡江拼杀，曹军淹死烧死不计其数。曹操带着残兵败将，取小道狼狈逃回许昌。

诸葛亮撕对子——要想出山

比喻想出去干一番事业。

三国时,诸葛亮在卧龙岗修身长达十数年。他认为自己满腹经纶,却怀才不遇,于是便写下一副"苟全性命于乱世,不求闻达于诸侯"的对子贴在门上。有一天,诸葛亮的嫂子带他到黄家相亲,诸葛亮与黄家小姐见面后,两人攀谈起来,十分投机。黄小姐看出诸葛亮才华出众,可是他的意志却有些消沉,不以天下为己任。黄小姐有意激诸葛亮一激,就说:"你只是一个劲地耍嘴皮子,跟你这种人谈话,连我的脸上都发烧。"说完转身进房去了。诸葛亮被这一番话激得羞容满面。回家的路上,他想到自己是一个堂堂男子汉,今天落得被闺房小姐讥笑,心里感到不是滋味。诸葛亮走到家门口,抬头看见那副对子,上前一把撕了下来,丢进灶膛。

后来刘备三次请诸葛亮出山,诸葛亮终于下山辅佐刘备,干出了一番惊天动地的事业。

诸葛亮写文告——集思广益

形容善于集中众人的智慧和意见,办事能取得更好的效果。

三国时期刘禅继位后,蜀汉的大小政事都由诸葛亮处理,诸葛亮实际上成为蜀汉政权的主持者。但尽管如此,诸葛亮并不居功自傲,他经常注意听取部下的意见。初占益州的时候,曾经由董和协助诸葛亮处理日常的军政要务。董和在处理日常公务与诸葛亮有不同意见时,就抱着知无不言的态度,直接提出来,有时甚至还同诸葛亮进行激烈的争辩。诸葛亮不仅不责备他,反而称赞董和办事认真,一丝不苟。

丞相府里有一个办理文书事务的主簿官杨颙,他对诸葛亮什么事都亲自过问的工作作风提出意见。他对诸葛亮说,处理国家军政大事,上下之间应有不同的分工,劝诸葛亮不必亲自处理一切文书,少处理一些琐碎小事,应着重抓军政大事。诸葛亮很感谢杨颙的劝告和关心。但他总觉得重任在身,许多事情不得不亲自处理。后来杨颙病死,诸葛亮非常难过,痛哭了好几天。为了鼓励下属参与政事,诸葛亮写了一篇《教与军师长史参军掾属》的文告,号召大家主动发表政见。文告中的一段话大意是:"丞相府里让大家都来参与议论国家大事,是为了集中众人的智慧和意见,广泛地听取各方面有益的建议,从而取得更好的效果。""集思广益"就出自诸葛亮的这篇文告。

诸葛亮用兵——神出鬼没

比喻变化巧妙迅速,或一会儿出现,或一会儿隐没,不容易捉摸。指用兵出奇制胜,令敌人摸不着头脑。

东汉建兴九年二月,诸葛亮率领蜀军到祁山,想上陇西割麦充做军粮。可是,魏将司马懿早有提防,已派兵在渭水之滨结营防守。诸葛亮不慌不忙,令军士搬出三辆四轮车,这车跟他自己乘坐的一模一样。诸葛亮又令姜维、马岱、魏延三人,都装扮成自己的模样,各引出一千名军士护车、五百名军士擂鼓。每辆车用二十四人,穿黑衣,打赤脚,披散头发,双手执着旗幡,在左右推车。三队人马分别在三个方向埋伏。诸葛亮还令三万名军士预备镰刀、绳索,等候命令割麦。诸葛亮自己也挑选二十四个精壮士兵,同前三辆车一样打扮。他令关兴扮成天神,手执旗幡在前引路。安排停当后,诸葛亮坐车,往魏营进发。

这天,细雨纷纷,天色阴暗。魏军的哨探见到蜀军如此打扮,大吃一惊,不知是人是鬼,慌忙报知司马懿。司马懿惊疑不定,亲自出营察看,只见诸葛亮手摇羽扇,端端正正坐在车上,左右随从好像妖怪,前面一个又像天神。司马懿想:这又是诸葛亮在装神弄鬼的了。司马懿立即调派二千人马,追赶捉拿。诸葛亮见魏兵赶来,便回车退进山坳不见了。魏兵怕中埋伏,不敢再追。诸葛亮却又推车转出山坳来。魏兵见了再追赶过去。诸葛亮又隐入山坳去了。然后左边树林中战鼓大震,一队人马冲杀过来,远远望去,蜀军又有一个诸葛亮,手摇羽扇,坐在车上。司马懿感到惊疑,连说:"这里怎么又有诸葛亮?怪了!怪了!"忽然听见右边又响起鼓声,林中再冲出一队蜀军,中间又有一个诸葛亮,同前一样打扮。魏兵以为神兵下降,军心大乱,不敢交战,各自奔逃。这时候,迎面又有一队蜀军,当先一辆四轮车,诸葛亮端端正正坐在车上,左右前后推车的,也同前一般。魏兵见了,没有一个不丧胆的!司马懿十分惊慌,急忙引兵奔入上邦城内,闭门不出。就在这个时候,蜀军三万名精兵,正将陇西所有的麦子割得精光,运到卤城打晒去了。

过了三天,司马懿见蜀兵毫无动静心里疑惑,这才令军士出城探听。魏兵见到城外田野一扫而光,所有麦子连同秸子都没有了。他们在路上捉到一名找失马的蜀兵,经过盘问,这个蜀兵如实地讲了诸葛亮装神弄鬼乘机割麦的情况,司马懿听罢仰天长叹,佩服地说:"诸葛亮真有神出鬼没的本领呀!"

诸葛亮用空城计——不得已

无奈,不能不如此。

三国时街亭失守,诸葛亮闻讯后,急忙吩咐关兴、张苞二将各引三千名精兵,在武功山上小路埋伏,作为疑兵惊吓敌人,再密传号令叫大军暗暗收拾行装返回汉中。诸葛亮分拨已定,自引兵五千去西城县搬运粮草。忽然探马接连飞报:司马懿率领大军十五万,往西城蜂拥而来!这时,诸葛亮身边无大将,只有一班文官,所引五千名兵已分一半运粮草去了,仅剩下二千五百名军士在城中。众官员听到这个消息,个个惊恐失色。诸葛亮登上城楼一望,果然尘土冲天,魏兵分两路往西城杀来。在这危急中,他眉头一皱,计上心来……

诸葛亮传令,将旌旗都收藏起来,将士们在城上坚守岗位,不得随便出入和高声讲话,违犯者斩;又命大开城墙四门,每一门口用二十名军士扮作百姓模样,洒扫街道,如遇魏兵到来,不许擅自行动。诸葛亮自己则身披鹤氅,头戴纶巾,在城上前楼焚香操琴,旁若无人。这时,司马懿前军哨马来到,见了此状不敢冒进,急忙回报。司马懿来到城下仔细观看,心中大疑,便叫后军做前军前军做后军,迅速退兵。司马懿次子司马昭想继续进兵,说:"莫非城内空虚,诸葛亮故意装模作样吓人。父亲何必急急退兵?"司马懿说:"诸葛亮平生谨慎,不会冒险。我听他琴声安闲,又见城门大开必有埋伏。我们贸然进兵,必中奸计。退兵!"诸葛亮见魏军远去,便拍手大笑。众官员疑惑不解,问:"司马懿是魏军的名将,今天统帅十五万精兵来到这座空城,为何见了丞相,反而迅速退去?"诸葛亮解释说:"司马懿料我平生谨慎,不会冒险,所以虽是一座空城,他却怀疑我有伏兵。我只是在不得已的情况下,才用这个办法!"诸葛亮料想司马懿还会回来,于是下令叫西城百姓随军一起往汉中转移。

司马懿退兵到武功山前,忽听山坡后喊声连天,鼓声震地,便对左右的人说:"诸葛亮的伏兵来了。快走!"杀来的正是关兴和张苞。魏兵疑神疑鬼,丢盔弃甲,仓皇逃命。司马懿逃回街亭,听说蜀兵都撤到汉中去了,便又领兵返回。这时候,他才知道西城原来是一座空城,诸葛亮早已逃之夭夭了。司马懿不禁悔恨万分,仰天长叹道:"我不如孔明矣!"

诸葛亮斩马谡——执法如山

指执行法律像山一样不可动摇。

三国时期,蜀将马谡自视甚高,独断专行。他不听王平的劝告,把军队驻扎在不利于作战的山顶上,结果被司马懿的魏兵围困而兵败,街亭失守,马谡自己逃回汉中。

马谡自知罪重,自缚跪于帐前。诸葛亮变色训斥:"你枉读兵书,不知变法,刚愎自用,不听谏劝。如今败军折将,失地陷城,误了大事,军法难容。如果不明正军律,怎能服众?"说着,挥泪命左右将马谡推出辕门斩首。参军蒋琬从成都刚来到这里,看见武士要斩马谡,大惊高叫:"刀下留人!"蒋琬请求诸葛亮赦免马谡。诸葛亮说:"过去孙武用兵,因军纪严明,所以能够制胜天下。当今四方纷争未息,如果执法不明,如何讨平叛贼?不斩马谡,军纪怎能维护呢?"结果,武士还是将马谡斩首了。

这个时候,诸葛亮却大哭不已,他深悔自己未听刘备临终之言:"马谡言过其实,不可大用。"诸葛亮自作表文,申奏后主刘禅,说因为自己用人不当,致使街亭失守,请求贬官三等,以彰国法。百官看见诸葛亮严于律己,不徇私情,无不感动。

诸葛亮斩魏延——借刀杀人

比喻自己不出面,而利用别人去害人。

三国时期,孔明早已看到魏延有反骨,料想自己死后魏延必然要反。果然,孔明刚死魏延就反了。姜维叫人请来杨仪,商量说:"魏延勇猛,还有马岱相助,我们用什么方法击败他们呢?"杨仪说:"丞相临终时,送给我一个锦囊,嘱咐我说:'如果魏延造反,兵临城下对阵的时候,方可打开锦囊,锦囊内有斩魏延的计策。'我现在拿出来看一看。"杨仪把锦囊打开,上面有一行字:"待与魏延对敌,马上方许拆开。"姜维大喜,说:"既然丞相留下这个锦囊,长史可收起来。我先领兵出城,列开阵势,你随后便来。"姜维披挂上马,拿枪在手,领三千军士,开了城门排成阵势。姜维挺枪立马在旗门之下,高声大骂说:"反贼魏延,丞相没有亏待过你,今天为什么造反?"魏延横刀勒马走上前,说:"姜维,不干你的事。只叫杨仪来!"杨仪在门旗影里,拆开锦囊细看,如此如此。杨仪极其高兴,他骑着马奔出来,立在阵前,手指魏延,笑着说:"丞相活着的时候,知道你久后必然造反,叫我防备你。今天,果然应验了丞相的话。现在,我提个条件,只要你魏延敢在马上连叫三声'谁敢杀我',那你就是真正的大丈夫。咱们不动刀枪,我就把汉中城池献给你!"

魏延一听,大笑着说:"杨仪,你这个匹夫听着!如果孔明还活着,我还惧怕他三分;如今他已经死了,天下人谁敢与我为敌?别说连叫三声,就是连叫三万声,又有什么难的?"魏延在马上趾高气扬,大叫着说:"谁敢杀我?"声音未落地,身后一人厉声说:"我敢杀你!"手起刀落,便把魏延砍下马来。众人都大吃一惊。杀魏延的人,原来是马岱。原来孔明临终的时候,授意马岱秘计,令其潜入魏延身边,只等魏延喊叫时,便出其不意斩了他。当杨仪读完锦囊,已知马岱肯定会动手,魏延之围可解。

诸葛恪给诸葛融写信——不知所措

不知道该怎么办才好。形容受窘或惊慌失度。

三国时期,诸葛亮的侄子诸葛恪,自幼聪明过人。当时,诸葛恪的父亲诸葛瑾在孙权手下任职,虽然诸葛瑾很有才干,但由于为人忠厚老实,不善辞令,经常有人拿他开玩笑,特别是他脸生得较长,这便成了一个笑柄。有一次,在孙权举办的宴会上,孙权命人牵来一头驴,他又命人在驴头上写上:"诸葛子瑜"(诸葛瑾)。宴会上的官员们看了都忍不住哄堂大笑,诸葛瑾面红耳赤,非常尴尬。这天恰好诸葛恪也来参加宴会,看到这种情况,他不慌不忙地拿起白粉,在那几个字的下面添上了"之驴"两个字。结果变成了"诸葛子瑜之驴"。只加了两个字,这头驴便为诸葛瑾所有了,宴会上的文武百官和孙权无不为诸葛恪的机智所折服。从此孙权对诸葛恪刮目相看。

诸葛恪成年后,被任命为骑都尉,为太子讲解经史。后来,东吴的周瑜、鲁肃、陆逊等重臣都先后故去,诸葛恪被任命为大将军,统率东吴的兵马。孙权临终前命诸葛恪为托孤大臣之首。不久孙亮继位,孙亮当时不过是个不满十岁的孩子,在这些突如其来的变故中,孙亮不知如何处理眼前的事物和局势,只好把一切都交给了诸葛恪,让他全权处理。此时的诸葛恪早已将先帝孙权的嘱托忘到九霄云外,他大权在握,神气十足。这种心情在他写给弟弟诸葛融的信中,表现得非常直接,他在信中写道:"今年四月十六日,大行皇帝逝世,太子以丁酉尊号(称帝),哀喜交并,不知所措。"诸葛恪自立新帝后,更加独断专权。后诸葛恪被孙峻联合孙亮设计杀害,并被夷灭三族。

特别提示:

本书在编写过程中,参阅和使用了一些报刊、著述和图片。由于联系上的困难,和部分作品的作者(或译者)未能取得联系,对此谨致深深的歉意。敬请原作者(或译者)见到本书后,及时与本书编者联系,以便我们按照国家有关规定支付稿酬并赠送样书。

联系电话:010-80776121   联系人:马老师